国家哲学社会科学规划项目
国家社会科学基金项目(项目编号：06BWW019)

境遇·范式·演进
——英国哥特式小说研究

Situatedness, Communications and Dynamism:
An Approach to the British Gothic Novel

黄禄善 著

上海外语教育出版社
外教社 SHANGHAI FOREIGN LANGUAGE EDUCATION PRESS

图书在版编目（CIP）数据

境遇·范式·演进——英国哥特式小说研究 / 黄禄善著.
一上海：上海外语教育出版社，2012（2017重印）
国家哲学社会科学基金项目
ISBN 978-7-5446-2745-0

Ⅰ.境… Ⅱ.黄… Ⅲ.小说研究－英国－18世纪 Ⅳ.I561.074

中国版本图书馆CIP数据核字（2012）第056532号

出版发行：**上海外语教育出版社**
（上海外国语大学内）　邮编：200083
电　　话：021-65425300（总机）
电子邮箱：bookinfo@sflep.com.cn
网　　址：http://www.sflep.com.cn　http://www.sflep.com
责任编辑：李　欣

印　　刷：江苏凤凰数码印务有限公司
开　　本：787×965　1/16　印张21　字数353千字
版　　次：2012年6月第1版　2017年12月第3次印刷
书　　号：ISBN 978-7-5446-2745-0 / I · 0207
定　　价：55.00 元

本版图书如有印装质量问题，可向本社调换

目录

导论

本书以英国哥特式小说为研究对象，并依据当代西方类型理论（genre theory），将其视为文学史上一个固定的、封闭的小说类型，一方面，"立体"地描述其文本结构特征，另一方面，又把它看成"社会行为的类型"，"动态"地探讨其社会历史情境以及同后来各个历史时期的其他的英国小说，包括严肃小说和通俗小说，在哥特式小说要素传承方面的内在联系。什么是哥特式小说？为何要采取当代西方类型理论的批评视角？将英国哥特式小说规定为文学史上一个固定、封闭的小说类型的理论和实践根据是什么？历来的西方学者又是如何研究这一小说类型的？以上问题，既是本书研究的前提，也是本书研究的基础。下面就来回答这些问题。

一、英国文学史上一场罕见的文学运动

18世纪和19世纪之交，英国文学史上一个特别令人瞩目的现象是哥特式小说的崛起。1764年12月，英国作家霍勒斯·沃波尔（Horace Walpole，1717－1797）在伦敦匿名

出版了《奥特兰托城堡》(*The Castle of Otranto*)。该书一问世即受到欢迎,首印 500 册销售一空。数月后该书再版,霍勒斯·沃波尔除恢复真实的署名外,还给副标题"一个故事"加上了一个修饰词"哥特式"(Gothic)。从那以后,这一融合有"古代传奇"和"现代小说"特征的"哥特式故事"①逐渐在英国流传,并先后引起多人模仿。首先值得一提的是英国医生兼作家约翰·艾金(John Aikin,1747-1822)。1773 年,他和姐姐安娜·艾金(Anna Aikin,1743-1825)合编了当年的《散文杂集》(*Miscellaneous Pieces in Prose*),其中一篇由安娜·艾金撰写的"关于恐惧物体所产生的乐趣"("On the Pleasure Derived from Objects of Terror")的论文,附有约翰·艾金创作的哥特式小说故事"伯特兰爵士"("Sir Bertrand")。该故事以骑士时代"英雄救美人"的情节框架,在一个隐约可见的"圣杯"状城堡,演绎了霍勒斯·沃波尔式的超现实主义恐怖经历,其中许多恐怖描写成为后人反复借鉴的文学手段。数年之后,克拉拉·里夫(Clara Reeve,1729-1807)又推出了轰动一时的《英国老男爵》(*The Old English Baron*)。这也是一部沿袭《奥特兰托城堡》传统的长篇小说,书中保留了许多超现实主义的恐怖描写,但相比之下,故事情节设置更为合理,因而也更为可信。正如她在此书再版前言中一再强调的,她试图将霍勒斯·沃波尔的创作模式"控制在某种可信的限度之内。"② 此后,索菲亚·李(Sophia Lee,1750-1824)又耗时三年创作、出版了《幽室》(*The Recess*)。这部三卷本巨著以高度真实的历史背景和扣人心弦的超现实主义的"幽室"描写,赢得了无数读者的青睐,而且书中脱离了"母爱"、备受"精神折磨"的两个年轻女主人公的悲惨遭遇,堪称"女性哥特"描写之先驱。一年之后问世的威廉·贝克福德(William Beckford,1760-1844)的《瓦赛克》(*Vathek*),又以令人耳目一新的"东方色彩"和"地狱传奇",在读者当中掀起了阵阵热潮。如同这位"英格兰最富之子"的颓废、奢靡、性扭曲的另类个性,该书主人公瓦赛克是中世纪阿拉伯一个另类的哈里发,他的所谓"魔鬼朝圣"既荒诞又偏激,充满了种种令人毛骨悚然的邪恶,因而最终只能遭受"地狱之火"的永恒煎熬,也由此开启了英国哥特式小说从恶魔的视角描写人生经历的大门。此外,夏洛特·史密斯(Charlotte Smith,1740-1806)的《城堡孤女埃米琳》(*Emmeline, the Orphan of the Castle*,

---

① E. F. Bleiler, ed. *Three Gothic Novels*. Dover Publications, Inc., New York, 1966, p. 21.

② Clara Reeve. *The Old English Baron*, edited by James Trainer. Oxford University, New York, 1967, p. viii.

1788)，哈利夫人（Mrs. Harley）的《圣·莫布雷城堡》（*The Castle of St. Mowbray*，1788），也分别以"父权专制"的主题和"多愁善感"的故事人物，给英国哥特式小说这座大厦添砖加瓦。到1789年安·拉德克利夫（Ann Radcliffe，1764－1826）出版处女作《阿思林和邓贝恩的城堡》（*The Castles of Athlin and Dunbayne*）的时候，英国哥特式小说已经基本成形。这就是：故事背景设置在黑暗的中世纪，场所为城堡、修道院之类的荒僻古建筑，那里有超自然主义的幽灵缠绕，并严重威胁到主人公的生命安危，其中悬疑与爱情相互交织；常用的悬疑手段有神秘的继承权、隐秘的身世、丢失的遗嘱、家族的秘密、祖传的诅咒，以及性扭曲等等；到最后，悬疑解开，歹徒暴露，爱情障碍扫除。而由于上述"历史"和"浪漫"相融合的重要特征，霍勒斯·沃波尔及其追随者被称为"历史派哥特式小说作家"。

如果说，霍勒斯·沃波尔是英国哥特式小说之父，那么安·拉德克利夫便是英国哥特式小说之母。这位诞生于《奥特兰托城堡》问世之年、从小被父母寄养在亲戚家中、后来嫁给期刊编辑为妻的天才女作家，尽管处女作《阿思林和邓贝恩的城堡》遭受读者冷遇，但第二部小说《西西里传奇》（*A Sicilian Romance*，1790）和第三部小说《森林传奇》（*The Romance of the Forest*，1791）却格外受读者欢迎。仅以《森林传奇》为例，该书在出版的当年即重印了一次，接下来的三年内又重印了四次，每次均有数千册。塞缪尔·柯勒律治（Samuel Coleridge，1772－1834）盛赞它对读者的悬念"一直没有被打断"[①]；沃尔特·司各特（Walter Scott，1771－1832）也赞扬它"对大众的吸引力到了奇异的地步"[②]。接下来，安·拉德克利夫又创作了《尤道弗的神秘》（*The Mysteries of Udolpho*，1794）和《意大利人》（*The Italian*，1797），它们出版后同样受读者欢迎，特别是《尤道弗的神秘》，短短几年内重印了十次，还被译成法语和德语，远销欧洲大陆许多国家和地区。与霍勒斯·沃波尔等历史派哥特式小说作家的作品不同，安·拉德克利夫的上述哥特式小说的背景主要设置在比较近代的16世纪，故事场景也由英国本土改为法国和意大利，从而避免了因时代背景、故事场所、人物行动三者不大相融所带来的种种弊病。尤其是安·拉德克利夫依据埃德蒙·伯克（Edmund Burke，1729－1797）的"崇高与美丽"的理论，运用大量的出神入化的自然景观描写，创造了神秘、恐惧、悬疑的

① S. T. Coleridge. "A Review of the Romance of the Forest", in *Critical Review*. 4 (1792), p. 458.

② Sir Walter Scott. "Ann Radcliffe", in *Sir Walter Scott on Novelists and Novels*. Reprint Edition, edited by Loan Williams, Routledge & Kegan Paul, London, 1968, pp. 102－119.

气氛,这种别具一格的气氛,与跌宕起伏的"少女逃离魔爪"的故事情节、诗意甚浓的叙事风格,以及丝丝入扣的女主人公人物心理刻画相结合,产生了令读者耳目一新的独特效果。当然,书中保留有大量的超自然主义的描写,但这些描写是"解释性的",给作品中的人物以及读者一种"恐怖预期暗示",而并非像《奥特兰托城堡》、"伯特兰爵士"、《英国老男爵》、《幽室》、《瓦赛克》那样,让他们赤裸裸地面对"狰狞"、"怪诞"和"恐怖"。

无须说,安·拉德克利夫的上述小说招致众多后来者仿效。一时间,以"西西里"、"森林"、"尤道弗"、"意大利人"、"传奇"、"神秘"等字眼为书名的哥特式小说在图书市场上铺天盖地,而以安·拉德克利夫作品中的女主角"阿德琳"、"埃米莉",以及歹徒"蒙托尼"为书名的同类作品也不计其数。它们的结构要素大都借鉴安·拉德克利夫的上述作品,有关"追捕"、"囚禁"、"强暴"之类的恐怖场景时时让人想起安·拉德克利夫的风格和手法。其中比较著名的有伊丽莎·帕森斯(Eliza Parsons,1748 - 1811)的《沃尔芬巴克城堡》(*The Castle of Wolfenbach*,1793)、雷吉娜·罗奇(Regina Roche,1773 - 1845)的《修道院的子女》(*The Children of the Abbey*,1796)、埃莉诺·斯利思(Eleanor Sleath)的《莱茵孤儿》(*The Orphan of the Rhine*,1798)、霍斯利·柯蒂斯(Horsley Curties)的《古代记载》(*Ancient Records*,1801)、凯瑟琳·卡思伯森(Catherine Cuthbertson)的《比利牛斯传奇》(*Romance of the Pyrenees*,1803)、托马斯·霍尔克罗夫特(Thomas Holcroft,1745 - 1809)的《荒堡恐惧》(*The Horrors of the Secluded Castle*,1807)、玛丽·安·拉德克利夫(Mary Ann Radcliffe)的《曼弗朗涅》(*Manfrone*,1809),等等。它们几乎全是畅销书,一版再版,畅销不衰,并被译成多种文字,风靡欧美。自此,英国哥特式小说一扫过去 30 年中断断续续、蜗行牛步的发展局面,呈现出量多面广、快速行进的大好景象。

受安·拉德克利夫及其仿效者成功的鼓舞,伦敦富家子弟、年轻的外交官马修·刘易斯(Matthew Lewis,1775 - 1818)也以极快的速度创作了《修道士》(*The Monk*)。这部自诩"有史以来最好的小说"[①]于 1796 年 3 月在伦敦匿名问世后,立刻在读书界、评论界引起了轩然大波。全书一反拉德克利夫派作家的创作传统,以"骷髅头加十字胫骨"替代"多愁善感",通过通奸、强暴、乱伦、弑母、绑架、毁尸等一系列的骇人听闻的故事情节,极力表现男主人公安布罗西奥的凶残和堕落。马修·刘易斯不但在书中

---

① Louis F. Peck. "Lewis to His Mother, The Hague, 18 May 1794", in *A Life of Mathew G. Lewis*. Harvard University Press, Cambridge, MA, 1961, p. 208.

大量使用了基于德国文学传统的巫术和魔法,而且彻底放弃了"解释性"超自然主义,从而把安·拉德克利夫的"恐怖预期暗示"重新变回了霍勒斯·沃波尔等人的"赤裸裸恐怖",甚至比他们有过之而无不及。而因为上述离经叛道的结构要素、创作手法以及象征着社会动荡的主题表现,《修道士》成为继《尤道弗的神秘》之后又一部超级畅销书。也同安·拉德克利夫一样,马修·刘易斯招致了众多仿效者。一部部以"修道院"、"修道士"、"新修道士"为标题的小说竞相追逐;一本本以"安布罗西奥"、"马蒂尔达"、"安东尼娅"为男女主人公的作品充斥街市。它们均同《修道士》一样,推崇德国文学传统的巫术和魔法,封面往往有"译自德国故事"、"取材于德国故事"、"根据德国故事改写"等副标题,大肆渲染一个个交织着乱伦、强奸场面的死亡恐怖境遇,其中不乏一些颇有亮点的精湛之作。如弗朗西斯·莱瑟姆(Francis Lathom,1777－1832)的《午夜钟声》(*The Midnight Bell*,1798),描述荒僻古堡中一场"杀夫"、"弑母"的拉锯战,情节设置不落窠臼,结尾也别具一格。而威廉·爱尔兰(William Ireland,1777－1835)的《女修道院院长》(*The Abbess*,1799),也展示了一个活生生的女性版《修道士》,其邪恶的女修道院长维托里奥的形象刻画,显得不落俗套,颇有立体感。还有威廉·戈德温(William Godwin,1756－1836)的《确有其事》(*Things as They Are*,1794)和《圣·利昂》(*St. Leon*,1799),也每每令读者叫绝。前者述说一个"准侦探"式的恐怖故事,抨击了英国司法制度的腐败,而后者也通过一个醉心于魔法的犹太人的恐怖经历,鞭挞了教会统治的残忍,嘲弄了知识滥用的恶果。最值得一提的是夏洛特·戴克(Charlotte Dacre,1782－1842)的《佐弗罗亚》(*Zofloya*,1806)。该书兼有"女性哥特"和"男性哥特"的双重特征,通篇浸透着刘易斯式的放荡、谋杀和魔法,其歹毒的女主人公维多利亚的形象刻画,简直与安布罗西奥有异曲同工之妙。此外,约翰·帕尔默(John Palmer,1742－1798)的《闹鬼的洞穴》(*The Haunted Cavern*,1796),约瑟夫·福克斯(Joseph Fox)的《索菲亚－玛利亚》(*Sophia-Maria*,1797),乔治·沃克(George Walker)的《三个西班牙人》(*The Three Spaniards*,1800),查尔斯·卢卡斯(Charles Lucas,1769－1854)的《阴间唐吉诃德》(*The Infernal Quixote*,1801),托马斯·莱瑟(Thomas Lathy)的《篡位》(*Usurpation*,1805),等等,也分别以这样那样的刘易斯式的创作特色赢得了读者青睐,在当时颇有声誉。

必须指出,在18世纪末和19世纪初英国仿效安·拉德克利夫和马修·刘易斯的哥特式小说中,有相当数量是以"蓝皮书"(bluebook)的形式出现的。所谓"蓝皮书",是指当时英国出版界为适应社会上日益增长的哥特式小说的阅读需要而印制的一种廉价简易读物。这种读物一般长6至7英寸,宽3.5至4英寸;纸张劣质,正文36页或72页,依次定价为六便士、一先令;铜版扉页,有花哨图案;封面为蓝色,故人称"蓝皮书"。过去,人们往往将"蓝皮书"与"小本书"(chapbook)相提并论,以为两者同属一类"低劣"读物。但其实,双方存在较大差异。"蓝皮书"系大型书商印制,书籍形式、对象为社会各个阶层读者,内容仅限于哥特式小说;而"小本书"系小商小贩操作,活页折叠,面向文化水准不高的劳工阶层,内容则涉及诗歌、谜语、烹饪、盗匪故事、政治笑话、致富经历,等等。而因为上述概念认识上的误区,长期以来,"蓝皮书"被视为"低劣"作品而受到排斥,如弗雷德里克·弗朗克(Fredrick Frank)就曾经断言,"几乎所有的蓝皮书都压缩、抄袭于足本哥特式小说。"①但如今,这种观点遭到许多西方学者的质疑。事实证明,在当时面世的成百上千种"蓝皮书"中,仅有少量改编自安·拉德克利夫、马修·刘易斯等人的长篇名著,而且这些改编也往往是综合各家之长,颇需艺术眼光。至于"蓝皮书"的大部分情节、人物与此前的长篇哥特式小说雷同,这是同一类型小说不可避免的现象,何况其情节、人物来源,也并非完全依靠长篇哥特式小说。书中历史事件、戏剧往往都是首选,其仿效艺术,并不亚于其他长篇哥特式小说作家。譬如,萨拉·威尔金森(Sarah Wilkinson)的"蓝皮书"《幽灵》(*The Spectre*,1806),熔"多愁善感"和"十字胫骨"于一炉,黑色气氛浓郁,恐怖悬疑迭出,其情节设置之妙,往往令读者叫绝。又如伊萨克·克鲁肯登(Isaac Crookenden)的"蓝皮书"《骷髅》(*The Skeleton*,1805),以极其简练的笔触描绘了德国式的"赤裸裸恐怖",血色暴力与黑暗幽灵缠绕,忧郁阴影与阴霾塔楼相映。还有无名氏的"蓝皮书"《午夜呻吟》(*The Midnight Groan*,1808)和《致命的誓言》(*Fatal Vows*,1810),前者吸取安·拉德克利夫之精华,故事曲折,感伤浓郁,结尾出人意料,而后者博取马修·刘易斯之所长,放荡、魔法、暴力相互交织,骇人肺腑,主题隽永、深刻。

同"蓝皮书"一样,"期刊恐怖故事"(terror tales in periodicals)也是当时英国哥特式小说的一大景观。英国期刊诞生于17世纪,起初为各个政党的政治宣传品,形式同报纸差不离。随着时间的推移,其形式趋于固定,内容也逐渐多样化。18世纪末和19世纪初英国的文学性、娱乐性期刊主要有《女士杂志》(*Lady's Magazine*)、《女士每月博览》(*Lady's*

---

① Frederick S. Frank. *The First Gothics: A Critical Guide to the English Gothic Novel*. Garland Publishing, New York & London, 1987, p. 433.

Monthly Museum)、《绝妙杂志》(*The Marvelous Magazine*)、《讲故事杂志》(*Tell-Tale Magazine*)、《文学时光》(*Literary Hours*)、《文学之花》(*Flowers of Literature*),等等。它们多半由印制"蓝皮书"的大型书商主办,目的是连载即将出版的"蓝皮书"以及长篇哥特式小说,与此同时,也发表一些短小精悍的恐怖故事。这些故事大都同"蓝皮书"一样,带有安·拉德克利夫和马修·刘易斯的种种印记,如国外背景、荒僻古堡、受害少女、残暴父亲、恐怖谋杀、复仇幽灵,等等,不过限于篇幅,人物描写比较粗略,情节发展也较单一,且以平铺直叙为主,但几乎都有浓厚的道德寓意。这方面影响较大的"期刊恐怖故事"有:乔治·穆尔(George Moore,1709–1787)的《格拉斯维尔修道院》(*Grasville Abbey*,1793)、内森·德雷克(Nathan Drake,1766–1836)的《克卢恩戴尔修道院》(*The Abbey of Clunedale*,1798)、戴维·凯里(David Carey,1782–1824)的《城堡秘密》(*Secrets of the Castle*,1806),等等。

还必须指出,在18世纪末和19世纪初安·拉德克利夫、马修·刘易斯两人所掀起的哥特式文学大潮中,也曾出现过一定数量的以嘲讽哥特式小说既有创作模式或艺术水准为创作目的的"戏拟"(parody)小说。本来,戏拟为哥特式小说的固有成分,如马修·刘易斯的《修道士》就以德国式"赤裸裸恐怖"嘲讽了安·拉德克利夫的"恐怖预期暗示"。稍早一些时候的例子则有詹姆斯·怀特(James White)所著的《斯特朗鲍伯爵》(*Earl Strongbow*,1789),该书通过极度夸大鬼魂智慧的荒谬情节,嘲讽了大多数历史派哥特式小说作家的"年代误植"的通病。不过,无论是詹姆斯·怀特的《斯特朗鲍伯爵》,还是马修·刘易斯的《修道士》,其"嘲讽"成分十分有限,整个作品的基调仍然属于传统哥特式小说。到了18世纪末,鉴于哥特式蓝皮书和期刊恐怖故事的大量流行,许多人认为哥特式小说已经走入了死胡同,需要进行伤筋动骨的改造,从而有了以"嘲讽"为主旋律的哥特式戏拟小说。一般认为,英国哥特式戏拟小说的领军人物是简·奥斯汀(Jane Austen,1775–1817)。1798年,她创作了长篇小说《诺桑觉修道院》(*Northanger Abbey*),以嘲讽当时越来越离奇的哥特式小说情节对读者的"危害",书中女主人公凯瑟琳即为这样一个受害者,她在阅读了多部哥特式小说之后去诺桑觉修道院,俨然已是身陷囹圄的纯情少女,从而人为地经历了一系列恐惧。该书虽然直到1818年简·奥斯汀去世之后才出版,但在此之前,已有少量散本在社会流传,其影响之大,无其他哥特式戏拟小说可比。而且,书中所列出的伊丽莎·帕森斯等人的七部哥特式小说,也引起了批评家的极大兴趣。同一时期影响较大的哥特式戏拟小说有 S. R. 的《新修道士》(*The New Monk*，1798)、玛丽·查尔顿(Mary Charlton)的《罗塞娜》(*Rosella*，1799)，等等。S. R. 的真名疑是理查德·西克尔莫尔(Richard Sicklemore)，此人系布赖顿的一个书商，写过不少畅销小说和剧本。在《新修道士》中，他以怪异荒唐的人物情节类比和滑稽风趣的现代场景置换，尖锐地嘲讽了马修·刘易斯的《修道士》的主题表现以及基督教循道宗的残忍伪善。同理查德·西克尔莫尔一样，玛丽·查尔顿也是一个畅销书作家，所写大部分小说由伦敦密涅瓦出版社(Minerva Press)出版。在《罗塞娜》中，她别出心裁地塑造了两个"女性假想受害狂"，其人为的荒唐举动造成了意想不到的恶果。该书的嘲讽主题可与简·奥斯汀的《诺桑觉修道院》媲美。19 世纪初，英国颇有影响的哥特式戏拟小说主要有伊顿·巴雷特(Eaton Barrett，1786 - 1820)的《女英雄》(*The Heroine*，1813)，该书主要延续简·奥斯汀的嘲讽传统，抨击哥特式小说接受的时弊。此外还有艾卡斯特伦西斯(Ircastrensis)的《爱情与恐怖》(*Love and Horror*，1815)，作者首次以男性主人公为奚落对象，揭露了天主教教义的冷漠、伪善和荒谬。

　　然而，上述哥特式戏拟小说作家的"改造"力量终究有限，无法扭转哥特式小说"盛极而衰"的命运。自 1810 年起，英国哥特式小说即从顶峰滑落。一方面，每年面世的哥特式小说新作递减；另一方面，读者也对此类作品渐渐失去兴趣，甚至阅读哥特式小说已成为"一个笑柄"[1]。这种情况的产生，固然与哥特式小说的总体质量下降有关，但最根本的，还是决定这一文学样式的社会历史环境已经发生变化。正如弗朗兹·波特(Franz Potter)所说："历史的、文化的、政治的、社会的篇章总是随着时间变化的。18 世纪末它们显然汇聚成了哥特式传统框架，但同时也不限于固有特征，而是继续以不同形式存在。"[2] 不过，哥特式小说的衰落并非瞬时直线下降，而是有起有伏，呈波浪式曲线行进，特别是 1818 年玛丽·雪莱(Mary Shelley，1797 - 1851)的《弗兰肯斯坦》(*Frankenstein*，1818)的问世，不啻给疲软的哥特式小说市场注射了一针强心剂。该书主要沿袭马修·刘易斯的传统，浓墨重彩地描绘了一个"造人"的恐怖王国，其"男性哥特"的恐怖场景交织着深邃的"女性哥特"主题。一年之后约翰·波利多里(John Polidori，1795 - 1821)出版的《吸血鬼》(*The Vampire*，1819)，又以同样

---

① Coral Ann Howells. *Love, Mystery, and Misery: Feeling in Gothic Fiction*. Athlone Press, London，1978，p. 80.

② Franz J. Potter. *The History of Gothic Publishing 1800 - 1835: Exhuming the Trade*. Palgrave，Macmillian，New York，2005，p. 6.

的魅力震撼了哥特式小说界。该书风靡欧洲大陆固然有"读者误以为是拜伦作品"的因素,但栩栩如生的吸血鬼形象塑造也是不可或缺的条件。此后,颇有影响的哥特式小说新作有查尔斯·马图林(Charles Maturin, 1782 – 1824)的《漂泊者梅尔摩斯》(*Melmoth the Wanderer*, 1820)。该书以充满超现实主义幽灵的复仇情节,再现了拉德克利夫式的悬疑和刘易斯式的恐怖,其细腻传神的主人公负罪心理刻画,深受读者青睐。还有詹姆斯·霍格(James Hogg, 1770 – 1835)的《一个自认有理的罪人的个人回忆和自白》(*The Private Memoirs and Confessions of a Justified Sinner*, 1824),通过异乎寻常的"精神分裂主人公"的叙述、"双重人物心理"的描绘,以及充满哥特式恐怖的情节,探究了道德、宗教、心理等多重主题。

　　1824年后,英国哥特式小说继续滑坡。不过,历史资料显示,此时这类小说仍对读者有一定的吸引力。由于纸张价格上涨和印刷技术革新的双重因素,出版商纷纷转向"期刊恐怖故事",因而市场上长篇哥特式小说新作微乎其微,"蓝皮书"新作也比较少见。这一时期有影响的哥特式小说主要有威廉·格林(William Green)的《蒙特塞拉修道院长》(*The Abbot of Montserrat*, 1826),该书受《漂泊者梅尔摩斯》的激励而作,同时兼有沃尔特·司各特的历史小说的风格。到18世纪30年代初,市面上各类哥特式小说,包括"蓝皮书"和"期刊恐怖故事",渐渐消失。1934年,威廉·安思沃斯(William Ainsworth, 1805 – 1882)尝试复兴哥特式小说,并精心创作了《鲁克伍德》(*Rookwood*, 1834)。该书尽管得到好评,也有一定的市场效果,但没有得到其他作家的呼应。而且后来威廉·安思沃斯本人也改变初衷,转而从事时尚的历史小说创作。至此,英国文学史上这一长达70年之久的罕见的文学运动宣告结束。

二、英国哥特式小说批评:历史与现状

　　几乎从一开始,西方文学批评家就对这类异乎寻常的"哥特式故事"进行了文学解读。然而,在当时的文学批评界,占主导的是"新古典主义学派"。一方面,他们受亚历山大·蒲柏(Alexander Pope, 1688 – 1744)等人的影响很深,把文学视为道德教育的手段;另一方面,他们又信奉威廉·康格里夫(William Congreve, 1670 – 1729)等人的"诗歌中心论",主

张高雅的审美趣味。不难想象,如此基于个人经验的泛文化批评模式以及强调道德教育和高雅趣味的精英文学主张,只能给这类作品贴上"不道德"或"低俗"的标签。霍勒斯·沃波尔的《奥特兰托城堡》刚一出版,《每月评论》(*Monthly Review*)即发表书评,质疑这并不是一部中世纪的译作,并对该书"含有如此腐烂的东西"感到"无法理解"[1]。此后该书再版,《学术评论》(*Critical Review*)又发表书评,指责该书鼓吹"哥特式魔鬼的盲目迷信"[2]。安·拉德克利夫的《尤道弗的神秘》问世后,也遭遇了类似的抨击经历。一些人在攻击她"不道德"的同时,还攻击她"行文沉闷,语言呆滞,人物贫乏"[3]。而马修·刘易斯的《修道士》面世后,也被包括塞缪尔·柯勒律治在内的一些人攻击为"下流"、"不道德"、"敌视宗教",作品中"错误、缺陷大量存在,甚至(还不得不遗憾地说)相当大"[4]。其他哥特式小说作家,包括威廉·贝克福德、威廉·戈德温、玛丽·雪莱、查尔斯·马图林、詹姆斯·霍格等人在内,其作品出版后也无一例外地被抨击为"不道德"或"低俗"。至于"蓝皮书"和"期刊恐怖故事",如前所述,已被全部看成"压缩"、"改编"、"剽窃"长篇哥特式小说的"文学垃圾",根本不能进入批评视野,只是在评论其他相关作品时,偶尔有所"贬斥性提及"[5]。

受这种"不道德"或"低俗"的传统观念的影响,其后整整一个世纪,英国哥特式小说处在被"遗忘"的境地,评论家不予评论,文学史家也拒绝给予适当的文学地位。直至 20 世纪 20、30 年代,随着小说地位的进一步上升以及浪漫主义文学研究的深入开展,才陆续有一些相关论著问世。其中一些人大胆地突破禁区,对英国哥特式小说作了有悖传统的描述和评价,如多萝西·斯卡伯勒(Dorothy Scarborough,1878-1935)的《现代英语小说中的超现实主义》(*The Supernatural in Modern English Fiction*,1917)、伊迪丝·伯克黑德(Edith Birkhead)的《恐惧故事》(*The Tale of Terror*,1921)、艾诺·雷罗(Eino Railo,1884-1948)的《闹鬼的城堡:英

---

① John Langhorne. "A Review of The Castle of Otranto (Second Edition)", in *Monthly Review* (May 1765), p. 394.

② Anonymous. "A Review of The Castle of Otranto: A Story", in *Critical Review* (January 1765), pp. 50-51.

③ Samuel Taylor Coleridge. "A Review of Mysteries of Udolpho", in *Critical Review* (August 1794), pp. 361-372.

④ Samuel Taylor Coleridge. "A Review of Monk", in *Critical Review* (February 1797), pp. 194-200.

⑤ Franz Potter. *The History of Gothic Publishing 1800-1835*. Palgrave, Macmillian, New York, 2005, p. 38.

国浪漫主义要素研究》(*The Haunted Castle: A Study of the Elements of English Romanticism*，1927)，等等。尤其是蒙塔古·萨默斯(Montague Summers，1880－1948)的《探寻哥特式文学》(*The Gothic Quest*，1938)，明确指出哥特式小说"决非低俗的大众艺术"，而是"文学中的佼佼者"①，在当时引起了较大的反响。总的来说，这些早期的研究英国哥特式小说的论著受俄国形式主义批评的影响，不再强调作品的道德教育和心理审美，而是追寻哥特式小说的历史足迹，把整个批评的重点置于文本的分析以及所产生的影响。尽管一些观点依旧带有18、19世纪的"贬斥"性印记，论述也不乏偏颇，如伊迪丝·伯克黑德的所谓哥特式小说没有"反映真实生活"、蒙塔古·萨默斯对书中超现实主义的不当抨击，等等，但毕竟亮出了哥特式小说值得研究的旗子，并较为系统地评述了一些重要作家的作品，提供了许多值得后人进一步探讨的课题和信息，从而为该类小说的研究在西方崛起做了有力的铺垫。

西方严格意义的英国哥特式小说研究诞生于20世纪50、60年代。随着战后西方政治、经济格局的改变以及思想、道德、文化观念的变化，人们纷纷以挑剔的眼光对待文学传统，挖掘过去被遗忘和被忽视的角落。在这种情境下，英国哥特式小说研究也开始全面解冻。一方面，一些资深的文学专家出版了颇有影响的介绍性研究专著，譬如埃德蒙·威尔逊(Edmund Wilson，1895－1972)的《经典作品与畅销书》(*Classics and Commercials*，1951)、彼得·彭佐尔茨(Peter Penzoldt，1925－1969)的《小说中的超自然主义》(*The Supernatural in Fiction*，1952)，以及德文德拉·瓦玛(Devendra Varma，1923－1994)的《哥特式火焰》(*The Gothic Flame*，1957)，等等；另一方面，有关研究又走进了大学的殿堂，成为众多博士研究生的青睐对象，其中成绩卓著的有罗伯特·梅奥(Robert Mayo)。他继发表题为《英国哥特式小说对沃尔特·司各特创作影响》的博士论文后，连续出版了几本论述18世纪英国通俗期刊中哥特式小说的专著，并以此为基础，编写了第一本颇有影响的哥特式小说文献要目《杂志中的英国小说，1740－1815》(*The English Novel in the Magazines*，1740－1815)。与此同时，他在各文学专业杂志和学报，如《巴黎评论》(*Revue de Paris*)、《浪漫主义研究》(*Studies in Romanticism*)、《耶鲁大学图书馆学报》(*Yale University Library Gazette*)、《泰晤士文学增刊》(*Times Literary Supplement*)、《纽约时报图书评论》(*New York Times Book*

① Montague Summers. *The Gothic Quest: A History of the Gothic Novel*. Russell & Russell, New York，1964，p. 397.

Review），以及形形色色的论文集，也发表了数量可观的研究论文。这些论文和论著基本沿袭美英新批评的套路，着重具体文本分析，强调作者的创作意图与读者的接受反映，其中特别引人瞩目的是关于哥特式小说的个人心理的分析。与蒙塔古·萨默斯不同，德文德拉·瓦玛、罗伯特·休姆（Robert Hume）等人根据安·拉德克利夫关于"心理恐惧"和"本体恐怖"的论断，区分了"恐惧型哥特式小说"和"恐怖型哥特式小说"，并指出前者以安·拉德克利夫为代表，意在揭示"内在"的"感受性"，强调人物视角的惊悚和神秘，而后者以马修·刘易斯为代表，意在揭示"外在"的"轰动效应"，强调面目狰狞的鬼怪和暴力。

20世纪70年代和80年代，伴着社会上通俗小说观念的彻底改变以及霍勒斯·沃波尔、安·拉德克利夫、马修·刘易斯等哥特式经典作家的作品的重印，西方出现了英国哥特式小说研究的热潮。据弗雷德里克·弗朗克的统计资料，自1900年至1987年，英、美、法、德等主要西方国家共发表和出版英国哥特式小说论著1028部（篇），其中70年代和80年代发表和出版的就有650部（篇），占总数6成以上。[①] 这个时期许多专家、学者关注的一个重点是"女性哥特"，重要论著有埃伦·莫尔斯（Ellen Moers）的《文学的妇女》（*Literary Women*，1976）、桑德拉·吉尔伯特（Sandra Gilbert）和苏珊·古芭（Susan Gubar）的《阁楼上的疯女人》（*The Madwoman in the Attic*，1979），以及朱莉安·弗利诺（Juliann Fleenor）的《女性哥特》（*The Female Gothic*，1983）。一方面，埃伦·莫尔斯等人提出了"女性哥特"的概念，指出18世纪末以来的女性哥特式小说作家均存在一种难以言喻的反向女性现实认知，而《弗兰肯斯坦》所描写的"出生之谜"就体现了玛丽·雪莱"对自己降生，以及围绕着降生所带来的极大负疚、恐惧和磨难的厌恨"[②]；另一方面，她们又将这种概念的内涵进行延伸，探讨了诸如"女性"超现实主义与"男性"理性主义的二元对立，以及"男权"社会中的女性地位、女性作家身份焦虑等多重主题。同以上埃伦·莫尔斯等女性主义者的研究相映衬，茨维坦·托多罗夫（Tzvetan Todorov）的《荒诞古怪》（*The Fantastic*，1975），罗斯玛丽·杰克逊（Rosemary Jackson）的《荒诞古怪：颠覆的文学》（*Fantastic: The Literature of Subversion*，1981），以及特里·赫勒（Terry Heller）的《恐怖的乐

---

① Frederick S. Frank. *Gothic Fiction: A Master List of Twentieth Century Criticism and Research*. Meckler Corporation，Westport，1988.

② Ellen Moers. *Literary Women: The Great Writers*. Doubleday，Garden City，N. Y.，1976，p. 92.

趣》(*The Delights of Terror*, 1987),运用结构主义的精神分析理论,特别是弗洛伊德的"不可知"理论,继续进行哥特式小说的心理解析,并将解析的范畴从个体扩展到社会,指出自我与他者、生存与死亡、现实与虚幻的界限崩溃是这类小说产生的文学恐怖的基础。此外,罗伯特·凯利(Robert Kiely)的《英格兰的浪漫主义小说》(*The Romantic Novel in England*, 1972)、戴维·庞特(David Punter)的《恐怖文学》(*The Literature of Terror*, 1980),也分别运用形式主义和西方马克思主义理论,分析了经典哥特式小说的"'想象及自我至上'与'理性及民众安康'相互抗争"[1]的主要结构形式,以及"哲学、心理、社会、经济、政治"[2]的类型的生成环境。总之,正如罗伯特·斯佩克特(Robert Spector)所说:"结构主义者、解构主义者、符号学论者、马克思主义者和女性主义者如今都试图解释哥特式小说的传播内容和方式,其数量之多,令人惊叹。"[3]

20世纪末,21世纪初,英国哥特式小说的研究热继续升温。这主要表现在有关论著的出版数量翻了一倍,研究视角持续拓宽。[4] 原先仅有少数人涉猎的"蓝皮书"和"期刊恐怖故事",此时都已有了相关论著。有关专题也从"女性哥特"、"男性哥特",扩展至"帝国哥特"、"殖民哥特"、"心理哥特"、"维多利亚哥特",等等;重点研究对象则从霍勒斯·沃波尔、安·拉德克利夫、马修·刘易斯等作家延伸到约翰·波利多里、拉·法努(Le Fanu, 1814－1873)、布拉姆·斯托克(Bram Stoker, 1847－1912),等等。尤其是,研究出现了全球化、网络化的趋势。今天的哥特式小说批评,不独在英、美、法、德等西方主要国家火爆,而且在俄罗斯、西班牙、葡萄牙、意大利、挪威、丹麦、瑞典、澳大利亚等国均有相当的规模。这些国家的哥特式小说研究学者和爱好者可以借助国际哥特式文学协会(IGA)的网站以及其他网站彼此交流有关信息。

当然,哥特式小说的研究内容也在不断深化。这时候一个由"女性哥特"衍生的热门话题是"性别和类型"(gender and genre)。一些有关重要论著,如罗伯特·迈尔斯(Robert Miles)的《哥特式著作1750－1820》

① Robert Kiely. *The Romantic Novel in England*. Harvard University Press, Cambridge, MA, 1972, p. 25.

② David Punter. *The Literature of Terror: A History of Gothic Fiction from 1765 to the Present Day*. Longman, London, 1980, p. vi.

③ Robert D. Spector. *The English Gothic: A Bibliographic Guide to Writers from Horace Walpole to Mary Shelley*. Greenwood Press, Westport, 1984, p. ii.

④ Frederick S. Frank. *Guide to the Gothic III: An Annotated Bibliography of Criticism, 1994－2003*. Scarecrow Press, Lanham, 2004.

导论

（*Gothic Writing 1750 – 1820*，1993）、玛吉·基尔戈（Maggie Kilgour）的《哥特式小说的兴起》（*The Rise of the Gothic Novel*，1995），等等，指出过去30年中，各种哥特式小说研究趋于承认一个事实，那就是"身份构建芜杂"。哥特式小说实际上是"一个漫漶芜杂的场所，一种狂欢化式的零散主题集合"①，因而无法摆脱多重文学渊源的纠缠，"正如弗兰肯斯坦所造怪物，是由过去的零星破碎尸块拼凑而成的一样"②。而另一些有关重要论著，如米歇尔·马赛（Michèle Massé）的《以爱的名义》（*In the Name of Love*，1992）、苏珊·格林菲尔德（Susan Greenfield）的《哺育女儿》（*Mothering Daughters*，2002），等等，通过不同的文本解析，强调了哥特式小说在"型塑女性身份"中的影响和作用。哥特式小说的核心恐惧反映了被禁锢者的欲望，某些情节可以解读为女性情欲的即时体现。作为哥特式小说的女主人公，她们永远处在"性器官发育阶段"，害怕被强奸是这类小说的基础。"哥特式小说和性受虐相互印证了女人的痛苦"③，是"关于缺失的母亲和她们受苦的女儿"④的文学。与此同时，与之相关的"同性恋"的讨论也很活跃。不少批评家认为，哥特式小说可以解读为"男同性恋恐惧"的一个符号。这个符号象征着某些男性作者对自身性扭曲行为的掩饰或流露，但同时也说明，在一个由异性恋主导的社会里，所有的"社会契约"都使男性成为这种恐惧的受害对象，以确保异性恋成为道德规范。这方面的重要论著有伊夫·塞奇威克（Eve Sedgwick）的《男人之间》（*Between Men*，1985）、克劳迪娅·约翰逊（Claudia Johnson）的《暧昧的人》（*Equivocal Beings*，1995），以及乔治·哈格蒂（George Haggerty）的《恋爱中的男人》（*Men in Love*，1999），等等。

　　同一时期，为学术界所瞩目的话题还有"阶级、国民和种族"（class，nation and race）。继戴维·庞特的《恐怖文学》之后，凯特·埃利斯（Kate Ellis）的《受考量的城堡》（*The Contested Castle*，1989）审视了哥特式小说兴起的历史环境，指出"家庭的理想化与哥特式文学大众化"是"两种中产

---

① Robert Miles. *Gothic Writing 1750 – 1820: A Genealogy*. Routledge，London & New York，1993，p. 4.

② Maggie Kilgour. *The Rise of the Gothic Novel*. Routledge，London & New York，1995，p. 4.

③ Michèle Massé. *In the Name of Love: Women, Masochism, and the Gothic*. Cornell University Press，Ithaca，1992，p. 2.

④ Susan Greenfield. *Mothering Daughters: Novels and the Politics of Family Romance*. Wayne State University Press，Detroit，2002，p. 13.

阶级文化的附带现象",彼此关系值得探讨。[①] 而坎农·施米特(Cannon Schmitt)的《异属国民》(*Alien Nation*，1997)，追随罗纳德·保尔森(Ronald Paulson)的步伐，描绘了哥特式小说与国民身份之间的关系。该书认为，"哥特式小说摆出了一副半人种论者的姿态，俨然代表了天主教、欧洲大陆或远东国土，这些基本上都是非英国式的，是堕落之地"，甚至"小说构建了英国特征的概念"。[②] 而帕特里克·布兰特林格(Patrick Brantlinger)的《罪恶规则》(*Rule of Darkness*，1988)，则将人们关注的重点从"国民"转到了"帝国"，该书专门辟有"帝国哥特"一章，首次阐述了这一概念的内涵和研究方法。接下来，凯蒂·特朗佩勒(Katie Trumpener)的《巴迪克国家主义》(*Bardic Nationalism*，1997)，也为"帝国哥特"的研究提供了广泛的论证和深邃的思考。

此外，这一时期受到密切关注的议题还有英国哥特式小说的"审美和接受"(aesthetics and reception)。一方面，乔治·哈格蒂的《哥特式小说／哥特式形式》(*Gothic Fiction / Gothic Form*，1989)将英国哥特式小说解读为"一种情感形式"，意在"引起读者的许多特殊反应"。[③] 另一方面，爱玛·克利里(Emma Clery)的《超自然小说的兴起》(*The Rise of Supernatural Fiction 1762 - 1800*，1995)又分析了 18 世纪末的英国文化，指出这种文化如何造就了英国哥特式小说的流行。与此同时，詹姆斯·瓦特(James Watt)的《考量哥特式文学，1764—1832》(*Contesting the Gothic，1764 - 1832*，1999)还揭示了英国哥特式小说的"怀旧黏合"下面掩盖着"多样性"，以及"不同的作品或作者之间存在着非相容关系"。[④] 而迈克尔·盖默(Michael Gamer)的《浪漫主义与哥特式小说》(*Romanticism and the Gothic*，2000)，也展示了英国哥特式小说的接受如何成功地型塑了浪漫主义的高雅文化意识。1985 年，戴维·莫里斯(David Morris)发表了论文"哥特式崇高"("Gothic Sublimity")，阐述了自己对于这个传统话题的新看法。此后，许多西方学者纷纷撰文或者著书积极响应，如安妮·梅勒(Anne Mellor)的《浪漫主义与性》(*Romanticism and Gender*，

① Kate Ferguson Ellis. *The Contested Castle: Gothic Novels and the Subversion of Domestic Ideology*. University of Illinois Press，Urbana & Chicago，1989，pp. xi - xii.

② Cannon Schmitt. *Alien Nation: Nineteenth-Century Gothic Fiction and English Nationality*. University of Pennsylvania Press，Philadelphia，1997，p. 2.

③ George E. Haggerty. *Gothic Fiction / Gothic Form*. Pennsylvania University Press，University Park，1989，p. 9.

④ James Watt. *Contesting the Gothic: Fiction, Genre and Cultural Conflict, 1764 - 1832*. Cambridge University Press，Cambridge，1999，p. 1.

1988)、弗朗西斯·弗格森（Frances Ferguson）的《荒僻与崇高》（*Solitude and Sublime*，1992）、维杰·米什拉（Vijay Mishra）的《哥特式崇高》（*The Gothic Sublime*，1994），以及安德鲁·史密斯（Andrew Smith）的《哥特式激进主义》（*Gothic Radicalism*，2000），等等。

上述英国哥特式小说研究的视角拓展和内容深化反映了当代西方文学研究的文化转向。不过，这种转向也给英国哥特式小说研究带来了负面效应，这就是使原本一直存在的"概念泛化"的现象进一步加剧。在不少研究者心目中，哥特式小说已不再是历史上的一种小说类型，而是自18世纪起延续至今的一种泛恐怖小说形式，甚至成为一种文化方式、一种表现风格、一种创作技巧、一套写作规范。[①] 正如法国学者莫里斯·利维（Maurice Levy）所说："在过去的20、30年中，'哥特式'的词义已经由于盲目、无情、杂乱的拓宽而遭到了严重损害，为此心中颇感悲哀。"[②]

在我国，第二次世界大战前，由于整体外国文学研究水平低下，英国哥特式小说研究基本是个"零"。20世纪50年代之后，我国的外国文学研究逐步走上正道，但由于受前苏联意识形态的影响，英国哥特式小说研究长期是个禁区。国内仅有的几部《英国文学史》，或对哥特式小说只字不提，或对其极尽贬低之能事。20世纪80年代末和90年代，随着我国改革开放的进一步扩大和外国文学研究禁区的打破，英国哥特式小说研究逐步进入人们的视野。各专业性报刊，尤其是高校学报，开始发表这方面的评介文章，如王晓秦的"英美哥特式小说概论"（1987）、刘新民的"哥特式小说初探"（1993）、曾忠禄的"哥特式小说的源流和发展"（1993）、高继海的"英国的哥特式小说"（1997），等等。新世纪的头十年，我国的英国哥特式小说研究继续朝纵深方面发展。一方面，有关文学史增设了英国哥特式小说的章节，如侯维瑞、李维屏著写的《英国小说史》（2005）；另一方面，各专业性杂志、高校学报也发表了数量可观的论文，其中一些论文还颇有深度，在学术界产生了较大影响，如肖明翰的"英美文学中的哥特传统"（2001）、李伟昉的"试论《修道士》的'哥特式'特征"（2002）、浦若茜的"《呼啸山庄》与哥特传统"（2002）、林斌的"西方女性哥特研究"（2005）、刘炅的"崇高美的临界体验与拉德克利夫的哥特传奇"（2008），等等。此外，许多在校研究生也发表了不少这方面的博士论文和硕士论文，如沈迪的《英国

---

① Mark Edmundson. *Nightmare on Main Street: Angels, Sadomasochism and the Culture of the Gothic*. Harvard University Press, MA, 1997, p. xi.

② Maurice Levy. "Gothic and the Critical Idiom", in *Gothick Origins and Innovations*. Allan Lloyd Smith and Victor Sage, Amsterdam and Atlanta, Rodopi, 1994, p. 1.

哥特小说评析》(2006)、宁晓慧的《英国哥特体小说研究》(2008)、李昕潮的《18世纪末到19世纪上半叶的女性哥特小说》(2008),等等。所有这些,标志着我国的英国哥特式小说研究领域的拨乱反正已初见成效。

不过,由于整体研究基础的薄弱和参考资料的匮乏,我国的英国哥特式小说的研究现状还不尽如人意。据"中国知网"学术文献总库所辑资料,自1987年至2010年,我国各级各类报刊共发表含有"哥特"关键词的著述600余篇(含高校博士、硕士论文),其中仅有70余篇是严格意义的英国哥特式小说研究论文,而在这70余篇研究论文中,又有相当数量的选题重叠和内容重复。不少研究者把研究对象定格在对英国哥特式小说的传统艺术特征的描述以及对《弗兰肯斯坦》、《诺桑觉修道院》、《修道士》、《尤道弗的神秘》等少量英国哥特式小说名著的解读方面,所依据的角度和论证方法都比较陈旧。此外,不少研究者在论证时,也往往疏于缜密,缺乏应有的深度和广度。个别的甚至仅凭零星的间接的英文资料,做一知半解的复述。2005年,中国社会科学出版社出版了李伟昉的《黑色经典:英国哥特小说论》。应当说,这是我国第一本英国哥特式小说研究专著,具有开拓意义,其中不少探讨颇有启发性。但从全书的结构和内容来看,显得不够系统,也不够深入。作者显然前期准备不足,没有做好国内外研究现状分析,以至于遗漏了许多亟需研究的内容。另外,书中所依据的资料比较陈旧,若干提法疏于论证,或明显与事实有悖。严格地说,该书只是关于英国哥特式小说的一部不够成熟的散论。因此,从总体上说,我国的英国哥特式小说研究还显得十分稚嫩。

三、英国哥特式小说研究与当代西方类型理论

当代西方类型理论的建立为我国新时期的英国哥特式小说研究提供了新的思考策略和努力方向。"类型"这个词的英文genre源于拉丁文genus,它最早出现在古希腊哲学,为表示事物共性的一个术语。亚里士多德(Aristotle, B. C. 384-322)认为,整个可视世界是由物质和形式构成的。客观事物刺激人的感官,由此大脑概括、推理出形式。决定事物形式的不是物质意义的个体,而是有着某些共同特征的群体,亦即种类。种类根据类型和差异进行定义。譬如"人"就可以定义为有着思维能力(差

异)的动物(类型)。到了18世纪和19世纪,欧洲浪漫主义文学运动开始赋予类型以新的涵义,其主要内容是,否定上述那种静态的分类,承认历史的因素,并融合有达尔文的进化论思想,甚至怀疑类型概念的实用性,如德国作家弗里德里克·施莱格尔(Friedrich Schlegel,1772－1829)所说的"每首诗本身即为一个类型"。20世纪20年代,以维克托·什克洛夫斯基(Victor Shklovsky,1893－1984)为首的俄国形式主义学者,又提出了形式主义的类型观。他们信奉索绪尔的语言学说以及象征主义的文本自治思想,强调形式、技巧重于内容。对于他们而言,文学不啻一系列复杂的零部件所构成的集合体,而文学史及其类型,也正如浪漫主义者所强调的,是一个动态的发展过程。文学进化并非一蹴而就,所谓旧的类型解体,乃是从中心滑到边缘。除了形式,功能也不可忽视,两者都是跨时间的。新的形式之所以出现,是因为旧的形式的功能已经丧失实行的可能性。20世纪中期,俄国著名学者米哈伊尔·巴赫金(Mikhail Bakhtin,1895－1975)又把形式主义的类型研究向纵深方面拓展,构建了著名的"言语类型理论"。米哈伊尔·巴赫金认为,人类的所有活动都离不开语言使用,而这种语言使用又是通过具体的口头、书面形式实现的。尽管各人的口头、书面表达有很大差异,但存在着某种稳定的表达形式——言语类型。据此,米哈伊尔·巴赫金进一步区分了初级言语类型和高级言语类型。前者直接涉及日常生活中的口头交流,并以小说对话的形式进入文学领域;而后者如戏剧、小说和文学评论,主要为书面语,是较为复杂、相对高级的文化交流。总体上说,从亚里士多德、施莱格尔到什克洛夫斯基,均以单一的平面视角看待"类型",他们的类型概念实际上只是一种日常层面的、初浅的、建立在形式内容范式分析之上的分类;而米哈伊尔·巴赫金,尽管否认类型是简单的规则和概念的组合,强调类型在使现实概念化,以及观察和解释世界方面的重要作用,但没有就这方面充分展开论述,因而未能从根本上脱离平面类型概念的窠臼。不过,他的一些颇有见地的论点,已在学术界造成了较大影响,为当代西方类型理论的崛起做了铺垫。

　　20世纪80年代,随着"新语艺学"(new rhetoric)和"语域理论"(regional theory)的出现,西方学术界出现了类型研究的热潮。到世纪之交,已形成两大学派——"北美学派"和"悉尼学派"。前者以美国学者卡罗琳·米勒(Carolyn Miller)、查尔斯·巴泽曼(Charles Bazerman)、约翰·斯韦尔斯(John Swales)为代表,他们崇尚"新语艺学"的传统,重在描述类型的动态特征以及文本与境遇的复杂关系;而后者以澳大利亚学者安妮·弗里德曼(Anne Freadman)为代表,主张运用系统功能语言学的原理,分析文本,探究类型的本质及其静态外貌。但两者都强调社会因素的重要性,认同社会因素在理解类型及其生成环境的首要地位。他们的相关研究成果的问世,标志着当代西方类型理论已经建立。

与传统类型理论相比,当代西方类型理论的范畴已不再限于文学艺术,而是拓展到各类书面文本以及电影、电视、因特网、数字化通讯等领域;所涉及的学科,也从文学、语言学延伸到文字学、修辞学和社会学。1984年,卡罗琳·米勒发表了论文"作为社会行为的类型"("Genre as Social Action")。在这篇论文中,她反对传统的所谓按照反复出现的形式模块进行分类的类型概念。在她看来,类型划分应当关注理解话语进行的方式,亦即话语如何反映诠释者的经验。作为社会行为的类型必须考虑境遇、动机、目的、效果之间的关系。在一个话语群体中,境遇起着十分明确的社会结构功能作用,而类型作为典型的语艺活动,是其多重反映。因此,类型可以视为既定境遇中创造某种独特效果的形式和内容的特征集合体,前者于后者有着"意义等级"的关系。在这个"意义等级"中,每一等级为次一等级提供境遇。鉴于类型属于较高等级,一方面它由生活方式提供境遇,另一方面又以情节和策略作为构成要素。① 近年,在"语艺群体:类型的文化基础"("Rhetorical Community: the Cultural Basis of Genre")一文中,卡罗琳·米勒进一步发挥了自己的观点。此时,她更倾向于认为类型与社会境遇存在互反关系,介于宏观层面的文化和微观层面的语言之间,而不是一个文化产品。基于安东尼·吉登斯(Anthony Giddens)的结构理论,她强调类型是可以复制的境遇交际的具体表现,类型研究必须直接涉及社会结构分析。②

1988年,查尔斯·巴泽曼出版了《形塑书面认识》(*Shaping Written Knowledge*)。在这部专著中,他描绘了自1665年至1800年科学论文的演进,即从无争议的观测事件报告,演进到结果的论证,再演进到观点和实验证据的说明。该书以无可辩驳的事实证明了"作为社会行为的类型"的观点,在当时造成了很大影响。③ 在后来关于专利文本的研究中,他描

① Carolyn R. Miller. "Genre as Social Action", in *Genre and the New Rhetoric*, edited by Aviva Freedman and Peter Medway. Taylor & Francis, London, 1994, pp. 20 – 36.

② Carolyn R. Miller. "Rhetorical Community: the Cultural Basis of Genre", in *Genre and the New Rhetoric*, edited by Aviva Freedman and Peter Medway. Taylor & Francis, London, 1994, pp. 57 – 66.

③ Charles Bazerman. *Shaping Written Knowledge: The Genre and Activity of the Experimental Article in Science*. University of Wisconsin Press, Madison, 1988.

绘了以申请程序为特点的公文之间的错综复杂关系。为此,他引入了术语"类型系统"(genre system),以表示相互之间的交际活动。查尔斯·巴泽曼如此描绘他的类型观:"我想从社会参与者的角度——我们人人都是社会参与者——识别我们参与其中的类型如何是一些控制杆,即对于这些近于典型但着重点有所变化的控制杆,我们必须认同、使用和构筑,以便创造随之发生的社会行为。但是,这台机器并不会驱赶我们,将我们变成齿轮。它还停留在我们参与的范围工作,使我们的生活丝毫不差地贯穿其中,因为类型让我们在极其关联的发达的系统中创造极其有次序的意义。"①

这种类型扮演个体与社会之间制度化协调者的类型观念已经得到约翰·斯韦尔斯的研究的佐证。在《类型分析》(*Genre Analysis*)中,约翰·斯韦尔斯把类型与话语群体挂钩,而后者已被公认具有一整套共同目标、成员间交际范式和其他约束成员的社会机制。为了有助于多种目的实现,话语群体维持话语期盼,而这种期盼又是通过维系群体运作的类型创造的。这些目的构成类型的基本原则,而基本原则又型塑话语的大致结构,影响和束缚内容和风格的选择。为了进一步把这项研究应用于教学,他根据相关程序的认知大纲,概括出具有类型特征的期盼和行为,述及了诸如"原本"(scenarios)、"脚本"(scripts)、"常规"(routines)之类的其他理论术语。所有这些术语都型塑着我们的期盼,让我们在既定境遇中的行为得体。我们打开报纸或学术期刊之前就对类型的全套限制有所准备。因此,作为典型的语艺行为的类型理论也适用于阅读和写作。②

上述"北美学派"代表人物的重要论述实际上已经构建了一个立体的类型理论体系。该体系主要有三大支柱。其一,交际范式。鉴于交际范式包含了作者与读者、说话人与听众之间的相互作用,并同社会境遇有着必然联系,因此它比文本范式更能体现类型特征。正如美国学者托马斯·埃里克森(Thomas Erickson)所概括的:"类型是由反复出现的交际境遇所带来的个体(认知),以及社会和技术的联合力量所创造的交际范式。类型通过创造相互作用的形式、内容的共同期盼来构造交际,从而缓

---

① Charles Bazerman. "Systems of Genres and the Enactment of Social Intentions", in *Genre and the New Rhetoric*, edited by Aviva Freedman and Peter Medway. Taylor & Francis, London, 1994, pp. 79–101.

② John Swales. *Genre Analysis: English in Academic and Research Settings*. Cambridge University Press, Cambridge, 1990, p. 26.

解了作品和诠释的压力。"[1] 这种交际范式并不限于文件本身,而是同时显现在更高层面:类型成对出现,形成类型节目、类型层级和类型系统。其二,社会境遇。类型是一种交际行为,与社会境遇相连。多数情况下,社会境遇可以归纳为言语行为或言语类型的主要形式。作为反复出现情境的一种习俗化的响应,它反映了与这些情境有关的话语群体的规范、意识和习惯。其三,动态演进。类型是一种屈从于演进的相对稳定的现象,而不能归纳为一套静态的标准。除了内容和形式,目的和功能也与类型分析密不可分。

毋庸置疑,英国哥特式小说是一种文本类型,而识别和理解这种文本类型,乃是英国哥特式小说研究的核心需求,非如此不能探究英国哥特式小说的本质,并揭示这一文本类型区别于其他文本类型的根本特征。过去的一些西方批评家,如伊迪丝·伯克黑德、艾诺·雷罗、蒙塔古·萨默斯,等等,尽管自觉或不自觉地拥有某种类型意识,而且也曾不同程度地描述了英国哥特式小说的某些类型特征,然而他们所关注的,乃是平面意义的形式内容表象,没有也不可能述及社会行为的导向,分析英国哥特式小说在作者、读者、文本和社会之间的相互作用和交际活动。近年的许多西方批评家,如埃伦·莫尔斯、茨维坦·托多罗夫、戴维·庞特、罗伯特·迈尔斯、伊夫·塞奇威克、凯特·埃利斯、坎农·施米特,等等,尽管运用了各种结构主义和后结构主义的理论,在传统课题的深度和广度方面进行了拓展,而且也曾多层次、多角度地展示了英国哥特式小说的"本质",然而,他们展示的这些"本质",总的来说,还是零散、杂乱的,既不全面也不系统,缺乏整体类型阐述意义。因此,需要从当代西方类型理论的视角,较为系统地考察英国哥特式小说的文本制作和所存在的社会情境,探讨社会相互作用中的文本形式和功能,分析结构要素的重组和传承,以准确揭示其类型特征。

如前所述,西方的文学研究者受方法论的影响,往往将英国哥特式小说的概念"泛化"。在他们看来,哥特式小说并非历史上一种固定的小说类型,而是 18 世纪以来的一种泛恐怖小说形式。这种小说形式从那时起一直延续至今,不仅包括历史上已经获得公认的哥特式小说,还包括 19世纪和 20 世纪的灵异小说、恐怖小说,甚至部分恐怖性经典小说。美国

---

[1] Thomas Erickson. "Rhyme and Punishment: the Creation and Enforcement of Conventions in an On-Line Participatory Limerick Genre", in *Proceedings of the Thirty-Second Hawaii International Conference on Systems Science*, edited by J. F. Nunamaker, Jr. & R. H. Sprague, Jr. 1999, January.

学者朱莉安·沃尔弗雷斯(Julian Wolfreys)在《维多利亚时代的哥特式小说》(*Victorian Gothic*，2000)中声称："哥特式小说死了，又新生了"，因为"哥特式小说作为一种大批量小说产品，总会是而且已经是过头的、扭曲的，溢出自身界限的"[1]。正因为如此，她把自己与路丝·罗宾斯(Ruth Robbins)合编的这本论文集取名为《维多利亚时代的哥特式小说》，书中汇集了16篇论文，内容涉及拉·法努、查尔斯·狄更斯(Charles Dickens，1812－1970)在内的多个19世纪灵异小说和经典小说家。出于同样的看法，英国学者罗杰·卢克赫斯特(Roger Luckhurst)也编辑、注释了题为《维多利亚后期的哥特式小说》(*Late Victorian Gothic Tales*，2003)，书中收入了多部19世纪末的经典小说家和侦探小说家的短篇作品，如奥斯卡·王尔德(Oscar Wilde，1854－1900)的"阿瑟·萨维尔勋爵的罪恶"("Lord Arthur Savile's Crime"，1891)、亨利·詹姆斯(Henry James，1843－1916)的"埃德蒙·奥姆爵士"("Sir Edmund Orme"，1892)、约瑟夫·吉卜林(Joseph Kipling，1865－1936)的"兽斑"("The Mark of the Beast"，1891)、亚瑟·柯南·道尔(Arthur Conan Doyle，1859－1930)的"桑诺克斯案件"("The Case of Lady Sannox"，1894)，等等。同期出版的其他许多论文集、文学指南，以及其他有关"女性哥特"、"殖民哥特"、"帝国哥特"的许多专著，如杰罗尔德·霍格尔(Jerrold Hogle)的《剑桥哥特式小说指南》(*The Cambridge Companion to Gothic Fiction*，2002)、弗雷德·博廷(Fred Botting)和戴尔·汤斯汉德(Dale Townshend)的《哥特式文学》(*Gothic*，2004)，等等，也几乎无一例外地包含有所谓"19世纪和20世纪的哥特式小说"。

　　哥特式小说究竟是历史上一种固定的、封闭性的小说类型，还是自18世纪起一直延续至今，并囊括现当代灵异小说、恐怖小说，甚至恐怖性经典小说在内的一种泛恐怖小说形式？要回答这个问题，关键在于判明历史上哥特式小说的类型本质以及这种类型本质是否在后来的那些小说中获得延续。当代西方类型理论告诉我们，文本类型产生于一系列反复出现的、与作品的内容形式有关的结构要素。[2] 表面上看，历史上的哥特式小说与后来的灵异小说、恐怖小说以及恐怖性经典小说，都含有某种"恐

---

[1]　Ruth Robbins & Julian Wolfreys, eds. *Victorian Gothic: Literary and Cultural Manifestations in the 19th Century*. Palgrave Publishers Ltd., New York，2000，p. xi.

[2]　Carolyn R. Miller. "Rhetorical Community: the Cultural Basis of Genre", in *Genre and the New Rhetoric*, edited by Aviva Freedman and Peter Medway. Taylor & Francis, London，1994，p. 24.

怖"成分,而且这种"恐怖"成分也与它们各自结构要素的"质"的规定性不可分割,因而完全可以归属同一小说类型。但其实,这种观点包含着很大的片面性。

首先,历史上的哥特式小说的结构要素并不仅仅是"恐怖"。霍勒斯·沃波尔的《奥特兰托城堡》宣告了西方第一部哥特式小说的诞生,同时也意味着这类小说创作模式的问世。哥特式小说的创作模式,正如霍勒斯·沃波尔在此书再版序言中所说,是"古代传奇和现代传奇的融合",具体表现为故事场景、人物范式、主题意识等方面的一系列创新。尤其是作为故事场景的"哥特式城堡",具有多重象征意义,既代表18世纪英国社会的哥特式建筑的复兴潮流,又体现当时作为理性主义对立面的政治观念、思想潮流和文化价值,因而是该类小说不可或缺的标志性因素。当年霍勒斯·沃波尔之所以在《奥特兰托城堡》的副标题中加上"哥特式"这个修饰词,皆因于此。也正因为这样,在此之后问世的哥特式小说作品,均不同程度地含有这一标志性因素。后来的安·拉德克利夫,更是重视"哥特式城堡"的场景设置,以此为基础虚构了令人心颤的"纯真少女身陷哥特式城堡"的故事,从而将哥特式小说的艺术上升到一个新的高度。而极力强调"德国文学传统的巫术和虚幻"的马修·刘易斯,尽管已将"城堡"换为"修道院",但"修道院"同样为中世纪建筑,也同样体现了作为理性主义对立面的多重价值,因而同样是"哥特式"的。相比之下,19世纪和20世纪的灵异小说、恐怖小说以及恐怖性经典小说,其故事场景已基本从具有多重象征意义的"哥特式城堡"改为与现实生活密切相关的场所,如沃尔特·司各特的《豪华卧室》(*The Tapestried Chamber*)里挂着"旧花毯和褪色丝绸窗帘"的"卧室",拉·法努的《西拉斯大伯》(*Uncle Silas*,1864)里的那个"长而窄、尽头有两扇高而小窗户"的"暗房",斯蒂芬·金(Stephen King)的《宠物坟场》(*The Stand*,1979)里"依山靠水、绿树环绕"的"坟场",等等。其中一些虽然有着"城堡"或"古宅"的名称,但也是名不副实,失去了多重象征意义,如布拉姆·斯托克的《德拉库拉》(*Dracula*,1897)里的"立在悬崖边、风景秀丽"的"城堡",亨利·詹姆斯的《螺丝在旋紧》(*The Turn of the Screw*,1898)里的"铺有砾石小道、遍地草绿花红"的"庄园",等等。在这些作品中,场景更迭的目的显然是为了增强故事的真实感。然而也正是这种"现实主义异化",扬弃了哥特式小说的不可或缺的要素,从而打破了哥特式小说的基本类型结构。

其次,历史上的哥特式小说的"恐怖"也不完全等同于灵异小说、恐怖小说以及恐怖性经典小说中的"恐怖"。如前所说,哥特式小说的结构模式表现为故事场景、人物范式、主题意识等方面的一系列创新。其中最大的亮点,除了"哥特式城堡"之外,还有"超现实恐怖"。所谓"超现实恐怖",乃是指作品中的人物受到某种形式的鬼魂、幽灵、巨怪或"不可知物"的侵扰而表现出来的害怕死亡或疯狂的高度焦虑状况。由于作品的极度夸张和渲染,读者对作品人物的这种"恐惧"感受既是"迫在眉睫",又是"身置其中"。然而实际上,这种"恐惧"是由虚拟的"非常世界"带来的,不但不会有实际危害,反倒能让读者产生若即若离的特殊快感。安·拉德克利夫曾经在"诗歌中的超自然主义"("On the Supernatural in Poetry",1826)中详细分析了哥特式小说中"超现实恐怖"。她通过两个虚拟的人物的对话,指出哥特式小说的恐怖实际上有"心理"和"本体"两个类型。前者以"恐惧"为目的,作品中很少或几乎不出现超现实主义的幽灵,而只是通过充满悬念的"未知物"存在,暗示可能发生的凶险,从而"扩充灵魂,使各种功能警醒到生活的高程度";而后者以"恐怖"为目的,通过赤裸裸的超现实主义的暴力、凶杀等描述,刺激人的感官,使灵魂"凝聚、冻结,甚至湮灭"。[1] 安·拉德克利夫本人的《尤道弗的神秘》等作品,即是"心理恐惧"类哥特式小说的代表。她善于使用"恐惧"的暗示,展示潜在的暴力威慑,其恐怖效果胜似用文字公开描述。而"本体恐怖"类哥特式小说的代表作家当属马修·刘易斯。在《修道士》一书中,他不但用醒目的文字表达了与安·拉德克利夫相同的反天主教观点,还赤裸裸地展示了通奸、乱伦和谋杀,甚至连撒旦本人也充当了同性交媾的引诱者。但无论是"心理恐惧"派,还是"本体恐怖"派,都在各自的作品中不约而同地挖掘了人的潜意识、心理创伤、精神错乱、疯狂根源、禁忌、梦魇和性,揭示了社会邪恶、监狱黑幕以及贫困的兽性化效应,因而同样属于哥特式小说。而 19世纪和 20 世纪的灵异小说、恐怖小说以及恐怖性经典小说,只是部分地继承了历史上哥特式小说的超现实恐怖的特征,两者在恐怖方式、视觉效果、社会情境、主题意识等方面有很大的差异。就灵异小说来说,不但作品形式多为短、中篇,而且超现实主义的鬼魂往往成为主要描写对象。尤其是,主题通常表现为亡人的灵魂骚扰活人。这种骚扰虽能引起恐怖,但用意却未必邪恶,而且往往事出有因,或为了对活人的罪孽施行报复,或为了揭露活人的一个不可告人的阴谋,或为了宣泄对生前某种事物的留恋,或成就一项终身奢望的事业。而恐怖小说除了继承有灵异小说的若干特点之外,主要是展示"邪恶"。作品的超现实主义的亡灵,不再与"骚

---

[1]　Ann Radcliff. "On the Supernatural in Poetry", in *New Monthly Magazine* 16, 1826, pp. 145 – 152.

扰"相连,而是成为"邪恶"的根源。如布拉姆·斯托克所塑造的吸血鬼德拉库拉,出身异国名门,外表英俊潇洒,但作恶时显现两颗獠牙,刺入受害者体内吸食鲜血,与此同时,受害者本身也成为吸血鬼。这样的恐怖已经与安·拉德克利夫所说的"心理恐怖"、"本体恐怖"没有多大联系。同样,19世纪和20世纪的许许多多的恐怖性经典小说的恐怖也很大程度上背离了安·拉德克利夫所说的"心理恐怖"和"本体恐怖"。其主要区别是,前者基本上不含或很少含有超自然因素,而后者往往含有一定的超自然因素。

那么,能否说,哥特式小说的文本类型可以采取"狭"、"宽"两种划分,前者指历史上已经获得公认的哥特式小说,而后者泛指一切含有"恐怖"因素的小说作品?答案也是否定的。当代西方类型理论不仅概括了文本类型的结构要素,还揭示了其社会历史属性。卡罗琳·米勒指出,任何文本类型不是静止的、孤立的,它们产生于社会,又作用于社会,是社会行为的产物。决定文本类型的,不仅有内容形式,更重要的,还有文本、"人"及其社会行为的相互作用。[①] 因此,要判明哥特式小说的类型本质,不能仅仅考察作品的内容形式,还要考察其社会功能和目的,尤其是社会接受的情境。而从历史上哥特式小说接受的社会情境来看,我们只能得出这样的结论:哥特式小说在图书市场上经历了18世纪90年代的辉煌之后即开始衰退,至1834年之后逐渐销声匿迹,因而在社会接受面上存在一个明显的"断层"。也即是说,哥特式小说作为一个文本类型,在1834年之后已经逐渐失去了其社会功能和目的,不可能与后来的灵异小说、恐怖小说,以及恐怖性经典小说合流。

戴维·里克特(David Richter)说:"哥特式小说作为文学史上一个场景,从霍勒斯·沃波尔的《奥特兰托城堡》的起源、流行,到19世纪20年代初的衰亡,确实是封闭性的历史过程,因为就其类型而言,它的所有意图和目的都死亡了。"[②] 戴维·里克特这里说的"衰亡"、"死亡",主要基于20世纪早期伊迪丝·伯克黑德、罗伯特·梅奥、德文德拉·瓦玛等人所著的哥特式小说研究专著中的相关论断和史实。伊迪丝·伯克黑德指出,1797年安·拉德克利夫出版《意大利人》之后,哥特式小说的声誉就渐渐

① Carolyn R. Miller. "Rhetorical Community: the Cultural Basis of Genre", in *Genre and the New Rhetoric*, edited by Aviva Freedman and Peter Medway. Taylor & Francis, London, 1994, pp. 57 – 58.

② David H. Richter. *The Progress of Romance: Literary Historiography and the Gothic Novel*. Ohio State University Press, Columbus, 1996, p. 125.

断送在那些只顾赚钱,不顾艺术的人手中。① 罗伯特·梅奥同意伊迪丝·伯克黑德的看法,并举出两个事例作为佐证,一是安·拉德克利夫因图书市场上哥特式小说总体声誉下降而愤然"封笔",二是出现了反讽性哥特式戏拟小说。② 德文德拉·瓦玛也认为,哥特式小说确实在 1820 年前几年失去了强劲的魅力,所谓流行到 19 世纪中期甚至更长,其实是相对少数读者而言。③ 20 世纪 60、70 年代的路易斯·詹姆斯(Louis James)、维克托·塞奇(Victor Sage)等人也有类似的论述。路易斯·詹姆斯说,当时哥特式小说失去魅力是因为那些"雇佣作者"、"低等阶层作者""没有足够的环境描写能力来制造不可知的悬念"。④ 维克多·塞奇则进一步补充说,1820 年后"哥特式小说破碎了,畅销书发生两极分化",一面是"雷诺兹的'廉价恐怖故事'",另一面是"司各特的占绝对优势的文学传统"。⑤ 然而,他们的论述还留有一个疑问:哥特式小说究竟是什么时候退出历史舞台的? 2005 年,英国学者弗朗兹·波特出版了专著《哥特式小说出版史》(*The History of Gothic Publishing*),该书以确凿的史料考证了哥特式小说的衰落和具体日期。最后他得出结论:"1800 年至 1835 年这段时期意味着哥特式小说的衰落。正如上面所说的,沃尔特·司各特于 1814 年出版的《威弗利》是向哥特式小说读者群首次挑战的标志,而威廉·安斯沃斯于 1834 年出版的《鲁克伍德》被我选作终点,是因为该书代表了 19 世纪 30 年代感官小说的崛起。"⑥

综上所述,英国哥特式小说不可能是具有普遍意义的开放系统,而仅是文学史上一个已经逝去的过程。该过程始于 1764 年霍勒斯·沃波尔的《奥特兰托城堡》,终于 1834 年威廉·安斯沃斯的《鲁克伍德》,前后历时 70 年。此后,作为一种文学类型,英国哥特式小说已不复存在。当前大多数西方学者将英国哥特式小说的概念"泛化"的弊病是抹杀了各个不

① Edith Birkhead. *The Tale of Terror: A Study of the Gothic Romance*. Russell & Russell, New York, 1963, p. 185.

② Robert Mayo. "How Long Was Gothic Fiction in Vogue?" in *Modern Language Notes*, LVIII, 1943, pp. 58 – 59.

③ Devendra Varma. *The Gothic Flames: Being a History of the Gothic Novel in England*. Russell & Russell, New York, 1966, p. 186.

④ Louis James. *Fiction for the Working Man: 1830 – 1850*. Oxford University Press, London, 1963, p. 80.

⑤ Victor Sage. "Gothic Novel", in *The Handbook to Gothic Literature*. Macmillan Press Ltd., London, 1998, p. 84.

⑥ J. Franz Potter. *The History of Gothic Publishing, 1800 – 1835*. Palgrave Macmillan Ltd., New York, 2005, p. 7.

同历史时期不同类型的小说之间"质"的差异,造成了研究对象的不确定性,从而根据错误的前提得出了错误的结论,没有也不可能真正揭示英国哥特式小说发生、发展、演变的规律以及同其他小说类型之间的本质联系。

当然,这不等于说,已经消逝的英国哥特式小说对后来的英国文学没有产生影响。恰恰相反,它的若干文学要素,尤其是曾经创造过轰动效应的文学要素,深刻地影响了后来的英国文学创作者,不独在通俗文学领域,也在严肃文学领域,甚至跨过国界,成为整个西方文学界的一个繁衍百年、持续至今的文学传统。受这个文学传统的影响,沃尔特·司各特的"威弗利小说"(Waverley Novels)大胆"吸纳"了哥特式小说的充满活力的"传奇"结构和"怪诞、神秘、恐怖"的创作技巧,从而与之前的所谓"实录历史"和"抽象说教"的"历史小说"划清了界限,成为"现代历史小说"(modern historical fiction)的典范。也受这个文学传统的影响,玛丽·雪莱的《弗兰肯斯坦》熔"哥特式小说"和"现代科学"于一炉,描写了不借助神灵和其他任何超自然手段的"生命制造",从而孕育了维多利亚时代的科学小说(science fiction)。还是受这个文学传统的影响,拉·法努的《赛拉斯大叔》(*Uncle Silas*, 1864)汇集了种种拉德克利夫式的"心理恐怖",并在此基础上,创造性地融入了"高度真实"的"现实生活场景",从而开启了灵异小说(ghost stories)的黄金时代。

19 世纪的许多英国小说作家也继承了这个文学传统。一方面,他们涉足灵异小说领域,创作了不少脍炙人口的名篇,如查尔斯·狄更斯的《谋杀追踪》(*The Trail for Murder*, 1865)、《信号工》(*The Signalman*, 1866);伊丽莎白·盖斯凯尔(Elizabeth Gaskell, 1810－1865)的《老奶妈的故事》(*The Old Nurse's Story*, 1852)、《格里菲斯一家的厄运》(*The Doom of the Griffiths*, 1858),等等。另一方面,他们也在自己的"严肃"作品中融入了较多的"哥特式要素",如威尔基·柯林斯(Wilkie Collins, 1824－1889)的《白衣女人》(*The Woman in White*, 1860)、《月亮宝石》(*The Moonstone*, 1868)、塞缪尔·巴特勒(Samuel Butler, 1835－1902)的《埃瑞璜》(*Erewhon*, 1872)、《重返埃瑞璜》(*Erewhon Revisited*, 1901),等等。尤其是夏洛特·勃朗特(Charlotte Brontè, 1816－1855)的《简·爱》(*Jane Eyre*, 1847)和艾米莉·勃朗特(Emily Brontè, 1818－1848)的《呼啸山庄》(*Wuthering Heights*, 1847),以众多哥特式小说的典型人物和情节,表现出强烈的"神秘"和"恐怖"色彩。

20 世纪初,随着布拉姆·斯托克的《德拉库拉》的畅销,以展示超自然死亡威胁为主要特征的现代恐怖小说(modern horror fiction)成为时尚。这类小说融入了较多的超自然邪恶因素,但与此同时,也继承了较多的哥特式小说成分,故事荒诞、离奇。而 40 年代达芙妮·杜莫里埃(Daphne Du Maurier, 1907－1989)的《吕蓓卡》(*Rebecca*, 1938)的风靡一时,也激发了 50、60 年代的哥特言情小说(gothic romantic fiction)的流行。这类小说兼有历史言情小说和哥特式小说的特征。首先,它是历史言情小说,整个故事以历史为背景,表现女主人公的曲折、离奇的爱情经历。其次,它又融合了许多哥特式小说的成分,故事中通常含有神秘、恐怖的场景,如阴森的宅院、尘封的卧室、神秘的通道,等等。在这之后,哥特式小说又与所谓"严肃"的后现代小说相互融合,产生了哥特式后现代小说(gothic-postmodern fiction)。同后现代小说一样,哥特式后现代小说通过元小说的叙事策略,给读者提供了后现代条件下的西方社会新体验。但与此同时,它又包含了众多哥特式成分,给读者提供了思考自身的、下意识的恐惧或焦虑的潜能。

鉴于以上诸方面的史实和原因,本书坚持莫里斯·利维、弗朗兹·波特、戴维·里克特、路易斯·詹姆斯、维克多·塞奇等人的观点,将英国哥特式小说界定为文学史上一个固定的、封闭的小说类型。这个小说类型与 19 世纪的灵异小说以及 20 世纪的许许多多的通俗、严肃的恐怖小说之间的关系,是"影响"和"被影响"的关系,是"源头"和"支流"的关系。与此同时,基于当代西方类型理论的构架体系,本书将整个正文分为"境遇论"、"范式论"和"演进论"三"编",其中每"编"又包括四"章",每"章"均以论文形式相对独立地论述一个重要议题。这些议题均为当前国内外学术界所密切关注,基本涵盖了英国哥特式小说的类型特征,并涉及历史小说、科学小说、帝国小说、后现代小说等其他小说类型,以及结构主义、后结构主义、符号学、叙述学、心理分析、历史相对论、女性主义、性别理论、酷儿理论、帝国意识、后殖民主义、后现代主义等西方文学理论。这些西方文学理论同当代西方类型理论一样,在本书的论述中起着重要的理论指导作用。这里需要说明的是,本书无意对这些西方文学理论,尤其当代西方类型理论,作纵深探讨,因为这显然已经超越了本书的研究范围。对于本书而言,它们是理论工具,能提供研究视角,仅此而已。同样,本书也无意囊括英国哥特式小说的所有内容。作为一项类型研究,重要的是通过一个或几个不同层级的社会境遇中的交际范例来概括整个话语群体的规范、意识和习惯。因此在本书所列出的议题中,所谓"以面概全"、"挂一漏万",是完全可能的。

第一"编"第一章"哥特身份和哥特式复兴"分析了"哥特式"这一概念的社会历史内涵,指出当年霍勒斯·沃波尔在第一部哥特式小说《奥特兰托城堡》的副标题所加载的"哥特式"符号,不仅颠覆了历史上长期留存的"哥特式"固有观念,而且颠覆了早期现实主义小说的创作原则。而这一切又归结于他毕生有意无意为之奋斗的信念:反对启蒙主义的理性观念。第二章"革命、焦虑和哥特式表现"探讨了 18 世纪末和 19 世纪初英国哥特式小说流行的原因,指出乔治三世执政时期英国国内的各种政治危机和暴力冲突是滋养这类小说迅速崛起的政治情境。面对国内剧烈的政治动荡,刚刚从工业革命中诞生的英国中产阶级展示了复杂的"焦虑"心态,而英国哥特式小说即是作为大众阅读主体的这一社会阶层对于这种"焦虑"的反映。第三章"信仰危机、罗马敌视和反犹太情结"剖析了 18 世纪末和 19 世纪初英国宗教危机产生的历史背景,强调当时的宗教危机与政治危机不可分割,腐朽的政治化宗教极大地冲击了英国既有社会秩序,改变了人民心中长期形成的思想观念。在某种程度上,哥特式小说可以看成是这种双重危机的产物。第四章"民间传说、莎士比亚和浪漫主义"分析了其他文学类型对英国哥特式小说的影响,指出这种影响是多种多样的。一方面,哥特式小说重视民间传说的文学传统,从中汲取有用的超自然主义养料;另一方面,它又以莎士比亚戏剧为借鉴对象,构筑自身的"文化"大厦;与此同时,它还与"墓园派"诗歌之后的浪漫主义文学运动,有着这样那样的联系。

在第二"编"中,第一章"崇高和美丽"论述了英国哥特式小说的重要社会功能——审美和接受。作为 18 世纪英国文学的重要审美理论,埃德蒙·伯克的《我们的崇高和美丽的意识的哲学探源》对于哥特式小说创作具有重要指导意义。几乎所有的哥特式小说都依据伯克式理论描写了父权制及其所产生的针对女性的暴力。在审美层面上,哥特式小说是把女性作为伯克式"崇高经验"予以消除的主体和客体的差异象征来看待的。哥特式小说的情节演绎是"崇高"和"美丽"之间的运动,是双方各自代表的男性权力和女性权力之间的运动。第二章"男性规范、酷儿身份和同性恋欲望"提出了英国哥特式小说的男性性别叙事策略问题。正如"女性哥特"的女性作者的个人经历和心理感受决定着作品女主人公所遭受的异常性侵害,"男性哥特"的男性作者的酷儿身份和心理压力也致使作品男主人公表现出异常的同性恋欲望。英国哥特式小说的男性叙事策略实际上是男性同性恋的叙事策略。第三章"国民身份、爱国形象和异族憎恨"以英国国民身份为议题,探讨了这一政治主题的种种表现形式。英国哥特式小说流行的年代恰好与英国国民身份型塑的年代相吻合,因而不可避免地会反映当时英国统治者和国民的政治意愿,宣扬大不列颠民族的凝聚力,并给广大读者提供了一个负面参照物,认定自己的共同国民身份。第四章"鬼魂、巨怪和活体幽灵"讨论了英国哥特式小说的三个超自然创作要素。18世纪末和19世纪初英国哥特式小说的鬼魂描写是以安·拉德克利夫、马修·刘易斯的不同探索为代表的。从更抽象的意义上看,这也对应了"女性哥特"和"男性哥特"的差异。而巨怪描写则以玛丽·雪莱所塑造的"现代巨怪"最具典型性。这个"现代巨怪"既有古代巨怪的"令人骇怕"的身躯,又有现代社会人类的"思想情感"。在某种意义上,"他"也是一个"殉难者",是该小说的又一个"普罗米修斯"。英国哥特式小说中的活体幽灵描写不仅仅是一种文学技巧。与此同时,它还是一种社会文化历史现象。在这方面,詹姆斯·霍格的《一个自认有理的罪人的个人回忆和自白》给我们提供了有益的思考。

第三"编"第一章"沃尔特·司各特和哥特式小说"论证了英国哥特式小说对英国历史小说的渗透和影响。在沃尔特·司各特所构筑的历史小说大厦,不但有格奥尔格·卢卡奇(Georg Lukács,1885-1971)所强调的典型历史环境中的典型人物,也包含有哥特式小说的许多要素。一方面,沃尔特·司各特摒弃了哥特式小说的已经过时、甚至沦为笑柄的情节俗套和人物塑造;另一方面,他又"吸纳"了哥特式小说仍然充满活力的"传奇性"结构和"怪诞、神秘、恐怖"的创作技巧。英国历史小说同哥特式小说之间的关系是继承和被继承、发展和被发展的关系。第二章"《弗兰肯斯坦》中的科学与反科学"分析了玛丽·雪莱的《弗兰肯斯坦》作为西方第一部科学小说的理论根据和实践基础,指出这部哥特式小说不但含有足够的"科学"成分,而且"反科学"主题也影响了此后科学小说的创作,构成了科学小说的主要特征。第三章"帝国、帝国意识与帝国哥特"讨论了英国哥特式小说对于19世纪英国帝国小说的渗透和影响。本来,英国哥特式小说已经含有这样那样的帝国意识,小说中的帝国叙事特征及其哥特式表现手段,促使维多利亚后期的帝国小说作家在新的社会历史环境中采用了类似的哥特式创作策略,于是"帝国哥特"应运而生。第四章"后现代小说和哥特式恐怖"探究了哥特式后现代小说的双重特征。一方面,它是后现代小说,通过元小说的叙事策略,给广大读者提供了后现代条件下的西方社会新体验;另一方面,它又包含有哥特式成分,给作家从后现代视角探索西方社会的现实侵扰提供了创作养料;与此同时,它还运用所描述的人物阈限,体现了两者共同关心的现实和主体的"不可表述性"。可以说,哥特式后现代小说是"哥特化"的后现代小说。

以上论述的一大亮点,是推翻了西方学术界一些沿袭已久、似是而非的结论。譬如18世纪末和19世纪初英国哥特式小说的流行原因,西方学者一致认为与法国大革命的恐怖现实有关。但其实,这是一个伪命题。本书以大量的确凿的事实证明,在1789年"攻破巴士底监狱"、"九月大屠杀"等暴力事件发生之前,英国哥特式小说已经开始流行。而且,在安·拉德克利夫、马修·刘易斯及其仿效者的哥特式小说中,也找不到任何直接描写或讽喻法国大革命的情节或文字。此外,安·拉德克利夫、马修·刘易斯对历史派哥特式小说模式的创新也并非因为受到法国大革命的启发,而是源于其他英国哥特式小说和德国浪漫主义文学的影响。所以在当时,英国哥特式小说的流行不可能与法国大革命的恐怖现实有联系。又如英国哥特式小说的文学渊源,西方学者往往只是强调感伤主义小说和墓园派诗歌的影响。但其实,正如本书所指出的,民间传说和莎士比亚戏剧也是不可或缺的因素,两者在哥特式小说的外来借鉴中占有相当大的比重。而且英国哥特式小说与浪漫主义诗歌之间的关系,也并不像大多数西方学者所强调的,是单方面的"前者影响后者"的关系,而是全方位的、多层次的"相互影响"的关系,既有此方对彼方的"作用",又有彼方对此方的"反作用",既有微观的"比拟、类同",又有宏观的"感染、参考"。这一过程贯穿整个英国哥特式小说创作的始终。再如科学小说的哥特式渊源,过去虽有"玛丽·雪莱的《弗兰肯斯坦》是世界上第一部科学小说"之说,[①] 但一直不为西方学术界所承认。本书从西方极其复杂的科学小说定义中概括出了"科学小说"的实质内涵,并据此进行《弗兰肯斯坦》的文本分析,最后得出结论,英国哥特式小说确实孕育了英国科学小说。

此外,本书对于西方学术界一些已经被公认的英国哥特式小说研究结论,也没有简单地重复和照搬,而是在肯定的基础上进行纵深挖掘。这种挖掘主要基于两个层面。其一,将前人的论述予以系统化和条理化。譬如英国哥特式小说的"罗马敌视"和"反犹太情结",过去西方学者仅仅是偶尔涉猎,而且论述显得零碎,不成体系。本书在前人研究的基础上,系统地分析了英国自"光荣革命"以来宗教理性化的历史进程,指出宗教理性化不仅带来了宗教世俗化,也带来了罗马天主教和犹太教的妖魔化。受这种妖魔化的影响,许多哥特式小说作家纷纷把自己的作品同罗马天主教和犹太教挂钩,描写了"基督教儿子"与"天主教父亲"、"犹太教祖父"

---

① Brian Aldiss. *Billion Year Spree: The History of Science Fiction*. Weidenfeld and Nicolson, London, 1973, pp. 7 – 39.

的矛盾和冲突,以及在这两个旧的宗教体系的"迷信"、"神秘"的笼罩下,男女主人公所遭受的巨大的心理压力和精神创伤。又如英国哥特式小说与英国国民身份之间的"关系",坎农·施米特的《异属国民》被认为在这方面做了"开创性"研究,但实际上,作者只是提出了一些相关概念,论述既不系统又不深刻,而且文本分析所使用的哥特式小说,也仅仅是安·拉德克利夫的《意大利人》。本书从英国国民身份的概念出发,结合英美历史学家琳达·科利、杰拉尔德·纽曼的相关分析,探讨了英国哥特式小说在传播、型塑英国国民身份方面所起的作用,所分析的文本不仅囊括全部经典哥特式小说,还包括一些鲜为人知的哥特式小说作家的作品。其二,对前人的论述进行换位思考,从不同的视角得出类似的结论。譬如"男性哥特"的同性恋倾向,早在 20 世纪 80 年代中期乔治·哈格蒂就发表了"18 世纪末的文学和同性恋"("Literature and Homosexuality in the Late Eighteenth Century")的论文。在该论文中,他分析了霍勒斯·沃波尔的《奥特兰托城堡》、威廉·贝克福德的《瓦赛克》和马修·刘易斯的《修道士》等作品,指出这些哥特式小说可以解读为作者掩饰自身"同性恋恐惧"的一个符号。① 本书沿袭乔治·哈格蒂的看法,但论述的视角并非弗洛伊德的"心理分析",而是德国文化历史学家乔治·莫斯(George Mosse)的"男性规范",并结合西方最新的"酷儿理论",运用文本考证的方法,得出这三位作家的男性身份存在着诸多缺陷,其作品体现了"同性恋"或"双性恋"倾向的结论。又如"帝国哥特",许多西方学者囿于爱德华·赛义德(Edward Saïd, 1935－2003)的"东方主义"理论,都把诠释定格在所谓的"领土扩张"、"诉诸武力"和"种族差异"方面。而本书除了沿袭这三方面的探讨之外,还受戴维·庞特和格伦妮丝·拜伦的启发,考察了 19 世纪与 20 世纪之交英国民众当中普遍存在的文化焦虑——对人类"退化"的担忧,藉此同样得出了"帝国哥特"是帝国小说和哥特式小说的"场域交叉"的结论。

作为本书的最后一部分,"结论"总结了全部论证要点,概括了当代西方类型理论的批评视角下的英国哥特式小说的总体特征。18 世纪末和19 世纪初英国哥特式小说的崛起不是偶然的,而是当时英国社会的政治、经济、宗教、哲学、科学、文学、艺术等领域的综合情势的折射和反映。一方面,启蒙主义思潮的"反动"带来了中世纪"非理性主义"复兴和"哥特式"文化价值的转移;另一方面,作为"大众阅读主体"的中产阶级的复杂

---

① George Haggerty. "Literature and Homosexuality in the Late Eighteenth Century: Walpole, Beckford, Lewis.", in *Studies in the Novel* (Winter 1986), p. 343.

政治心态又影响了"哥特式"的文学复制和接受;与此同时,宗教理性化、政治化还建构了"新教主义"的"哥特式"文化焦虑。此外,超现实主义文学传统和浪漫主义文学潮流也为众多小说家提供了丰富的"哥特式"创作养料。而且,英国哥特式小说有多项社会功能,其美学基础是埃德蒙·伯克的"崇高和美丽"的理论,中心主题是表达"国民身份"、"爱国形象"和"异族憎恨"。在性别策略方面,也有"女性哥特"和"男性哥特"之分。前者基于女性作者的个人经历和心理感受,描述女主人公认识、挑战父权制社会结构的艰难历程;后者则以男性作者的男性身份缺失的心理感受,演绎着被压制的"同性恋欲望"。哥特式小说的核心创作要素是"鬼魂"、"巨怪"和"活体幽灵"。以上审美情趣、中心主题、性别策略和创作要素深刻影响了 19 世纪和 20 世纪的通俗文学、严肃文学,促成了历史小说、科学小说、帝国小说、哥特式后现代小说等诸多小说的成形。

总之,本书依据当代西方类型理论的批评视角以及封闭性的英国哥特式小说的定义,并结合当代西方文学理论,审视了当代类型意义的英国哥特式小说的主要特征,并力争使整个论述具有开拓性、前沿性和实用性。现在,就让我们跨越时空,回到"风云变幻"的"大不列颠帝国时代",透过英国哥特式小说在作者、读者、文本和社会之间的相互作用和交际活动,揭示其主要特征。

第一编　境遇论

第一章

哥特身份和哥特式复兴

——英国哥特式小说的历史探秘

在英国文学史上，没有哪种文学运动或文学潮流能像哥特式小说兴起那样，汇集了当时那么多的社会焦点和矛盾冲突。也没有哪一部小说或作品，能像霍勒斯·沃波尔的《奥特兰托城堡》那样，引起了当时以及后来那么多的关注和争论。尤其是他在此书再版时所添加的那个副标题修饰词"哥特式"，颇有神秘感，令人感到不可思议。嬉笑、辱骂、讥讽、臆测等等，接踵而至，仿佛霎那间，潘多拉的魔盒被打开，评论界变得沸腾起来。即便到了21世纪，许多西方批评家依然在为"哥特式"一词的意义诠释感到困惑。英国剑桥学者戴维·史蒂文斯（David Stevens）说："'哥特式'有着太多的意义关联，以至于整个概念似乎经常无法界定，难以捉摸。"[①] 斯特灵大学罗宾·索尔比（Robin Sowerby）也说："事实已证明，'哥特式'确实是变化多端的术语。"[②] 然而，研究英国哥特式小说，不能不研究哥特式小说的兴

---

① David Stevens. *The Gothic Tradition*. Cambridge University Press, Cambridge, United Kingdom，2000，p. 9.

② Robin Sowerby. "The Goths in History and Pre-Gothic Gothic", in *A Companion to the Gothic*, edited by David Punter. Blackwell Publishing, Malden, MA，2001，p. 24.

第一编 境遇论

起,也不能不研究"哥特式"的意义的关联和变化。细察起来,这些关联和变化大致可以归纳为三个方面:其一,历史上的"哥特"(Goths)是何种民族;其二,17、18 世纪的英国何以会出现以这个民族命名的哥特式复兴(Gothic Revival);其三,这个复兴又如何孕育了英国第一部哥特式小说《奥特兰托城堡》。一句话,英国哥特式小说的"哥特式"究竟有何具体社会历史内涵。

一

要了解历史上的"哥特"是何种民族,最直接也是最可靠的方法是查找当时的历史文献。但是,在西方,现存的早期与"哥特"有关的历史文献十分有限,且大都为非专门著作。如塔西佗(Tacitus,约 55 - 120)的《赫马尼亚》(*Germania*),仅有一段印象性的描述哥特族的文字;而奥罗西厄斯(Orosius,385 - 430)的《反对异教的历史》(*History Against the Pagans*),也仅是侧面对哥特族有所提及。真正可以称得上"专门史"、可以起到查考作用的,似乎只有乔丹尼斯(Jordanes)的《格蒂卡》(*Getica*)。这部由哥特人以哥特族视角写成的唯一一部古籍,成形于公元 551 年前后,整本著作用拉丁文写就,虽然用的不是那种典雅的拉丁文,但行文措辞清晰可辨。作者自述有着哥特族的血统,且"归化"前"没有受过正规教育",后在某哥特裔贵族家当秘书。全书记录了自公元 1 世纪末哥特族离开发源地至公元 6 世纪中期东哥特王国消亡期间的重大历史活动。关于"哥特族"的起源,作者这样写道:

"据说哥特人是很久以前由他们一个名叫贝里格的首领带到这个斯堪的泽岛(Scandza),也即该部落的集居地或民族的发源地的。他们一下船,踏上陆地,就径直给这个地方取了一个自己的名字。即便在今天,此地仍叫'哥特人的斯堪的泽岛(Gothiscandza)'。……不久,他们从这里迁到厄尔默鲁基人(Ulmerugi)的居住地,当时厄尔默鲁基人住在沿海海岸;他们支起帐篷,同厄尔默鲁基人交战,驱之出家园。然后,他们又征服了相邻的汪达尔人(Vandals),如此扩大了战果。但是,部落的人数急剧增加,于是时任首领的菲利默——加达里克之子,贝里格以来的第 15 任首领——决定率哥特人的将士及其家属从那个地方迁移……为了寻找合适的家园和幸福的居住地,他们来到了塞西亚(Scythia),当地的语言称之

'奥尔姆'（Oium）。在这里，他们很高兴有如此富饶的田野；据说一半军队过了河，河上的桥就完全塌陷，以后再也没有人能过去，因为四周是地震形成的沼泽和深渊，双重障碍使过河成为不可能……这部分哥特人过了河，跟随菲利默到了奥尔姆田野，占据荒弃的土地，不久又遭遇斯帕利部落（Spali），与他们交战，赢得胜利。"①

据乔丹尼斯介绍，《格蒂卡》的资料源于他自小耳熟能详的哥特族口头传说，以及当时一位名叫卡西奥多勒斯（Cassiodorus）的意大利历史学家所著的 12 卷本史书（该书已失传），此人曾任东哥特国王西奥多里克的意大利文秘书，很可能是他秉承这位异族国王的旨意，写了这部专门的民族史，以便让当时的罗马人了解哥特族的辉煌过去，服从哥特族的统治。然而，也正是乔丹尼斯的这个"功利性"的著述介绍，让现代学者对书中所述"哥特"身份的真实性产生了怀疑。他们认为，乔丹尼斯的《格蒂卡》有美化哥特族之嫌。作者的目的是从总体上荣耀哥特族，为此引述了诸如哥特人曾参加特洛伊战争、亚马逊勇士即哥特族妇女等经典传说，以证明西奥多里克统治的历史正当性。尤其是，正如塞缪尔·克利杰（Samuel Kliger）所指出的，乔丹尼斯有意无意追随奥罗西厄斯、卡西奥多勒斯等历史学家，采用含混其词的手法，把"哥特"与"格蒂"（Getes）相提并论，并认定两者皆属塞西亚人，由此把哥特族的发源地扩展到了远在罗马帝国疆界之外的斯堪的纳维亚，也由此有了后来把所有的日耳曼部落（Germanic）统称为"哥特"的说法。②

不过，近几十年，随着现代历史学关于"后古典文明时期"（Late Antiquity）的划分所引起的欧亚大陆种族探查热，以及基于人种历史和人种考古学之上的现代人种学的悄然兴起，后罗马时代的一系列历史难题已经逐步得到破解，乔丹尼斯的《格蒂卡》中包括哥特族发源地在内的大部分历史疑点和盲点也得到澄清。现已证实，哥特族起源于公元 1 世纪的波兰北部，并在那里先后形成大大小小的部落。一个世纪之后，随着铁器时代威尔巴克（Wielbark）和切尔尼亚科夫（Cherniakhov）文化的传播，哥特人开始从波兰北部的波罗的海沿着维斯瓦河和布格河向西迁徙，并逐渐跋涉到了黑海。其后哥特人、匈奴人、罗马人三方经历了一个极其复杂的相互制约、相互攻击的"共处"时期。公元 250 年，哥特人首次入侵罗马

---

① Peter Heather. *The Goths*. Blackwell Publishers, Malden, Massachusetts, USA, pp. 11 - 12.
② Samuel Kliger. "The 'Goths' in England: An Introduction to the Gothic Vogue in Eighteenth-Century Aesthetic Discussion", in *Modern Philology*, Vol. 43, No. 2. (Nov, 1945), pp. 108 - 109.

帝国,被罗马人击退,但接下来的战争中,罗马人丢了达西亚省,不得不向哥特人进贡,屈从他们在东部边界的持续骚扰。公元 376 年,哥特人遭受匈奴人袭击,一部分被赶过多瑙河,进入罗马帝国境内,并以同盟者身份定居在默西亚。随着时间推移,哥特人与罗马人纠纷不断,最终导致双方军事冲突。公元 378 年,哈德里尔诺普一仗,罗马人大败,继任的罗马皇帝西奥多勒斯大帝设法在哥特人和罗马人之间建立了和解。但这个和解仅维持到公元 395 年他去世时为止。之后,哥特人频频进攻罗马人,以谋求建立独立的哥特王国。公元 410 年,哥特人在阿拉里克率领下洗劫了罗马城。同年阿拉里克卒,继任者阿道夫与罗马皇帝霍诺里厄斯签订和约,哥特人撤出意大利。公元 418 年,鉴于哥特人帮助罗马人在西班牙摧毁了汪达尔人和艾伦人的势力,他们又获准以同盟者身份定居阿奎丹,并在那里建立了西哥特王国,定都图卢兹。公元 466 年,尤里克继任西哥特国王,宣布废除与罗马的同盟关系,领土包括高卢西南部和西班牙大部。公元 476 年,日耳曼首领奥多埃塞废黜罗米拉斯·奥古斯都,结束了西罗马帝国。在拜占庭帝国皇帝的怂恿下,哥特人首领西奥多里克于公元 488 年出兵意大利,但久攻不克,遂与奥多埃塞订立和约。公元 493 年,西奥多里克设计杀死奥多埃塞,收编其余部,在意大利建立了东哥特王国。然而,他的继任者未能保持住这个政权。由于内讧,东哥特王国日渐衰败,东罗马皇帝查士丁尼乘虚而入。又经过漫长的拉锯般战争,查士丁尼于公元 555 年吞并了东哥特王国,哥特人从此被驱逐出意大利。不过,他们在西班牙建立的西哥特王国却一直维持到公元 711 年。在那以后,哥特人逐渐被其他民族同化,踪迹消逝,仅在克里米亚半岛有零星遗址。

综合上述各项史实,不难看出,所谓历史上的"哥特",乃是欧洲"后古典文明时期"一个未开化的民族。这个民族早已灭绝,且生存时间较短,前后活动仅 600 余年。而且在这 600 余年当中,没有留下任何语言文字,没有留下任何文化遗产。所谓"重大历史活动",无非是当时司空见惯的弱肉强食式的生存斗争,极端功利的政治勾结,以及充满着血腥味的掠夺、蹂躏、屠戮和残杀。不过,历史的宠儿既不属于有着漫长经历的寻常国土,也不属于有着良好记录的普通山河,往往一个偶然因素,一个突发事件,就能盖棺定论,流芳千古或遗臭万年。也许是当时哥特人进犯罗马帝国的行动过于张扬,也许是当时他们掠夺的手段过于残忍,也许是别的什么触犯众怒的因素,总之,从那时以后,哥特族已经作为"罗马文明"的对立面长期留存在人们的记忆之中,与"野蛮"、"贪婪"、"奸诈"等负面修饰词画上了等号。

罗马宫廷诗人克劳迪安(Claudian，370－404)曾经以火一般的忧国忧民激情，创作了充满超现实恐怖的诗篇《关于哥特战争》(*On the Gothic War*)。在他看来，与罗马人交战的哥特人不啻魔鬼撒旦麾下的妖孽：

"人们问，禽鸟飞离预示着什么，上天用雷电欣然给人送来什么消息，那些预言书需要什么才能固守罗马的命运？持续的月蚀向我们发出警示，夜复一夜，意大利众城哀号声声、铜锣齐鸣，要驱赶她黝黑脸庞的阴云。人们不相信月亮会受到太阳兄弟的欺骗，竟然被地球的插入遮去了光亮；他们想，这是帖撒罗尼迦的女巫，陪伴野蛮人的军队，运用他们国土的魔咒，遮挡了她的光辉。于是，他们的不安心绪，带着这些新生的预兆，集结了往昔的迹象，以及和平年代恐怕容易忽略的凶兆——石雨、蜜蜂云集陌生地、无名怒火焚毁房屋，还有彗星——天穹显现彗星必有灾祸——它首次在太阳神撒下玫瑰色晨辉，以及年迈的克普斯与缀满星星的配偶安德罗米达共同沐浴的地方升起，然后慢慢退缩到吕卡翁之女星座，以其游移不定的尾巴模糊北斗七星，直到最后它的暮光衰弱、消失。"[①]

文艺复兴时代的人文主义者也大多对哥特人保持相同的看法。他们的著作经常出现负面意义的"哥特"及其形容词"哥特式"，它们不独表示"野蛮"、"贪婪"、"奸诈"，而且表示"愚昧"、"无知"、"浅陋"。例如，曾任伊丽莎白女王导师的罗杰·阿斯卡姆(Roger Ascham，1515－1568)，当年在致斯特拉斯伯格校长斯特姆(Sturm)的信中说："……这事让我高兴地想起在剑桥度过的愉快时光，想起多次与奇克先生、沃克先生愉快地谈到的这个错误，不仅谈到旧的拉丁文诗人，而且谈到现时英格兰新的打油诗人。如同维吉尔与贺瑞斯的联姻不是重复前辈的错误(一次比较重要的联姻)，而是通过正确模仿绝佳希腊诗人，完善拉丁文诗歌的创作一样，他们希望我们英国人同样承认、正确理解我们可怜的粗糙的押韵。这种押韵起先是由哥特人和匈奴人带来的，那时所有的好诗文、好知识都被他们摧毁了，后来又传到法兰西和德意志，最后又被智力超常者引入英格兰，那些引入者确实智力超常，但在此，少有学问，鲜有判断。"[②] 这里姑且不论信中所述当时英国诗文押韵的来历是否属实，仅凭作者十分确定的语气，就足以表明他对哥特人的"愚昧无知"的鄙视。

同样的事例也出现在威廉·莎士比亚(William Shakespeare，1564－1616)的剧作之中。譬如，《泰特斯·安德罗尼克斯》(*Titus Andronicus*，1593－1593)描写了"哥特女王塔摩拉"等一群战俘复仇的故

---

① Claudian. *On the Gothic War*. Loeb Classic Library，1922，pp. 143－145.

② Roger Ascham. *Whole Works of Roger Ascham*. Ams Pr Inc.，1965，p. 249.

事。在莎士比亚笔下,他们一个个穷凶极恶,包含着"让文明世界陷入黑暗的野蛮移民"的"种种迷信和魔力"。[①] 而在《皆大欢喜》(*As You Like It*,1599)的第三幕第三场,"试金石"发现自己来到亚登森林的普通乡村。一开始,他试图用儒雅的语言向村姑"奥德蕾"献殷勤,但"奥德蕾"听了茫然不知所措。于是,自认为满腹经纶的"试金石"便卖弄聪明地说:"我陪着你和你的山羊在这里,就像那最会梦想的诗人奥维德在一群哥特人中间一样。"[②] 在这里,莎士比亚把"哥特"直接同"山羊"相提并论。这固然有语言修辞的因素(在英语里,"哥特"Goths 与"山羊"goats 谐音),但对"哥特人"的"愚昧无知"的鄙视也展露无遗。

二

然而,到了 17、18 世纪,上述"哥特"或"哥特式"的固有观念却戏剧性地发生了变化。一方面,它们的词义有了拓展,由原来特指哥特族本身变为泛指罗马帝国衰亡时期所有的北方野蛮部落;另一方面,它们的内涵也有了延伸,由原来负面意义的"野蛮"、"愚昧",演变成具有中性意义的"中世纪未知特征",并进而演变成一个在结构上与古典主义相对立的时髦术语。古典主义表示井然有序,而"哥特式"表示混乱无序;古典主义代表质朴、纯真,而"哥特式"代表浮华、靡丽;古典主义展示了一个条理分明的有限世界,而"哥特式"呈现出一个过度、夸大、粗野、狂乱,并总是试图溢出界限的多变境地。一个时期某个固定词汇的词义拓展、延伸,甚至颠覆,反映了这个时期国民心中的文化价值已经发生转移。就"哥特"或"哥特式"来说,它意味着昔日的"野蛮"符号不复存在,意味着旧时的"愚昧"命运已经逆转,意味着"黑暗势力"赫然让位于"光荣传统",意味着社会上悄然发生了一场中世纪复兴。但问题是,这个以"哥特式"命名的中世纪复兴究竟是如何发生的?

17、18 世纪的英国无疑是启蒙主义一统天下。启蒙主义反对迷信和盲从,崇尚科学和理性,相信正确的推理会帮助人类找到真知,将他们引

---

① Richard Hurd. *Letters on Chivalry and Romance*, edited by Hoyt Trowbridge. Augustan Reprint Society, Los Angeles, 1963, p. 254.

② William Shakespeare. *As You like It, III, iii*. Everyman's Library, 1997, p. 9.

向幸福。但是,这不等于说,在这之前以个人情感为中心的种种非理性主义观念已经销声匿迹。恰恰相反,它们一直在顽强地自我宣示,而且一旦遇上适当气候,就会在一定时间、一定范围形成潮流,甚至形成相当大的潮流。如前所述,"哥特"本是公元 4 世纪罗马衰亡时期日耳曼一个部落的名号,接下来的几个世纪却被阴差阳错地当成日耳曼所有部落的统称,这里的日耳曼所有部落,当然包括在不列颠定居的盎格鲁－撒克逊人,而这也就为日后的英国历史学家和政治家宣扬"本土化"的热爱自由的哥特式传统奠定了基础。事实上,公元 1066 年法国诺曼底入侵不列颠之后,当时的历史学家和政治家正是以此作为爱国主义的"史实",进行反抗"外来"独裁统治的宣传的。这个时期诞生的有关"罗宾汉"(Robin Hood)的民间传说,正是这种"爱国"、"自由"的哥特式传统的反映。

到了 17、18 世纪,英国新兴资产阶级登上历史舞台,并依靠工业革命迅速敛聚社会财富。经济势力的扩张需要政治势力的保驾护航,当既有政治制度变化缓慢,不能适应、甚至阻碍新的权力转移时,社会上便出现了改革的呼声。这种呼声不独来自受阻碍的新兴资产阶级,也来自在社会财富重新切割中已经得到部分实惠或日渐贫困的中下层人士,而他们的代言人则是当时以"捍卫自由"自居的"辉格党改革派"(Whig reformists)。这些改革派视"托利党"(Tory Party)的"加强王权的主张"为"专制独裁",反对一切有关的政策、规则和观念。而为了这样做,他们自然而然要回归"光荣历史",祭起"哥特式"大旗。公元 1648 年,以领导"弗吉尼亚叛乱"(Virginia Rebellion)著称的纳撒尼尔·培根(Nathaniel Bacon,1640－1676)就公开声称,英格兰法律很大程度上源于哥特式部落,"世界上没有哪个国家能像这个岛国一样展示如此多的古代哥特式法律"[①]。公元 1672 年,威廉·坦普尔爵士(Sir William Temple,1628－1699)为了争取议会多数支持,也断言"撒克逊人是群居在北方部落的一个分支,那个部落在欧丁神的引导下,很早就占据了波罗的海周围那么广阔、肥沃的土地。"[②]接着,他在"论诗歌"("Of Poetry",1909)中,再次提及"古代西哥特人"是"我们的祖先"[③]。曾多年担任他秘书的著名文学家、政论家乔纳森·斯威夫特(Jonathan Swift,1667－1745),也在抨击政敌时写道,议会是一个特别的哥特式机构,"由撒克逊亲王最早从欧洲大部分地区的其他哥特式政府形式原装引

①　Nathaniel Bacon. *Historical and Political Discourse of the Laws and Government of England*. John Starkey, London, 1689, p. 96.

②　Sir William Temple. "Introduction to the History of England", in *The Works of Sir William Temple*, Vol. II. Bart, London, 1740, p. 537.

③　J. E. Spingarn. *Critical Essays of the Seventeenth Century*, Vol. III. Clarendon, Oxford, 1909, p. 86.

第一编　境遇论

入该岛。"① 在这方面,走得最远的恐怕是詹姆斯·哈林顿爵士(Sir James Harrington,1611-1677),他公然鼓吹建立一种在历史上"已被证明普遍实用"的"哥特式平衡原则"(Gothic balance),来务实地处理现时政坛的各种纠纷。② "改革"的"辉格党"如此,"保守"的"托利党"也不甘示弱,他们反击的有力武器,居然也是高举"哥特式"大旗,不过此时这个"哥特式"标签代表着"君主立宪"传统,代表着层级、贵族,而非危险的现代新贵、民主派和民粹分子。总之,对于他们,历史是一种叙述,并非科学,可以任凭叙述者选择时间、地点进行诠释,而不必过分顾忌表达是否准确。

在这种政治气氛主导下,英国的绘画、雕塑、建筑等艺术领域纷纷开始"躁动"。一些画家和雕塑家,出于种种"哥特式"复古心绪,以"雅致、细腻、活泼、夸张"的造型和笔触,推出了一个个令人耳目一新的作品,如托马斯·班克斯(Thomas Banks,1735-1805)的"西蒂斯出海"("Thetis Rising from the Sea",1778),约翰·弗拉克斯曼(John Flaxman,1755-1826)的"查特顿接受绝望幽灵之毒"("Chatterton Taking the Poison from the Spirit of Despair",1780)、亨利·富塞利(Henry Fuseli,1745-1846)的"梦魇"("The Nightmare",1782)、威廉·布雷克(William Blake,1757-1827)的"良善和邪恶的天使"("Good and Evil Angels",1795),等等,其中最有代表性的当属弗朗西斯科·戈雅(Francisco Goya,1746-1828)的油画"理性沉睡出巨怪"("The Sleep of Reason Produces Monsters",1799)。画面上,一个男人伏案而睡,脸面埋在手臂后的姿势表明了他正陷于失望,而案头的纸和笔又点明了他的作家身份。头顶上空盘旋的怪异的嗜血蝙蝠,正退缩到周边黑暗中。这些蝙蝠滋生于那个俯伏者,又威吓那个俯伏者。正如这幅油画的名称所揭示的:情感是艺术的源泉,是艺术的成功之母,但如今却受到理性的长期压抑,而一旦获释,累积的能量就会突然爆发,形成令人恐惧的幻象。

同样的"反理性主义"的艺术意境也成为英国房屋建造和园林设计的重要时尚。当时英国的一些十分知名的建筑艺术家和园林设计家,如克里斯托弗·雷恩爵士(Sir Christopher Wren,1632-1723)、威廉·肯特(William Kent,1686-1748),等等,设计、建造了许多轰动一时的教堂、学府和园林,其主要特征是"锥形尖顶"、"拱形天花板"和"飞扬扶壁"。这

---

① Jonathan Swift. "Abstract of the History of England", in *Prose Works of Jonathan Swift*, Temple Scott ed., Vol. X. Historical Writing, London, 1902, p. 225.

② Sir James Harrington. *The Oceana and Other Works*, edited by John Toland. A. Millar, London, 1737, p. 37.

种建筑源于公元 1100 年的法国,后渐渐流传到英格兰、德国和意大利,曾主宰欧洲几个世纪,但在文艺复兴初期,已停止流行。然而到了 17 世纪,随着意大利著名建筑艺术家乔治·瓦萨里(Giorgio Vasari,1511－1574)的误导性宣传——他在一本著作中鼓吹这是"哥特人发明"的"哥特式建筑艺术"①——它又在英国逐渐兴起,并被赋予新的"超凡脱俗"的含义。如"锥形尖顶"象征着"生命延续","拱形天花板"表示"人性复苏","飞扬扶壁"意味着"天堂的心灵探求",等等。更有一些家财亿万、奢侈靡丽的富豪大亨,不惜耗费巨额资金,雇请名流设计师,竞相建造规模宏大的"哥特式废墟",其中包括仿真教堂、模拟城堡和狩猎山林小屋;有的甚至为了"形象逼真",栽种死树,移植荒丘,人为地制造"枯树昏鸦,鬼影绰绰"的凄凉、恐怖景象。对此,英国桂冠诗人威廉·怀特黑德(William White-head,1715－1785)不无感慨地说:"这几年,什么都是'哥特式';我们的房屋、我们的寝床、我们的书橱,还有我们的睡椅,都是根据我们的教堂的这些部分或那些部分仿造的……蒙骗和浮夸占据了一切。"②

　　当然,"躁动"的领域也包括文学艺术。自 18 世纪初,英国文坛开始出现一些为上述"哥特式"另类特征进行辩解的著作,其中影响较大的有约瑟夫·艾迪生(Joseph Addison,1672－1719)的《观众》(The Specta-tor,1711)、无名氏的"政治吸血鬼"("Political Vampires",1732)、阿瑟·墨菲(Arthur Murphy)的《演艺者》(The Entertainer,1754),等等,尤其是理查德·赫德(Richard Hurd,1720－1808)的《关于骑士精神和传奇文学的通讯》(Letters on Chivalry and Romance,1762),秉承"辉格党改革派"关于"哥特式"政体渊源的政治宣言,在当时英国文学的框架内,挑战了新古典主义的原则,动摇了亚历山大·蒲柏的至高无上的地位,被誉为"文化价值再评价的先声"③。理查德·赫德认为:哥特式文学艺术源于封建主义的社会结构以及"骑士精神"的文化表现,有着自己独特的逻辑性。尽管在审美原则上,它完全不同于新古典主义,但不等于没有丝毫文化价值。为此,他把"英雄气概"与"封建时代"画等号,赞赏"哥特式传奇"的"肆意放纵"和"无限活力"。对于他,埃德蒙·斯宾塞(Edmund Spenser,1552－1599)的《仙后》(The Faerie Queene,1590)并非"古典主义诗歌",

①　Giorgio Vasari. *Vasari on Technique*,translated by Louisa S. Maclehose. Dover Publica-tions,Dover,1960,p. 17.
②　Samuel Kliger. *The Goths in England: A Study in Seventeenth and Eighteenth Century Thought*. Harvard University Press,Cambridge,1952,pp. 27－28.
③　E. J. Clery & Robert Miles,eds. *Gothic Documents: A Sourcebook 1700－1820*. Manches-ter University Press,Manchester & New York,2000,p. 67.

而是"哥特式诗歌",而威廉·莎士比亚的伟大,并非体现了"古典主义的原则",而在于运用了"哥特式的手法和技巧"。"我们自己的、国外的最伟大的天才,如意大利的阿里奥斯托、塔索,英格兰的斯宾塞和弥尔顿,都受过他们先祖的这些野蛮性诱惑,甚至迷恋上了哥特式传奇。难道对于他们,这是偶然的、荒谬的? 或者说,哥特式传奇不存在一种特别的东西,能适合天才的见解,适合诗歌的目的?"①

当代学者认为,18 世纪英国文学至少在四个方面体现了理查德·赫德等人所说的"野蛮性诱惑"的结果。其一,纯正的古不列颠传统。托马斯·格雷(Thomas Grey,1716–1771)声称自己的创作得力于广泛地阅读古威尔士的诗歌,詹姆斯·麦克弗森(James Macpherson,1736–1796)在"翻译"古盖尔诗人的著作时也强调参考了古不列颠的"传统",而托马斯·珀西(Thomas Percy,1729–1811)的重要译作《北方古风》(*Northern Antiquities*,1770)一开始就表明,翻译这些作品的目的是为了让广大读者了解古代北欧的历史。其二,对谣曲(ballads)的兴趣重新增长。托马斯·珀西于 1765 年问世的《英格兰古诗遗风》(*Reliques of Ancient English Poetry*)点燃了诗坛对这类"民歌"体裁的广泛兴趣,从威廉·布雷克的"挪威王格温"("Gwin,King of Norway",1776),到塞缪尔·柯勒律治的"古水手之歌"("The Rime of the Ancient Mariner",1798),再到珀西·雪莱(Percy Shelley,1792–1822)的"政治混乱的面具"("Mask of Anarchy",1819),无不受其影响。其三,哥特式文学被认为包括中世纪英国诗歌,其中应当有乔叟的诗作,1775 年至 1778 年出版的权威性乔叟作品集便证明了这一事实。其四,至少对于部分作家和评论家而言,哥特式文学应当包括埃德蒙·斯宾塞和伊丽莎白一世时代的主要作品,而且其影响力已经远远被低估。

三

那么,这场以反对启蒙主义的理性观念为核心、政治色彩浓厚、历时较长、涉及面广的"哥特式复兴",又如何孕育了霍勒斯·沃波尔的《奥特

---

① Richard Hurd. *Letters on Chivalry and Romance*, edited by Hoyt Trowbridge. Augustan Reprint Society, Los Angeles, 1963, p. 4.

兰托城堡》,催生出英国第一部哥特式小说?

霍勒斯·沃波尔,1717 年生于伦敦,其父是乔治二世时代著名政治家、英国第一任首相,后被封为奥福德勋爵(Lord Orford)。受家庭环境的影响,霍勒斯·沃波尔很早就步入英国政坛,成为辉格党的一名议员。作为辉格党的坚定支持者,他经常出入议会,发表改革的政见。但他既不擅长权术,又对党争不感兴趣,遂在父亲去职、连续遭受挫折之后,淡出政界,潜心交友。他的一系列颇有价值的书信集,就是在这个时期写就的。与此同时,他也养成了收藏中世纪文物的爱好,像玛丽女王的头梳、威廉国王的踢马刺、特罗姆普将军的烟斗、沃尔西主教的猩红帽,等等,都是他钟爱的对象。1747 年,他在伦敦泰晤士河附近的特威肯汉姆(Twicken-ham)买了一幢村舍,取名"草莓山庄"(Strawberry Hill),并从 1753 年开始,先后用了 13 年时间,将其改建成一座中世纪的"哥特式城堡"。当这座精心设计、精心施工、几乎耗尽他的全部积蓄的"哥特式城堡"从设计图纸一点点变成现实的时候,霍勒斯·沃波尔几乎无法掩饰自己狂喜的心情:

"想想看,墙壁覆盖着……精美的图案,显示出哥特式细工浮雕的视觉效果,栏杆也是哥特式的,铮亮无比;倾斜的窗户饰有许多圣徒塑像,镶嵌着彩色玻璃,底层的门廊辟有三道拱门,壁龛中放满了旧盔甲之类的战利品。还有犀牛皮做的印度盾牌、腰刀、箭袋、长弓、长箭和长矛。"[1]

他的挚友、著名诗人托马斯·格雷也在参观"草莓山庄"于 1759 年落成的"哥特式卧室"之后,倍加赞赏地写道:

"你可以从一扇尖耸的门庭,步入……一个立有睡床的凹室,这个凹室是用一个屏风隔开的,屏风当中挖有一扇很大的拱门,可窥见室内其余空间,另一端是蝶形窗户,亮着灯……顶部天花板嵌着教堂那种富丽堂皇的彩色玻璃,且被分隔成内凹的五角星和四叶图案,相连处镶有纸型玫瑰,左侧的烟道处是鲁昂大教堂式的高高祭坛……为一个低矮的硕大平台,两旁是八角形塔楼……座椅和镜台是地道的雕花乌木,拍卖场买来的,幔帐挂着紫色纸饰。"[2]

很快,"草莓山庄"成为远近闻名的"哥特式"建筑样板,前来参观者络绎不绝。这些参观者不独来自英国各地,还来自欧洲大陆各国。无须说,

[1] Wilmarth S. Lewis, ed. *The Yale Edition of Horace Walpole's Correspondence*. Yale University Press, New Haven, 1937–1983, XII, pp. 380–382.

[2] Duncan Tovey, ed. *The Letters of Thomas Grey*. Kraus Repr, New York, 1968, II, p. 102.

霍勒斯·沃波尔也腾出大量时间,引领宾客参观,详细讲解自己的"创造"。随着时间的推移,"草莓山庄"的声誉越来越大,仿效者也越来越多,其中包括后来有着"英格兰最富之子"之称的哥特式小说家威廉·贝克福德。他一掷千金,雇请著名建筑设计师詹姆斯·怀亚特(James Wyatt,1746-1813),建造了堪称英格兰之最的"哥特式"宅邸——"方特希尔修道院"(Fonthill Abbey)。该宅邸占地 519 英亩,里面塔楼成群,画廊盘绕,当中一座主教堂,高耸 300 英尺。

"草莓山庄"的重要意义在于霍勒斯·沃波尔以近乎"剪贴簿"的方式"拼凑"了一个他心目中的哥特式城堡。而且,在这个哥特式城堡,"哥特式"的意义是颠覆性的。它不再象征着"粗俗"、"野蛮"、"生硬"、"劣等"、"无情趣",而是代表着"起始"、"活力"、"胆大"、"英勇"、"远古",以及"奇异"、"魅力"和"浪漫"。而且由于霍勒斯·沃波尔的特殊家庭背景和政治身份,这种颠覆性影响遍及整个英伦三岛,从而引领了 18、19 世纪英国哥特式建筑复兴的潮流。从此以后,以"锥形尖顶"、"拱形天花板"和"飞扬扶壁"为特征的哥特式建筑艺术彻底取代了古典式建筑艺术,成为社会重要时尚。

当然,"草莓山庄"的重要意义还在于孕育了英国文学史上第一部哥特式小说《奥特兰托城堡》。1765 年 3 月 9 日,《奥特兰托城堡》出版不久,霍勒斯·沃波尔在给威廉·科尔牧师(Rev. William Cole)的信中如此写道:

"我希望,您对我和'草莓山庄'的偏爱能使您原谅这部小说的粗野。您甚至会发现这种粗野颇有一些玩味之处。当您读到那幅画像离开画框的时候,难道没想起我的画廊里有幅身穿白色套服的福克兰勋爵的肖像吗?我甚至可以向您坦承,那就是这部小说的由来。去年 6 月初,我做了一个梦,早上醒来,还能回忆起梦中情景,仿佛正置身于一个古城堡(像我这样头脑充满哥特式故事的人,有这样的梦境是很自然的),而且看见宽大楼梯的上层栏杆有一只披着盔甲的巨手。于是晚上,我坐了下来,开始写作,但全然不知道说什么,怎么说。就这样,我贸然写了下去,变得很爱这工作……总之,不到两个月,我就写完了这部书。写作时,我是那么投入,有天晚上,大约 6 点钟吃了茶点后就动手,一直写到深夜 1 点半,直写得我的手和手指发麻,再也挪不动笔,任凭玛蒂尔达和伊莎贝拉的对话只进行了一半。"①

① Wilmarth S. Lewis, ed. *The Yale Edition of Horace Walpole's Correspondence*. Yale University Press, New Haven, 1937-1983, I, p. 88.

以上这段话清楚地表明，《奥特兰托城堡》同"草莓山庄"存在不可分割的关系。其一，这部小说的创作灵感来自"草莓山庄"。没有"草莓山庄"，就没有那样的梦境，也就谈不上创作《奥特兰托城堡》。其二，小说中的"画像离开画框"，"宽大楼梯"、"盔甲"等故事环境描写，都可以在"草莓山庄"中找到实证。当然，这并非说仅有这些实证，"草莓山庄"事实上已经构成了整个《奥特兰托城堡》的故事场景。其三，《奥特兰托城堡》酝酿已久。为创作这部哥特式小说，霍勒斯·沃波尔大量阅读"哥特式故事"。这里的"哥特式故事"，当然是指古希腊亚里士多德以来的一切中世纪叙事体，也即理查德·赫德在《关于骑士精神和传奇文学的通讯》一书中所极力推崇的"封建时代传奇"，其中包括阿里奥斯托、塔索、斯宾塞、弥尔顿和莎士比亚的作品。其四，霍勒斯·沃波尔执著地创作这一承继有"封建时代传奇"传统的"哥特式故事"，以至于到了废寝忘食的地步。

霍勒斯·沃波尔为何如此痴迷"哥特式故事"？答案只能是，他同理查德·赫德一样，也受了这种"封建时代传奇"的"野蛮性诱惑"，也认为这种"传奇"存在一种"特别的东西"，能切中文学时弊。而这种时弊，无疑就是当时启蒙主义的"理性"光环照耀下的早期现实主义小说创作原则。17世纪末和18世纪初的"小说兴起"，产生了丹尼尔·笛福（Daniel Defoe，1660－1731）、塞缪尔·理查逊（Samuel Richardson，1689－1761）、亨利·菲尔丁（Henry Fielding，1707－1754）这样的"现实主义小说之父"，但同时也把早期现实主义小说的创作推到了顶峰。社会上开始出现大量模拟作品。这些作品在畅销的同时，也带来了许多负面效应，如道德训诫、描写新闻化，等等。读者开始厌恶这类作品，出版商和销售商开始另辟他路。霍勒斯·沃波尔当然熟谙这一切，敏锐地感悟到早期现实主义小说暴露出的种种弊端，而根治这些弊端的药方，就是恢复封建时代传奇的传统。当然，这种"恢复"并非意味着全盘照搬，而是吸取传统的合理成分，丰富和完善现实主义小说形式。为此，他精心创作了兼有"古代传奇"和"现实主义小说"特征的《奥特兰托城堡》，并根据书中"哥特式场景"，加了一个意味深长的副标题"哥特式故事"。

1765年4月版《奥特兰托城堡》的序言，不但阐明了"哥特式故事"的性质，也为这类新型小说文体的创作原则描绘了"蓝图"：场景设置要"真实"；情节结构是"两类传奇相融合"；一方面要"充分发挥想象的能力，尽情地在漫无边际的虚拟王国翱翔，创造更有趣的情景"；另一方面又要使人物的"思考、言语、行动"显得十分自然，"仿佛他们就是生活在极其普通环境中的熟悉男女"。这也即是说，"要把古代传奇的非自然事件同小说的现实主义人物以及他们的对话结合起来。"①

接下来的一百多页的正文可以说是上述"蓝图"的出色展示。故事行文简洁、节奏控制得当,令人时时想起丹尼尔·笛福、塞缪尔·理查逊的佳作;而戏剧化的冲突、跌宕起伏的情节,又令人时时想起亚里士多德的"三一律"。故事结构共分五章,情节发展有两条线索,一主一副交替演进。第一章和第三章演绎主线,第二章和第四章演绎副线;而在第五章,主线、副线汇合,一条线为另一条线提供了矛盾解决的前提和条件。所有这些设计,又未免令人想起莎士比亚的五幕悲剧。霍勒斯·沃波尔似乎特别钟情于莎士比亚的悲剧创作模式,这固然与他继承的英国文学传统有关,但与古典悲剧在古代传奇的重要地位也不无联系,大概他认为古典悲剧的净化理论是创造新型传奇的基础,非如此才能创造出哥特式故事。正如当时的评论家威廉·沃伯顿(William Warburton,1698－1779)所指出的,《奥特兰托城堡》"完美地达到了古典悲剧以怜悯和恐惧净化情感的目的",不失为一部"新型传奇"的"代表作"。②

该"哥特式故事"的主要情节围绕着奥特兰托城堡主人曼弗雷德的经历展开。但见奥特兰托城堡内,曼弗雷德正为延续家族的统治权而焦虑万分。他处心积累地让患病的儿子康拉德同伊莎贝拉完婚,以确保有个男性继承人。不料,康拉德猝死,这一计划受挫。于是,他又遗弃妻子希波莉塔,强行迎娶本来给他当媳妇的伊莎贝拉。在相貌酷似原城堡主人阿方索的青年农民西奥多的帮助下,伊莎贝拉逃离了城堡,但西奥多本人却因此行动以及被怀疑杀害康拉德遭到了囚禁。然而这时,早已爱上西奥多的曼弗雷德的女儿玛蒂尔达设法给了西奥多自由。正当玛蒂尔达和西奥多来到圣尼古拉教堂阿方索塑像前祈祷时,曼弗雷德误将玛蒂尔达刺死。最后,一切谜团解开,曼弗雷德招供了自己的祖父杀人篡位的罪恶。真正的继承人西奥多接管了城堡,并娶伊莎贝拉为妻。所有这些描写,无疑都是"生活在极其普通环境中的熟悉男女"的"自然"事件,具有现实主义小说的魅力。

然而,值得注意的是,在这些"自然"事件中,始终贯串着古代传奇的超自然神秘因素。一开始,古老的神秘预言就折磨着曼弗雷德:他的家族将失去公国的统治权。接下来,公国所发生的一切似乎都是这神秘预言

---

① E. F. Bleiler, ed. *Three Gothic Novels*. Dover Publications, INC., New York, 1966, pp. 21－22.

② William Warburton. *The Works of Alexander Pope Esq*. Barthurst et al., London, 1770, pp. 166－167.

的展示。曼弗雷德在实施继承人的战略中，神秘的巨大头盔从天而降，砸死了康拉德。"他看见自己的孩子顷刻碎尸万段，几乎被笼罩在一个巨大的头盔中。那个头盔比人世间任何头盔要大一百多倍。"① 在这里，霍勒斯·沃波尔以极其夸张的文字，营造出异乎寻常的神秘气氛。紧接着，西奥多辨认出，那个头盔居然同阿方索塑像的头盔十分相像。曼弗雷德一怒之下将西奥多囚于头盔内，可不久头盔连同西奥多一起不翼而飞。但神秘的超自然事件依然迭出：一副画像黯然离开画框，在城堡周围游荡；一条巨大无比的人腿，赫然现形于城堡的栏杆。如果说，以上略带"轻喜剧"风味的超自然描写还不足以引起读者心中的恐怖，那么接踵而来的曼弗雷德遇见乔帕修士时，看见"无肉下颚和空陷眼眶"的"骷髅"，则能令读者毛骨悚然了。霍勒斯·沃波尔善于变换超自然描述手法，通过不同程度的恐怖形象展示，一步步把读者带进恐怖的深渊。

神秘的恐怖的超自然描写往往令读者引起"罪恶阴谋"的联想，而这"罪恶阴谋"在奥特兰托城堡，无疑与曼弗雷德先祖的篡位相关。果然，一队骑士悄无声息地来临，手里捧着巨大无比的神圣利剑，剑身刻着这样一段预言：

"一个巨盔配着这柄巨剑/你的爱女由此笼罩凶险/惟有阿方索的拯救鲜血/安抚亲王长期痛苦心田。"②

对于西奥多来说，这段预言是不难破解的。那柄巨剑如同杀死康拉德的巨盔，同样起着阻止"罪恶阴谋"的作用；而那个处在凶险笼罩中的少女，亦即他营救的伊莎贝拉，同样属于高尚的阿方索的血系。于是，一切真相大白：曼弗雷德的统治具有非法性，他是通过祖父的诡诈取得现在的封位的。当年他的祖父理查德曾任阿方索的管家，后来卑鄙地毒死了阿方索，并伪造遗嘱，成了奥特兰托城堡的主人。但曼弗雷德万万没料到，阿方索的真正的继承人西奥多就在奥特兰托城堡内，并借助超自然神秘力量，一步步揭露"篡位"的"罪恶阴谋"，收回自己应有的权利。

《奥特兰托城堡》问世后，尽管获得了包括沃尔特·司各特在内的一些著名作家的称赞，但更多的是遭受了"新古典主义"评论家的抨击。一些人在《学术评论》、《每月评论》上发表书评，指责该书背离了小说创作的传统，不但主题"低俗"，而且"情节混乱、人物性格发展突兀、对话矫揉造

① E. F. Bleiler, ed. *Three Gothic Novels*. Dover Publications, Inc., New York, 1966, p. 28.

② Ibid, p. 80.

作,所有这些都令读者气馁、望而却步"。① 对此,霍勒斯·沃波尔在给杜·迪范德夫人(Madame du Deffand)的信中高傲地说道:"让这些评论家去说吧,我不会恼怒;此书不是写给这个时代的,这个时代不要别的,只要冷酷的理性。我向您表白,或许您会为此认为我比以前更狂,在我所有的著作中,只有这本我自己满意;我任凭自己的想象驰骋,视觉和情感放纵。我写此书正是为了蔑视那些规则、批评和哲学理念;对我来说,这就再好也没有了。"②

由此可见,霍勒斯·沃波尔的《奥特兰托城堡》同其母体"草莓山庄"一样,所加载的"哥特式"符号是颠覆性的。一方面,它颠覆了人们头脑中的"哥特式"固有观念,以"起始"代替"粗俗","英勇"代替"野蛮","生硬"代替"活力";另一方面,它又颠覆了早期现实主义小说的机械创作原则,以"想象"代替"呆滞","生动"代替"说教","超自然"代替"循规蹈矩"。而这一切又归结于他毕生有意无意为之奋斗的信念:反对启蒙主义的理性观念。

---

① Jessica Bomarito, ed. *Gothic Literature: A Gale Critical Companion*, Vol. 3. Gale, Detroit, 2006, p. 432.

② Stephen Gwynn, translated. *The Life of Horace Walpole*. Thorton Butterworth, London, 1932, p. 191.

第二章

革命、焦虑和哥特式表现

——英国哥特式小说的政治情境

　　霍勒斯·沃波尔的《奥特兰托城堡》创立了英国哥特式小说的模式,然而是安·拉德克利夫和马修·刘易斯,继承和发展了这个模式,使之成为当时英国社会上最流行的文学形式。有关资料显示,自1790年安·拉德克利夫的《西西里传奇》出版后,英国每年问世的哥特式长篇小说在整个长篇小说中所占的比例高达30%左右,而1794年安·拉德克利夫的《尤道弗的神秘》和1796年马修·刘易斯的《修道士》两书的出版,又使这个比例飙升到38%以上。① 此外,哥特式"蓝皮书"和"恐怖期刊故事"汗牛充栋,不计其数。仅以当时流动图书馆所流动的哥特式"蓝皮书"书目为例,从1799年至1805年,此类流动新书书目多达144种,占同期哥特式小说总数的49%。② 总之,正如当代美国学者里克托·诺顿(Rictor Norton)所说:"在18世纪末和19世纪初,不列颠最流行的文学不是浪漫主义诗歌,而是当时所谓

---

① Peter Garside et al. *English Novel 1770－1829: A Bibliographical Survey of Prose Fiction Published in the British II*. Oxford University Press, 2000, p. 56.
② Franz J. Potter. *The History of Gothic Publishing 1800－1835*. Palgrave Macmillian, New York, 2005, p. 46.

'最时髦的垃圾'：哥特式小说。"①

一个时期一种文学类型的崛起，所涉及的原因是方方面面的。这里有哲学思潮的影响、宗教心理的感应、经济条件的折射、科学进步的需求，等等。不过，最根本的，恐怕还是这种文学类型所体现的种种思想观念在18世纪末和19世纪初的英国社会政治情境中找到了丰富的养分。然而，这个滋养英国哥特式小说崛起的政治情境究竟是什么？

一

有些人认为是同期发生的法国大革命。譬如，美国约翰斯－霍普金斯大学教授、《英语文学研究》主编罗纳德·保尔森宣称："我认为这是毫无疑义的，自18世纪90年代延伸至19世纪的哥特式小说流行，部分原因是法国骚乱所引起的遍布欧洲的担忧和恐惧可以通过黑暗、混乱、血腥和恐怖的故事得到净化或宣泄。"在他看来，安·拉德克利夫的《尤道弗的神秘》是用"埃米莉的温柔的多愁善感"来对照当时法国民众的"凶残的可怕的情感"；马修·刘易斯的《修道士》是用暴民"摧毁圣·克莱尔女修道院"来暗示巴黎革命者"攻占巴士底监狱"；而玛丽·雪莱的《弗兰肯斯坦》则是对整个法国革命的"回顾"，以揭示其"试图重新创造人类"，以及由此带来的"不切实际的幻想和恐怖"。② 同罗纳德·保尔森一样，美国历史学家埃米特·肯尼迪（Emmet Kennedy）也认为哥特式小说的流行同法国大革命有直接联系。在一本专论马修·刘易斯的著作中，他说：《修道士》"就其寓意来说还是有道德的"，但"影射"了"法国革命的凶残和暴力"。③ 此后的欧美历史学家也大都沿袭这种看法。如剑桥大学历史教授蒂莫西·布兰宁（Timothy Blanning）在一本关于法国大革命的著作中强调了哥特式小说的政治特征，指出这类小说不仅意味着社会变革，还应看成是"通

---

① Rictor Norton, ed. *Gothic Readings: The First Wave 1764－1840*. Leicester University Press, London and New York, 2000, p. vii.

② Ronald Paulson. *Representations of Revolution 1789－1820*. Yale University Press, New Haven, 1983, pp. 217－229.

③ Emmet Kennedy. *A Cultural History of the French Revolution*. Yale University Press, New Haven, 1989, p. 137.

过革命合法性的适当象征所进行的权力考量"。①

罗纳德·保尔森等人的"法国革命文学观"并非首创。早在 1796 年，英国作家托马斯·马赛厄斯（Thomas Mathias，1754－1835）就在《追寻文学》(The Pursuits of Literature)中，把"小说"和"传奇"与来自海峡彼岸的法国大革命的普遍威胁直接挂钩。② 1800 年，法国作家萨德侯爵（Marquis de Sade，1740－1814）又发表了一篇题为"关于小说的思考"("Reflections on the Novel")的评论。在这篇评论中，他首先分析了哥特式小说是一种以"虚幻"和"巫术"为特征的"新型小说"，并且马修·刘易斯的《修道士》"在各方面都优于拉德克利夫的奇异、奔放的想象"。接下来，他说："这类小说是整个欧洲回荡的革命震颤的必然产物。对于那些见惯了这种极端革命给人们带来种种伤害的人来说，浪漫主义小说正变得多少有点写作困难，读起来只会觉得单调；他们无一例外地在四五年内所经历的苦难比一个世纪里最知名小说家的文学作品所描绘的苦难还要多，因而有必要祈求魔鬼的帮助以唤起兴趣，在荒诞土地上寻找人类依据这个严酷时代的历史观察所产生的普通知识。"③ 显然，在萨德侯爵看来，法国大革命的恐怖现实已经令人们麻木，传统的恐怖创作手段不再具有吸引力，于是作家不得不求助于更为恐怖的超现实主义世界，以唤起读者的兴趣，如此便催生了安·拉德克利夫、马修·刘易斯及其仿效者的哥特式小说。

18 世纪末和 19 世纪初英国哥特式小说的流行果真与法国大革命的恐怖现实有关吗？表面上看，这个论断颇有逻辑性。然而，只要对照这一时期英国哥特式小说的创作现实，就会发现它其实是一个假命题。

首先，在 1789 年法国大革命发生之前，英国哥特式小说已经开始流行。毋庸置疑，安·拉德克利夫和马修·刘易斯改变了英国哥特式小说自霍勒斯·沃波尔的《奥特兰托城堡》问世以来迂缓发展的状况，开创了量多面广、快速发展的局面。但这是就英国哥特式小说发展的总体趋势而言的。实际上，英国哥特式小说开始流行的时候，不是安·拉德克利夫走上文坛的 1789 年，也不是她和马修·刘易斯大显身手的 1794 年或

① T. C. W. Blanning. *The Rise and Fall of the French Revolution*. University of Chicago Press，Chicago，1996，p. 11.

② Thomas Mathia. *The Pursuits of Literature*，13th edition. T. Becket，London，1805，p. 244.

③ Donatien Alphonse Francoise de Sade. "Reflections on the Novel"，in *The 120 Days of Sodom and Other Writings*，trans.，Austryn Wainhouse and Richard Weaver. Arrow Books，London，pp. 108－109.

1796 年。据有关统计资料,从 1764 年至 1787 年,英国一共出版了 13 部哥特式长篇小说,其中最少的年份为零部,最多的年份为三部,平均每年不到一部。而到了 1788 年,哥特式长篇小说出版的数量一下子猛增到七部,出现了一个明显的转折点。并且在这七部长篇小说中,前两部——《幽灵》(*The Apparition*)和《圣·莫布雷城堡》——被《每月评论》和《学术评论》杂志认为是纯粹模拟《奥特兰托城堡》的作品;而第三部和第四部——《奥斯瓦尔德城堡》(*Oswald's Castle*)和《城堡孤女埃米琳》——尽管书中超自然成分有所减弱,但强调了中世纪荒僻古建筑的故事场景,以及神秘的继承权、隐秘的身世等哥特式小说的常用的悬疑元素;剩下的三部——《历史故事》(*Historical Tales*)、《波伊斯城堡》(*Powis Castle*)和《圣·朱利安修道院》(*St. Julian's Abbey*)——也分别以这样那样的方式保留了哥特式小说的大部分特征,因而在创作模式方面,这些小说不应是属于别的类型的作品,而是地地道道的哥特式小说。自此之后,从 1789 年至 1793 年,英国每年问世的哥特式小说数量继续增长,但基本上都保持在九部左右,与 1788 年相比,并无太大的区别。所以英国哥特式小说开始流行的实际时间应该定在 1788 年。而这个时候,尚无"攻占巴士底监狱"、"九月大屠杀"等暴力事件发生,也就谈不上与法国大革命的恐怖现实有任何联系。

其次,在安·拉德克利夫、马修·刘易斯及其仿效者所创作的哥特式小说中,找不到任何直接描写或讽喻法国大革命的情节或文字。通常认为,马修·刘易斯耳闻目睹了法国革命战争,对暴力恐怖有切身体验,而安·拉德克利夫虽然没有亲历法国大革命的战争,但同她的丈夫一样,持有早期辉格党主张对波旁王朝的专制权力进行遏制的政治立场,因此两人的作品不可能不对法国大革命有所反映。然而,这只是一种假设性推论,不是真凭实据。事实上,在他们的作品中根本找不到这样的真凭实据。英国南安普敦大学教授爱玛·克利里说:她所著的《超自然小说的兴起》虽然探索了哥特式小说与法国大革命之间"政治与小说的直接对应关系",但不可能有小说与历史互动的直接证据。[①] 伦敦大学教授马克曼·埃利斯(Markman Ellis)也说:"尽管刘易斯作为 1791 年巴黎事件的目睹者,又作为 1794 年派驻海牙的外交官,直接经历了法国大革命,但他对那些事件的态度还是属于一个忠心不二的大不列颠人士,在某种程度上可以说远离或者回避评判正在展露的事件。刘易斯在作品中既没有直接讽

---

① Emma Clery. *The Rise of Supernatural Fiction 1762–1800*. Cambridge University Press, Cambridge, 1995, p. 156.

喻革命,也没有为它的任何派别做宣传。"① 甚至约翰·加勒特(John Garrett)还这样认为,安·拉德克利夫、马修·刘易斯及其仿效者其实是在作品中有意回避法国大革命的史实,譬如玛丽·米克(Mary Meeke),鉴于她"相信1789年革命偏离了历史发展的正常轨道",所以她创作的《圣·布兰查德伯爵》(*Count St. Blancard*,1795)继续描写古代政权,好像什么事也没发生似的。②

那么,《修道士》中的暴民"摧毁圣·克莱尔女修道院"是否"影射"了巴黎革命者"攻占巴士底监狱"? 还是看看马修·刘易斯自己是怎么具体描述的吧。

"激昂的人群一怒之下,也不分什么无辜和有罪,决意牺牲那个修道院所有修女的性命,而且让那幢建筑物变成废墟……他们砸烂墙壁,将点着的火把从窗口扔进去,发誓不叫圣·克莱尔女修道院的一个修女活到天亮……暴民涌进建筑物内部,进行自己的报复行动,一路上见什么砸什么。他们砸碎家具,扯破画像,摧毁古迹,在憎恨她的仆人的同时忘了圣徒的所有体面。一些人自行搜索逃窜的修女,另一些人继续砸着修道院,还有一些人开始点火焚烧里面的画像和家具。这最后一批人的举动造成了最致命的破坏;确实,他们的行动太莽撞,就连自己也没预料什么结果,或希冀什么结果。木框燃烧的火焰腾空而起,点燃了这幢古老的、干燥的建筑物,大火迅速从一个地方蔓延到另一个地方。不久,大火吞没之处,墙壁发出震颤;屋柱下陷,屋顶坍塌,掉在暴民身上,压伤了许多人。尖叫、呻吟压过了其他一切声音;修道院裹在火焰之中,整个场所呈现一片凄惨、恐怖的情景。"③

以上文字确实展示了一种罕见的"打、砸、烧"的恐怖场面,但就其描写的意象来说,却很难同巴黎革命者"攻占巴士底监狱"挂钩。这里既没有任何含蓄的语言表现剑拔弩张、你死我活的革命场面,也没有任何象征性的动作体现团结一致、自我牺牲的革命精神,相反,人们所能领悟的只是一种与革命无关的幸灾乐祸的仇视,以及鲁莽、冷酷、歇斯底里的情绪大宣泄。如果说,两者有什么相似之处,那就是都含有某种骇人听闻的"暴力"。但是这种"暴力"并非只能用于"影射"1789年法国革命者"攻占

---

① Markman Ellis. *The History of Gothic Fiction*. Edinburgh University of Press,Edinburgh, 2000,p. 82.

② John Garrett. "Introduction", in *Count St. Blancard* by Mary Meeke. Arno Press, London,1977,p. xv.

③ Matthew Lewis. *The Monk*,with an Introduction by John Berryman. Grove Press, New York,1952,pp. 344 – 345.

第一编 境遇论

57

巴士底监狱",它也可以"影射"在此之前路易十四执政初期的"投石党之乱"(La Fronde),"影射"英国乔治·戈登发起的"反天主教骚动"(Gordon Riots),甚至"影射"美国的独立革命战争。一句话,可以"影射"任何时间、任何地点发生的任何暴力行动。因此,所谓《修道士》中的暴民"摧毁圣·克莱尔女修道院"影射了巴黎革命者"攻占巴士底监狱",只是一种十分牵强的推论,不足以作为"哥特式小说的流行是源于法国大革命的恐怖现实"的真凭实据。

再次,安·拉德克利夫、马修·刘易斯对历史派哥特式小说模式的创新并非因为受到法国大革命的启发或影响。如前所述,霍勒斯·沃波尔的《奥特兰托城堡》创建了英国哥特式小说的模式,这个模式带有历史派哥特式小说的特征。当时的许多作家,如克拉拉·里夫、索菲亚·李、威廉·贝克福德、夏洛特·史密斯、哈利夫人等等,都创作了具有这种特征的哥特式小说。安·拉德克利夫的第一部哥特式小说《阿思林和邓贝恩的城堡》也属于历史派哥特式小说。同《奥特兰托城堡》一样,该书描写了一个由"篡权者"统治的城堡,一个"曼弗雷德"式的暴君,一个超现实主义的"鬼魂",以及一个"贵族血统"的青年,体现了"沃波尔式"的悬念和恐怖。然而,从她的第二部小说《西西里传奇》开始,安·拉德克利夫进行了一系列创新,其中包括"崇高和美丽"的场景描述、"多愁善感"的人物塑造、"少女逃离魔窟"的故事框架、"解释性"超自然主义,等等。正是这些创新,使她的作品赢得了读者的青睐,成为众所仿效的对象。然而,安·拉德克利夫的这些创新,并非受到法国大革命的启发或影响,而是主要得力于当时其他英国哥特式小说家的创造。早在她的作品问世之前,索菲亚·李就在《幽室》中将女性人物的"多愁善感"与恐惧联姻,展示了身陷囹圄的"纯情少女"的形象。而伊丽莎白·布洛尔(Elizabeth Blower)创作的《玛利亚》(*Maria*,1785),以及无名氏创作的《海伦娜》(*Helena*,1788),也各自包含"纯情少女"在古宅周围徘徊,遭遇超现实主义幽灵萦绕的情节。此外,还有证据显示,安·拉德克利夫与夏洛特·史密斯私交甚好,经常相互借鉴文学创作技巧。像《森林传奇》的开篇情节就来自夏洛特·史密斯的处女作《现实生活传奇》(*The Romance of Real Life*,1787),而《尤道弗的神秘》里的女主人公"埃米莉"也总能在《城堡孤女埃米琳》的女主人公"埃米琳"身上找到影子。[①]

在某种意义上,马修·刘易斯的《修道士》是对安·拉德克利夫上述

[①] J. M. S. Tompkins. *The Popular Novel in England 1770–1800*. Bison Books, USA, 1967, p. 375.

创新的颠覆。该书不但刻意嘲讽女主人公的"多愁善感"，而且整个基调已经脱离了"少女逃离魔窟"。尤其是，马修·刘易斯彻底放弃了"解释性"超自然主义，以充满"魔法"和"暴力"的通奸、强暴、乱伦、弑母、绑架、毁尸等一系列骇人听闻的"外在表现"，来取代"预期恐惧"的"内在感受性"，展示了一种赤裸裸的"本体恐怖"，从而再现了《尤道弗的神秘》的辉煌，掀起了英国哥特式小说第二波创作热潮。然而，马修·刘易斯的这种颠覆，也并非受到法国大革命的启发或影响，而是主要借鉴于当时德国浪漫主义文学的相关创作手段。据史料记载，马修·刘易斯自幼喜爱德国浪漫主义文学，曾熟读沃尔夫冈·歌德（Wolfgang Goethe，1749 - 1832）、弗里德里希·席勒（Friedrich Schiller，1759 - 1805）、克里斯托夫·维兰德（Christoph Wieland，1733 - 1813）等人的浪漫主义作品，还在德国文化中心魏玛会见了沃尔夫冈·歌德等文学界名流，动手翻译了弗里德里希·席勒的浪漫主义作品。与此同时，受安·拉德克利夫成功的鼓舞，他也开始创作哥特式小说《修道士》。这时候的德国恐怖文学，尽管保留了《奥特兰托城堡》的若干要素，但随着读者口味的变化，也融入了一些相对喧闹的超自然成分，其中包括骑士的神奇经历、宗教的怪诞礼仪，等等。尤其是一些以共济会、光照会和玫瑰十字会的秘密活动为主要内容的小说，往往伴有骇人听闻的"魔法"和"暴力"。因而这种浪漫主义创作手段也就为马修·刘易斯所借鉴，成为《修道士》的主要特色。

事实上，有人已经考证，马修·刘易斯的《修道士》实际动笔时间是在1794 年他就任驻海牙外交官之前，即是说，是在德国魏玛逗留期间开始创作的，只是受到《尤道弗的神秘》成功的鼓舞后，才加快了创作的步伐。而且《修道士》无论故事情节还是超自然场景，均借鉴了当时德国一部无名氏创作的浪漫主义小说《刀光灯影中的血色恐怖》（*Die Blutende Gestalt Mit Dolch und Lampe*）。以故事情节而论，该恐怖小说有三分之二的内容被几乎一字不漏地搬进《修道士》，并且书中有关"魔鬼签约"和"幽灵修女"的描写也几乎与《修道士》雷同，只不过前者的主角是一个年迈的贵族，而不是一个修道士。[①]

所以，多方面的事实已经证明：18 世纪末和 19 世纪初英国哥特式小说的流行，不可能源于同期发生的法国大革命，或者至少可以说，两者之间没有直接联系。

---

① George Herzfeld. "Eine Neue quelle für Lewis' *Monk*", in *Archiv für das Studium der Neueren Sprachen und Literaturen* 104（1900）：310 - 312.

二

要正确回答英国哥特式小说为什么会在这一时期流行的问题,恐怕还得着眼于当时英国国内政局以及哥特式小说本身。加拿大麦吉尔大学教授玛吉·基尔戈指出:"自伊恩·瓦特以来,英国小说这个类型就与奉行新教教义的中产阶级文化兴起有了不解之缘。小说强调主题特色,强调形式的因果关系,因为叙述已被看成中产阶级的个人主义、独立自主、'进取'、理性、自治和发展的一种信仰的延伸。哥特式文学与这个阶级的关系——绝大部分是制作和消费关系——似乎更加复杂,牵涉到一种哥特式复制。哥特式文学是17、18世纪中产阶级兴起的政治、社会、科学、工业和知识革命的部分反映。"[①] 美国亚利桑那大学教授杰罗尔德·霍格尔也指出:"所有哥特式文学的读者无论是在开始还是在现在,绝大部分为中产阶级,而且是英国的中产阶级,虽说多年来也吸引了其他种类的读者,如后殖民地读者、非洲裔美国读者、美国印第安人读者和拉丁美洲裔读者。"[②] 因此,考察18世纪末和19世纪初英国哥特式小说崛起的社会政治情境,实际上是考察这一时期作为"大众阅读主体"的英国中产阶级的政治心态以及这种心态如何在哥特式小说中得到表现。

这个时期的大不列颠帝国,虽不像法国那样,正经历"血雨腥风"的"政治剧变",但也是"危机不断,冲突四起",充满了革命的火药味。经过"卡洛登战役"(The Battle of Culloden),斯图亚特王室的叛乱彻底失败,但围绕着王权的斗争始终没有停息。一方面,代表王室和贵族利益的乔治三世借着"忠君爱国"的口号,肆意强化自"光荣革命"以来被削弱的王权;另一方面,代表新兴资产阶级利益的政治精英,又打出"天赋人权"的旗帜,竭力推进业已遭到蹂躏的民主政治。矛盾的焦点一度集中在废奴、选举改革、新闻自由等几个方面,尤以下院议员约翰·威克斯(John Wikes)主编的《北方不列颠报》事件最为令人瞩目。由于害怕美国独立战争和法国大革命引起连锁反应,乔治三世采取了高压统治政策,他不但清除了军队中具有民主倾向的高

---

① Maggie Kilgour. *The Rise of the Gothic Novel*. Routledge, London and New York, 1995, pp. 10 - 11.

② Jerrold E. Hogle, ed. *The Cambridge Companion to Gothic Fiction*. Cambridge University Press, Cambridge, 2002, p. 3.

级军官,还逮捕了持不同政见的伦敦市长。当伦敦市民为营救市长而发生了骚乱,乔治三世又逮捕了治乱不力的伦敦治安官。与此同时,许多宣传民主思想的作者、报纸出版人、书商,被以"叛国罪"和"诽谤罪"逮捕入狱。种种倒行逆施,不啻让1689年的《权利法案》变成了一纸空文。伦敦的资产阶级人士纷纷走上街头,高喊"自由是英国人民的特权"。斗争很快波及英国劳工阶级,各地频繁发生反政府骚乱,其中首屈一指的是"革命中心"谢菲尔德(Sheffield)。1791年,该地爆发了数千民众"反圈地"的示威,人群高呼"拒绝国王"、"拒绝纳税",并试图烧毁教区牧师的住宅。骚乱持续了三日,期间多次发生流血冲突。1792年,又有数千名谢菲尔德的民众走上街头,为法国大革命摇旗呐喊。1793年,谢菲尔德一万多名民众再次集会,要求政府实施被议会否决的提案。同年秋季,谢菲尔德激进主义组织派往参加"苏格兰大会"的代表被捕。翌年5月和6月,又有多名激进主义组织的领袖被捕。随之而来的是军警的暴力镇压、政府宣布终止"人身保护令",以及禁止民众聚会和示威。但一直到1795年底,谢菲尔德的民众还在举行大规模的抗议活动。

置身于如此严重的"政治危机"和激烈的"暴力冲突",由"大小商人、工厂主"以及"医生、律师、经纪人"等专业服务人员构成的英国中产阶级①的政治心态是十分复杂的。一方面,他们刚刚在工业革命中诞生,经济上获得独立,并期待阶级地位进一步提升,因而在政治上赞成资产阶级对封建专制统治的改革,并对这种改革的前景不明朗感到忧虑;但另一方面,出于其独特的阶级结构和阶级意识,他们又以"谨慎、稳重、包容"为处世宗旨,希冀社会形式的稳定,不赞成任何暴力或其他过激的行为,因而对启蒙运动所带来的旧的封建社会结构和等级制度的逐步瓦解心存疑虑,甚至有某种程度的负疚心理。与此同时,鉴于他们是所谓的"暴发起家",没有显赫的家世和坚实的文化基础,在源远流长的封建世袭等级制度中缺乏任何地位,因而认同中世纪以来封建社会的王室、爵位的文化价值观,艳羡这些封建遗产在现实生活中所发挥的社会功能。总之,在这样一个"工业化和社会迅速变化"的时代,他们怀着十分复杂的"恐惧和焦虑","开始试图了解他们上升的条件和历史"。②

埃德蒙·伯克于1790年发表的《关于法国革命的思考》(*Reflections*

---

① John Smail. *The Origins of Middle-Class Culture: Halifax, Yorkshire, 1660 – 1780*. Cornell University Press, New York, 1994.

② David Punter. *The Literature of Terror: A History of Gothic Fictions from 1765 to the Present Day*. Longman, London, 1980, p. 127.

on the Revolution in France），可以说是英国中产阶级这种"恐惧和焦虑"的绝妙写照。该书实际上是对巴黎一位"十分年轻的贵族青年"的复信。在这封长长的复信中，埃德蒙·伯克回忆了自己十多年前在凡尔赛见到法国王后的情景，并从这位王后昔时的荣耀联想到后来她遭受众多革命妇女威慑时的可悲处境。接下来，他由衷地发出了感叹："啊，这是怎样一场革命！我又必须怀着怎样的克制心情才能冷静地思考那种风光与陨落。当她把那种崇敬称号添加给那些拥有热情的、久违的、充满敬重的所爱之人的身上的时候，我不会想到她居然还会被迫采取如此的非常手段来消解胸中隐匿的耻辱。我也不会想到自己还能活着看见在一个拥有英武男人的国家，一个有着道义、骑士风度的男人的国家，居然有这样的灾难降临在她的身上。我想，千万支复仇之剑已经拔出剑鞘，哪怕连威慑的目光也带有侮辱。然而，骑士时代过去了。代之而起的是诡辩家、经济主义者，以及计算者的时代，欧洲的荣耀已经一去不复返。我们再也不能，再也不能看见那种对女性和等级的慷慨忠诚，看见那种高傲的谦卑，看见那种庄严的顺从，看见那种出自心灵的隶属，所有这些能使高尚的自由精神存活，哪怕对于奴役本身。那种无法购买的生活魅力，唾手可得的民族自卫，充满勇敢情操和冒险精神的抱负，一去不复返了！"①

这段话浸透着英国中产阶级对法国暴力革命以及这种暴力革命可能给英国带来的恶劣影响的"焦虑"。然而，在这"焦虑"背后，还体现了英国中产阶级的复杂政治心态的另一面——推崇中世纪骑士文化。显然，在埃德蒙·伯克看来，"骑士忠诚精神"并非过时的行为规范，而是欧洲引以为自豪的社会文化遗产，是人们顺服、忠诚和服务的内在本能。正因为这样，它在统治者和被统治者之间的文明互动中起着润滑剂的作用，是现代社会自由赖以实现的根源。用埃德蒙·伯克充满悖论的潜台词来说，即是：因为已经被束缚，我们无拘无束；因为受制于古老的秩序，我们维持着高傲的自由；因为颂扬懦弱的女性，我们获得了力量。于是，法国王后无法自保的身躯以及由此象征的"骑士忠诚精神"的消逝，便不可避免地意味着灾难来临。对于英国人来说，其教训无疑是要抵制这种暴力革命，因为要求更多的权利自然会威慑到顺从和地位的脆弱平衡，这种平衡不仅是前几个世纪的结晶，而且是整个不列颠民族的安全和光荣。

埃德蒙·伯克的这种中世纪骑士文化观并非自己的瞬时之见，而是秉

---

① Edmund Burke. "Reflections on the Revolution in France", in *Gothic Documents: A Sourcebook 1700－1820*, edited by E. J. Clery and Robert Miles. Manchester University Press, Manchester, 2000, p. 232.

承了"辉格党改革派"关于哥特式政体渊源的固有观念。这种观念依据法国哲学家孟德斯鸠(Montesquieu,1689－1755)关于"美好"的英国议会政体最初"创建于德国丛林"的论断①,把英国国会的起源归结于撒克逊人的哥特式宪法。作为一个辉格党的资深议员,埃德蒙·伯克坚信英国传统政治制度意味着"真正自由",但这种"真正自由"随着公元1066年诺曼人入侵而丧失,尔后又随着英国"大宪章"的颁布部分恢复,至公元1688年"光荣革命"已经完全恢复。正如议会制度是撒克逊人的政治表现一样,骑士忠诚精神是撒克逊人的文化宣示。因此这种精神是值得弘扬的。这也正是当年理查德·赫德在《关于骑士精神和传奇文学的通讯》中所说的"纯正的古不列颠传统",是整个大英帝国的哥特式复兴潮流的自然延伸。

当然,在当时的英国的文化思想界,埃德蒙·伯克并非唯一的声音。而玛丽·沃斯通克拉夫特(Mary Wollstonecraft,1759－1797)等"激进自由派人士"对他的上述观点的批驳,也可以说,从一定程度上折射出英国中产阶级支持民主改革、反对专制统治的意愿。他们批驳埃德蒙·伯克的一个共同武器,是负面意义的"哥特式"(野蛮的),凡是《关于法国革命的思考》中出现"骑士忠诚精神"之处,均以这个术语相对应,矛头直指埃德蒙·伯克的中世纪骑士文化观。玛丽·沃斯通克拉夫特的"对男性权利的辩护"("A Vindication of the Rights of Men",1790),先后七次提到这种意义的"哥特式",每次都引出一种"骑士忠诚精神"的负面效应,以此"系统地澄清"埃德蒙·伯克的"奴性悖论"。② 托马斯·克里斯蒂(Thomas Christie,1761－1796)的"关于法国革命的通讯"("Letters on the Revolution in France",1791),也抨击埃德蒙·伯克"怀有哥特式封建主义贵族思想",企图以蛊惑人心的语言引导读者进入一个"迷信的殿堂",而这个殿堂中央供奉着"可怜的扭曲了的哥特式偶像"。③ 而约瑟夫·普里斯特利(Joseph Priestley,1733－1804)的"关于政府的本质以及男人和国王的权利"("Of the Nature of Government,and the Rights of

①　Montesquieu. "The Spirit of the Laws", translated by Thomas Nugent, in *Gothic Documents: A Sourcebook 1700－1820*, edited by E. J. Clery and Robert Miles. Manchester University Press, Manchester,2000, p. 63.

②　Mary Wollstonecraft. "A Vindication of the Rights of Men", in *Gothic Documents: A Sourcebook 1700－1820*, edited by E. J. Clery and Robert Miles. Manchester University Press, Manchester,2000, pp. 236－241.

③　Thomas Christie. "Letters on the Revolution in France", in *Gothic Documents: A Sourcebook 1700－1820*, edited by E. J. Clery and Robert Miles. Manchester University Press, Manchester,2000, p. 245.

Men and of Kings", 1791),则指责埃德蒙·伯克是在"盲目尊重国王和骑士精神",无异于"驱逐文明"、"推崇极端野蛮的时代"。实际上,人们"作为公民",需要尊重的不是"某个国王或任何市政官",而是"国家和法律"。①

不过,在当时批驳埃德蒙·伯克的"骑士忠诚精神"的论著中,最有影响的是托马斯·潘恩(Thomas Paine,1737－1809)的"人权"("The Rights of Man",1790－1792)。该文不但以率直的语言、论证式的风格和众所周知的基本原理,层层批驳埃德蒙·伯克套在"骑士忠诚精神"上面的"美丽谎言",还据此深入细致地探讨了宪法的含义,从而把这场学术论争从古代范例延伸到当前政治,颇具革命号召力。托马斯·潘恩指出:人们要清楚地了解现时英国政府的本质,亦即它是出自人民还是凌驾于人民之上,必须追根溯源,而要这样做,又必须首先了解宪法的意义。宪法不是抽象的,而是具体的;也不是一种理想,而是实际存在。它是政府的先决条件,是组成政府的人员的契约。与此同时,它又是由许多要素构成的整体,其中包括政府的构建原则、组成方式、应有权力、选举模式、议会期限,以及执行者权限,等等。因此宪法与政府之间的关系,如同司法机构与法律之间的关系。司法机构不能制定法律,也不能变更法律,只能按照已有的法律行事。政府也是如此受到"宪法"的辖制。而埃德蒙·伯克没有如此追根溯源,于是一切混淆视听。事实上,英国不存在这样一部宪法,因此它的政府不是出自人民。从源头上看,这个政府是出自诺曼底征服者威廉,虽说在那以后情况有许多变化,但没有经过脱胎换骨的革新,所以是没有宪法的政府。②

三

以上埃德蒙·伯克、玛丽·沃斯通克拉夫特等人论争中所体现的复

---

① Joseph Priestley. "Of the Nature of Government, and the Rights of Men and of Kings", in *Gothic Documents: A Sourcebook 1700－1820*, edited by E. J. Clery and Robert Miles. Manchester University Press, Manchester, 2000, p. 246.

② Thomas Paine. "The Rights of Man", in *Gothic Documents: A Sourcebook 1700－1820*, edited by E. J. Clery and Robert Miles. Manchester University Press, Manchester, 2000, pp. 242－243.

杂的英国中产阶级政治意识,已经被18世纪末和19世纪初的英国哥特式小说人格化和形象化了。而且,在这一时期的英国哥特式小说中,这种"对未来政治走势不明确的焦虑"是普遍性的、支配性的。"革命的政治化,反革命的怀旧,以及谨慎的逃避主义,都是可能的反应,而且均以不同的方式展示在哥特式文学中。寻常意义的斯多葛哲学——有时更准确地说是失败哲学——绝大多数人以此应对剧烈变化的前景,也许不大符合哥特式潮流的特征。"①

像埃德蒙·伯克一样,安·拉德克利夫的英国哥特式小说表达了对过去的一种异乎寻常的怀念。这种怀念的实质,是认同中世纪封建等级体制的人文价值观,即整个国家是一个有机的整体,个人作为法人团体的成员而存在,所受到的等级体制约束基本上是象征性的,与他们的家庭、社会以及周围世界相适应。与之相映衬,现代资产阶级社会由彼此没有等级约束的个体组成,人与人之间的关系超脱于任何团体,不是有机的,而是机械的、理性的、利己主义的,由此权威失去,转化成个人自治和自我管理。安·拉德克利夫进而抨击了这种否认权威、相信个人能从理性上管理自己的现代资本主义自由观念。她的大多数哥特式小说反复出现的一个情境,就是封建等级体制的崩溃和个人世界的诞生。但是,她没有为这种新出现的自由拍手叫好,而是描绘了在这种个体世界里,人们的彼此隔离和相互孤立。正因为如此,她笔下的人物往往显得一般化,如《尤道弗的神秘》里的明智的父亲圣·奥伯特,其形象塑造就显得比较呆滞,在其他小说的其他人物身上,均能找到类似的影子;甚至一些着力打造的正反面主角,也缺乏所谓英雄或反英雄人物的壮举。也正因为如此,无论是《尤道弗的神秘》,还是《西西里传奇》,甚至《森林传奇》,均采取了一种循环情节结构,即在开始的篇章勾勒伊甸园式家庭生活;其后,随着故事的推进,安逸生活终止,呈现了一个由"恶棍—父亲"出卖和迫害女主人公的堕落世界;而到了故事的结尾,"美德"又重新战胜"邪恶",一个新的天堂般家庭再次出现。这种循环情节结构的安排,无疑是将一个安全的、有等级的、合理的、可爱的家庭同另一个混乱的、不合情理的、走上邪路的孤立者的世界进行对比,以此衬托封建等级体制在维护社会秩序、解决人生难题等方面不可替代的作用。

而马修·刘易斯的《修道士》也强调了这种封建等级体制的不可逆转性。作为该书的主要恶棍,安布罗西奥并非出生高贵,而是一个普通鞋匠

---

① David Stevens. *The Gothic Tradition*. Cambridge University Press, Cambridge, UK, 2000, p. 16.

的女儿和一位身世显赫的伯爵生育的儿子,也即一种混合婚姻——跨越阶级界限的婚姻——的产物。所以他的邪恶不是贵族的邪恶,不能解释为上层阶级对下层阶级的压迫。作者之所以做出如此特殊的安排,同样是为了展示这种违反既定社会编码的恶劣后果。而且这种恶劣后果也包括对他个人命运的致命损害。安布罗西奥从一出生就注定要被排除出社会,在社会当中孤立,于是他的欲望和权利是一个已被异化的绝望者的欲望和权利,没有任何社会地位,生活中所做的任何努力都是徒劳,并最终导致自我毁灭。事实上,不独安布罗西奥,小说的每一层人物关系,都受制于这种"等级制度不容破坏"的意识。如安布罗西奥的妹妹安东尼娅和母亲埃尔薇拉,出于安布罗西奥同样的原因,落了个暴死的下场。而浸礼会教派受害者玛格丽特,同埃尔薇拉一样进行了跨阶级的联姻,因而否定了社会编码,带来了暴力、谋杀、掠夺和强奸。甚至雷蒙德先生和阿格尼丝所面临的祸害,也可以说是出自这种等级问题的羁绊,因为小说中所描述的恐怖情景全发生在雷蒙德先生以低等市民身份外出旅行的期间。一旦他恢复了自己的真实身份,重新确定了原有的等级地位和责任,他和阿格尼丝喜结连理,摆脱了磨难。还有身为贵族的洛伦佐,爱上了低等阶级的安东尼娅,结果卷入了暴力和恐惧,而在安东尼娅被谋杀之后,娶了侯爵的女儿弗吉尼娅,于是"像那些注定要悲伤、忧愁到死的人突然被赏赐幸福一样,乐不可支"。① 可以说,《修道士》的每个片段都围绕着等级展开,但所描写的冲突并非是一个阶级对另一个阶级的压迫和凌辱,而是源于对社会等级制度——无论是上等阶级还是下等阶级——的忽视。

然而,也像玛丽·沃斯通克拉夫特等人一样,安·拉德克利夫的哥特式小说强调了"哥特式"的负面意义,展示了这个作为黑暗中世纪同义语的"野蛮"、"专制"的历史内涵。对她来说,古老的城堡和修道院无疑象征着"野蛮"的封建社会,而城堡和修道院的统治者也往往是"专制"的王室贵族的化身。在这些"野蛮"的、"专制"的封建世界,充斥着超自然迷雾笼罩下的父权制的邪恶。如《西西里传奇》里的费迪南德、朱莉亚和埃米莉亚,饱受父亲和继母的"凌辱",不得不设法逃离形同"监狱"的城堡,却每每在中途遭遇超自然幽灵的缠绕。狐疑之下,费迪南德到了幽灵出没的城堡深处,意外地发现一间地牢里关押着他们的失踪生母,于是一切真相大白,生身父亲勾结继母谋财害命的阴谋得到暴露。而《森林传奇》里的阿德琳,从小就遭受"狠心"父亲的折磨,直至被遗弃到修道院。成人之后,

---

① Matthew G. Lewis. *The Monk*, with an Introduction by John Berryman. Grove Press, New York, 1959, p. 400.

又落入蒙塔尔特侯爵——杀害她父亲的叔父——的魔掌,忍受着"另一个父亲"的乱伦的威胁和痛苦。同样,《尤道弗的神秘》里的埃米莉所经历的种种磨难,也大部分来自"第二个父亲"蒙托尼。此人不仅"歹毒",而且"奸诈",其"高傲的神态"使埃米莉不得不"肃然起敬,但那不是通常意义的尊敬,而是融入了某种程度的无法准确表述的恐惧"。① 毋庸置疑,在中世纪封建社会里,父权制的"桎梏"与君权制的"专制"是一脉相承的,安·拉德克利夫所描写的父亲对家庭的"淫威",也就是国王对社会的"淫威"。

如果说,安·拉德克利夫在"少女逃离魔窟"的框架下,通过描写父权制的"淫威",展示了封建社会的"野蛮"和"专制",那么,马修·刘易斯则是在象征着中世纪"野蛮"王国的"修道院"内,通过一系列不合常情的"错位",嘲弄了封建专制统治的"合法性"。翻开马修·刘易斯的《修道士》,这样的"错位"比比皆是。如匪徒谋杀就寝的客人;年迈妇女拜倒在自己钟情的小伙子脚下;身为修女的阿格尼丝怀孕、产子;同样是欲火中烧的修女,在兄长的挑唆下杀害了自己的情人,随后自己也被谋杀;女修道院长惩罚性犯罪;暴民把女修道院长踩成肉酱;雷蒙德先生与鬼魂私通。当然,该书的最大"错位"体现在安布罗西奥的一系列行动。在魔鬼玛蒂尔达的引诱和帮助下,这位修道士不但掐死了自己的母亲,还强奸了自己的妹妹,随后又将这位手足同胞刺死。然而,魔鬼玛蒂尔达本身也是一种"错位",因为自始至终,它给读者留下了许多似是而非的疑问。譬如性别,一开始,它以雍容华贵的夫人的面目出现,其后,又作为见习修道士罗萨里奥接近安布罗西奥,声称自己其实是个女人,只因爱上了安布罗西奥才"女扮男装"。但在当时的英国戏剧舞台上,从莎士比亚时代沿袭下来的表演传统是唯有年轻男性演员才"男扮女装"。由于安布罗西奥犯下了弑母罪和乱伦罪,宗教裁判所裁定将他绑在木桩上烧死,但即便在这本应多少有点显得"庄严"的时刻,却出现了安布罗西奥与撒旦签订协议,用他的灵魂交换自由的惊人一幕。随着魔鬼的出现,以及安布罗西奥的身躯从熊熊烈火中升起,读者心目中的司法"公正"消失了,代之以法律制度的"堕落"和"腐败",中世纪封建社会的专制统治由此受到深刻的嘲弄。

不过,将安·拉德克利夫和马修·刘易斯的哥特式小说中的历史场景现代化,直接抨击英国当局司法制度"腐败"的是威廉·戈德温。1794年,他出版了长篇小说《确有其事》。在这部演绎他的政治学专著《政治公

---

① Ann Radcliffe. *The Mysteries of Udolpho*, edited with an Introduction by Bonamy Dobree. Oxford University Press, New York, 1992, pp. 23, 122.

平》(*Political Justice*，1793)的"政治小说"中，主人公凯莱布·威廉姆斯照常经历了令人毛骨悚然的"恐怖"，只不过这种"恐怖"的来源，并非某个臆想的超自然物，而是"确有其事"。由于获知了雇主福克兰谋财害命的秘密，他被这位道貌岸然的乡绅诬陷犯有一级谋杀罪，从此时乖命蹇，遭受了监禁、流放的种种磨难。而在这一切骇人听闻的暴行背后，是腐朽的英国司法制度在作祟。表面上，这个制度区分敌我、惩恶扬善，但实际上已经沦为当权者颠倒是非，进行政治压迫的手段。而且，正如他后来落入贼窝之后所领悟的，这个制度让试图改过自新者失去希望。最突出的例子是贼王雷蒙德，此人良心未泯，偶有正义之举。当凯莱布·威廉姆斯建议他跳出贼窝，改恶从善时，他回答说："哎，威廉姆斯……现在太晚了。正是那些极不公正的法律让我变成这个样子，阻止我回头。据说，上帝是根据人类在法庭传讯时候的表现来对他们进行判断的，无论他们犯了什么罪，只要他们认识到了，并发誓不再干那些傻事，就高高兴兴地接纳他们。但那些公开宣称敬拜这个上帝的国家机构，不承认这种差异，不给罪犯悔改留下任何余地……于是我能怎么办？难道我不是被迫继续做这些傻事，一旦开始，永无休止吗？"①

威廉·戈德温的《确有其事》出版之时，正值英国首相威廉·皮特(William Pitt，1759－1806)开审所谓"叛国案"之际，因而此书极有可能是影射英国当局大肆逮捕新闻界、出版界人士，强制推行"煽动性集会法案"和"叛国行动法案"。值得注意的是，简·奥斯汀的哥特式戏拟小说《诺桑觉修道院》也有这样的影射现实之举，当然，是以彼此误会的幽默方式。如该书第14章中，凯瑟琳和埃莉诺有如下一段对话：

"'我已经听说，真正让人大吃一惊的什么就要在伦敦出现了。'

蒂尔尼小姐吃了一惊——上面的话主要是说给她听的——迅即回答：'真正！——那是什么样的？'

'不知道，也不知道作者是谁。我只听说比我们以前见过的都要可怕。'

'天哪！你在哪里听说的？'

'昨天我的某个伦敦好友来信告诉我的。说是让人怕得出奇。我估计是谋杀以及诸如此类的事情。'

'你的口气显得极其镇静！不过，希望你的朋友是夸大其词——要是

---

① William Godwin. *Things as They Are; or, The Adventures of Caleb Williams*, edited and introduced by David McCracken. Oxford University Press, Oxford and New York, 1970, pp. 227－228.

这种意图预先得知,政府无疑会采取适当措施来防止产生效果。'"①

　　对话中,凯瑟琳显然是说伦敦某个作家新近创作的一本极不寻常的哥特式小说即将面世,而埃莉诺却阴差阳错地误解为伦敦即将发生一场骇人听闻的政治骚乱,由此产生了戏剧性的幽默效果。不过,凯瑟琳的发话以及埃莉诺的误解也揭示了若干发人深省的事实。其一,在18世纪末和19世纪初的英国,哥特式小说确实在流行,而且影响很大,以至于成为凯瑟琳、埃莉诺之类的中产阶级成员寻常闲聊的话题。其二,当时的英国确实处在激烈的"政治危机"和"暴力冲突"之中。一方面,是激进组织策划的大规模骚乱,另一方面,是当局的残酷镇压。其三,对于埃莉诺这样的中产阶级成员,很容易将本应属于虚拟世界中的"恐怖"联想到现实世界的"恐怖",其根源只能是哥特式小说体现了他们内心的"焦虑"和"矛盾"。一句话,18世纪末和19世纪初哥特式小说的崛起是这一时期英国中产阶级复杂政治意识的产物。

---

①　Jane Austin. *Northanger Abbey*, edited by Marilyn Butler. Penguin, Harmondsworth, 1995, p. 100.

第三章

信仰危机、罗马敌视和反犹太情结

——英国哥特式小说的宗教文化

　　政治与宗教是不可分离的。18 世纪末和 19 世纪初英国出现的政治危机，在某种意义上，也是宗教信仰危机。乔治三世为强化王权所抛出的高压手段，无疑包含有维护英国国教地位的因素，而托马斯·潘恩、威廉·戈德温等"激进人士"在自己的著作中所提出的政治主张，也往往被指责是对传统基督教的挑战。正是这种特定的宗教化政治，或者说，政治化宗教，极大地冲击了当时的英国既有社会秩序，改变了人民心中长期形成的思想观念。许多西方学者认为，英国哥特式小说诞生于旧的宗教结构开始瓦解、新的宗教制度逐步建立的时代，是这个时代宗教信仰危机的产物。玛里琳·高尔（Marilyn Gaull）说：哥特式小说可以被看成"在科学的自然观建立之前，对自然的神学解释的位移、挑战和信仰丧失"。[1] 维克托·塞奇也说：哥特式小说的描述"显然具有神学特征，而且这些神学设想也显然在单个

---

①　Marilyn Gaull. *English Romanticism: The Human Context*. W. W. Norton & Company, 1988.

作者心理方面起着结构性的、决定性的作用"。[1]

人们不禁要问,一个拥有一千多年基督教传统的国家,为何会在 18 世纪末和 19 世纪初发生宗教信仰危机? 这场宗教信仰危机的实际形式和本质内涵是什么? 它又怎样与政治交织在一起,影响、制约了哥特式小说的创作和接受? 英国哥特式小说究竟体现了什么样的宗教文化?

一

公元 1688 年的"光荣革命"标志着英国君主立宪制的确立,同时也意味着英国启蒙运动的开始。在这之后的半个世纪里,英国社会发生了显著的变化。人口剧增,城市化开展,市场经济改革,工业革命肇始。然而,启蒙运动更是一场思想上的革命,是旧的认识论、方法论的突破,新的思想意识、道德价值的宣扬。启蒙主义者用理性主义的眼光审视一切,抨击陈规俗套,提倡新法新章。在被视为高雅文化的宗教领域,英国哲学家约翰·洛克(John Locke,1632 – 1704)率先提出了宗教理性化的口号。他在《关于人类理解的评述》(*An Essay Concerning Human Understanding*,1690)、《基督教的理性》(*The Reasonableness of Christianity*,1695)等著作中明确指出,宗教必须是理性的,因为这符合上帝的思想,符合人类的本质要求。理性能够见证上帝的存在,能够领悟上帝的启示。《圣经》之所以文字浅显,"一目了然,句句清楚",全无神学家那种喋喋不休的诡辩,正是为了适合"劳工和文盲"。[2] 上帝的神性显示在《圣经》和自然之中,必须通过理解才能领悟。"理性是一种自然展示,永恒的光之父,亦即一切知识之源,借此与人类交流,把那部分真理放置在他们的自然能力所能抵达之处。"[3]

约翰·洛克的"宗教理性化"的主张很快在知识界得到响应,并衍生出一大批理性主义的神学家,其中尤以约翰·托兰(John Toland,1670 –

① Victor Sage. *Horror Fiction in the Protestant Tradition*. Macmillan Press,Hampshire and London, 1988, p. xvi.

② John Locke. *The Reasonableness of Christianity*. Oxford University Press,USA, 2000, p. 2.

③ John Locke. *An Essay Concerning Human Understanding*. Prometheus Books, USA, 1994, p. 698.

1722)、安东尼·柯林斯(Anthony Collins,1676－1729)、托马斯·伍尔斯顿(Thomas Woolston,1669－1733)、马修·廷德尔(Matthew Tindal,1655－1733)等自然神论者令人瞩目。同传统基督教的信徒一样,自然神论者也信奉上帝,但这个上帝并非"三位一体",既没有"道成肉身",让耶稣基督代为承受世人的罪孽,也没有在创造这个有形宇宙之后,继续干预人间事务。然而这个上帝依然值得我们崇拜,其主要过程是修炼美德,因为人类有痛恨罪恶的天性,感到自己有责任悔改自己的罪行,而且死后也会得到惩罚和奖赏。当然,在上述修炼当中,理性是最重要的,理性是最终裁定法庭。正如马修·廷德尔在《创造之初的基督教》(*Christianity as Old as the Creation*,1730)一书中所说:"所谓自然宗教,我的理解是相信一个上帝的存在,认识和行使这些责任,这些责任是我们依据理性,从了解上帝和他的至善尽美之中,从了解我们自己、我们的不完善,以及我们同他的关系、同被造同胞的关系之中,得出来的。因此,自然宗教接纳一切建立在理性和自然物之上的东西。你们要承认这是依据自然之光得出的显著结论,确实存在一个上帝,或者说,存在一个极其完美、无限自得其乐的生命。他是其他所有生命的源泉。"①

18世纪40年代和50年代,随着启蒙运动遍及英国社会每个角落,宗教理性化的呼声越来越大,影响力也越来越强。这个时期的自然神论者主要以理性为武器,探究教权、神迹,乃至《圣经》的合理性,矛头直指传统基督教的基本教义。托马斯·查布(Thomas Chubb,1679－1747)的《所谓耶稣基督的真正福音》(*The True Gospel of Jesus Christ Asserted*,1739)质疑了《圣经》中的耶稣训示,认为其中所记载的耶稣教导实际上是传道者本人的话语。彼得·安尼特(Peter Annet,1693－1769)的《耶稣的复活》(*Resurrection of Jesus*,1744)也对《圣经》中所记载的耶稣之死的真伪表示了自己的看法,同时指出保罗实际上应该被视为一个新的宗教的创立者。而科尼尔斯·米德尔顿(Conyers Middleton,1683－1750)的《漫议不可思议的权力》(*Free Inquiry in the Miraculous Powers*,1749)则依据后圣经时代的大量历史资料,指出相信神迹在原始基督教和异教的教义中都很常见,以后又逐步纳入后期基督教的教义;早期神甫的神迹见证具有可疑性,不排除他们是以此树立自己的权威,让当时的信徒更加接受基督教的教义。

在这以后,英国自然神论的热潮在社会上渐渐平息,但宗教理性化的

① E. Graham Waring. *Deism and Natural Religion: A Source Book*. Frederick Ungar Publishing, New York, 1967, p. 113.

呼声依然很高,并逐渐与当时国内剧烈动荡的革命形势相融合,成为新兴资产阶级和王室贵族政治斗争的重要手段。一方面,亨利·多德韦尔(Henry Dodwell,？－1784)、戴维·休谟(David Hume,1711－1776)等怀疑主义论者出版了颇有影响的论著,继续抨击传统基督教的教权和神迹(当然,也同样抨击自然神论者缺乏理性);另一方面,威廉·戈德温、托马斯·潘恩等激进政治家又出版了轰动一时的著作,抨击英国基督教教会的腐朽,以及指责英国当局试图通过美化《圣经》、宣扬所谓的启示和神迹,以攫取更多的政治权力。威廉·戈德温指出,"人类绝不可能仅仅是核准的对象,而只能是独立的存在。他必须咨询自己的理性,得出自己的结论,始终与自己的行为规范意识相一致",因而"有必要让每个人独立自主,依靠自己的理解"。① 而托马斯·潘恩认为,"所有国家建立的教会","只不过是人的发明,目的是恐吓和奴役人类,以及垄断权力和利润",并且"每个教会都指责其余教会没有信仰",其实"我认为都不值得信仰"。② 为此,他大声疾呼:"我们只能通过上帝的许多工作认识上帝。我们不能相信任何人所归纳的上帝概念,而只能遵循某些接近这个概念的原则。假如我们不能设法理解这个概念的无边无际,就只能对他的能力感到困惑。我们完全不知道他的能力,但可以认识他运作的秩序和方式。科学的原则导致了这种知识;因为人类的创造者是科学的创造者;正是通过这种媒介,人类能够看见上帝,仿佛面对面似的。"③

　　从约翰·洛克到科尼尔斯·米德尔顿,又从亨利·多德韦尔到托马斯·潘恩,他们都强调宗教理性化,都主张用理性主义的眼光审视传统基督教的既定教条和实践规则。尽管他们大多数人自称基督徒,并且彼此的具体见解也各不相同,但无一例外地反对所谓的教权和神迹,尤其是"三位一体"、"道成肉身"、"替代赎罪"以及"死后复活"。而且,他们深受牛顿学说的影响,主张宇宙中一切事物,包括人的行为,都有其产生和变化的原因,都是合乎自然发展规律的必然结果,因此拒绝信心,拒绝圣灵启示。如此种种"离经叛道",不异于挑战基督教的核心原则,颠覆基督教的基本教义。而一旦宗教屈从于理性,不再是"给予的",不再等同于一整套由教会驾驭的、凭信心接受的、通过《圣经》实施的、印象极其深刻的清

①　William Godwin. *Enquiry Concerning Political Justice*, edited and introduced by Isaac Kramnick. Hamondsworth, Penguin, 1976, p. 198.

②　Thomas Paine. *The Age of Reason*. Kensington Publishing Corp., New York, 1988, Part I, p. 3.

③　Ibid, Part II, p. 311.

第一编　境遇论

73

规戒律,所谓信仰也就变成一种个人框架内的自由判断,变成一种可以分析和选择的事情,即是说,变得世俗化了。

英国当代著名历史学家罗伊·波特(Roy Porter,1946-2002)曾经如此描绘当时的英国宗教世俗化:

"确实,神职人员正在迅速世俗化,追求几乎不同于他们邻国的神职人员的生活方式。瑞士游客德·索绪尔说:'外国人惊讶地发现神职人员居然出没在公共场所,出没在酒馆、饮食店,他们在那里像俗人一样抽烟、饮酒;不过,因为他们的行为还算得体,大家也就很快习惯眼前的情景了。'许多英国圣公会的主要神职人员之所以出名,不是因为神学或虔诚,而是源于其他方面的成就,如自然科学和自然科学史领域的威廉·德勒姆和吉尔伯特·怀特,学术领域的理查德·本特利、威廉·沃伯顿和理查德·赫德,哲学领域的乔治·伯克利,文学领域的托马斯·珀西和劳伦斯·斯泰恩,诗歌领域的爱德华·杨和乔治·克拉布,美学领域的威廉·吉尔平,语言学领域的霍恩·图克,政治经济学领域的托马斯·罗伯特·马尔萨斯,更不用提成百上千涉猎韵文、古董和非法狩猎的乡村教区牧师了。"①

而且,当时的英国湖畔派重要成员、桂冠诗人罗伯特·骚塞(Robert Southey,1774-1843)也注意到了"邻国"那种似乎无处不在的宗教标志,如"插在车站上的十字架、纯洁无比的圣母玛利亚像、耶稣被钉死在十字架上的受难像",等等,居然"在英格兰荡然无存。这里的神职人员的衣着与俗人几乎没有什么不同,生活中也是如此。没有那种能够骤然将整个王国凝聚在某种敬虔之情的晚祷曲;如果说人们还愿聆听教堂钟声的话,那是因为伴随着钟声的是大众流行曲"。②

当然,最重要的检验尺码是当代学者强调的普通国民的"信仰心态"。尽管"现代化工业环境似乎不屑于向宗教发难,反倒推动了人们的宗教信仰",③ 但"理性主义和逻辑实证论的发展自然导致了一种对宗教经验的低估——对宗教神秘层面的低估,把一个极其复杂的问题过于简单化——虽说并非对宗教信仰本身。在 18 世纪中期,英国绝大多数的知识民众公开信仰基督教的教义,而实际不必在任何直接的、极度感动或极度

---

① Roy Porter. *The Creation of the Modern World*. W. W. Norton & Company, New York & London,2000,pp.98-99.

② Robert Southey. *Letters from England by Don Manuel Alvarez Espriella*, edited by Jack Simmons,etc.,1984,p.111.

③ Alan D. Gilbert. *The Making of Post-Christian Britain: A History of the Secularization of Modern Society*. Longman, London and New York,1980,p.54.

虔敬的意义上去体验上帝。"①

然而,18世纪英国宗教理性化所带来的不仅仅是宗教世俗化。如前所示,宗教理性化的一项重要内容是"反教权主义"。对于当时的大多数宗教理性主义者,其时的宗教教权已经变得腐朽不堪,而罪魁祸首即是那些伪善的教会专业人士,尤其是罗马天主教的神甫。正是他们,给原本"单纯"的、"理性"的宗教裹上了种种迷信、神秘的外衣,并藉此操纵、驾驭"俗人",享受"无与伦比"的贪婪和迫害权力,设置在西班牙的"宗教裁判所"就是这种权力的浓缩和象征。因此,宗教理性主义者的使命就是戳穿"神甫伎俩","摧毁这一切的传统的启示,摆脱一切偶像崇拜,废除宗教裁判所,恢复从创世纪以来就植入人类的真正原始的自然的宗教"。② 而执行这一使命,也就意味着沿袭英国自亨利八世以来的反对罗马天主教的传统,加剧英国民众当中业已存在的敌视罗马天主教的情绪。18世纪初,随着"嗣位法"(Act of Settlement)的颁布和实施,英国民众对罗马天主教的敌视也逐渐走向白炽化。大量信奉天主教的贵族和乡绅流亡到海外,王室不再有天主教徒的权贵,朝廷也不再有天主教徒的吏臣。各天主教会的神甫或被流放,或被监禁,一般的信徒也被剥夺了公民权利。他们不能继承土地和财产,不能送子女留学和深造,不能自由聚会和结社,不能参加投票和选举,相反,要缴纳一份特别的赋税。到了18世纪70年代,乔治三世迫于国内外的压力,开始考虑恢复英国天主教徒的一些权利。但这又引起了国内激进的新教徒的担心和不满。1780年6月,在乔治·戈登的鼓动和带领下,数万信奉新教的伦敦市民前往议会大厦请愿,抗议议会通过"天主教救助法"(Catholic Relief Act)。渐渐地,局面变得失控,监狱受冲击,银行遭洗劫,多家天主教教堂被焚毁,即便是外国使馆内的天主教堂也未能幸免。正如英国历史学家克里斯托弗·希尔(Christopher Hill,1912-2003)所指出的:启蒙主义者继承了新教教义的反天主教传统,然后将其理性化。罗马天主教被妖魔化成不共戴天的敌人。一方面,他们被认定对专制主义奴颜婢膝,大唱颂歌;另一方面,他们又被认定将神学教条、拜偶像礼仪神圣化,并强行灌输进人们的头脑,否认"后古登堡时代"(post-Gutenberg)所有信徒依据理性的烛光阅读上帝《圣经》的

①　David Stevens. *The Gothic Tradition*. Cambridge University Press,Cambridge,United Kingdom,2000,p. 19.

②　E. Graham Waring. *Deism and Natural Religion: A Source Book*. Frederick Ungar Publishing,New York,1967,p. 163.

责任。①

当然,在当时的英国民众的心目中,被妖魔化的不独有"罗马天主教",还有"犹太教"。犹太教发源于数千年前的美索不达米亚,相传创始人是《旧约·创世纪》中所记载的亚伯拉罕。尽管犹太教作为世界上最古老的一神教,与基督教有着同样的根源,但由于拒绝《新约》,拒绝承认耶稣是上帝派来拯救世人的弥赛亚,因而历来被基督教视为"异端"。公元16世纪的欧洲宗教改革不但历数了罗马天主教的邪恶,也罗列了犹太教的罪状。在《论犹太人及其谎言》(*On the Jews and Their Lies*,1543)一书中,马丁·路德(Martin Luther,1483 – 1546)曾经宣称,犹太民族是"一个令人堕落的基地,即是说,他们并非是上帝的臣民,而且他们所夸耀的血脉、割礼以及律法应该说是污秽的"。② 到了启蒙主义时代,包括伏尔泰(Voltaire,1694 – 1778)、约翰·托兰、安东尼·柯林斯、马修·廷德尔在内的理性主义者,都曾经高分贝地抨击过犹太教的"肉欲"、"重利",并斥责其为"异端的、野蛮的、尘世的宗教体系"。③ 世纪末的托马斯·潘恩除了在《理性的时代》中声称犹太教同样不值得信仰之外,还在《人权》中暗示它是一种"国教",经常被用作"政治图谋",形同"政治手段或异端的残渣余孽体系"。④ 而他的政敌埃德蒙·伯克居然也在《关于法国革命的思考》中,将"犹太人"与"雅各宾派"相提并论,断言"法国"已经被"犹太化"了,这种"国家皈依的趋势"在下一代"只会加强",还建议把大不列颠"不受欢迎的犹太人""输出到法国"。⑤ 凡此种种,体现了如此鲜明的憎恨"犹太人"的立场,以至于美国学者戴维·辛普森(David Simpson)在《浪漫主义、国家主义和理论反叛》(*Romanticism, Nationalism, and the Revolt Against Theory*,1993)一书中发出了感叹,说埃德蒙·伯克"与其说是反对理性主义,不如说是反对犹太主义"。⑥ 1800年,犹太人仅有8000人在不列颠定居,然而关于扩大他们公民权的讨论却引起了英国民众的

---

① Roy Porter. *The Creation of the Modern World*. W. W. Norton & Company, New York & London, 2000, p. 49.

② Robert Michael. *Holy Hatred: Christianity, Antisemitism, and the Holocaust*. Palgrave Macmillan, NY, 2006, p. 111.

③ Frank E. Manuel. *The Broken Stuff: Judaism through Christian Eyes*. Harvard University Press, Cambridge, MA, 1992, pp.175 – 178.

④ Thomas Paine. *Rights of Man, 1791 – 1792*. Mineola, Dover, New York, 1999, p. 194.

⑤ Edmund Burke. *Reflections on the Revolution in France*. J. M. Dent & Sons, London, 1955, p. 254.

⑥ David Simpson. *Romanticism, Nationalism, and the Revolt Against Theory*. The University of Chicago Press, Chicago and London, 1993, p. 57.

一片"嘘声"，而且此前对于当局颁布的"犹太人归化法案"，英国民众也发出了近乎一致的"反对"的呐喊，迟至 1858 年，在英国定居的犹太人才在法律上获得了真正意义的解放。[①]

二

以上英国民众的"罗马敌视"和"反犹太情结"已经在 18 世纪末和 19 世纪初的英国哥特式小说中得到了充分体现。这个时期的许多哥特式小说作家，如安·拉德克利夫、伊丽莎·帕森斯、雷吉娜·罗奇、埃莉诺·斯利思、霍斯利·柯蒂斯、凯瑟琳·卡思伯森、托马斯·霍尔克罗夫特、玛丽·安·拉德克利夫、马修·刘易斯、威廉·戈德温、威廉·爱尔兰、玛丽·查尔顿、夏洛特·戴克、玛丽·雪莱、查尔斯·马图林、詹姆斯·霍格，等等，都有意无意地把自己的作品同天主教教义、犹太教教义挂钩，或多或少地描写了"基督教儿子"与"天主教父亲"、"犹太教祖父"的矛盾和冲突，以及在这两个旧的宗教体系的"迷信"、"神秘"的笼罩下，男女主人公所遭受的巨大的心理压力和精神创伤，以此虚构"无可补偿的罪过和毫不留情的惩罚的寓言"，从中"发现自身的境况和命运"，[②] 而在背后这一切的驱动力，则是"整个英格兰民族"的"不成文的传统"——"新教教义的文化焦虑"。[③]

安·拉德克利夫的《尤道弗的神秘》第 2 卷第 6 章有个情节，其中的悬疑据说已经引起整整一代英国人的"不安"：

"埃米莉跌跌撞撞地继续往前走；在门边，她停了一会儿，然后试探着将门打开，仓促进了房间，朝那幅画像走去。似乎那幅画像被镶嵌进一个特大的画框，悬挂在房间的一个黑暗角落。她再次停了一会儿，之后怯怯地用手掀起幔纱，但猛然又放下了——因为看见的并非画像；她未及逃离

① Cecil Roth. *A History of the Jews in England*. Clarendon Press，Oxford，1964，p. 333.

② Joel Porte. "In the Hands of an Angry God：Religious Terror in Gothic Fiction". *The Gothic Imagination: Essays in Dark Romanticism*，edited by G. R. Thompson. Washington State University Press，Washington，1974，p. 50.

③ Victor Sage. *Horror Fiction in the Protestant Tradition*. Macmillan Press，Hampshire and London，1988，p. 27.

房间，便倒在地上失去了知觉。"①

此后读者必须等待数百页才能获知作者对埃米莉"失去知觉"的解释。当安·拉德克利夫仿佛带着歉意，在第4卷第17章重新拾起这个突然被搁置的话题时，读者终于有机会证实自己心中一直藏匿的猜想，幔纱遮盖的可能是一具尸体，而且模样极其令人作呕。当然，事实并非如此。然而，问题在于，即便她在解释这个令人疑窦丛生、毛骨悚然的场景的过程中，也传出了抨击"罗马天主教"的话音：

"似乎前面说过，尤道弗的一间房里挂着一幔黑纱，其独特的情形激起了埃米莉的好奇，而且后来所显示的遮盖物也完全把她吓懵了；因为她刚一掀起黑纱，映入眼帘的并非是期盼的壁龛画，而是一个人的模样，病态般苍白，四肢拉长，裹着寿衣。尤其令人恐惧的是，脸上好像腐烂了一角，有蛆在蠕动，手上和五官都能看见蛆。对于这样的东西，不说你也会相信，没人有胆量看两次。这个埃米莉，可想而知，在看了第一眼之后，让手里的幔纱坠下了，她的恐惧阻止了自己此后再次经历彼时所产生的极端痛苦。假如她有胆量看第二次，也许疑虑和恐惧就会一起消失，也许就会觉察到，眼前的尸体并非属于真人，而是蜡制的塑像。这段经历多少有点特别，但在那种极不愉快的严峻记录中也不是没有先例，有时修道士的迷信是会给人类带来那种严峻记录的。"②

毋庸置疑，这里的"修道士的迷信"即是"天主教的迷信"，而埃米莉所掀起的"黑色幔纱"，也实际上是"天主教神秘"的替代语。先前安·拉德克利夫之所以撂下那个撩人的话题，并非是在犹豫后面该如何下笔以及要不要发表一番抨击罗马天主教的话语。她其实是在"逗引"、"撩拨"信奉新教教义的读者，让"马丁·路德的代言人"埃米莉带领他们穿越"天主教迷信"的雾霭，重温"宗教改革"、"基督新教同天主教分裂"的历史。

如果说，安·拉德克利夫在《尤道弗的神秘》中抨击"天主教的迷信"，还多少显得含蓄、隐晦，那么马修·刘易斯在《修道士》中揭露"天主教的伪善"，则完全是赤裸公开，毫无顾忌了。同《尤道弗的神秘》一样，《修道士》的时间背景也是设置在"宗教改革"的年代，但故事场景改为以"迫害异端"著称的西班牙。而且小说一开始，马德里嘉布遣会修道院的布道会场便出现了两位年轻绅士竞相追求一个前来投靠远亲的少女安东尼娅的情景：

---

① Ann Radcliffe. *The Mysteries of Udolpho*, edited with an Introduction by Bonamy Dobree. Oxford University Press, New York, 1992, pp. 248–249.

② Ibid, p. 662.

"只见话声出自一位女性,她的身段的姣美和雅致令两个青年十分惊讶,想一睹其芳容为快。结果未能如愿。她的面容隐匿在厚厚的面纱背后;不过两人透过密集的人群,总算看清了一个脖颈,匀称、挺秀,也许可以与美第奇家族的维纳斯媲美。皮肤非凡白嫩,金色的长发微微卷曲,一直飘落到腰部,增添了别样魅力。个子中等偏矮,显得像林中女神一般轻盈。胸部遮挡严密。连衣裙为白色,束有一条蓝色腰带,下方仅露出修长、匀称的小脚。手臂吊有一串大颗念珠,脸上罩着厚密的黑网纱。此时两位骑士中的年幼者正是主动将自己的座位让给这样一位女性,而另一位年长者认为必须给她的同伴以同样的注目。"①

不难看出,吸引两位绅士的并非别的,乃是安东尼娅的"姣美、优雅"的身段、"匀称、挺秀"的脖颈、"修长、匀称"的小脚、"非凡白嫩"的皮肤、"遮挡严密"的胸部,以及"微微卷曲的金色长发"。接下来的几段描述中,尽管安东尼娅因为害羞不敢回目注视,还是被对方发现"眸光闪烁"、"嘴角泛起狡黠的微笑",这"说明她生性活泼,只是眼下过于感到生疏"。② 如此"两心相悦、一见钟情"的爱恋画面,不啻将一个庄严的、肃穆的布道会场变成了男女约会、调情的社交场所。

然而,造成上述"错位"的根源却在该修道院的"掌门人"。正是此人的"异常出格的举止"在信徒当中造成了恶劣的影响,从而形成了"上梁不正下梁歪"的局面。安布罗西奥,这位当年被遗弃在修道院门口,后由多个修道士抚养长大,"几乎完全隔绝人世"的天主教神甫,曾经是"不知男女有何区别"的"圣徒",但在魔鬼玛蒂尔达的引诱下,逐渐走向了"圣徒"的对立面,变成了一个集骄傲、虚荣、嫉妒、色欲、暴力于一身的恶棍。玛蒂尔达对安布罗西奥的第一次引诱是在修道院的花园,那时她作为年轻的见习修道士罗萨里奥,在院内打杂、跑腿,深得安布罗西奥的好感。而安布罗西奥也对罗萨里奥平素的郁郁寡欢感到好奇,想获知其中的秘密。但罗萨里奥的秘密是,他不但深爱着安布罗西奥,而且"我是一个女人!"当罗萨里奥显示了自己的真正的性别,又通过习惯性的表示苦恼的动作,露出自己的乳房之时,安布罗西奥先是一愣,继而面容扭曲,完全被情欲征服了:

"啊! 那是怎样的一只漂亮的乳房! 月光倾泻而下,令这位修道士察觉到那只乳房的无比白嫩。他极其贪婪地盯着那个美丽的圆球,心中莫

① Matthew G. Lewis. *The Monk*, with an Introduction by John Berryman. Grove Press, New York, 1959, p. 37.

② Ibid, p. 39.

名其妙地升起一种冲动，既有焦虑又有兴奋：灼热的烈火燃遍全身；血管里的血液在沸腾，脑海里有无数念头在打转。"[1]

从那以后，安布罗西奥将一切"虔诚"、"贞洁"的誓言置于脑后，不但把玛蒂尔达留在修道院内，与她通奸，还在她的唆使下，谋杀了实为他生母的埃尔薇拉，以及强奸、杀害了实为他妹妹的安东尼娅，如此一步步地迈向罪恶的深渊，直至最后与魔鬼签约，出卖了自己的灵魂。尽管随着罪恶的加剧，他扪心自责，但他从来没有悔改，没有回复到良善。因为欲望，他情不自禁地犯罪，但欲望总是超过犯罪，因而犯罪并不能使他满足。这种不满足，或者说，敬畏的诱惑，促使他犯下更大的罪孽。正如加拿大学者戴维·麦克唐纳（David Macdonald）所说，《修道士》的强大的反天主教推动力源于这种富有特征性的模式，即每一种暴行都产生一种厌腻情感，从而激起另一种暴行。[2]

同样具有强大的反天主教推动力的还有查尔斯·马图林的《漂泊者梅尔摩斯》。该书尽管篇幅宏大、结构复杂、主题繁多，但通篇散发着反天主教的气息。一方面，查尔斯·马图林继承了马修·刘易斯等人的传统，继续以教会、教堂、修道院等富有天主教特色的场所为背景，通过勾勒一个个典型的犯罪画面，揭示修道士的"精神错乱"、"骄奢淫逸"和"自欺欺人"；另一方面，他又步威廉·戈德温等人的后尘，以细致、精湛的宗教歧视描写和野蛮、恐惧的宗教迫害狂展示，抨击天主教的政教合一的专制统治。尤其是，小说塑造了许多邪恶的天主教徒形象，他们不但"迷信"、"伪善"，而且"阴险"、"狡诈"。如在阿隆佐·蒙沙达作为小说叙述人的那一部分，他的父亲——前耶稣会隐修院的院长——为了让他"当修道士"，阴一套、阳一套，软硬兼施、机关算尽，最后不顾父子情谊，将他送上宗教裁判所。下面是两人在这方面的首次对话：

"'我亲爱的孩子，接受这种修道士生活吧；这将符合一切爱护你的人的想法，能确保你自身的救赎，实现上帝的意愿，此时此刻，上帝在召唤你，通过你的可敬父母的话语以及天堂大使的祈求来召唤你，现在这位大使正跪在你的面前。'他遂在我面前屈下了双膝。

"这个屈膝的动作，那么出乎意料，那么令人反感，那么类似隐修院的做作、蒙羞的举止，以至于彻底地击溃了他的言语的效果。我面对他张开

[1] Matthew G. Lewis. *The Monk,* with an Introduction by John Berryman. Grove Press, New York, 1959, p. 87.

[2] D. L. MacDonald. "The Erotic Sublime: The Marvellous in *The Monk*", in *English Studies in Canada*, 18, 3 (1992), pp. 273-285.

的双臂连连后退。'不,爸爸,我决不做修道士。''啊!这么说,你拒绝听从良心的呼唤,拒绝听从父母的祈求,拒绝听从上帝的话语?!'他咬牙切齿地吐出了这些词语,从一个救死扶伤的天使变成了一个狂怒的、恶狠狠的恶魔,有着与他企盼的恰好相反的效果。'我的良心没有责备我,我决没有拒绝良心的呼唤。'"①

事实上,正是所谓"良心"引起了这个形同"马丁·路德代言人"的孩子的反叛。在这个孩子看来,修道士都缺乏"良心",因为他们的"良心"已经外在化为"忏悔"之类的仪式,逃逸掉了。如同现代科幻小说中的机器人,他们看起来是人,但内心十分冷酷、奸诈,没有丝毫真情实感。而且,他们是善变的幽灵:

"我这样说的时候,这位隐修院长整个儿改变了——他的人形、他的态度和他的言语;霎时间,他以一个演员的娴熟技巧,从祈求的,或者说恐惧的极端滑向了面部的呼吸急促、表情刚硬。他在我面前立起身子,仿佛是先知塞缪尔面对惊慌失措的索尔。他不再是戏剧表演家,而是瞬间成了'修道士'。"②

三

不过,《漂泊者梅尔摩斯》的最重要的宗教主题并非"反罗马",而是"反犹太主义",而且这个主题是通过漂泊的犹太人(the Wandering Jew)来展示的。所谓漂泊的犹太人,乃是自中世纪起在欧洲流传的一个故事。该故事有多个版本。最通行的一个版本是:当年耶稣被兵丁押往刑场钉十字架,途中曾在一个名叫亚哈随鲁的犹太制鞋匠门口歇息;这个制鞋匠见状便奚落耶稣:"快走哇!还磨蹭什么!"耶稣听了则回答:"我将站立安息,而你将永远行进。"从那时起,这个犹太制鞋匠便开始在世界各地漫无休止地漂泊。可以说,这个故事浓缩了历史上基督徒对犹太人的偏见,概括了当时犹太人被迫在欧洲各国漂泊,以求获得平静生活场所的真实状况。查尔斯·马图林实际上是按照这个故事构思《漂泊者梅尔摩斯》。像

---

① Charles Maturin. *Melmoth the Wanderer*. Oxford University Press,New York,2008,
   p. 83.

② Ibid,pp. 83 - 84.

亚哈随鲁一样，该书的主人公梅尔摩斯犯有"天使长一般的罪孽——高傲、炫耀智力"，① 因而受到上帝的诅咒，生命被延长，被注定要身负十字架，在世上永恒地漂泊，过着痛不欲生，求死不得的悲惨生活。而且他在漂泊中，也表现出了犹太人的势利、狡诈和凶残。尤其是那双犀利的眼睛，似乎有着某种异乎寻常的杀伤力。他的一个亲戚，名叫约翰·梅尔摩斯，在观看 150 年之前梅尔摩斯的家庭成员画像时，觉得他的眼珠在极其可怕地转动；而斯坦顿，一个囚犯，也感受到了他"那双眼睛所辉映的四面八方的影像，不管是有生命的还是无生命的，直至你再次定睛与它们对视"。② 所有这些描写，无疑沿袭了整个英格兰民族的"不成文"的新教主义文化传统，显示了英国人民心中浓厚的"反犹太情结"。

值得注意的是，查尔斯·马图林并没有把漂泊的犹太人当成单一的获罪者，而是将其看成一股反基督势力，一类必须被打败的超人。为此，他以梅尔摩斯为媒介，通过他在世上漂泊的不同经历，衍生出五个惊心动魄的故事中故事。而在这每一个故事中故事，都有几个典型的犹太人物。他们同样反基督，同样显得势利、奸诈和凶残。还是先前提到过的那个阿隆佐·蒙沙达，在违抗父母的"当修道士"之命、被送到宗教裁判所接受审判后，设法逃离了监狱，并躲进了一个名叫所罗门的刚刚皈依天主教的犹太人家中。不料，这个所罗门的"皈依"却是个骗局，他只是为了逃避宗教裁判所的审判才出此计策。背地里，他不但照样诵读犹太教的圣经，例行犹太教的礼仪，还诱使自己的儿子信奉犹太教，接受血淋淋的割礼。查尔斯·马图林借阿隆佐之口表达出了对所罗门挂羊头、卖狗肉的宗教信仰的极端痛恨：

"他天生是一个犹太人，一个江湖骗子，一个无耻之徒，在从我们基督徒的圣母的乳房里吸取汁液后，将她的养分变成毒药，并试图把毒药输入他的儿子嘴中。而我只不过是一个宗教裁判所的逃犯，一个囚徒，有着某种本能的、微不足道的反感，以至于给审判官造成了'点燃柴火'的麻烦。其实，'点燃柴火'更应该用于对付这个摩西律法的信徒。"③

当宗教裁判所开始怀疑阿隆佐隐藏在所罗门家之后，所罗门遂帮助阿隆佐经由家中的地下秘密通道逃离。在那里，阿隆佐遇见了一个名叫阿多尼迦的年迈的犹太人。阿多尼迦解释说，马德里所有的犹太人家中

---

① Charles Maturin. *Melmoth the Wanderer*. Oxford University Press, New York, 2008, p. 499.
② Ibid, p. 44.
③ Ibid, p. 249.

都有这样的秘密通道,而且彼此相连,以便相互串联时不引起宗教裁判所的注意。他还说,所罗门已经允诺把阿隆佐带给他,做他的经文抄写员,直至安全离开这座城市。然而,阿隆佐却被阿多尼迦的怪异的外貌惊呆了。尽管阿多尼迦一再声称,他是个普通的犹太人,并不具有通常人们强加给犹太人的超自然能力,但阿多尼迦的生命是被延长了的,他亲口告诉阿隆佐,他已经170岁,在这个地下密室生活了60多年,而且他也曾因为钻研"藐视上帝"的旁门左道受到了惩罚。这就等于暗示读者,阿多尼迦又是一个"漂泊的犹太人"。

小说最后,梅尔摩斯被延长的生命似乎到了尽头。没有人目睹他的死亡,也没有人发现他的尸体,这说明他同那个传说中不可能死去的漂泊的犹太人一样,依然还活在世上。梅尔摩斯的最终命运就像英国剧作家克里斯托弗·马洛(Christopher Marlowe,1564-1593)笔下描绘的浮士德,恶魔是在他独自呆在房里时带走的。所不同的是,恶魔没有把他带到地狱,而是将他的身子抛下了悬崖。他的长袍后来发现挂在悬崖,但尸体从来没有被找到。这种未确定性反映了梅尔摩斯具有传说中的"漂泊的犹太人"的最重要的特征,因为"漂泊的犹太人"正是如此在世上神秘地生存,又在世上无可奈何地、永恒地漂泊。

加拿大学者卡罗尔·戴维森(Carol Davison)认为,《漂泊者梅尔摩斯》在很大程度上借鉴了威廉·戈德温的《圣·利昂》的宗教皈依主题。[①]这个论断无疑是正确的。不过,早在《圣·利昂》问世前五年,威廉·戈德温就在《确有其事》中运用"漂泊的犹太人"的素材塑造了一个令读者瞩目的主人公凯莱布·威廉姆斯。小说中,凯莱布·威廉姆斯千方百计地逃脱身为基督徒的雇主福克兰的追杀。为了不让人识破自己的身份,他伪装成犹太人,穿上了犹太人的衣服,又模仿犹太人的礼仪行事。他把自己看成一个流浪者,宣称"我是一个离群索居的人,切断了人类的同情、仁慈和善意的期盼"。[②] 而且,他很纳闷,不知是否应该让自己的生命"继续控诉世界! 以角质眼睛和钢铁心脏漠视每一个高尚的同情! 我何必同意让生命延长? 何必觅求拖延存在? 即便拖延,也非得继续活在人类虎豹的巢穴?"[③] 颇有意思的是,当凯莱布·威廉姆斯伪装犹太人时,他暂时放弃

---

①   Carol Margaret Davison. *Anti-Semitism and British Gothic Literature*. Palgrave Macmillan, Hampshire and New York, p. 115.

②   William Godwin. *The Adventures of Caleb Williams; or, Things as They Are*. Rinehart, New York, p. 287.

③   Ibid, p. 292.

了漂泊,定居在一个地方,正好与"漂泊的犹太人"的举止相反。而他这样做的时候,所从事的职业为文字工作,又正好与《漂泊者梅尔摩斯》里的某个主要犹太人的角色相同。也许威廉·戈德温觉得如此描写仍然"言犹未尽",遂创作了能更好地表达"漂泊的犹太人"主题的《圣·利昂》。

该小说的时间设置在宗教改革的 16 世纪,场景为战祸不断的匈牙利,主人公圣·利昂是个孤独的漂泊者。这一方面是因为他"自小失去父母",缺乏"双亲关爱",还"嗜赌成性",造成了"妻离子散";另一方面又因为他获知了一个名叫"玫瑰十字会"的宗教神秘组织的秘密。鉴于他"点石成金"获取了大量的财富,人们怀疑他从事巫术,将此情况报告了天主教会。终于,宗教裁判所以"反对上帝钦定的自然法则"的罪名将他逮捕。尽管他成功地从监狱脱逃,但从此浪迹天涯,四处漂泊。为了不让人们识破他的身份,他不断地服用"长生不老药",让自己变得年轻。他自比《圣经·新约·希伯来书》中的"麦基洗德","'无生命之终',也许还可以这样自比,像他一样,'无父、无母、无族谱'。"①

尤其是,圣·利昂逃离监狱后,为了寻求庇护地,闯入了一个名叫莫迪凯的犹太人家中,并且威胁说,如不提供庇护,就杀害他们全家。对于圣·利昂的要求,莫迪凯即刻表示同意,这不独因为他生性懦弱,不敢得罪圣·利昂,还因为作为犹太人,他对圣·利昂的处境深表同情。原来莫迪凯及其族人同圣·利昂一样,也是宗教裁判所迫害的对象。为了免遭迫害,他们不得不假装皈依天主教。莫迪凯如此向圣·利昂解释自己的庇护动机:

"陌生人,您不知道,您的处境现已深深打动了我,驱使我情不自禁地去帮您。我们是可怜的犹太人,在世界上到处被驱赶,遭受所有人的白眼和痛恨,在重重耻辱下,仅有家庭亲情做我们的支柱;家庭亲情与我们的生存缠绕在一起,是我们自身最可亲、可爱的组成部分。"②

此番莫迪凯的"露底"和"交心",无疑与 16 年后查尔斯·马图林在《漂泊者梅尔摩斯》中所描写的所罗门对儿子的"泄密"颇为相似。显然,两个场景都是以浪迹天涯的"漂泊者"为框架,通过他与伪装身份的犹太人的联接,揭示"犹太人宗教皈依"的"不可能性"。由此,威廉·戈德温对查尔斯·马图林的创作影响,以及他作为"反犹太小说"先行者的地位可见一斑。

不过,在当时众多的哥特式小说家当中,第一个正面描写"漂泊的犹

---

① William Godwin. *St. Leon*. Oxford University Press,New York,1994,p. 165.
② Ibid.

太人"的当属马修·刘易斯。在他的《修道士》中,历史上传说的"漂泊的犹太人"亚哈随鲁不但作为小说的一个次要角色有过短暂的露面——为雷蒙德先生驱逐缠身的"流血修女"(the Bleeding Nun)的灵魂,而且表现不俗,给读者留下了深刻的印象。马修·刘易斯通过雷蒙德先生之口如此描绘亚哈随鲁:

"他这人仪态庄重,气度轩昂;面容轮廓十分清晰,眼睛大而黑亮,闪闪发光;不过,神态中有种东西,驱使我举目正视时,产生了一种难以表露的情感,即不说是恐惧,也是畏却。穿戴朴实,头发没有装饰,沿前额系了一条黑丝绒头巾,让整个脸型增添了一丝沮丧。脸色显得极其忧郁;步履迟缓,举止庄重、威严而肃穆。"①

起初,雷蒙德先生并没有认出是亚哈随鲁,直至这个犹太人描绘了自己的处境才恍然大悟:

"命运迫使我持续不断地流动;我在一个地方所呆的时间不允许超过两星期。在世上,我没有朋友;从我命定漂泊的时候起,我就不可能获得一个朋友。我艳羡那些在坟墓中享受宁静之人,宁可结束自己的悲惨生命。但是死亡躲避我,从我的怀抱里逃脱。失望中,我置身于危险。我跳进海洋,海浪可恶地把我冲回海岸;我冲进烈火,火焰见状连忙向后退缩;我故意激怒匪徒,但他们的利剑顿时变钝,仅刺破了我的胸膛。饥饿之虎见我来了吓得发抖,鳄鱼也连忙逃离一头比它更可怕的猛兽。上帝已经在我额头烙有印记,祂所创造的万物都得尊重这个致命的标记。"②

然而,亚哈随鲁额头上这个致命的标记实在可怕,以至于他拒绝解开头巾,给雷蒙德先生显露。不过,到后来,当亚哈随鲁询问"流血修女",她的灵魂如何能够得到安宁,而"流血修女"不肯回答时,他以额头上的印记做"利器"进行威胁。尽管此时,雷蒙德先生已被告诫不要注视,他还是情不自禁地回过了头。雷蒙德先生发现那个印记是一个燃烧的十字架:

"'漂泊的犹太人'以命令的口吻发话,抽掉了额头上的黑丝绒头巾。尽管他的意思非常明显,好奇心还是驱使我没有把眼睛偏离他的脸面:我扬起眼睛,看见他的前额印着一个燃烧的十字架。这东西驱使我产生一种恐惧,无法言表,又无可比拟!霎那间,知觉离开了我,勇气被一种神秘的畏惧所压倒,若不是他抓着我的手,我也许从那个圆圈中栽倒。"③

① Matthew G. Lewis. *The Monk*, with an Introduction by John Berryman. Grove Press, New York, 1959, p. 177.
② Ibid, pp. 178 – 179.
③ Ibid, p. 181.

　　"流血修女"被制服了。因为犯有谋杀罪，她的灵魂要等到尸骨重新安葬在先祖的城堡中之后才能平静。她之所以骚扰雷蒙德先生，是因为他是她的一个亲戚，可以负起重新安葬她的责任。虽然"漂泊的犹太人"作为驱魔法师，给"流血修女"指出了一条灵魂安息之路，但他无法为自己获得同样的安息，因而无可奈何地、永恒地继续在世上漂泊。这是因为，他的犯罪不是个案，而是代表了整个犹太民族的"藐视耶稣"，"拒绝承认耶稣是上帝之子，是人类的救星"的罪孽。人世间什么罪都可以赦免，唯独"否认耶稣"是不可赦免之罪。对于马修·刘易斯，是这样；对于威廉·戈德温、查尔斯·马图林、安·拉德克利夫，以及其他许多18世纪末和19世纪初的哥特式小说作家，也都是这样。

第四章

民间传说、莎士比亚
和浪漫主义

—— 英国哥特式小说的文学渊源

在考察英国哥特式小说的社会境遇时，还有一个方面不可忽视，那就是这类小说型塑时所受到的其他文学的影响。通常认为，英国哥特式小说承继了18世纪现实主义小说的"感伤"特征，情节描写"强调人物的敏锐情感，追踪他们的即时感受，所选择的场景突出自我意识，充满了怜悯和痛苦"；[1] 而在主题表现上，也深受"墓园派诗歌"的影响，对"理性主义文化排斥的一切东西"感兴趣，热衷于描写"死亡意识"，鼓励读者体验"坟墓、黑夜和鬼魂的恐惧"。[2] 所有这些看法，无疑是正确的，但似乎还很不够。譬如，前面曾经提及，霍勒斯·沃波尔创作《奥特兰托城堡》时借鉴了莎士比亚的创作模式，并且马修·刘易斯的《修道士》、威廉·戈德温的《圣·利昂》、查尔斯·马图林的《漂泊者梅尔摩斯》都借用了"漂泊的犹太人"的民间传说；而在诗歌领域，起关

---

① David Punter. *The Literature of Terror: A History of Gothic Fictions from 1765 to the Present Day*. Longman, London, 1980, p. 25.

② Fred Botting. *Gothic*. Routledge, London and New York, 1996, pp. 32–33.

键影响作用的也不独有爱德华·扬(Edward Young，1681－1765)、托马斯·格雷等"墓园派"作家，还有浪漫主义代表人物珀西·雪莱和乔治·拜伦(George Byron，1788－1824)，前者显然与玛丽·雪莱的《弗兰肯斯坦》的问世有关，而后者往往也是包括约翰·波利多里在内的哥特式小说作家所钟情的对象。

　　然而，英国哥特式小说作为 18 世纪末和 19 世纪初崛起的一种小说类型，究竟怎样重视民间传说的文学传统，从中汲取有用的超自然主义养料，又究竟怎样以莎士比亚戏剧为借鉴对象，构筑自身的"文化"大厦，并且与"墓园派"诗歌之后的浪漫主义文学运动，究竟有着怎样的联系。下面就来讨论这些问题。

一

　　民间传说(folklore)的定义，按照美国民俗学家詹森·哈里斯(Jason Harris)的解释，应该是"一种传统的、非正式的、没有纳入既定程序的文化"，其中的"民"(folk)尽管可以指"任何一群至少具有一种共同因素的人"，但侧重前工业化时期的文盲或半文盲"农民"；而"传说"(lore)也尽管可以包括"史诗、神话、传奇、谣曲、哑剧、情歌、故事、笑话、谚语、俚语、谜语、吟颂、符咒、祝福、誓言、口头禅"等等，但重点是超现实主义的"口述性故事"。[①] 确实，英国前工业化时期农民阶层流传的"口述性故事"充满了超现实主义的气息。无论是"吉尔伽美什追觅不朽之礼"("Gilgamesh Seeked the Gift of Immortality")，还是"尤利塞斯大战独眼巨人波吕斐摩斯"("Ulysses Put Out the Eye of Polyphemus")，也无论是"贝奥武甫屠宰妖怪格伦德尔"("Beowulf Slaughtered Grendel")，还是"大卫一石砸死非利士族巨人歌利亚"("David Slew the Philistine Giant Goliath with a Stone from His Sling")，均以超现实主义为故事背景，通过一个个交织着原始神秘事件的人物描写和情节演绎，展示了荒诞、神异、诡奇的图画。民间传说的这种特点，反映了在前工业化时代，英国社会生产力十分低下，人们普遍缺乏科学知识，思想意识受宗教迷信支配，崇敬和畏惧大自

---

① Jason Marc Harris. *Folklore and the Fantastic in Nineteenth-Century British Fiction*. Ashgate Publishing Company, Burlington, USA, 2008, pp. vii－ix.

然的历史状况。

17、18世纪的英国启蒙主义运动宣告了前工业化时代的终结,也昭示了理性主义时代的开始。启蒙主义思想家以理性主义的眼光审视上帝、自然和人类,鼓吹哲学、政治、经济等一切上层建筑的变革和创新。在文学艺术领域,受理性主义潮流的推动,以丹尼尔·笛福、塞缪尔·理查逊、亨利·菲尔丁的作品为代表的现实主义小说得到了长足的发展,并逐步超越古典主义诗歌和戏剧,成为最重要的文学样式。与此同时,作为理性主义思潮的一个反动,以颠覆古典主义文化价值为己命的哥特式小说也是暗流汹涌。哥特式小说主张冲破现实主义小说创作的清规戒律,恢复封建传奇的历史传统,反对理性压抑和思想禁锢,提倡人性释放和情感复苏,而要这样做,就必然要从神人合一、具有超自然活力的民间传说中寻找素材,汲取创作养分。正如美国学者伊丽莎白·麦克安德鲁(Elizabeth MacAndrew)所指出的,哥特式小说"创造了整个人类共有的极大恐惧和刺激,使用的材料各种各样,有的来自作者本身的潜意识,有的借自神话、民间传说、童话和传奇",其目的是"如同感伤主义的美学原则所要求的,以自身的'情感'唤起怜悯和畏惧,挖掘人的思想灵魂,避免邪恶,弘扬美德"。①

霍勒斯·沃波尔的《奥特兰托城堡》的情节构思,显然借鉴了古老的苏格兰抗击英格兰统治的战争传说,有关"巨大鬼魂"的超自然描写可以说与威廉·华莱士爵士(Sir William Wallace)在战场上见到的异象如出一辙。而威廉·戈德温的《确有其事》的创作灵感,也显然与传说中的"青须公"(Bluebeard)有关,小说中谋财害命的歹徒福克兰可以说就是那个淫荡好色、无端杀害妻妾的残忍丈夫的翻版。同样,在《尤道弗的神秘》和《西西里传奇》中,安·拉德克利夫分别按照传说中的"邪恶的叔父"(wicked uncle)和"残忍的继母"(cruel stepmother),塑造了埃米莉的可怕的监护人蒙托尼以及高傲的、工于心计的侯爵夫人。这些"食人巨妖"(ogre)只不过扔掉了手里的棍棒,穿上了温文尔雅的外衣,以口蜜腹剑来达到自己的阴险目的。古老的"罗宾汉"摇身变为"横行乡里的匪徒",而阿普列乌斯(Apuleius)的《金驴记》(The Golden Ass)中的"游客"则化身为"强盗洞窟里的受害者"。一方面,仙境里的"绿树成荫的城堡",被搬运到意大利、西西里和法国;另一方面,远古时期挂满头皮和骷髅的"恐怖屋",又裹上了文明之布,成了"荒芜的修道院厢房",用以关押"憔悴、沮

① Elizabeth MacAndrew. *The Gothic Tradition in Fiction*. Columbia University Press, New York, 1979, pp. 3 - 4.

丧,但依然存活的被遗弃妻子"。尤道弗的那间闹鬼的房中,鲁德维科阅读了一则极其恐怖的"普罗旺斯故事"(Provencal tale),但其实,那是欧洲一个脍炙人口的"鬼魂入土为安"的传说,而且这个传说有多个版本,流传了数千年之久。在荷马史诗《伊利亚特》(*Iliad*)中,它表现为战死后的普特洛克勒斯(Patroclus)以显灵的方式乞求阿喀琉斯(Achilles)为其举行葬礼。而在古罗马小普林尼(Pliny, Jr.)的书信中,它骚扰了雅典的一幢房屋,只听见屋内锁链叮当作响。当然,它还变成向海岛女神伊梅利(Immalee)示爱的"漂泊者梅尔摩斯",其所作所为与传说中的"恶魔情人"(the Demon Lover)并无二致。所谓"照亮哥特式修道院的昏暗壁龛"的"漂泊火球",只不过是"命运月神"(the Fate-Moon)的另一种宣示;在爱尔兰那个传说中,"命运月神"发出了不祥之光,象征着神秘的女巫索冈娜(Thorgunna)的葬礼举行之后,死亡即将来临。这种"巫术"和"魔鬼伎俩"同样吸引了马修·刘易斯,激发他按照"浮士德向魔鬼出卖灵魂"的传说构思了《修道士》的框架,其相关描述可以追溯到乔治·辛克莱(George Sinclair, 1580－1612)的《撒旦隐蔽世界揭秘》(*Satan's Invisible World Discovered*, 1685)。

约翰·波利多里的《吸血鬼》是第一部以民间传说为主要创作题材的哥特式小说。它的问世,彰显了哥特式小说吸取民间传说养分的全过程,同时也为哥特式小说借鉴民间口述故事提供了典范。所谓吸血鬼(vampire),乃是西方一类专门以吸食存活者鲜血为目的的超自然臆想物的总称。布莱恩·弗洛斯特(Brian Frost)把它称为"千面怪物"[1],即是说,善于变化。有时它表现为有形的鬼怪,公开吸食活体的鲜血;有时表现为不可触摸的幽灵,附身于活体,除吸食鲜血外,还吸食其他体汁,或者干脆散布疾病,直至活体的生命力耗尽,惊恐而亡。但无论它表现为何种形式,活动时间均在夜间,黎明前则必须返回墓穴。通常情况下,它以准生命的形式持续存在,但有时也仅存活数十天。吸血鬼概念的这些丰富内涵,反映了早期西方民众心中一种对死亡恐惧的"相对复杂"的心理,可以说,"再也没有什么迷信比这方面更深厚,或者说,更起影响作用的了"。[2]

尽管包括蒙塔古·萨默斯在内的一些著名学者都把吸血鬼在西方流传的时间定得很长,但更多的学者认为这个传说成形于18世纪30年代的英国,而且与当时的英国媒体蓄意炒作有关。1732年3月,英国《伦敦

[1]　Brian Frost. *The Monster with a Thousand Faces*. Popular Press, Bowling Green, Ohio, 1989.

[2]　Jones Ernest. *On the Nightmare*. Liveright, New York, 1951, p. 98.

杂志》(*The London Journal*)刊登了维也纳的一封个人来信,声称在匈牙利发现了"死人吸食活人鲜血"的事例。这事"乍看不可能,甚至荒谬可笑",但目击证人身份的"无懈可击"以及所附"皇家军事会议"的调查报告又不得不让人相信其"真实性"。该调查报告说:大约五年前,匈牙利梅德雷加村一位名叫阿诺德·保罗的农民死于一起马车倾覆酿成的车祸,此人活着时经常受一个吸血鬼的侵扰,据说为了解救自己,曾吞食吸血鬼墓穴中的泥土,并用它们的尸血擦拭自己的身体。而且他死了 20、30 天之后,夺走了四个人的生命。为了杜绝这种灾难,当地居民将他的尸体挖出,但见尸身光亮,毫无腐烂迹象,随着一根木桩打入他的心脏,他发出了一声恐怖的呻吟,之后他们将其尸体火化,重新放回墓穴。那些好心人说,凡是遭受吸血鬼侵害的人,死后都成了吸血鬼,然后再去侵害别的活着的人。[①]

显然,这是一份牵强附会、似是而非的调查报告,然而它刊登在当时作为英国政府喉舌的《伦敦杂志》上面,却引起了广泛的注目。很快地,阿诺德·保罗的故事成为英国全国新闻界关注的热点;一些颇有影响的报刊,如《绅士杂志》(*The Gentleman's Magazine*),连篇累牍地发表读者来信,对事件的真实性提出自己的看法。争论的话题逐渐从新闻报道的可信性延伸到政府行为的可信性,并由此激发了新闻界、考古界、医学界追踪、研究吸血鬼的热潮。与此同时,各种版本的吸血鬼故事也在民间不胫而走。到 18 世纪末,尽管所有受过教育的人都认为吸血鬼之说纯属迷信,但有关民间传说已经成形。

1816 年,受乔治·拜伦一份已经废弃的小说草稿的启发,约翰·波利多里创作了哥特式小说《吸血鬼》。在该小说的"序言",他回顾了当年《伦敦杂志》所刊载的关于"阿诺德·保罗"的"难以置信"的报道,指出这种"迷信"源于东方的"阿拉伯"和"希腊",后流传到欧洲的"匈牙利、波兰、奥地利和洛林"等地,在此期间,经过"不断的加工",以至形成了许多"死者飘出坟墓吸食年轻美貌的女性鲜血"的"精彩故事",而该小说的故事,则与这种"骇人听闻的大话有关"。[②] 这就已经十分明确地告诉读者,他要在西方吸血鬼传说的框架内,按照该传说的有关特点,构思这部小说的情节,塑造其中的人物。

而且读者在读完这部小说后,也能强烈地感受到约翰·波利多里的

---

①   *The London Journal*, No. 663, Saturday, March 11, 1731 - 1732.

②   E. F. Bleiler, ed. *Three Gothic Novels*. Dover Publications, Inc., New York, 1966, pp. 261 - 262.

这一创作途径。故事背景发生在欧洲文明古国罗马和希腊,男主角名叫鲁思文,是个吸血鬼。他长有一双"没有光泽的灰色眼睛","脸上表情十分冷漠,没有丝毫热情,抑或出于故作矜持,抑或出于过度思虑"。① 显然,这种狰狞的外貌描写来自吸血鬼有关传说。而且,也像吸血鬼传说所经常描绘的,鲁思文是个从阴间回来的有形鬼怪,需要吸食鲜血维持自己的超自然存在,小说中希腊姑娘艾安茜和英国小姐奥布里的被害,正是源于这种异常残酷的"另类生存需要"。约翰·波利多里借艾安茜之口展示了当地民众对吸血鬼"每年不得不吞噬一个漂亮姑娘的生命"②的恐惧,同时也通过她本人横卧在"吸血鬼夜间活动胜地"的尸体,描述了"被害者"的普遍特征:

"她的脸上没有丝毫血色,甚至连嘴唇也失去了红润。但是脸部表情显示出了一种平静,似乎与活着时没有什么两样。不过,在她的脖颈和胸部,均留有血迹,而且喉部有牙痕,血管外露。在场的男人不禁大吃一惊,一边用手指着尸体,一边大声嚷道:'吸血鬼!吸血鬼!'"③

然而,借鉴不等于生搬硬套情节,汲取养分也不等于复述描摹故事,要成功创作这部小说,还得着力打造吸血鬼这个角色,实现鲁思文的塑造从"传说人物"到"小说人物"的转换。为此,一方面,约翰·波利多里继续从民间传说中汲取养分,通过一些鲜为人知的细节描写,揭示鲁思文的"道德缺陷",指出此人之所以成为吸血鬼,乃是"死后的一种惩罚,因为生前犯了极其邪恶的罪孽,死后不但注定要成为一个吸血鬼,还要被迫将其侵害对象锁定在那些最为自己所爱的人,也即那些与自己的亲属和情爱有关的人身上";④ 另一方面,他也从同时代的文学畅销作品中获取创作灵感,通过借鉴小说中一些成功的人物塑造,如《克拉丽莎》(Clarissa,1748)中的勒夫列斯、《奥特兰托城堡》中的曼弗雷德、《修道士》中的安布罗西奥,等等,以此强调鲁思文行为的"下流淫秽",指出"这个人生性极其歹毒,自持拥有不可抗拒的引诱力,肆无忌惮地危害社会",许多曾经被他引诱、现在遭到遗弃的贞洁女性,已经"陷入声名狼藉、堕落的地步"。⑤ 与此同时,他还精心塑造奥布里这个枢纽人物,通过此人与鲁思文、两个女性受害者之间的复杂纽带,以及本身具有的天真、轻信、麻木等个性,衬托

---

① E. F. Bleiler, ed. *Three Gothic Novels*. Dover Publications, Inc., New York, 1966, p. 265.

② Ibid, p. 271.

③ Ibid, p. 274.

④ Ibid, p. 262.

⑤ Ibid, p. 269.

吸血鬼鲁思文的"狡诈"和"残忍"。

　　值得注意的是,约翰·波利多里并没有将鲁思文描写成一个阿诺德·保罗式的愚昧农民,而是让他披上了"贵族"的外衣,住在繁华的都市,在上流社会到处活动。这种吸血鬼身份的转换,显然有着"主题升华"的用意,与"序言"中所提及的乔治·拜伦的《邪教徒》(*The Giaour*,1813)、罗伯特·骚塞的《破坏者撒拉巴》(*Thalaba the Destroyer*,1801)里的"革命性"如出一辙。尽管鲁思文是一个淫棍,但他追逐女性的目的并非是"性"。正因为如此,他对水性杨花的默瑟夫人不屑一顾,拒绝了她的"主动投入怀抱"。相反,鲁思文勋爵的"如簧巧舌"专门瞄准那些冰清玉洁的女性,尤其是"忠贞的妻子和纯洁的女儿"。对于这些人,他采取了迂回的战术,宣称自己"十分痛恨邪恶"。借此高尚的外衣,他能准确无误地引诱、玷污那些白璧无瑕的女人,也即"那些因保持家庭性贞洁而感到自豪的女人"。[①] 约翰·波利多里似乎在向读者表明,所谓生活中保持性贞洁,其实是一种伪善,是用假想的"贞洁确定性"掩盖了事实上的"贞洁不确定性"。对于他,吸血鬼鲁思文的"缺乏性爱"、"没有生殖器"的"淫荡",其实是暴露、嘲讽这种伪善的道德价值判断的手段。这就从根本上颠覆了自塞缪尔·理查逊的《帕梅拉》(*Pamela*,1740)和《克拉丽莎》问世以来一切感伤主义小说所宣扬的理性主义的"道德规范"。约翰·波利多里正是通过诸如此类的借鉴和创新,让读者在理性、迷信、真实、虚拟之间徘徊,领悟当时的道德丧失、善恶不分、性倒错等社会现实,从而使这部小说的价值超越了所借鉴的民间传说以及一般的哥特式小说。

二

　　同民间传说一样,莎士比亚剧作也是英国哥特式小说作家借鉴的主要对象。莎士比亚剧作之所以受英国哥特式小说作家青睐,除了莎士比亚对民间文学资源特别感兴趣,对鬼魂、坟场、死亡用品、活动雕像、神秘变化等一切非理性的人类经验十分偏爱,因而同样展示了神人合一的超自然活力之外,还因为他是英国有史以来最伟大的作家,拥有无可比拟的

---

① E. F. Bleiler, ed. *Three Gothic Novels*. Dover Publications, Inc., New York, 1966, pp. 265 – 266.

人生阶梯、知识源泉等文化资本。一方面,哥特式小说通过借鉴莎士比亚剧作,将自己"历史化",增加自己的文化资本;另一方面,又通过借鉴莎士比亚剧作,将自己"去历史化",展示自己的超越时空的普遍适用性。哥特式小说与莎士比亚剧作的这种看似矛盾的复杂对话,显示了两者相互融合的共同根基,同时也构成了哥特式小说的重要文学特征。

霍勒斯·沃波尔的《奥特兰托城堡》不但是英国第一部哥特式小说,也是英国哥特式小说当中最早借鉴莎士比亚剧作、并取得成效的一部作品。在该小说的再版序言,霍勒斯·沃波尔抨击了伏尔泰对莎士比亚剧作的"贬损",并且公开宣称,"莎士比亚就是我的模拟对象。"[①] 而且也正如他宣示的,整个《奥特兰托城堡》的"五幕结构","弑君篡位"的故事情节,"迟疑不决"的个性塑造,以及"秘密通道"、"不祥预兆"等环境描写,无不令人想起莎士比亚的著名悲剧《哈姆莱特》。尤其是,小说描绘了一个"硕大无朋"、"身披甲胄"、"身形不完整"的"阿方索的鬼魂"。可以说,这个"鬼魂"就是"哈姆莱特父亲的鬼魂"的翻版。像哈姆莱特的父亲一样,阿方索原为"一国之主"(奥特兰托公国),后被"亲近者"(曼弗雷德的祖父)毒害致死,遂向"后代"(西奥多)显灵,让其"报仇雪恨"(恢复继承权)。也像哈姆莱特的父亲一样,阿方索的"报仇雪恨"并非一蹴而就,而是历经坎坷,充满了血腥暴力、情感磨难和人生考量。此等描写,再现了《哈姆莱特》的复仇悲剧的意境,体现了莎士比亚戏剧的"理想王权和邪恶国王"的常见主题。显然,在霍勒斯·沃波尔看来,莎士比亚的王权观具有极大的现实性。尽管光荣革命确立了理想的君主立宪制度,但总有一些"疯狂"的统治者,肆意践踏自由,实施暴政,他们的所作所为,不啻是"篡夺王位",将历史拉向后退,因而人民有责任"重新选择继任者"。难怪他在给朋友的一封信中,将自己视为"无声的共和主义者",情愿看见"君主立宪的影子,像《麦克白》(*Macbeth*,1605)里班柯的鬼魂一样,充满空荡的王椅"。[②] 也难怪他在《奥特兰托城堡》的再版序言中,说自己不合时宜地使用了"非自然"的"机器",其中包括许多中世纪的"迷信",但"有自由通过无边无垠的想象王国"来详述这种不合时宜。[③]

不过,《奥特兰托城堡》毕竟不是写给莎士比亚时代的读者看的。为此,霍勒斯·沃波尔在读者接受方面做了一番"情节再造",其主要内容是

---

① E. F. Bleiler, ed. *Three Gothic Novels*. Dover Publications, Inc., New York, 1966, p. 22.

② Emma Clery. *The Rise of Supernatural Fiction 1762 – 1800*. Cambridge University Press, Cambridge, 1995, p. 72.

③ E. F. Bleiler, ed. *Three Gothic Novels*. Dover Publications, Inc., New York, 1966, p. 21.

将"鬼魂"的象征意义予以简单化和明确化。正如许多学者所指出的,在公元 16 世纪的英格兰,大多数英国读者对于"鬼魂"的看法,基本上还是沿袭天主教的教义,即认为"鬼魂"会说真话,原因是它来自炼狱,经过了涤罪和净化。而官方的"英格兰国教会"却否认这个看法,认为它是"伪装的恶魔,幻化成人的形状,以便达到恶魔般的目的。"[①] 因此,哈姆莱特第一次看见父亲的"鬼魂"时,就会觉得"形状是如此可疑",以至于不知是"善良的灵魂或是万恶的妖魔","带来了天上的和风或是地狱中的罡风"。[②] 后来,尽管"鬼魂"向他诉说自己如何被克劳狄斯在耳朵内灌放毒药,谋害致死,而且他也开始装疯、安排戏子演出以便寻找"证据",但他依然为难辨真假而苦恼万分,直至第 5 幕还只能将其朦胧地交给"上苍"决定,因为"无论怎样辛苦图谋,结果却早已有一种冥冥中的力量布置好了"。[③] 凡此种种,对于 18 世纪 60 年代坚信基督新教教义的英国读者来说,当然是既无法理解又没有必要。于是,在霍勒斯·沃波尔的《奥特兰托城堡》中,一切有关报仇雪恨的迟疑和苦恼不复存在,有的只是万能的、公正的"上帝"通过一系列神秘的超自然事件,暴露曼弗雷德祖父篡位的罪恶,并由此将"非法的君主"让位于"合法的继承人"。

毋庸置疑,安·拉德克利夫的哥特式小说也是借鉴莎士比亚剧作的典范。不过,她没有沿袭霍勒斯·沃波尔的全景式仿效和情节再造的套路,而是另辟蹊径,强调所谓的"局部情节的暗比"和"原著意境的重现"。此外,作品中还出现了大量的莎士比亚经典词句。个中原因,与当时英国社会上重新掀起的"莎士比亚热"有关。据埃德蒙·马隆(Edmund Malone,1741 - 1812)统计,自公元 1716 年至 1790 年,英国图书市场上莎士比亚作品销售的总额已经超过了 3 万册。[④] 一方面,原有的莎士比亚剧作不断重印;另一方面,又编辑出版了大量的莎士比亚语录。这些剧作和语录,既是读者的知识宝库,又是作家的创作源泉。几乎每一个作家,每一部作品,都设法与莎士比亚建立联系,并以引用莎士比亚词句为荣。如果说在 18 世纪中期,霍勒斯·沃波尔在《奥特兰托城堡》中对莎士比亚剧作的仿效、再造还只是个案,因而不得不在再版序言中为自己的行为做辩护,那么到了 18 世纪末和 19

---

① Roland Mushat Frye. *The Renaissance Hamlet*: *Issues and Responses in 1600*. Princeton University Press, Princeton, 1984, p. 17.

② William Shakespeare. *Hamlet, Fully Annotated*, with an Introduction by Burton Raffel. Yale University Press, New Haven and London, 2003, p. 38.

③ Ibid, p. 205.

④ Edmund Malone, ed. *The Plays and Poems of William Shakespeare*, 10 vols. J. Rivington et al., London, 1790, Vol. 1, p. xxiii.

世纪初,仿效、引用、改编莎士比亚剧作就变得相当普遍,甚至是一种时尚了。正如迈克尔·多布森(Michael Dobson)在《建构民族诗人》(*The Making of the National Poet*,1995)一书中所指出的:"莎士比亚被提升的地位为改编他的文本提供了一个新的诱因,不过这种改编必须小心翼翼地进行:莎士比亚越是被比较安全地作为国家权威人物顶礼膜拜,由改编权威所获得的潜在的合法的使用奖赏就越大。"①

安·拉德克利夫的前两部小说——《阿思林和邓贝恩的城堡》和《西西里传奇》——主要采用"局部情节暗比"的借鉴方式,即作品不出现莎士比亚的词句,仅通过类似的人物或情节描写,重现莎士比亚原著的意境。但从第三部小说《森林传奇》开始,她开始大量引用莎士比亚的经典词句,而且这些经典词句多半放在卷首或章节之前,作为题辞的一部分。如《森林传奇》第一卷的七个章节题辞,就有五个是莎士比亚经典词句,其中四个来自《麦克白》,一个来自《皆大欢喜》;而《尤道弗的神秘》的57个章节题辞,也有22个莎士比亚经典词句,分别来自《哈姆莱特》、《麦克白》或其他作品。上述莎士比亚的经典词句,除了用来提示整个章节的内容外,还起着渲染、烘托年轻女主人公的危险情境的作用。如《尤道弗的神秘》第二章题辞采用了《哈姆莱特》第一幕第五场的"鬼魂"的两行台词——"我可以告诉你一桩事,最轻微的几句话 / 都可以使你魂飞魄散"②——这不仅暗示埃米莉的父亲身上藏着最深的家庭秘密,也为安·拉德克利夫进一步以"暗比"方式描述埃米莉不情愿地被带到尤道弗等情节埋下了伏笔。小说中雇佣士兵在尤道弗城垛的巡游及其交谈无疑再现了《哈姆莱特》的开幕场景,而埃米莉误把蜡像当作尸体之后对父亲的即时回忆,也颇有奥菲利娅在父亲被哈姆莱特刺杀之后变得精神失常的意境:

"安妮特领着埃米莉七转八拐地到了床边,埃米莉以急切、慌乱的眼神打量了一番,躺了下来,然后战战兢兢起来,并且用手指着安妮特。正朝门外走去的安妮特见状害怕了,心想恐怕要让他们派一个女仆来陪夜。而埃米莉见她要离去,大声嚷着她的名字,接着以十分柔和、痛苦的嗓音,哀求她不要遗弃自己。'自从我父亲死后,'埃米莉一面说,一面叹息,'大家都不要我了。'"③

① Michael Dobson. *The Making of the National Poet: Shakespeare, Adaptation and Authorship, 1660 – 1769*. Oxford University Press,Oxford,1995,p. 186.

② William Shakespeare. *Hamlet, Fully Annotated*,with an Introduction by Burton Raffel. Yale University Press,New Haven and London,2003,p. 42.

③ Ann Radcliffe. *The Mysteries of Udolpho*,edited by Bonamy Dobree. Oxford University Press,Oxford,1992,p. 351.

不过,细心的读者也许会发现,这段文字在再现莎士比亚原著意境的同时,还展示了莎士比亚的一种"环境一致"(accordant circumstances)的创作技巧。该技巧主要强调通过细致的人物行动和简洁的人物道白来表现人物心理活动,要求做到声情并茂,视觉效果与听觉效果高度统一。在这段文字里,埃米莉的"急切"、"慌乱"、"战战兢兢"等人物行动不可谓不细致,而"大家都不要我了"的人物道白也不可谓不简洁,尤其是,人物行动和人物道白相互映衬,在"景"与"情"、"视"与"听"之间产生了一种十分协调的效果,从而活生生地勾勒了一个因遭受强烈刺激而瞬时失去正常理性的年轻女主人公形象。后来,在那篇著名的"诗歌中的超自然主义"论文中,安·拉德克利夫从理论的高度,总结了莎士比亚这种"环境一致"的创作技巧,并借论文中虚拟的 W 先生之口指出:"《麦克白》中有许多例子显示了莎士比亚乐于用环境一致的手法增强他的人物和故事的效果","再也没有哪位大师比我们的莎士比亚更懂得如何通过细致的环境描写激发读者一致的同情了"。[1]

相比之下,马修·刘易斯的《修道士》里的莎士比亚题辞不多,但同样提示了章节的内容,渲染、烘托了主人公所处的异常情境以及未来的命运。譬如在该书的第 1 章,马修·刘易斯设置了这样的题辞:

"安哲鲁这人平素 / 德行严谨,从不承认 / 他的感情会冲动,或是面包尝起来 / 味道胜过石子。"[2]

该题辞选自莎士比亚的著名喜剧《一报还一报》(*Measure for Measure*,1603),原为第 1 幕第 3 场文森修公爵的几句台词,在这里被马修·刘易斯用来比拟安布罗西奥与安哲鲁有着同样的命运。在《一报还一报》中,安哲鲁被文森修公爵视为"德行严谨"的臣子,因而在自己度假期间让他代为执政,但他一遇见美丽的伊莎贝拉,就"心旌摇摇不定,浑身失去了气力",从而恬不知耻地要她"牺牲肉体的清白","救赎兄弟的生命。"[3] 同样,安布罗西奥原本在众多修道士心目中是"不知男女有何区别"的"圣徒",然而,当他在月色下窥见罗萨里奥的"女儿身"时,也"莫名其妙地升起一种冲动",从而把一切"虔诚"、"贞洁"的誓言置于脑后。[4] 所不同的

① Ann Radcliffe. "On the Supernatural in Poetry", in *New Monthly Magazine*,16,1826,pp. 145–152.

② William Shakespeare. *Measure for Measure*,edited by Brian Gibbons. Cambridge University Press,Cambridge,2006,p. 104.

③ Ibid,pp.129,131.

④ Matthew G. Lewis. *The Monk*,with an Introduction by John Berryman. Grove Press,New York,1959,p. 87.

是,伊莎贝拉是位颇具同情心的知识女性,而罗萨里奥是个心怀叵测的魔鬼。当然,也像安哲鲁拒绝赦免"让未婚妻怀孕"的克劳狄奥一样,安布罗西奥不肯怜悯"因偷情而怀孕"的修女阿格尼丝,以至于阿格尼丝破口大骂,断言安布罗西奥将会落到自己同样的下场:

"你自持拥有无可指责的德行,蔑视忏悔者的恳切请求;但是上帝会显露你丝毫不愿显露的怜悯。你自夸的德行究竟好在哪里?你究竟战胜了什么诱惑?懦夫!你只是逃脱,不是抗拒。但审判的日子会来临的!啊!到那时,你已经屈从冲动的情感!你会觉得人类软弱,天生是要犯错的;当你战战兢兢回顾自己的罪行时,会同样怀着恐惧恳求上帝怜悯。啊!在那个可怕的时刻,你会想起我的!想起你的残忍!想起阿格尼丝,以及赦免的绝望!"①

同一时期的简·奥斯汀的《诺桑觉修道院》也有借鉴莎士比亚剧作之举。鉴于这部小说的"戏拟"主题,简·奥斯汀没有像安·拉德克利夫那样在卷首和章节之前设置莎士比亚题辞以提示作品内容或渲染主人公情境,但小说中还是出现了一些与莎士比亚有关的情境。譬如,该书的女主人公凯瑟琳"原本没有一点淑女秉性,直至 14 岁只是喜欢打板球、垒球、骑马,在乡间到处奔跑",但"从 15 岁到 17 岁,她开始训练淑女应有的品质,阅读淑女必须阅读的所有书籍,以便牢记其中那些名言,在今后不平坦的人生道路上深得教益和安慰。"而且正是从莎士比亚剧作,她"获取了大量的知识"。从《奥瑟罗》(Othello,1603),她懂得了嫉妒的力量;从《一报还一报》,她懂得了痛苦的普遍性;而从《第十二夜》(Twelfth Night,1601),她懂得了如何在挫折面前耐心地隐匿焦虑。② 这也从另一个侧面印证了莎士比亚对哥特式小说的巨大影响力。

三

18 世纪末和 19 世纪初不但是英国哥特式小说流行的时代,也是英国

---

① Matthew G. Lewis. *The Monk*, with an Introduction by John Berryman. Grove Press, New York, 1959, p. 72.

② Jane Austin. *Northanger Abbey, Lady Susan, The Watsons, Sanditon*, edited by James Kinsley and John Davis, Oxford University Press, Oxford, 2003, p. 7.

浪漫主义诗歌繁荣的时代。哥特式小说与浪漫主义诗歌的这种共时性，以及共同肩负的颠覆古典主义文化价值的使命，决定了它们在各自的型塑、演变的过程中，不可避免地会受到对方的影响。

事实上，西方批评家很早就注意到哥特式小说与浪漫主义诗歌的这种关系。1927年，艾诺·雷罗出版了专著《闹鬼的城堡：英国浪漫主义要素研究》。在该书中，他声称哥特式小说是早期的浪漫主义类型。在他看来，哥特式小说之所以重要，是因为能够给浪漫主义想象提供"养料"。按照他的解释，尽管哥特式小说比较详细地描述了"心灵"，但这种描述是以"闹鬼的城堡"等物质形式出现的，故要比浪漫主义诗歌的品位显得低劣，因为后者牵涉到"一种并非仅仅注重外在效果的场景，并把心理现象放到最显著的位置"。① 到了20世纪70年代，罗伯特·凯利试图进一步密切两者的关系。在《英格兰的浪漫主义小说》中，他详细讨论了许多被视为浪漫主义文学的哥特式小说。对他来说，哥特式小说与浪漫主义诗歌的区别仅仅在于体裁不同，当浪漫主义作家选择用叙述体创作时，就有了哥特式小说，因为"小说家理应描写群体中的人；两百页的叙述体虚构作品不可能描述一只云雀或一只蝴蝶。"②

当代学者似乎重新考虑了哥特式小说与浪漫主义诗歌的对立。譬如迈克尔·盖默的《浪漫主义与哥特式文学》，从读者接受批评的视角，强调了作为经典文学的浪漫主义诗歌和作为流行文学的哥特式小说的不同地位，展示了第一代浪漫主义诗人威廉·华兹华斯和塞缪尔·柯勒律治如何在"引人瞩目地排斥"哥特式小说的同时，以哥特式小说的元素"建构浪漫主义意识"，从而创作出自己最具有哥特式特色的作品。③ 又如戴维·庞特和格伦妮丝·拜伦（Glennis Byron）的《哥特式文学》（*The Gothic*，2004），将哥特式小说与浪漫主义诗歌列为两个完全不同的概念，通过威廉·布雷克、塞缪尔·柯勒律治、乔治·拜伦、珀西·雪莱、约翰·济慈等五位"传统上被认为是主要的浪漫主义诗人"的"一些众所周知的诗歌实例"，展示了他们"在哥特式文学的型塑、演变过程中所受到的影响以及所发挥的作用"。④

① Eino Railo. *The Haunted Castle: A Study of the Elements of English Romanticism*. Routledge，London，1927，p. 177.
② Robert Kiely. *The Romantic Novel in England*. Harvard University，Cambridge，MA，1972，p. 23.
③ Michael Gamer. *Romanticism and the Gothic: Genre, Reception and Canon Formation*. Cambridge University Press，Cambridge，2000，pp. 11 - 15.
④ David Punter and Glennis Byron. *The Gothic*. Blackwell Publishing，2004，pp. 13 - 19.

　　然而,无论是艾诺·雷罗还是罗伯特·凯利,也无论是迈克尔·盖默还是戴维·庞特、格伦妮丝·拜伦,他们的论述均有一个缺陷,那就是在讨论哥特式小说接受浪漫主义诗歌的影响时,过于简单化和绝对化。大量的篇幅用来讨论浪漫主义诗歌如何汲取哥特式小说的养料,而对于哥特式小说如何借鉴浪漫主义诗歌,则寥寥数语,几笔带过。即便是所列举的少量实例,如玛丽·雪莱重塑普罗米修斯之谜,约翰·波利多里再现《邪教徒》主题,也多半局限在 19 世纪 20 年代,仿佛浪漫主义诗歌对哥特式小说的影响不但十分有限,并且同安·拉德克利夫或马修·刘易斯基本没有联系。但其实,哥特式小说与浪漫主义诗歌之间的"相互影响"是对等的、辩证的、多层次的,既有此方对彼方的"作用",又有彼方对此方的"反作用",既有微观的"比拟、暗喻",又有宏观的"借用、参考",而且这个"相互影响"的过程贯穿 18 世纪末和 19 世纪初的始终。一方面,第一代浪漫主义诗人从霍勒斯·沃波尔等早期哥特式小说家那里寻找素材和灵感,创作出颇具哥特式特色的浪漫主义诗歌,如威廉·布雷克的"赛尔"("The Thel", 1789)、塞缪尔·柯勒律治的"民族的命运"("The Destiny of Nations", 1795),等等;另一方面,这些浪漫主义诗歌又反过来影响了安·拉德克利夫、马修·刘易斯等哥特式小说作家,促使他们对历史派哥特式小说进行变革,从而创作出轰动一时的作品,如《尤道弗的神秘》、《修道士》,等等。然后,他们这些作品又影响了第二代浪漫主义诗人,促使他们不但更多地卷入哥特式文学活动,如珀西·雪莱创作哥特式小说《扎斯特罗齐》(*Zastrozzi*, 1810)和《圣·欧文》(*St. Irvyne*, 1811)、乔治·拜伦资助查尔斯·马图林上演哥特式戏剧《伯特伦》(*Bertram*, 1816),等等,而且创作出兼有安·拉德克利夫派、马修·刘易斯派特色的浪漫主义诗歌,如乔治·拜伦的《东方故事》(*Oriental Tales*, 1813–1814)、珀西·雪莱的《麦布女王》(*Queen Mab*, 1813),等等。再后来,这些浪漫主义诗歌又影响了"后拉德克利夫"及"后刘易斯"时代的哥特式小说家,激发他们创作出同样具有轰动效应的作品,如《吸血鬼》、《弗兰肯斯坦》,等等。如此循环往复,不一而足。

　　不难看出,正是在这一过程中,哥特式小说开始实现了浪漫主义诗歌的"场景多样化"。由此,《奥特兰托城堡》、《尤道弗的神秘》、《修道士》等经典作品中的"古城堡"和"修道院"逐渐消失,代之以多个历史时期的多种场景,如"革命时期"的伦敦(《确有其事》)、"摄政时期"的画室(《吸血鬼》)、"科学发展时期"的实验室(《弗兰肯斯坦》)、"宗教黑暗时期"的西班牙审判法庭(《漂泊者梅尔摩斯》)、"宗教改革时期"的卡尔文教义(《一个自认有理的罪人的个人回忆和自白》),等等。也正是在这一过程中,哥特式小说的文本结构开始显示了浪漫主义诗歌的"实验性"和"复杂性"。不但时空倒错,既能"瞬间"穿越"数年",又能"片刻"到"永恒",而且视角多变,故事中套故事(《漂泊者梅尔摩斯》)。尤其是,超自然因素趋于邪恶化、恐怖化。昔时霍勒斯·沃波尔笔下"阿方索"的鬼魂开始失去"复仇"的光环,蜕变为"流血修女"式的亡灵、"玛蒂尔达"式的魔怪、"鲁思文"式的厉鬼,以及"亚哈随鲁"式的精灵。并且它们开始以"恐怖"为中心,卷入了越来越多的暴力、监禁、折磨、谋杀、通奸、乱伦,甚至食人肉,正如当时一位评论家在评论查尔斯·马图林的《漂泊者梅尔摩斯》时所指出的,哥特式小说不啻为"面向公众的酒席承办人,准备了适合各种口味的大餐,不管是下流还是堕落"。①

如同大多数浪漫主义诗人在自己的作品中故意以"农家少女"、"老水手"、"异教徒"等小人物去"嘲弄"、"颠覆"古典主义诗歌中的"贵族意识"一样,这一时期的许多哥特式小说作家,也故意用有悖于传统的人物塑造来体现自己的艺术创新,如《确有其事》中的相互错位的"追捕者"与"被追捕者",《女修道院院长》中的女性版"安布罗西奥",《巴罗齐》(Barozzi,1815)中的集"听差"、"女巫"、"母亲"于一体的罗莎丽娜,《弗兰肯斯坦》中的既是"父亲"又是"母亲"的科学家,《吸血鬼》中的取代"魔鬼撒旦"的鲁思文,《漂泊者梅尔摩斯》中的身兼"歹徒"与"受害者"的犹太人,《一个自认有理的罪人的个人回忆和自白》中的谋杀兄长的上帝选民,如此等等。

不过,这一时期哥特式小说所创造的颠覆传统的人物形象中,最有特色也是最有魅力的当属"英雄-恶棍"。本来哥特式小说已有相对固定的"恶棍",如《奥特兰托》城堡中的曼菲尔德、《尤道弗的神秘》中的蒙托尼、《意大利人》中的谢多尼、《瓦赛克》中的瓦塞克,等等。他们总的特点是令人感到恐惧。一方面,他们有钱有势,专横傲慢,可以说自己的话就是法律,并且带有超自然的生理特征,如瓦赛克"发怒时,他的一只眼睛显得十分可怕,以至于没有人敢正眼相视"②;另一方面,他们又贪恋财产,觊觎美色,对周围的年轻的主人公(特别是年轻女性)造成了严重的威胁。而且,在大多数情况下,他们年龄较大,是所谓威严的父亲。而"英雄—恶棍"则完全颠覆了上述形象。首先,他们不再是"父亲"之类的角色,而是变得年

① Anon. "Review of Melmoth, the Wanderer", in *The Edinbough Review*, 1821, vol. 70, pp. 353 – 362.
② E. F. Bleiler, ed. *Three Gothic Novels*. Dover Publications, Inc., New York, 1966, p. 109.

第一编 境遇论

龄较轻,即便是在世上漂泊了一个多世纪的梅尔摩斯,也依然年轻。其次,他们在生活中的方方面面有很强的欲望,尤其是对于异性。第三,也是最重要的,他们不再是单纯的"恶棍",而是打上了"被扭曲的英雄"的烙印。这种被扭曲,主要体现在他们侵害无辜者的同时,本身也是受害者,经历过极端的痛苦,常常引起人们同情。往往他们为社会所不容,是所谓的"局外人",与制度化的权力没有关联。多半他们游离于社会的监狱大门之外,且无时无刻不在敲门,渴望能进入其中。

毋庸置疑,乔治·拜伦的长篇叙事诗《邪教徒》里的同名男主人公就是这样一个"英雄—恶棍"。他长有一双"邪恶的眼睛",脸上布满了"忧伤",其"祸根"如同"该隐"一样刻在眉头。整篇诗歌对他的刻画——断断续续,时空倒错,多重视角——与之后问世的《弗兰肯斯坦》、《漂泊者梅尔摩斯》、《一个自认有理的罪人的个人回忆和自白》如出一辙。在他身上,汇集了传统哥特式小说中令人生畏的许多因素,如上山为匪、杀害仇人,等等;但与此同时,又颠覆了一些有关的故事场景和恐惧的寓意。他的人生经历是"黑色的",是"可怕的废墟",尤其像"一座荒废的塔楼",然而,他又不断地受到自身情感的侵扰,所谓愁思"像大理石墓碑一般苍白",暗示他曾经不堪忍受情感的煎熬,考虑过死亡。① 接下来的几行诗里,他想起了自己过去的"哥特式经历",这种回忆顿时瓦解了"灵魂之上的时间":

"记忆的冬天似乎在滚动 / 而且在时间的滴落中 / 聚集了一种痛苦的人生 / 一个罪恶的时代。/ 那时的爱和恨,还有恐惧 / 倾注了数年的悲哀:/ 当时除了胸中的压抑/还能有何感受和分忧? / 那种瞬时对命运的担忧 / 啊! 将是怎样乏味的煎熬。/ 虽说时间的记录化为乌有 / 却留下了永恒的愁思。"②

这些描写生动地体现了"邪教徒"的高傲、倔强、我行我素,却又处处碰壁、万般无奈的寂寞、孤独的状况。然而,颇有讽刺意味的是,这种寂寞、孤独的状况并非本来如此,而是他处心积虑地缔结异性友情的结果。追求友情却失去了友情,挣破铁链却束缚了自己。从"邪教徒"身上,我们懂得了他为什么"厌恶没有留下任何共享:/ 即便是祝福——也只有悲哀才能承受"。③ 正如尼娜·奥尔巴赫(Nina Auerbach)在《我们的吸血鬼,我们自己》(*Our Vampires, Ourselves*,1995)中所提示的,在 19 世纪初,

---

① Lord Byron. *The Giaour, a Fragment of a Turkish Tale*. Thomas Davison, Whitefiars, 1813, lines: 621, 878 – 882, 238.

② Ibid, lines: 261 – 267.

③ Ibid, lines: 941 – 942.

他们"并非是一对恶魔情人或缠绵的异类……而是孤独的朋友"。①

　　乔治·拜伦笔下的这个"邪教徒",尽管藐视社会契约,憎恨世俗和道德,却有着极其旺盛的男女情欲和多愁善感,而且这种情感已经证明是他的监狱、他的坟墓,并重新召回了他欲以抛弃的一切。如此一个"作茧自缚"、"充满矛盾"的悲剧性人物,就像大多数浪漫主义诗人所描述过的"普罗米修斯",明知宙斯有禁令,却要盗取天火,结果无可奈何地接受被缚的命运。当然,也像同一时期大多数哥特式小说作家所描述的"英雄—恶棍",明知社会所不容,却偏要敲击监狱的大门,从而品尝极度的失落和孤独的痛苦。两者描述之所以如此相似,乃是因为浪漫主义诗歌与哥特式小说本来就是一对孪生兄弟,你中有我,我中有你。"拜伦式英雄"与"哥特式英雄"相互碰撞,于是就融合成了"英雄—恶棍"。

① 　Nina Auerbach. *Our Vampires, Ourselves*. University of Chicago Press，Chicago，1995，
　　p. 13.

第二编 范式论

崇高和美丽

——英国哥特式小说的审美情趣

在18世纪的英国,埃德蒙·伯克是个令人瞩目的人物。这不仅因为他于法国大革命期间,出版了那部颇有争议的《关于法国革命的思考》,还因为他通过演讲和撰稿,对当时英国的一系列社会问题发表了重要见解,从而成为英国保守政治的主要倡导者。尤其是,他出版了《我们的崇高和美丽的意识的哲学探源》(*A Philosophical Enquiry into the Origin of Our Ideas of the Sublime and Beautiful*,1757)。这部论著不但挑战了古希腊以来的崇高理论(the sublime),而且对后来伊曼努尔·康德(Immanuel Kant,1724-1804)的美学思想产生了很大的影响,与此同时,又深刻地影响了众多哥特式小说作家,是他们创作的重要美学基础。对此,美国学者戴维·莫里斯不无感叹地说:"伯克的崇高论述显然与几乎同时出现的哥特式恐怖探索有关。如沃波尔,就在《奥特兰托城堡》的序言中将恐怖描绘成自己的'主要发动机',而那些热衷于挖掘恐怖的作家也在明显使用崇高理论。于是哥特式小说的研究者——无疑在追随许多哥特式小说家的脚步——时常咨询伯克的《哲学探源》,仿佛它是一个被认可的、有保障的恐怖储藏库。"①

　　什么是崇高理论？这个理论在 18 世纪的英国文坛有何独特地位？埃德蒙·伯克的《我们的崇高和美丽的意识的哲学探源》又对该理论进行了何种创新，以至于受到如此多的哥特式小说作家和研究者的青睐？历来的哥特式小说作家又是如何使用"伯克式崇高理论"进行创作的？显然，了解了这些问题，也就等于了解了英国哥特式小说的一个重要的社会功能和目的——英国哥特式小说的审美和接受。

一

　　崇高理论是西方早期的一种美学理论。其中"崇高"一词 sublime，据英国学者菲利普·肖（Philip Shaw）的考证，源于拉丁语 sublimis，其原始词义是"在高处，或提升到高处"，后来这个词义发生衍变，逐渐有了"高尚"、"宏伟"、"超群"等复杂涵义。② 而且，它作为西方美学中的一个术语，最早见于古罗马时代一本重要的美学论著《论崇高》（*Peri Hupsos*）。该书的作者，相传是公元 3 世纪一位信奉柏拉图哲学的罗马语艺学家，名叫卡休斯·朗吉纳斯（Cassius Longinus），但也有人相信是奥古斯都执政时期的一位希腊历史学家，名叫狄奥尼修斯·哈利卡纳苏斯（Dionysius of Halicarnassus）。不过，对于这两种说法，大多数西方学者均表示怀疑，认为真正的作者很可能是公元 1 世纪某个匿名的希腊语教师，为此，在提及《论崇高》的作者姓名时常常以"虚拟的朗吉纳斯"（pseudo-Longinus）相称。然而，无论《论崇高》的作者是谁，该书堪称一部里程碑式的美学论著。尽管"虚拟的朗吉纳斯"的目的是给当时的政治演说家或史诗作者提供语言创作技巧方面的指导，但此人突破了传统的语艺学分析框架，提出了一种超乎"劝说"（persuasion）的崇高概念，从而将西方古代美学理论的研究范畴从语言层面的客观分析推向超验主义的心理探索。这里的"崇高"涵义，早已不限于"在高处，或提升到高处"。一座高山、一座教堂可以

---

① David B Morris. "Gothic Sublimity", in *Gothic: Critical Concepts in Literary and Cultural Studies*, edited by Fred Botting and Dale Townshend, Vol. II. Routledge, London and New York, 2004, p. 51.

② Philip Shaw. *The Sublime*. Routledge, London and New York, p. 1.

是"崇高"(自然的),但一种不寻常的人生经验、一种难忘的表达方式,同样是"崇高"(艺术的),后者主要表现为语言的叙述以及语言如何"感动"听众或读者,致使他们进入"已被美化的、狂喜的"状态。在"虚拟的朗吉纳斯"看来,"当艺术显得自然时是完美的,而当自然被看不见的艺术力量劝说时又是最有效果的";鉴于艺术与自然的这种密切关系是上帝授予的,这意味着对于听众或读者,"崇高将他们提升到接近伟大神灵的境界"。①

尽管早在公元 1652 年,《论崇高》的拉丁文本即被约翰·霍尔(John Hall)译成英语,而且在这之后,德普罗·布瓦洛(Despréaux Boileau)的法文注释本又在英国知识界造成了一定的影响,但直至 18 世纪 40 年代中期,随着威廉·史密斯(William Smith)的新版英译本在英国广泛流行,《论崇高》中的"崇高"概念才为英国读者所普遍接受,成为一个固定的美学批评术语。个中原因不难理解。在一个国内政治持续发生动荡、共和势力不断高涨、君王统治接连受到冲击的年代里,人们需要一种新的审美理论来思考"君授神权"的正当性。也由此,这个时期英国学术界掀起了研究崇高理论的热潮,并产生了一批"本土化"的崇高理论家,其中影响较大的有托马斯·伯内特(Thomas Burnet,1635 - 1715)、约翰·丹尼斯(John Dennis,1657 - 1734)、约瑟夫·艾迪生、安东尼·库珀(Anthony Cooper,1671 - 1713)、约翰·贝利(John Baillie),等等。相比之下,托马斯·伯内特等人的"本土化"的崇高理论已经有了很大的变化。他们关注的重点,不再是"作为语言技巧"的"宏伟和高尚",而是"作为人类经验"的"崇高本质"。为此,他们把"虚拟的朗吉纳斯"的学说同当时的宗教学、心理学以及自然科学挂起钩来。一方面,强调神灵的威严和力量,想象审判日来临时上帝将以"不可言喻的荣耀恐吓自己的仇敌",并"令群山向他们进攻";② 另一方面,又强调天地万物的浩瀚和壮观,大自然"只有规律、秩序与和谐","宇宙各个部位的比例、位置和相互依存可谓美轮美奂","没有什么是不合乎规范的";③ 与此同时,他们还强调想象的快乐和欣喜,因为"我们的想象喜爱被某个物体充满,抓住任何过大而无法储存的东西。我们被一下子抛进看见如此无边无垠的事物的惊喜中,感受欣赏时心灵

① Cassius Longinus. *Longinus on Sublimity*, translated by D. A. Russell. Clarendon, Oxford, 1965, pp. 46, 69.

② Thomas Bernet. *The Sacred Theory of the Earth*, edited by Basil Wiley. Centaur Press, London, 1965, p. 302.

③ Marjorie Hope Nicolson. *Mountain Gloom and Mountain Glory: The Development of the Aesthetics of the Infinite*. Cornell University Press, Ithaca, New York, 1959, p. 280.

第二编 范式论

的兴奋窒息和惊愕"。①

　　1757年,埃德蒙·伯克出版了《我们的崇高和美丽的意识的哲学探源》。该书无论是论证的规模还是所涉及的范围,以及受关注的程度,均远远超过了之前的崇高理论著作。同"虚拟的朗吉纳斯"、托马斯·伯内特等人一样,埃德蒙·伯克把"崇高"看成是一种人类的经验,但是这种经验并非任何有关"高尚文体风格"的"客观"、"理智"、"道德"的"提升",而是"我们身体"的自然"反应",因为任何情感"仅产生于我们身体的机械结构,或者说,产生于我们大脑的自然的框架和构造"。而一旦我们的"大脑充满了某个物体,以至于无法考虑其他任何物体,结果也无法考虑那个使用它的物体,便出现了崇高的巨大力量,但这种力量并非由那些物体产生,它先于我们的理性存在,不可抗拒地催促我们向前"。② 显然,在埃德蒙·伯克看来,崇高经验是一种强烈的感知、情感的激发的过程,在这个过程中,正在感知中的主体与具有不可抗拒的力量的客体发生了冲突,其后主体和客体之间的界限变得模糊,主体不由自主地消失在客体之中,从而导致了一种超验主义的,或者说,总体的想象产生。其中,主体和客体的差异消失是最重要的,这是崇高经验的精髓。而崇高经验的这种差异消失也实际上是我们生活中的真实世界的消失,譬如这个人与那个人的差异消失、这个地方与那个地方的差异消失、这个时代与那个时代的差异消失,等等,任何这种差异消失都意味着从现实生活进入了崇高经验。总之,崇高经验让人超越真实世界,游离于三维空间之外,暂时停留在人的普通生存方式无法支配的天地,既不能进行描述,又不能予以验证。与此同时,鉴于崇高经验是一种人类经验,是主体和客体之间的相互作用,因而属于主观性质,每每因人而异,各个不同。

　　埃德蒙·伯克如此描述这种经过重新定义的崇高经验的渊源:

　　"凡是适合于激发任何一类痛苦和危险的意识的东西,也就是说,凡是任何一类令人恐惧的东西,或对恐惧物的了解,或以恐惧相同的方式进行运作,都是崇高经验的来源。换句话说,崇高经验是思维能够感知的最强烈的情感的产物。我之所以说最强烈的情感,是因为我满足于这种说法,痛苦的意识要远远强于那些进入快乐部位的意识。毫无疑问,我们可能被迫承受的那些折磨,比起它们对身体和大脑产生的效果,比起最纵欲

---

① 　Joseph Addison. *Spectator* (Magazine) 412, Monday, 23 June 1712；1965；540.

② 　Edmund Burke. *A Philosophical Enquiry into the Origin of Our Ideas of the Sublime and Beautiful*, edited and introduced by J. T. Boulton. Routledge and Kegan Paul, London, 1958, pp. 44, 57.

的酒色之徒所体会的任何愉悦,比起最欢快的想象,以及最健全、最敏感的身体所激起的反应,要强烈得多。……然而,正如痛苦实际上要强于快乐一样,死亡也一般比痛苦更有影响力;因为几乎没有多少痛苦,无论多么强烈,能比死亡更让人接受;不仅如此,一般造就痛苦本身的东西,也许可以这样说,更加令人痛苦,因为它被认为是这种死神的一个使者。当危险或痛苦逼迫太近的时候,它们是不可能给予乐趣的,而且仅仅显得可怕;但相隔一定距离,有了一定的改变,它们是可以令人快乐的,正如我们日常经历的那样。"①

在这里,埃德蒙·伯克不但破天荒地指出恐怖是崇高经验之源,而且还基于恐怖的实际效果,创造性地提出了一种恐怖审美的悖论。任何激发我们产生关于痛苦、危险或死亡的恐怖意识都是崇高经验。然而,鉴于这里的恐怖意识只是来自我们的"思想王国",而不是来自我们的实际身体同那些恐怖意识所反映的事物的直接碰撞,痛苦、危险或死亡也可能给我们带来乐趣,条件是这些恐怖源不能"逼迫太近"。一旦"情况紧急"、"迫在眉睫",恐怖意识便是"实在的",并且往往触发"自我保护"的反应;而一旦"相隔甚远"或"纯属想象",恐怖意识便是"虚拟的",表现为"乐趣"。这就好比站在不同的地方观看火山爆发,离得太近的人无疑会体验到一种被火山岩浆吞没的恐怖,而离得较远的人也肯定会感觉到一种大自然如此壮观的愉悦。这也即是前面提到的主体和客体之间的界限消失、人的想象进入超验主义的状况。

值得注意的是,在该论著中,埃德蒙·伯克还首次讨论了作为"崇高"对立面的"美丽"的丰富内涵和审美表现。正如"崇高"能够在我们的大脑激发痛苦、危险、死亡等恐怖意识一样,"美丽"也能在我们的大脑产生同情、仿效、欲望等社会情感,而且这些情感往往与"男女两性之间的交往"有关,涉及男性对某个女性,或者女性对某个男性的特别喜爱。由此,"崇高"往往被描绘具有"男性气质"(masculine),涵盖了"隐晦"、"权势"、"无限"、"宏伟"等多个要素,并代表了"分裂势力",象征着"自私"和"专制";而"美丽"也往往被认为具有"女性气质"(feminine),包含了"小气"、"圆滑"、"多变"、"脆弱"等多个成分,并且代表了"和谐精神",象征着"通达"和"民主"。也由此,"崇高"常常被比拟成"父亲的权威",而"美丽"也常常被比拟成"母亲的纵容和溺爱"。而且,"美丽"未能"支持道德行为",

---

① Edmund Burke. *A Philosophical Enquiry into the Origin of Our Ideas of the Sublime and Beautiful*, edited and introduced by J. T. Boulton. Routledge and Kegan Paul, London, 1958, p. 39.

第二编 范式论

因为"伟大的美德主要表现为危险、受罚和困境,并非用来分配善行,而是阻止最严重的危害,因此不是可爱的,虽说很值得尊重。而从属它的美丽则表现为宽慰、喜悦和纵容,因此是比较可爱的,但尊严显得比较低下。"①

以上"伯克式崇高理论"对于哥特式小说的创作和欣赏具有根本的指导意义。毋庸置疑,埃德蒙·伯克论著中的恐怖就是哥特式小说家推崇的恐怖,而埃德蒙·伯克所论述的崇高经验也就是哥特式小说家推崇的崇高经验。既然崇高经验能把我们带往主体和客体的差异消失之后的超验主义愉悦,那么对于哥特式小说家来说,首要的就是描写这种差异消失,表现这种超验主义愉悦。尽管在《我们的崇高和美丽的意识的哲学探源》中,埃德蒙·伯克已经讨论了包括"隐晦"、"权势"、"无限"、"宏伟"在内的种种主体和客体之间差异消失的情况,但这一切都是抽象的,具体表现在哥特式小说中,那就是父权制结构的腐朽、邪恶及其所产生的种种暴力。几乎所有的哥特式小说都描写了父权制及其所产生的暴力,而由于这些暴力往往是针对女性的,因此可以说,哥特式小说在审美层面上是把女性作为崇高经验予以消除的主体和客体差异的象征来看待的。正如美国学者唐娜·海兰德(Donna Heiland)在《哥特式小说与性》(*The Gothic and Gender*,2004)一书中所指出的:"哥特式小说的故事总是道德侵犯的故事。这些作为哥特式小说核心的道德侵犯行为一般集中于对型塑国家政治生活和家庭生活的父权制结构的腐朽或反抗,而且在这种结构内,性的作用是受到特别关注的。此外,重要的是,这些行为往往表现为暴力,通常令人感到恐惧。因为哥特式小说最重视创造恐惧——代表人物的恐惧,读者的恐惧——所以它是通过崇高经验的审美或变种来达到这一目标的。"②

然而,崇高经验的审美是与"美丽"不可分割的,而消除"女性"也就是消除"美丽",因为在"伯克式崇高理论"中,"美丽"不仅与"崇高"对立,而且与"女性"相连。两者包含有许多不同的要素,体现了许多不同的象征,而且在所经历的人们身上也激起了不同的反应。"崇高"激起"恐惧"、"敬畏"、"羡慕",以及类似的相关情感,而"美丽"激起"爱欲"。"我们顺从我们所羡慕的东西,但喜爱顺从我们的东西"③,任何经历"崇高"的人都会感

① Edmund Burke. *A Philosophical Enquiry into the Origin of Our Ideas of the Sublime and Beautiful*, edited and introduced by J. T. Boulton. Routledge and Kegan Paul, London, 1958, p. 100.

② Donna Heiland. *Gothic and Gender: Introduction*. Blackwell Publishing, 2004, p. 5.

③ Edmund Burke. *A Philosophical Enquiry into the Origin of Our Ideas of the Sublime and Beautiful*, edited and introduced by J. T. Boulton. Routledge and Kegan Paul, London, 1958, p. 113.

觉到"崇高"的压制,而任何接受"美丽"的人都会觉察到"美丽"的许可。

美国学者弗朗西斯·弗格森(Frances Ferguson)提出了另外一种关于"崇高"与"美丽"之间关系的解读。在《孤独与崇高:浪漫主义和个性化审美》(*Solitude and the Sublime: Romanticism and the Aesthetics of Individuation*,1992)一书中,她指出:至少在埃德蒙·伯克的论著里,"崇高"还表现为对尚未觉察的、同时也是几乎不可能觉察的"美丽"的专制的一种必需的反叛。"崇高"以威胁、甚至死亡恐吓我们,将我们暴露在过度的、不可抗拒的状况之中,但这些我们至少还能够识别。而"美丽",凭借其妩媚的蒙骗,如同《圣经》中蛇诱惑夏娃一般赢得我们的支持,使我们变得像所接受的美丽事物一样软弱。因而接受"美丽"几乎是等于在它面前折服,其中蕴藏着它的危险权力。①

弗朗西斯·弗格森的上述解读主要基于如下埃德蒙·伯克关于"身体对美丽反应"的论断:

"据我观察,当我们面前出现自己十分喜爱和满足之类的物体时,身体是以下列方式受到影响的。头有点向一边倾斜;眼睑合闭程度强于往常,而且眼球随着倾向物体轻轻转动,嘴唇微微张开,呼吸趋于平缓,不时有低声叹息;整个身体平稳,双手慵懒地垂落两旁。所有这些都伴随着一种悄然的融合和爱怜的意识。"②

应该说,弗朗西斯·弗格森的这个解读是颇有说服力的。认识这一点,可以更好地看清哥特式小说所描写的男女性别涵义及其相互关系。正因为"崇高"一般与男性关联,而"美丽"明显与女性关联,所以断言"崇高"是对"美丽"的专制的一种必须的反抗也就是断言男性对女性权力的一种必须的反抗。尽管在理论上,哥特式小说完全可以让"崇高"彻底摧毁"美丽",以此作为"崇高"对"美丽"的反应,但在实际描写中,哥特式小说的恐怖场景(崇高)几乎总是与日常生活的平庸场景(美丽)交替出现的,因此人们有理由相信,"崇高"也时常恢复或制造"美丽"。这也即是说,哥特式小说的情节演绎是"崇高"和"美丽"之间的运动,是双方各自代表的男性权力和女性权力之间的运动。

下面以霍勒斯·沃波尔的《奥特兰托城堡》、索菲亚·李的《幽室》、

---

① Francis Ferguson. *Solitude and the Sublime: Romanticism and the Aesthetics of Individuation*. Routledge, New York, 1992, p. 51.

② Edmund Burke. *A Philosophical Enquiry into the Origin of Our Ideas of the Sublime and Beautiful*, edited and introduced by J. T. Boulton. Routledge and Kegan Paul, London, 1958, p. 149.

安·拉德克利夫的《尤道弗的神秘》、马修·刘易斯的《修道士》、夏洛特·戴克的《佐弗罗亚》、查尔斯·马图林的《漂泊者梅尔摩斯》等六部小说为案例,细述英国哥特式小说如何运用"伯克式崇高理论",暴露和抨击父权制的腐朽和残忍,演绎"崇高"和"美丽"之间的权力交锋。

二

关于父权制的定义,西方批评界有种种不同的解释,并且最古老的、也是最极端的解释当属公元 17 世纪英国哲学家罗伯特·菲尔默(Robert Filmer,1588－1653)的《君权论》(*Patriarcha*,1780)。在这部论著中,罗伯特·菲尔默把父权制看成是一种"神授"的国王统治臣民的权力。按照他的说法,父权制起源于《圣经》所描述的创世纪,亚当是第一个父权制统治者,他的权威兼有"父亲"和"国王"的双重色彩。而且,"不独是亚当,还有后来的家长,都凭借其父亲的身份,拥有统治自己子女的王者权威",或者说得更准确一些,他们"被认为或者将要被认为是这样的继承者,他们所继承的先辈既是整个民族的生身之父、又是最高司法权的执行人"。①

可以说,霍勒斯·沃波尔笔下的曼弗雷德就是这样一个古老的父权制统治者。他既是"狠毒"的父亲,又是"残忍"的君主,并试图运用一切"铁腕"手段来延续奥特兰托城堡的家族统治。矛盾的焦点集中在曼弗雷德统治的"非正当性"以及由此产生的种种暴力,尤其是针对女性的暴力。尽管曼弗雷德的权力来自先祖里卡多,但由于里卡多是通过毒害阿方索成为奥特兰托城堡的主人的,因此曼弗雷德的"继承"也就打上了"篡位"的烙印。而当事情的真相因西奥多的一句戏言有可能暴露时,曼弗雷德便毫不犹豫地打算以暴力行为进行阻止:

"在那些无端猜测的人当中,有一个邻村的年轻农民,他的话就是从那里传出来的,说那个神奇的头盔看起来同阿方索雕像上的头盔一模一样。阿方索是早先一个明君,其黑色大理石雕像现被尊奉在圣·尼古拉教堂。'你这个恶棍,胡说什么?'曼弗雷德大声嚷着,开始由精神恍惚转

---

① Robert Filmer. *Patriarcha and Other Writings*, edited by Johann P. Somerville. Cambridge University Press, Cambridge, 1991, pp. 6－10.

向暴跳如雷,并一把抓住那个年轻农民的衣领。'你胆敢散布这样的不忠之言?因为这样,你要付出生命的代价。'"①

与此同时,曼弗雷德也加快了培养男性继承人的战略步伐。鉴于他的独生儿子康拉德已在婚礼上猝死,而妻子希波莉塔又无法继续挑起生育儿子的重任,他遂把目光盯上了美丽的伊莎贝拉,欲将这个"儿媳"变为"第二任妻子"。为此,他开始了一系列的扫除障碍的行动,甚至在试图杀害西奥多时,也打算除掉妻子希波莉塔,为迎娶有可能生养男性继承人的伊莎贝拉让路。然而,曼弗雷德的如意算盘还是落空了,因为他向伊莎贝拉求婚时,遭到了断然拒绝。于是,读者看到了《奥特兰托城堡》中最惊心动魄的一幕:一个女人沿着弯弯曲曲的城堡地道脱逃,曼弗雷德一路追赶到了圣·尼古拉教堂;仓皇中,曼弗雷德拔出匕首刺向这个据信是伊莎贝拉的女人,但不料,倒在血泊中的竟是他的亲生女儿玛蒂尔达。

曼弗雷德需要女人"传宗接代",却不想给她们任何权力,这不啻要创造"又要马儿跑,又要马儿不吃草"的奇迹。经过误杀玛蒂尔达等一连串的打击,曼弗雷德终于明白了"消除女人"、建立"没有女性的父权制"的不可能性。然而,让曼弗雷德的希望最后落空的却是阿方索,这个幽灵从小说一开始就以神奇的超自然力量来阻止曼弗雷德的任何延续家族统治的努力,哪怕曼弗雷德不愿意予以正视。随着曼弗雷德四周的城墙轰然倒塌,"废墟中央显现出阿方索的逐步扩展的巨大身影"②,这次阿方索的显灵是为了述说他的先祖死亡的真相,以及宣称西奥多是他的合法继承人。至此,在奥特兰托城堡的古老父权制社会结构中,以曼弗雷德为代表的腐朽势力得以根除,"正义"取代了"强权"和"邪恶"。

如果说,霍勒斯·沃波尔的《奥特兰托城堡》是通过一系列植根于古老父权制社会结构中的"腐朽势力"以及带有超自然恐怖色彩的"鬼魂",让读者体验"伯克式崇高经验",那么,索菲亚·李的《幽室》则是在古老父权制社会结构的框架下,通过两个女王对"家长"地位的争斗,以及最终彼此不同的命运,再现"伯克式崇高场景"。整个小说基于一个虚拟的历史事实:玛丽·斯图亚特被伊丽莎白软禁期间,曾经秘密接纳诺福克公爵为夫,并生下了一对双胞胎姐妹。小说中,这一虚拟历史事实的叙述者有多人,其中玛丽·斯图亚特的叙述者是马洛夫人。从她那里,读者获知这位苏格兰女王"被自己的隶臣作为自己谋害丈夫的帮凶

---

① E. F. Bleiler, ed. *Three Gothic Novels*. Dover Publications, Inc., New York, 1966, p. 30.

② Ibid, p. 104.

而遭到监禁",她好不容易从监狱逃脱,到伊丽莎白女王这里寻求庇护,结果发现"情况更糟,还不如当时留在国内"。① 后来,她接受了诺福克公爵的求爱。此人起初是贪图她的地位,但后来似乎对她动了真情。然而,事实证明,这场秘密结合其实"是个错误,加剧了各种折磨,给这一遥遥无期的囚禁增添了新的痛苦",所有这些"不幸"都"源于爱情"。② 由于玛丽·斯图亚特被怀疑卷入了谋害伊丽莎白的阴谋,伊丽莎白判处她极刑。而玛丽·斯图亚特的两个双胞胎女儿——玛蒂尔达和埃莉诺——也亡命天涯,历尽磨难。

尽管在政治斗争中,伊丽莎白女王是个胜利者,但她的个人情感却是身不由己,十分尴尬。她的第一个叙述者马洛夫人,述说玛丽·斯图亚特女王和纳诺福克公爵的事情败露后,伊丽莎白女王出于对政权的担忧,下令将纳诺福克公爵斩首、玛丽·斯图亚特则遭到监禁。而第二个叙述者——伊丽莎白的宠臣莱斯特伯爵——则以同情的话语,为这位英格兰女王迫害玛丽·斯图亚特作了辩解。他不否认伊丽莎白女王对权力的嗜好,但强调那是迫于当时的政治形势,并且她本人也曾受过先王玛丽·都铎的迫害,屈从过德文郡伯爵的无耻纠缠。正如莱斯特伯爵所痛苦回忆的:

"虽然在所有的男人当中,她选中了我,但她不可能同我结婚,使我幸福,同时也使她幸福;她恨不能屈从内心的软弱,把睿智的声誉永远扫地出门,这种睿智,在她单独的时候,总是教她如何对付其他权势者,或是满怀希望,或是充满恐惧;如此一种屈尊,总的来说,可谓太有理智,不会对她产生丝毫影响。"③

后来,伊丽莎白改变主意,声称要与莱斯特伯爵结婚,并解释说,因为"此时,我没有潜在的敌人可担忧,我可以放纵自己,为你的情感加冕",言下之意是她的政治地位已经稳固,终于能够按照自己的情感,自由自在地行动。但不久,这个情况又改变了,"我发现了一个解救玛丽的阴谋,应该分出一部分精力,斩断她的希望,以及她的同党的希望,这绝对有必要"。④ 对于伊丽莎白女王,政治不仅先于个人情感,而且包含个人情感。然而,她万万没有想到的是,这个莱斯特伯爵居然与纳诺福克公爵有染,并且秘

① Sophia Lee. *The Recess; or, A Tale of Other Times*, edited by April Alliston. University Press of Kentucky, Lexington, 2000, pp. 24 – 25.

② Ibid, p. 28.

③ Ibid, p. 52.

④ Ibid, p. 94.

密接纳了玛蒂尔达为妻,从而使伊丽莎白女王同玛丽·斯图亚特女王的争斗从政治领域扩展到了男女情场。

显然,在索菲亚·李的笔下,两个女王都是"多愁善感"的产物,都是名副其实的哥特式女主人公。尽管她们在古老的父权制社会结构中分别扮演了不同的角色——一个顺应父权制的要求,起着传统女性的作用,另一个利用自己手中的权力,操纵父权制——而且彼此所获得的最终结果也不同——一个沦为阶下囚,被判处极刑,另一个位高权重,被万民拥戴——但是均无法驾驭自身的情感,决定自身的命运,因而都是古老父权制结构中的受害者。也即是说,在父权制社会结构中,女性永远处在"弱势",是被男性强势"摧毁"的对象,哪怕身份多么特殊,与众不同。

比起霍勒斯·沃波尔的《奥特兰托城堡》和索菲亚·李的《幽室》,安·拉德克利夫《尤道弗的神秘》的"伯克式审美"更受到评论家的关注。这不仅因为在这部作品中,安·拉德克利夫通过女主人公埃米莉的心理感受,直接展示了大自然的"崇高"乐趣,还因为她借助与埃米莉有关的许多非自然的"崇高"场景,进一步探索了女性在父权制社会结构中的地位和作用,从而使整个作品显得更有深度,更有魅力。像《森林传奇》、《意大利人》等小说里的女主人公一样,《尤道弗的神秘》的女主人公埃米莉所感受的大自然的"崇高"乐趣,大部分是她置身的"壮观的景色",尤其是尤道弗蛰居的"崇山峻岭"所激发的。而非自然的"崇高"场景,则大部分来自蒙托尼,仅仅这个名字就"清楚地显示了他的一般的情节作用,即要扮演拆散一对恋人的令人生畏的父亲角色,正如阿尔卑斯山脉在埃米莉心中所激起的想象一样"。[①] 当然,导致这种非自然的"崇高"场景的还有蒙托尼的心腹党羽、尤道弗城堡本身,以及该城堡的前主人劳伦蒂妮。尤其是这个劳伦蒂妮,与埃米莉的非自然的"崇高"感受紧密相连,因而在安·拉德克利夫进一步揭示女性在古老的父权制社会结构中的地位和作用方面,起着不可或缺的作用,不能不引起注意。

埃米莉是通过女仆安妮特之口获知劳伦蒂妮其人的。这时,劳伦蒂妮已经神秘地失踪。而劳伦蒂妮的失踪直接导致了蒙托尼继承尤道弗城堡,所以埃米莉难免会做出这种猜测:即蒙托尼是为了谋取财产而杀害了劳伦蒂妮,尤其是蒙托尼确实出于这种目的监禁她和切伦夫人的时候。另一方面,安妮特叙述劳伦蒂妮失踪时曾经提到,"有人黑夜看见劳伦蒂妮的幽灵在树林里及城堡周围游荡"。尽管埃米莉嗤之以鼻,但同时也在

---

① Maggie Kilgour. *The Rise of the Gothic Novel*. Routledge, London and New York, 1995, pp. 118 – 119.

第二编 范式论

心里蒙上了一层可怕的阴影。正是怀着这样的两种心境,她想起自己曾经在尤道弗的一个房间看见一幅"由黑丝绸幔巾遮盖"的图画。而据安妮特说,这幅图画"有着极其可怕的东西"。于是她进一步推定此画"关系到城堡的已故女士","决心去察看一番",由此有了后来她掀开黑幔、看见一具腐尸而突然晕厥的场景。① 当然,在后来,读者被告知,那其实不是真的腐尸,而是劳伦蒂尼为了深深忏悔而做的一具腐尸蜡像。因为这时,劳伦蒂尼已经在小说中现身,她不但活着,而且还是埃米莉的另一位姑母。鉴于劳伦蒂尼引诱了德维拉罗伊侯爵,并设计谋害了他的妻子,"她被置于无穷无尽的悔恨的恐惧之中。这种悔恨,若不是德维拉罗伊侯爵后来良心发现而将她遗弃,"会厮守她曾经允诺同侯爵一起度过的终身"。② 就这样,劳伦蒂尼藐视自己在父权制社会结构中所起的作用,从一个父权制社会结构的破坏者,变为自己罪孽的牺牲品,从而在修道院度过余生,终日自我折磨,活在以前的影子里。她成了一个夜间出没的幽灵,以"不寻常动听"的乐曲骚扰修道院四周。起初,人们不知道这是什么乐曲,只是到小说结束时才知道,它是一种死亡的象征。此等悲惨的"崇高"经历也无疑是一种警示:女性放纵自己的情感,挑战父权制的代价是巨大的;它并非甜美的浪漫,而是可怕的陷阱。

而埃米莉,尽管像劳伦蒂尼一样拥有殷实的财产,但从小受父亲的教诲,完全有能力控制自己情感。几乎从一开始,父亲就告诫她要避免"极难控制的多愁善感",这种情感"如果在某种程度上不能加以掌控,就会成为自我感觉的牺牲品"。③ 正是凭借这种来自父亲的自控力,埃米莉成功地逃脱了蒙托尼所设置的一个又一个恐怖陷阱,不但守住了父亲的遗产,而且与恋人喜结连理。到最后,她放弃了对劳伦蒂尼财产的继承权,变卖了从切伦夫人那里继承的庄园,赎回了父亲早年因经济拮据而典押的埃普尔维尔宅院,并以父亲的拉瓦列庄园作为自己的永久居住地。她的有惊无险的"崇高经历"说明,作为父权制社会结构中弱势一方的女性,不能像劳伦蒂尼那样蔑视自己在这种社会结构中所起的作用,唯有认同这种社会作用,以自己的理性去维护而不是破坏这种社会结构赖以生存的父系基础,才能战胜那些图谋不轨的男性,摆脱他们所带来的哥特式梦魇。

---

① Ann Radcliffe. *The Mysteries of Udolpho*, edited by Bonamy Dobree. Oxford University Press, New York, 1992, pp. 248 – 249.

② Ibid, p. 659.

③ Ibid, p. 80.

三

马修·刘易斯的《修道士》是在安·拉德克利夫的《尤道弗的神秘》出版两年之后问世的。尽管在创作方法上，《修道士》体现了有别于《尤道弗的神秘》的一系列创新，然而，其审美情趣，依旧是"伯克式"的，甚至在某种程度上，因作者追求直裸裸的"本体恐怖"而显得更加浓厚。整个小说以"伯克式崇高理论"为审美框架，通过一个由十分腐朽、灭绝人性的天主教会掌控的古老父权制社会，展示了一个个"崇高"影响、消除"美丽"的暴力场景。

故事主线是安布罗西奥的堕落，并辅有两条副线，分别为阿格尼丝的偷情、怀孕、生子和安东尼娅的被奸杀，其中玛蒂尔达是三条线索相互交织的重要媒介。小说一开始，玛蒂尔达是作为"美丽"人物出现的。她伪装成温文尔雅的见习修道士罗萨里奥，虽然"头被连帽斗篷裹得严严实实"，但"无意中还是露出了一些面容，显得十分俊秀和高贵"。① 不过，这时候她在安布罗西奥身上激起的情感还是比较纯正的。但后来，在朦胧的月色下，她公开了自己的女性身份，并表露了对安布罗西奥的爱恋，还威胁说，如果不让她继续留在修道院就死在他的面前。接着，她乘机用短剑划破了胸前的衣服，露出了诱人的乳房。安布罗西奥顿时被情欲征服了，遂将她留在修道院，与其通奸。从这时起，玛蒂尔达的身份不再是见习修道士罗萨里奥，而是魔鬼代理人。也从这时起，玛蒂尔达由象征女性的"美丽"转化成了象征男性的"崇高"，并且举止、言谈无不打上了男性的"崇高"的印记：

"然而几天过去了。之前她展示了女性最柔和、最温存的一面，对他百依百顺，视他如同一个超人。如今她的举止和言行却呈现出一种勇敢和刚毅，不过还没到令他不悦的地步。她说话不再用暗示，而是直接命令；而他也发现自己无法与她论争，只能不情愿地坦承她的判断更有道理。每时每刻，他都深信她具有惊人的思维能力。"②

小说最后，嘲讽性地出现了开篇时的情景：玛蒂尔达首次身穿女人的

① Matthew G. Lewis. *The Monk*, with an Introduction by John Berryman. Grove Press, New York, 1959, p. 66.

② Ibid, p. 233.

服饰,显得"既雅致又华贵"。她的外表如同当初"女扮男装"时一样美丽,但"言语中一种骄横的威严"再次激起安布罗西奥的"敬畏"。① 而且不久,她的身体又开始变化,变得既不像男性,也不像女性,而只能将其归属恶魔世界。玛蒂尔达与撒旦的联盟表明了她的权力的不可接受性,然而马修·刘易斯在塑造这个人物时所赋予的活力,以及让她在烈火的荣耀中腾空离去,也给予她一种颠覆性肯定,即在"崇高"层面上,她是一个非凡的超人,建构了自己意欲建构的世界。

与之相反,阿格尼丝和安东尼娅却未能建构自己意欲建构的世界。她们所遭受的"非人化"形式的暴力,构成了《修道士》中最惊心动魄的"崇高"篇章。阿格尼丝是在小说中途进入读者视线的。其时,雷蒙德对她一见钟情,而她也抑制不住心中的欲念,主动予以回应,因此埋下祸根。起初,她被误认为是"作祟"的"流血修女"而遭到追击,由此被迫进了圣·克莱尔女修道院。在那里,她与前来寻找她的下落的雷蒙德相遇,并与他偷情怀孕。鉴于她的怀孕对女修道院的声誉造成了严重损害,她受到了严厉的惩罚。女修道院长先是放出风声,说阿格尼丝已经病死,然后将她关押进暗无天日的地牢。当她的兄弟洛伦佐费尽心机,找到她时,她已奄奄一息,胸前还紧紧抱着一具腐烂的婴儿尸体:

"只见稻草铺上躺着一个人,模样显得那样可怜,那样瘦弱,那样苍白,以至于他怀疑自己是否将其错看成一个女人。她的身体近乎全裸,长发蓬乱地散落在脸庞,几乎遮挡了整个面目。一只枯瘦的手臂无力地搁在一块破围毯上,围毯下面是抽搐、颤栗的肢体。另一只手则抓着一个婴儿包,并将其紧紧偎在胸前。不远处放着一大串念珠;对面是一幅身负十字架的耶稣受难像,她正用凹陷的眼睛出神地盯看。身旁立着一只竹篮和一个小水罐。"②

如果说,女修道院长残害阿格尼丝是因为她对古老的父权制社会结构造成了严重威胁,那么,安布罗西奥奸杀安东尼娅,则纯粹是为了满足自己的淫欲。当然,这一切是在玛蒂尔达的帮助下进行的。安布罗西奥先是残忍地杀死了安东尼娅的母亲,然后给安东尼娅服安眠药,造成她已经"死去"的假象。接下来,他把沉睡三天的安东尼娅搬到圣·克莱尔女修道院的地窖,等候她苏醒。之后,在一阵激烈的反抗声中,安布罗西奥强奸和杀害了安东尼娅。他刚犯下这种罪孽时,还只是显得"厌恨、狂

---

① Matthew G. Lewis. *The Monk*, with an Introduction by John Berryman. Grove Press, New York, 1959, p. 407.

② Ibid, p. 355.

怒"，但不久即感到安东尼娅的躯体"既令他着迷又令他恶心"，而且"无法解释这两种情绪同时出现的原因"。[①] 值得注意的是，这种"反感"的情绪他以前也曾出现过，那是他疲于同魔鬼玛蒂尔达性交，以及杀害安东尼娅的母亲的时候。对于安布罗西奥，女人之所以有价值，是因为他能够占有，而占有不可避免地导致凶杀，从而造成极其可怕的"非人"状况。被奸杀后的安东尼娅正是处于这样一种状况。面对安布罗西奥的强暴，她进行了殊死反抗，即便在被强奸之后还不顾一切地向他冲去，直至他用刀戳入她的心脏。

一般认为，夏洛特·戴克的《佐弗罗亚》是模拟《修道士》的成功之作。该书不但创作手法与《修道士》相似，而且在审美层面上，也是以"伯克式崇高理论"为框架，通过"安布罗西奥式"的人物描写，展示了一个个"崇高"影响、消除"美丽"的暴力场景。所不同的是，这里的"安布罗西奥"并非是任何导致痛苦、危险或死亡的男性，而是一个名叫维多利亚的堕落的女性，而导致她堕落的魔鬼"玛蒂尔达"，此时也有了一个男性化身——摩尔人佐弗罗亚。

同《修道士》中的安布罗西奥一样，维多利亚的堕落绝非偶然。她的母亲劳丽娜是个放纵情欲的女人，由于受到阿多尔夫伯爵的引诱，遗弃了自己的家庭，结果丈夫死于同阿多尔夫的决斗，儿子莱昂纳多蒙羞离家出走，女儿维多利亚被限制自由，被警告只能与年迈的姑母一起生活，而劳丽娜本人，也失去了昔时娇妻的荣耀，不但完全屈从阿多尔夫的淫威，还在肉体上备受折磨。然而，劳丽娜挑战父权制的失败还在于：她的肆意放纵情欲已经对子女造成了负面影响，不但莱昂纳多自暴自弃，沦为"妖女"梅加勒娜的帮凶，而且维多利亚也从一个玩弄男性的高手变成了一个夺人所爱的杀人犯。

几乎从一开始，维多利亚就被描绘成"像天使一般美丽和聪明"，但与此同时，又显得"骄慢、高傲、自负——给人一种犷悍、炽热、不可抗拒的感觉，并且总是摆出许多不屑一顾、不屑一谈的姿态"，这些个性"本质上更容易学坏，而不是学好"，连她的生身父亲也担心她本性邪恶，"心术不正"。[②] 因此，她一脱离阿多尔夫和姑母的羁绊，回到了威尼斯，就迫不及待地物色和捕获"男性"，并轻易地将梅加勒娜的恋人贝伦泽蒙骗到手。

---

① Matthew G. Lewis. *The Monk*, with an Introduction by John Berryman. Grove Press, New York, 1959, p. 371.

② Charlotte Dacre. *Zofloya; or, The Moor: A Romance of the Fifteenth Century*, edited by Ariana Craciun. Broadview Press, Peterborough, Ontario, pp. 40, 49, 59.

她精心设计的爱情骗局,让初涉人世的贝伦泽激动得热泪盈眶,并由衷地说出"你是我的——是的,我现在知道你是我的"。① 这个表白重复了《修道士》中玛蒂尔达对安布罗西奥的誓言,再现了"流血修女"和雷蒙德的悄悄话,从而预示着他与维多利亚的结合即将为他带来凶险。就这样,维多利亚先是成为贝伦泽的情人,继而成为贝伦泽的妻子,最后成为贝伦泽的谋杀者。当然,这一切离不开魔鬼的帮助,正是那个摩尔人佐弗罗亚,教给她谋杀亲夫的本领,引领她走上一个又一个犯罪道路。

维多利亚与佐弗罗亚的联盟始于她勾引亨里克斯的情欲受挫。其时,贝伦泽的妹妹莉拉偕同未婚夫亨里克斯前来探望哥嫂。但她一见亨里克斯便产生了强烈的占有欲,为此,使出浑身解数,百般挑逗。然而,深爱着莉拉的亨里克斯却始终坐怀不乱。面对如此窘境,维多利亚颇感苦恼。正当此时,佐弗罗亚主动提供帮助,在维多利亚的梦境制造了一个贝伦泽死亡之后她如愿嫁给亨里克斯的情景。然而,梦境中的满足不等于事实上的满足。之后,维多利亚从佐弗罗亚手中接过了毒害贝伦泽的药丸,并小试牛刀,毒死了贝伦泽的一个年迈的亲戚。接着,她迫不及待地让贝伦泽服毒丧命。经过这两次谋杀事件,维多利亚将自己同佐弗罗亚紧紧地捆绑在一起。起初,佐弗罗亚宣称自己是维多利亚的"希望的奴隶、卑微的工具",但不久即表示两人是"心心相印",甚至"不分彼此"。② 由此,像《修道士》中的罗萨里奥变为玛蒂尔达一样,维多利亚也已经进行了"崇高"升华,她已不再是原来的"美丽"的维多利亚,不再代表"美丽",而是象征着"崇高"。

然而,贝伦泽的死亡并没有带来预期中的变化:亨里克斯依然爱着莉拉,而没有投向维多利亚的怀抱。情急之中,维多利亚将所有的怨恨移向莉拉。在佐弗罗亚的帮助下,维多利亚绑架了莉拉,并将她关押在暗无天日的洞穴,由此再现了《修道士》中阿格尼丝备受折磨的场景。在亨里克斯依旧对维多利亚无动于衷的情况下,佐弗罗亚进一步施展魔法,让维多利亚变成了莉拉的模样。尽管凭借伪装,维多利亚赢得了亨里克斯一个晚上的情爱,但事情真相披露后亨里克斯的自尽致使维多利亚丧心病狂地折磨莉拉。最后,她残忍地连刺莉拉数刀,将这个情敌推下了万丈深渊。

维多利亚的最后日子是在暗无天日的洞穴中度过的。在那里,她目

---

① Charlotte Dacre. *Zofloya; or, The Moor: A Romance of the Fifteenth Century*, edited by Ariana Craciun. Broadview Press, Peterborough, Ontario, p. 97.

② Ibid, pp. 168, 183.

睹了自己的兄弟莱昂纳多如何当了匪首,成为她当年争夺贝伦泽的情敌梅加勒娜的复仇工具;也目睹了她的母亲劳丽娜如何在饱受阿尔多夫伯爵的精神和肉体折磨之后,十分凄惨地死去。当然,在屈从兄弟莱昂纳多和屈从帮凶佐弗罗亚之间,她选择了后者。于是,读者看到了《修道士》结尾时相似的一幕:维多利亚"欣喜若狂"地"坦承佐弗罗亚是一种至高无上的秩序的存在",并且像安布罗西奥那样,任凭这个魔鬼操纵自己,将自己推进深渊,"淹没在下方泡沫翻滚的水域中"。①

如前所述,查尔斯·马图林的《漂泊者梅尔摩斯》是后期英国哥特式小说的代表作。该书以浩繁杂陈的篇幅,故事套故事的结构,以及时空穿梭的视角,挖掘了反罗马和反犹太主义的重要主题。然而,在审美层面上,该书也堪称运用"伯克式崇高理论"的典范,尤其是在该书的第二部分,查尔斯·马图林通过阿隆佐叙述的故事中所穿插的伊梅利和梅尔摩斯的婚恋故事,展示了"美丽"削弱"崇高",甚至与"崇高"融合的情景。

伊梅利是通过一系列的间接的故事传说进入读者视线的。从这些故事传说中,读者获知她出生在西班牙,幼时即不幸与父母分离,后在印度一个岛屿存活,被当地居民当作新的白肤色女神来顶礼膜拜。鉴于她的有别于前任女神——黑肤色女神西娃——的"仁慈",她赢得了敬拜者的尊重。而且后来,她对两个亵渎圣坛的情侣所显示的震慑力,也为她建立了永久的"圣洁"的声誉。当时,伊梅利刚一现身,"男方"即把"自己的脸面埋到地上,半天不敢噤声",而"女方"也呈"恐吓状,身子直哆嗦"。② 显然,伊梅利有种令人生畏的"崇高"力量,但是这种"崇高"力量并非像之前任何一部哥特式小说所展示的那样,源于人为的、非人为的痛苦、危险或死亡,而是出于她的端庄举止和惊人的美丽:

"那是一个从未见过的女人模样,皮肤极其白嫩(至少在他们的眼中是这样,因为孟加拉群岛的居民都是暗红色皮肤)。身上的披风(也是他们心目中的)仅用鲜花织成,其绚丽夺目的色彩,古怪离奇的编排,以及错落有致的孔雀羽毛镶嵌,组成了一种羽毛扇状的原始服饰,事实上,这种服饰正是'海岛女神'的外表特征。她的长发飘落至双脚,其淡褐色的色彩也是他们以前从未见过的,而且极为醒目地插着披风上同样的鲜花和

① Charlotte Dacre. *Zofloya; or, The Moor: A Romance of the Fifteenth Century*, edited by Ariana Craciun. Broadview Press, Peterborough, Ontario, pp. 227, 254.

② Charles Maturin. *Melmoth the Wanderer*, edited by Douglas Grant. Oxford University Press, Oxford, 2008, p. 378.

羽毛。头上戴着花冠，那是由紫色和绿色的水晶、翡翠以及印度洋中色泽非凡的贝壳编成的。裸露的白皙臂膀栖息着一只交喙鸟，脖颈则套着一圈珍珠般的交喙鸟蛋。这些鸟蛋是如此皎洁、晶亮，想必欧洲最富有的女王都会用自己昂贵的珍珠项链来交换。两手和双脚均裸露，步履如女神般敏捷、轻盈，从而在对她的非同寻常的肤色和发色着迷的印度人心中激起了同样的想象。"①

　　如果说，伊梅利以自己的美丽在印度人心中激起了"威严和敬畏"，那么，她回到西班牙、与家人团聚之后，则以自己的岛上经历，让家人产生了"外邦恐惧"——恐惧外邦的土地，恐惧外邦的宗教，恐惧外邦的居民，尤其是恐惧漂泊者梅尔摩斯。对于她幸存的印度海岛，她的母亲的描绘是"异教徒之乡，撒旦的领地"。而当她的兄弟期待看见她的婚姻幸福时，她的家庭神父的回答是，"我们许多高尚的天主教人士宁愿看见那些被驱逐的摩尔人和被排斥的犹太人的黑色血液流在他们自身后代的血管中"。②当然，伊梅利本人并没有这些偏见。她无时无刻不回忆岛上的一切，给自己乏味的西班牙经历增添色彩。尽管在白天，她必须屈从家人，屈从他们的生活方式和宗教理念，但到了晚上，睡梦将她带回了自己被迫离开的"美丽、幸福的海岸"。她告诉梅尔摩斯，"我现在过的生活是，睡梦已经变成现实，而现实似乎像一个个梦"。③ 正因为她把梅尔摩斯与那个海岛画等号，所以深爱着这个漂泊者。

　　就这样，伊梅利和梅尔摩斯，一个与神灵结盟，另一个与魔鬼为伍，而且均生活在社会的边缘，代表着无法超越的善与恶的两个极端，但是却通过印度的一个海岛的媒介，走到了一起。当伊梅利决定嫁给梅尔摩斯的时候——那是在深夜，在一个荒废的教堂里，主持婚礼的祭师后来发现是一个亡灵——读者以为她已经把自己完全交托给魔鬼势力。然而，事实证明并非如此。她其实是对梅尔摩斯的魔鬼本质不理解，因而一直期待劝说梅尔摩斯皈依自己的天主教信仰，而她越是这样做，就越是陷在魔鬼和神灵的冲突中不能自拔。即便她与梅尔摩斯的婚姻暴露，产下一个死婴，由此被送上宗教审判法庭，并拒绝了梅尔摩斯的主动救助，这时她仍然对劝说他皈依自己的宗教信仰没有放弃。后来，她香消玉殒之际，家庭

---

① Charles Maturin. *Melmoth the Wanderer*, edited by Douglas Grant. Oxford University Press, Oxford, 2008, pp. 278 – 279.

② Ibid, pp. 332, 337.

③ Ibid, p. 345.

神父为她祷告,希望她的灵魂能上天堂,她还在问:"他会在那个地方吗?"[1]

伊梅利游离于自然和超自然世界之间的非常举止令人想起马修·刘易斯笔下的玛蒂尔达或是夏洛特·戴克笔下的维多利亚。尽管在小说开始时,查尔斯·马图林力图把伊梅利描绘成"美丽崇高"的化身,让这个人物在读者心目中显示出前所未有的震撼力,但最终,她还是同玛蒂尔达、维多利亚一样,被当成古老父权制社会结构的一个威慑者,人人欲除之而后快。虽然伊梅利受到外邦人的崇拜,但却被国人所畏惧,所残害,在自己的国土上没有容身之地,因为她就像玛蒂尔达,就像维多利亚,对他们赖以生存的社会结构造成了严重破坏。

---

[1] Charles Maturin. *Melmoth the Wanderer*, edited by Douglas Grant. Oxford University Press, Oxford, 2008, p. 533.

第二章

男性规范、酷儿身份和同性恋欲望

——英国哥特式小说的性别策略

  如同哥特式小说的审美和接受,哥特式小说的叙事策略也是一个传统的话题。而且这个话题一开始就和女性主义思潮融合在一起,成为女性主义文学批评的一个亮点。许多女性主义的批评家认为,安·拉德克利夫及其女性追随者所创作的"女性哥特"并非仅仅代表哥特式小说的一个派别,而是构成了整个哥特式小说创作的主体,体现了该类型的最显著特征。在"女性哥特"中,女性人物是受害的主要对象,而具有犯罪倾向的男性则构成了她的最大的威胁;女性主人公被监禁和脱逃的过程描述,象征着她认识、挑战古老父权制社会结构的艰难历程,同时也意味着寻觅缺失母亲的痛苦经历。[①] 女性主义批评家这种基于女性作者个人经历和心理感受的分析,将人们对于哥特式小说的注意力,从之前的一般"心理"特征转向具体的"性别"文化内涵,从而极大地拓宽了哥特式小说的研究空间,但与此同时,也提出了一个男性性别的叙事策略问题。既然女性作者的个人经历和心理感受

---

① David Punter and Glennis Byron. *The Gothic*. Blackwell Publishing, 2004, p. 279.

决定着作品女主人公所遭受的异常的"性侵害",那么在男性作者创作的"男性哥特"中,是否也会因为作者本人独特的酷儿身份及其心理压力,表现出异常的"同性恋欲望"(homoerotic desire)?

要正确回答这个问题,有三个前提是需要弄清的。其一,在 18 世纪和 19 世纪初,英国存在何种男性规范(manly ideal)。其二,相比这种男性规范,"男性哥特"的作者体现了何种男性身份缺失,或者说,具有何种"酷儿"(queer)身份。其三,这种"酷儿"身份及其心理压力又导致作品表现出何种异常的"同性恋欲望"。下面对这三个前提逐一进行分析。

一

西方关于男性规范的研究起步较晚,直至近一二十年才出现一些颇受瞩目的著作,其中影响较大的当属德国文化历史学家乔治·莫斯(George Mosse)著写的《男人形象》(*The Image of Man*, 1996)。在该书中,乔治·莫斯详细讨论了 18 世纪后半期包括英国在内的西方男性规范的具体内涵、标准模式和构建过程。按照乔治·莫斯的解释,男性规范是一个现代社会的文化概念。它发端于欧洲启蒙主义运动,成形于工业革命,是西方现代科学技术的发展,尤其是人类学、人相学发展的产物,其中,中产阶级的诞生和发展起了关键的作用。而且,男性规范作为现代社会的典型的男性性别形象,也涉及西方文化的方方面面,既是个人和民族振兴的象征,又是社会自我认识的重要基础。然而,它又不同于其他任何关于人类本质的理论,不是抽象的、概括的、晦涩的,而是具体的、明确的,易于理解,并且保持相对稳定,"自 18 世纪后半期成形以来几乎没有任何改变,依旧彰显出所谓的男性美德,譬如坚强的力量、荣誉和勇气"。[①]

尽管男性规范与欧洲的启蒙主义运动、工业革命的发展密切相关,而且在其型塑的过程中,中产阶级也发挥了关键作用,但它绝非是某个特定阶级所希望的自画像,而是融合了多个社会阶层的历史和现实的理念要素。而且,它一旦成形,每个社会阶层都必须面对和接受,既不能回避,也不能更改,直至 19 世纪末,伴着现代性危机的产生,才开始接受一系列堕

---

① George L. Mosse. *The Image of Man: The Creation of Modern Masculinity*. Oxford University Press, New York, 1996, pp. 3-4.

落、颓废的挑战,但本质没有变化。虽然从一开始,男性规范就被视为身体和心灵的统一整体,然而其核心却在身体,在于身体结构的完美性。这种身体结构的完美性既是一个男人的高尚道德和人格魅力的外在象征,又是他自我约束、自我克制,勇于克服任何障碍、任何软弱情感的力量所在。

乔治·莫斯如此描述这种男性身体结构美的标准模式:

"理想的男性美从古希腊获取灵感;这是古希腊影响欧洲思想的一个主要例证。威廉·冯·洪堡特清楚地表达了这种理想的男性美,还举例描绘了标准模式。1795 年,他这样写道:唯有古希腊人成功地把个例转化成抽象的理想范式。这种抽象的人体美理想范式是基于新近兴起的关于古希腊雕塑美的意识,在著名的雕塑收藏品中,尤其是通过其文字描述和雕版印刷,可以察觉到这种意识。就这样,具体的范例派生出了普遍原则。冯·洪堡特对古希腊人的称赞可以给我们一种提示,为何 18 世纪后半期的古希腊复兴会对欧洲知识界产生如此大的冲击力,为何这场复兴的普及者约翰·温克尔曼会成为当今最有影响的作家之一。"①

显然,在乔治·莫斯看来,男性身体结构美的标准模式来自古希腊的人体雕塑,来自约翰·温克尔曼(Johann Winckelmann,1717－1768)关于这些古希腊人体雕塑的文字描述。正是这位 18 世纪著名的人类学家和艺术史学家,在自己最有影响的《关于希腊人绘画和雕塑的思考》(*Reflections on the Painting and Sculpture of the Greeks*,1755)以及《古代艺术史》(*History of Ancient Art*,1764)这两部著作中,通过描述古希腊的人体雕塑,尤其是古希腊年轻运动员的人体雕塑,展示了最完美、最动人的男性身体结构形象。这是充满阳刚之气和无限生机的身体结构形象,也是十分匀称、十分协调、十分自制的身体结构形象。这种身体结构形象,用约翰·温克尔曼本人的话来说,即是"崇高而质朴,壮观而宁静",身体显得轻盈自如,没有任何赘肉,躯体和面部没有任何破坏高尚均衡的特征。这种身体结构形象,古希腊的政治家和军事家亚西比德(Alcibiades)极其欣赏、呵护备至,甚至禁止部下演奏长笛和大声喧闹,唯恐扭曲其英俊的脸庞。②

约翰·温克尔曼所描述的这种男性身体结构形象,尽管显得过于完美,有脱离实际生活之嫌,但却为广大男性中产阶级以及其他富有进取心

---

①　George L. Mosse. *The Image of Man: The Creation of Modern Masculinity*. Oxford University Press, New York, 1996, pp. 28－29.

②　Ibid, p. 29.

的男性市民提供了一个欲以纯洁、完善自己身体的范式。为此,他们纷纷按照约翰·温克尔曼著作中所介绍的古希腊的体育锻炼方式,开始进行种种形式的体操锻炼,以期获得"匀称"、"协调"、"自制"的身体和灵魂。当然,这里的"自制"也包括控制性欲、节制性生活,因为"只有那些身心完美的男女才能交媾,如果他们在获得这样的完美之前睡在一起,身体就会遭到损毁。"① 整个18世纪后半期,西方各国都在流行这些体操锻炼。而作为这些体操锻炼的基础教科书的《青年体操》(*Gymnastics for Youth*,1793)和《德国体操》(*German Gymnastics*,1816),也因此风靡一时,畅销不衰。这两部教科书均重复了约翰·温克尔曼关于身体和心灵相互依存的理念,并强调了身体的核心作用,字里行间充满了对古希腊人体雕塑的男性身体结构美的崇敬,而且后者还将体操锻炼提到了"德国民族生命线"的高度,因为唯有这种方式才能将德国人引领到青春朝气、男性刚毅和某种统一,而不必考虑宗教信仰、区域划分和肤色种族。② 不久,上述体操锻炼又扩展到了拳击、游泳、舞蹈、骑马、武术、滑冰、板球等体育运动,并逐步融入了基督教虔诚派、福音派的宗教活动,成为基督徒"修身养性"的重要手段。由此,"匀称"、"协调"、"自制"被当时的许多作家描绘成不仅是古希腊人的高尚品性,也是基督徒的良好美德。也由此,在瑞士作家、著名人相学家约翰·拉瓦特尔(Johann Lavater,1741-1801)的宗教著作中,被反复强调的不仅有基督教的教义,还有完善人的身体结构形象的重要性,因为在一个充满罪孽的世界里,人的身体结构是不完善的;而完善其方式则是通过基督与上帝的沟通。③ 18世纪后半期西方兴起的体操热以及这种体操热与基督教的宗教理念的融合,标志着以约翰·温克尔曼的男性身体结构形象描述为主体的男性规范已经获得社会普遍接受。

当然,对于当时的男人来说,要达到这种男性规范并非易事。这既是以自己的身体为假想之敌,不断地挑战自我、战胜自我的过程,又是以偏离、悖逆这种男性规范的负面形象为参照物,不断地警醒、激励自己的过程。其中,认识男性与女性的性别差异是十分重要的。乔治·莫斯指出:在18世纪的西方社会意识中,男女性别的概念虽然不是很严密,但彼此的差异也一目了然。两者在公众符号、社会作用以及身体结构形象的标

---

① George L. Mosse. *The Image of Man: The Creation of Modern Masculinity*. Oxford University Press, New York, 1996, p. 62.

② Ibid, p. 43.

③ Ibid, p. 48.

准模式方面均显得不同。男性的公众符号一般涉及民族的突出方面,代表着社会的秩序和进步;而女性的公众符号往往与民族的普通方面相关,意味着历史和传统。正因为如此,他们在社会上起着不同的作用。前者大半与国家、社会的重任、要事有关,而后者多半与家庭、子女等琐碎事务相连。在身体美的标准模式方面,男性具有上述所说的种种特征,而女性则被排除这些特征,因而,男性的"俊美",放在女性身上,可能是"丑陋";反之,女性的"可爱",用于男性,也可能是"可憎"。倘若一个女人被赋予男人的力量、男人的勇气和男人的精神,那么这个女人的魅力就消失殆尽。①

那么,什么是男性规范的负面形象?

首先,乔治·莫斯提到了"女子气"(effeminacy)。这个术语来自拉丁文,其渊源可以追溯到古希腊。对于古希腊人,"女子气"是一种懦夫行为,是最不能容忍的男性特征。如柏拉图(Plato,427－347BC)就在对话录中,通过苏格拉底之口,描述了"过多的乐曲会使男人女性化"②,而亚里士多德也在《尼各马科伦理学》(*Nicomachean Ethics*,350BC)中,表达了这样的信念,"刻意避免痛苦可以说是一种女性软弱。"③ 到了中世纪,这种意义的"女子气"又进入了早期的基督教著作,成为罪恶的同义语。18世纪英国的"女子气"概念基本沿袭了这些负面涵义,主要被用来表示男性身体结构所体现的任何一种与传统女性的行为举止有关的非正常特征。其性行为倾向,主要有两种决然相反的表现:其一,觅求女性伴侣,融入女性生活;其二,扮演女性角色。④ 这两种表现都是负面意义的,均为社会所鄙视。而乔治·莫斯所说的"女子气"正是具有这两种含意。一方面,他抨击了"非男非女"的"美的挫败","紊乱的外表展示了失去情感控制的灵魂,男性的荣誉成了懦弱,好色取代了性的纯洁";另一方面,他又指出这是一种"神经系统的疾病","毁坏了男性的勇气","不但使他们变得柔弱,而且通过身体和心灵的状况,展示了男性气概的缺损。在这里,一切都是意外的,躯体、面庞、心灵缺乏固定位置,处在连续流动状态"。⑤

---

① George L. Mosse. *The Image of Man: The Creation of Modern Masculinity*. Oxford University Press, New York, 1996, p. 54.

② Plato. *Republic*, translated by B. Jowett. Vintage Books, New York, 2000, p. 118.

③ Aristotle. *Nicomachean Ethics*. Loeb Classic Library, 1934, vol. 73, p. 415.

④ Carolyn D. Williams. *Pope, Homer, and Manliness: Some Aspects of Eighteenth-Century Classical Learning*. Routledge, London and New York, 1993, pp. 36－37.

⑤ George L. Mosse. *The Image of Man: The Creation of Modern Masculinity*. Oxford University Press, New York, 1996, pp. 59－60.

其次,乔治·莫斯提到了"同性恋"(homosexual)。尽管该词创造于1869 年,而且创造者也是一个奥地利出生的匈牙利作家卡尔－玛丽亚·凯特贝尼(Karl-Maria Kertbeny,1824－1882),但在此之前的英国,"同性恋"的存在已是一个不争的事实。当时的一些君王、贵族,如詹姆士一世、威廉三世、罗切斯特勋爵,都有贪恋男性的嗜好;而在一些大学和公学,也屡屡发生男性校董和教师引诱男学生的事件。甚至在伦敦街头,还出现了娈童,他们聚集在剧院周围,像娼妓一样招徕男性顾客。① 不过,在法律上,"鸡奸"(sodomy)依然是一个重罪,如卡斯尔黑文勋爵,就因与自己的男仆滥交而被处死,而里格比船长也因狎昵娈童而被戴枷示众。这种严厉的法律惩罚措施,以及宗教教义的宣传效应,不可避免地带来了社会上对同性恋的歧视和憎恨。为此,许多同性恋被迫隐匿自己的情感和活动,成了所谓的"身份隐蔽者"(in the closet)。对于广大"异性恋者"(heterosexual)来说,这些同性恋者是罪不可赦的"另类人物",是处在社会边缘的"局外人"。正如乔治·莫斯在《男人形象》中所说:"那些站在局外或被社会边缘化的人提供了一个反向范例,如同哈哈镜一般折射出社会规范。他们之所以成为局外人,或是因为出身、信仰、言语不同于其他大多数人,或是因为极端封闭而未能与社会规范保持一致。而正因为他们处在一种十分边缘化的地位,要想察明他们的身份是非常不易的。"②

此外,乔治·莫斯还提到了"阴阳人"(androgyne)。"阴阳人"又称"双性恋"(bisexual)、"中性人"(intergender)或"跨性别"(transgender)。按照美国学者桑德拉·贝姆(Sandra Bem)的解释,"阴阳人"其实就是普通的男性或女性,只不过这个男性或女性同时具有男性和女性的两种性行为倾向,而且在这两种性行为倾向中,必然有一种是表露性的(expressive),另一种是工具性的(instrumental),而这表露性的倾向就决定了他或她的社会基本性别。③ 事实上,前面所列举的许多"同性恋",如威廉三世、卡斯尔黑文勋爵、里格比船长,等等,都是"阴阳人"。一方面,他们为漂亮女人所吸引,娶妻生子;另一方面,又对娈童感兴趣。这些娈童对于他们的价值在于,拥有女人一般的苗条身材和光滑肌肤。正因为如此,乔治·莫斯认为,18 世纪英国的"阴阳人",不仅"代表着两性身份持续变化

① Dynes. *Encyclopedia of Homosexuality*. Garland,1990,Vol. 1 A-L, p. 355.

② George L. Mosse. *The Image of Man: The Creation of Modern Masculinity*. Oxford University Press,New York,1996,p. 56.

③ J. W. Santrock. *A Topical Approach to Life-Span Development*. The McGraw-Hill Companies,New York,2008.

过程中的娈童一般的青春、魅力和美色",而且意味着"长有男性生殖器的年少的、柔弱的、女孩似的女性化身体",是一种"邪恶和性变态的象征"。①

　　然而,无论是"女子气",还是"同性恋",还是"阴阳人",用"酷儿"理论的批评话语来说,均是"酷儿"。"酷儿"理论兴起于 20 世纪 80 年代末和 90 年代初,代表人物有伊夫·塞奇威克、朱迪思·巴特勒(Judith Butler)、艾德丽安·里奇(Adrienne Rich)、戴安娜·法斯(Diana Fuss),等等。她们主要基于米歇尔·福柯(Michel Foucault,1926–1984)的相关著作,试图运用后结构主义,特别是解构主义的方法,重新审视、消解业已存在的"同性恋、双性恋和跨性别"(LGBT)的研究结果。"酷儿"理论的诞生,既是"同性恋、双性恋和跨性别"深入研究的需要,又是西方女性主义运动纵深发展的结果。对于伊夫·塞奇威克等"酷儿"理论家,人们的性权力是由社会的方方面面决定的,所呈现的形式也是多种多样,因而其性别身份是流动的、非固定的,不能简单地以"同性恋"和"异性恋"进行区分。而"酷儿"概念的引入,正是为了模糊、打破这种泾渭分明的性别身份分类。② 而且,"酷儿"行为贯穿整个人类历史的始终,"每个时代都存在某种形式的男人与男人、女人与女人之间的异常性活动,只不过这种异常性活动自我宣示的方式,以及社会惩治或容忍的程度有很大的迥异"。③ 所谓"酷儿"身份,实际上是在一定的历史条件下,以当时社会普遍接受的"异性恋"的性别规范为参照系,人们的身体结构所展示的一切同性或异性之间的异常性行为特征。

二

　　那么,对照乔治·莫斯所揭示的西方社会的男性规范,英国哥特式小说的一些"男性哥特"的代表性作家,如霍勒斯·沃波尔、威廉·贝克福德和马修·刘易斯,其身体结构是否展示了同性之间的性行为特征,从而体

---

① George L. Mosse. *The Image of Man: The Creation of Modern Masculinity*. Oxford University Press, New York, 1996, p. 92.

② Steven F. Kruger. "Queering, Queer Theory, and Early Modern Culture", in *Encyclopedia of Sex and Gender*, edited by Fedwa Malti-Douglas, Vol. 4. Macmillan Reference, Detroit, 2007, p. 1237.

③ Donald E. Hall. *Queer Theories*. Palgrave Macmillan, New York, 2003, p. 21.

现了某种"酷儿"身份？要回答这个问题，有两种实证方法是可以信赖的：一是通过当事人与他人来往的书信，二是通过当时相关人士对当事人的评价。因为书信往往反映了一个人的真情实感，从中也许能发现当事人不经意间所流露的异常性活动或性意识；而同一时代相关人士的评价也是一种有效的旁证，近距离地显示了当事人的某些客观事实，其中也许包含当事人的诸如"女子气"、"同性恋"、"阴阳人"之类有悖于西方社会的男性规范的身体结构特征。当然，鉴于当时英国社会上普遍存在的"同性恋"恐惧及其他客观因素，这里的所谓"真情实感"和"有效旁证"，往往是以隐晦、暗示、象征，甚至是哈哈镜式的曲折的形式出现的，即是说，需要进行文字上的解码。

作为18世纪的英国著名文学家和书信家，霍勒斯·沃波尔著写了大量书信。这些书信，大部分属于知识性、艺术性趣谈，但也有一部分涉及他本人的兴趣爱好、行为方式和社会活动。不难看出，青年时代的霍勒斯·沃波尔十分喜爱参加化装舞会，并屡屡在舞会上涂脂抹粉，充当女性角色。[1] 这种特殊的癖好，加上柔弱、文静的外表，以及单身未娶的事实，不免在当时招致了许多"女子气"的非议。譬如，塞缪尔·约翰逊（Samuel Johnson，1709－1784）的挚友、书信家赫丝特·斯瑞尔（Hester Thrale，1741－1821）就认为，霍勒斯·沃波尔和他的朋友约翰·丘特（John Chute）充满了"女子气"。[2] 而湖畔派诗人、评论家塞缪尔·柯勒律治也相信，霍勒斯·沃波尔的作品与他的"女子气"之间存在某种联系。为此，他在一篇文章中，抨击霍勒斯·沃波尔的《神秘的母亲》(Mysterious Mother，1768)"是迄今出自男性作家之手的一部十分令人作呕、下流无耻、可恶可恨的剧作。凡是有一星半点阳刚之气的男人都不会去写这种东西，而霍勒斯·沃波尔毫无阳刚之气，所以写了这样的作品。"[3] 同样犀利的批评言辞还出现在当时的历史学家、辉格党政治家托马斯·麦考利（Thomas Macaulay，1800－1859）的笔下。在一篇文学随笔中，他将霍勒斯·沃波尔描绘成精神"紊乱、不健康"，性格"怪僻"、"做作"、"讲究"、"变

① Wilmarth S. Lewis，ed. *The Yale Edition of the Correspondence of Horace Walpole*. Oxford University Press，London，1937－1983，vol. 48，p. 167.

② Max Fincher. *Queering Gothic in the Romantic Age*. Palgrave Macmillan，New York，2007，p. 26.

③ Kathleen Coburn and Bart Winer，eds. *The Collected Works of Samuel Taylor Coleridge*, *Volume 14 Table Talk*. Routledge，London，1990，p. 281.

幻莫测",脸上"罩着一层又一层面具"。① 所有这些用语,均与当时的"女子气"概念有这样那样的联系。

如前所述,18世纪的"女子气"的男人通常有两种决然相反的性倾向:或过分追求女性,沉溺于与女性的交往;或爱好男性伴侣,在"同性恋"中充当女性角色。就霍勒斯·沃波尔的情况来说,显然不是前者,而是后者。早在40年代,在伊顿公学求学期间,他就结交了不少的男性朋友,其中关系密切的除了上面提及的约翰·丘特之外,还有托马斯·格雷、亨利·康威(他的表弟、将军、议员)和林肯勋爵(后成为纽卡斯尔公爵)。尤其后者,是他的"第一个心爱的对象",两人一起品尝过"爱情的愉悦"和"情感的花蕾"。② 而且在他的心目中,这位"黝黑、清瘦的青年贵族"显得"那么聪慧,那么俊美,那么健康,那么有生气"。③ 暑假期间,两人曾结伴去欧洲大陆旅游。一路上,霍勒斯·沃波尔得到林肯勋爵的悉心照料,而林肯勋爵也从霍勒斯·沃波尔那里获得不少慰藉。但就在从威尼斯返回巴黎的行程中,霍勒斯·沃波尔发现林肯勋爵爱上了庞福雷特伯爵的女儿索菲亚,因为他"大部分行程骑马",而不是与霍勒斯·沃波尔一起坐在马车内,并且变得"十分忧郁……整个话题谈的都是索菲亚女士"。④ 这对于霍勒斯·沃波尔,不啻经历了一场情感磨难。于是,他决定向林肯勋爵敞开自己的心扉:

"我已经改变了主意:不是期待你终止对我的爱,而是打算出更大的难题,让你去遵从——请求你继续爱我,我非常愿意你这样做。我万万没有料到,在爱一个人时,居然能分享如此多的愉悦。你不会想到,我是多么懊悔失去了那个时光。以前你是出奇的麻木,是决不会想到的——不过,我不会责怪自己的命运,因为要坚定地走出成百上千万两性人群,这种巨大机会近20年还轮不到我……一般来说,女人试图劝说男人坚贞是为了得到对方坚贞的爱——而此时我请求你爱我的原因正好相反。我的满足产生于我对你的情感,而不是你对我的情感……你有种种可以逗人的奇想怪念,没有任何消耗其他情侣三方面时间的可悲的苦思和乏味。因此,请务必告诉我,什么能确保你对我的爱:指出(如果你能猜出的话)我这方面应该有什么样的举止吸引你……我向你保证,我不会扮演占有

① Thomas Babington Macaulay. *Literary Essays*. Oxford University Press, London, 1923, p. 251.

② Wilmarth S. Lewis, ed. *The Yale Edition of the Correspondence of Horace Walpole*. Oxford University Press, London, 1937 - 1983, vol. 4, p. 4.

③ Ibid, vol. 30, pp. 294, 41.

④ Ibid, vol. 17, p. 91.

你的角色。"①

　　以上这段话,可以说,是霍勒斯·沃波尔的最完整、最暴露的情感自白,真实地记录了他和林肯勋爵之间的爱恋、分手、苦思,以及希望重续情谊的历程。事实证明,霍勒斯·沃波尔并非像某些传记作者所描绘的那样,是所谓的"性冷淡"(asexual)。恰恰相反,在情感问题上,他不但思想丰富,而且性欲极其强烈,只不过爱恋的对象不是女性,而是男性,即是说,是个"酷儿"。当然,迫于当时的社会环境,他无法公开自己的"酷儿"身份。正如美国学者雷蒙德·本瑟姆(Raymond Bentham)所指出的:"我认为,沃波尔是一个情感强烈的男人,但这情感通常受到压制,他之所以隐瞒,是因为吸引他的是男性的罗曼蒂克的色欲。"②

　　林肯勋爵结婚后,霍勒斯·沃波尔逐渐移情于他的表弟亨利·康威。这位表弟比他年轻3岁,长得高大威猛,18岁从军,后任陆军总司令,官至陆军元帅。显然,亨利·康威之所以引起霍勒斯·沃波尔的瞩目,也是因为同林肯勋爵一样,"充满了男性活力"。公元1744年,霍勒斯·沃波尔在写给亨利·康威的信中说道:"我始终如一地爱着你:乐于让你和众人相信,我已经反复对你说过,我爱你胜过爱其他任何人。"③ 然而,这一信誓旦旦、反复强调的爱情宣言差点惹怒了亨利·康威,为此霍勒斯·沃波尔不得不暗自吞下"爱情的苦果"。在沉默了十多年之后,霍勒斯·沃波尔还是抑制不住内心的冲动,再次提笔向亨利·康威示爱:"我最亲爱的哈里,你怎能给我写这样一封冷冰冰的回信,这封信我刚刚收到,开头称呼是'亲爱的先生'!"接着,他提醒说:"我从15岁起,就矢志不渝地爱着你,难道不是这样?"④ 正当此时,英国政坛掀起了一场恶斗,亨利·康威也卷入其中。许多政敌借亨利·康威与霍勒斯·沃波尔的"酷儿"关系,大造声势,让亨利·康威陷入被动。为此,亨利·康威彻底断绝了同霍勒斯·沃波尔的往来,而霍勒斯·沃波尔也从此心灰意冷,一头扎进书斋,沉溺于写作和中世纪古文物研究,只是偶尔以昔时的美好回忆,安抚自己那颗孤独的心灵。

① Wilmarth S. Lewis, ed. *The Yale Edition of the Correspondence of Horace Walpole*. Oxford University Press, London, 1937 – 1983, vol. 30, pp. 43 – 44.

② Raymond Bentham. "Horace Walpole's Forbidden Passion", in *Queer Representations: Reading Lives, Reading Cultures,* edited by Martin Dubermann. New York University Press, 1997, p. 279.

③ Wilmarth S. Lewis, ed. *The Yale Edition of the Correspondence of Horace Walpole*. Oxford University Press, London, 1937 – 1983, vol. 37, p. 170.

④ Ibid, vol. 38, p. 93.

境遇·范式·演进——英国哥特式小说研究

同霍勒斯·沃波尔一样,威廉·贝克福德身后也留下了大量的书信。这些书信记录了他一生的文学和社交活动,其中不少涉及青年时代的"情感经历"。不过,按照威廉·贝克福德的一个传记作者盖伊·查普曼(Guy Chapman,1889－1972)的说法,威廉·贝克福德的青年时代的不少书信,尤其是 1777 年至 1791 年之间的书信,并非是当时书写的原件,而是后来经过他"本人篡改过"的"复抄品",因为其中很多有关"考特尼或'猫咪'"的文字显然"被删除了";不但写信者和复信者的"口气严重不吻合",并且"一些事实也有明显出入";究其原因,乃是出于"考特尼丑闻"的连锁效应。[①] 然而,尽管如此,许多西方学者仍然相信,这些"复抄品"还是有助于分析威廉·贝克福德的"酷儿"行径,可以说,"在理解贝克福德的异常的性欲望方面,他的所有来往书信都有启示价值"。[②]

毋庸置疑,在威廉·贝克福德的青年时代的"情感经历"方面,"考特尼丑闻"是一个重要事件。这个事件不但导致他"篡改"了有关书信,还为他的男性之间的"酷儿"行径提供了有力的佐证。1779 年,威廉·贝克福德去英格兰乡村巡游。期间,他曾在鲍德汉姆城堡逗留,由此与该城堡考特尼勋爵的 11 岁的儿子威廉·考特尼相识。当即出于一种"难以捉摸的奇异情感",他恋上了这个"全英格兰最漂亮的男孩"。之后,他给堂嫂路易莎·贝克福德写信,特意提到了这段不寻常的经历,还亲切地称呼威廉·考特尼为"猫咪",以及描述了与"猫咪"分手时内心的煎熬和折磨。[③] 1781 年 12 月 8 日,他设法通过路易莎·贝克福德,邀请威廉·考特尼前来家中"作客",并伺机引诱了威廉·考特尼,"从剧院,我把他带到了我的床上"。[④] 这次"看戏"的效果促使威廉·贝克福德策划了有威廉·考特尼、路易莎·贝克福德等人参与的"圣诞节狂欢"。一连三天,与会宾客在"方特希尔豪宅"恣意玩乐,尽情享受"性饕餮大餐",而两个"威廉"也趁机幽会,多次偷欢。[⑤] 1785 年,威廉·贝克福德再次光临鲍德汉姆城堡。这一次,考特尼勋爵是有备无患,指意指派儿子的家庭教师监视威廉·贝克

---

① Guy Chapman. *Beckford: A Biography*. Jonathan Cape, London, 1937, pp. 323, 341.

② Max Fincher. *Queering Gothic in the Romantic Age*. Palgrave Macmillan, New York, 2007, p. 36.

③ Lewis Melville. *The Life and Letters of William Beckford of Fonthill*. William Heinemann, London, 1910, p. 91.

④ Timothy Mowl. *William Beckford: Composing for Mozart*. JohnMurray, London, 1998, p. 109.

⑤ Iain McCalman. "The Virtual Infernal: Philippe de Loutherbourg, William Beckford and the Spectacle of the Sublime", in *Numéro 46*, May 2007.

福德的一举一动。果然，威廉·贝克福德被发现呆在他的儿子威廉·考特尼的卧室，并且未能提供任何合理的解释。几星期之后，威廉·考特尼的舅父拉夫伯勒勋爵到法庭控告威廉·贝克福德举止轻浮，对他的侄子威廉·考特尼实施了"非礼"。尽管在后来，威廉·贝克福德并没有以"鸡奸罪"被正式起诉，但强大的舆论压力迫使他离开了英格兰，去了欧洲大陆。但即便如此，他还从欧洲大陆写信给路易莎·贝克福德，恳求她披露"猫咪"的近况。"'她'是否乐意谈论那个时刻，我抓住'她'的娇嫩的手，'她'像个孩子似的蹦蹦跳跳来到我的卧室？'她'会不会对我忠贞，还会像以前那样使我快乐吗？'她'的那些该死的亲戚会使我们永远分离吗？'她'是我的吗？'她'有没有发誓属于我……"①

　　不过，威廉·贝克福德并非是一个"同性恋者"，而是一个"双性恋者"。其"双性恋者"的证据主要表现在他与威廉·考特尼、堂嫂路易莎·贝克福德的双重性爱关系。一方面，他迷恋威廉·考特尼，渴望与其"亲热"；另一方面，又与路易莎·贝克福德惺惺相惜，私通苟合。当然，一开始，路易莎·贝克福德是出于"亲情"，在威廉·贝克福德和威廉·考特尼之间充当拉皮条的角色。但随后，她本人也深深地爱上了威廉·贝克福德，甚至到了宁愿"毒死自己的丈夫，让自己的孩子供其玩乐"的地步。②而威廉·贝克福德对路易莎·贝克福德的"不伦恋"也可以说是真心的。1781年12月初，他写信给路易莎·贝克福德，催促她来参加"圣诞节狂欢"，"住上一星期，而且必定会有共同销魂的时刻来临"。而路易莎·贝克福德的回信也显得心领神会，"我可爱的催命鬼，你居然把邪恶写得如此辉煌……仿佛是另一个撒旦诱惑天使遗弃神圣的居所，与你一道沉沦于黑色的邪恶深渊"。③ 显然，如此露骨的色情言辞绝不可能出自两个关系正常的叔嫂之口，而只能证明他和路易莎·贝克福德之间有奸情。此外，还有一个关于威廉·贝克福德是"双性恋者"的证据，那就是1783年，威廉·贝克福德曾经遵从母亲和姑姑的安排，娶了玛格丽特·戈登女士为妻。虽然这一婚姻的安排是为了掩盖"考特尼丑闻"，但威廉·贝克福德也确实爱玛格丽特·戈登，还先后同她育有两个女儿。而且，后来的事实表明，除了玛格丽特·戈登和路易莎·贝克福德，威廉·贝克福德还钟情别的女人，不时同她们搞笑调情。凡此种种，足以证明威廉·贝克福德

①　Timothy Mowl. *William Beckford*：*Composing for Mozart*. JohnMurray，London，1998，p. 111.

②　Brian Fothergill. *Beckford of Fonthill*. Faber，London and Boston，1979，p. 105.

③　Guy Chapman. *Beckford: A Biography*. Jonathan Cape，London，1937，p. 101.

的"酷儿"情感十分复杂,兼有同性恋和异性恋的两种性倾向,只不过在这两种性倾向当中,同性恋的性倾向占据了上风。

相比之下,马修·刘易斯身后留下的书信不多,有关年轻时代的"情感经历"的记录也显得不足,但是,我们还是能从这些为数不多的书信以及当时十分有限的相关人士的评价中,找到他的许多男性之间的异常性举止的"酷儿"证据。当然,"毫不奇怪,这些证据大部分是间接的,而且随着刘易斯的年龄的增长,其间接的成分也增大。想必最初源于他母亲性丑闻效应的含蓄倾向正在增强,开始意识到也有事情需要隐藏。"①

先看当时相关人士对马修·刘易斯的评价。1808 年,伦敦《讽刺家》杂志(*Satirist*)刊登了一篇署名苏珊·威尔科克(Susan Wilcock)的文章,题为"现代纨绔子弟"("Modern Beaux"),其中有段文字详细刻画了马修·刘易斯的外貌特征:"马修·刘易斯(绅士!)是一个个头瘦小、衣着讲究、谈吐时尚的纨绔子弟,长有两条罗圈腿,相貌极其丑陋,毫无男人味……眼睛很小,而且在一般情况下,苍白无力,但一到喝茶(尤其是宴席之后酒杯被爸爸稍稍挪开的时候),就显得熠熠生辉,珠目翻滚,极其兴奋地向餐桌旁边每位女性转动。然后,他的语言也变得十分粗鲁,试图同坐在附近的任何人搭话;满嘴喷着酒气,极不礼貌地吐出许多肤浅的法语、意大利语、西班牙语和德语(废话);而且'龇牙咧嘴地怪笑',似乎有意要让我们看见他的参差不齐的邋遢牙齿。"②

尽管这是一段讽刺性的人物外貌速写,但我们还是透过那些辛辣的、夸张的文字,看到了马修·刘易斯的"矫揉造作"、"追求时尚"、"毫无男人味"等身体结构特征。然而这些身体结构特征正是乔治·莫斯在《男人形象》中抨击过的"女子气"。事实上,早在少年时代,马修·刘易斯就显示出了"女子气"。其时,他的母亲的女佣阿比盖尔发现,"每逢自己走进女主人的更衣室,就会看见马修·刘易斯站在镜子前面,穿着种种所能找到的薄纱和衣饰,长时间地比试。"③ 同一时代的乔治·拜伦也注意到了马修·刘易斯的"女子气"。不过,他强调的并非"异装癖",而是"自恋"以及"娈童气质"。为此,他在同自己的挚友、玻西·雪莱的表哥托马斯·梅德温(Thomas Medwin,1788 - 1869)的交谈中,宣称马修·刘易斯"在气质

---

① D. L. MacDonald. *Monk Lewis: A Critical Biography*. University of Toronto Press, Toronto, 2000, pp. 63 - 64.

② Ibid, p. 65.

③ Mrs. Cornwell Baron-Wilson, ed. *The Life and Correspondence of M. G. Lewis*, vol. 1. H. Colburn, London, 1839, p. 12.

和举止方面,总是显得像个男童"。① 而沃尔特·司各特也基本持有同样的看法,他对马修·刘易斯的评价是,"一个孩子,一个被溺爱的孩子,但是一个想象力极其丰富的孩子"。② 当然,作为一个英国上流社会的女性,卡罗琳王妃对马修·刘易斯的"女子气"尤为敏感。1814 年,她在给宫女坎贝尔的信中说:"刘易斯确实扮演了丘比特的角色,正如你猜想的,这会让我们捧腹不止。他的体态如此丰满,以至于比以往这个角色的表演更显得滑稽;不过他自以为有魅力,一个劲儿地向漂亮女士献殷勤,真不忍心对他说,'你简直傻到了顶',所以我让他继续思慕我的奥克斯福德女士。这可苦了拜伦勋爵,他想同她说话,但一直没有办到。"③ 显然,在卡罗琳公主和坎贝尔宫女的眼里,马修·刘易斯长得"体态丰满"、"毫无魅力",充满了"女子气"。他的"丘比特扮演",无异于女性反串男性角色,令她们"捧腹不止"。

再来看看马修·刘易斯自身流露的"情感"。1798 年,马修·刘易斯写了一首"挽歌",题为"叹一位朋友的离别临近"("Elegy, On the Approaching Departure of a Friend"),以此表达对皇家骑兵军官查尔斯·斯图亚特(Charles Stewart,1778 - 1854)即将奔赴爱尔兰平定叛乱的"忧思"。从整首"挽歌"的基调来看,内容显得十分"悲伤",自始至终笼罩着一种"被压抑"的气氛,尤其在最后两节,马修·刘易斯反复叮嘱自己要强忍住内心的"痛苦",以免在离别时将这种情绪感染给对方:

"不要用哀怨表达徒劳的失望,/ 展现痛苦,你灵魂的煎熬,/ 而要以虚假的高兴,遮盖你的极端苦恼,/ 让他的内心,不会像你一般感到刺痛;/ 不要发出任何叹息,披露你的痛楚,/ 不要让他的眼睛洒下任何泪水,觉察你的忧伤;/ 强装出笑容,同他握手道别,/ 然后匆匆逃离,在家中祝他归来平安。"④

尽管只有短短八句诗,但表示"痛苦"的辞藻居然有十多个,而且不少还加上了用以强调语气的修饰词,如"极端"、"任何"、"匆匆",等等。显然,如此深切的"痛苦",不可能出自普通朋友之间的难以割舍的"情谊",而只能出自情侣之间的刻骨铭心的"真爱"。由此可以断定,马修·刘易

① D. L. MacDonald. *Monk Lewis: A Critical Biography*. University of Toronto Press, Toronto, 2000, p. 65.

② Jessica Bomarito and Jerrold E. Hogle, ed. *Gothic Literature: A Gale Critical Companion*, vol. 3. Thomson Gale, United States, 2006, p. 36.

③ D. L. MacDonald. *Monk Lewis: A Critical Biography*. University of Toronto Press, Toronto, 2000, p. 66.

④ Ibid, p. 67.

第二编 范式论

斯同查尔斯·斯图亚特的关系是"酷儿"关系。也许是该"挽歌"的"酷儿"意识过于明显,出于当时英国社会上普遍存在的同性恋恐惧,1839 年,康威尔·巴伦－威尔逊夫人(Mrs. Cornwell Baron-Wilson,1797－1846)在将这首"挽歌"收入《马修·刘易斯的生平与书信》(*The Life and Correspondence of M. G. Lewis*)时,删除了这最后两节。

同样明显的"酷儿"意识还体现在马修·刘易斯与威廉·兰姆(William Lamb,1785－1828)的"浪漫友谊"。1800 年,威廉·兰姆在给母亲墨尔本的信中如此描述马修·刘易斯:"他老是摆弄音乐,要不,还是挺高兴的……听说他打算向埃米莉·斯特拉特福德求婚……比起我来,她一定会让他在会客室多流泪,多伤心。"[①] 在这里,威廉·兰姆将自己与一个名叫埃米莉·斯特拉特福德的姑娘相提并论,显然是把自己与马修·刘易斯的关系,视同一种男性之间的"情侣"关系。此后,1802 年 10 月,马修·刘易斯在给墨尔本女士的信中,也提到了他与威廉·兰姆的"浪漫友谊",并解释了威廉·兰姆为何抱怨他"老是摆弄音乐":"我劝他扮演海洛的情人利安得,但他怎么也不肯套上牧羊人的玫瑰花圈,戴上樱桃色丝带帽。对此,我明确表示这个人物就得如此装扮。"[②] 这再次表明,马修·刘易斯喜好"玫瑰花圈"、"樱桃色丝带"之类的女性装饰,其"女子气"致使他设计了一个女性化的利安得的角色,并坚持要威廉·兰姆依样扮演。

三

这里需要强调的是,18 世纪的英国社会是异性恋主导的社会,人们普遍接受异性恋的男性规范,并且对有悖于这种规范的"酷儿"行径感到憎恨或恐惧,因而任何这样的"酷儿"都会成为"身份隐蔽者",在心理上产生压抑。但是,有压抑就有欲望,而且所受的压抑愈大,欲望也愈强,两者的关系是成正比的。事实上,上述霍勒斯·沃波尔、威廉·贝克福德、马修·刘易斯等人的"酷儿"行径,正是这种程度不同的异常性欲望的具体表现。而哥特式小说创作,对于他们来说,应该是表现自身异常性欲望的

---

① D. L. MacDonald. *Monk Lewis: A Critical Biography*. University of Toronto Press, Toronto,2000,p. 68.

② Ibid,p. 69.

最佳途径。这一方面是因为，小说容量大，可以随心所欲地塑造人物。另一方面也因为，在消解既定的社会性意识方面，"哥特式"与"酷儿"具有类似性。正如英国学者宝琳娜·帕默（Paulina Palmer）所指出的："'哥特式'与'酷儿'共同强调侵犯性行为和主体性行为。此外，两者还承认两性的以及文化的、幻想的重要性，将主体性描绘成断裂的、流动的。哥特式叙述体探索自我的两重、多重的分裂，而'酷儿'理论强调主体产生、实施多重的性行为及其作用。"①

　　表面上看，霍勒斯·沃波尔的《奥特兰托城堡》的许多主题似乎与"酷儿"无关，但该书描写了"女人气"和"厌女症"。小说一开始，读者就被告知，曼弗雷德的独生子康拉德是"一个平庸的孩子，多病，缺乏有出息的秉性，然而，他却是父亲的心肝宝贝"。② 在这里，"平庸"、"多病"、"无秉性"揭示了康拉德的诸多男性缺陷，而"心肝宝贝"又暗示了他的某种程度的性倒错，甚至"同性恋"倾向。此后，在小说的多处，霍勒斯·沃波尔又继续强调了康拉德的"多病"和"孱弱"。譬如，当曼弗雷德出于延续父权制统治的需要，迫不及待地让康拉德与伊莎贝拉完婚时，他的妻子希波莉塔"斗胆地说出了他们的独生儿子匆忙结婚的危险，因为年龄太小，身子骨比较不结实"；而当康拉德被从天而降的巨大头盔砸死，曼弗雷德试图"休掉"希波莉塔，改娶伊莎贝拉为妻时，霍勒斯·沃波尔又让曼弗雷德以康拉德的"多病"为例，对伊莎贝拉劝说"失去这个多病的孩子并非坏事"。③

　　与此同时，小说中的希波莉塔、玛蒂尔达、伊莎贝拉等女性人物，一个个表现得十分消极。她们并不公开挑战曼弗雷德的权威和残忍。譬如，在小说的第 1 章，玛蒂尔达让她的母亲放心，说曼弗雷德正以"男性刚毅"克制内心的悲痛，但其实，曼弗雷德对于康拉德之死极为光火，在她面前大发雷霆，喝令她"滚开，我不需要女儿"；而在小说的第 2 章，玛蒂尔达告诉比安卡，自己已经觉察到"弟弟死后，曼弗雷德对她的冷淡没有丝毫变化"，但她随后想到是"他是我的父亲，我不能抱怨"。④ 此外，她们三个女性均被贬低到仅仅是个商品、物件，被曼弗雷德、弗雷德里克之类的父权制暴君随意捏拿、争夺，用以延续自己家族的统治。在与天主教修道士杰罗姆的交谈中，曼弗雷德如此描述父权制的法律："我不习惯让自己的妻

① Paulina Palmer. *Lesbian Gothic: Transgressive Fictions*. Cassell, London and New York, 1999, p. 8.
② E. F. Bleiler, ed. *Three Gothic Novels*. Dover Publications, Inc., New York, 1966, p. 27.
③ Ibid, pp. 27, 33.
④ Ibid, pp. 32, 45－46.

子知晓国家的秘密事务;它们不在女人管辖的范围之内。"① 这即是说,古老父权制结构得以延续的根基,并非在于女人,而是在于秘不可宣的男人之间的同性契约。由此,霍勒斯·沃波尔通过曼弗雷德的"描述",表达了自己的政治、个人方面的"酷儿"心声。

如果说,曼弗雷德"休掉"希波莉塔、改娶伊莎贝拉为妻的实质并非重视女性,而是一种鄙弃女性的具体表现,那么,他的这种"厌女症"可以解读为 18 世纪英国社会的一种源于憎恨"女子气"的同性恋恐惧。英国学者伊恩·麦考米克(Ian McCormick)指出:18 世纪英国的许多司法案例都显示了"鸡奸者"的"女子气",而报刊杂志对"女子气"的连篇累牍的抨击,则催生了当时社会上的"厌女症"。一时间,女性被当成比男性次等的性别,许多监护人也让自己的男性被监护者在社交活动中,刻意回避女性,唯恐沾染了"女子气",成为"鸡奸者"。② 正是在这种背景下,亨利·康威的政敌借他与霍勒斯·沃波尔的"同性恋"关系,大造声势,让他陷于被动,致使他断绝了同霍勒斯·沃波尔的往来。可以想象,霍勒斯·沃波尔在遭受情感磨难的同时,也经历了怎样的"同性恋"恐惧。而《奥特兰托城堡》中的曼弗雷德的所作所为,也体现了霍勒斯·沃波尔同样的"同性恋"恐惧。尽管在康拉德夭亡之后,曼弗雷德曾经将自己关在卧室,但没有任何证据表明他为康拉德痛哭流泪。相反,读者看到的是他宽慰自己的一种反思:毕竟,康拉德"是一个多病的、孱弱的孩子;也许上天夺去他的性命,是为了不让我的家族的荣耀建立在如此脆弱的基础上。"③ 曼弗雷德表现出来的如此"刚硬",既是为了展示自己的"男性气概",同时也是出于对康拉德的"女子气"的憎恨。而且,他把康拉德的"女子气"归结于希波莉塔生育方面的"无能"。起初,他训斥希波莉塔没有给他生育健康的儿子;继而蛮横地宣布"休掉"希波莉塔,"从此刻起,我休了希波莉塔,她不再是我的妻子。她的生育无能,我已经忍受太久了。我的命运取决于有儿子";并迫不及待地让杰罗姆修道士来"劝说她同意解除我们的婚姻,到修道院隐居"。④ 对此,玛蒂尔达虽然认为母亲是"无辜的","这样做太过分了","决不同意这样伤害",但也无法表达对曼弗雷德的任何"怨言",因

---

① E. F. Bleiler, ed. *Three Gothic Novels*. Dover Publications, Inc., New York, 1966, p. 52.

② Ian McCormick. *Secret Sexualities: A Sourcebook of 17th and 18th Century Writing*. Routledge, London, 1997.

③ E. F. Bleiler, ed. *Three Gothic Novels*. Dover Publications, Inc., New York, 1966, p. 33.

④ Ibid, pp. 27, 34, 54.

为"他毕竟是你的父亲"。① 而伊莎贝拉,在拒绝了曼弗雷德的多次"逼婚"之后,选择了逃离"奥特兰托城堡",由此在地下通道上演了一幕惊心动魄的"追逐－脱逃"的闹剧。她"甚至不是一个性目标",而只是"又一台生育机器",被曼弗雷德打算拿来"复制他的身份和权力"。②

同霍勒斯·沃波尔的《奥特兰托城堡》一样,威廉·贝克福德的《瓦赛克》也描写了"女子气"。这种描写主要集中在小说对古尔琴劳兹的人物塑造。可以说,在古尔琴劳兹身上,小说展示了 18 世纪后半期"女子气"概念的所有内涵。如同威廉·贝克福德所钟情的"猫咪",古尔琴劳兹"刚满 13 岁",是个"极其娇嫩、可爱的"男孩,不但拥有女性一般的"甜美歌喉",并且像一个大家闺秀,"琴书诗画"样样精通;有时,他"穿上堂姐努罗尼哈的衣服,似乎比她本人还要显得有女人味";而他跳舞时,"舞姿如同春神挥动的游丝一般轻盈,双臂搂着少女的移步也显得极其优美,然而这双臂既不能在追逐敌人时投掷长矛,也不能在他伯父的领地纵马奔驰"。③而且,在与他已经"订有婚约"的堂姐努罗尼哈的心目中,他比女人还要胆小,尤其是在野外,为此她发出感叹,"天哪! 在这些荒无人烟的地方,你怎么像我一样,吓得心里怦怦乱跳!"而对于位高权重、欲将努罗尼哈占为己有的瓦塞克来说,古尔琴劳兹"奶油味太重,根本不是自己的竞争对手",为此他责问努罗尼哈的父亲,"难道你真要牺牲这个天生佳丽,让她嫁给一个比自己还像女人的丈夫?"④尤其值得注意的是,尽管古尔琴劳兹与努罗尼哈订有婚约,但两人的关系不像情人,而像母子。小说中不止一次出现古尔琴劳兹像儿子一般依偎在努罗尼哈的怀里的场景。而且,书中多个情节也暗示,对于美丽的努罗尼哈,古尔琴劳兹基本上没有性欲。譬如,当法克雷丁试图以两人的假死来欺骗瓦塞克时,小说再现了《罗密欧与朱丽叶》(*Romeo and Juliet*,1597)中"服安眠药假死"的一幕,这实际上是用莎士比亚的剧作来暗示两人性关系的纯洁无瑕。而当努罗尼哈最终被迫抛弃古尔琴劳兹,投入瓦塞克的怀抱时,古尔琴劳兹对努罗尼哈表现出的深切怀念也仅仅是与她"相互依偎"、"弹琴唱歌",以及"追逐蝴蝶"。所有这些都说明,古尔琴劳兹的男性身份存在疑问,是个充满

① E. F. Bleiler, ed. *Three Gothic Novels*. Dover Publications, Inc., New York, 1966, p. 86.

② William Patrick Day. *In the Circles of Fear and Desire*. University of Chicago Press, Chicago and London, 1985, p. 93.

③ E. F. Bleiler, ed. *Three Gothic Novels*. Dover Publications, Inc., New York, 1966, pp. 154 – 155.

④ Ibid, pp. 169, 161.

"女子气"的"酷儿"。

然而,在威廉·贝克福德的《瓦塞克》中,更多的"酷儿"行径是通过与"印度人"的"畸形外貌"来展示的。这个"印度人",自称是个商人,来城里兜售"神奇的宝刀"等物品,但实际上,他是一个异教徒,是魔王手下的一个神灵,意在用东方神秘文化激发瓦塞克的"求知欲",进而促使他背弃伊斯兰教义,一步步走向地狱之门。威廉·贝克福德如此描写这个"居心叵测"的"印度人"在瓦塞克及其臣民心目中的丑恶印象:

"这个告示颁布后不久,都市里来了一名男子,相貌丑恶无比,连逮捕他的卫兵押着他往前走时,都不得不闭上眼睛;而瓦塞克本人见了如此可怕的面容也显得十分吃惊,但其后喜悦取代了恐惧,因为这个陌生人当场展示了他以前从未见过、也不知道是什么的稀罕物品。"接下来,面对瓦塞克的询问,这个印度商人,或者准确地说,巨怪,没有答话,而是接二连三地擦着前额,那前额以及整个躯体,可以说显得比乌檀木还要黑;又见他再三再四地拍着硕大无朋的肚皮;还睁开偌大一双闪烁着火焰的眼睛;然后开始发出极其可怕的笑声,并且露出"长长的、琥珀色的、绿条纹状牙齿"。①

显然,这是一种十分丑陋、极其凶恶的异族人外貌。这样一种外貌,在 18 世纪的英国,往往令人联想到杂交、滥交的血缘关系和性别关系,尤其是雌雄同体。在《畸形的想象》(*Monstrous Imagination*,1993)中,美国学者玛丽·休特(Marie Huet)详细解说了 18 世纪英国的畸形概念如何同性别身份建立联系。其中,她引证了当时的一种比较盛行的观点,不忠的妻子出于想象可以生养出貌似自己配偶的孩子。② 因而,以异性恋家庭的相似作为人的身份存在的证明手段,也是有疑义的。这些解说进一步支撑了之前乔治·莫斯所提到的那种性别规范,即人类的性别差异基本上是自然的,代表了世界的正常秩序。而"极其丑陋"混淆了本该泾渭分明的性别界限,所以是反自然的、有犯罪倾向的。事实上,当"印度人"最后满足了瓦塞克的"求知"欲望的同时,他也把自己的"混淆了性别界限"的"极其丑陋"输给了瓦塞克,因为"在万分喜悦之下,瓦塞克冷不防抱住这个令人作呕的印度人的脖颈,亲吻了他的可怕的嘴唇,仿佛那是自己

---

① E. F. Bleiler, ed. *Three Gothic Novels*. Dover Publications, Inc., New York, 1966, pp. 112, 113.

② Marie Hélène Huet. *Monstrous Imagination*. Harvard University Press, Cambridge, Massachusetts, 1993, p. 4.

的最美丽嫔妃的珊瑚朱唇、百合花和玫瑰花"。①

于是,在小说随后的描写中,瓦塞克展示了一系列"性别倒置"的"酷儿"行径,不但改口称呼那个"印度人"为"亲爱的",还询问这个异教徒"是否愿意将自己献给我"。与此同时,为了获得更大的"无所不知、无所不晓"的魔力,瓦塞克还同意那个"印度人"的残酷的请求,用该国达官显贵的"最漂亮"的"50个男童的鲜血"献祭。一场无耻的、血腥的屠杀拉开了序幕。但见50个受骗前来参加"竞赛"的男童"被迅速剥光衣服,将自己的娇嫩、柔软、富有魅力的四肢暴露在旁观者的倾慕的目光之下",而瓦塞克,也在这一饱眼福的"脱衣舞表演"中,成了一个"男性皮条客",十分起劲地给嗜好男色的那个"印度人"奉送一个又一个"男妓":

"瓦塞克依旧站在豁口旁边,拼全力喊道,'让我的50个宠儿一个一个地走到我这里来;让他们按照获胜的顺序走过来。对于第一名,我要赠送我的钻石手镯;第二名,赠送我的翡翠衣领;第三名,我的宝石羽饰;第四名,我的宝石腰带;其余的,我的一件衣服,直至我的拖鞋。'……在此期间,他一点点地脱光自己,尽可能高高地扬起手臂,让他们看见悬空的每件奖品的闪光;但是,他在一只手把奖品递给奔过来的男孩的同时,另一只手将这个可怜的受害者推进豁口,在那里,印度人正以低沉的、不满足的话音急速地重复着,'再来一个! 再来一个!'"②

在某种意义上,马修·刘易斯的《修道士》堪称一部"酷儿"大全,囊括了一切可以想象的有违18世纪异性恋规范的异常性行为特征,如乱伦、施虐狂、受虐狂、恋尸狂、窥淫癖、异装癖、女子气、自体欲,等等。不过,在这些异常性行为特征当中,最常见也是最容易觉察的,恐怕还是安布罗西奥和罗萨里奥的"同性恋"。在小说的开始部分,读者被告知,罗萨里奥是新来的修道士,生性腼腆、孤僻、郁郁寡欢,"似乎害怕让人认出自己,没人见过他的面容长得怎样",因而往往"有意避开其他修道士的陪伴"。不过,对于安布罗西奥,他却设法予以接近,并且曲意逢迎,百般取悦。在安布罗西奥的单人房里,他对鲜花展示了浓厚的兴趣。为此,安布罗西奥感到"十分好奇"、"颇有吸引力",然而,却无法解释这是出于什么缘故。尽管对于罗萨里奥,安布罗西奥表现出了"一个神父的全部挚爱",但也"没少觉得受这个小伙子吸引",而且"时常情不自禁地产生一种欲念,想看看

---

① E. F. Bleiler, ed. *Three Gothic Novels*. Dover Publications, Inc., New York, 1966, p. 119.

② Ibid, p. 127.

这个学生的面容".① 所有这些,无不展示了安布罗西奥、罗萨里奥之间的"同性恋"关系。

然而,值得注意的是,即便在后来,当罗萨里奥披露自己是一个女人,名叫玛蒂尔达,并以色相进行引诱,而安布罗西奥也为这种引诱所制服时,他们的"同性恋"关系依旧没有改变。这一方面因为,玛蒂尔达依然是一个性别含糊的角色,小说中没有任何事实能够肯定,她究竟是一个女性还是一个化身为女性的超现实主义的恶魔,因而,她仍然有可能拥有男性或双性人的性别身份。另一方面也因为,玛蒂尔达在引诱安布罗西奥之后显示出了愈来愈强的男子气。这种男子气是以玛蒂尔达咄咄逼人地质问安布罗西奥为标志的。作为魔鬼撒旦的特使,玛蒂尔达试图以能言善辩来搅乱安布罗西奥的理性思维,以他的自我怀疑和内心负疚来驾驭、操纵他的个人情感。从她宣称自己是女人的那一刻起,她的个性特征就已经开始发生变化,即从罗萨里奥的温顺、体贴的"女子气"变为玛蒂尔达的张扬、挑衅的"男子气"了。正如美国学者约瑟夫·安德里亚诺(Joseph Andriano)所指出的:玛蒂尔达实际经历了一个逐步上升的性别转变,变得愈来愈男性化,因为在吸血鬼的民间传统中,"绝对的、挑衅的邪恶被视为男性的象征,而许多次等的恶魔被看成是双性人。"②

而安布罗西奥,尽管已经被玛蒂尔达的色相引诱所制服,但并不十分情愿地与她保持性关系。在小说的多个情节,马修·刘易斯强调了安布罗西奥对两人通奸的无可奈何和迫不得已,譬如,"他发现这不可能"、"他没有这种能力"、"他显得犹豫不决"、"他开始觉得自己抵制不住诱惑",等等。③ 因为,在心底里,他还是怀念之前那个唯命是从、郁郁寡欢的罗萨里奥。小说中有不少描写安布罗西奥怀念罗萨里奥的场景,譬如,在小说第2章,马修·刘易斯明确写道:"他想起过去与罗萨里奥交往的许多幸福的时光,并担心因为失去他而引起的内心的空虚"。④ 而且,即便在与玛蒂尔达性交时,安布罗西奥仍然把玛蒂尔达当成罗萨里奥,并因此安慰巴勃罗斯神父说,罗萨里奥在花园里被蛇咬伤的身子正在恢复之中。在这之后,小说继续描写了安布罗西奥对罗萨里奥的"柔顺"、"忧郁"的"极度敏感":

---

① Matthew G. Lewis. *The Monk*, with an Introduction by John Berryman. Grove Press, New York, 1959, pp. 66, 67.

② Joseph Andriano. *Our Ladies of Darkness*: *Feminine Daemonology in Male Gothic Fiction*. Pennsylvania State University Press, 1993, Pennsylvania, p. 33.

③ Matthew G. Lewis. *The Monk*, with an Introduction by John Berryman. Grove Press, New York, 1959, p. 87.

④ Ibid, p. 88.

"她已经恢复了罗萨里奥那种柔顺的、令人感兴趣的特性;而不是用忘恩负义来指责他……玛蒂尔达发现,她试图重新赢得他的情感的愿望没有成功;但她遏制了愤懑的冲动,继续以她昔时的温情和关爱来对待这个情感无常的情人。"①

显而易见,安布罗西奥所钟情的对象是作为男人的罗萨里奥,而不是作为女人的玛蒂尔达。正因为如此,玛蒂尔达用女人的性爱手段来笼络安布罗西奥的企图没有实现。恰恰相反,她只有重新恢复之前罗萨里奥所显示的那些个性,才能继续赢得安布罗西奥的挚爱。这也就解释了,为何玛蒂尔达声称自己因为吮吸留在他体内的蛇毒而差点毙命的时候,安布罗西奥要求她恢复两人原先的亲密关系。因为他期待重新成为"身份隐蔽者",而不想保持玛蒂尔达的异性爱。"想想当初你把两人的灵魂联合描绘得多么美好;要永远记住那些想法;让我们忘掉男女的区别,鄙弃世俗的偏见,仅将彼此看成兄弟和朋友。"② 难怪玛蒂尔达在成功地引诱安布罗西奥之后,安布罗西奥觉得自己的"心胸被那个女人所掌控",整个身体"成了疯狂激情的猎物"。神圣的同性之爱被摧毁了,于是,他呼吁罗萨里奥的回归,"太不可思议——玛蒂尔达——是你在同我说话吗?"③

当然,不仅安布罗西奥在呼吁"同性之爱"的回归,而且马修·刘易斯,乃至于霍勒斯·沃波尔、威廉·贝克福德,以及一切有着"酷儿"身份的男性哥特式小说作家也都在呼吁"同性之爱"的回归。

---

① Matthew G. Lewis. *The Monk*, with an Introduction by John Berryman. Grove Press, New York, 1959, p. 257.

② Ibid, p. 108.

③ Ibid.

第三章

国民身份、爱国形象和异族憎恨

——英国哥特式小说的主题意识

　　世纪之交的西方学术界显示了对"英国国民身份"的浓厚兴趣,有关论著层出不穷。一方面,一些颇有影响的发轫之作,如欧内斯特·盖尔勒(Ernest Gellner)的《国家和民族主义》(*Nations and Nationalism*, 1983)、本尼迪克特·安德森(Benedict Anderson)的《想象的共同体》(*Imagined Communities*, 1983),等等,在大量重印;另一方面,又涌现出了一大批广受瞩目的新论著,如安东尼·史密斯(Anthony Smith)的《民族主义和现代主义》(*Nationalism and Modernism*, 1998)、丽莎·斯特芬(Lisa Steffen)的《界定不列颠国家》(*Defining a British State*, 2001)、克里尚·库玛尔(Krishan Kumar)的《构建英格兰国民身份》(*The Making of English National Identity*, 2003),等等。这些论著有一个共同的特点,即研究视角已经突破了政治、经济的框架。很多作者认为,英国国民身份不仅与政治权利的领会、工业化经济的认同有关,还与文化、尤其是通俗文化密不可分。正如英国学者蒂姆·伊登泽(Tim Edensor)在《国民身份、通俗文化和日常生活》(*National Identity, Popular Culture and Everyday Life*, 2002)一书中所指出的:"国家是通过富有活力的、不断变化的、根基很深的通俗文化形式来体验和理解的。而且同样,尚未细察的、约定俗成的、惯常例行的日常生活也为国民身份的发展提供了肥沃的土壤。"①

既然通俗文化在国民身份的型塑中扮演了如此重要的角色,那么作为18世纪末和19世纪初英国通俗文化重要组成部分的英国哥特式小说,是否同样帮助传播了英国国民身份意识?问题的回答涉及英国国民身份的爱国主义特征,同时也涉及英国哥特式小说的重要政治主题。下面就来详细讨论这个问题。

一

国民身份(national identity)的定义,按照大多数西方学者的看法,可以概括为基于某种国土、语言、文化、宗教、历史的共同政治、法律原则。其前提是有一个民族主义运动的存在。这种民族主义运动致使国民产生了一种爱国意识,并将他们凝聚成一个独特的,而且维系着某些已被神化了历史的"想象的政治共同体"。在爱国意识产生之前,某些族群和文化共同体仅仅提及自己的个体意识而不提及任何国民身份。但共同的文化身份"总是"存在的,只不过随着民族主义运动和爱国意识的出现,开始在国家的层面被认识,由此国民视自身组成一个国家,享有一种共同身份。鉴于国民身份涉及国家、民族和个人的方方面面,而且这方方面面又可以从多个不同的角度和多个不同的方式进行诠释,所以是复杂的、多形态的。其中,最重要的是所谓"公民"(civic)和"种族"(ethnic)的区分。当国民的标准是公民时,国民身份可以与"公民权"画等号,基本属于政治和法律范畴,并且意味着可以容纳、接受其他种族或文化背景的新成员。而当国民的标准是种族时,国民身份仅仅意味着一种既不能选择也不能改变的出生权,即是说,并非是能说哪种"国家"的语言或具有哪个国家的公民资格的问题。然而,无论是公民的国民身份,还是种族的国民身份,都是一个相对的概念,不应将其绝对化。实际生活中,公民的国民身份可以转化成为种族的国民身份;反过来,种族的国民身份也可以转化成为公民的

---

① Tim Edensor. *National Identity*, *Popular Culture and Everyday Life*. Antony Rowe Ltd, Chippenham, Wiltshire, 2002, p. vi.

国民身份。

1707年5月1日苏格兰归并英格兰和威尔士联合体的"联合法案"的正式实施,宣告了一个统一的、名为大不列颠的联合王国的诞生,同时也意味着英国国民身份的型塑的开始。接下来的一百多年里,这个联合王国获得了足够的国民凝聚力。一方面,王室和贵族克服了狭隘的区域观念,在实际的执政效果方面变得愈来愈大不列颠化;另一方面,广大中产阶级、劳工阶级也以前所未有的姿态和规模参与了国家事务,尤其是国防事务。他们自觉地支持国家的现存秩序,反对国家面临的外部威胁,并由此建立了自己的忠于国家的信念,主动地承担自己应尽的国家义务。与此同时,他们也相信这个"想象的政治共同体"能够引领自己不断向前迈进,或是增加商业良机,或是改进就业率,或是提升宗教自由度,或是增加社会稳定、抵御外敌入侵。总之,在他们看来,整个大不列颠联合王国如同一把偌大的保护伞,各种各类的团体、个人都可以聚集在这把伞下,避风挡雨,享受裨益。

究竟是什么力量凝聚了英国国民这样一种"自觉参与"的集体精神?又究竟是什么力量促使他们想象出了这样一个"值得信赖"的政治共同体?西方学者做了种种解释,其中最有影响的解释当属英国历史学家琳达·科利(Linda Colley)的《英国人》(*Britons*,1992)。在该书中,她详细分析了英国国民身份的型塑的源起和渐进过程。按照她的说法,大不列颠岛内的国民身份的型塑发生于1707年至1837年的130年间,具体说是从大不列颠联合王国的宣告成立至维多利亚时代的正式开启,而且在此期间,一直受到欧洲重大历史事件,尤其是英法两国一系列战争的影响。这些战争是所谓的"鲸象之战",即英国一方掌握着最强大的海上军事资源,法国一方控制着陆地最强大的军事力量。双方战争不但次数频繁,而且历时久、规模大;即便休战期间,也互派间谍,摩擦不断;彼此斗争的触角还延伸到了北美、非洲、亚洲、西印度群岛等海外殖民地。其中一些战争属于宗教争端,如1702年至1714年的"十二年战争"和1739年至1748年的"九年战争",可以说是英法两国自光荣革命以来的"王位继承权"角逐的继续,斗争的实质关系到基督新教能否顺利地在大不列颠执政;但也有一些战争是出于政治和经济原因,如1756年至1763年的"七年战争"和1803年至1815年的"拿破仑战争",主要是英法两国争夺北美殖民地和世界贸易霸权。[①]

---

① Linda Colley. *Britons: Forging the Nation 1707 – 1837*. Yale University Press, New Haven and London, 2005, pp. 1 – 4.

这些旷日持久、你死我活的战争严重地影响了英吉利海峡两岸的国家统治。就大不列颠联合王国而言，它直接导致了英国圣公会地位的加固、"英格兰银行"的创建、国家税制的改革、城市化进程的加速，以及一个庞大的、高效的海上军事机器的建立。但与此同时，也促进了民族主义运动的开展和爱国意识的产生。面对一次次外来的政治、经济、宗教方面的严重挑战，英国统治者不得不动员广大国民来抵御"外敌入侵"，不但要获得他们的首肯，还要他们的主动参与。当然，并非所有的国民都会做出正面反应。在英国近代史上，也不乏这样的事例，一些人蓄意藐视执政当局的权威，站在了统治者的对立面，如支持詹姆士党人复辟、赞同北美殖民地独立、主张与法国共和主义者媾和，等等。但相比之下，这些人毕竟是属于少数。多数国民仍然响应执政当局的号召，一次次地表现出了"爱国"的行径。他们的动机，很难完全用沙文主义、头脑发热和狭隘保守主义来概括。在很多情况下，爱国主义并非一套固定的价值观，而是一种实用性工具，"如同一辆花车，不同的团体和个人都一跃而上，朝着有利于自己的方向驾驶。做爱国者是获得参与英国政治生活的权利的一种方式，而且，说到底，是更广泛地行使公民权的一种手段。"①

在《英国民族主义的兴起》(*The Rise of English Nationalism*，1987)一书中，美国历史学家杰拉尔德·纽曼(Gerald Newman)详细讨论了爱国主义和民族主义之间的区别和联系。他认为，爱国主义和民族主义都表示个人和团体的十分强烈的情感身份认同，但前者是一种普遍存在的、朴素的忠诚情感，而后者，尽管也"附加"有这种情感，却是一种现代意识的产物，一种复杂的综合性信条，尤其带有人类学的抽象意识以及典型的政治印记。② 而且，在心理层面上，英国国民身份可以被看成是一种独特的大不列颠民族主义的范式，或者说，一种独特的大不列颠爱国主义的形象。博林布罗克子爵(Henry St. John，1678－1751)等托利党政客极力鼓吹过这种爱国主义的形象，马克·埃肯赛德(Mark Akenside，1721－1770)等爱国诗人也纵情讴歌过这种爱国主义形象。"过去的天才和英雄成了国民身份的范例，成了国民品性的象征。人们还注意到，乔治三世的统治是与民族主义起飞的蓝图完全同步的：标志着一个新的英雄崇拜时代的开启。这个时代一直延伸到19世纪，不仅目睹了莎士比亚、弥尔顿

① Linda Colley. *Britons: Forging the Nation 1707－1837*. Yale University Press，New Haven and London，2005，p. 5.
② Gerald Newman. *The Rise of English Nationalism: A Cultural History 1740－1830*. St. Martin's Press，Inc.，New York，1987，p. 52.

第二编　范式论

之类的民族作家复兴,目睹了作为新的'爱国象征'的汉普登、悉尼之类的其他先辈人物的重新获得荣耀,还继续创造了新的大不列颠英雄,如塞缪尔·约翰逊和威灵顿公爵——两个人都以抗击法国人闻名。"①

对于这些爱国主义的英雄,人们已不能用早期启蒙主义时代带有自我解嘲意味的"高尚的野蛮人"(noble savage)来概括。因为在道德上,他们只有"高尚",没有"野蛮"。而且,这种"高尚"是"诚挚的"(sincere)。"诚挚"包含有多项爱国者的美德。首先,它意味着"纯粹"和"洁净",即是说,不掺假、不圆滑、不蒙骗。这是人类美德之冠,是决定其他美德的先决条件。威廉·戈德温说:"诚挚一旦导入人类行为方式,就必然带来一连串的其他美德。"乔治·沃克也说:"诚挚不仅本身是一种明显的美德,还是一种普遍的品性,能够标示所有美德的存在和价值。"② 其次,"诚挚"还表示"自我"的天生纯洁和诚心实意。这种"自我"的表白既有主观因素,又有客观成分。威廉·华兹华斯在界定"诚挚"的概念时所说的"真实,认真,正直"③显然包含了主观和客观两方面的含义,而亚历山大·卡莱尔(Alexander Carlyle,1722－1805)所说的"彭斯的杰出之处……在于他的诚挚,在于他的无可争议的实事求是的文风……这种展现在我们面前的情感已经闪烁在一个活生生的心境中"④,则主要是诉诸一种客观效应。再次,"诚挚"还表示某种天生的创造能力,或者说,某种本能的创造天赋。利昂·基亚梅(Leon Guilhamet)相信,18 世纪中期作为理想的道德规范的"诚挚"之所以受到"热捧",乃是因为在当时的审美范畴取得了重要地位,于是有了"天然"、"本能"、"原创"等涵义。这些涵义固然是针对文学艺术,尤其是诗歌,但社会上也逐渐将"诚挚"界定为"富于创造",并排除了"仿效"、"巧妙"等涵义。⑤ 此外,"诚挚"还暗示行为举止的"坦率"和"勇敢正直"。劳伦斯·斯泰伦(Laurence Sterne,1713－1768)指出:"(人们)凭借观察人类的言行和艺术来构想什么是诚挚的。"⑥ 亚历山大·卡莱尔

① Gerald Newman. *The Rise of English Nationalism: A Cultural History 1740－1830*. St. Martin's Press, Inc., New York, 1987, p. 126.

② Leon Guilhamet. *The Sincere Ideal: Studies on Sincerity in Eighteenth-Century English Literature*. McGill-Queen's University Press, Montreal and New York, 1974, pp. 297, 284.

③ Ibid, p. 4.

④ M. H. Abrams. *The Mirror and the Lamp: Romantic Theory and the Critical Tradition*. Oxford University Press, USA, 1971, p. 319.

⑤ Leon Guilhamet. *The Sincere Ideal: Studies on Sincerity in Eighteenth-Century English Literature*. McGill-Queen's University Press, Montreal and New York, 1974, p. 318.

⑥ William Edward Mead. *The Grand Tour in the Eighteenth Century*. Kessinger Publishing Company, 2007, p. 386.

也写道:"让人们仅用真正的诚挚来说出他们自己心里的思想、情感和实际状况。"① 这即是说,内心的纯洁道德状况不仅是诚实、自发地表达的,还是向世人"坦率"地说出来的。最后,"诚挚"还表示个人的思想独立和自强自立。1759 年,理查德·赫德在一篇文章中,让他的一个虚拟人物"遵循诚挚之路……我以内心的简朴,像以往那样,决心坚守我的原则,顺从我的判断。"② 因为真正诚挚的人必定是有主见的,必定是无所畏惧地反对社会所强加的观点、作风、礼仪和习俗,只要他们从内心里觉得这些是错误的。当两者处在冲突的状态下,他们总是选择前者,而不是后者。

而且,更重要的,他们是"改革了"的"基督教"的"新教徒"。这种"新教徒"完全有别于"腐朽"的、"邪恶"的"天主教徒"和"犹太教徒"。尽管在历史上,他们与那些人有这样那样的联系,但却是他们,真正维系着"宇宙唯一的真神"。他们不但有"信心",而且有"挚爱"和"盼望"。他们不但有"谦卑",而且有"节俭"和"寡欲"。鉴于他们是上帝的真正的"选民",上帝眷顾他们,站在他们一边,眼前的困难对于他们只不过是"试探和磨炼",意在彰显他们"有能力"赢得随之而来的胜利。"在这个社会,新教主义含有多得多的意思,而不仅仅是高调、不相容和沙文主义。它给大多数国民一种意识,意识到自己的历史地位和自己的价值。它让国民因真正享受这些优势而感到自豪,帮助他们忍受所面临的困难和危险。它给国民以身份认同。当然,也还有别的更有力的身份认同。新教主义的团结意识并不总是一劳永逸地凌驾于社会阶级之上,但的确战胜了英格兰人、苏格兰人和威尔士人的深邃的、文化的、历史的差别。"③

爱国主义不但产生国民品性和民族美德,还为暴力冲突和异族憎恨(xenophobia)提供了动力。美国学者彼得·萨林斯(Peter Sahlins)指出:"国民身份属于种族身份或公共身份,是依条件而存在的,基于理性来判断的;它由社会或疆土的界限所确定,并藉此以区别集体的自我与密切相关的、负面的'他者'。"④ 这即是说,广大国民并不总是听信统治当局的爱

① M. H. Abrams. *The Mirror and the Lamp: Romantic Theory and the Critical Tradition*. Oxford University Press, USA, 1971, p. 319.

② Richard Hurd. "On Sincerity in the Commerce of the World", in *Moral and Political Dialogues; with Letters on Chivalry and Romance*, 5th edition, Vol. 1. Kessinger Publishing, 2007, pp. 26 – 27.

③ Linda Colley. *Britons: Forging the Nation 1707 – 1837*. Yale University Press, New Haven and London, 2005, p. 53.

④ Peter Sahlins. *Boundaries: The Making of France and Spain in the Prenees*. University of California Press, Berkeley and Los Angeles, 1989, p. 271.

国宣传,从正面寻找自己的共同身份,而更多地是以异族为参照物,判断自己是哪国人,又不是哪国人。一旦发生同一个明显是异族的"他们"的冲突,原先的文化共同体就可能变成一个安全可靠的或仅仅是情势危急的"我们"。1707 年之后英国国民身份的型塑,正是经历了如此"负面"的"参照"过程。广大英国国民之所以开始将自己界定为一个单一的大不列颠民族,不仅仅是因为有着国内的政治、文化方面的共识,而且,更多的,是因为对于海外"他者"的负面反应。迈克尔·达菲(Michael Duffy)注意到,在"第二次百年战争"期间,英国的政治文化充斥着各种反法情绪,而"仇视法国人的高峰"则是发生在 17 世纪末和 18 世纪。当时的大众媒介——报刊、漫画、文学、戏剧——无不有一种普遍的看法,法国人完全是"异族的"、"邪恶的"、"不正常的"和"非英国式的"。[①] 而在当时英国出版的许多游记作品中,也充满了对西班牙人的"凶残"和"纵欲"的评价。乔治·伯罗(George Burrow)宣称:"就其本质而言,每个西班牙人都是既残忍又胆怯的老虎。"[②] 同样,朱莉亚·拜姆(Julia Byme)也认为,她旅行时所遇见的西班牙人并不比野蛮人好多少。而且,她还根据西班牙铁路匮乏的事实,断定西班牙的炼铁业"无疑很落后,而这又得归咎于这个民族的缺乏激情和思想麻木"。[③] 对于弗雷德里克·菲舍尔(Frederick Fischer)来说,西班牙人长着一副典型的野蛮人外表:"皮肤黝黑,头发乌亮,眉毛浓厚,乍一看十分令人反感。一切显得那么黑暗、野蛮、丑陋,但不久我们就要习惯这种国民特性。"而且,这里的"黑暗"不仅是指身体方面的,也是指知识方面的,"其实质是思想尚未教化,耕种的优势及其相关知识尚未从国外传入,公众的思想还停留在黑暗时代,仅局限于肉体上的享受。"[④] 至于意大利人,在当时的英国人心目中,除了"野蛮"、"未教化"、"纵欲"之外,还多了一份"肮脏"。1852 年,苏格兰作家凯瑟琳·辛克莱(Catherine Sinclair, 1800 - 1864)在《天主教的传说》(Popish Legends)一书中写道:"意大利人的生活不啻动物的生活,语言能力并不比猿猴好多少。"[⑤] 当代英国作家肯尼思·丘吉尔(Kenneth Churchill)也在《意大利

---

① Michael Duffy. "The Noise, Empty, Fluttring French: English Images of the French, 1689 – 1815", in *Histroy Today 32* (September, 1982), p. 21.

② Herbert Jenkins. *The Life of George Burrow, 1912*. Por Washington, Kennikat, New York, 1970, p. 168.

③ Mr. William Pitt Byme. *Cosas de Espana*, 2vols. London, 1866, p. xviii.

④ Fredrick Augustus Fischer. *Travels in Spain in 1797 and 1798*. London, 1802, pp. 187, 189.

⑤ C. P. Brand. *Italy and the English Romantics*. Cambridge University Press, New York, 1957, p. 223.

和英国文学》(*Italy and English Literature*, 1980)中考察了自公元 1764 年至 1930 年英国文学中意大利人的形象。他得出结论:这个时期的英国作家始终把意大利人描写得"奸诈"、"野蛮"和"未开化",而且他们也不屑于改变这种意大利人的形象,宁愿将"肮脏"当成意大利人的本质象征。①

当然,这些"野蛮、凶恶、肮脏"的法国人、西班牙人和意大利人,还是"异教徒",是"持不同教义"的"政治异己分子",他们无时无刻不企图颠覆新教主义的不列颠统治。公元 1707 年前后英格兰、威尔士的许多法律条款,可以说"主要都是保护新教徒"的强烈反天主教徒的情绪;而在爱尔兰,"反天主教徒的刑法条款还要严厉。出于安全考虑,伦敦依然决心要实施这些限制措施,直至 18 世纪中期。"② 公元 1722 年,英国统治当局宣布对天主教徒加征两年的土地特别税,理由是 1715 年政府为平息詹姆士党人的叛乱耗费了大量税款,为此天主教徒应该承担这一损失。③ 除了政治、经济制裁之外,天主教的神职人员的个人自由也受到了限制。可以说,在当时的英国新教徒的心目中,这种限制怎么严厉也不为过。早在 1708 年,乔纳森·斯威夫特就在一篇文章中写道:"耶稣会会士的惯常做法是派出使者充当我们几个重要教派的成员。所以有人报告说,他们在各个时间现身,伪装成位长老会会士、再洗礼会会士、独立派人士和贵格会人士,而且大多数都获得我们信任。"④ 这里姑且不谈斯威夫特所述是否属实,但英国民众对天主教神职人员的担忧和憎恨,也由此窥豹一斑。

二

美国学者本尼迪克特·安德森指出:语言、族群、宗教是国民身份的三个最重要的基础。早期民族主义离不开普遍宗教模式的衰落和印刷资

① Kenneth Churchill. *Italy and English Literature, 1764 – 1930*. Barnes and Noble, Totowa, 1980.

② Linda Colley. *Britons: Forging the Nation 1707 – 1837*. Yale University Press, New Haven and London, 2005, p. 326.

③ John Bossy. *The English Catholic Community 1570 – 1850*. Oxford University Press, New York, 1976, p. 371.

④ Jonathan Swift. "An Argument Against Abolishing Christianity in England", in *Prose Works of Jonathan Swift, 14*, edited by Herbert Davis. Blackwell, Oxford, 1957, p. 37.

第二编　范式论

本主义的发展,报纸和小说的大众消费产生了一种"印刷语言"(print-languages),由此普通百姓开始与城市中心相连,并被鼓励共同参与一种共享的想象的文化。① 事实上,以上所例举的 1707 年之后的种种英国国民身份意识,正是通过这种"印刷语言"产生和传播的。"大不列颠国民身份,如同大不列颠帝国一样,是被想象出来的、交流出来的、争论出来的,并且被铭记在石雕、油画、地图、速记簿、刺绣品,以及口头的、书面的、印刷的话语之中。"② 而且,在这"书面的、印刷的话语"中,最重要、最有影响的除了上面引述的政治、历史、宗教、游记等著作外,无疑还有哥特式小说。这不仅因为哥特式小说"生逢其时",所流行的年代恰好与英国国民身份型塑的年代吻合,因而不可避免地会受到当时英国社会的影响,反映当时英国统治者和国民的政治意愿,还因为它作为当时英国畅销的文学类型,拥有其他非畅销文化形式无可比拟的接受面,因而最有能力吸引、影响和掌握受众。哥特式小说以高度生动的文学形象,宣扬了大不列颠民族凝聚力,表达了"自我"与"他者"的冲突。它让广大读者意识到,什么是理想的国民,什么是高尚的爱国情操,什么是值得效仿的民族美德,什么是"改革了"的基督徒的形象;与此同时,它又把宗教改革时期的祭司、修道士作为"专制"、"邪恶"、"腐朽"的代表,给广大读者提供了一个"负面"的、"异族"的"参照物",从而认识、确定自己的共同国民身份。

霍勒斯·沃波尔的《奥特兰托城堡》不但是英国哥特式小说的肇始之作,也是最早传播国民身份意识、弘扬民族精神的哥特式小说。该书的许多历史场景,常常令人想起盎格鲁—撒克逊时期的爱国传统;而该书的许多情节,也无不反映了广大国民追求理想王国的心声。尤其是,该书塑造了一个传奇式的英雄——西奥多。他不但诚实、坦率,而且勇敢、正直,对女性有侠义心肠。当玛蒂尔达提出要酬谢他的帮助时,他断然予以拒绝,因为"我不知道什么是富有,但也不会抱怨上苍给我安排的命运;我还年轻,有的是力气,并不羞于自己养活自己——不过,别以为我高傲,也不要以为我貌视你的慷慨帮助。"③ 这种"默默奉献"与曼弗雷德的"极端自私"形成了鲜明对比。而且,他也十分忠于自己的基督信仰。尽管在玛蒂尔达的一再劝说下,他同意从狱中逃走,但不同意逃到圣·尼古拉教堂接受

① Benedict Anderson. *Imagined Communities: Reflections on the Origin and Spread of Nationalism*, Revised Edition. Verso, London and New York, 1991.

② Linda Colley. *Britons: Forging the Nation 1707 – 1837*. Yale University Press, New Haven and London,2005,p. xii.

③ E. F. Bleiler, ed. *Three Gothic Novels*. Dover Publications, Inc., New York,1966, p. 48.

庇护。"不,公主,只有无助的少女或罪犯才逃到教堂接受庇护。西奥多的灵魂是与罪恶无缘的,也无须罩上罪恶的外衣。请给我一把剑,公主,您的父亲将会知道,西奥多藐视耻辱的脱逃。"与此同时,这种信仰又让他显得十分谦卑:"假如上苍选择我做您的信使,我必定会完成这个职责,助您一臂之力。"而在此之前,曼弗雷德吩咐手下将他拉到庭院斩首,他也显得十分平静。"他只有唯一请求,那就是允许他做一次忏悔,让他平安地到达天堂。"后来,这个请求获得曼弗雷德的许可,但被蛮横地规定必须简短,这时,他也没有显示丝毫不安:"谢天谢地,我的罪恶并不多,没有超出我这个年龄的范畴。"如此大度的气魄和宽恕一切的境界,连一旁的教士也极为动容,声称无论是他还是曼弗雷德都会"希望去这个已被神赐福的年轻人将要去的地方"。①

同样,在安·拉德克利夫的哥特式小说中,人们也不只一次看到了那些作为"民族败类"的没落贵族和作为"民族灵魂"的英雄人物之间的搏击,后者往往显示了"诚挚"的品性,表现为正义的化身。《阿思林和邓贝恩的城堡》描写了两个年轻的男主人公,一个是阿思林城堡的统帅奥斯伯特,另一个是他麾下的将领艾利恩,两者同属一个部落。奥斯伯特"心灵高尚","各方面都很出色",尤其具有杰出的"军事指挥才能",而且,他不顾母亲的阻拦,执意要同有"杀父之仇"的马尔科姆决一死战,也体现了他的"大义凛然"和"勇猛无畏"。② 而艾利恩像奥斯伯特一样,是"仁爱之士"。作为部落的一个重要军事成员,他在城堡保卫战中发挥了重要作用。而且他在战争中的所作所为,也显得比奥斯伯特更机敏。正因为这样,他在被俘之后能够设计脱逃。一旦行动暴露,就夺过卫兵的剑,然后用剑威胁卫兵,但承诺不予伤害。他之所以这样做,一方面是不轻易伤害无辜,另一方面也是麻痹其他卫兵,以免给下一步行动造成麻烦。③ 同样的人物塑造也出现在《尤道弗的神秘》中。该书的法国军人卢多维科,尽管着墨不多,却是小说的英雄人物。在安妮特眼里,他长得高大,英俊,充满了自信,经常划一叶轻舟,放声高歌。然而,就在这"轻率"、"不可靠"的外表下面,隐匿着可贵的"随机应变"和"独立思考"。这种品性不但帮助他从尤道弗城堡成功脱逃,还帮助他从守城卫兵手中缴获了自卫武器。

① E. F. Bleiler, ed. *Three Gothic Novels*. Dover Publications, Inc., New York, 1966, pp. 73, 75, 59.

② Ann Radcliffe. *The Castles of Athlin and Dunbayne*, edited by Alison Milbank. Oxford University Press, Oxford and New York, 1995, p. 5.

③ Ibid, p. 24.

比起另一个法国军人杜邦,他显得更有实战经验,因而能根据具体的地理位置和地貌特点,决定自己的行动,将部队带到安全地。更重要的是,他有一颗仁爱之心。尽管他的任务是侦查,但他没有忘记应尽的义务。正是这种强烈的责任感,让他有了助人为乐、同时也是展示自己才干的良机。显而易见,安·拉德克利夫有意弘扬两种不同概念的"民族精神"。一种是文化意义的,即指与民族有关的意识、符号、关联,以及行为、交际方式等体系。另一种是"唯意志的","仅仅表示一类人(譬如某一区域的居住者,某一语言的使用者),表示一类按照共享成员身份坚定地确认某种共同权利的人。"①

当然,在《修道士》中,马修·刘易斯也传播了英国国民身份意识和爱国主义精神,不过他传播的方式,不是通常意义的"直言不讳",而是"哈哈镜式的折射"。战争的引擎并非总是发动民众,有时也会减低政府的可信度。伴着负面效应的产生和改革呼声的出现,人们往往会质疑执政者的统治。批判的锋芒逐渐指向统治者的责任、公民的权利和爱国的忠诚,指向伪善的、泯灭人性的天主教教义。可以说,《修道士》中安布罗西奥的人物塑造,就是上述爱国主义、民族美德、个人利益之间新的互动的产物。马修·刘易斯如此描述安布罗西奥在修道院所受到的伪善教育:"他非但没有济世的仁慈,反倒为自己的特别建树养成了一种自私的癖好;他学会了同情他人的过失,哪怕最令人发指的罪行;他的高尚的坦率品性被换成了奴颜婢膝……他容忍高傲、虚荣、野心和蔑视;他嫉妒自己的对手,鄙弃除他之外所有人的长处;他对冒犯自己的人充满敌意,肆意以残忍的手段复仇。"② 而马修·刘易斯对于安布罗西奥的人性泯灭的描述也能从下面文字中窥豹一斑:"倘若他的青春是在世俗世界度过的,也许早就显示出许多杰出的男性品质。他本该有天生的进取心,坚定不移、无所畏惧;他本该有勇士之心,表现冲锋陷阵的辉煌。他的天性并不缺乏慷慨;可怜的人从来不会不在他身上找到同情;他的才智是敏捷的、发光的,他的思维是宽阔的、可靠的、果断的。如果拥有这样的品性,也许他早就给自己的国家带来荣耀。"③ 然而,安布罗西奥并没有这样的品性,所以轻易地被魔鬼引诱,从而一步步走向罪恶的深渊。如此人生悲剧不啻是对 18 世纪末

---

① Ernest Gellner. *Nations and Nationalism*. Cornell University Press, Ithaca, New York, 1983, p. 7.

② Matthew Lewis. *The Monk*, with an Introduction by John Berryman. Grove Press, New York, 1959, pp. 238 – 239.

③ Ibid, pp. 237 – 238.

英国国民品性缺失的一种可怕的警示。值得注意的是,尽管作品的主要人物安布罗西奥禁不住诱惑,犯了大罪,被打入地狱,接受"地狱之火的烤炙",但一些次要人物,如雷蒙德、洛伦佐,等等,却因这样那样的"诚挚"品质,获得救赎。马修·刘易斯似乎有意通过不同人物、不同国民品性的最终结局来强调加尔文的"预定救赎论",指出"因信称义"是大不列颠新教徒的终身追求,也是区别"自我"和"他者"的根本标志。

这种以"因信称义"来区分"自我"和"他者"的创作手法,也出现在其他许多哥特式小说中。譬如克拉拉·里夫的《英国老男爵》,以大量的笔墨描绘了菲利普·哈克莱爵士的基督信仰的"诚挚"、"纯洁",展示了这个"英国老男爵"的爱国动力和美德源泉。小说刚一开始,就出现了哈克莱为死去的老仆人举行葬礼的画面,他不但亲自送葬,还在"墓前留下了仁慈的眼泪"。后来,哈克莱爵士又仿效《圣经》中那个"接受穷人的邀请、替自己的信徒洗脚"的耶稣基督,到一个"没有能力、也不般配"接待他的农民家中投宿。① 与此同时,他乐善好施,经常接济穷人,还终身供养了"十二个战争中致残、尚无奉养的老兵,以及六个时运不济、终身得不到提升的年迈军官",外加"一个在战争中被俘获、且已皈依基督教的仆人"。此外,"还有其他许许多多吃他的面包、喝他的茶水的人……他的耳朵从来都是朝困难的人敞开的,他的双手也从来都是朝这些人伸开,而他也分享每个义人的平安和喜乐。"在小说的结尾,哈克莱爵士还主动把自己的宅邸送给菲茨—欧文,目的是让他腾出现在住的宅邸,还给埃德蒙。他让菲茨—欧文放心,"我的封地上还有一幢宅邸,关闭多年了,我要进行适当整修,以便接受我的老人们;我要把它捐出来,再附加一笔钱,给他们付年金,指定专人管理。"② 尤其是,他不仅帮助埃德蒙洗刷了"背叛"的罪名,恢复了被剥夺的继承权,还帮助他纯洁了美德的意识,驱逐了心中的"虚荣感"。在此之前,埃德蒙的心中一直埋着一股"怨气",因为他的"好意"总是被人"误解","美德"总是被人"忽视"。尽管后来,战争给他创造了"爱国"的良机,他随同朋友一道奔赴法国战场,证实了自己对于国家的"忠诚",但个人表现出来的高尚品质依旧不被人承认,原因是"低微的出身和依附他人的状况"在起作用。在哈克莱的帮助下,埃德蒙恢复了贵族身份,又重新认识到美德的价值,并据此宽恕了那个隐匿他的出生身份、对他进行百般折磨、并将他赶出家门的养父沃尔特·洛弗尔的罪过,"过

---

① Clara Reeve. *The Old English Baron*, edited by James Trainer. Oxford University, New York, 1967, pp. 8, 13.

② Ibid, pp. 83, 84, 147.

去我分享了你的贫困,现在你将分享我的富足。"① 最后,他同菲茨—欧文的女儿喜结良缘,一家人幸福地生活。显然,"因信称义"的高尚品质得到了良好的回报。

又如理查德·沃纳(Richard Warner,1763-1857)的《纳特利修道院》(*Netley Abbey*,1795),以一系列的跌宕起伏的情节描述了"年轻少女身陷魔窟"的故事。但在这些令人眼花缭乱的"追逐-脱逃"的描述中,作者特意穿插了如下一段强调年轻女主人公"道德高尚"的文字:"埃莉诺的心灵,纯洁得刚从造物主那里出来一般,因而她从来不思索可能会脸红之事。而她的父亲,一俟自己的孩子到了能够接受固定、准确的意识的时候,就不厌其烦地灌输这样的思想:要有强烈的道德责任感。"② 与这段强调年轻女主人公"道德高尚"的文字相匹配,作者又以哥特式小说最常见的超自然手段展示了年轻男主人公的"勇敢"和"正直"。倏忽间,这位年轻男主人公发现自己处于最恐怖的境地——看见了一个鬼魂。不过,他的镇静神态也显示,即使在这样的非常时刻,他也没忘记源于上帝赋予的"道德责任":

"此时爱德华的大脑被惊奇所占据……他鼓起全身的勇气,毫不惧怕地盯着那个魅影;同时用大脑进行合理的推断:如此极不寻常地违反大自然的一般规律,想必已经获得了某些默许,而且这些默许也必定来自某个超自然机构。因此,他决心尽最大努力探查自己应该起什么作用,究竟应该怎样做才能取悦天意,才能遵循至高无上者的命令。"③

在这里,爱德华表现出了一种新教主义的道德意识,而且这种道德意识是"坦率"的、"纯洁"的,毫无矫揉造作之嫌。尽管后来事实证明,那个鬼魂是他的邪恶的叔叔装扮的,意在阻止他和埃莉诺进一步探查自己的有关犯罪事实,但可贵的是,在当时,他能把心理上最具破坏性的经历融入一个有序的世界,并据此进行道德价值判断。正因为如此,他的"自我"品性是"诚挚"的。小说后半部,理查德·沃纳进一步向读者展示了两个道德高尚的年轻英国人如何凭借"隐匿的上帝之手"战胜歹徒的不寻常经历。而且,这种经历也带来了"美德"的效果:篡夺者的阴谋只能得逞一时,其倒行逆施反倒考验了受害者的忠诚和德行。

---

① Clara Reeve. *The Old English Baron*, edited by James Trainer. Oxford University, New York, 1967, pp. 26, 149.

② Richard Warner. *Netley Abbey: A Gothic Story*, edited by Devendra P. Varma. Arno, New York, 1974, vol. 1, p. 97.

③ Ibid, pp. 138-139.

<h1 style="text-align: center">三</h1>

　　如同新教主义的爱国英雄被描绘为典型的"自我",笃信天主教的法国人、西班牙人和意大利人也被描绘为最重要的"他者"。在哥特式小说作家的笔下,这些欧洲大陆的异教徒一个个显得"野蛮"、"未开化"。他们不但"凶残"而且"诡诈",不但"贪婪"而且"高傲",不但"污秽"而且"纵欲",种种民族陋习同大不列颠民族的"诚挚"形成了鲜明的对照。在《英格兰前浪漫主义小说史》(*The History of the Pre-Romantic Novel in England*,1949),詹姆斯·福斯特(James Foster)探讨了 18 世纪英国小说创作的情节特征,指出"神甫恶棍"在哥特式小说创作中"大量存在"。[①] 而玛丽·塔尔(Mary Tarr)也在《哥特式小说的天主教》(*Catholicism in Gothic Fiction*,1946)一书中分析了 18 世纪末和 19 世纪初所流行的哥特式小说的情节结构,发现绝大多数作者都怀着敌意"使用天主教素材",从"嘲讽"到"厌恨",应有尽有。[②]

　　哥特式小说作家抨击欧洲大陆异教徒的一个主要方式是描述罗马天主教机构的"专制"和神职人员的"犯罪"。一方面,宗教裁判所和修道院被描绘为冷酷的杀人机器;另一方面,独身的修道士又被刻画成父权制家庭的破坏者。正是他们,造成了众多家庭的夫妻反目、兄弟交恶、父子残杀,从而吞噬了大不列颠的社会细胞,破坏了大不列颠的统治基础。在《意大利人》中,一开始,安·拉德克利夫就描写了天主教会庇护意大利杀手、天主教堂变成杀人犯藏身地的"绝非寻常之事"。[③] 通过这一细节的叙述,读者被一步步地引向谢多尼神父和其他神职人员的犯罪,其中包括宗教审判、绑架、谋杀和偷盗。同样的描述方式也出现于乔治·穆尔的《格拉斯维尔修道院》。小说中,读者被告知两个年轻孤儿继承了一幢古宅,而这幢古宅曾经用作天主教会的修道院。几乎在同时,作者向读者做了这样一番解释:"以前这里曾经是宗教崇拜的场所;意大利被卷入战争期

① James R. Foster. *The History of the Pre-Romantic Novel in England*. MLA,New York,1949,p. 51.

② Mary Muriel Tarr. *Catholicism in Gothic Fiction*. Catholic University of America Press,Washington,1946,p. 121.

③ Ann Radcliffe. *The Italy*,edited by Frederick Garber. Oxford University Press,New York,2008,p. 2.

间,有些修道士因勾结自己国家的敌人犯下了残暴的罪行,从而藏身此地。他们除一人外全被发现,那个人将自己秘密藏在该修道院一个不为人知的地方,而他的同伴则遭受着所能给予的最严厉的惩罚。"① 从这时起,小说的每一个情节都涉及天主教会的犯罪,而这些犯罪又与狡诈的修道士所挖的秘密通道有关。霍斯利·柯蒂斯的《尤道弗的修道士》(The Monk of Udolpho,1807)也有类似的手法,只不过他没有把修道院描写成"地下魔窟",而是将其刻画成"坟墓"。只见该修道院内,"四周竖着黑墙和黑柱,人行道也铺着黑砖。在无数圆拱形壁龛的下方,她能辨认出几张板凳,上面覆盖有人的颅骨和其他死亡标志";而且,在一个内阳台,也摆放了一圈板凳,当中立着一尊古怪的雕塑,"层层向上隆起,并遮有乌木柱支撑的黑布华盖,刻有坟墓的种种可怕标记。华盖本身也呈棺材形,一具作为标准死亡象征的骷髅在里面半隐半现,似乎在无力地伸手拉着顶盖,而在可怕的头部,也绽开了狞笑,眼睛直勾勾地盯着四周,准备随时将过往的受害者吞入腹中。"② 正是在这样阴森恐怖的"坟墓",年轻的埃希利亚公主有机会目睹了一个天主教会的阴谋的诞生,也正是在这样阴森恐怖的"坟墓",修道士桑古多尼创建了自己的兄弟会,并密谋将该组织向周边的国家渗透,以便掌控那些国家的统治。

当然,像桑古多尼这样"诡诈"、"狠毒"的修道士,其他哥特式小说中也不乏其人。在《曼弗朗涅》中,玛丽·安·拉德克利夫如此描写修道士格里马尔迪:"根据他目前所显示的性格和性情的特征,他的黑暗、野蛮的心境想必正在酝酿复仇计划,读者将会看到,既然他无休止地刺激他人产生野蛮的、残忍的行径,也就不可能乖乖地容忍那个公爵的影射之举。"③ 无需说格里马尔迪有何复仇计划,仅仅凭借上面的文字,读者就能预料将有什么事情发生。同样,在《致命的复仇》(The Fatal Revenge,1807)中,查尔斯·马图林塑造了工于心计的"疯癫"修道士谢莫利,他出于复仇的乖戾心理,对仇人的两个年轻的儿子施加催眠术,然后进行恐吓,使他们相信自己命定要谋杀生身父亲。正如查尔斯·马图林所描述的,两个年轻兄弟顿时被谢莫利的异乎寻常的表情吓得失去了理智:"在他又大又圆的眼睛里,一切人类的情感似乎都是麻木的;他的脸上刻着往昔的踪迹,

① George Moore. *Grasville Abbey: A Romance*, edited by Devendra P. Varma. Arno, New York, 1974, vol. 1, p. 101.

② T. J. Horsley Curties. *The Monk of Udolpho*, edited by Devendra P. Varma. Arno, New York, 1977, vol. 3, p. 104.

③ Mary Ann Radcliffe. *Manfrone; or, The One-Handed Monk*, edited by Devendra P. Varma. Arno, New York, 1971, vol. 3, p. 23.

没有现时的激情或事件的任何表示；似乎像奔流肆虐过的河床，虽然洪水已去，还能在深深的、干枯的、不平坦的沟槽里找到印痕。"而且，毫无疑义，"凡是见过或认识这个修道士的人提到他时都会情不自禁地产生一种恐惧。"① 于是，经过长期的痛苦的抉择，兄弟俩合谋杀死了自己的父亲。小说结束时，这对"掉入陷阱"的弑父兄弟，一个几近发疯，另一个进了监狱。然而，谢莫利并不因为毁灭了整个仇人的家庭而感到高兴，他突然发现，这对兄弟并非仇人的亲生骨肉，而是自己早年失散、误以为不在人世的亲生儿子。这也印证了此类哥特式小说的几乎是千篇一律的结局：凡玩火者必自焚。

　　哥特式小说作家抨击欧洲大陆异教徒的另一个主要手法是描述西班牙人的"纵欲"。所谓"纵欲"，就是放任粗鄙的情感，容忍原始的暴力，所以也是一种野蛮的具体表现。在《修道士》，马修·刘易斯一开始就强调了西班牙男女的旺盛性欲以及这种旺盛性欲和宗教活动的联系："别以为大家聚集在这里都是为了表示信仰虔诚或渴求知识。没有几个人受到这些方面的影响；在马德里这样崇尚强权的城市，觅求真正的挚爱只能是枉费心机……女人来这里是为了展示自己，而男人来这里是为了欣赏女人。"② 既然西班牙人来教堂的目的不是参加宗教活动，而是为了"展示自己的性魅力"，那么对于他们，宗教活动也就失去了原来的意义，异化成为一种"纵欲"的象征，而且可以说，越是"争先恐后"地参加宗教活动，就越是显得"好色"。这也无异于向读者暗示，在场的众多绅士、太太、小姐均是"好色者"。然而，值得注意的是，即便是那个初来乍到、理应"最不好色"的安东尼娅，马修·刘易斯也描写了她的"话音显得格外甜美"，以至于各位绅士"不由自主地离开座位，将身子朝她转了过去"；而安布罗西奥一露面，她又"急不可待地凝目注视，心中荡起一阵愉悦，这愉悦至今她还从未体验过"；后来，安布罗西奥做完弥撒，离开教堂，"安东尼娅的眼睛又急切地追随他离去。随着他身后的门一关，她心中的强烈的幸福感也顿时消失，泪水顺着面颊悄然流下"；再后来，"她急切地抓住机会同他说话"，并感到"他的话音激起我如此的兴奋、敬仰，几乎想要说喜欢他，而我本人也惊讶自己为何有这样的情感"。③ 凡此种种，活生生地描绘了一个

① Charles R. Maturin. *The Fatal Revenge; or, The Family of Montorio*, edited by Devendra P. Varma. Arno, New York, 1974, vol. 1, p. 67.

② Matthew Lewis. *The Monk*, with an Introduction by John Berryman. Grove Press, New York, 1959, p. 35.

③ Ibid, pp. 37, 46, 58.

第二编　范式论

"情窦初开"、渴望"男女之情",但又表现得毫无羞涩、毫无节制的西班牙少女形象。这也等于进一步向读者暗示,西班牙女人不但好色,而且是"天生好色"。后来,在小说中,马修·刘易斯还为这种"天生好色"做了一个脚注,指出"天气炎热对西班牙女士的身体构造产生了不小的影响"。①

而安布罗西奥,尽管此时被认为"严守贞操,尚不知男女有何区别,一般人尊他为圣徒",但骨子里也是一个"纵欲"的西班牙男性,只不过在天主教的伪善教义的约束下,"旺盛性欲"暂时受到了压制。不过,这种压制也导致他产生了严重的畸形恋。一方面,他恋上了"圣母玛利亚"的画像。"难道玫瑰花有那张脸一样绯红? 难道百合花能与那只白皙的手媲美? 啊! 要是真有这样一个人存在,仅仅为我而存在,那该多好! 我真想把自己的双唇缠绕着雪白胸脯上的两个宝贝!"而且,在梦中,他也把"圣母玛利亚"的画像当做自己意淫的对象:"有时他的梦境呈现出他所喜爱的圣母玛利亚的画像,而且幻想自己跪在她的面前。他主动向她起誓时,画像上的眼睛似乎在他身上散发出无可比拟的芳香。他紧紧地吻着她的双唇,觉察到上面的温暖。画面上的人像开始活动起来,亲昵地和他搂抱,他几乎承受不住如此强烈的兴奋。"② 另一方面,安布罗西奥又爱上了新来的见习修道士罗萨里奥,两人很快建立了同性恋关系。罗萨里奥对于安布罗西奥,"有一种几近崇拜的敬佩目光,总是凑到他的面前问寒问暖,不放弃任何讨好他的机会";而安布罗西奥对于罗萨里奥,也"没少觉得受这个小伙子吸引。只有同他在一起,他才收起了惯常的严厉。当他向他发话时,会情不自禁地使用一种比平常温和的语调,声音显得格外甜美,就像罗萨里奥向他发话一样。他以指导学习各种知识来报答这个小伙子的殷勤,小伙子也温顺地听他讲课。安布罗西奥一天天迷上了这位天才学生的无限活力、率直举止和品行端正。总之,他对罗萨里奥倾注了一个神父的所有的爱恋,并时常不由自主地产生了一种欲念,想看看这个学生的面容。"③ 正因为安布罗西奥骨子里是一个"纵欲"的西班牙男性,所以,一旦他的"旺盛性欲"的闸门被玛蒂尔达打开,就一发不可收拾,不但肆无忌惮地在修道院与玛蒂尔达姘居,还在她的怂恿下,处心积虑地、极其残忍地对安东尼娅实施了性侵犯,从而坠入了犯罪的深渊。

---

① Matthew Lewis. *The Monk*, with an Introduction by John Berryman. Grove Press, New York, 1959, p. 267.

② Ibid, pp. 44, 65, 89.

③ Ibid, pp. 66, 67.

同西班牙人的"纵欲"一样,意大利人的"野蛮"也往往成为哥特式小说作家抨击的对象,其中最常见的一种方式是以意大利的乡村为小说背景,通过风景秀丽的高山峻岭、河川溪流的描述,烘托意大利人的野蛮人性。在这方面,安·拉德克利夫的《西西里传奇》、《尤道弗的神秘》和《意大利人》可谓创作的典范。譬如,在《意大利人》中,作者如此描写美丽的自然风光和当地居民的粗鄙情感:"船夫倚靠着船桨,而他们的乘客倾听着各种说话声,这些说话声已经因说话者的个人情感而拔高到了激昂的雄辩,也许仅仅靠艺术的力量才能展示……不时地,他们滑过一个岬角,那里杂草丛生,毛茸茸地伸向海面,如此神奇的美丽景色在海湾前面跳舞的人群看来,也不啻是展现、装点了一幅不恰当的彩笔画。"① 后来,当埃琳娜被绑架、押送至修道院时,作者再次将美丽的自然景色和押送她的歹徒的凶残相互并置,以此烘托、强调歹徒的野蛮人性:"公路……在紧逼河面的峭壁之间渐渐上升,仿佛被悬吊在空中;峭壁的巨大阴影,时而高耸,时而下沉,连同瀑布的惊人气势和咆哮,给这次押送增添了无法描绘、无法言说的恐惧。"②

同样,夏洛特·戴克在《圣·奥默修道院修女的忏悔》(*Confessions of the Nun of St. Omer*,1805)中,也描写了两种决然不同的意大利"风貌"——自然风貌和社会风貌。该书受马修·刘易斯的影响,采用了《修道士》的某些主题,安布罗西奥的自欺欺人的个性已被移植至一个年轻的女主人公,她因阅读多愁善感的小说,情感发生扭曲。后来该女主人公去了威尼斯,在那里,她被诱骗进了妓院。这一过程的描写自始至终展示了意大利人的野蛮人性,譬如,"同性恋嘉年华会"挤满了"浪荡的人群",大家都沉迷于"愚蠢的娱乐",不能自拔,等等。但夏洛特·戴克在如此描写意大利人的"野蛮"的同时,还插入了这样一段烘托性文字:"多么可爱的、壮丽的国土! 你的崇高美丽的景色在一个沉思的心智激起了太多的想法! 该用怎样的欣喜来详述你的各式各样的闪光的雕塑,还有仿佛悬挂在大海和天空之间的颤栗的群山!"③ 在这里,作者以诗人般的激情表达了一种爱恨交加的激情,她爱的是自然方面的"可爱的、壮丽的国土",恨的是社会方面的"太多的"、无法用"欣喜"来述说的野蛮人性。如此鲜明

① Ann Radcliffe. *The Italy*, edited by Frederick Garber. Oxford University Press, New York, 2008, p. 37.
② Ibid, p. 63.
③ Charlotte Dacre. *Confessions of the Nun of St. Omer*, edited by Devendra P. Varma. Arno, New York, 1972, vol. 1, pp. 31 – 32.

的"自然"和"社会"的对比,也出现在夏洛特·戴克的另一部代表作《佐弗罗亚》。该书在详尽地剖析意大利人的邪恶和残忍的同时,也没忘交代滋生野蛮人性的种种背景,其中包括"自然"因素:"威尼斯人喜爱情妇,也有点嫉妒妻子,从而将西班牙人和意大利人的个性一并融合在最理想化的情感状态……天生的血腥暴力,气候,习俗,还有教育,威尼斯人的仇恨一旦激起,就难以平息,终生记恨。"①

此外,也有一些哥特式小说不屑于描述意大利的自然风貌,一味剖析意大利人的野蛮人性。譬如约翰·穆尔(John Moore,1792－1802)的《泽鲁科》(*Zeluco*,1789),揭示了意大利人的宗教礼仪的"繁文缛节"。作者借小说中的一个苏格兰人指出:在意大利,宗教活动"几乎完全是一种外在的表演,华而不实,什么鞠躬呀,行礼呀,做各种手势,穿奇装异服,还有列队,以及其他无意义的礼节"。② 不过,在剖析意大利人的野蛮人性的方面,揭露最深刻的也许是约克夫人的《闹鬼的宫殿》(*The Haunted Palace*,1801)。该书尽管是一部小说,但不时地作者会插入一些抨击性的议论,其语言之犀利,令人震撼。譬如下面这段文字:"我不想重复我们所见到的不同情景,免得你们心生倦意。只要你们了解意大利,就能猜出是什么。我对他们当中的大多数人都感到厌恶,只是没有下决心抵挡他们的各种诱惑……现在我熟悉了邪恶和愚蠢,因而能够打起精神,带领你们去领教种种诡计。"③ 而且,她在具体描述意大利人的野蛮人性时,也能抓住一种最有说服力的东西——黑色魔法。譬如:

"整个人群围着祭坛定好了自己的位置,那祭坛离地面有七个台阶……于是我们靠近祭坛;信号出现了;几个男人走了进来,手里拿着蜡烛;接着又进来了一个,像是神父的模样;然后又是两个衣着相同的人走了进来,各自拿着一本大书……祭坛上躺着一只狗,那神父登了上去;接着,他装模作样地念了几句咒语,割破了狗的喉管。鲜血被装在碗里……猫和鸡也以同样的方式献祭。鲜血被装在不同的碗里,尸体被焚毁。那个之前跪在祭坛前面的男人,此时接过神父递给的一只碗。他饮了碗里的鲜血,又饮了另外碗里的鲜血。"④

---

① Charlotte Dacre. *Zofloya; or, The Moor*, edited by Devendra P. Varma. Arno, New York, 1974, vol. 1, p. 9.

② John Moore. *Zeluco; Various Views of Human Nature*, edited by Devendra P. Varma. Arno, New York, 1972, vol. 2, p. 225.

③ Mrs. R. P. M. Yorke. *The Haunted Palace; or, The Horrors of Ventoliene*. London, 1801, vol. 1, pp. 172－173.

④ Ibid, pp. 176－177.

总之，在约克夫人看来，意大利人的野蛮人性是不证自明的。当然，不仅仅是约克夫人，还有安·拉德克利夫、夏洛特·戴克、约翰·穆尔，以及其他许许多多哥特式小说作家，都认为意大利人的野蛮人性是不证自明。正因为如此，他们的作品提供了生动的"异族参照物"，帮助传播、型塑了大不列颠的国民身份。

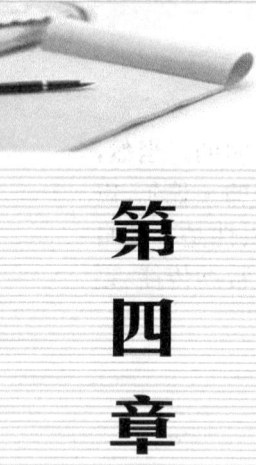

第四章

鬼魂、巨怪和活体幽灵

——英国哥特式小说的创作要素

　　本文讨论英国哥特式小说的超现实主义创作要素——"鬼魂"（ghost）、"巨怪"（monster）和"活体幽灵"（doppelgänger）。这些要素不但为历来的哥特式小说批评家所关注，也是当今哥特式小说研究的一个热点。据粗略统计，仅仅在 21 世纪的头几年，英美两国就出版了 50 多部相关著作，其中不少是颇有影响的论著，如朱迪思·哈尔伯斯坦（Judith Halberstam）的《毛皮展示》（*Skin Shows*，2000）、朱利安·沃尔弗雷斯的《维多利亚时代的闹鬼》（*Victorian Hauntings*，2002）、本杰明·达夫龙（Benjamin Daffron）的《浪漫主义的活体幽灵》（*Romantic Doubles*，2002），等等。关于超现实主义幽灵，法国理论大师雅克·德里达（Jacques Derrida，1930－2004）有句名言："幽灵的问题是人生的问题，是生死之间的界限问题，无一例外。"①这即是说，人们子虚乌有地谈论幽灵作祟，并非关心死者已逝的过去，而是出于生者的现时需要。它意味着生者受现实生活的困扰，对现实生活感到恐惧。在这里，雅克·德里

① Jacques Derrida. "Marx, C'est Quelqu'un", in *Marx en Jeu* by Jacques Derrida, Marc Gullaume and Jean-Pierre Vincent. Descartes & Cie, Paris, 1997, p. 23.

达谈的虽然是哲学问题,但也为我们研究上述哥特式小说的超现实主义创作要素指明了方向。显然,在哥特式小说中,鬼魂、巨怪、活体幽灵已经不限于自身的文本含意。一方面,它们是虚拟的想象,以特定的文学形式帮助构筑了哥特式小说情节,展示了男女主人公作为哥特式小说特征的种种精神创伤;但另一方面,它们也是一种真实的存在,由产生它们的文化所萦绕,体现了当时英国的复杂的社会历史情境。下面即按照这一思路,以霍勒斯·沃波尔、克拉拉·里夫、安·拉德克利夫、马修·刘易斯、玛丽·雪莱、查尔斯·马图林、詹姆斯·霍格等人的作品为案例,详细分析英国哥特式小说如何运用鬼魂、巨怪、活体幽灵等超现实主义的文学手段,破解 18 世纪末和 19 世纪初的英国文化之谜。

一

先说"鬼魂"。鬼魂是人们对于自身死亡之后的一种臆想。这种臆想把人的活体分成精神和肉体两个部分,一旦活体死去,精神就会从躯壳分离,形成鬼魂。其存在形式捉摸不定,既可以是看不见的声音、触觉和气味,又可以是看得见的朦胧状态的人体或幻觉。尽管鬼魂的栖息地是在阴间,但不时地,它也会回到阳世,进行这样那样的骚扰,并且往往伴随着某种暴力,从而体现了某种恐怖。一般来说,鬼魂骚扰活人的目的与生前所遭受的精神刺激和肉体伤害有关,由此念念不忘地来到阳世,宣泄自己对某事的眷恋和悔恨,或是对作恶者进行示威和报复。传统的骚扰方式有:展示鬼影、闪现亮光、运动物体,以及发出令人骇怕的怪笑、尖叫、敲击声、脚步声,等等。正因为如此,鬼魂每每在人们心中产生了神秘、荒诞、诡奇的感觉,并为历代的文学家,尤其是通俗文学家所钟爱。

西方文学中很早就出现了鬼魂的描写。一方面,拉斯科史前壁画包含了"鬼魂腾空"的图像;另一方面,古代闪族人的楔形文字片又记录了"阴间与阳间"的对话。此外,古埃及的金字塔雕饰还图解了"冥王复生"的神话故事。相传冥王奥西里斯是地神盖卜与天神努特的儿子,被邪恶的兄弟赛特所杀害;但在掌管生育和繁殖的女神伊希斯的帮助下,暂时复生,并与她结婚,生下了太阳神何露斯。而在希腊神话中,善弹竖琴的歌手俄耳甫斯以美妙的歌声感动了冥界,致使众多鬼神同意将其不幸夭亡的爱妻还魂,条件是在爱妻回到阳界之前不得看她一眼。但俄耳甫斯却因痴情未能遵守承诺,以至亡妻化为轻烟,重新回到了阴间。这个凄美的故事扣动了中世纪无数读者的心弦,由此衍生出多个版本的"爱侣还魂记"。同一时代擅长描写鬼故事的作家还有荷马、维吉尔、奥维德、普林尼和卢西安。尤其是卢西安,不乏幽默感和诙谐感,他的所谓"亡妻告诉生前丈夫哪里可以找到一只丢失的拖鞋"的故事至今让人捧腹。① 不过,相比古希腊、古罗马的文学大师,文艺复兴时代的文学巨擘莎士比亚更懂得鬼魂的魅力。他的《哈姆莱特》、《麦克白》中的鬼魂描写不但是不可或缺的情节要素,还体现了"理想的王权和邪恶的国王"的王权观。正如玛格丽特·阿特伍德(Margaret Atwood,1939 -)所指出的:"即便在哈姆莱特的父亲和没有真爱的场景中,当死者不请自来时,一般来说你也知道,只要你能挺到天亮,他们就会离去。但还有许多更冒险的东西:不是根据你自己的版图——快乐的人间——来处理死者,而是让你能够越境进入他们的世界。"②

作为"古代传奇"的忠实继承者,霍勒斯·沃波尔十分欣赏莎士比亚的戏剧艺术。为此,他的《奥特兰托城堡》不但具有《哈姆莱特》的"五幕结构",而且整个小说的故事情节、人物塑造和环境描写,无不打上了《哈姆莱特》的印记。尤其是,小说中出现了《哈姆莱特》式的鬼魂。同哈姆莱特父亲一样,阿方索原是一国之君,后被曼弗雷德的祖父毒死,遂"显灵复仇"。小说一开始,霍勒斯·沃波尔就强调了这种"显灵复仇"的情节意义:"一旦奥特兰托城堡的真正主人长大到了有统治能力时,城堡的统治权就会从现在的家族向此人转移。"③ 接下来,他分别在小说的第 1 章、第 3 章和第 5 章,陆续展示了这种"显灵复仇"的具体内涵。先是一个巨大的头盔从天而降,砸死了曼弗雷德的唯一继承人康拉德;继而两个仆人瞥见城堡门外有只裹着盔甲的巨腿;接着一个神秘的骑士率领 100 名扛着巨剑的绅士不期而至,那柄巨剑顷刻落到了那个巨盔的旁边;再后来,女仆比安卡报告楼梯扶手上面有只裹着盔甲的巨臂;最后,先前那些零散的巨盔、巨腿、巨臂合成了一个完整的阿方索人影,并且这人影越来越大,显现在城堡中央。与此同时,空中响起一个声音:"看哪,这就是阿方索的真正

① S. T. Joshi, Joshi and Stefan Dziemianowicz, eds. *Supernatural Literature of the World: An Encyclopedia*. Westport, CT, Greenwood Press, 2005, p. 746.

② Margaret Atwood. *Negotiating with the Dead: A Writer on Writing*. Cambridge University Press, Cambridge, 2002, p. 167.

③ E. F. Bleiler, ed. *Three Gothic Novels*. Dover Publications, Inc., New York, 1966, p. 27.

继承人西奥多!"① 至此,曼弗雷德被迫承认了祖父篡位的种种罪恶,阿方索的鬼魂完成了超现实主义的"显灵复仇"。

然而,在这"神秘、荒诞、诡奇"的"显灵复仇"的故事背后,还隐匿着霍勒斯·沃波尔追求"自由"、"民主"的政治抱负和政治主张。约翰·萨姆森(John Samson)认为,《奥特兰托城堡》完全可以看成是一本针砭时事的政治讽喻小说,不但超自然情节设计与当时轰动一时的"威克斯事件"有关,而且整个"曼弗雷德的人物刻画几乎就是针对格伦威尔首相的"。② 马克曼·埃利斯(Markman Ellis)也指出:"在《奥特兰托城堡》中所描写的曼弗雷德的覆灭经历和'威克斯事件'之间有许多关联。"③ 一方面,曼弗雷德把西奥多囚禁在巨盔之下是讽喻格伦威尔首相把威克斯关押在伦敦塔;另一方面,奥特兰托城堡内"群氓"的"哄闹"也象征着当时英国民众发出的"要威克斯,要自由"的呼喊。与此同时,"阿方索的巨大身影"和"城墙的轰然倒塌"还体现了霍勒斯·沃波尔反对英国强权政治的期盼和心声。显然,同莎士比亚一样,霍勒斯·沃波尔拥有"理想的王权和邪恶的国王"的王权观。尽管光荣革命确立了君主立宪制度,但总有曼弗雷德之类的"暴君",肆意践踏民主自由,实施专制统治。他们的种种恶行违背了"天命",必定会受到"神灵"的干预。只不过这种干预具有时间性,不是不报,时候未到,时候一到,"巨剑"、"巨臂"、"巨腿"就会出现。"现时的不正常的状况将会终结,但不是'即刻',而是'无论何时',亦即某些条件已经成熟的时候。超自然干预并非一蹴而就。天庭的震怒不是降临于篡位者,而是降临于他的不幸的孙子和重孙。"④

霍勒斯·沃波尔的阿方索鬼魂的描写手法得到了历史派哥特式小说作家的继承和发展。在《英国老男爵》中,克拉拉·里夫同样用鬼魂来构筑"谋财害命"的情节,也同样用鬼魂来展示"弘扬美德"的主题。为了彰显埃德蒙的高尚品性,作者还特地安排了一个超自然主义的"磨难"情节,让他到城堡废弃的边屋中去经受"闹鬼"的考验。不过,在克拉拉·里夫看来,《奥特兰托城堡》中的鬼魂描写已经超出了一定的可信度,以至于产

① E. F. Bleiler, ed. *Three Gothic Novels*. Dover Publications, Inc., New York, 1966, p. 104.

② John Samson. "Politics Gothicised: The Conway Incident and *The Castle of Otranto*", in *Eighteenth-Century Life*, 10, 3 (1986), p. 146.

③ Marman Ellis. *The History of Gothic Fiction*. Edinbourgh University Press, Edinburgh, 2000, p. 42.

④ E. J. Clery. *The Rise of Supernatural Fiction, 1762 – 1800*. Cambridge University Press, New York, 1995, p. 72.

生了一种令人不安的滑稽效果:"当你的期盼已经上足发条,到了最紧张的时候,这些描写却给出了一种松弛发条的说明,破坏了想象的运作,不是全神贯注,而是哑然失笑。"① 正因为如此,她在描写埃德蒙在经受"闹鬼"的考验时,不但让他在梦中与父母的鬼魂相会,还为这种人鬼相会添加了伦理的基础:

"他想着……进来了一个武士,手牵着一个淑女,年轻漂亮,但虚弱苍白;这个武士头戴着帽盔,身穿着甲胄。两人朝床边走来,拉开窗帘。仿佛男人在问:'这是我们的孩子?'女人回答说:'是的,到了该让他知道这一切的时候了。'接着他们分开,各自站在床头的一边,两手在他的头顶上空交叉,嘴里庄严地给他祝福。他试图站起来,表示自己对他们的敬意;但被他们阻止;只听淑女说:'安静地睡吧,我的埃德蒙! 那些真正进入这个殿堂的人都会来拯救你;继续睡吧,甜美的希望往往是在似乎毫无希望的地方!'"②

显然,比起阿方索鬼魂的"神秘"、"威严"和"无声",埃德蒙的双亲鬼魂的"自然"、"亲切"和"诚挚"更具有人格化的魅力。而且,克拉拉·里夫也没忘人格化地描述鬼魂的"生前遇害"和"闹鬼缘由"。在罪证面前,歹徒交代了自己如何雇佣凶手杀死了埃德蒙的父亲:"我派他们回去取尸体,他们私自把尸体搬进了城堡,头脚倒置地捆绑在一起,塞进了一个衣箱。"③ 当埃德蒙随同地方官员调查犯罪时,他们发现了一片沾有血迹的胸甲,还有那个衣箱,上面的绳索烂成了灰,里面装着扭曲的尸体残骸。与此同时,克拉拉·里夫又通过与该凶杀案有关的财富和美德、地位和才能的描述,剖析了人与人之间的复杂关系。如果说,霍勒斯·沃波尔的鬼魂描写暗示了贵族阶级的专制不能治愈一个情感对立的世界,那么克拉拉·里夫的鬼魂描写则虚构了一个暂时受挫的、不分贫富的、超阶级的和谐共同体。在这个和谐共同体,每个成员都因美德而幸福地生活着。

18 世纪末期的英国哥特式小说的鬼魂描写是以安·拉德克利夫、马修·刘易斯的不同的探索为代表的。从更抽象的意义上看,这也对应了"女性哥特"和"男性哥特"的差异。安·拉德克利夫笔下的鬼魂表明了精神过度紧张可以刺激大脑产生荒谬的想法。在《尤道弗的神秘》和《意大

---

① Clara Reeve. *Old English Baron*, edited by James Trainer. Oxford University, New York, 1967, pp. vi-vii.

② Ibid, pp. 66–67.

③ Ibid, p. 105.

利人》中,她揭示了想象过度和情感过度的根源。小说中的鬼魂都是假冒的,被歹徒用来蒙骗迷信的"女主人公",因而具有双重幽灵性质,是所谓"鬼魂的鬼魂"。这样的鬼魂分享了"女性哥特"的语言的精妙和隐含的恐惧。相比之下,在《修道士》中,马修·刘易斯用超现实主义的意象来强调赤裸裸的形体恐怖。小说中的反英雄安布罗西奥迷恋性行为乐趣,不惜出卖自己的灵魂来换取安东尼娅的贞操。于是,身体、它的外观、激情和欲望,都用来支撑着马修·刘易斯的近乎淫秽的想象,创造了与安·拉德克利夫的想象、情感过度的世界有别的"他者"。

然而,安·拉德克利夫笔下的鬼魂绝不仅仅是想象的错觉;它们还与主体性的范式有关。在《女性体温计》(*Female Thermometer*,1995),美国学者特里·卡斯尔(Terry Castle)探讨了这种主体性的范式。她注意到,在安·拉德克利夫的《尤道弗的神秘》中,埃米莉和她的恋人瓦兰考特被迫分离时,彼此都心生焦虑,以为对方可能已经死去。这即是说,主体受到了生者被不实地解释为死者的侵扰。此外,小说中还有其他许多死者(如埃米莉的父亲)持续令生者悲痛的例子。这就让特里·卡斯尔想到,安·拉德克利夫并不像之前学术界所定位的那样,老是在解释超自然主义。"它已经转向,也可以说,变更路线,进入了日常生活的王国。"这种转移补偿了想象过度,因为它暗示了一种情感意识的存在,这种存在能使我们在想象上对他者移情,因而在"自我和他者"之间提供了桥梁。特里·卡斯尔据此得出结论,"18世纪末期的新型情感意识的一个重要特征完全可以说是一种对他人幽灵的意识的增长。"于是,鬼魂折射了我们内心最深处的焦虑,而且这种身体的现实界限和心理的现实界限的模糊,被重铸成弗洛伊德的"潜意识将自我幻化成幽灵"的思想,用特里·卡斯尔的话来说,即是"鬼魂和幽灵模糊地掌控人类的想象;它们直接移入大脑空间"。[①]

鬼魂不仅是死者的灵魂,而且在安·拉德克利夫的哥特式小说中,变成一种指代心理创伤的主体性范式的解码。对于特里·卡斯尔,安·拉德克利夫的哥特式小说代表着一种文化转移,在这种文化转移中,死亡的意义已经基本改变,因为它不再是逻辑上所理解的宇宙的一部分,如同中世纪所理解的那样,而是表示自我如何被折射的意象幻化。这种幻化还可以通过玛丽·雪莱的亲身感受获得印证,在"论鬼魂"("On Ghosts",1824)一文中,她如此追忆自己探访一位已故朋友的宅邸的感

① Terry Castle. *Female Thermometer: Eighteenth-Century Culture and the Invention of the Uncanny*. Oxford University, New York, 1995, pp. 124, 125, 135.

受:"他曾经住在那里;他的生活构架曾经被那些墙壁所羁押,他的呼吸曾经混合有那种气氛,他的脚步曾经踏在那些石块上面,我想,地球就是一个坟墓,璀璨的天空就是坟墓的拱顶,我们只不过是行走的死尸。"① 在这里,玛丽·雪莱同样表达了死者令生者煎熬、死亡令活着痛苦的文化转移的意识。

西格蒙德·弗洛伊德的"诡异"("The Uncanny",1919)为我们进一步理解这种主体性范式增添了润滑剂。如果说,哥特式小说的鬼魂能使自我与他者融合,那么,在弗洛伊德看来,这种融合实际上是"家常"(the homely)与"诡异"(the uncanny)的融合。起初,弗洛伊德没有做这样的解释,仅将"家常"与"家庭生活"(domesticity),"诡异"与"狂乱"(the wild)相提并论。但后来,他得出结论:"诡异在某种意义上是家常的亚类。"② 这是因为,家庭是恋母情结产生之地,是性心理创伤滋生之处,因而并非安全的场所,即是说,变得"诡异"。他接着指出,尽管这种心理创伤受到压抑,但在渴求复现某些类型的活动时看得很明显。如此一种强迫性的复现过去,代表着一种纠正过去心灵创伤的冲动,目的是让心灵创伤平息。他还认为,这种复现过去造成了短暂的过去(或死者)回复到现实的幻象,以至于"许多人经历了与死亡、尸体、死者复还、精神和鬼魂等密切相关的感觉"。于是,"诡异"涉及一种内心焦虑的必要折射,"是这样一种类型的恐惧,把人们带回到昔时的、久已熟知的境地"。③ 对于特里·卡斯尔,西格蒙德·弗洛伊德的精神分析解释了病人无意识的焦虑不安的世界,但因为这种折射"本质上是虚无的,所以无意识的产物也突显了任何纯粹的人为控制"。于是,鬼魂依旧是非理性的,因为它不可能理性地被理解,哪怕脆弱者由于现代主体性的有限意识而被鬼魂的意象占领的时候。这种理性缺失意味着"在 18 世纪末期的历史条件下,作为当时彻底反思的思维定势的一个分支,精神分析既是对浪漫主义意识的最深刻的批判,又是对它的最丰富的、最荒谬的发挥"。④

① Mary Shelley. "On Ghosts", in *Gothic Documents: A Sourcebook 1700 - 1820*, edited by E. J. Clery and Robert Miles. Manchester University Press, Manchester, 2000, p. 282.

② Sigmund Freud. "The Uncanny", in *Art and Literature: Jensen's Gradiva, Leonardo Da Vinci and Other Works*, vol. 14, translated by James Strachey, edited by Albert Dickson, Penguin, Harmondsworth, 1985, p. 347.

③ Ibid, pp. 364, 340.

④ Terry Castle. *Female Thermometer: Eighteenth-Century Culture and the Invention of the Uncanny*. Oxford University, New York, 1995, pp. 184, 139.

二

再说"巨怪"。与鬼魂的概念不同,巨怪的概念更强调形体的意义。但是这种形体,不是正常的,而是偏离的、畸形的、变异的,往往令人联想起疯癫、狂躁、野蛮、乖戾、淫乱和凶残。其存在的形式,可以是"人",也可以是动物、植物,甚至矿物质。一般来说,作为"人"的形式存在的巨怪都有人类的智慧、情欲和性格,但身躯比人类高大,而且混杂有动物器官,以至于形成了牛头、马面、蛇身、虎牙等丑陋的外观。尤其是,它们拥有不可思议的超自然杀伤力,能随心所欲地施展魔法。以上种种极度夸张的想象,既有民间传说的因素,又有宗教教义的成分,但无论其构成要件如何,均是一种文化宣示,起着隐喻和警示人生的作用。正如当代美国学者杰弗里·科恩(Jeffrey Cohen)所指出的:"巨怪仅仅诞生在这种隐喻的紧要关头,体现了这一时刻的某种文化——时代的、情感的和场所的。"①

西方文学中的巨怪描写可以追溯到公元前 8 世纪希腊诗人赫西奥德(Hesiod)的《神谱》(*Theogony*)。在这部神话史诗中,他描述了许多半人半兽的"神怪",如半人半牛的迈诺陶,半人半马的参陶、半人半羊的福恩,等等。这些"神怪"有的是天庭、地府的统治者,有的是人世间各个领域的掌门人。他们每每卷入了血腥的争斗和屠杀。天神奥拉诺斯和地神盖尔之子克洛勒斯是个大逆不道的魔怪,为谋反篡位,砍下了父亲的生殖器,扔进了大海,但鲜血染红的海水泡沫顿时涌现出了众多复仇的男女巨怪,其中包括"爱与美的女神"阿芙罗狄蒂,这个名字含有"出自海水泡沫"之意,还有她的耽于声色的本性也源自"喜欢男人的生殖器"。② 另一个为人熟知的描述是"蛇发女怪美杜莎、西丝娜和尤瑞艾莉"。相传美杜莎原是个美貌少女,因与智慧女神雅典娜比美,被夺去美貌,成了丑陋无比的蛇发女怪,她的两个生有魔身的姐妹西丝娜、尤瑞艾莉也是如此;对于这三姐妹,人们只要接触其目光,就会立即变成石头;但宙斯之子珀尔修斯用光亮作明镜,找出了隐藏的美杜莎,并割下了她的头颅;他躲过了美杜莎的两个姐妹的追杀,而美杜莎头颅的鲜血滴落在利比亚沙漠,成了毒蛇。

① Jeffrey Jerome Cohen. "Monster Culture (Seven Theses)", in *Monster Theory*, edited by Jeffrey Jerome Cohen. University of Minnesota Press, Minnesota, 1996, p. 4.
② Edith Hamilton. *Mythology*. Little Brown and Company, Boston, MA, 1942, p. 16.

当然,相比之下,"普罗米修斯盗取天火"的故事更具有悲剧意义。这位"伟大的殉难者"同情人类生活的困苦,从奥林匹斯偷取了天火,因而激怒了宙斯,被锁在高加索山上的悬崖,每天承受着被恶鹰啄食肝脏的痛苦。几千年后,赫拉克勒斯为寻找金苹果来到了悬崖边,他把恶鹰射死,解救了普罗米修斯,但普罗米修斯必须永远戴着一只镶有高加索山上的石块的铁环,以便让高傲的宙斯相信自己这个仇敌依然被牢牢锁在那座山崖。

以上关于巨怪的希腊神话故事吸引了一代又一代读者,由此在后来,荷马在他的英雄史诗《奥德赛》(*Odyssey*)中,不但描写了独眼巨怪塞克洛普斯,还描写了海怪斯库拉和卡律布迪斯,尤其是女怪瑟茜,具有把男人变成猪的魔力。同样,在中世纪盎格鲁—撒克逊人的英雄史诗《贝奥武夫》(*Beowulf*),作者也描写了力大无比的食人巨怪格伦德尔,还有格伦德尔的母亲,显得同样力大和凶残。当然,作为英国承前启后的最伟大的作家,莎士比亚也没忘借用超自然主义的巨怪的魅力。在《仲夏夜之梦》(*A Midsummer Night's Dream*, 1600)中,喜欢恶作剧的仙王随从迫克用一种神奇的植物汁液滴在熟睡的匠人波顿的眼皮,结果把他的人头变成了驴头。而《暴风雨》(*The Tempest*, 1611)中的凯列班更是名副其实的巨怪,他不止一次地被描绘为具有鱼儿的特性。之后,在公元17、18世纪,英国文坛充斥着理性主义和现实主义,但18世纪末和19世纪初的哥特式小说的流行,又"回归"了超自然主义的巨怪的描写。

1818年,玛丽·雪莱出版了哥特式小说《弗兰肯斯坦;或,现代普罗米修斯》。在该小说中,正如副标题所提示的,玛丽·雪莱塑造了一个"现代普罗米修斯"——维克多·弗兰肯斯坦。他迷恋科学,疯狂地探索生命之谜,结果被自己的创造发明推向反面,酿成了个人的、社会的悲剧。与此同时,玛丽·雪莱也塑造了维克多·弗兰肯斯坦的被造物——"现代巨怪"。"他"既有古代巨怪的"令人骇怕"的身躯,又有现代社会人类的"思想情感"。然而正是这种复杂个性,泯灭了"他"的"善良"人性,强化了"他"的"邪恶"兽性,让"他"从一个试图与人类沟通、为人类所接受的被造物,变成了一个极其凶恶、残忍的杀人狂。在某种意义上,"他"也是一个"殉难者",是该小说的又一个"普罗米修斯"。

玛丽·雪莱为何塑造这样一个"现代巨怪"? 1831年版《弗兰肯斯坦》的"作者导言"不但介绍了该书的创作背景,也交代了塑造这样一个"现代巨怪"的意图。玛丽·雪莱出生于"文坛名门",父亲是威廉·戈德温,母亲是玛丽·沃斯通克拉夫特。受家庭环境的影响,她很早就涉猎文学,培养了"编故事"的才能;与珀西·雪莱成婚后,又受到这位"才华横溢"的丈夫的鼓励和影响。1816 年,雪莱夫妇同拜伦、波利多里等人在瑞士休假,期间"大名鼎鼎"的拜伦提议"每人写一个恐怖故事",玛丽遂开始了《弗兰肯斯坦》的情节构思。她想起了雪莱与拜伦"彻夜不眠"的"哲学"交谈,其中涉及到"生命原则",以及达尔文博士"起死回生"的实验。经过"冥思苦想",灵感终于出现,脑海里浮现出清晰的图像,但见一个面色苍白的学生跪立在一具组合好的尸体旁边,随后尸体在强大的电流、机械作用下显示出了生机。"这场景想必是可怕的,因为任何人类嘲弄造物主重要机制的努力都有可能带来恐怖至极的效果。这个艺术家可能会对自己的成功感到恐惧,他可能会魂飞魄散地丢下自己可怕的杰作。他可能会希望,一旦扔下不管,他所注入的细微的生命火花就会逐渐熄灭,而这个造得不完善的东西就会濒于死亡。他可能连做梦都会相信,墓地的宁静将给这具可怕死尸的短暂复活画上句号,他曾经把这死尸视为生命的摇篮。"① 显然,上述梦境中被称为"艺术家"的学生就是《弗兰肯斯坦》的同名主人公的人物原型,玛丽·雪莱意欲通过这个主人公创造"现代巨怪"的故事,展示之前《瓦塞克》、《确有其事》、《修道士》等哥特式小说欲以表现的一个浮士德式的中心主题:迷信科学、滥用知识,会带来极其可怕的后果。

事实上,小说的三卷正文都是围绕这一中心主题展开叙述的。从第一卷所包含的罗伯特·沃尔顿船长写给居住在英格兰的萨维尔夫人的第一封家书,读者获知他正在开始一次北极探险,这探险源自他童年时代的一个"极其好奇"的梦想,要发现"人类从未踏足的世界区域"的秘密。并且,他也深知在这场探险中,极有可能失去生命。而从第 1 卷前 4 章维克多·弗兰肯斯坦的自述,读者也获知这位年轻的科学家从小渴求知识,期待解开"天地之谜"。在大学,他迷上了生理学,尤其是人体和生命起源。这种兴趣爱好导致他废寝忘食地进行"造人"实验。当被造物"睁开浑浊、昏黄的眼睛,喘着粗气,手脚抽搐着活动起来"时,他看到了一个"奇丑无比"的"巨怪",顿时"梦想破碎","心头升起一阵强烈的厌恶和恐惧",于是,魂飞魄散地"冲出了工作室",此后又染上了怪病,"一连数月卧床不起"。② 不过,这些还仅仅是灾难的开始。在第 1 卷的第 6 章和第 7 章,读者又被告知,弗兰肯斯坦的弟弟威廉突然遭到谋杀,而谋杀者不是别人,

---

① Mary Wollstonecraft Shelley. *Frankenstein; or, The Modern Prometheus*, edited by D. L. Macdonald & Kathleen Scherf. Broadview Press, Peterborough, Ontario, Canada, 1999, p. 357.

② Ibid, pp. 85, 89

正是弗兰肯斯坦遗弃的"巨怪"。并且"巨怪"极其狡诈地伪造犯罪证据，将警察的视线引向威廉的恋人贾斯廷，让这位无辜的少女在"铁证如山"的情况下被处以绞刑。再后来，在第3卷第4章，弗兰肯斯坦的挚友克莱瓦尔又被"巨怪"掐死在海滩。尤其是，在第3卷第6章，弗兰肯斯坦与伊丽莎白的新婚之夜，"巨怪"又悄悄溜进他们的卧室，掐死了新娘。"最美好的希望破灭了，最纯真的人儿殒命了，为什么我还要活着来叙说这一切？伊丽莎白就在那里，被横抛在床上，一动不动，毫无生机，她的脑袋耷拉着，头发半掩着苍白、扭曲的脸庞。"① 就这样，由于"巨怪"的疯狂复仇，维克多·弗兰肯斯坦失去了众多"最亲近"的亲人和朋友。小说最后，他痛心疾首地给罗伯特·沃尔顿船长留下了临终赠言："要在平和的心境中寻找幸福，不要有抱负，哪怕是看上去没有坏处却又能让你在科学探索中崭露头角的抱负。"②

值得注意的是，玛丽·雪莱不但以维克多·弗兰肯斯坦和罗伯特·沃尔顿的"抱负"为例，从正反两个方面，揭示了"滥用知识，追求无限"的极其可怕的后果，还通过"巨怪"被弗兰肯斯坦遗弃之后，作为"人之初"的"亚当"，在英格兰乡村受到"伊甸园"式的"启蒙教育"的自述，强调了"知识积累"在"善良"蜕变为"邪恶"中所起的作用。在玛丽·雪莱看来，知识的作用并不是万能的，而是具有"双刃性，得益还是获害，取决于所追求的种种境遇"。③ 对于"本性善良"的费利克斯和莎菲，它是客观事物的描述，是人类智慧的结晶，是社会文明的体现；而对于"天生构造不完善"且"人性缺失"的"巨怪"，它是邪恶的源泉，是狡诈的利器，是痛苦、死亡的催化剂。正因为如此，"巨怪"有如此感叹："知识真是奇怪！一旦钻进了你的头脑，便像岩石上的地衣一样紧紧地粘附在你的思想之中。有时候，我真希望把这所有的思想和感觉统统抛开，但是我明白，只有一个方法可以摆脱痛苦，那就是死亡——我虽然不明白死亡到底是什么，但是我却害怕死亡。"④

---

① Mary Wollstonecraft Shelley. *Frankenstein; or, The Modern Prometheus*, edited by D. L. Macdonald & Kathleen Scherf. Broadview Press, Peterborough, Ontario, Canada, 1999, p. 218.

② Ibid, p. 239.

③ Chris Baldick. *In Frankenstein's Shadow: Myth, Monstrosity, and Nineteenth-Century Writing*. Clarendon Press, Oxford, 1987, p. 45.

④ Mary Wollstonecraft Shelley. *Frankenstein; or, The Modern Prometheus*, edited by D. L. Macdonald & Kathleen Scherf. Broadview Press, Peterborough, Ontario, Canada, 1999, p. 146.

起初,"巨怪"在野外露宿,渴了饮泉水,饿了吃野果,虽然生存不易,却不感到有什么痛苦,而"隐居"在农舍旁边的草棚时,也觉得费利克斯一家的清贫生活充满了温馨,其乐无穷,甚至幻想着有朝一日能被他们接受。但是,自从跟随费利克斯"偷"学了语言,"他"有了进一步思维的能力,并通过费利克斯对莎菲的讲解,开始明白人类社会的事理,"了解到世界上各个不同国家的风俗习惯、政府结构以及宗教信仰"以及"美洲大陆土著居民的命运不济,坎坷多难":

"这些奇妙、曲折的叙述使我产生了从未有过的感触。难道人类真是这样威武高尚而卑鄙可耻,美好善良又阴险狡诈? 有时人类像十恶不赦的魔王孽种,有时又像崇高圣洁的天神仙人。人们愿做高风亮节的伟人,这是对有识之士的最高奖赏,卑鄙恶毒的小人则是人类最大的堕落。史书中记载了许多这样的例子,他们的境遇比瞎眼的鼹鼠和无害的虫豸更为悲惨。人类怎么会去杀害自己的同胞,为什么要有法律和政府,很长一段时间,我对这些问题百思不得其解。不过,在听到有关罪恶行径和血腥杀戮的详细描述之后,我的疑惑顿时消解。"①

如果说,康斯坦丁—弗朗索瓦·沃尔尼(Constantin-François Volney,1757－1820)的《帝国的灭亡》(*Ruins of Empires*,1993)让"巨怪"初步懂得了人类的"善"与"恶",那么,从树林丢弃的皮箱里拾到的三本书则使"他"体会到人世间一切复杂的"事物"和"情感"。一方面,沃尔夫冈·歌德的《少年维特之烦恼》(*Sorrows of Werter*,1779)给"他"源源不断地提供了各种启示和惊喜;另一方面,卢修斯·普鲁塔克(Lucius Plutarch,46－120)的《名人传》(*Parallel Lives*)又为"他"展示了气势恢宏的人类活动场景;与此同时,约翰·弥尔顿(John Milton,1608－1674)的《失乐园》(*Paradise Lost*,1667)还激发了"他"的更为深刻的联想。于是,"他"开始思考自己的感受和处境:

"我读到书中的人物描写,倾听书中人物的谈话,我觉得他们和我一样,又觉得他们与我完全不同,这真是奇怪。我同情他们,也能在一定程度上理解他们,然而我的智力尚不发达,无依无靠,也没有亲朋好友。'通往死亡的道路永远向我开放',谁也不会因为我的逝去而哀悼。我的相貌丑陋,身材巨大。这到底是怎么回事呢? 我是谁? 我是什么? 我从哪里

---

① Mary Wollstonecraft Shelley. *Frankenstein; or, The Modern Prometheus*,edited by D. L. Macdonald & Kathleen Scherf. Broadview Press,Peterborough,Ontario,Canada,1999,pp. 144－145.

来? 又要到哪里去? 这些问题不断在我脑中闪现,可我却无言以答。"①

　　而且,"他"也从弗兰肯斯坦衣服口袋的稿纸上面找到了答案:

　　"原来纸上写的是你的日志,记录了你在创造我之前 4 个月的经历。你把制作过程中的每一个步骤都详细地记录在这些纸上,另外,还提到了一些家庭的生活琐事。这几张稿纸,你肯定有印象。你看,就是这几张纸。一切与我这该死的起源有关的事实都记录在内了,你详尽地记录了一系列令人作呕的制作工序,大费周章地描述了我的丑陋无比、令人憎恨的容貌,字里行间流露着你的惊恐万状,我读后也不禁心惊肉跳,连连作呕。'我恨我出生的那一天!'我忍不住痛苦地呼喊。'该死的创造者,我这样一个面目狰狞的怪物,你自己都避之不及,为什么还要把我造出来呢?'"②

　　这不啻是伊甸园的亚当、夏娃在偷吃了善恶树上的果子之后领悟到了自己赤身裸体的羞耻。于是,像当年亚当、夏娃被上帝驱逐出伊甸园一样,"巨怪"也在向瞎眼农夫提出收留自己的请求时,被惊慌失措的费利克斯、莎菲和阿加莎赶出了赖以"隐身"的草棚。从此,"他"万念俱灰,放弃了之前"与人类沟通、成为人类一员"的幻想。也从此,"他"发誓向人类宣战,尤其不能放过弗兰肯斯坦,因为正是这个创造者,在不负责任地造出"他"之后,又不负责任地遗弃"他",让"他"备受凌辱和煎熬。但是,谋杀威廉、陷害贾斯廷并没有消除"他"内心的孤独和痛苦。因而,"他"找到了弗兰肯斯坦,要求为"他"创造一个女性伴侣,并允诺带着"她"远离人类,到莽莽荒原安家落户,以此了结所有的恩恩怨怨。而一旦弗兰肯斯坦销毁了尚未成形的"女巨怪","他"便带着绝望和仇恨,掐死了弗兰肯斯坦的新娘伊丽莎白,从而促使弗兰肯斯坦不顾一切地追杀"他",在茫茫冰海展开了与"他"的生死搏击。

　　但最终,维克多·弗兰肯斯坦还是未能战胜"巨怪",惨死在同"巨怪"搏杀的途中。这种结局是必然的,从他开始制造"巨怪"那天起就已经决定。维克多·弗兰肯斯坦的死既是个人迷信科学、滥用知识的悲剧,也是整个人类迷信科学、滥用知识的悲剧。《弗兰肯斯坦》所揭示的这个哥特式小说主题,对于当时科学技术突飞猛进、科学知识受到热捧的英格兰,无疑是一种有益的警示。

---

① Mary Wollstonecraft Shelley. *Frankenstein; or, The Modern Prometheus*, edited by D. L. Macdonald & Kathleen Scherf. Broadview Press, Peterborough, Ontario, Canada, 1999, p. 153.

② Ibid, p. 155.

最后说"活体幽灵"。这个术语的来历,据约翰·赫德曼(John Herdman)等人的考证,源自德国浪漫主义作家让·保罗(Jean Paul,1763－1825)的长篇小说《西本卡斯》(*Siebenkäs*,1796)。在该小说的一个脚注中,让·保罗提出了德语 doppelgänger 的概念,并将其界定为"看见自己同样的身体"。[①] 1981 年,在论文"作为不完全自我的酷似者"("The Double as Incomplete Self"),克利福德·哈勒姆(Clifford Hallam)描述了让·保罗的这个术语创造,并将这个术语简单地归纳为"酷似的活人"(double goer)。而且他注意到,该术语曾经表示"先知",后义蕴发生种种变化,到了 18 世纪,又被文学批评家用来表示"第二个自我"或"想象的自我形象"。之后,卡尔·米勒(Karl Miller)、阿尔伯特·格拉德(Albert Guerard)等人又尝试对该术语进行诠释,但都没有脱离"虚拟的酷似者"的范畴。由此,克利福德·哈勒姆得出结论:从文学层面上看,该术语可以广义地表示任何双重性质的结构,有时甚至可以指代某个文本结构的多重性。[②]

鉴于克利福德·哈勒姆这个定义显得过于广泛,没有操作性。1996 年,安德鲁·韦伯(Andrew Webber)在《活体幽灵:德国文学的酷似幻觉》(*The Doppelgänger: Double Visions in German Literature*,1996)一书中制定了文学层面的"活体幽灵"的六条标准:其一,它是"视觉强制的人影",无论主体本身还是主体之外的他者都可以觉察。其二,它可以从语言上进行"区分"。其三,它具有倒置的表演身份,反映了与主体完全一致的对立影像。其四,它代表了"自我"和"改变自我"之间的权力较量。其五,它几乎为清一色的男性,因为凡是需要女性"活体幽灵"之处,都已经被某个极端的男性主体客体化了。其六,它通常为破碎家庭的产物。[③]

① John Herdman. *The Double in Nineteenth-Century Fiction*. St. Martin's Press, New York, 1991, p. 13.

② Clifford Hallam, "The Double as Incomplete Self: Toward a Definition of Doppelganger", in *Fearful Symmetry: Doubles and Doubling in Literature and Film*, edited by Eugene J Crook. Florida State University Press, Tallahassee, 1981, p. 5.

③ Andrew Webber. *The Doppelgänger: Double Visions in German Literature*. Clarendon Press, Oxford, 1996, pp. 2－5.

2004 年,迪米特里斯·瓦杜拉基斯(Dimitris Vardoulakis)又对上述六条标准作了补充,指出"活体幽灵"还应该预示着即将到来的危险,[①] 但他的定义似乎又与十多年前约翰·赫德曼在界定"改变自我"时所作的描述有些重叠:"'活体幽灵'是第二个自我,或者改变自我,它表现为一种清晰的、单独的、可由身体器官(至少部分身体器官)感知的存在,但与原始活体有一种依赖的关系……而且往往开始支配、控制、霸占主体的许多功能。"[②]

"活体幽灵"的定义出现上述多样性、模糊性并不是偶然的。几乎从让·保罗创造这个术语开始,它就受到德国浪漫主义运动的影响,并逐渐与神秘主义、催眠术、魔法、心理感应、讽喻式象征融合在一起,成为德国浪漫主义文学描写的重要手段。18 世纪末和 19 世纪初德国的许多浪漫主义作家,如沃尔夫冈·歌德、约翰·蒂克(Johann Tieck,1773－1853)、海因里奇·克莱斯特(Heinrich von Kleist,1777－1811)、欧·西·阿·霍夫曼(E. T. A. Hoffmann,1776－1822)、威廉·豪夫(Wilhelm Hauff,1802－1827),等等,都采用过"活体幽灵"的母题。在欧·西·阿·霍夫曼的小说《石心》(The Stone Heart,1817)中,作者表现了《西本卡斯》同样的情感过度的主题,情节设置透射着"活体幽灵"的魅力。而在海因里奇·克莱斯特的小说《迈克尔·科尔哈斯》(Michael Kohlhaas,1810)中,知识的禁闭和释放是在"活体幽灵"的框架下进行的。正是那个酷似科尔哈斯亡妻的神秘女人,授予他自由死亡的知识,而剥夺了他的敌手的自由死亡的能力。这个女性角色带有让·保罗所塑造的"提坦"的许多痕迹。还有威廉·豪夫的《撒旦回忆录要旨》(Messages from the Memoirs of Satan,1826),堪称德国浪漫主义文学中"活体幽灵"描写的缩影,书中的哈森特雷弗是主要自我,他从一家客栈的窗户看到街道对面出现了自己的"活体幽灵"。之后,他与这个"活体幽灵"遭遇,并被它掐死,由此第二自我代替了主要自我。

如同英国浪漫主义诗歌一样,德国浪漫主义文学也深刻地影响了英国哥特式小说。一方面,卡尔·卡勒特(Karl Kahlert)的《巫师》(The Necromancer,1794)、弗里德里希·席勒的《先知》(The Ghost-Seer,1795)、卡尔·格罗塞(Karl Grosse)的《可怕的神秘》(Horrid Mysteries,

---

① Dimitris Vardoulakis. "The Critique of Loneliness", in *Angelaki* 9 (August 2004): pp. 81－101.

② Herdman, John. *The Double in Nineteenth-Century Fiction*. St. Martin's Press, New York, 1991, p. 14.

1797），等等，在英国翻译出版，并引起轰动；另一方面，伊丽莎·帕森斯、弗朗西斯·莱瑟姆、维克托·萨里特（Victor Sarret）又"根据德国故事"，分别创作和改写了颇受欢迎的《沃尔芬巴克城堡》、《午夜钟声》和《强盗凯尼格斯马克》（*Koenigsmark the Robber*，1802）。尤其是马修·刘易斯的《修道士》和查尔斯·马图林的《漂泊者梅尔摩斯》，包含有大量的"巫术和魔法"，体现了"骷髅头加十字胫骨"的德国式恐怖。英国哥特式小说所受到的德国浪漫主义文学的这些影响，充分说明了1793年之后英国哥特式小说创作已呈国际化趋势，"要是那个作家发现自己家里的储藏柜缺乏足够的有用的材料，他就会借助外语作品的译本和改写本，轻而易举地将其填满。"①

　　毋庸置疑，在英国哥特式小说作家所借鉴的"巫术和魔法"中，也包含有"活体幽灵"的运用。而且，可以说，这种运用几乎充斥1793年后出现的整个德国派哥特式小说。马修·刘易斯的《修道士》所描写的那个引诱安布罗西奥的魔鬼玛蒂尔达，实际上是见习修士罗萨里奥的"活体幽灵"，她在修道院"助纣为虐"的过程，也实际上是以"淫荡、奸诈、狠毒"的"改变自我"来取代"温顺、殷勤、率直"的"自我"的过程。同样，在玛丽·雪莱的《弗兰肯斯坦》，那个无名无姓的"巨怪"也实际上构成了与弗兰肯斯坦相对立的"活体幽灵"，前者显得"实际、粗暴、多情"，后者显得"清高、儒雅、啖名"，而且，在最终，是前者的"改变自我"战胜了后者的"自我"。甚至早期的历史派哥特式小说，也多少带有"活体幽灵"的描写印痕。譬如《瓦塞克》，该书的同名男主人公既青睐漂亮女性，又嗜好漂亮男性；既迷信占星术，又追求科学知识；既是"令人畏惧"的君王，又是"受异教徒操纵"的"奴役"；连他的生身母亲——一个同样邪恶的女性角色——也咒骂他是"两个脑袋、四条大腿的巨怪"。②

　　然而，英国哥特式小说中的"活体幽灵"绝不仅仅是一种文学技巧。与此同时，它还是一种文化历史现象。本杰明·达夫龙认为："（哥特式小说）以'活体幽灵'表现一种极端的同情效果，也即两个同情者的感觉、思想、行动过于相像以至于实际上显现为一体。这种现象往往发生在国际的或者帝国的背景之前，将自我占有的丧失联系到国民身份的丧失。而且同性人物，尤其是男性同性人物，要比其他团体承受更多的'活体幽灵'

---

① Michael Hadley. *The German Novel in 1790: A Descriptive Account and Critical Bibliography*. Lang, Bern, 1973, p. 34.
② E. F. Bleiler, ed. *Three Gothic Novels*. Dover Publications, Inc., New York, 1966, p. 175.

的威慑。这些人物不可避免地显示出同性恋恐惧，对同性情感亲密显示出反应。由此，'活体幽灵'聚三种文化现象于一体：幽闭恐惧、异族恐惧和同性恋恐惧。"①

在这里，本杰明·达夫龙实际上指出了英国哥特式小说中"活体幽灵"的一个重要的社会历史功能：代表着18世纪中期英国国民用以解决社会问题的"同情"（sympathy）。18世纪中期英国哲学是"情感"（sensibility）哲学。对于亚当·史密斯（Adam Smith，1723－1790）、戴维·休姆等英国哲学家，"情感"是想象的源泉，是道德的基础，是社会的动力。而"同情"作为"情感"的一个要素，更被认为是医治社会弊病的良方。亚当·史密斯说："这种用我们自己的观点、原则和感触来适应、同化那些……我们有义务与之大量交流的人的自然品性，能对好的或坏的伙伴产生感染效应。"②戴维·休姆也说："凡是有理性的动物都有强烈的结伴和社交的习性；而正是给予我们这种习性的品性，让我们通过感染，通过整个社团或结对同伴，深入了解彼此的观点，以及诸如激情、行动倾向的经由……在需要将许多人凝聚成某个政治团体的地方，相互沟通的场合必须经常……以便他们的举止有一个类似性，获得一个共同的国民品性。"③然而，要获得一个共同的国民品性，代价是高昂的。"同情"是把双刃剑，在解决18世纪中期的社会问题的同时，也与同一时期所理解的个人身份发生冲突。认识到这一点，有益于人们解决此后英国的社会问题。也许正是出于这个原因，英国哥特式小说作家有意无意地从德国浪漫主义文学借鉴了"活体幽灵"。

在《一个自认有理的罪人的个人回忆和自白》中，詹姆斯·霍格描写了一个"自我分裂"的苏格兰，而且这种"自我分裂"是通过家庭内部的争斗，亦即通过乔治·科尔万和罗伯特·林希姆之间的争斗来体现的。一方面，乔治的父亲——老乔治·科尔万——是个大乡绅，"举止颇有王者风范"，而乔治本人，也经常与圣公会主教、詹姆斯党人和保皇党人来往。显然，两个乔治·科尔万，无论是父亲还是儿子，均代表着旧的苏格兰国家秩序。另一方面，罗伯特·林希姆表面上是乔治·科尔万之弟，但实际上是他的母亲与罗伯特牧师的私生子，他在两个乔治离世之后，继承了老

---

① Benjamin Eric Daffron. *Romantic Doubles: Sex and Sympathy in British Gothic Literature 1790－1830*. AMS Press, Inc., New York, p. 1.

② Adam Smith. *The Theory of Moral Sentiments*, edited by D. D. Raphael and A. L. Macifle. Oxford University Press, Oxford, 1976, p. 224.

③ David Hume. "Of National Characters", in *Selected Essays*, edited by Stephen Copley and Andrew Edgar. Oxford University Press, Oxford, 1993, p. 115.

乔治·科尔万的家产。在爱丁堡,罗伯特曾经参加过"长老会"和"辉格党",这两个组织都支持"革命原则"和"新教徒继承法"。① 这即是说,罗伯特所代表的是新的苏格兰秩序。由此,他和同母异父的兄弟分别代表着苏格兰的两个对立的政治派别。然而,问题是,为了解决这种内部分裂,小说究竟提供了什么样的社会药方。表面上,"同情"是社会危机的愈合剂。但实际上,它却是社会危机的诱因。

这种因"同情"而触发内部争斗的场景是通过"自我"和"改变自我"的相互吸引又相互排斥的关系来体现的。起初,罗伯特对吉尔马丁并无好感,试图"避开"这个神秘的人物,但是"某种看不见的力量拉着他同其接近"。随之而来的吉尔马丁与布兰查德的冲突进一步展示了"同情"的对抗力量。吉尔马丁"蔑视"布兰查德,"想查明他的想法",于是"脸面变得同布兰查德先生十分相像,以至于无法区分彼此"。尽管"同情"十分完美,但带来的结果却是"两人相互之间没有好感"。② 这也即是说,"同情"虽然统一了国家的空间,但推动了内部争斗,尽管融合了国民的共同情感,却恶化了他们的邪恶意愿。

除了体现"自我"和"改变自我"之间的相互吸引和相互排斥的关系,"同情"还消解了隔离这人与那人的屏障。它在这样做的同时,所创造的不是国民和谐而是国民混乱。显而易见,整个小说中,吉尔马丁所追求的都是摧毁个人身份。由于"同情",他确实"每天都是一个新人"。吉尔马丁的"同情"的举止否认了洛克式的"个人占有",强调了思想、感情之类的个人品性的一致。当吉尔马丁采用另一个人的面目特征时,他也"夺去了那个人的最隐秘的思想"。③ 正如道格拉斯·琼斯(Douglas Jones)所指出的:"他者的占有是自我的一种散播;无论吉尔马丁是活体幽灵还是魔鬼,最终的事实是,罗伯特的个人身份处在危险之中。"④ 然而,遭遇危险的不仅有罗伯特的个人身份,也有吉尔马丁的个人身份。两人初次见面时,吉尔马丁预测到罗伯特将要说的话,而且在极短的时间内,他也预测到罗伯特之前的思想。就这样,小说通过吉尔马丁的"面容改变"的叙述告诉我们,吉尔马丁不仅在罗伯特说出想要说出的话之前,甚至在罗伯特想到这些话之前,就知道罗伯特的心中秘密。于是,如同吉尔马丁是罗伯特的

① James Hogg. *The Private Memoirs and Confessions of a Justified Sinner*, edited by John Carey. Oxford University Press, Oxford, 1969, pp. 1, 12 – 13, 20.

② Ibid, pp. 116, 130 – 131.

③ Ibid, pp. 143, 125.

④ Douglas Jones. "Double Jeopardy and the Chameleon Art in James Hogg's *Justified Sinner*", in *Studies in Scottish Literature* 23 (1988), p. 176.

第二编 范式论

"活体幽灵",罗伯特也是吉尔马丁的"活体幽灵"。

吉尔马丁的"变脸艺术"对个人身份造成的破坏也影响到了国民品性和国家政治。他轮番"变脸",有时以罗伯特和乔治的外貌出现,有时以乔治和德拉蒙德的模样现身。这也即是说,吉尔马丁既像加尔文派的辉格党人,又像高教会派的詹姆斯党人,既像乔治,又像乔治以前的苏格兰高地的敌手。吉尔马丁的多重个性非但没有真正联合国家的对立派别,反而为党派政治制造了不可逾越的障碍,因为他们必须全力追查究竟是谁,又是出于什么原因,进行了什么样的政治行动。因此,总的来说,"同情"具有破坏性,它在试图联合一个民族的同时,扰乱了这个国家的秩序。它在国家内部制造混同而不是创造和谐。

上述论点还可以通过以下两个故事场景获得证明。这两个故事场景,尽管没有明确描述"同情"的破坏效果,但均制造了个人身份的混同。第一个故事场景是近乎荒唐可笑的法庭审判。当律师要贝茜指认洛根夫人的被窃财物的时候,她拒绝就这些指认的财物起誓,理由是"缺乏任何个人的标记"。后来,律师提醒贝茜,那些银调羹上面有个字母"C"。但贝茜继续无视事实,说"这个'C'只是一个非常普通的字母"。接下来,她又否认一件女式礼服为洛根夫人所有,因为城里好几个女人都穿着同样的女式礼服。这种个人物件的混同隐喻着国民身份的混同。因为这个据称是调羹所有者的洛根夫人,正是老乔治·科尔万的情妇、詹姆斯党人的同情者。与之相反,阿盖尔公爵是汉诺威政权的坚定捍卫者。像吉尔马丁的"同情"一样,贝茜反驳律师所说的"调羹上面标有字母'C'"时辩称"阿盖尔有很多那样的调羹,其中一半大概在爱丁堡",实际上是以实物相似混淆政治派别相似,从而抹杀了詹姆斯党人和革命党人的派别差异。①

另一个故事场景——黑巴尔骚乱——展示了更大的身份混同。那些暴民之所以袭击所谓的"革命党人",仅仅因为他们占据了黑巴尔的"前屋",那里曾经是此前暴民目睹罗伯特被所谓"詹姆斯党人"排斥的场所。客店老板告诉革命党人,因为詹姆斯党人挑唆暴民反对革命党人,所以革命党人才攻击暴民。之后,客店老板又告诉詹姆斯党人,因为詹姆斯党人虐待过罗伯特,所以暴民袭击詹姆斯党人。在经过了多种身份混同之后,"两个党派似乎受到同一种精神激励,不遗余力地联合作战",但是"有些人离开了自己的朋友,无拘无束地当了无声的暴民"。② 于是,每个党派都

---

① James Hogg. *The Private Memoirs and Confessions of a Justified Sinner*, edited by John Carey. Oxford University Press, Oxford, 1969, p. 67.

② Ibid, pp. 29 - 30.

误认了其他党派的身份,误解了其他党派的动机。到最后,革命党有人参加了詹姆斯党,詹姆斯党也有人参加了革命党,而且革命党和詹姆斯党都有人变成暴民,其目的并非真心拥护各自的政治纲领,而是出于地地道道的身份混同。

　　当然,卷入这次骚乱的各方也许是真的"受到同一种精神的激励",用该小说惯用的一个词语来说,即是真的彼此之间感到"同情",但这种"同情"的效果远远不是当时人们所理解的一个国家内部人与人之间的情感和谐。恰恰相反,这个场景展示了"同情"如何扰乱了本该统一的社会秩序。这是颇有启发性的。在揭示哥特式小说中的"活体幽灵"的社会历史功能方面,詹姆斯·霍格的《一个自认有理的罪人的个人回忆和自白》可谓入木三分。正如米歇尔·福柯在《事物的秩序》(*The Order of Things*,1966)一书中所指出的:"同情是一种相同的实例,这种相同显得太强烈、太执著,以至于所包含的内容不再仅仅是形式类似;它具有危险的同化力量,将事物相互雷同,相互混淆,造成它们的个性消失——由此让它们显得与先前毫不相干。同情能够改变事物。它有更改作用,但却是朝着同一的方向,以至于它的权力如果没有受到制衡,就会将世界缩减到一个点、一个同质体、一种相同的无特征形式:所有的部件都会串在一起,没有缝隙地相互交流,当中没有距离,如同那些金属锁链,被吸附在同情这块单独的磁铁上面。"① 也许正因为如此,詹姆斯·霍格的这部小说不但能成为哥特式小说经典,还能流传至今,并引起当今学术界高度重视。

---

① 　Michel Foucault. *The Order of Things: An Archaeology of the Human Sciences*. Routledge, New York, 1989, pp. 26 – 27.

第三编 演进论

第一章

沃尔特·司各特和哥特式小说

——英国历史小说的哥特式特征

　　英国19世纪最初几十年不但目睹了哥特式小说的衰落,也见证了现代意义的历史小说的崛起。这种崛起是以沃尔特·司各特的一系列的"威弗利小说"为标志的。对于这类新型小说,西方许多学者给予高度评价。格奥尔格·卢卡奇说:"在司各特的栩栩如生的作品中,我们遇见了英国历史上、甚至法国历史上的最重要人物:'狮心王'理查、路易十一、伊丽莎白、玛丽·斯图亚特、克伦威尔,等等。所有这些人物均以真实的历史面貌出现在沃尔特·司各特的笔下。但是,司各特绝不是凭借一种罗曼蒂克的英雄崇拜的装饰性情感来创作的。对于他,伟大的历史人物代表着一种极其重要的包含大多数人民在内的历史活动。他之所以伟大,是因为他的个人激情和个人目标与这种伟大的历史活动一致,是因为他的自身内部凝聚了这种活动的积极、消极的因素,是因为他给这些颇受欢迎的因素以最明晰的表述,是因为他是这些善良与邪恶的标准载体。"[1] 在这里,

---

[1]　Georg Lukács. *The Historical Novel*,translated by Hannah and Stanley Mitchell. Beacon,Boston,1983,p. 38.

格奥尔格·卢卡奇依据马克思的历史唯物论原理,深刻地分析、揭示了沃尔特·司各特的"威弗利小说"的现实主义特征。

然而,沃尔特·司各特的"威弗利小说"绝不仅仅是"恢复"了自18世纪以来丹尼尔·笛福、塞缪尔·理查逊、亨利·菲尔丁等人的现实主义小说创作传统。在他所构筑的英国历史小说的大厦中,也包含有英国哥特式小说的许多要素。可以说,英国历史小说同英国哥特式小说之间的关系是继承和被继承、发展和被发展的关系。认识到这一点,有助于我们理解沃尔特·司各特所创立的现代意义的英国历史小说本质,同时也助于我们理解作为当代类型意义的英国哥特式小说在新的社会境遇中所发生的内容渐进、形式重构和功能演进。下面围绕着英国历史小说所包含的哥特式要素展开论述。

一

在"威弗利小说"的肇始之作《威弗利》(*Waverley*,1814),一开始,沃尔特·司各特就教促读者将这部小说以及将要问世的续作与之前流行的哥特式小说区分开来:

"这部作品的标题选择是经过了一番认真、仔细的思索的,之所以如此谨慎,乃是因为极其重要……我不可能在卷首标上'威弗利,另一个时代的故事',让每个读者猜测有一个尤道弗式的城堡,东侧长久无人居住,房门钥匙要么丢失,要么由某个年迈的男管家或女管家看管,他们在小说第2卷中的颤栗脚步必定会引导男主人公或女主人公到达灾难性的区域……我也不可能标上'威弗利,一个德国传奇',该标题太含糊,会令人想起放荡的男修道院长、专横的公爵、神秘的玫瑰会和光照会组织,外加种种独特的黑斗篷、洞穴、短剑、发电机、活动门、昏暗的提灯。要是命名为'一个多愁善感的故事',那也势必会令人想起一个披着赤褐色长发的女主人公,还有一把在孤独时聊以自慰的竖琴,她总是能幸运地找到从城堡到农舍的路径……而要标上'一个当代故事',那岂不等于让你们——文质彬彬的读者,要求我描述一些花花世界的观感,以及几段耸人听闻的个人丑事。"①

---

① Walter Scott. *Waverley; or 'Tis Sixty Years Since*. Adam and Charles Black, Edinburgh, 1829, pp. 57–58.

在这里,沃尔特·司各特并非故弄玄虚,因为《威弗利》确实展示了不同于哥特式小说的多项特征。首先,它以英国历史上著名的"詹姆斯党人的第二次叛乱"为题材。这是一个重大的历史创作题材,在此之前,还没有哪部哥特式小说采用过这样重大的历史创作题材。其次,它表现这种重大历史题材的方式,也非传统意义的,即是说,不像哥特式小说那样,"把历史当戏剧",仅仅给故事情节和人物个性添加一点有趣的"历史佐料",而是"把历史当主题",关注历史事件的本身发展以及这种发展给社会、个人带来的复杂影响。① 第三,也是最重要的,小说中的主要历史人物,如爱德华·威弗利、马克—艾弗酋长、布拉德沃丁男爵、漂亮王子查理,等等,均体现了与哥特式小说中历史人物不同的个性和对话。他们并非叱咤风云的"世界历史上的个人",而是"中不溜秋"、"几近平庸的普通英国绅士",② 虽然在道德上能逐渐升华到做出自我牺牲,但也不是狂热地献身于一个伟大事业。往往他们卷入詹姆斯党人的叛乱行动是出于"无奈",正如小说第 39 章所描述的:"他(爱德华·威弗利)不明白自己为何要这样做,命运似乎总是乐于让他听人摆布,没有按照自己意愿行事的权利。"③ 总之,沃尔特·司各特的《威弗利》打破了之前哥特式小说中的"程式化"的历史人物塑造,以"平庸"替代"辉煌",以"日常生活的喜怒哀乐"取代"史诗般的威武雄壮",体现了后启蒙主义时代的"历史相对论"的进步意识。而正是这种对待历史的"严肃"态度以及"真实"的历史人物塑造,我们说,沃尔特·司各特"发明"了不同于哥特式小说的历史小说。

但是,这决不等于说,沃尔特·司各特的"威弗利小说"与哥特式小说完全对立,两者之间没有任何联系。恰恰相反,"威弗利小说"与哥特式小说之间的关系是继承和被继承、发展和被发展的关系。一方面,沃尔特·司各特摒弃了哥特式小说的已经过时、甚至沦为笑柄的情节俗套和人物塑造;另一方面,又"吸纳"了哥特式小说仍然充满活力的"传奇"结构和"怪诞、神秘、恐怖"的创作技巧。正是这种"吸纳",让"威弗利小说"避免了丹尼尔·笛福的《瘟年日志》(A Journal of the Plague Year,1722)、《杰克上校》(Colonel Jack,1722)等所谓"历史"小说的"实录历史"和"抽象说教",不但展示了历史"真实"的魅力,也显现出历史"虚构"的风采。

---

① Harry E. Shaw. *Sir Walter Scott and the Forms of Historical Fiction*. Cornell University Press,Ithaca,1983,pp. 52 – 53.

② Georg Lukács. *The Historical Novel*,translated by Hannah and Stanley Mitchell. Beacon,Boston,1983,pp. 37,33.

③ Walter Scott. *Waverley; or 'Tis Sixty Years Since*. Adam and Charles Black,Edinburgh,1829,p. 246.

乔治・德克(George Dekker)指出:"沃尔特・司各特的成就得力于哥特式小说,尤其是安・拉德克利夫的创作实践。"① 詹姆斯・克尔(James Kerr)也指出:"沃尔特・司各特的历史小说不仅是对哥特式传统的一种挑战,也是对哥特式小说的一种辩证的回应。要正确把握沃尔特・司各特的小说在文学史上的地位,我们必须把他的小说看成是哥特式小说的反类型。在这种反类型中,哥特式小说的形式被作为一种过时的文学传统对待,与此同时,又被予以保留和修改。"② 乔治・德克、詹姆斯・克尔的上述论断不是没有依据的。早在 1811 年,在新版《奥特兰托城堡》的"序言",沃尔特・司各特就称赞霍勒斯・沃波尔的这部小说是"现代社会中依据古代骑士传奇创作有趣虚构故事的第一个尝试","描绘了一幅栩栩如生的封建时代家庭生活方式的图画,并以超自然主义的行动手法,如当时深信不疑的迷信,将这幅图画装点得色彩斑斓,令人惊讶不已"。③ 对于安・拉德克利夫,他也发出了同样的赞叹,指出她的小说"无论是语言运用还是情节描绘,都应该得到很高的评价","尽管场景描写算不上准确",但作品的"强大的、普遍的吸引源,潜在的超自然惊悚,以及所涉及的任何隐匿、神秘的惊奇","为一系列的同类创作做了典范"。④ 此外,他还高度赞扬玛丽・雪莱的《弗兰肯斯坦》具有"非凡的内涵,以至于在对这部富有个性的小说进行任何解读之前,应该描述这种小说类型",作品"展示了极不寻常的诗人般想象的魅力","给我们一种强烈的意识,作者具有表述的独特天赋和乐观力量"。⑤

如果说,以上沃尔特・司各特对于经典哥特式小说家和经典哥特式小说的赞美之词,代表了对于哥特式小说"传奇结构"的一种感性的认同,那么,他的"关于传奇的随想"("Essay on Romance",1824)所传达的"小说和传奇"的意识,则体现了对于这种认同的一种理性的思考。在那篇论文中,他如此界定小说和传奇的概念:"我们更倾向于把传奇描绘为'一种散文体或诗歌体的虚构的叙述,其兴趣表现为不可思议的、非同寻常的事

① George Dekker. *The American Historical Romance*. Cambridge University Press, New York, 1987, p. 33.

② James Kerr. *Fiction against History: Scott as Storyteller*. Cambridge University Press, Cambridge, 1989, p. 5.

③ Walter Scott. *Sir Walter Scott on Novelists and Fiction*, edited by Ioan Williams. Routledge and Kegan Paul, London, 1968, p. 87.

④ Ibid, pp. 102 – 119.

⑤ Sir Walter Scott. "Remarks on *Frankenstein*", in *Blackwood's Edinburgh Magazine* 2, no. 12 (March 1818), p. 612.

件'；这样可以比照小说的相关术语，约翰逊将其描绘为'一种平静的故事，往往与爱情有关'；但我们更倾向于将其界定为'一种不同于传奇的叙述，源于所设置的是一系列涉及现代社会里的人类的普通事件'。显然，依据所选择的类型本质区别来进行这些界定，其表述也许难以准确，或者有相互矛盾之处，而且，事实上，两者的本质是有些重叠的。但总的来说，这种区分是宽泛的，足以应用于所有一般的、有益的目的。"①

亚历山大·韦尔什（Alexander Welsh）认为，在上述小说和传奇的界定中，沃尔特·司各特采用了类似克拉拉·里夫的《传奇的发展》（*The Progress of Romance*，1785)里的小说和传奇的界定方法，两者都是从"发展"的角度，以小说和传奇的相互参照来下定义。因此，"沃尔特·司各特的小说定义……着眼于传奇性地'适应'现代生活……'威弗利小说'本身加入了业已改进的传奇，加入了由现实主义调节的传奇。"② 在《传奇的发展》中，克拉拉·里夫反复强调"传奇只是散文体的史诗"。③ 正因为如此，她把《英国老男爵》称为"哥特式小说"，是"中世纪时代行为的一幅图画"。对于她，哥特式小说融合了"古代传奇和现代小说的最有趣、最有吸引力的情形，与此同时，采用了自身的人物和行动"。④ 同样，对于沃尔特·司各特，历史小说是一种起着类似功能的混合形式，因为"史诗和骑士传奇把我们带到了奇妙的境地，在那里，超自然因素融合有人类的角色……对于这样一个世界，我们不会想到自己的实际情境；对于这样的角色，我们不会认为要与自己或自己的邻人同化；从这样一系列的惊奇事物中，我们并没有得出关于自身实际生活期盼的结论"。⑤

于是，像克拉拉·里夫一样，沃尔特·司各特的"威弗利小说"也把读者引领到一个"无拘无束"、"不同于人类实际生活"的"奇妙世界"。在这个"奇妙世界"里，充满了各种怪诞的、不可思议的事件，主导这些事件的则是"无所不能"的"超自然力量"。关于哥特式小说的"超自然怪诞事件"的描写方式，沃尔特·司各特有过详细的论述。从总体上，他赞成霍勒

---

① Sir Walter Scott. *The Miscellaneous Prose Works of Sir Walter Scott*, Vol. 6. Robert Cadell, Edinburgh, 1834, pp. 129 – 130.

② Alexander Welsh. *The Hero of the Waverley Novels*. Yale University Press, New Haven, 1963, p. 14.

③ Clara Reeve. *The Progress of Romance through Times, Countries, and Manners*, vol. 1. Garland, New York, 1970, p. 51.

④ Clara Reeve. *The Old English Baron*, edited by James Trainer. Oxford University, New York, 1967, p. iii.

⑤ Sir Walter Scott. *The Miscellaneous Prose Works of Sir Walter Scott*, Vol. 6. Robert Cadell, Edinburgh, 1834, p. 130.

斯·沃波尔、马修·刘易斯的"直接超自然描写",而对安·拉德克利夫通过"错误感知"和"合理解释"展示超自然力量的"间接手法",认为"与情节高潮不相容","明显破坏了恐怖气氛"。[①] 但实际上,在他的"威弗利小说"中,既有"直接超自然描写",又有"间接超自然描写",有时这两种描写交叉在一起,很难分出彼此。譬如在《威弗利》中,为了烘托死亡临近,沃尔特·司各特描写了维赫·伊恩·沃尔在大街上看见了博达克·格拉斯的"活体幽灵"。对于维赫·伊恩·沃尔,"活体幽灵"不容置疑,但在爱德华·威弗利看来,这却是当事人心理上产生的错觉。而且沃尔特·司各特也没有以"叙述人"的身份引导读者这是"直接超自然描写"还是"间接超自然描写":

"……我……对这人竟敢在光天化日之下跟踪我感到惊讶。于是我上前同他打招呼,但没有得到他的回答。顿时心里感到一阵颤栗;为了查明事由,我静立未动……老天爷在上,爱德华,我没说假话,我亲眼看见那人,就这么远的站着。而且我能肯定他是博达克·格拉斯。我的头发根根竖起,双膝发软……我在胸前划了个十字,拔出剑,厉声喝道:'我以上帝的名义命令你,恶魔,滚开!''维赫·伊恩·沃尔',幽灵的话音让我身上的血液变得凝固。'当心明天!'话刚一说完,幽灵就不见了……爱德华几乎可以断定,这是身心交瘁的幻觉,因为这已不是什么秘密,所有苏格兰山地的人都有这样的迷信。"[②]

当然,在"威弗利小说"中,也不乏纯粹的"直接超自然描写"或"间接超自然描写"。譬如,上面提到的超现实主义的"活体幽灵",也同样出现在《修墓老人》(*Old Mortality*,1816)中。这时,它作为亨利·莫顿的"第二个自我",掩饰他长期呆在苏格兰的事实,从而为他宣称英格兰老家的继承权提供了佐证。而在《蒙特罗斯的传说》(*A Legend of Montrose*,1819)中,它又作为比较邪恶的艾伦·莫雷的"改变自我",预示自己将对竞争对手施暴。又如《修道院》(*The Monastery*,1820),沃尔特·司各特描写了一个地地道道的鬼魂——怀特夫人,她具有"人"的形体,可以随心所欲地现身和隐形;而且,她作为阿弗内尔家族的保护人,屡屡积德行善,不但向无辜者预示了很多凶险,还让奄奄一息的珀西·沙夫顿爵士恢复了生命。

---

① Walter Scott. *Sir Walter Scott on Novelists and Fiction*, edited by Ioan Williams. Routledge and Kegan Paul, London, 1968, p. 117.

② Walter Scott. *Waverley; or 'Tis Sixty Years Since*. Adam and Charles Black, Edinburgh, 1829, p. 339.

而"威弗利小说"中纯粹的"间接超自然描写",多半取材于"可以解释"的苏格兰民间故事或德国神话。譬如《盖伊·曼纳林》(*Guy Manne-ring*,1815),同名男主人公在废弃的埃洛格旺城堡邂逅吉卜赛女郎梅格·梅里利斯,发现她能从一堆乱蓬蓬的羊毛中纺出黑、白、灰三种颜色的毛线,而且她的歌声也具有不可思议的预示凶险的魔力。许多西方学者认为,该情节取材于德国神话"命运三女神"。因为小说创作期间,沃尔特·司各特曾大量阅读德国神话,并与雅各布·格林(Jakob Grimm,1785-1863)保持密切的通讯关系。而《拉美莫尔的新娘》(*The Bride of Lammermoor*,1819)里的"三个巫婆"的情节构思,也显然是受到这个德国神话的启发。小说中,她们被年迈、贫困和冷落所激怒,由此上演了一幕"凶险预示"和"灾难制造"的超自然大合唱。对于这个情节构思,唐纳德·卡梅伦(Donald Cameron)曾给予高度评价,认为该小说是"沃尔特·司各特对鬼神学的一个杰出贡献"。[①]

作为上述"间接超自然描写"的一个补充,沃尔特·司各特还经常采用安·拉德克利夫惯用的建筑物场景描写,如荒芜的城堡、废弃的房屋、秘密的通道、隐藏的卧室、黑暗的洞窟、虚假的门厅、滑动的壁板,等等。所有这些描写都能激发作品人物或者读者产生一种紧张的、甚至惊恐的感觉。譬如《盖伊·曼纳林》,主人公伯特伦来到一幢废弃的房屋,在那里,他看见了一个受伤的男子以及一个吉普赛人看守;这时,又来了一个陌生人,于是他藏了起来,悄悄观察着这伙歹人的动静。后来,趁着他们外出处理尸体,他匆匆逃了出来。整个场景描写充满了哥特式恐怖气氛:

"要探明这是怎样一幢建筑物是困难的,尤其是在光线如此黯淡的情况下;但建筑物似乎并不大,方形,上半部已经完全倒塌。也许早些时候,这是某个不甚重要的人物的住所,要不,就是一个练武和隐身之地,以防必要时,譬如,在某个比较重要的时刻使用。不过,下半部的房间保留了下来,其拱顶构成了眼前状况的建筑物的天花板。布朗先是朝光线透射的地方走去,发现那里有一条长长的窄缝,或者说,透光孔,一般的古城堡都有这种设置。他不禁产生了一种冲动,想要在进城堡之前把里面看个究竟。布朗顺着那条窄缝往里一看,万万没有想到,呈现了一幅更加凄凉的情景。地上有堆火,烟雾袅袅,顺着房间拱顶的破洞往外逃逸。借着烟火的光亮,他能看见四周墙壁破烂不堪,似乎那里至少荒芜了三个世纪之

---

① Donald Cameron. "The Web of Destiny: The Structure of *The Bride of Lammermoor*", in *Scott's Mind and Art*, edited by A. Norman Jeffares. Oliver and Boyd, Edinburgh, 1969, p. 185.

久。四周有几个木桶,以及一些破烂的箱子、罐子,杂乱地堆在一起。"①

有时,这种"间接超自然描写"还被用作当事人恐吓恶棍的手段。譬如《古董商》(*The Antiquary*,1816)里的埃迪·奥基尔特里和洛弗尔,共同隐匿在教堂的废墟,以凄惨的尖叫和可怕的呻吟吓跑了图谋不轨的准男爵和歹徒杜斯特斯维威尔。而《黑侏儒》(*The Black Dwarf*,1816)里的爱德华·毛利爵士,也隐匿在阴暗角落,神秘地阻止了伊莎贝拉的被胁迫的婚姻,只不过他恐吓的地点,不是在教堂的废墟,而是在情感场所。类似的情节还出现在《海盗》(*The Pirate*,1822)中,当事人柯克沃尔也用同样的方式成功地阻止了克利夫兰和米娜被胁迫的婚姻。

当然,在上述与建筑物有关的"间接超自然描写"中,秘密通道和监狱屡屡成为亮点。譬如《蒙特罗斯的传说》里的达尔格蒂和罗纳德,他们之所以能逃离阿盖尔城堡,全凭隐匿的暗门后面的秘密通道,这条通道一直通到侯爵的殿堂。又如《护身符》(*The Talisman*,1825)里的隐士恩格蒂,指引肯尼思爵士穿过几条秘密通道到了一个宏伟的教堂。只是到后来,这惊心动魄的一幕才得到解释。对于《海盗》中的诺尔纳,活动墙壁和暗门是她和畸形的侏儒施展法术的主要手段,由此她获得了女巫的声誉。再如《佩弗里尔顶峰》(*Peveril of the Peak*,1822)里的朱利安,身陷囹圄时听到一个神秘的声音。翌日,神秘的声音再次响起。只是到了小说结尾,读者才被告知,身手不凡的费内娜能够自由进入关押朱利安的监狱。

最值得注意的是沃尔特·司各特后期创作的《伍德斯托克》(*Woodstock*,1826)。可以说,该小说囊括了一切传统的哥特式小说的"间接超自然场景描写":既有房门自动关闭,又有地下无端发响;既有床铺漂移,又有烛光闪烁。埃弗拉德上校一来到伍德斯托克,就有个声音在向他发出威慑。不久,他发现自己的生命面临危险。之后,音乐声响起。乐曲声中,有个声音敦促他离开伍德斯托克。而身为牧师的霍尔德诺夫,声称自己看见了儿时朋友的鬼魂,这鬼魂先是出现在镜子里,后来又慢慢滑向门边。不过,所有一切超自然怪诞事件,都随着查理二世藏身的卧室和秘密通道被发现而得到了"合理"的解释。

---

① Sir Walter Scott. *Guy Mannering; or, The Astrologer*. Adam and Charles Black,Edinburgh,1862, p. 122.

然而，"威弗利小说"不但描写怪诞，也描写神秘和恐怖，在沃尔特·司各特所塑造的哥特式"奇妙世界"，怪诞、神秘和恐怖是三个相互关联的重要特征。提起哥特式小说中的神秘的描写，人们首先会想到安·拉德克利夫的《尤道弗的神秘》。确实，这部小说带给读者太多的神秘感。久远的时空，荒僻的城堡，隐秘的家世，诡谲的歹徒，尤其是涉及到年轻女主人公安危的"延缓"（deferral and delay）的故事情节，让他们忐忑不安，心颤不已。其中最揪心的是前面几个篇目中多次提到的埃米莉掀开黑幔、看见一具腐尸而突然晕厥的场景，读者整整等待了数百页才被告知答案，那其实不是真的腐尸，而是城堡的前主人劳伦蒂尼为了深深忏悔而做的一具腐尸蜡像。同样，在沃尔特·司各特的"威弗利小说"中，也可以经常找到这种关系到主人公命脉的"延缓"。像《威弗利》中的爱德华·威弗利，在小说第 31 章，他突然被指控犯有叛国罪，而且没有说明任何理由。后来，在被押往斯特灵城堡的途中，他又突然遭到一伙不明身份的苏格兰山地居民的劫持。当他好不容易察觉到指使人是唐纳德·利恩，重新踏上行程时，艾利斯·利恩又在他的旅行皮箱悄悄塞进了一个装着某些文件的包裹。翌日，他想起那个包裹，想看看是什么文件，一个仆人又抢在他之前将包裹放上了驶往爱丁堡的行李车。羁押中，他又莫名其妙收到了这个包裹，但还是没有来得及阅看"那些仅有的似乎能给最近影响到他的命运的叛国指控证明无效的文件"。[①] 直至小说第 53 章，在普雷斯潘斯战役之后，爱德华·威弗利才看见包裹里是什么文件。不过，到这时，小说还只是解释了唐纳德·利恩如何扣下了加德纳上校的询问信，以及加德纳上校和其他军官如何利用所窃取的爱德华·威弗利的印鉴，欺骗爱德华·威弗利的部下哗变。至于唐纳德·利恩为何要从吉尔菲兰手里营救爱德华·威弗利，又是谁在爱德华·威弗利生病时悉心照料，读者依然不知。如同埃米莉希望尤道弗里的弹琴的囚犯是瓦兰库尔一样，爱德华·威弗利也希望这人是弗洛拉·麦基弗，他昏迷时依稀感到与她在一起。只是当整个叛乱被平定之后，爱德华·威弗利回到苏格兰寻找男爵，

---

① Walter Scott. *Waverley; or 'Tis Sixty Years Since*. Adam and Charles Black，Edinburgh，1829，p. 246.

他再次来到那时的关押之地,才从珍妮特·格拉特利那里获知,罗丝·布拉德沃丁如何收买唐纳德·利恩,要求从那些汉诺威军官手中救出爱德华·威弗利,然后写信给那个王位觊觎者,要求对爱德华·威弗利实施保护。在描述完上述一切后,沃尔特·司各特解释说:"这些环境描写起着解释上述情节要点的作用,但按照故事叙述者的惯例,应该是不解释为宜,因为可以激发读者的好奇心。"① 这实际上已经承认《威弗利》采用了安·拉德克利夫的"延缓"的叙述技巧。

不过,沃尔特·司各特并非总是跟在经典哥特式小说家后面亦步亦趋,在描述主人公的神秘故事情节方面,他也有自己的创造和侧重。朱迪思·威尔特(Judith Wilt)认为,如果把沃尔特·司各特的《玛密恩》(*Marmion*,1808)、《湖上夫人》(*The Lady of the Lake*,1810)等长篇叙事诗与"威弗利小说"相比较,可以发现两者有一条共同的主线:绑架、模拟、伪装和欺骗。这条主线提供了相关的反复出现的意识,帮助创造了"由持续回复到一些重要的形象和概念所神秘维系着的单一作品整体,虽说并非天衣无缝"。连接这种现象的是由某种包含在文明之中、可以称为"篡夺"的持续意识所产生的一系列人物,其中既包括根据真实历史塑造的"残暴的国王、无奈的士兵和腐朽的神父",又包括哥特式小说中出现过的"迷人的女子、多变的逃犯和威弗利之类的吟游诗人变种"。在朱迪思·威尔特看来,"篡夺"的中心危机可最终解释为"作为国家和自我建设组成部分的基督教王国的瓦解、甚至消失"。这是沃尔特·司各特"极其忧虑之所在,也是长久以来失而复得的威弗利式梦幻或历史的真正根源"。② 因为"这些不同类型的人们所进行的非合法行为,使得构建那些现代的、虚拟的合法行为成为可能":先是盗用,以证明篡夺合法;继而是身份固定,终结不确定、伪装和欺骗。③

于是,在沃尔特·司各特的"威弗利小说"中,频繁地出现了男女主人公的"身份之谜"。往往小说一开始,他们的父母不为人所知,或者罩上了一团疑云。但到最后,他们恢复了自己的合法的身份和财产,国家和自我均获得了确认。这种融国家和个人于一体的"身份之谜",可以说,贯穿沃尔特·司各特的"威弗利小说"的始终,尤其在他的前期和后期作品更加

① Walter Scott. *Waverley; or 'Tis Sixty Years Since*. Adam and Charles Black, Edinburgh, 1829, p. 372.

② Judith Wilt. *Secret Leaves: The Novels of Sir Walter Scott*. The University Press of Chicago, Chicago, 1985, pp. 19 – 20.

③ Alexander Welsh. *The Hero of the Waverley Novels*. Yale University Press, New Haven, 1963, pp. 93 – 126.

突出。譬如 1815 年创作的第二部"威弗利小说"《盖伊·曼纳林》,小说中,乔治·布朗,亦即盖伊·曼纳林的女儿朱莉的恋人,在经历了种种磨难之后,终于能够如愿迎娶这位上校军官的爱女,原因是他被发现是乡绅伯特伦的儿子,拥有继承埃洛高恩城堡的权利。早年伯特伦曾经将吉普赛人驱赶自己的领地,因而吉普赛人实施报复,绑架了他的幼小的儿子。而在沃尔特·司各特的最后一部"威弗利小说"《危险的城堡》(*Castle Dangerous*,1832),身为英格兰吟游诗人之子的奥古斯丁被发现是一位女儿身,而且被嫁给统治城堡的约翰爵士。在此之前,她被约翰爵士当成间谍险些处死,后来又被敌方俘获当成了人质。面对詹姆斯爵士提出的用人质交换城堡的要求,约翰爵士陷入两难的境地。正当此时,上峰传来命令,撤出城堡,于是恋人回归,军人的荣誉得到了保全。

在《盖伊·曼纳林》和《危险的城堡》之间创作的"威弗利小说",这种"身份之谜"的情节描述有所变化,往往隐去了"被确认前"的全过程,而只是披露了"获得确认"的最终结果和价值。譬如《黑侏儒》,仅仅在小说结尾时,人们才知道这个神秘的侏儒是爱德华·毛利爵士,知道他驾驭小说中其他主要人物的威力之所在。他悄悄地为邻人做好事,既保护格雷斯·阿姆斯特朗免遭强盗的绑架,又阻止了伊莎贝拉被胁迫的婚姻,让她回到了恋人霍比·埃利·奥特的怀抱。在此之前,伊莎贝拉的父亲理查德·维尔出于自身的目的,强迫她嫁给弗雷德里克·兰利爵士。而且小说结尾还披露,爱德华·毛利爵士本身是伊莎贝拉的近亲,因为长得丑陋,承受了爱恋伊莎贝拉母亲的不幸。这些是是非非的澄清,破解了长久以来的家庭迷雾,挽救了自我和财产的完整。同样,在《蒙特罗斯的传说》,仅仅到故事结束时,人们才获知安诺特·莱尔是邓肯·坎贝尔爵士的女儿。长久以来,她被认为不在人世,是在城堡沦陷时被一群叫做"雾孩"的苏格兰山地歹徒俘获,并与自己的家人一道遇害。但其实,在随后的一场剿灭"雾孩"的战役中,麦考利夫妇收养了她。安诺特的模糊身世妨碍了艾伦·麦考利和门蒂思伯爵竞相娶她为妻。直到"雾孩"的首领被抓获,临死前披露了她的真实身份,她才顺利地与门蒂思伯爵结合。对于安诺特,身份确认不仅恢复了她的社会地位,成全了她的美好婚姻,还帮助她夺回了财产——父亲的城堡。

又如《海盗》中的莫达特·莫顿,他从乌拉·特洛伊尔嘴里获知自己是她的儿子。但这只是涉及家族秘密的一个假象。实际情况是,他并非乌拉·特洛伊尔亲生,父亲其实是萨堡首领巴兹尔·默图恩。正是乌拉·特洛伊尔隐瞒了他的合法继承人的身份,还将这个身份给了早年乌拉·特洛伊尔与巴兹尔·默图恩的私生子克利夫兰。在小说的结尾,沃尔特·司各特让这一事实得到澄清。于是,图谋不轨者受到了惩处,受害者不但恢复了身份和财产继承权,还缔结了美好姻缘。再如《雷德冈脱利特》(*Redgauntlet*, 1824)中的达西·拉蒂默,实际上是真正的雷德冈脱利特庄园主,但一直对自己的身份不知。正是他的叔叔赫里斯,一个狂热的詹姆斯党人,出于复辟斯图亚特王朝的目的,残忍地绑架了他,从而剥夺了他的身份,自己取而代之。为了戳穿这一阴谋,艾伦·费尔福德开展了一次又一次营救达西·拉蒂默的行动。直到此时,达西·拉蒂默才知道自己是真正的亚瑟·达西·雷德冈脱利特爵士。一旦他恢复了自己的身份,也就主动担起了自己的庄园主职责。还有《男修道院长》(*The Abbot*, 1820)中的罗兰·格雷姆,自小身世不明,由阿弗内尔夫人收养,后被摄政王派到受监禁的苏格兰女王玛丽身边,名为当听差,实际上对她进行监视。但在此期间,他居然主动替玛丽女王出谋划策,帮助她潜逃。事情败露后,罗兰·格雷姆面临严厉的惩罚。正当此时,他的身世之谜揭开,被认定是阿弗内尔家族的继承人。于是摄政王赦免了他,并得以和凯瑟琳·塞顿喜结良缘。

以上实例都是以某个角色的自我及其社会作用为中心,从正面揭示"身份之谜"的破解能够重新获得已经丧失或被篡夺的东西。不过有时候,所获得的结果正好是相反的,"身份确认"非但没有体现有益于个人、社会的价值,反倒招致了无穷的灾难,加大了原本已经存在的心灵创伤或物质损失。当然,这一切依旧是以家庭为纽带。譬如,在《米德洛西安监狱》(*The Heart of Midlothian*, 1818)中,出身农家的埃菲·迪恩斯爱上了贵族子弟乔治·斯汤顿,并和他有了私生子。在她产后昏迷时,婴儿被精神失常的玛奇·怀尔德法尔偷走。按照当时苏格兰的"运用推理定罪"的法律,埃菲·迪恩斯犯了杀婴罪,即将被处死。但她的姐姐——珍妮·迪恩斯——坚信妹妹是无辜的,并克服难以想象的困难,徒步跋涉到伦敦申冤。这一行为感动了亚盖尔公爵,同意带着她去面见王后。出于安抚民众的目的,王后赦免了埃菲·迪恩斯。在这之后,埃菲·迪恩斯如愿嫁给乔治·斯汤顿,当上了贵族夫人。然而,她被偷走的私生子却从此沦落匪窝,与强盗为伍。若干年后,乔治·斯汤顿离家寻找这个私生子,不巧遭遇了一伙强盗,丧失了性命,而亲手杀害他的正是自己多年丢失的亲生儿子。于是,妻子的正名、儿子的失而复得,均是以邪恶犯罪、血腥暴力为代价的,并最终导致了自我的丧失和家庭的毁灭。

同样,负面效应的"身份之谜"还出现在《圣·罗南温泉》(*St.*

Ronan's Well, 1824)中。小说中,"身份确认"所带来的是暴力的争斗和生命的丧失。瓦伦丁·布尔默和弗兰西斯·蒂勒尔是一对同父异母兄弟。他们的父亲埃瑟林顿伯爵,先是在国外秘密娶了蒂勒尔的母亲,后又在国内公开娶了布尔默的母亲。因而布尔默被认为是继承人,而蒂勒尔被认为是私生子。为了确保自己的继承人地位,布尔默千方百计地挑拨埃瑟林顿伯爵和蒂勒尔的关系,又鼓动蒂勒尔秘密向克拉拉·莫布雷求爱。但一旦发现与克拉拉的联姻能带来财富,并赢得埃瑟林顿伯爵的欢心,他便在深夜假冒蒂勒尔与克拉拉进行鱼水之欢。事情败露后,兄弟俩开始了生死争斗,蒂勒尔饶恕了布尔默,条件是他永远离开圣·罗南温泉,而且必须保全克拉拉的处女声誉。其后,埃瑟林顿伯爵逝世,布尔默继承了爵位。他的肆意挥霍导致自己处于破产的边缘。这时,他又打起了与克拉拉结婚的主意,因为他知道,只要克拉拉承认事实上的婚姻关系,他就能名正言顺地得到一大笔财产。于是他回到圣·罗南温泉,找到克拉拉进行威逼,并栽赃她的浪荡子兄弟约翰·莫布雷,放言说,如果克拉拉不接受他做丈夫,就结果她的性命。与此同时,蒂勒尔在等待国外的一批文件,这批文件将证明他不是私生子,而是合法继承人。但布尔默截获了这批文件,试图加害蒂勒尔。不过,他的帮凶塔奇伍德出卖了他,整个事件真相大白。然而克拉拉却因精神过度受刺激而脑出血死亡。其后的决斗中,约翰·莫布雷杀死了布尔默。而蒂勒尔也在继承了爵位之后,伤心地离开了不列颠。

一般认为,《艾凡赫》(*Ivanhoe*,1819)是沃尔特·司各特描写"哥特式神秘"的最好作品。小说中涉及不少主要人物的"身份之谜",而且都是从正面展示重新获得已经失去或被篡夺的自我的价值。譬如艾凡赫,他是撒克逊贵族塞德里克的儿子,因为爱上了罗威娜小姐,而被剥夺了继承权。塞德里克满心希望将自己监护的罗威娜小姐——阿尔弗雷德大帝的后裔——嫁给圣者爱德华的后裔科林斯伯,以便有朝一日恢复撒克逊王朝,而艾凡赫的所作所为则威胁到塞德里克的这个计划。其后,艾凡赫参加了第三次十字军东征。在圣地,他与"狮心王"理查并肩作战;回国后,他又协助"狮心王"理查镇压了摄政王约翰的所有支持者。鉴于他战功赫赫,"狮心王"理查非常器重他,并调解了他和塞德里克的关系,由此艾凡赫的继承权失而复得。又如"狮心王"理查,率军东征身陷囹圄。趁此机会,他的弟弟——摄政王约翰——阴谋篡夺王位。正当约翰借比武大会纠集叛军之时,"狮心王"理查带着骑士艾凡赫悄悄回到了国内。依靠绿林好汉罗宾汉的协助,艾凡赫在阿什贝比武大会重挫约翰亲王的威风,不但从妥吉尔斯东城堡救出了被关押的撒克逊贵族,还解除了作恶多端的诺曼贵族的职位。最后,艾凡赫在比武中战胜了圣殿骑士,救出了犹太少女丽贝卡。之后,"狮心王"理查一举摧毁了盘踞在修道院的圣殿骑士,在万众欢呼声中重新登上了王位。再如罗威娜小姐,自艾凡赫向她表白之后,她就深深地爱上了这位勇敢、正直、侠义的骑士。然而,在她和艾凡赫的爱情之间,似乎横亘着一座无法逾越的高山。首先是塞德里克,要将她作为一颗复辟撒克逊王朝的"政治棋子",嫁给科林斯伯。其次,又有摄政王约翰,要将她作为一件"光彩礼品",送给德·布雷西。还有犹太姑娘丽贝卡,在艾凡赫受伤之后,对他悉心照料,使他恢复了健康。在此期间,她心中也萌动了爱情的火花,尤其是圣殿骑士诬陷她是"女巫"、艾凡赫挺身相救的时候,她更是对艾凡赫充满了爱慕之情。凡此种种障碍,随着艾凡赫和黑甲骑士的凯旋一一化解。艾凡赫与塞德里克和解,阿瑟尔斯坦主动解除婚约,丽贝卡也惆怅地跟着父亲去了西班牙。就这样,罗威娜小姐和艾凡赫这对有情人终成眷属。

三

那么,沃尔特·司各特的"威弗利小说"又给读者带来什么样的哥特式恐怖?

所谓恐怖,乃是一种高度焦虑的心理状态。这种心理状态的产生,就哥特式小说而言,可以是担心某种可怕的未知物或超自然主义幽灵的来临,也可以是遭遇了某种极端、疯狂的暴力威慑和痛苦。在"诗歌中的超自然主义"一文中,安·拉德克利夫区分了这两种不同渊源的恐怖,指出前者主要凭借作品人物的迷信观念,通过充满悬念的未知物,预示可能发生的凶险,从而"扩充灵魂,使各种功能警醒到生活的高程度",而后者主要通过赤裸裸的暴力,刺激人的感官,使灵魂"凝聚、冻结,甚至湮灭"。[1]不过,在实际创作中,安·拉德克利夫仅仅描写了前一种渊源的恐怖,即心理恐怖,她笔下的年轻女主人公,无不因为担心可怕的未知物或超自然主义幽灵的来临而产生了惶恐和痛苦。后一种渊源的恐怖,亦即公开的、

---

[1] Ann Radcliffe. "On the Supernatural in Poetry", in *New Monthly Magazine*, 16, 1826, pp. 145–152.

露骨的、骇人听闻的本体恐怖,则以马修·刘易斯在《修道士》中对阿格尼丝被囚禁的描述最具代表性。一方面,地牢本身引起了读者的许多可怕的联想;另一方面,她在地牢所遭受的种种折磨又招致了读者许多紧张不安。尤其是怀抱死婴的细节描写,往往令他们心颤不已。

沃尔特·司各特的威弗利小说也有许多类似的心理恐怖和本体恐怖描写。譬如《威弗利》,小说结尾时有个处决囚犯的场景,沃尔特·司各特通过爱德华·威弗利的叙述视觉,不但描写了把弗格斯·麦基弗和埃文·迪尤拉到刑场的"囚车","刽子手","阔斧",还描写了哀婉凄楚的"哀乐"、"军乐"、"丧钟",以及撕心裂肺般的"离别"和"等待",字里行间透射着刘易斯式的本体恐怖气氛:

"大院里站有一中队骑兵和一营步兵,按空心四方阵形排列。当中是那辆将要把囚徒拉到刑场处决的雪橇,或者说,囚车,刑场离卡莱尔约有一英里。囚车已经漆成黑色,由一匹白马拉着。囚车的一端坐着刽子手,那是一个面目狰狞的大汉,而且正如这种职业所需要的,他的手里握有一柄阔斧;而紧挨着那匹白马的另一端,是供两个人坐的空座位。从吊桥上又深又黑的哥特式拱门,可以看见骑在马背上的郡长和他的随从。鉴于地方和军队之间的权力分工,他们不可能离得太近……此时囚车渐渐驶近,弗格斯转身拥抱威弗利,在他的两颊亲吻,然后迅即上了囚车。埃文与他并排而坐。神父将要乘坐雇用他的天主教绅士的马车尾随其后,弗洛拉现居住在那个天主教绅士家里。列队士兵围住了囚车,弗格斯向爱德华挥手,整个队伍开始行进……囚车渐渐消失在山口,在那个地方,它曾作短暂停留。其后,哀乐响起,伴着忧伤的乐曲,近处教堂敲起了低沉的丧钟。队伍继续前进,军乐声渐渐消逝;不久只留下丧钟的哀鸣。此时最后一名士兵的身影也消失在拱门里,足足过了几分钟,那些士兵才全部走了过去;大院里现在显得空空荡荡,但威弗利依然呆呆伫立,眼睛出神地盯着他的朋友的身影一点点消失。"[①]

接下来的几段描写,沃尔特·司各特改以作品人物的心理感受为重心,不但没有出现外在的实际行刑情景,而且在述说叛国者的人头被悬挂在城门口时,也是旁敲侧击,强调死者给生者带来的遗憾和悲痛,但是在这一切背后,又隐匿着某种难以言喻的凶险和畏惧,整个恐怖描写可以说完全是安·拉德克利夫式的:

"大约过了一个半小时——这段时间似乎显得特别难熬——鼓声、笛

---

① Walter Scott. *Waverley; or 'Tis Sixty Years Since*. Adam and Charles Black, Edinburgh, 1829, pp. 391–392.

声在空中响起,街道上人群熙熙攘攘,迟迟不肯散去,他知道,一切结束了,士兵、百姓正从那个可怕的现场返回……第二天,天刚蒙蒙亮,他离开了卡莱尔城,发誓这辈子再也不踏进这座城市。他穿过重兵把守的城门口时,几乎不敢回头朝上面的哥特式城垛张望,那地方已经围起来了一道旧的屏障。'他们不在那里,'艾伦·波尔沃思说着,猜出了威弗利脸上呈现的疑虑,接着,仿佛无所不知似的,他绘声绘色地谈起了砍头的每一个细节——'这就是他们说的,脑袋挂在苏格兰人的城门口。太可惜了,埃文·迪尤多好、多善良,竟然也是一个山地人,还有那个乡绅格伦纳夸奇也很可惜,要知道,他还不满 30 岁。'"①

不过,更多的时候,沃尔特·司各特是采取心理恐怖和本体恐怖相结合的方法。譬如《修墓老人》,在该小说第 2 卷第 14 章,沃尔特·司各特先是以安·拉德克利夫的心理恐怖的风格,描述了亨利·莫顿在目睹苏格兰长老会清教徒遭受英王查理二世的残酷迫害时的心理感受,其中既有"喇叭、面鼓、铜鼓齐鸣"和"许多暴民起哄、呐喊"所带来的畏葸和忌惮,又有"治安官在扛着长矛的卫兵的簇拥下",领着"王家骑兵"游行所带来的惊愕和疑惧。紧接着,沃尔特·司各特突然笔锋一转,又以马修·刘易斯的本体恐怖的风格,公开、露骨、骇人听闻地描述了"清教徒"被肢解的"人头"和"人手":

"其后映入眼帘的是扛在长矛上的两颗人头;而且每颗人头前面,还有两只人手。作为对被肢解者的残忍讥讽,扛着那两只手的两个士兵还常常让它们相互接近,以便看上去像是进行劝诫或祈祷。这些血淋淋的战利品属于博斯韦尔桥战役被俘的两个布道者。他们身后,是一辆由刽子手的助手牵着的马车,车内关着麦克布莱尔,还有其他两个囚犯。他们均被剃光了头发,而且绑得扎扎实实,不过,眼睛却四下张望,那神情与其说是沮丧,不如说是得意,而且他们对于同伴们的命运——血淋淋的头颅、肢体就在前面扛着——似乎毫不在意,对于自己面临的处决也一点不担心,从现在的情况来看,处决已成定局。"②

最值得注意的是第 15 章折磨麦克布莱尔的描述:

"刽子手与助手一道把那个囚犯的大腿和膝盖塞进狭窄的铁靴,或者说,塞进铁制容器,然后在膝盖和容器之间插入一个楔形铁块,手握木槌

① Walter Scott. *Waverley; or 'Tis Sixty Years Since*. Adam and Charles Black,Edinburgh,1829,pp. 392 – 393.

② Walter Scott. *Old Mortality*. A Penn State University Electronic Series Publication,2010,pp. 377 – 378.

站着一旁等候进一步指令……罗德代尔公爵瞥了那些议员一眼，似乎在征求他们的意见，见大家都默不作声，就径自朝刽子手点了一下头，刽子手的木槌迅即敲在楔形铁块上……第二槌又敲了下去。继而是第三槌和第四槌；不过敲到第五槌时，由于插入了一个更大的楔形铁块，那个囚犯开始痛苦大叫。莫顿目睹着如此残忍的行径，心里直冒怒火，他再也忍受不下去了，虽说他手无寸铁，本身也处在极大的危险。正当他往前冲去时，克拉弗豪斯见势头不对，强行将他拉住，一只手按住他的臂膀，另一只手捂住他的嘴唇，轻声说道：'镇静，想想看，这是什么地方！'"[1]

在这里，安·拉德克利夫的"心理恐怖"和马修·刘易斯的"本体恐怖"已被发挥得淋漓尽致。一方面，沃尔特·司各特通过罗德代尔公爵的"眼睛一瞥"、议员的"默不作声"、刽子手的"连续槌击"、囚犯的"痛苦大叫"，活生生地勾勒了一幅"严刑逼供、草菅人命"的恐怖图画；另一方面，又通过莫顿的"直冒怒火"和克拉弗豪斯的"强行将他拉住"，展示了这种令人发指的罪恶行径给他们带来的"人人自危、敢怒不敢言"的心理感受，而且，从"严刑逼供、草菅人命"到"人人自危、敢怒不敢言"，整个衔接十分自然、融洽，毫无做作、牵强的痕迹。

这种以折磨囚犯为中心的恐怖场景还出现在沃尔特·司各特的许多中期和后期作品。譬如《艾凡赫》，在第 22 章，沃尔特·司各特描写了圣殿骑士的一个地牢，在那里，"墙壁挂着锈迹斑斑的铁链和镣铐"，其中"一副脚镣上还连着两根腐烂的尸骨，似乎有个囚徒死在那里，尸体在那里腐烂，只剩下一副骷髅"。[2] 正是在这个阴森森的恐怖之地，来自巴勒斯坦的撒拉逊人对约克的以撒进行了种种骇人听闻的严刑拷打，目的是获取大笔赎金。又如《蒙特罗斯的传说》，在第 12 章，沃尔特·司各特通过杜格尔德·多格蒂的回忆，描写了"雾孩"迫害囚犯和滥杀无辜的种种野蛮行径，仅仅离阿盖尔城堡不远，就"竖立着一个简陋的绞刑架，上面悬挂着五具尸体，其中两具尸体从衣着来看，似乎是低地人，而另外三具尸体则罩着高地人的彩格呢服。"[3]

不过，是沃尔特·司各特后期创作的《盖尔斯坦的安妮》（*Anne of Geierstein*，1829），描写了实际的处决囚犯的情景，尽管整个叙述夹杂着

---

[1]　Walter Scott. *Old Mortality*. A Penn State University Electronic Series Publication, 2010, pp. 396–397.

[2]　Walter Scott. *Ivanhoe*. Adam and Charles Black, Edinburgh, 1860, pp. 352–353.

[3]　Walter Scott. *A Legend of Montrose*. Printed by T. and A. Constable, for T. C. and E. C. Jack, Causewayside, Edinburgh, 1901, p. 158.

讥讽,甚至有几分幽默,但读者还是能从那些貌似平淡的文字中感受到一种极度的恐怖:

"他似乎被绑在椅子上。在他的右边,离他的位置最近,站着圣·保罗教堂的神父,手里拿着祈祷书,嘴里嘟囔着祷文;而在他的右方,他的身后不远,站着一个彪形大汉,穿着醒目的红色服装,两手倚着一把寒光闪闪的大刀,此前已经对这把大刀进行过描述。俄顷,阿纳德·比德曼露了面。未等这位州长开口表达自己的意思,神父退到了一边,而刽子手则上前一步,挥起大刀,只听咔嚓一下,那个受害者的头颅就滚到了断头台上。一个将军'啊'了一声,接着,像剧院观众欣赏精彩演出似的,鼓起了手掌。但见鲜血从无头的身躯喷出,落到了事先铺好的锯末上面,并被吸收得一干二净,与此同时,刽子手若无其事地退到断头台的四角,谦逊地鞠躬。许多人报以热烈的喝彩和掌声。"①

与上述骇人听闻的折磨、处决囚犯紧密相连的是对当事人或受害者的绑架和监禁,可以说,这类描写比比皆是,几乎贯穿"威弗利小说"的始终,而且,它们每每令人想起安·拉德克利夫、马修·刘易斯作品中的年轻男女主人公。不过相比之下,沃尔特·司各特笔下的绑架和监禁的形式多样,内容也更加丰富,并且已经跳出了"个人恩仇"的窠臼,成为关系到国家、民族前途和命脉的重大事件的一部分。在《威弗利》中,同名男主人公的一系列被捕和监禁是与 1745 年詹姆斯党人的叛乱活动分不开的,而他的最终被释也意味着这一叛乱活动的失败。对于《盖伊·曼纳林》中的律师格罗辛和走私者哈特雷克,他们的双双入狱是相互勾结、相互攻击的必然结果,而且哈特雷克在监狱谋杀格罗辛也付出了生命的代价,由此监狱成为展示两人邪恶和犯罪的纽带。在《修墓老人》中,监禁实际上已成为死亡和折磨的同义语,而《米德洛西安监狱》的标题本身就指代爱丁堡的一座监狱。在《蒙特罗斯的传说》中,杜格尔德·多格蒂经历了被关押在阿盖尔城堡的种种磨难,而贯穿《艾凡赫》中心情节的一根红线,则是塞德里克和罗威娜、负伤的艾凡赫、阿瑟尔斯坦、约克的以撒和丽贝卡的先后被监禁。托奎尔斯通的地牢和炮台,既象征着法律标准的毁灭,又意味着文明制度的坍塌。

同样,在《男修道院长》,故事主线是玛丽女王被囚禁在洛赫勒范城堡,这个真实历史人物的最大悲剧在于以自身的浪漫主义意愿对抗残酷的政治现实。而在《凯尼尔沃思》(*Kenilworth*,1821),美丽的艾米是又一

① Walter Scott. *Anne of Geierstein*. Printed by T. and A. Constable, for T. C. and E. C. Jack, Causewayside, Edinburgh, 1903, pp. 324 – 325.

个浪漫主义主人公,她抑制不住爱情的冲动,秘密嫁给伊丽莎白女王的宠臣莱斯特伯爵,而后者为了避免杀身之祸,不得不隐瞒这一事实,于是艾米蜗居在牛津附近的一幢农舍,像囚犯一样度过了短暂的余生。还有《海盗》,也不乏具有这种被俘和监禁的象征意义,玛格努斯和他的女儿直至被关押在"哈尔西恩"号快艇才获得海盗的理解。在《奈杰尔的财富》(*The Fortunes of Nigel*,1822),年轻的男主人公误入歧途,并因拒绝与仇人决斗构成犯罪,由此被监禁在伦敦塔,只是依靠恋人玛格丽特·拉姆齐的营救,才重新获得自由。他的被监禁既是"继承爵位"惹的祸,也是因为法律制度的腐朽。类似的情节和寓意也能在《佩弗里尔顶峰》找到踪迹,小说中,朱利安·佩弗里尔和父亲得罪了白金汉公爵,因而被指控与"天主教阴谋"有染,直到在神秘的姑娘芬内拉的帮助下,他们的冤情才获得国王的瞩目。

在某种意义上,《昆廷·德沃德》(*Quentin Durward*,1823)是一部阴谋小说,小说中有关路易十一的可怕的洛克斯城堡的描述,给人以种种暴力和监禁的想象,与此同时,这座监狱也成为哥特式恐怖的化身。尽管在《圣·罗南温泉》中,场景设置是非历史化的,但克拉拉的命运证实了她是典型的"精神奴役",因而是另一种意义的被监禁。同样在《雷德冈脱利特》中,监禁也不是字面意义的,达西遭受叔父赫里斯的绑架,在法律上受到他的控制,这种控制不但意味着"身份的蒙骗",也代表着狂热的詹姆斯党人的复辟意识。在《未婚妻》(*The Betrothed*,1825)中,伊夫琳和雨果出于一时冲动限制了彼此的婚姻自由。随着时间的推移,前者爱上了年轻的达米安,又因身陷兰德尔的圈套,被指控叛国罪,由此带来了实际意义的监禁,直至后者十字军东征回归,罪名才获得洗刷。作为这一小说的续篇,《护身符》讲述了一个身份之谜,肯尼思爵士的受骗、身陷囹圄,以及险些丧命,均是真实的自我身份遭受监禁的象征。在《伍德斯托克》中,沃尔特·司各特也描绘了一个非真实意义的监狱,查理二世隐匿在乡村小屋是一种自我设置的监禁,克伦威尔本来指望长久利用这个优势,但事态的发展打破了他的计划,让清教主义的士兵做了迷信的牺牲品。还有《盖尔斯坦的安妮》、《巴黎的罗伯特伯爵》(*Count Robert of Paris*,1832)和《危险的城堡》,也充满了监禁的描述,小说的男女主人公或是身陷囹圄,或是被扣作人质,或是被当做攻占城堡的诱饵,都经历了真正意义的恐怖磨难。

有时候,沃尔特·司各特还把这种监禁的描写,由"个体"扩展到"群体",通过在场群众对折磨囚犯的"群情激愤",以及场面的"失控",展示实际的或潜在的暴力恐怖。这方面的实例以《米德洛西安监狱》的"波蒂厄斯骚乱"最有代表性。这场骚乱在历史上实有其事。1736 年，爱丁堡警卫队长波蒂厄斯公开处决一个走私犯时，对其残酷折磨，由此引起了围观市民的愤怒。冲突中，他下令开枪，造成了多人受伤。英国当局不得不判他死刑，但在死刑执行前，又宣布缓刑。于是，市民心中积压多年的怒火顿时爆发出来。小说以充满激情的文字生动地描述了这一事件：

"终于，一个声音表达了这种愿望：'烧掉它！'骚乱者齐声喊找燃烧物，而且似乎所有的愿望都是有求必应，不久就有人找来了二、三个空沥青桶。一股耀眼的红色火苗高高地窜起，迅速接近了监狱的大门，在古香古色、线条分明的格子窗前燃起了巨大的夹杂着浓烟的火柱。火柱照亮了周围的凶猛、盛怒的骚乱者以及邻近的许多居民，那些居民纷纷把头探出窗外，极为担心地观看事态的发展。骚乱者不断朝火焰中添加东西，凡是能找到的都丢进去。火焰吞噬着一堆堆物件，发出毕毕剥剥的吼响。不久，伴着可怕的叫喊，大门着火，向下塌落。火势渐渐衰落，但未等它完全熄灭，暴民急不可待地一个跟一个跨过尚在焖烧的杂物冲了进去。"①

这段描述令人想起《修道士》中的"暴民摧毁圣·克莱尔女修道院"。但是，细看之下，两者之间还是有些许区别。首先，《米德洛西安监狱》的骚乱是一次反抗腐朽、残忍的英国统治者的行动，有着鲜明的政治目的和动机，而并非仅仅为了复仇，或者宣泄个人的私愤；其次，骚乱者尽管情绪十分激动，但行动还是有所节制，仅烧毁了监狱大门，没有焚毁整个监狱，而且行动中没有一人死亡，更没有伤及无辜。再次，整个事件以骚乱者的胜利而告终，反映了沃尔特·司各特一贯强调的"抑强扶弱"的心声。也许，青出于蓝而胜于蓝，这正是沃尔特·司各特比马修·刘易斯、甚至比其他所有的经典哥特式小说家高明之处。

---

① Walter Scott. *The Heart of Mid-lothian*. Printed by T. and A. Constable, for T. C. and E. C. Jack, Causewayside, Edinburgh, 1901, p. 92.

第二章

《弗兰肯斯坦》中的
科学和反科学

——英国科学小说的哥特式渊源

英国哥特式小说对 19 世纪英国文学的影响是多方面的,不但催生了以沃尔特·司各特的"威弗利小说"为代表的历史小说,也孕育了以描写与"科学"有关的幻想奇迹为特征的科学小说(science fiction)。关于这种孕育,英国科学小说作家、评论家布赖恩·奥尔迪斯(Brian Aldiss)有个著名论断:玛丽·雪莱的《弗兰肯斯坦》是世界上第一部科学小说。① 对此,乔治·曼(George Mann)评论说:"在布赖恩·奥尔迪斯的杰出的《亿万年狂欢》,他提出应该把玛丽·雪莱的经典哥特式小说《弗兰肯斯坦》看成是第一部具有真正意义的科学小说。我们有很多理由同意他这样做。"② 乔恩·特尼(Jon Turney)也评论说:"布赖恩·奥尔迪斯在他有影响的科学小说史中把玛丽·雪莱的小说作为具有这个类型所需全部特点的第一部作品,既有开创意义

---

① Brian Aldiss. *Billion Year Spree: The History of Science Fiction*. Weidenfeld and Nicolson, London, 1973, pp. 7 – 39.
② George Mann. *The Mammoth Encyclopedia of Science Fiction*. Constable and Robinson Ltd., London, 2001, p. 8.

又有界定意义,是一种已经获得其他人赞同的说法。"① 当然,持反对意见的也大有人在。譬如詹姆斯·丽格(James Rieger),就在一篇介绍《弗兰肯斯坦》的"序言"中,声称人们把这部小说看成科学小说开创作品是个错误,因为"它的作者仅略知……戴维、达尔文和加尔瓦尼……而弗兰肯斯坦的所谓化学只不过是时髦的魔法、改进了的炼丹术……他实际上是一个使用新式工具的不道德的术士。"② 直至最近,亚当·罗伯茨(Adam Roberts)还在一部专著中写道,布赖恩·奥尔迪斯"居然把科学小说定性为哥特式小说的一个分支","尽管这个说法相当流行,我们还是有理由怀疑其正确性"。③

玛丽·雪莱的《弗兰肯斯坦》究竟是不是第一部具有真正意义的科学小说? 哥特式小说究竟是不是科学小说的文学渊源? 双方争论的焦点实际上集中在《弗兰肯斯坦》是否具有足够的科学小说要素以及这些科学小说要素如何影响了后来的科学小说创作。下面拟就这两方面做出分析和解说。

——

要判定《弗兰肯斯坦》是否具有足够的科学小说要素,首先就要判定什么是科学小说,而这又牵涉到科学小说的术语来历和类型界定。因此,本文对于玛丽·雪莱的这部小说究竟是不是西方第一部具有真正意义的科学小说的分析和解说就从科学小说的术语来历和类型界定开始。这里需要说明的是,本文已经将科学小说的术语 science fiction 译为"科学小说",而没有译成我国通常流行的"科幻小说",原因是西方有一类单独的"幻想小说"(fantasy fiction),这类小说在狭义上是和 science fiction 相对的;此外西方还有一类介于 science fiction 和 fantasy fiction 之间的"科学幻想小说"(science fantasy fiction)。所以,为了防止概念上的含

---

① Jon Turney. *Frankenstein's Footsteps: Science, Genetics and Popular Culture*. Yale University Press, New Haven, Connecticut, 1998, pp. 20 – 21.

② Jon Reiger. "Introduction", in Mary Shelley's *Frankenstein*. Bobbs-Merrill, New York, 1974, p. xxvii.

③ Adam Roberts. *The History of Science Fiction*. Palgrave Macmillan, New York, 2006, p. 82.

混,同时为了叙述上的方便,本文采取了"科学小说"的译名。

如同西方大多数批评术语,科学小说的术语 science fiction 也是 20 世纪初期的产物。它最早见于 1929 年 6 月雨果·根斯巴克(Hugo Gernsback,1884-1967)所编辑的创刊号杂志《科学奇迹故事》(*Science Wonder Stories*)。不过在此之前,已有少数作家,如埃德加·爱伦·坡(Edgar Allan Poe,1809-1849)、儒勒·凡尔纳(Jules Verne,1828-1905)、埃德加·福西特(Edgar Fawcett,1847-1904),等等,曾经使用过类似的术语来表示科学小说或类似的文学作品。尤其是威廉·威尔逊(William Wilson,1801-1860),在 1851 年的一本著作中,直接使用 science-fiction 来表示理查德·霍恩(Richard Horne,1802-1884)的《低劣的艺术家》(*The Poor Artist*),[①] 由此有人认为威廉·威尔逊是这个术语的创造者。然而,是雨果·根斯巴克首先在 1926 年 4 月的创刊号杂志《惊人的故事》(*Amazing Stories*)创造了 scientifiction,然后又在 1929 年 6 月的创刊号杂志《科学奇迹故事》,将 scientifiction 改为 science fiction,并使之成为一个流行的文学术语。而且,他还在 1926 年 4 月的创刊号杂志《惊人的故事》,对 scientifiction 进行了如下界定:

"所谓科学小说,我是指儒勒·凡尔纳、赫·乔·威尔斯、埃德加·爱伦·坡那类故事——一种融合有科学事实与预言性幻想的迷人传奇……这些令人惊异的故事不仅读起来非常有趣,而且往往有教育作用。它们给我们提供在别处可能无法获取的知识,而且提供的方式非常令人可口。这些现代科学小说作家拥有传授知识、甚至传授灵感的才能,不止一次地让我们意识到对自己颇有教益。不仅如此,坡、凡尔纳、威尔斯、贝拉米和其他许多人已经证明自己是真正的预言家。他们的许多惊人故事中的预言已经实现,或者正在实现……今天的科学小说给我们描绘的新型冒险也完全能够在明天实现。许多注定有历史价值的杰出科学故事还会再次出现。《惊人的故事》杂志将是这些故事与你们之间的媒介。后人将会证明它们已经开辟了一条新路,不仅在文学创作方面,也在人类进步方面。"[②]

在这里,雨果·根斯巴克不但把科学小说同凡尔纳、威尔斯、爱伦·坡的作品直接挂钩,还规定了科学小说的"科学事实与预言性幻想"的创

---

① William Wilson. *A Little Earnest Book Upon a Great Old Subject*. Kessinger Publishing, LLC, 2007, p. 137.

② Everett F. Bleiler. *Science-Fiction: The Gernsback Years*. The Kent State University Press, Kent, Ohio, and London, England, 1998, p. 544.

作模式。其后的科学小说杂志编辑,在对科学小说进行界定时,大体上都沿袭了这种创作模式的描述。尤其是约翰·坎贝尔(John Campbell,1910－1971),在他编辑的科学小说杂志《惊人的科学小说》(*Astounding Science-Fiction*),强调应该把科学小说看成一种近似科学本身的文学媒介,因为"科学方法论涉及这样的主张,一种结构完善的理论不仅能解释已知的现象,还能预测新的、尚未被发现的现象。科学小说试图起着完全相同的作用,以故事的形式写出这样的效果,不仅适用于机器,也适用于人类社会。"[①] 随后的几年里,这种以"科学"为核心的科学小说概念开始在西方科学小说的作者、编辑、批评家、读者当中扩散,并逐渐发展成为一种共识,而一旦这个共识形成,他们便使用 science fiction 这个术语来表示以前的某些作品,从而把所有符合他们心目中条件的小说串联在一起,即是说,构建了一个文学类型。

不过,是詹姆斯·贝利(James Bailey,1903－1979),首次从学术角度,对这个文学类型进行了比较严密的描述:"科学小说所记述的是自然科学领域的想象的发明或发现,以及相应的冒险和经历……它必须是科学发现,至少是作者尽可能对科学进行合理解释的东西。"[②] 在这之后,许多学者和作者,如达蒙·奈特(Damon Knight,1922－2002)、西奥多·斯特金(Theodore Sturgeon,1918－1885)、埃德蒙·克里斯潘(Edmund Crispin,1921－1978)、罗伯特·海因莱因(Robert Heinlein,1907－1988)、詹姆斯·布利希(James Blish,1921－1975)、金斯利·埃米斯(Kingsley Amis,1922－1995)、萨姆·莫斯科维茨(Sam Moskowitz,1920－1997),等等,都试图以自己的理解方式对科学小说进行诠释。一方面,西奥多·斯特金宣称"好的科学小说应该描写人类,描写人类的难题和答案,而且这些都要有科学内容"[③];另一方面,罗伯特·海因莱因又主张科学小说"要充分根据现实世界的知识,现实主义地推测未来可能的事件"[④];与此同时,金斯利·埃米斯还认为科学小说要"处理已知世界不可能出现的情境,不过可以根据科学技术或虚拟科学技术的某些发明进

---

① Lloyd Arthur Eshbach, ed. *Of Worlds Beyond*. Fantasy Press, New York, 1964, p. 91.

② Maxim Jakubowski and Malcom Edwards, eds. *The Complete Book of Science Fiction and Fantasy Lists*. Granada, London, 1983, p. 256.

③ Gaile McGregor. *The Noble Savage in the New World Garden: Notes Toward a Syntactics of Place*. Popular Press, Bowling Green, 1988, p. 225.

④ Damon Knight, ed. *Turning Points: Essays on the Art of Science Fiction*. Harper and Row, New York, 1977, p. 9.

行假设,无论是源于人类还是源于外星人"①。

1966 年,朱迪思·梅里尔(Judith Merril,1923－1997)首次在科学小说的定义中,强调了罗伯特·海因莱因提出的"推测",由此她的"推测小说"的范围也扩展到了 20 世纪 50、60 年代风靡一时的社会变迁小说。与之相呼应,詹姆斯·巴拉德(James Ballard,1930－2009)等人也开始在科学小说杂志撰文强调科学小说中的"非科学因素",鼓吹科学小说的创作要跳出为科学家写作的窠臼,甚至科学小说杂志不必与科学挂钩。到了 20 世纪 70 年代,随着结构主义思潮的兴起,达尔科·苏文(Darko Suvin)又开始强调科学小说结构上的"认知"(cognition)、"疏远"(estrangement)等特征。在他看来,科学小说是"这样一种文学类型,其充分必要条件是疏远和认知的相互作用和存在,而且其主要形式手段是替代作者实证环境的想象框架"。② 后来,他还提出所谓"新创"(novum),强调科学小说的虚拟世界与外在真实世界的差异。鉴于较早的幻想文学也存在这种差异,彼得·尼科尔斯(Peter Nicholls)又对达尔科·苏文的"新创"提出了质疑,并认为在给科学小说下定义时,必须"遵循自然法则",因为幻想文学是与之背道而驰的。此后,约翰·克卢特(John Clute)又辩称"疏远"也不能归属科学小说,事实上科学小说中有很多与此相反的例子。为了填补达尔科·苏文的"漏洞",罗伯特·斯科尔斯(Robert Scholes)又提出了"结构性虚拟"(structural fabulation)。在他的笔下,科学小说成了"向我们清楚、彻底地展示一个与已知世界中断的、但反过来又以某种认知方式发生冲突的世界的一类小说"。③ 与此同时,戴维·凯特雷尔(David Ketterer)也根据莱斯利·费德勒(Leslie Fiedler,1917－2003)的某些观点,提出了"灾难文学"(apocalyptic literature)的概念,指出科学小说实际上是其中一个分支,通过"创造另类世界",对"读者心目中的'真实'世界进行隐喻性破坏"。④

1980 年,帕特里克·帕林德(Patrick Parrinder)又在《科学小说:批评与教学》(*Science Fiction: Its Criticism and Teaching*)一书中,将科学小

---

① Kingsley Amis. *New Maps of Hell: A Survey of Science Fiction*. Ballentine, New York, 1960, p. 14.

② Darko Suvin. *Positions and Presuppositions in Science Fiction*. Kent State University Press, Kent, 1988, p. 66.

③ Robert Scholes. *Structural Fabulation: An Essay on Fiction of the Future*. University of Notre Dame Press, Notre Dame, 1975, pp. 54－55.

④ David Ketterer. *New Worlds for Old: The Apocalyptic Imagination, Science Fiction and American Literature*. Indiana University Press, Indiana, 1974, p. 13.

说与"太空剧"相提并论,指出科学小说实际上是"拥有幻想的冒险情节的情节剧"①;而1987年,金·罗宾逊(Kim Robinson)又在《科学小说评论》发表文章,辩称科学小说其实是一种"历史文学",因为"在每个科学小说的叙事中,都有详尽的虚拟历史,把所描述的那个时代同我们现在或过去的某个时代联系起来"。② 然而,依旧有人指出这种"历史文学"在概括科学小说特征方面的"漏洞"。于是一些学者又开始采用"简单、明了"的科学小说定义。在《真实世界中的科学小说》(*Science Fiction in the Real World*,1990),诺尔曼·斯平拉德(Norman Spinrad)直截了当地提出:"科学小说是作为科学小说出版的小说。"③ 而爱德华·詹姆斯(Edward James)也在《20世纪的科学小说》(*Science Fiction in the 20th Century*,1994)中说得很干脆:"凡是图书市场上标示有科学小说字样的都是科学小说。"④ 但这样一来,他们不啻跳进了循环论证的怪圈,因而同样遭到了许多学者的反对和抨击。21世纪头十年,科学小说的界定又有回复到20世纪60年代之前的趋势。譬如杰夫·普鲁凯尔(Jeff Prucher),就在《勇敢的新世界》(*Brave New Worlds*,2007)一书中强调,科学小说的场景"不同于我们自身世界",这种差异"基于一个或多个改变和假设所造成的推断",而且解释的方式是"科学的或理性的,有别于超自然主义"。⑤

以上我们大体回顾了西方学术界自雨果·根斯巴克以来所出现的种种科学小说的定义。不难看出,科学小说是一个比较难以界定的文学类型。迄今,许多西方学者仍是各执一词,没有统一的看法。一方面,许多传统的概念尚待梳理和挖掘;另一方面,又推出了许多需要认真鉴别的新术语。与此同时,还有种种不同的分析视角和比拟。之所以出现这些情况,乃是因为"类型是由跨越众多文本的重复所建立的一套相似规则组合",其实际概念"不可能与创建实例或类型渊源完全一致",而且在某个重要方面,"所述文本也并非是它组建的类型的一个范例,而只是对之前

① Patrick Parrinder. *Science Fiction: Its Criticism and Teaching*. London: New Accents, London,1980,p.15.

② Kim Robinson. "Profession",in *Foundation: The International Review of Science Fiction*. 1987(38).

③ Norman Spinrad. *Science Fiction in the Real World*. Southern Illinois University Press, Carbondale,Illinois,1990,p.18.

④ Edward James. *Science Fiction in the 20th Century*. Oxford University Press,Oxford, 1994,p.3.

⑤ Jeff Prucher. *Brave New Worlds*. Oxford University Press,Oxford,2007,p.171.

存在的某些一般期盼的一种特别有影响的违反"。① 更何况类型本身也处在不断地变化之中，它"并非是一成不变的、由所有的构成文本共同享有的类别"，而是"实际说话人根据具体情境、具体目的所做的杂乱无章的宣称"。②

但是，这不等于说，我们不能从"跨越众多文本的重复"和"杂乱无章的宣称"之中概括出最一般的、为大家共同接受的科学小说特征。乔治·曼说："大多数人都觉得自己在日常生活中能够识别出科学小说，不管是小说文本还是电视连续剧。"③ 亚当·罗伯茨也说："绝大多数人都有一种意识，什么是科学小说。任何书店都有一个陈列科学小说的地方：一书架、一书架的往往是色彩鲜艳的平装本书籍，封面覆盖有写实主义的照片式图画，画面或是复杂的宇宙飞船，或是未来城市里的男女，或是稀奇古怪的外星人场景。"④ 既然科学小说是一种能够如此被轻易识别的文学类型，那么就必然存在某些理想性的区分界限、规则或理想参数，能据以界定哪些是科学小说，哪些又不是科学小说。

事实上，我们透过上述种种看似矛盾、相互排斥的科学小说定义，也能找出这些理想性的区分界限、规则或参数。首先，所有的人都承认科学小说含有超自然要素。从雨果·根斯巴克到金斯利·埃米斯，又从朱迪思·梅里尔到达尔科·苏文，再从帕特里克·帕林德到杰夫·普鲁凯尔，他们在进行科学小说界定时，无不认为科学小说是一种超自然小说，无不认为在这种超自然小说中，作者的想象已经基本脱离了现实生活，从主题的提炼到人物的刻画，从情节的构思到细节的描述，均以虚幻为基础，即是说，呈现在读者面前的是一个游离于现实世界之外的幻想世界。雨果·根斯巴克的"预言性幻想"就是这样一个世界；詹姆斯·贝利的"想象的发明或发现"也是这样一个世界；而罗伯特·斯科尔斯的"结构性虚拟"还是这样一个世界。其次，所有的人都承认科学小说含有科学成分。关于这方面的叙述，雨果·根斯巴克、约翰·坎贝尔、詹姆斯·贝利等人自然是不必说，即便是主张以"推测小说"替换"科学小说"的朱迪思·梅里尔，以及强调"非科学因素"的詹姆斯·巴拉德等"新浪潮"科学小说作家，

① John Rieder. *Colonialism and the Emergence of Science Fiction*. Wesleyan University Press, Hanover, New Hampshire, 2008, pp. 18 - 19.

② Rick Altman. *Film / Genre*. British Film Institute, London, 1999, p. 101.

③ George Mann. *The Mammoth Encyclopedia of Science Fiction*. Constable and Robinson Ltd, London, 2001, p. 3.

④ Mark Bould et al., eds. *The Routledge Companion to Science Fiction*. Routledge, Abingdon, Oxon, 2009, p. xix.

他们在具体界定时,也只是调换了一些视角,提出了另一些理想性区分参数,并没有完全否认科学要素。尽管科学小说的描写是建立在"推测"的基础之上,并且在具体"推测"时也会体现出所谓的"认知"、"疏远"、"新创",甚至"历史"和"灾难",但是这种包含有诸多文本属性的科学小说描写并非作者的任意妄为,而是隐隐约约地遵循了一定的科学事实或科学逻辑,即是说,科学小说作者意欲表现的是一种与科学有关的幻想奇迹。而且,通过他们的核心陈述,也完全可以看出,在上述"超自然"和"科学"这两种要素中,"科学"的要素是起决定作用的。这是科学小说的根本特征,也是此类小说区别其他任何一类超自然小说的根本标志。一部超自然小说,"科学"的成分越浓厚,也就越接近科学小说。

二

那么,玛丽·雪莱的《弗兰肯斯坦》是否具备作为一部科学小说所必需的"科学"成分?

玛丽·雪莱成长的年代,适逢西方发生了"双重革命──1789 年的法国革命和同一时期的英国工业革命"。[①] 如果说,法国大革命冲击了英国的既定政治结构,给保守的英国政坛带来了清新的政治改革意识,那么,欧洲工业革命彻底动摇了英国的旧有经济基础,将一个依赖农畜牧业和手工业作坊的封建国家变成了一个以现代机器制造为主的资本主义强国。煤炭的充分利用、钢铁冶炼技术的发展、蒸气动力的发明、纺织工业机械化、贸易的进一步扩张、铁路和公路网络的初步建立,所有这些无不标志着人类文明有了一个新的发展起点。然而,这一切又是以现代自然科学和社会科学的发展,尤其是物理学、化学、生物学的发展为基础的。1786 年,路易吉·加尔瓦尼(Luigi Galvani,1737 – 1798)发现了电流;1800 年,亚历山德罗·伏特(Alessandro Volta,1745 – 1827)又发明了电池。这些发现和发明为现代电磁学的建立奠定了基础。而 1803 年至 1819 年约翰·道尔顿(John Dalton,1766 – 1844)所创立的原子理论,也导致一门新的化学──有机化学──的出现,由此人们可以用实验的手

---

① Eric Hobsbawm. *The Age of Revolution, 1789 – 1898*. Vintage Books,New York,1996,p. ix.

段分析有生命的物质。还有赫弗里·戴维（Humphry Davy，1778－1829），发现了氯、碘等化学元素以及多种碱和碱土金属，其论文"论某些电流化学剂"（"On Some Chemical Agencies of Electricity"，1806）是19世纪上半期化学亲和性理论的重要依据。在生物学领域，伊拉兹马斯·达尔文（Erasmus Darwin，1731－1802）也出版了《动物生理学》（*Zoonomia*，1794）、《植物学》（*Phytologia*，1801）以及两首长诗《植物园》（*The Botanic Garden*，1791）和《自然的殿堂》（*The Temple of Nature*，1803），这些著作推动了人们对于动、植物品种的探索，促成了生物进化论的完全建立。正如美国历史学家埃里克·霍布斯鲍姆（Eric Hobsbawm）所指出的："许多科学以它们自身的方式反映了双重革命，一是因为这种革命对它们产生了特殊的新要求，二是因为这种革命为它们开辟了新的可能性，让它们面对新问题，三是这种革命本身的存在提出了新的思维模式。"[①]

　　玛丽·雪莱的《弗兰肯斯坦》体现了上述时代精神和科学内涵。该书主人公维克多·弗兰肯斯坦出生在一个名门世家，父亲是"政府官吏"，"身兼数个公职，声誉卓著"，母亲也系大家闺秀，"温柔多情"，不啻是"救人于疾苦的守护天使"。自小，弗兰肯斯坦生活在宠爱之中，由此养成了十分任性的个性。不过，他也秉性聪慧，爱好读书，渴望探寻大自然的奥秘。上大学后，又对人体构造产生了浓厚的兴趣，并立志"研究与生理学有关的自然科学"。记不清有多少个日日夜夜，他一直守在沃尔德曼教授的实验室。也记不清有多少个日日夜夜，他"守在墓穴和停尸房"，观察"构造精密的人体组织逐渐衰败、损毁的过程"，"分析人体由生到死、由死生还这一周而复始的变化过程中显露出来的所有细微的因果关系"。但见"骤然间，一道灵光闪电般划破了周围的幽冥晦暗"，他"找到了生命诞生、繁衍的本源所在"，以及"起死回生，给没有生命的事物带来生机"的"旷世秘密"。紧接着，他怀着极度兴奋的心情构思了一个造人计划，要先行"制造一个身高约8英尺，其他身体部分也按比例放大的庞然大物"。于是，他"一头扎进"了楼房顶层的工作室，"从停尸间里找来到各种尸骨，用亵渎神明的双手搅扰人体骨骼结构的惊人秘密"，"进行着肮脏的创造生命的实验"。为了试验，他的"眼珠子瞪得几乎快要要掉出眼眶"。也为了试验，他"对大自然的美景视而不见"，甚至"把对远方阔别已久的亲人和朋友的思念都忘得一干二净"，只能期待在大功告成之后，"再向家人倾

---

① Eric Hobsbawm. *The Age of Revolution, 1789－1898*. Vintage Books, New York, 1996, p. 277.

吐自己的款款深情"。① 终于,到了这年冬天的一个阴霾的夜晚:

"我紧张得无以复加,内心承受着痛苦的煎熬,我把生命制造所需要的各种仪器收拢到自己跟前,准备给躺在我脚下的这具毫无生机的躯体注入生命的火花。当时已是凌晨一点,雨滴带着几分萧瑟,啪嗒啪嗒地敲打着窗格玻璃,屋内的蜡烛行将熄灭,就在这时,借着蜡烛最后一丝微光,我看到那具躯体睁开了浑浊昏黄的眼睛,他喘着粗气,身上一阵抽搐,手脚便开始活动起来。"②

乔恩·特尼(Jon Turney)认为,维克多·弗兰肯斯坦的这种"生命制造"具有划时代的意义,"标志着人类生命制造故事的一个转折,因为维克多不涉及神灵的帮助或其他任何超自然手段。他是凭借自己的(科学)努力来达到他的目的。"③ 在此之前的西方生命制造故事,大体可以分成两类。一类是沿袭古希腊、古罗马的传统,主要表现为生命之谜的探索者出于种种目的,诱使神灵再现创造人类的奇迹,当然,这种奇迹的攫取在帮助创造者创造生命和延迟死亡的同时,也给他们带来了极大灾难,譬如前面提到的普罗米修斯,就因"盗取"包括"天火"在内的种种生命秘密而遭受了宙斯的惩罚。另一类西方生命制造故事,亦即犹太传统的生命制造故事,则以"活泥人"(golem)为主要成分。像普罗米修斯一样,"活泥人"的生命是神授的,是制造者借助超自然神灵施展魔法的一种产物。也像普罗米修斯一样,"活泥人"身材巨大,极难掌控,往往起着"活体幽灵"的功能,体现了制造者的邪恶灵魂。而且多半在故事最后,制造者和被造者相互攻击,同归于尽。到中世纪,"活泥人"故事产生了一个变种,即制造者由一般的神话人物变成了历史上的著名炼金术士。譬如多米尼加的炼金术士阿尔伯图斯·马格努斯(Albertus Magnus,1206-1280),就被描绘用黄铜制造了一个仆人,而德国的炼金术士科尼利厄斯·阿格里帕(Cornelius Agrippa,1486-1535),也被描绘用鲜血、粪便和精液制造了一个侏儒。到了近代,西方炼金术士用泥土"造人"的故事依然盛行,但随着社会生产力的发展和机械装置的改进,"活泥人"有时也会以"机械人"的面目出现。这种生命制造的描述,尽管融入了较多的现实因素,甚至体现了法国哲学家笛卡尔(Descartes,1596-1690)的某些意识,但总的来

---

① Stephen C. Behrendt, ed. *Shelley's Frankenstein*. Hungry Minds, Inc., New York, 2001, pp. 33, 35, 53, 54, 56.

② Ibid, p.59.

③ Jon Turney. *Frankenstein's Footsteps: Science, Genetics and Popular Culture*. Yale University Press, New Haven, Connecticut, 1998, p. 14.

说,依旧没有脱离超自然魔法的窠臼。然而,与上述"普罗米修斯"、"活泥人"、"仆人"、"侏儒"、"机械人"等等的生命制造不同,玛丽·雪莱笔下的"巨怪"制造属于另一个时代,属于另一套宇宙生成规则。这里既没有超自然魔法,又没有神秘主义。用布赖恩·奥尔迪斯的话来说,即是"弗兰肯斯坦背离了炼金术,背离了过去,转向了科学和未来,由此也得到了奖赏,获得了令人震惊的成就。"①

事实上,在《弗兰肯斯坦》中,玛丽·雪莱也有意强调了维克多·弗兰肯斯坦的现代科学家身份以及这种身份同历来的西方炼金术士的本质区别。在该书第 3 章,维克多·弗兰肯斯坦刚一到达因戈尔施塔特大学,就面见了两位教授。第一位是自然教授,名叫克兰普。当他听到维克多·弗兰肯斯坦曾经迷恋阿尔伯图斯·马格努斯等炼金术士的著作时,禁不住眼睛一瞪:"你真的把时间都花费在研究那些无稽之谈了?"接着他嘲笑维克多·弗兰肯斯坦说:"你在那些书本上所花费的每一分钟、每一秒钟都是彻头彻尾的浪费",因为"那些异想天开的虚妄之说都是些千年腐朽的东西,亏你还如饥似渴地去追求那些发了霉的陈词滥调! 如今这个开化、科学的时代,竟然还有人信奉阿尔伯图斯·马格努斯和帕拉赛尔瑟斯的理论,真是令人难以置信! 亲爱的先生,你必须踏踏实实地从头学起。"②同样,在第二位教授——沃尔德曼教授——的课堂上,这位著名化学家抨击了以前这门学科——炼金术——的教师,只是"嘴巴上说得漂亮,实际一事无成",继而他话题一转,谈起了现代化学所创造的奇迹:

"现代科学大师们很少承诺,他们很清楚不能点石成金,长生不老也不过是痴人说梦。尽管这些科学家的双手似乎只会在泥土里搅和,他们的眼睛似乎只会盯着显微镜和坩埚,但正是这些人在创造一些人间奇迹。他们潜入大自然的深处,揭示其运作的奥秘。他们冲上云霄;发现血液循环的规律,以及我们所呼吸的空气的特性。他们掌握了新的力量,几乎无所不能,他们可以驾驭空中雷电,模拟地震,甚至还可以用无形世界的影子反过来嘲笑无形的世界。"③

从那以后,维克多·弗兰肯斯坦把所有的时间和精力都奉献给了自然科学,尤其是化学及所涵盖的其他学科的分支。也从那以后,维克多·

① Brian Aldiss. *Billion Year Spree: The History of Science Fiction*. Weidenfeld and Nicolson, London,1973, p. 24.

② Stephen C. Behrendt, ed. *Shelley's Frankenstein*. Hungry Minds, Inc., New York, 2001, p. 46.

③ Ibid, p. 47.

第三编 演进论

弗兰肯斯坦走进了沃尔德曼教授的实验室,通宵达旦地苦心钻研。而且,"仅仅用了两年,我便取得了一些研究成果,改进了一些化学仪器,赢得了学校师生对我的尊敬和赞扬。这个时候,我对自然科学的理论以及实践研究的掌握已到了炉火纯青的程度。"① 可以说,这意味着维克多·弗兰肯斯坦已经彻底告别了之前所迷恋的炼金术士的虚妄之说,掌握了现代科学的理论方法和实验手段,成了一个名副其实的现代科学家。

玛丽琳·巴特勒(Marilyn Butler)指出,维克多·弗兰肯斯坦先是发现了生命原则,然后再构建一个身体,让生命寓于其中,这一实验过程实际上体现了伊拉兹马斯·达尔文的"生机论"。② 玛丽琳·巴特勒的这一论断无疑是正确的。1831 年版《弗兰肯斯坦》的"作者导言"清楚地显示,《弗兰肯斯坦》的创作源于一个梦,而这个梦产生的原因则是 1816 年珀西·雪莱、乔治·拜伦等人关于"生命原则的本质以及这种本质是否有可能发现和表达"的一番交谈。③ 而且乔治·拜伦的私人医生约翰·波利多里的日记也证实,那年他和乔治·拜伦、雪莱夫妇在瑞士休假,期间,"我和雪莱交谈了一些原则,人类是否仅仅被认为是一个工具。"④ 对于伊拉兹马斯·达尔文,玛丽·雪莱从小就很熟悉,因为他是她的父亲威廉·戈德温的一个朋友。而珀西·雪莱也是伊拉兹马斯·达尔文的一个崇拜者。1811 年,珀西·雪莱首先阅读了《植物园》,翌年,又购买了《动物生理学》和《自然的殿堂》。所以,玛丽·雪莱完全有可能阅读过伊拉兹马斯·达尔文的主要著作,熟悉他的生机论。⑤ 作为 18 世纪末和 19 世纪初西方一种准进化理论,伊拉兹马斯·达尔文的生机论在当时的英国产生了很大影响。伊拉兹马斯·达尔文认为,生命的创造实际上无时不有、无时不在,每个有机体中都有内在力量促使其演化为更高级的形式。在长诗《植物园》中,他借"植物女神"与"火神"的对话形象地表达了这种观点。⑥ 后

---

① Stephen C. Behrendt, ed. *Shelley's Frankenstein*. Hungry Minds, Inc., New York, 2001, p. 52.

② Mary Wollstonecraft Shelley. *Frankenstein; or, The Modern Prometheus*, edited and introduced by Marilyn Butler. William Pickering, London, 1993, p. xvii – xix.

③ Mary Wollstonecraft Shelley. *Frankenstein, or, The Modern Prometheus*, edited by D. L. Macdonald & Kathleen Scherf. Broadview Press, Peterborough, Ontario, Canada, 1999, p. 356.

④ John William Polidori. *The Diary of Dr. John William Polidori, 1816, Relating to Byron, Shelley, etc.*, edited by William Michael Rossetti. Elkin Mathews, London, 1911, p. 123.

⑤ Anne K. Mellor. *Mary Shelley: Her Life, Her Fiction, Her Monsters*. Routledge, New York, 1989, p. 99.

⑥ Erasmus Darwin. *The Botanic Garden, Part 1, The Economy of Vegetation*. J. Johnson, 1791, Lines 362 – 370.

来,在另一首长诗《自然的殿堂》,他又通过一个很长的"附加注释",进一步阐明了自己的思想。① 显然,在 1831 年版《弗兰肯斯坦》的"作者导言",玛丽·雪莱正是根据这个"附加注释",提到了传说中的"达尔文博士的实验",述说他"曾经把一些细粉条放在一个玻璃容器中,然后通过一些不可思议的方法,让这些粉条按照自己的意愿动了起来"。② 而小说正文中,维克多·弗兰肯斯坦通过"分析人体由生到死、由死生还"来观察"人体组织逐渐衰败、损毁的过程"的细节描写,也基于此。③

如果说,《弗兰肯斯坦》所蕴含的科学内容是源于伊拉兹马斯·达尔文的"生机论",那么它所描述的科学方法则是基于赫弗里·戴维的"化学著述"。像伊拉兹马斯·达尔文一样,赫弗里·戴维也是威廉·戈德温的一个老朋友,经常来他家参加哲学沙龙。1816 年 10 月末,亦即玛丽·雪莱开始创作《弗兰肯斯坦》之时,她在日记中提到自己阅读了"赫弗里·戴维的化学导论"。④ 这里所说的"化学导论"很可能就是《化学哲学要义》(*Elements of Chemical Philosophy*,1812),因为在 1812 年,珀西·雪莱买过这本书。⑤ 当然,也有可能是更早时候赫弗里·戴维在英国皇家学会所做的演讲《一篇演说,化学系列课程导论》(*A Discourse, Introductory to A Course of Lectures on Chemistry*,1802),因为小说中所描述的沃尔德曼教授关于现代化学创造奇迹的见解与这篇演讲中的某些内容、措辞和语气完全一致。⑥

而且,赫弗里·戴维自青年时代起就是一个"生机论者"。尽管在《一篇演说,化学系列课程导论》之中,他没有像伊拉兹马斯·达尔文那样走得太远,相信维克多·弗兰肯斯坦的"造人工程"是可能的,但也发人深省地谈到了"死的物质转化成活的物质",谈到了"从死的物质的结合中产生以前只有动物器官才能偶尔产生的效果"。如同沃尔德曼教授力劝维克多·弗兰肯斯坦要"认真研习自然科学的每一个分支",赫弗里·戴维也

① Erasmus Darwin. *The Temple of Nature; or, The Origin of Society: A Poem, with Philosophical Notes*. J. Johnson, London. 1803, Additional Notes I, Lines 1 – 3.

② Mary Wollstonecraft Shelley. *Frankenstein; or, The Modern Prometheus*, edited by D. L. Macdonald and Kathleen Scherf. Broadview Press Ltd., Toronto, ON, 1999, pp. 356 – 357.

③ Ibid, p. 79.

④ Mary Wollstonecraft Shelley. *The Journals of Mary Shelley, 1814 – 1844*, edited by Paula R. Feldman and Diana Scott-Kilvert. Clarendon Press, Oxford, 1987, vol. 1, pp. 142 – 144.

⑤ Laura E. Crouch. "Davy's *A Discourse, Introductory to A Courses on Chemistry*: A Possible Scientific Sourse of Frankenstein." *Keats-Shelley Journal*, 27 (1978), p. 35 – 36.

⑥ Jon Turney. *Frankenstein's Footsteps: Science, Genetics and Popular Culture*. Yale University Press, New Haven, Connecticut, 1998, p. 21.

敦促科学家"把机械的、化学的、生理学的知识结合起来"。① 而且,他也像维克多·弗兰肯斯坦一样,对自己的研究十分自负,敦促科学家"要大力质问自然,不要仅仅做一个学者,只是被动地寻求她的行为,而要当一个主人,主动地运用自己的工具"。他甚至像伊拉兹马斯·达尔文和维克多·弗兰肯斯坦一样,运用性意象来表达科学研究的某些行为,如"谁没有这样的抱负,要了解自然最深层的秘密;查明她隐匿的行动","洞察她的乳房",等等。②

如果说,维克多·弗兰肯斯坦的自负及其悲剧在某种程度上构成了对赫弗里·戴维的批判,那么,玛丽·雪莱也在同时运用赫弗里·戴维这个真实的科学家来批判维克多·弗兰肯斯坦,因为在《一篇演说,化学系列课程导论》,赫弗里·戴维再次运用性意象告诫科学家要谨防"投机性哲学家"的冒昧和放肆,因为"他们不是努力做到缓慢地掀开遮盖生物界奇妙想象上面的幔纱,而是充满了炽热的想象,试图自负、冒失地将幔纱撕个粉碎"。而且,他坚持认为科学研究应该"给人类心灵一种永恒、温柔的享受",甚至能"摧毁想象的疾病",所有这些也无疑是批判维克多·弗兰肯斯坦近乎病态地痴迷"人体复活实验"。③

玛丽·雪莱对于维克多·弗兰肯斯坦的这种批判也实际上构成了《弗兰肯斯坦》的"反科学"中心主题。尽管在大学,维克多·弗兰肯斯坦学习了大量的现代科学知识,但他对待这些科学知识的态度却是十分功利的。他之所以不顾一切地献身科学,废寝忘食地从事人体复活实验,乃是要获得发现这一"旷世秘密"的荣耀。"我要让万丈光芒普照黑暗的冥冥世界。此后,我所创造的新的物种将会奉我为造物之主,对我顶礼膜拜;许多幸福、完美的生命将会因我应运而生,对我感恩戴德。"④ 至于这项科学发明可能会给人类带来哪些破坏作用,他没有考虑,也不想考虑。正因为如此,一旦事与愿违,所造之物"巨怪"显示出无比丑陋的骇人迹象,他便不负责任地将其遗弃在社会,从而导致亲友陆续被杀害,自己也惨死在追杀"巨怪"的途中。显然,玛丽·雪莱意在通过这个悲剧说明,科学技术不是万能的,人类不可能替代上帝,也不可能做一个没有麻烦的创造者。人们在看到工业革命的成就的同时也应看到现代化的弊病。如果

① Jon Turney. *Frankenstein's Footsteps: Science, Genetics and Popular Culture*. Yale University Press, New Haven, Connecticut, 1998, p. 315.

② Ibid, pp. 319, 320, 318.

③ Ibid, pp. 314, 326.

④ Mary Wollstonecraft Shelley. *Frankenstein; or, The Modern Prometheus*, edited by D. L. Macdonald and Kathleen Scherf. Broadview Press Ltd., Toronto, ON, 1999, pp. 81 – 82.

一味迷信科学,滥用知识,就会走向科学技术知识的反面,丧失灵魂,丧失道德,造成人生极大灾难。

三

事实上,《弗兰肯斯坦》这个"反科学"中心主题也正是此后维多利亚时代科学小说的中心主题。像《弗兰肯斯坦》一样,维多利亚时代科学小说"从工业革命之前并不存在的一种文化中汲取自己的信仰、素材、篇章寓意和极端态度"①,体现了某种程度的现代性危机,反映了工业革命以来人们对于科学技术的迅速发展、经济的商业化转向、帝国疆土的扩张、政治制度改革的诉求、审美趣味的改变、生存环境的变化等问题的深度焦虑。也像《弗兰肯斯坦》一样,维多利亚时代科学小说的情节构思基于一种"灾难的想象",作者关注"毁灭性审美,在诉诸大破坏、造成一团糟之中寻找特异之美"。② 还像《弗兰肯斯坦》一样,维多利亚时代科学小说的"科学及其理论、工具、效果被骇然融入恐怖幽灵包围和吸血鬼攻击的故事之中。因而,科学依然服从哥特式目的,成为一种释放恶魔能量或提出无法理解的神秘的手段"。③《弗兰肯斯坦》和维多利亚时代科学小说,两者都制造"巨怪",只不过一个"巨怪"来自过去的回归,另一个"巨怪"来自未来的到达。而只要未来不是"可预言的"、"可预测的"、"可设置的","就一定是令人恐怖的"。④

埃德加·爱伦·坡的大部分小说,精神空间由"哥特式"所占据,理性在病态、负疚的幻觉面前逃逸,识别力的破碎产生了不健全想象的梦魇,以至于现实和幻想奇异地相互交织。然而,他也运用科学概念来展示"其

① Joanna Russ. *To Write Like a Woman: Essays in Feminism and Science Fiction*. Indiana University Press, Bloomington and London, 1995, p. 10.

② Susan Sontag. *Against Interpretation and Other Essays*. Dell, New York, 1969, p. 215.

③ Fred Botting. "Monsters of the Imagination", in *A Companion to Science Fiction*, edited by David Seed. Blackwell Publishing, 2005, p. 116.

④ Jacques Derrida. "Passages-Form Traumatism to Promise", in *Points Interviews, 1974 – 1994*, translated by Peggy Kamuf and others. Standford University Press, Stanford, 1996, p. 386.

虚幻现实的异常'科学'或科学虚拟的本质"。① 譬如,在他的"瓦尔德马尔先生病例中的事实"("The Facts in the Case of M. Valdemar",1845),新型催眠术居然能使瓦尔德马尔先生的垂死之身述说死亡感受,尤其是说到"我已经死了"的时候,仿佛灵魂真的能够穿越生死之间的屏障,科学真的能够召唤鬼魂到世上作祟。而玛丽·布拉登(Mary Braddon,1837 – 1915)的"好夫人杜凯恩"("Good Lady Ducayne",1896),则展示了另一种"哥特式"科学奇闻。一位年轻姑娘受雇陪伴年迈夫人,突然,她发现自己身上有种奇怪的"叮痕";日子一天天过去,"叮痕"愈来愈多,她的身体也愈来愈虚弱;与此同时,宅院响起了沸沸扬扬的"闹鬼"声。究竟谁把黑手伸向这位纯洁的姑娘?到最后,原因披露:年迈夫人指使医生用"虹吸"的办法从这个姑娘身上攫取鲜血,以延续自己的生命。就这样,作者将"输血"与"吸血"画等号,并在使科学超现实主义化的同时,给吸血鬼的传说提供了一个合理化的诠释,一个外表仁慈、内心狠毒、运用科学技术夺取他人性命的"富婆"形象也昭然若揭。相比之下,罗伯特·史蒂文森(Robert Stevenson,1850 – 1894)的《杰基尔博士与海德先生》(Dr. Jekyll and Mr. Hyde,1886)中的"科学"作用更大,而且"奇案"本身也标示了一个涉及法律协议和科学研究的现代职业世界。杰基尔博士,一个弗兰肯斯坦式的科学家,有着不同于某个同事的"狭窄和物质"观点的"超验主义"意识。② 他的实验虽然是通过科学工具和化学方法完成的,却提出了哲学的、道德的是非问题。那个把杰基尔博士变成凶狠、残忍的海德先生的化合物实际上是不纯洁的,起着把非人性的、邪恶的倾向实质化的作用,因而科学其实是在帮助人们走向颓废、堕落,倒退到野蛮和凶残。不仅如此,科学还屈服于神秘力量。如阿瑟·梅琴(Arthur Machen,1863 – 1947)的"伟大的潘神"("The Great God Pan",1894),以一次脑外科手术实验开始,却以患者直面异教神灵而告终,科学的功用仅仅是将正常女人"改造"成为淫乱作恶、行凶杀人的恶魔。而且,在布拉姆·斯托克的《德拉库拉》(Dracula,1897),现代科学(催眠、退化、犯罪、无意识活动等理论)和技术(留声机、打字机、输血、电报等)的场景也让野蛮、原始力量回归。与此同时,科学知识还让人们相信吸血鬼的神秘的、超自然的力量,因为小说中有这样的场景,身兼牧师和科学家的范·赫尔辛推测德拉库

① David Ketterer. *New World for Old: The Apocalyptic Imagination, Science Fiction, and American Literature*. Indiana University Press, Bloomington and London, 1974, p. 55.

② Robert Louis Stevenson. *The Strange Case of Dr. Jekyll and Mr. Hyde and Other Stories*, edited by Jenni Calder. Penguin, Harmondsworth, 1979, p. 80.

拉的城堡正好位于地质、化学、电学、磁场的能量的汇聚点。

　　朱迪思·威尔特认为,1897 年 12 月赫·乔·威尔斯(H. G. Wells, 1866 - 1946)的《星际战争》(*The War of the Worlds*,1897)的面世,标志着维多利亚科学小说的"科学"形象已经完全"负面化"。为了证明这个论点,她引述了两部小说的两个场景。前一个场景来自布拉姆·斯托克的《德拉库拉》,以第一人称的色情加恐怖的笔调,绘声绘色地描述了吸血鬼的吸血拥抱;另一个场景来自赫·乔·威尔斯的《星际战争》,不动声色地描述了入侵的火星人如何给自己注射受害者的鲜血。两个场景的区别在于后者的形象"属于世俗盗用,尽管是物理学、生物学的内容,但并不显得抽象;道德上是对科学进行零容忍"。[①] 一方面,外星人入侵地球被描写得合情合理,乃生存之需要;另一方面,火星人本身,作为科学技术先进的高等生物,拥有一种冷漠的、改良了的智慧,也并不对征服、消耗比自己进化低等的地球人感到丝毫不安。此种入侵经历显然来自被征服者,当时这个地球上最大的帝国发现自己也有依仗科学进步的劣迹。"要记住,我们这个种类也在世上造成了多么无情的、彻底的破坏,不仅对动物是这样,譬如灭绝了的野牛、巨鸟,而且对自身的劣等种族也是这样。"[②] 小说中的未来折射出了现实,科学进步被赋予一种野蛮、血腥的色彩。

　　当然,赫·乔·威尔斯的《星际战争》之前的作品,如《时间机器》(*The Time Machine*,1895)、也依然是"黑色的,带有哥特式恐怖,但情节设置展示了科学进步的残酷逻辑"[③],身体的毁灭和他者的遭遇扰乱了理想化的维多利亚自我形象。用赫·乔·威尔斯自己的话来说,《时间机器》又一次发起了"对人类自我满足的攻击"。[④] 而《莫洛博士的岛屿》(*The Island of Dr. Moreau*,1896)也挖掘了"研究自然终于会使一个人变得像自然一样无情"的恐怖。[⑤] 其效果是科学因莫洛博士这个"臭名昭著的解剖医生"的恐怖行径显得毫无理性,染上了"外科手术刀和伤口缝合"的血腥味,因为他把一座孤岛变成了一个实验室,通过切割和缝合,将动物改造成畸形的、混杂的"兽人"。小说中,莫洛博士详细描述了各种医疗技术(种痘、接

①　Judith Wilt. "The Imperial Mouth: Imperialism, the Gothic and Science Fiction", in *Journal of Popular Culture, 14 (1981)*, pp. 618 - 619: 619.

②　H. G. Wells. *The War of the Worlds*. Planet Three Publishing, London, 1988, p.12.

③　Judith Wilt. "The Imperial Mouth: Imperialism, the Gothic and Science Fiction", in *Journal of Popular Culture, 14 (1981)*, p. 620.

④　Robert M. Philmus. *Into the Unknown: The Evolution of Science Fiction from Francis Godwin to H. G. Wells*. California University Press, Berkeley, California, 1970, p. ix.

⑤　H. G. Wells. *The Island of Dr. Moreau*. Everyman, London, 1993, p. 73.

种、输血和外科手术），以及失败的试验和强烈的肉体疼痛，这些疼痛源自他要"烧毁所有的兽性"、"构成我自己的合理人种"。他坦承"富于人性的动物"其实就是"人造的巨怪"，这不啻是对"活体解剖的胜利"的莫大讽刺。对于莫洛博士，糟糕的是所造人种"恢复本性"。在令人骇然的混淆肉体、种类界限的过程中，那些用快速达尔文主义创造的"丑陋兽人"，其恐怖表现丝毫也不比他们的制造者逊色。他们无意识地吟唱的"律法"摇篮曲，讽刺了人类文化及文明价值的脆弱和肤浅。恐怖气氛蔓延到了帝国中心，叙述者刚一逃离莫洛博士的岛屿，就发现伦敦的"恐怖几近无法承受"，因为那里充满了"小心移步"的、像猫咪一样发声的女人，还有"鬼鬼祟祟"的、欲望十足的男人，以及善于"嘲弄"的小孩和叽里咕噜的布道者。城市文化因进化紊乱而撕裂，人类几乎等同莫洛博士岛屿的"兽人"。①

而《时间机器》生动地描绘了人们对于退化、对于达尔文进化论可能走到自己的反面的恐惧。鉴于现实文化已经脱离了自然，沦落到奢华的、颓废的腐朽地步，也许在将来，在豪华宫殿的旧址、可怕的机器和美丽的自然风景当中，会悠闲自得地生活着一种柔弱、娇嫩、文雅的人类，亦即"埃洛伊"。在时间旅行者看来，这似乎是科学、农业的发展到了一种平衡的、和谐的"征服自然"的顶点。但不久，他便意识到自己错了，因为另一种人类，亦即夜间活动的、面目狰狞的"莫洛克"，正在以"埃洛伊"为食物。"真相开始露出端倪"，"人类依旧不是一个种类，而是被区分为两类明显不同的动物"。社会等级依旧分明，上层阶级好逸恶劳、养尊处优，柔弱无力，已经成为行动粗野的、在地下世界的机器旁工作的劳工阶级的食物。后来，当时间旅行者又向前越过几百万年，映入眼帘的是人类已经灭绝，整个太阳系也濒临毁灭。漆黑的天空笼罩着一个垂死的世界，进化已经走到了它的尽头。"对我来说，这是极大的黑色恐怖。"②

赫·乔·威尔斯十分重视编织科学小说的故事情节，通过对当时的各种科学理论和技术的精心描述，展示出了一幅幅惊悚的黑色图画，在这些图画中，文明、野蛮、人性、兽性之间的界限已经坍塌。玫瑰色的人文主义幻想，支撑着帝国的、技术的扩张，见证了曾经引以为豪的自我形象的土崩瓦解。那些身体的毁灭，那些兽性的张狂，那些进步即退化的悖论，

① H. G. Wells. *The Island of Dr. Moreau*. Everyman, London, 1993, pp. 33, 76, 68–69, 128–129.

② H. G. Wells. *The Time Machine*, in *Selected Short Stories*. Penguin, Harmondsworth, 1958, pp, 32, 45, 78.

显然都有玛丽·雪莱的影子。正如赫·乔·威尔斯所说："迄今除了专门的幻想探索，这种幻想要素是经由魔法引入的。即便弗兰肯斯坦，也采用了一些假冒的魔法来赋予所创造的'巨怪'生命。关于描述这东西的灵魂，有一些麻烦。不过到上世纪末，已经很难通过魔法让人信以为真，哪怕是片刻的信以为真。我突然想到，也许替代通常的遭遇魔鬼或魔法师的有效办法是巧妙运用科学行话。"①

赫·乔·威尔斯是这样，同一时代的其他科学小说作家也是这样。威廉·霍奇森（William Hodgson，1877－1918）的一系列的科学恐怖故事，混淆了物种之间的界限，消解了人体想象中的完整性。"非人"这个术语多次出现在他的笔下，标示着无形的、有形的、邪恶的、超自然维度的"东西"，其中包括吸血鬼、怪兽、杂交生物体和巫毒蛇神。而在爱·弗·本森（E. F. Benson，1867－1940）的"黑暗中行走的瘟神"（"Negotium Perambulans"），所谓"东西"既没有头颅又没有毛发，只是一个"鼻涕虫状"的黏滑体，"斑斑点点的皮肤有个洞孔，一张一合地吐着涎液"。② 相比外在的"非人"，内在的"非人化"更加可怕，因而往往成为维多利亚时代科学小说青睐的对象。阿瑟·梅琴的"白粉奇谈"（"The Novel of the White Powder"，1895）正是描绘了这样一种"非人化"的化学药剂：

"我抬头一望，心里升起极度的恐惧，仿佛被白炽的熨斗烫了似的。只见角落里放着一种黑糊糊的有毒物质，能产生很强的腐蚀和霉烂作用，既非液态又非固态，但能顷刻溶解和变化，如同沸腾的沥青一样冒着黑腻腻的气泡。而且在气泡当中，显现出两个正在燃烧的眼球似的圆点。接着，我看见了扭动、翻滚的四肢，以及忽隐忽现的似乎是人手一般的东西。"③

既非液态，又非固态，既非人类，又非动物，可以说，再也没有什么比这些文字更能强烈地表达人们对于自身生命耗尽的恐惧了。当然，死亡是解脱的唯一的出路，但是，当人们面对一锅沸腾、翻滚的人体消解剂的时候，有谁能说死亡不也是痛苦的呢？

1826年，玛丽·雪莱匿名出版了《最后的人》（*The Last Man*）。像《弗兰肯斯坦》一样，这部小说描写了人类经历的一次大灾难，饥荒的蔓延和

① H. G. Wells. "Preface" to *The Scientific Romances of H. G. Wells*. Gollancz, London, 1933, p. vii.

② E. F. Benson. "Negotium Perambulans", in *The Collected Ghost Stories of E. F. Benson*, edited by Richard Dalby. Robinson Publishing, London, 1992, p. 238.

③ Arthur Machen. "The Novel of the White Powder", in *The Best Ghost Stories*, edited by Charles Fowkes. Hamlyn, London, 1977, p. 233.

瘟疫的猖獗吞噬着地球的文明,古老国土的居民几乎消失殆尽。但与《弗兰肯斯坦》不同,该小说基本放弃了"未来"的情节框架,故事中几乎看不见当时的新科学、新发明。种种弊端让许多科学小说评论家大跌眼镜,以至于布赖恩·奥尔迪斯断言该书"仅仅是一部哥特式小说"。① 大概玛丽·雪莱觉得,《弗兰肯斯坦》已经包含太多的"科学"精神和"科学"内涵,过于偏离哥特式小说的创作模式,不大像哥特式小说,因而在《最后的人》的创作中,让一切回归正道。然而,无心插柳柳成荫,正是《弗兰肯斯坦》这种"包含太多"、"过分偏离",成就了她一生最伟大的事业——孕育了维多利亚时代的科学小说。今天,当人们提到埃德加·爱伦·坡、玛丽·布拉登、罗伯特·史蒂文森、赫·乔·威尔斯和其他许许多多维多利亚时代的科学小说作家时,就会不由自主地想起玛丽·雪莱,想起她的《弗兰肯斯坦》。这部作品不愧为西方第一部具有真正意义的科学小说。

---

① Brian Aldiss. *Billion Year Spree: The History of Science Fiction*. Weidenfeld and Nicolson, London, 1973, p. 33.

第三章

帝国、帝国意识和
帝国哥特

——英国帝国小说的哥特式解析

　　本文讨论英国哥特式小说对于19世纪英国文学的另一种小说类型——帝国小说（imperial fiction）——的渗透和影响。维多利亚时代是"大不列颠民族第二次复兴"的时代，也是"日不落帝国"在世界上称王称霸的时代。大不列颠帝国势力在海外的迅速扩张，带来了国家的持续的政治稳定和经济繁荣，同时也激发了人们对于殖民、种族、贸易、掠夺、奴役等诸多问题的焦虑。这些焦虑反映在部分英国作家的笔下，即形成了帝国小说。本来，18世纪和19世纪初期的许多哥特式小说，如霍勒斯·沃波尔的《奥特兰托城堡》、威廉·贝克福德的《瓦赛克》、安·拉德克利夫的《尤道弗的神秘》、马修·刘易斯的《修道士》、夏洛特·戴克的《佐弗罗亚》、玛丽·雪莱的《弗兰肯斯坦》，等等，已经含有这样那样的帝国意识。他们的帝国叙事特征及其哥特式表现手段，促使维多利亚后期的帝国小说作家在新的社会历史环境中采用了类似的哥特式创作策略，于是"帝国哥特"（imperial gothic）应运而生。正如戴维·庞特和格伦妮丝·拜伦在《哥特式文学》一书中所说的，"帝国哥特"可以总的看成"帝国小说内部发生的一种现象",看成"哥特式小说和帝国场域之间的相互交叉"。①

然而,英国哥特式小说究竟含有哪些帝国叙事特征及其哥特式表现手段? 这些帝国叙事特征及其哥特式表现手段又如何被维多利亚时代后期的帝国小说作家所借鉴,从而形成了"帝国哥特"? 而且,更重要的,"帝国哥特"又怎样体现了"哥特式小说和帝国场域之间的相互交叉"? 下面针对这些问题逐一进行分析和解说。

一

大不列颠帝国(Great British Empire)的概念,按照大多数西方历史学家的看法,应该是动态的、发展的。它主要包括两个相互关联的社会历史发展阶段。第一个阶段:北美殖民地的建立。公元 1578 年,经伊丽莎白女王一世授权,汉弗莱·吉尔伯特(Humphrey Gilbert,1539 - 1583)率领一支船队前往西印度群岛,名为探险,实为建立海外殖民地。不过这次行动因船队在横穿大西洋时遭受恶劣天气而流产。② 1583 年,汉弗莱·吉尔伯特再次率船队出海。这次他成功抵达纽芬兰岛,并正式宣称所登陆的港口为英格兰所有,虽说没有留下任何定居者。汉弗莱·吉尔伯特本人并没有活着返回英格兰。不过,第二年,他的同母异父兄弟沃尔特·雷利(Walter Raleigh,1552 - 1618),也在伊丽莎白女王一世的授权下,率船队出海,并成功到达北卡罗来纳海岸,在那里创建了罗阿诺克殖民地。但最终,该殖民地因缺乏给养而丧失。③ 1603 年,苏格兰詹姆士六世登上了英格兰王位,并于翌年签订"伦敦条约",终结了对西班牙的敌对行动。一旦与敌手言和,英格兰便改变了自己的海外政策,从觊觎、抢占他国的殖民地变为直接攫取自己的殖民地,由此开始了一系列的"海上探险"的行动。④ 17 世纪初,随着英格兰人在北美和加勒比海诸岛大规模地

---

① David Punter and Glennis Byron. *The Gothic*. Blackwell Publishing, 2004, p. 44.

② James S. Olson and Robert Shadle, eds. *Historical Dictionary of the British Empire*. Greenwood Publishing Group, 1996, p.466.

③ Nicholas Canny. *The Origins of Empire, The Oxford History of the British Empire*, Vol. 1. Oxford University Press, Oxford, 1998, pp. 63 - 64.

④ Ibid, p. 70.

定居，"大不列颠第一帝国"开始成形。这个"帝国"一直持续到美国独立战争发生，北美沿海 13 个殖民地丧失。

第二个阶段：对印度次大陆的殖民掠夺。早在 17 世纪末，英国就成立了"英格兰东印度公司"。尽管该公司成立的目的是为了掌控印度次大陆的贸易，但在当时，它的力量还没有大到足以同波斯帝国抗衡的地步。[①] 不过，这种情况随着 18 世纪波斯帝国的衰落有了改变。尤其是在卡纳蒂克战争之后，它夺取了"法兰西东方公司"的大部分利益。此后，又经过普拉西战役，英国人彻底击败了法国人及其印度盟友，控制了孟加拉以及印度的军事、政治权力。其后的 10 年里，英国继续依靠强大的军事力量（主要是印度兵）逐步扩大了自己控制的领土。到 1857 年，"英格兰东印度公司"已经完全掌控了印度次大陆的贸易。与此同时，英国的殖民触角也伸到了世界各地。由此"大不列颠第二帝国"迅速崛起。[②]

在此期间，1815 年至 1914 年的 100 年堪称"大不列颠帝国世纪"。[③] 在这个世纪，英国出现了"维多利亚盛世"，政治持续稳定，经济高度繁荣，所辖领土除了英伦三岛和爱尔兰之外，还有海外大约一亿平方英里的殖民地，统治人口共计达 4 亿。[④] 而且，自打败拿破仑之后，它在国际上几乎没有真正的对手，连中亚的俄罗斯帝国也得让其三分。在海上，它更是称王称霸，执行所谓"光荣孤立"的外交政策，起着国际警察的作用。[⑤] 除了直接掌控自己的殖民地的经济命脉，它还利用自己在国际贸易方面的绝对优势，有效地控制着世界上许多国家的经济，如中国、阿根廷、泰国，等等。由此这些国家被一些历史学家称为"非正式的大不列颠帝国的领地"。[⑥] 总之，自公元 1578 年汉弗莱·吉尔伯特谋求建立北美殖民地之日起，"大不列颠帝国"走过了将近 400 年的兴衰历程。"头 150 年，从 1600 年至 1750 年，对外扩张成为建设小而繁荣的贸易站的重要事件，而且临

---

① Nicholas Canny. *The Origins of Empire, The Oxford History of the British Empire*, Vol. 1. Oxford University Press, Oxford, 1998, p. 93.

② James S. Olson and Robert Shadle, eds. *Historical Dictionary of the British Empire*. Greenwood Publishing Group, 1996, pp. 897, 995.

③ Ronald Hyam. *Britain's Imperial Century, 1815 – 1914: A Study of Empire and Expansion*, 3rd edition. Palgrave Macmillan, 2002, p. 1.

④ Timothy H. Parsons. *The British Imperial Century, 1815 – 1914: A World History Perspective*. Rowman and Littlefield, USA, 1999, p. 3.

⑤ James S. Olson and Robert Shadle, eds. *Historical Dictionary of the British Empire*. Greenwood Publishing Group, 1996, p. 285.

⑥ P. J. Marshall. *The Cambridge Illustrated History of the British Empire*. Cambridge University Press, Cambridge, 1996, pp. 156 – 157.

海定居点也依靠海军力量的支撑,并与英格兰的朋友保持密切联系。1750 年以后,帝国统治开始向内陆移动,如此经过了其后的 170 年,直至第一次世界大战结束,地球表面越来越多的领土归伦敦统治。"① 由此,1578 年被许多历史学家看成是大不列颠帝国的一个起点。

当然,这绝不是说,在 1578 年之前,英国不存在任何帝国活动。事实上,早在 1496 年,继葡萄牙、西班牙成功地创建海外殖民地之后,英格兰国王亨利七世便委派约翰·卡伯特(John Cabot,1450 – 1499)率领一支船队到北大西洋探险,意在探索一条通往亚洲的海上通道。约翰·卡伯特于 1497 年起航,虽然成功地在纽芬兰海岸登陆,但没有创建殖民地。像五年前的克里斯托弗·哥伦布(Christopher Columbus,1451 – 1506)一样,他也误以为到了亚洲。第二年,约翰·卡伯特又率船队进行了一次前往美洲的航行,但这次他再也没有返回英格兰。② 1562 年,伊丽莎白女王一世又恩准海盗船长约翰·霍金斯(John Hawkins,1532 – 1595)和弗朗西斯·德雷克(Francis Drake,1540 – 1596)在非洲城镇抓获黑奴,偷袭驶离西非海岸的葡萄牙商船,并协助打开大西洋贸易通道。③ 后来,随着英国和西班牙的关系进一步恶化,伊丽莎白一世再次恩准他们偷袭北美的西班牙港口,抢劫从新大陆返回欧洲的装满金银财宝的西班牙商船。④ 也正是在那个时候,理查德·哈克里特(Richard Hakluyt,1522 – 1616)、约翰·迪伊(John Dee,1527 – 1609)之类的文人开始用"大不列颠帝国"的字句描绘英格兰,写出了"堪与西班牙、葡萄牙媲美"的"爱国"诗篇。⑤

这种歌颂"大不列颠帝国"的"爱国"诗篇可以说是英国最早萌发的大不列颠帝国意识的一个例证。同样的例证还见于当时都铎王朝对爱尔兰的歧视政策。虽然 1541 年之后,爱尔兰已是一个独立王国,但在当时的英格兰官员的意识中,它等同一个殖民地,尤其是 1560 年"新英格兰人"开始定居的时候。他们认为,相比那些已经同西班牙人较量过的英格兰人,这些盖尔裔爱尔兰人以及在 12 世纪定居的盎格鲁—诺尔曼人的后

---

① Trevor Lloyd. *Empire: A History of the British Empire*. Hambledon and London, London and New York, 2001, p. ix.

② Niall Ferguson. *Empire: The Rise and Demise of the British World Order and the Lessons for Global Power*. Basic Books, 2004, pp. 3 – 4.

③ Hugh Thomas. *The Slave Trade: The History of the Atlantic Slave Trade*. Picador, Phoenix / Orion, 1997, pp. 155 – 158.

④ Niall Ferguson. *Empire: The Rise and Demise of the British World Order and the Lessons for Global Power*. Basic Books, 2004, p. 7.

⑤ Nicholas Canny. *The Origins of Empire, The Oxford History of the British Empire,* Vol. 1. Oxford University Press, Oxford, 1998, p. 62.

裔——信奉天主教的"英格兰人"——不啻为一个野蛮民族,因而英格兰人有责任要对他们进行新教主义的文明化教育。[①] 而且,伊丽莎白后期和詹姆士一世前期的相应政策的延续以及爱尔兰和新定居者之间的类比关系,也共同创造了一种英格兰殖民政策的"叙事",即有条直线从英格兰经爱尔兰划到加勒比海,然后再从加勒比海划到北美东海岸,由此以爱尔兰作为英格兰的综合"西进事业"的轴心,从东至西,从英格兰至北美,形成了大不列颠大西洋世界的帝国战略版图。[②] "因此,大不列颠帝国意识的起源要到拼凑君主制的问题关联中寻找。英格兰和苏格兰都是典型的近代君主立宪国。各自在成为海外的航海、殖民强国之前都有拼凑的版图。各自在单一的君主统治下,依靠继承、征服、割让和合并,积聚了多种领土。这些领土或是在法律上能被吸纳进国家,或是依据自身保留的法律,多少保持独立性,宣称各种各样的豁免权,具有不同的教会机构设置,以及在一个联邦的或邦联的结构中保留代表性机构。"[③]

鉴于早在公元 16 世纪,英国就萌发有帝国意识,而此后大不列颠帝国成形、发展的年代,又正好同英国哥特式小说崛起、繁荣的年代互相吻合,因而 18 世纪和 19 世纪初期的许多哥特式小说作品包含有这样那样的帝国意识,乃属理所当然之事。人们可以轻而易举地发现,尽管《奥特兰托城堡》的故事场景设置在中世纪,但创作基调乃是依据 18 世纪的一种"福音传播文化",体现了霍勒斯·沃波尔一贯坚持的"社会的使命即是顺从福音"[④]的海外宗教主张。而且,小说中哥特式恶棍曼弗雷德的人物塑造,也完全依据"海外"意大利的"野蛮"形象。同样,在威廉·贝克福德的《瓦塞克》,作者也描写了一个"野蛮"的东方之邦,那里并无半点"天方夜谭"式的"浪漫",有的只是"血腥"、"淫秽"和"凶残"。而且,作者通过大量的文本注释,"科学"地增添了一种"凶险"的维度,让读者相信"瓦塞克确实有双可怕的眼睛",那个"印度人"所带来的"宝刀",也确实"能在无人

① Nicholas Canny. "The Ideology of English Colonization: From Ireland to America", in *William and Mary Quarterly*, 3rd ser., 30 (1973), pp. 575 – 598.

② K. R. Andrews, N. P. Canny and P. E. H. Hair, eds. *The Westward Enterprise: English Activities in Ireland, the Atlantic, and America 1480 – 1650*. Liverpool University Press, Liverpool, 1979.

③ David Armitage. *Ideological Origins of the British Empire Ideas*. Cambridge University Press, Cambridge, 2000, pp. 24 – 25.

④ Rowan Strong. *Anglicanism and the British Empire: 1700 – 1850*. Oxford University Press, Oxford, 2007, p. 43.

使用的情况下移动",因而"东方"之邦确实需要殖民化和文明化。① 而在安·拉德克利夫的《尤道弗的神秘》中,故事场景同样设置在"海外"的意大利,国土是小说关注的一个中心,阿尔卑斯山之类的风景被赋予生命的特性,其中隐匿着这样的"敬畏"或"帝国焦虑",法国革命和美国革命必然会产生一种后续的政治效应,冲击、动摇英国既定的扩张政策。相比之下,马修·刘易斯的《修道士》更关注"种族差异",小说中的哥特式恶棍安布罗西奥长着一副典型的"异族人"的外貌:"鹰钩鼻,眼睛又大又黑,炯炯有神,两道黑眉几乎连到了一块。"② 这种把哥特式恶棍与"异族人"直接挂钩的描写,无疑在"异族人"和"狡诈"、"淫秽"、"凶恶"之间划了一个等号。还有夏洛特·戴克的《佐弗罗亚》,展示了同样鲜明的"种族歧视"。该书不但把安布罗西奥的女性化身——维多利亚——直接"定格"在意大利,还将玛蒂尔达的男性化身——佐弗罗亚——直接描写成摩尔人。而且,小说中有关佐弗罗亚的种种"妖魔化"情节,也不啻给"海外殖民"的"正当性"做了详细的脚注。

作为"大不列颠帝国世纪"开初诞生的一部哥特式小说,玛丽·雪莱的《弗兰肯斯坦》无疑包含了更多的帝国话语和帝国意识。像霍勒斯·沃波尔、威廉·贝克福德、安·拉德克利夫、马修·刘易斯、夏洛特·戴克等人的许多作品一样,该书的故事场景设置在"海外"——日内瓦、英戈尔施塔特和北极。而且,小说一开始,就出现了罗伯特·沃尔顿船长在北极"探险"的情景。他之所以要进行"探险",既是出于对"航海先驱"的向往,又是出于对"物产和风貌绝无仅有"的"仙境圣地"的迷恋。为此,他成天泡在英国的图书馆,"阅读各种有关穿过极地附近海域到达北太平洋的航行资料",并决心"要在北极附近探明一条通往各个国家的捷径,以免像现在这样往往要在路上耗费数月"。③ 如此"殖民主义"的宏图大志,丝毫不亚于当年横穿大西洋的汉弗莱·吉尔伯特和沃尔特·雷利。接下来,玛丽·雪莱又以更多的篇幅描述了维克多·弗兰肯斯坦的同样雄心勃勃的"造人"试验。像罗伯特·沃尔顿船长一样,维克多·弗兰肯斯坦的"造人"试验也是受到了"前人"的鼓舞:"前人的成就如此之多……我一定要超过他们,取得更大的成就:追寻前人的足迹,开拓一条崭新的道路,探索

① Andrew Smith and William Hughes, eds. *Empire and the Gothic: The Politics and Genre*. Palgrave Macmillan Ltd., UK, 2003, pp. 17, 17 – 18, 18, 19.

② Matthew Lewis. *The Monk*, with an Introduction by John Berryman. Grove Press, New York, 1959, p. 45.

③ Stephen C. Behrendt, ed. *Shelley's Frankenstein*. Hungry Minds, Inc., New York, 2001, pp. 18, 17.

未知的力量,向世界展示生命最深刻的奥秘。"① 这里所说的"前人",当然是指前辈所有的科学家,其中理应包括汉弗莱·吉尔伯特、沃尔特·雷利之类擅长"地理勘探"的"海外探险"者。

而且,维克多·弗兰肯斯坦所不慎造出的"巨怪",也完全超出了小说中所描述的"丑陋、草率拼凑的准人类"的意义。首先,他的身高、力量都超过了自己的创造者;其次,面目黝黑、凶恶。这就说明,他不可能是欧洲人,而是一个"海外异族人",或者,说得更准确一些,是西印度群岛或西非的曼丁哥族黑人,因为芒戈·帕克(Mungo Park,1771－1806)曾经在《非洲内陆游记》(*Travels in the Interior Districts of Africa*,1799)描述曼丁哥族黑人的"个子显得比普通人高,体型丰满、强壮,能承受高强度的劳动"。② 而据玛丽·雪莱的日记记载,她也于 1814 年 12 月读过此书,并觉得书中内容"非常有趣,只要不是带有太多的偏见"。③ 此外,"巨怪"行动敏捷,能像猿猴一般在山坡上奔跑,尤其是,耐受温度的能力极强,而这也是欧洲人无法做到的。"巨怪"说:"我比他们灵活敏捷,吃的食物也比他们粗糙,还能耐受严寒酷暑的侵袭,身体丝毫不受伤害。"④ 这也无异于西印度群岛黑奴的真实写照。因为同样是那个芒戈·帕克,在《非洲内陆游记》还描绘了那里的黑奴虽然只靠玉米、淡水过活,但力气大得惊人,如果逃跑,往往无法抓回。⑤ 这也就解释了维克多·弗兰肯斯坦为何在阿尔卑斯山和北极冰原两次追杀"巨怪"均陷于失败。

再从"巨怪"的实际行为来看,他也具备欧洲殖民者心目中的"黑奴"的种种特征。尽管在外表上,他显得丑陋、凶恶,但在内心,他不但向往知识,并且有着学习的能力和辨别是非的情感。尤其是,当他遭受社会不公正的对待时,会萌发一种复仇心理:"那时我还没有绝望透顶,只是被激怒了,一心只想报仇雪恨。恨不得一把端掉他们的老窝,把他们杀个精光,看他们怎么哭天喊地,痛苦万状。"而且,在他的内心深处,还隐匿着某种程度的残忍"兽性":"我像是一只野兽冲出了圈套,扫平眼前一切的障碍,

① Stephen C. Behrendt, ed. *Shelley's Frankenstein*. Hungry Minds, Inc., New York, 2001, pp. 47－48.

② Mungo Park. *Travels in the Interior Districts of Africa*. W. Bulmer and Co., London, 1799, p. 21.

③ Lucy Morrison and Staci Stone. *A Mary Shelley Encyclopedia*. Greenwood Press, USA, 2003, p. 325.

④ Stephen C. Behrendt, ed. *Shelley's Frankenstein*. Hungry Minds, Inc., New York, 2001, p. 117.

⑤ Ibid, pp. 95, 279－280.

在森林里如雄鹿般狂奔……世上万物当中,有的酣然入睡,有的静享欢乐,唯有我,像个大恶魔,内心经受着炼狱的煎熬,却无人同情怜悯。我真恨不得把所有的树木都连根拔起,将周围的一切夷为平地,然后坐看一片废墟,大享心中的快慰。"① 还是那个芒戈·帕克,在《非洲内陆游记》描述了黑人部落具有同样的复仇心理和残忍兽性:"费卢普族黑人性格阴郁,据说从不饶恕任何一种伤害;甚至将自己的仇恨转移给子孙,因而儿子替已故父亲复仇被视为天经地义之事"。此外,还有个亚罗夫族黑人,"抓起一个已死男孩的一只腿和一只胳膊,将尸体扔进坑中,脸上表情之漠然,性格之野蛮",实属见所未见。② 正因为如此,玛丽·雪莱在《弗兰肯斯坦》中,让"巨怪"活活掐死了尚未成年的威廉·弗兰肯斯坦,又让他丧尽天良地将谋杀的罪名嫁祸给纯洁、可爱的贾斯廷·莫里兹,还让他在试图获得一个女性伴侣的愿望落空后,丧心病狂地杀害了维克多·弗兰肯斯坦的挚友克莱瓦尔和新娘伊丽莎白。总之,"欧洲人谈起土著人,总是搬出一大堆词汇与之连接:野蛮的、原始的、暴民行为、缺乏教育、非理性、稚气、可耻、纵欲、淫秽、无道德和无信仰。"③

二

以上《弗兰肯斯坦》文本中的殖民主义、种族主义及其"巨怪"形象塑造可以说是拉开了维多利亚时代后期的"帝国哥特"描写的序幕。这不独因为该书作为哥特式小说衰落时期的一部离经叛道之作,已经融入了较多的新时期文学要素,从而在哥特式小说和维多利亚帝国小说的"帝国哥特"描写之间起着承上启下的作用,还因为该书独特的哥特式视角和"反科学"的灾难主题迎合了当时英国社会上的一种重要的文化思潮——对人类"退化"(degeneration)的恐惧。19 世纪 80 年代和 90 年代,"大不列颠第二帝国"渐成预势,德国、美国等新兴帝国主义国家的日益强大以及殖民地日益增多的"去殖民化",让大不列颠帝国统治者昼夜不安,唯恐像

---

① Stephen C. Behrendt, ed. *Shelley's Frankenstein*. Hungry Minds, Inc., New York, 2001, p. 133.

② Mungo Park. *Travels in the Interior Districts of Africa*. W. Bulmer and Co., London, 1799, pp. 14, 168.

③ Robert Johnson. *British Imperialism*. Palgrave Macmillan, New York, 2003, p. 91.

当年遭遇美国独立革命一样,失去已有的"大好河山"。在国内,工业革命的负面效应初见端倪,犯罪和疾病在城市蔓延,造成了人们的心理恐慌。曾经引以为豪的中产阶级价值体系和道德观念,也遭遇了"新女性"和同性恋者的有力挑战,由此,传统家庭结构面临土崩瓦解。凡此种种,让人们对大不列颠帝国的社会现实更加失望,从而更加相信赫伯特·斯宾塞(Herbert Spencer, 1820-1903)的社会达尔文主义,相信"适者生存",相信现时已经文明化的英国人终究要"退化"到原始的、野蛮的、"非人"状况。正如马克斯·诺尔道(Max Nordau, 1849-1923)在《退化》(*Degeneration*, 1892)一书中所描绘的:"整个地球上空,阴霾伴着愈来愈深的失望匍匐而行,并以一种神秘的朦胧笼罩着万物,朦胧间,一切信心被摧毁,猜测似乎当真。所有的形体失去了轮廓,消解在漂浮的雾霭之中。"①

于是,在这样的社会背景下,英国维多利亚后期的许多帝国小说作家,如亨利·哈格德(Henry Haggard, 1856-1925)、罗伯特·史蒂文森、赫·乔·威尔斯、布拉姆·斯托克、约瑟夫·康拉德(Joseph Conrad, 1857-1924)、亚瑟·柯南·道尔,等等,纷纷在自己的创作中,脱离现实主义,转向神秘主义的魔法、巫术、占卜、超感觉和数字命理。他们或是以浪漫的传奇性结构,将故事中的欧洲人主角带到奇异的、遥远的,甚至已经湮没了的国度,在那里闯荡天下,探秘寻宝,其中不乏大不列颠帝国的领土扩张的描写;或是通过理性、科学和未知物探索,挑战"人类进步",所述疯狂科学家的"恶魔"之举,展示了浮士德或弗兰肯斯坦式的悲哀;或是直接把帝国扩张同达尔文进化论挂钩,通过虚拟的海上航行和种族厮杀,揭示乌托邦和反乌托邦的主题;或是以颓废的贵族比拟腐朽的殖民者,有关"獠牙"、"尖指甲"、"超性别"的超自然主义描写,象征着大不列颠帝国的"吸血鬼"一般的社会现实;或是将极端的、准恶魔式的"推理"与遥不可及的"犯罪"融为一体,超现实的"案情探察"形同"帝国扩张",荒诞的情节折射出"现实忧虑"。不过,他们的一个共同创作趋势,是将自己的作品"哥特化",即是说,从哥特式视角来看待这些帝国的扩张和种族的"他者",赋予其"恶魔"的、"兽性"的,或者仅仅是"情节剧"的强有力的特征。

譬如,在亨利·哈格德的《所罗门王的宝藏》(*King Solomon's Mines*, 1885),一开始,作者就通过虚拟的故事叙述人艾伦·夸特梅因,做了如下表白:

"这真是一件奇异的事情,在我这样的年龄——去年刚过了55岁生

---

① Max Nordau. *Degeneration*. Heinemann, London, 1895, pp. 5-6.

日——发现自己居然在拿起笔,试图描写自己的人生经历。我禁不住在想:倘若目前这个旅程能够走到尽头,我能把所做的事情写完,这将是一种什么样的经历! 这辈子我做了许许多多的事情,人生对我来说显得十分漫长,也许,这是我从小就在此地闯荡的缘故。同龄的孩子还在上学,我就在这块古老的殖民地经商谋生。从那时起,我一直在经商、狩猎、打仗、采矿。然而就在短短的 8 个月之前,我得到了一笔财富。这笔财富,我已经得到手——虽说目前还不清楚有多少钱——但我知道数目相当可观。不过,如果再要我像十几个月以前那样出生入死地去寻找这笔财富,即使知道自己最终可以平安返回,我也不会干的。"[①]

表面上看,艾伦·夸特梅因的这段自白是述说自己从小在非洲殖民地闯荡,经商、狩猎、打仗、采矿,无所不做,后来无意中发了一笔大财,仅此而已。但其实,在这看似简单的陈述后面,隐匿着多重"帝国意识"。首先,艾伦·夸特梅因的话语表明,殖民地是冒险家的乐园,吸引了无计其数的英国人前来"冒险",哪怕是像艾伦·夸特梅因这样"没有上过学"、原本在国内可能得不到发展的"文盲"。其次,对于许多前来"冒险"的英国人来说,殖民地是块宝地,那里有数不尽的财富在等待他们挖掘;而且,只要有决心,就一定能获得成功。像艾伦·夸特梅因,就是熬到 55 岁时才发了大财。再次,殖民地的"冒险"锻炼了英国人,由此,不成熟者变得成熟,愚笨者变得聪明,贫穷者变得富裕,像艾伦·夸特梅因,就因此改变了平庸的一生。最后,"冒险"意味着"掠夺",意味着可能付出生命代价,因而艾伦·夸特梅因想到这点感到后怕,对自己将来能否"走到尽头"也打上了问号。

无须说,像上面这样的"帝国话语",在《所罗门王的宝藏》之中比比皆是。不过,在亨利·哈格德的笔下,殖民地既是冒险家的乐园,又是超自然主义的"圣殿",那里有着种种令人敬畏的神迹。为此,他在书中精心描写了许多神秘、诡异的历史遗址,如"所罗门大道"、"史前克尔帝国",等等。当然,最神秘、诡异的当属第 16 章描写的"浑然天成"的"岩洞":

"如果读者朋友曾经去过宏伟的大教堂,或许能想象我们现在的岩洞有多大,只是这里浑然天成,比任何人类建造的教堂还要宽,还要高。岩洞四周没有窗户,拱形屋顶有 100 多英尺高,微弱的光线从房顶倾泻而下(可能是洞顶直射而下的一束阳光)。不过岩洞的神奇绝不仅仅在于气势庞大,令人叹为观止的还有一排排从天而降、冰清玉洁的巨大钟乳石。庄

①   Henry Rider Haggard. *King Solomon's Mines*. Tor Book, New York, 1985, p. 1.

严雄伟的巨柱也美得震撼人心,简直没法形容。这些钟乳石洁白晶莹,婀娜多姿。有的优美典雅,有的粗壮结实,还有的正在生成阶段。某些柱子的底部直径达到 20 英尺,拔地而起,直达洞顶,颇为壮观。"①

在这里,超自然的神秘、诡异气氛是通过高耸挺拔的、"拱顶无窗"的、"飞扬扶壁"的大教堂来比拟、渲染的,而这种比拟、渲染正是一般哥特式小说家惯用的手段。更值得注意的是,小说还以同样的哥特式恐怖笔调,描写了"岩洞"一侧"小礼拜堂"里的"死神"塑像:"在长石桌的末端,俨然屹立着一座 15 英尺左右高的'死神',已被塑造成巨大的人类骷髅的模样。白骨嶙峋的手掌握有一把白色的巨型长矛,并且长矛被举得高过头顶,好像就要刺向来人。另一只白骨手掌搁在面前的桌子上面,似乎'死神'正要从座位上站起。整个躯体前倾,脖子和头颅伸向我们,仿佛正在向我们发出狞笑。两个空眼眶盯着前方,闪着令人心悸的幽光,嘴巴微微张开,像是要向我们警示什么。"②

超自然环境描写是为了烘托故事人物的恐怖心理。在这里,亨利·哈格德显然是用这种描写来展示艾伦·夸特梅因在进入"死神府邸"之后,内心的恐惧已经到达了极点。如同许多哥特式小说作家所描绘的那样,这位殖民者在岩洞看见的实际上是他内心恐惧的一个幻影,实际上是他在为自己的命运担忧,如此肆无忌惮地掠夺"他者"的财富,也许要付出生命的代价,因为在此之前,他已目睹了许许多多多犯有同样"过错"的伙伴死于"他者"的复仇之手。

如同亨利·哈格德的《所罗门王的宝藏》,罗伯特·史蒂文森的《杰基尔博士与海德先生》也表达了对"帝国掠夺"的"道德缺失"的"不安",只不过这种"不安"并非"艾伦·夸特梅因"式的表白,而是"杰基尔"式的折射,并且,这种折射还披上了一层"科学"的外衣。正因为如此,帕特里克·布兰特林格认为,维多利亚后期许多科学小说有着生动的"帝国哥特"描写。③ 罗伯特·史蒂文森所描述的那种能把杰基尔博士变成海德先生的"化学药剂",实际上是一面照射大不列颠帝国的哈哈镜。在这面哈哈镜中,一切外在的道貌岸然尽数消失,剩下的只有本质的野蛮和邪恶。小说中,罗伯特·史蒂文森多次强调了杰基尔博士作为海德先生时的"非人"状况。譬如,他住在"索霍的一个阴沉沉的地方",而索霍又属于"伦敦最

---

① Henry Rider Haggard. *King Solomon's Mines*. Tor Book, New York, 1985, p. 191.

② Ibid, p. 194.

③ Patrick Brantlinger. "Imperial Gothic", in *Teaching the Gothic*, edited by Anna Powell and Andrew Smith. Palgrave Macmillan, New York, 2006, p. 155.

差的地区之一",是"梦魇中的某个城市角落",而那个无窗的实验室也充满了"邪恶"之气。① 而且,对于所有见过海德先生的人,都觉得他的相貌"奇丑无比",看了十分倒胃口,因为他貌似"猿猴",说话像蛇一样发出"嘶嘶"声,"狂笑"起来则像"狗吠"。尤其是,当杰基尔博士首次吞服"化学药剂"的时候,他觉得有种"撕心裂肺般的疼痛:骨头里面在研磨,胃里极其恶心,精神十分恐惧",经过此种痛苦,才变成了穷凶极恶的海德先生。② 显然,通过这些描述,罗伯特·史蒂文森意在表明,大不列颠帝国的人性在全面"退化",已经"撕心裂肺"、"脱胎换骨"地蜕变到"原始"、"野蛮"、"兽性"的状态。

值得注意的是,上述人性的全面"退化"是通过哥特式"活体幽灵"的手段描绘的。杰基尔博士在忏悔信中写道:"确实,我最致命的弱点是急躁,喜欢听好话,这种性情成就了我的许多快乐,但也同我执意要在公众面前保持高傲、比一般人显得更有地位形成了冲突。"③ 这即是说,是大不列颠帝国的"社会契约"造成了杰基尔博士的个性分裂。正因为如此,如同杰基尔博士的"改变自我"——海德先生——的姓名所提示的(在英语中,"海德"与"隐藏"谐音),他必须隐藏本来的"自我",将其从公众的视线中割除。这就呼应了玛丽·雪莱在《弗兰肯斯坦》中所塑造的同名主人公,他也是因为自己的志向和抱负而造成了人性分裂。然而,杰基尔博士又是特定历史时代的特定历史人物。他的悲剧是维多利亚后期英国社会道德沦落的悲剧,象征着大不列颠帝国的颓废和没落。

杰基尔博士甚至还提出了人性被进一步被分裂的可能性:"我斗胆猜测,人类终究会变为一个仅由各式各样、互不一致、不相关联的居住者构成的体系。"④ 尽管海德先生是杰基尔博士的"活体幽灵",但他并不完全是杰基尔博士的对立面。而他的身高、年龄都小于杰基尔博士的事实,也表明他极有可能只是作为一个更复杂整体的杰基尔博士的组成部分。但一旦"身份堡垒"被粉碎,其结果就不是一个简单的善与恶对立的问题。所以即便杰基尔博士已经注意到,"现在我有两个人形,两副外表,一个也许完全邪恶,另一个仍然是可敬的亨利·杰基尔,这种彼此的不协调,我

① Robert Louis Stevenson. *Dr. Jekyll and Mr. Hyde*, with an introduction by Vladmir Nobokov and a new afterword by Dan Chaon. Signet Classic, New York, 2003, pp. 19, 20, 39.

② Ibid, pp. 43, 52, 50, 51, 106.

③ Ibid, p. 103.

④ Ibid, p. 104.

已经学会任其自然了"①,海德先生仍然应该看成杰基尔博士的一部分。这一点还可以从"我坐在板凳上沐浴阳光时,体内那个动物打开了记忆的闸门"②的描述得到印证。

不过,杰基尔博士的人性分裂并非一蹴而就。起初,他对海德先生并不反感,甚至还庆幸自己有了这样一个"活体幽灵",因为他注视着"玻璃杯中那个丑陋的偶像",心中感到"一阵愉悦"。"这也是我自己。这似乎是自然的,通人性的。"这时他主要把海德先生看成自己的伪装,仿佛是自己身上穿的一张画皮。后来,他对海德先生的出现无法掌控,于是看法有了改变,唯恐失去"本来的更好的自我","慢慢变得与我的第二个、更坏的形体同流合污"。③ 于是,他决定不再触碰那个化学药剂,一连两个月,"过着以前从未有过的艰苦的生活"。而且,效果似乎是明显的:"我的魔鬼已长时间被囚禁,他开始怒吼了。"尽管卡鲁之死让杰基尔博士"过着仁爱的、纯洁的生活"的决心加固,但海德先生也开始在他不服药的情况下出现,"自我"与"改变自我"的转换变得愈来愈难掌控。因而杰基尔博士想彻底断绝自己与"他者"的关系,重新获得原先的独立身份。于是,他完全用"他"指代海德先生:"我说的是他,而不是我。那个地狱之子完全没有人性;在他身上没有生命,只有恐怖和仇恨。"④

同样的大不列颠帝国的"地狱之子"也出现在赫·乔·威尔斯的《莫洛博士的岛屿》。该书的故事背景设置在某个岛屿,正是通过这个岛屿,读者获知了莫洛博士其人,也获知了他正在进行的生物实验。起初,主人公普伦迪克以为,莫洛博士的实验目的是用活体解剖的方法,让人类尽可能适应野兽的生存状况。但事实刚好相反,他是要把野兽变成人类。于是,小说中出现了两类完全不同的"人":一类是掌控实验的"白人";另一类是所谓的"兽人",其状况等同"土著居民"。当莫洛博士、他的助手蒙哥马利,以及普伦迪克,因遭受反叛的威慑,试图在一种比较"驯服"的动物的陪伴下,重新掌控局势时,赫·乔·威尔斯对步出丛林投降的"兽人"做了如下描述:

"他们往前走了一段路,也许不到 30 米,停止了脚步。只见他们跪下身子,双肘触地,猛地把白沙撒在自己的脑袋上面。想想看,这是怎样一

---

① Robert Louis Stevenson. *Dr. Jekyll and Mr. Hyde*, with an introduction by Vladmir Nobokov and a new afterword by Dan Chaon. Signet Classic, New York, 2003, p. 109.

② Ibid, p. 118.

③ Ibid, pp. 108, 114.

④ Ibid, pp. 115, 117, 120.

种场面。我们三个身穿蓝色服装的人,带着我们的奇形怪状的黑脸随从,站立在一片广袤的沙地中。天空湛蓝,炙热的阳光把沙土映成了金黄。在周围那群跪在地上、打着手势的怪兽当中,有一些可以称之为'人',他们所展示的除了难以捉摸的言语和手势之外;也有某种程度的跛脚;还有一些不可思议的身体扭曲,其情其状,简直只有在最荒诞的梦境中才能见到。"①

这段描写可以说是整个大不列颠帝国殖民统治的一个缩影。整段文字中,莫洛博士被描写为"白人",不但有"白头发",并且有"白色脸孔";普伦迪克也被描写有着"白垩色皮肤";而"兽人"往头上猛撒白沙则象征着种族主义的顺从。至于一开始普伦迪克并不知道莫洛博士实验的真实意图等情节,则可以解读为维多利亚后期人们对"退化"的焦虑。正是从这个意义上,我们说,《莫洛博士的岛屿》既是"科学小说",又是"帝国小说",从而实现了"帝国"主题与"达尔文进化论"主题的相互交叉。

然而,《莫洛博士的岛屿》又是地地道道的哥特式文本。莫洛博士本人可以看成一个弗兰肯斯坦式的追求者,因为他像弗兰肯斯坦一样,置家庭纽带和朋友关系于不顾,一心追求被禁止的知识。但又与弗兰肯斯坦不同,莫洛博士公开承认所涉及的实验程序不可避免地包含着痛苦,而且这种痛苦作为大不列颠帝国统治的有效工具被大量描写在小说中。在莫洛博士的解剖刀下,"他者"不啻为一个物体,可以被随意整形和重塑。而这种整形和重塑,又是大不列颠帝国行使"暴力"的一个比拟。正是凭借这种"暴力",大不列颠帝国将殖民主义统治带到了一个又一个"空旷"的岛屿。这也再次印证了之前英国社会上流行的那种"帝国话语":凡是大不列颠帝国的殖民地都是"空旷"的,因为那里的原来居民,不管是土著美洲人还是土著澳大利亚人,都被拒绝给予人的地位,都被视为"非人"。

三

同《杰基尔博士与海德先生》、《莫洛博士的岛屿》一样,布拉姆·斯托克的《德拉库拉》也有多种小说身份。一方面,它是科学小说,因为小说不

---

① Herbert George Wells. *The Island of Doctor Moreau*. Garden City, New York, 1896, p. 82.

止一次地提到了当时的最先进的科学技术发明,如电报、电话、打字机、留声机和柯达照相机,等等,而且,所有这些科学技术发明都用来对付吸血鬼,由此,作品凸现了"现代科学技术在反击古老的邪恶势力时也许显得同样重要"的科学主题。① 但另一方面,这部小说也是吸血鬼小说。像所有的吸血鬼一样,德拉库拉伯爵的所作所为已经侵犯、消解了业已公认的界线。作为"变形者",他抵制任何稳固、确定的身份;而作为"未死者",他跨坐生死界限的两侧。他似乎无处没有,又仿佛无处不在。尽管在特兰西瓦尼亚这个地方,他是公众注意的中心,但到了伦敦,顷刻消失得无影无踪。此后,他在公众心目中的存在,主要是作为一个生命危害者,先是对露西,继而对米娜。关于露西,亚瑟在日记中如此写道:"我能肯定有什么在捕食我的心爱姑娘的心智。"② 这实际上是下意识地指出了德拉库拉的主要危害——所渗透、扰乱的不仅仅是人的肉体。德拉库拉这个人物之所以重要,并非在于他最终体现了侵犯,而是在于他最终对"他者"的侵犯起着某种催化剂的作用——迅速释放被压抑的、通常有悖于社会以及心灵稳定的能量和欲望。正是在这个意义上,我们说《德拉库拉》再现了自约翰·波利多里的《吸血鬼》以来的哥特式传统,创造了现代恐怖文学史上一个生动的神话。

然而,《德拉库拉》还是一部地地道道的帝国小说。该书撰写之时,正值东欧上演"亚美尼亚危机"之际。土耳其人对亚美尼亚人所实施的种族大屠杀,不但让举世震惊,也让英俄两个超级帝国有了重新角逐的机会。在巴莫勒尔会议上,英国首相索尔兹伯里提出由欧洲列强瓜分腐朽的奥斯曼帝国,但遭到俄国的强烈反对。一时间,两个超级帝国秣马厉兵,枕戈待旦,战争大有一触即发之势。尽管这场英俄对抗后来以相互妥协而告终,但激发了英国国民的普遍反俄情绪。他们担心俄国有朝一日会进犯大不列颠,威胁英国国民的安全。而布拉姆·斯托克作为"英格兰对爱尔兰700年殖民统治的产物",不可避免地具有大多数英国公民的同样的意识。③ 为此,他不但鼓励他的弟弟乔治·斯托克把自己在"土耳其战争"

① Carol A. Senf. *Science and Social Science in Bram Stoker's Fiction*. Greenwood Press, USA, p. 17.
② Bram Stoker. *Dracula*, edited by Glennis Byron. Broadview Press, Ontario, Canada, 1998, p. 145.
③ John S. Rickard, ed. *Irishness and (post) Modernism*. Bucknell University Press, Lewisburg, PA, 1994, p. 34.

第三编 演进论

境
遇
·
范
式
·
演
进
——
英
国
哥
特
式
小
说
研
究

中同俄国人打仗的"亲身经历"写成一本书,以警示英国民众,① 还几乎"在他自己的一切小说",表达了对"帝国问题和殖民问题"的极大关注。②

在《德拉库拉》,布拉姆·斯托克如此描述德拉库拉的家族史:

"我们塞克利人有权利感到骄傲,因为血管里流淌着许多勇敢种族的鲜血,他们如同雄狮一般骁勇善战……其中有的来自乌戈尔部落;他们拥有托尔和欧丁赋予的战斗精神,这些狂暴勇士踏遍了欧洲的、还有亚洲和非洲的海岸,当地人以为来了人狼……还有匈奴人,他们将战争的怒火烧遍全球,那些死在他们手下的人还以为他们的血管里流淌着昔时巫婆的鲜血,那些巫婆是从锡西厄流放到沙漠,在那里与恶魔匹配。"③

在这里,"乌戈尔部落"是东欧的一个人种群,其中包括栖息在西伯利亚西部的某些民族,这些民族在早期东欧的迷信传说中,都与人狼、吸血鬼紧密相连。而"锡西厄"也是欧洲东南部和亚洲黑海、里海北部之间的一个地区,这个地区包括毗邻克里米亚半岛的亚美尼亚,是有名的海盗出没和战乱之地。至于"匈奴人",则几乎是"战争、暴力"的代名词。公元1世纪,该部落在东方落败后,开始向西扩张,并凭借武力占领了现今俄罗斯和巴尔干半岛的大片土地,在那里,吸收了多个分散的斯拉夫部落,建立了匈奴帝国。此后,匈奴帝国瓦解,原先的斯拉夫部落逐渐联合成统一的民族,分布在现在的东欧、乌克兰和俄罗斯一带。显然,布拉姆·斯托克意欲通过德拉库拉这个虚拟的文学人物的家族史自述,揭示俄罗斯及其斯拉夫附庸国的"吸血鬼"一般的罪恶渊源,指出大不列颠终究逃脱不了被"入侵"的命运。

而且,那些民族已经在为"入侵"做准备。如同当年的彼得大帝那样,德拉库拉在实施袭击英格兰之前对英格兰的语言、国民、政府、军事等方面进行了充分的了解。他试图通过与乔纳森的交谈,不但能提高自己的英语口语水平,还能掌握英国法律和风俗方面的习惯用语,为此要求乔纳森"从现在起在这里住一个月"。后来,在德拉库拉城堡的图书馆,乔纳森又偶然发现了"很多英语书"。乍一看,这些英语书只不过是一个勤奋旅游者的阅读资料,但细细分析,它们是侵略者所必备的"入侵"知识,因为"那些书的种类繁多——历史、地理、政治、政治经济学、植物学、地质学、

① Daniel Farson. *The Man Who Wrote Dracula: A Biography of Bram Stoker*. Michael Joseph, London, 1975, p. 156.
② Stephen D. Arata. "The Occidental Tourist: Dracula and the Anxiety of Reverse Colonization", in *Victorian Studies*, 33, 4 (Summer 1990), p. 625.
③ Bram Stoker. *Dracula*, edited by Glennis Byron. Broadview Press, Ontario, Canada, 1998, pp. 59-60.

法律——而且都与英格兰、英格兰人的生活和风俗习惯有关。甚至还包括《伦敦电话簿》、《红皮书》、《蓝皮书》、《惠特克年鉴》、《陆海军军人总览》，以及似乎最令我心动的《开业律师名录》。"① 毋庸置疑，一个旅游者是无须了解《红皮书》中所包含的"所有国家服务人员或领取国家年金者的名单"，以及《蓝皮书》中所包含的议会法案的。只有详细制定入侵计划的人才希望知道所有政府服务人员的下落以及陆军、海军现役军人的名册。②

后来，乔纳森又偶然拿起一本地图册，并且一翻就翻到了英格兰页面，因为这页"已经翻得很熟"。经过仔细察看，他发现地图中的"某些地方已经标上了小圈……一个地方临近东边的伦敦，恰好是德拉库拉的新宅邸所在地，另外两个地方是约克郡海边的埃克赛特和惠特比"。③ 无须说，这些地方都是理想的"入侵"地。一方面，"惠特比"为来自波罗的海的军队在英格兰北部登陆提供了方便的集结地；另一方面，"埃克赛特"又是地中海驶来的舰艇所停泊的适宜口岸。而且，德拉库拉的新宅邸"卡尔法克斯"不但临近泰晤士河航道口，是英格兰东部前往泰晤士河的必经之地，而且也临近"伍尔维奇"等多家军火库以及"皇家维多利亚"、"皇家阿尔伯特"、"国王乔治五世"等多个重要码头，是军事战略要地。此外，小说后面还提到，德拉库拉早已将装有本国土壤（战争材料）的集装箱运到了"纽卡索"、"达拉姆"、"哈维奇"和"多佛"，这些东海岸港口都是北海的水上交通要塞。

一旦"入侵"的准备工作完毕，德拉库拉便开始了他的攻击。他的首航地选择在保加利亚的瓦尔纳。这个地方正是当年克里米亚战争中英国海军、陆军的一个重要集结地。也正是在这个地方，即将奔赴前线与俄军作战的英军突然流行霍乱，丧失了大部分战斗力。而上面提及的布拉姆·斯托克的弟弟乔治·斯托克，也在《与不可言状的残暴同行》（*With the Unspeakables*，1878）一书中描述了类似的疾病。此外，在书中，他还描述了俄罗斯人和保加利亚人如何残忍地折磨土耳其人。就这样，通过布拉姆·斯托克的描述，"瓦尔纳"这个地名与霍乱、克里米亚战争、俄罗斯及其附庸国的暴行相连接，从而暗示着诸如此类的令人发指的战争创

---

① Bram Stoker. *Dracula*, edited by Glennis Byron. Broadview Press, Ontario, Canada, 1998, pp. 63, 50.

② Leonard Wolf, ed. *The Essential Dracula: The Definitive Annotated Edition of Bram Stoker's Classic Novel*. Plume, New York, 1975, p. 28.

③ Bram Stoker. *Dracula*, edited by Glennis Byron. Broadview Press, Ontario, Canada, 1998, p. 55.

伤,当然也暗示着俄罗斯的"入侵"大不列颠所带来的同样令人发指的后果。

在《黑暗的心》(*Heart of Darkness*,1899),约瑟夫·康拉德同样表达了"赤裸裸"的"帝国话语",只不过这种"帝国话语"的表达方式,并非通过民间传说中的吸血鬼的"入侵"举止,而是经由一个名叫查理·马洛的殖民者的叙述。而且,整个小说中,查理·马洛的叙述都在坚持多重对立——事实和谎言的对立,男人和女人的对立,文明和野蛮的对立,"自我"和"他者"的对立。其中,"自我"和"他者"的对立是最关键的,因为它影响、决定到其他的对立。正是"他者"对于"自我"的"诱惑"和"恐惧",引发了"自我"的"发现"、"追逐"殖民主义。然而,尽管查理·马洛如此"坚持",他的叙述依然显示了所有的二元对立均已崩塌——殖民者被证明是征服者,"美德"形同"贪婪",女人的幻想只是呼应了男人的假象,事实和谎言也无法区分,尤其是,"自我"和"他者"之间的根本差异已经消失。不过,约瑟夫·康拉德在《黑暗的心》中意欲表达的这种意识,始终在回避查理·马洛,因为他已经深深地陷落在自身的文化中不能自拔,觉得这种意识"太黑暗了——简直漆黑一团。"①

譬如,小说中,查理·马洛对于非洲土著人的描述,就试图借助一种"遏制性"语言来否定他所惧怕的"他者"的力量:"远处可以分辨出一些黑乎乎的人影,正以树林阴暗的边缘为背景,隐隐约约地迅速移动。临河有两个青铜色的人形,倚着长矛,站在阳光下,头上戴着用有斑点的兽皮做成的古怪装饰,威风凛凛,伫立不动,如雕像一般宁静自如。"② 而且,即便对于单个非洲土著人的描述,他所使用的语言也是"遏制性"的:"这人看来很年轻——几乎是个孩子——但是你知道对他们是很难说准的。"③ 所有这些描述,都对非洲土著人起着"遏制"作用,既能否定他们存在的重要性,又能淡化他们对于殖民者的吸引力。

不过,查理·马洛这种对于"他者"的语言"遏制",最生动地体现在他对那个"野蛮"女人的描述。在他看来,这个非洲土著女人是"野蛮"的、"华贵"的、"高傲"的。头发做成头盔形,膝部以下裹着黄铜护腿,有着种种神奇的魅力。面对朝圣者的子弹,她无所畏惧,手下的部落成员也是一呼百应。而且,她的一举一动"恰似那荒野本身,仿佛心头正酝酿着一种

---

① Joseph Conrad. *Heart of Darkness and Other Tales*, edited with an Introduction and Notes by Cedric Watts. Oxford University Press, Oxford, 1998, p. 252.

② Ibid, p. 225.

③ Ibid, p. 157.

难以猜度的目的"。尽管她"默默无言",但并非没有谋略,而她的"举棋未定、主意未决",也更加增添了她的未知的威慑力。① 还有她公开地、咄咄逼人地宣称对库尔兹的性占有,也颇令人生畏。这种宣称显得"贪婪"和"残忍",似乎属于一种母系氏族的、一妻多夫的女性武士文化。此外,还因为她被比拟成荒野——她是荒野的"晦涩而热烈的灵魂"——于是,她像传说中的女淫妖一样,施展魔法让库尔兹成为她的"男妃",并由此耗尽了库尔兹的生命力:"荒野曾经轻轻拍打他的脑袋,所以,你瞧,它光得像个球——如同象牙球一般,荒野曾经亲切地抚摸过他,所以——他枯萎了。荒野抓住了他,爱上了他,拥抱了他,侵入他的血管,耗尽他的肌体,还用某个魔鬼仪式上的种种不可思议的礼节使他的灵魂永远属于荒野所有。"②

正因为"野蛮"女人具有如此强大的威慑力,所以查理·马洛又采取了语言"遏制"的策略,但这一次是通过她的"悲伤"。因为她不但"止住脚步,似乎在强忍心头的痛楚",而且有了一个"未婚妻"的名分。这个名分将她从一个"剽悍"的非洲土著部落首领变成了一个"多情"的异国女郎。尽管她照样"伸开裸露的双臂,把它们直挺挺地伸过头顶",但这符咒却不是让"阴影迅速投向大地,扫过河面,将汽艇裹入黑暗的怀抱之中",而是"追索一个退隐而去的身影"。③ 就这样,查理·马洛抚平了"野蛮"女人所激发的读者焦虑。他的"叙述"已经显示:她的所谓"威慑"其实也是"没有力量"的。巨大的、无法抑制的"悲伤"在麻痹她,让她恢复了男性的——她的情人库尔兹的——主导地位。

而且,值得注意的是,上述查理·马洛的"帝国话语"自始至终笼罩着一种"哥特式"恐怖气氛。像安·拉德克利夫等人一样,约瑟夫·康拉德善于让他的作品主要人物置于一种十分紧张的、几乎喘不过气来的"受胁迫"的境地,通过一系列的"凶险"的环境描写,烘托他的恐怖心理。譬如,在中央贸易站,查理·马洛如此描述自己第一次置身于莽莽荒野的心理感受:

"篱墙外边,树林鬼魂似的矗立在月光下,而透过它的朦胧的颤动,透过那个可悲的院落中发出的隐隐声响,这片土地的寂静沁入了你的心脾——它的神秘,它的伟大,它隐藏的生活中所包含的令人惊异的事

---

① Joseph Conrad. *Heart of Darkness and Other Tales*, edited with an Introduction and Notes by Cedric Watts. Oxford University Press, Oxford, 1998, pp. 225 – 226.

② Ibid, pp. 226, 205.

③ Ibid, pp. 226, 250.

实……我的眼前是原始森林的崇高静穆;黑色的溪水上,展现一片片发出亮光的小斑点。月亮把薄薄一层银子铺展在周围的一切之上——茂密的野草、泥地,那一排比一座庙宇的墙壁还要高的枝叶错杂、相互缠绕的树丛,还有那条大河,通过它的一个隐匿的缺口,我能够看见波光粼粼、无声无息、款款而流的河水。所有这一切是伟大的,充满希望的,默默无言的……我不知道,在这正注视着我们二人的辽阔无垠的宇宙中,它表面上的这种寂静是意味着一种呼吁,还是意味着一种威胁。"①

在这里,约瑟夫·康拉德的"月光"描写有如《尤道弗的神秘》里的"崇山峻岭"一般的"崇高"意境。而且,随着查理·马洛的行程推进,他的内心有了一种深度的畏惧和未知的意识。他越是溯流而上,就越是觉得荒野"难以平息",在"低头沉思"。在他的眼里,非洲原始森林是一个活体,有着"神秘"的、恶毒的"意图",它"以一种复仇的表情望着你","如同大海淹没一个潜水员"那样淹没整个埃尔道拉多考察探险队,没有留下任何痕迹。从"高耸入云的参天巨树",到"悬挂在丛林上空的火红小球",再到"嘈杂而疯狂的喧嚣",无一不在加强阴郁的、压抑的、令人窒息的气氛。②如同之前许多哥特式小说中的主人公一样,查理·马洛开始面对周围景致的浩瀚、陌生和不友好,开始意识到人类自身的脆弱和渺小。正如迈克尔·乔斯林(Michael Joslin)所指出的,《黑暗的心》的场景"具有强大的冲击力",造成了"梦魇般"的"阴霾气氛",其效果"如同已被公认的哥特式小说的惊人创造"。③

如果说,《黑暗的心》中的"非洲原始森林"给约瑟夫·康拉德作品人物的赤裸裸的"帝国话语"罩上了一层"梦魇般"的哥特式外衣,那么,在亚瑟·柯南·道尔的《巴斯克维尔的猎犬》(*The Hound of the Baskervilles*, 1902)中,达特姆尔高原的"沼泽地"则构成了巴斯克维尔谜案的"诡异"的殖民主义场景。像罗伯特·史蒂文森、亨利·哈格德、赫·乔·威尔斯、布拉姆·斯托克、约瑟夫·康拉德等作家一样,亚瑟·柯南·道尔也是"大不列颠第二帝国"的大环境中的产物。他的许多带有哥特式色彩的作品,包括脍炙人口的"福尔摩斯探案小说",体现了多重殖民主义意识,堪称"帝国哥特"描写的典范。毋庸置疑,"这些故事切中了维多利亚时代的人们的思想脉搏。面临大不列颠帝国的衰败,以及受到社会上充斥的'退

---

① Joseph Conrad. *Heart of Darkness and Other Tales*, edited with an Introduction and Notes by Cedric Watts. Oxford University Press, Oxford, 1998, pp. 170-171.

② Ibid, pp. 183, 182, 191-192.

③ Michael Joslin. *Joseph Conrad and Gothicism*. Ann Arbor, Michigan, 1977. pp. 148, 163.

化'思潮的影响,他们转而到一种小说中去寻找安全感。在那里,虽然不能保证一切安全都是可以期盼的,但至少看起来是这样。换句话说,假如福尔摩斯确有其人,那么他们的世界变得更加可以操控,所受到威胁也就更小。"①

在《巴斯克维尔的猎犬》,一开始,亚瑟·柯南·道尔就介绍了一个古老的家族传说。传说中,腐朽的庄园主休果·巴斯克维尔爵士绑架了一位农家少女,但未等他施行不轨,这位少女已设法脱逃。随后,荒僻的沼泽地上演了一幕歹徒追捕少女的闹剧。但见那个不幸死去的少女身旁,居然躺着休果·巴斯克维尔本人的尸体。此外,还有一个可怕的怪兽,"又大又黑,形如猎犬,但比人们见过的所有猎犬都要高大凶猛。正当他们看着怪兽撕扯休果·巴斯克维尔的喉咙时,那怪兽突然将闪亮的眼睛和直流口涎的大嘴转向他们,三个人顿时吓得尖叫,调转马头逃窜,甚至在穿过沼泽地时还发出惊恐的尖叫。据说其中一个人在目睹这事的当天晚上便已死去,另外两个人也变得精神失常"。② 就这样,在荒凉的沼泽地上,各种哥特式黑暗势力相互交错。这里有贵族的堕落、罪犯的歹毒、"魔犬"的张狂,而沼泽地本身,也成了释放这些黑暗势力的凶险之地。

尽管到后来,所谓"魔犬"已被证明是一只涂有发光剂的猎犬,但在当时的达特姆尔高原,还是掀起了轩然大波。一方面,休果·巴斯克维尔的后代不敢"在黑夜降临、邪恶势力嚣张的时候穿越沼泽地",从而成为"外住庄园主";另一方面,曾经目击过此事的马掌铁匠、农夫又信誓旦旦地宣称那怪物"同传说中的魔犬一模一样";与此同时,甚至莫蒂默医生在提到此事时,声音也在颤抖。③ 而上述这一切,皆与当地居民的迷信、落后有关。亚瑟·柯南·道尔多次通过小说中的故事人物——华生医生和莫蒂默医生——表达了自己的对于达特姆尔高原居民的种族主义歧视。譬如下面这段描述:

"你一旦进入沼泽地的中心,便会把现代英国的一切印象抛之脑后,而另一方面,你可以随处看到史前人类居住和活动的遗迹。你散步的时候,四周都是那些被人遗忘的人们的房屋,以及他们的坟墓和巨大的石柱,这些石柱,据推测是他们的神殿的标志。当你看到斑驳的山坡上那些

① Catherine Wynne. *The Colonial Conan Doyle: British Imperialism, Irish Nationalism, and the Gothic.* Greenwood Press,Westport,Connecticut,2002,p. 7.

② Arthur Conan Doyle. *The Hound of the Baskervilles*. Penguin Classic,London,2001,p. 15.

③ Ibid,pp. 15,24.

用灰色岩石建成的房屋时,你会忘记自己所处的时代。要是你看到从低矮的门洞里爬出一个身披兽皮、毛发蓬乱的人,把燧石箭头的箭搭在弓弦上,你会感觉他在这里出现比你在这里出现更为自然。"①

然而,造成这种"原始"、"野蛮"、"落后"的主要原因,是没有受到"文明教育"。因为"方圆数里,除了拉福特庄园的弗兰克兰先生和生物学家斯泰普里顿先生之外,就再也没有受过教育的人。"② 甚至,这里的种族有着天生的"被殖民"的奴性,因为他们"厌恶战争、备受蹂躏",是通过殖民化迁徙到沼泽地定居的。③

与上述达特姆尔高原居民的"原始"、"野蛮"、"落后"相映衬的是作为殖民者代理人的福尔摩斯和华生的"现代"、"文明"和"先进"。前者不但"生性高傲,喜欢凌驾于一切之上,让他周围的人对自己的作为啧啧惊叹",而且"站在岩石突出处,在月光的映衬下,宛如一尊乌木雕像",堪称"这一恐怖之地的精灵"。④ 而后者也充满了理性,拒不相信所谓超自然的"魔犬"的存在:"我若是相信这些迷信的说法,就等于降低自己的水平,无异于那些无知的农夫。他们不仅把这猎犬说成恶魔,还硬要把它描述成嘴里、眼里都能喷出地狱之火的怪兽。"⑤ 对于他们,如此信口雌黄、倒行逆施的行径无疑要用"先进"、"启蒙"的殖民主义权势来"遏制"。这种理念也正是帝国主义扩张的主要借口之一。

当然,作为"原始"与"现代"、"野蛮"与"文明"、"落后"与"先进"相互冲突的主要场所,沼泽地在小说中起着不可或缺的作用。该小说的反面角色斯泰普里顿如此描述自己对于沼泽地的感受:"你永远不可能对这片沼泽地感到厌倦,也绝不可能想到其中蕴含着多少奥秘。它是如此广阔、如此贫瘠、如此神秘。"⑥ 可以说,这句话在一定程度上道出了沼泽地的"极不确定"的"凶险"特征。一方面,它是世上绝无仅有的湿地,滋养着无数珍稀的动物群和植物群;但另一方面,它又有数不尽的浓稠泥塘,吞噬着一切可能卷入其中的生命。华生曾经亲眼目睹一匹小马驹陷入泥塘、死亡的恐怖情景:"在那绿色的苔草丛中,有个棕色的东西在翻滚摇晃,伸

---

① Arthur Conan Doyle. *The Hound of the Baskervilles*. Penguin Classic, London, 2001, p. 75.

② Ibid, p. 19.

③ Ibid, p. 75.

④ Ibid, pp. 145, 97.

⑤ Ibid, p. 100.

⑥ Ibid, p. 67.

长脖子痛苦地向上挣扎,随后发出一声绝望的吼叫,回荡在沼泽地。"[1] 尤其是,它传播着那个神秘的古老的家族传说,复制着休果·巴斯克维尔的死亡。到最后,沼泽地上的惨剧真相大白,是斯泰普里顿为了霸占庄园,设计害死了查尔斯·巴斯克维尔。于是,沼泽地自然环境的"凶险"带来了巴斯克维尔家族庄园失去的"凶险",而土地所有权的争夺,正是一切帝国主义扩张的核心,也是一切殖民主义文学描写的母题。

维多利亚时代后期帝国小说中的"帝国哥特",就是这样借鉴哥特式表现手段,体现"哥特式小说和帝国场域之间的相互交叉"。

---

[1] Arthur Conan Doyle. *The Hound of the Baskervilles*. Penguin Classic, London, 2001, p. 68.

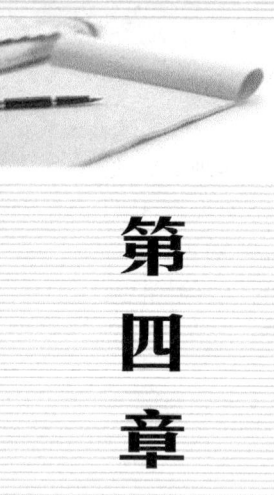

第四章

后现代小说和哥特式恐怖

——英国后现代小说的"哥特化"

第二次世界大战后,英国哥特式小说继续对其他文学类型进行渗透,不但影响和产生了黑色悬念小说(black suspense fiction)、哥特式言情小说(gothic romantic fiction)、"赛博朋克"科学小说(cyberpunk science fiction)、社会恐怖小说(social horror fiction)等哥特式通俗小说文本,还与所谓"严肃"的后现代小说相融合,影响和产生了哥特式后现代小说(gothic-postmodern fiction)。同哥特式小说一样,哥特式后现代小说也是一种自反性文学(reflexive genre),给读者提供了一种思考自身的、下意识的恐惧或焦虑的潜能。而且它对幽灵、巨怪、侵扰和死亡的着迷,也呼应了哥特式小说欲以通过被压抑者的回归来消除这些恐惧或焦虑的创作途径。一方面,它是后现代小说,通过元小说(metafiction)的叙事策略,给读者提供了后现代条件下的西方社会新体验;另一方面,它又包含有哥特式成分,给作家从后现代视角探索西方社会的现实侵扰提供了创作养料;与此同时,它还运用所描述的人物阈限,体现了两者共同关心的现实和主体的"不可表述性"。可以说,哥特式后现代小说是"哥特化"的后现代小说。

下面拟从"后现代"的概念内涵、英国后现代小说的理论和实践、英国后现代小说和哥特式小说的"场域交叉"、英国后现代小说"哥特化"的实例分析等几个方面,来具体论述上面所提及的英国哥特式后现代小说的重要特征。

一

"后现代"(postmodern)这个概念,据西方学者考证,最早出现在 1870 年,首创者为英国画家约翰·查普曼(John Chapman,1832－1903),他意在用此词描述一种比法国印象派绘画方式更新颖的"后现代绘画风格"。[①] 此后,1914 年,英国学者汤普森(J. M. Thompson)又用"后现代主义"来描述宗教信仰的变化趋势:"后现代主义存在的目的是通过彻底的批判,并将其扩展到宗教、神学以及天主教情感和天主教传统来逃脱心绪不定的现代主义。"[②] 到了 20 世纪 20 年代,"后现代"或"后现代主义"又频频出现于艺术和音乐评论。如贝尔(B. I. Bell),就著有《后现代主义及其他》(*Postmodernism and Other Essays*)。1939 年,英国历史学家阿纳德·托因比(Arnold Toynbee,1889－1975)又用"后现代"来表示自第一次世界大战以来的世界历史。1949 年,"后现代"又出现在建筑学领域,被一些评论家用来批评过时的建筑艺术,并由此引发了一场声势浩大的后现代建筑运动。20 世纪 50 年代和 60 年代,越来越多的西方学者开始谈论"后现代"或"后现代主义",所涉及的领域不仅有建筑,也有文学、艺术、音乐、历史和法律。70 年代至 90 年代,西方学术界几乎成了"后现代"的一统天下,其中有段短暂时期,每一种新兴的社会理论、哲学思潮,每一场兴起的学术论争、学术事件,每一部新出的专著、论文集,都要谈论"后现代"、"后现代主义"、"后现代性"或"后现代化"。甚至连新闻媒体,也是"言必称后现代",将当时出现的每一个文化事件视为"后现代"的这样那样的实例。世纪之交,西方学术界的"后现代"热有所降温,但相关概念、思想和类别依然在文化研究领域占有相当大的比重,并且这些概念、思

---

① Ihab Hassan. *The Postmodern Turn: Essays in Postmodern Theory and Culture*. Ohio University Press, Columbus, 1987, p. 12.

② J. M. Thompson, "Post-Modernism", in *The Hibbert Journa*l, Vol. XII, No. 4, July 1914, p. 733.

想和类别分别与女性主义、"酷儿"理论、后殖民主义、全球化政治、环境研究等历史、哲学、文学批评相互作用,成为当代文化批评的最强势话语。

鉴于"后现代"本身是一个"拼凑"的、"支离破碎"的术语,所以要准确地界定其涵义绝非易事。尤其是,在长期的使用过程中,该术语又衍生出了诸如"后现代主义"、"后现代性"、"后现代化"之类的新的术语。这些术语同"后现代"搅在一起,形成了界定"后现代"的"剪不断、理还乱"的局面。正因为如此,迄今西方学术界对于什么是"后现代",尚未形成统一的意见,赞美者和诋毁者都大有人在。有人把它看成是一个高度自由的、任凭消费者选择的时代。也有人把它看成是一种特定文化,一种偏离了传统资本主义生产方式的文化。还有人把它看成一系列的复杂理论和离奇古怪的文化产品,标志着任何与真实世界有关的权利、职责的退却和放弃。尽管如此,我们还是力图从这个概念的开放性和多元性,从众多后现代理论家对它的相关重要论述,以及从它衍生的比较明确的两个概念——后现代主义和后现代性——找出一些相对集中的、大体上能反映本质特征的术语内涵。

伊哈布·哈桑(Ihab Hassan)是西方最早对"后现代"进行诠释的学者之一。在《分割俄耳甫斯:接近后现代文学》(*The Dismemberment of Orpheus: Toward a Postmodern Literature*,1982),他列举了一个长长的现代主义和后现代主义的特征对照表,从多方面对两者之间的区别进行了比较。在他看来,前者的浪漫主义、象征主义变成了荒诞玄学、达达主义;前者的连接的、封闭的形式变成了分离的、开放的反形式;前者的意图目的变成了游戏玩耍,前者的设计筹划变成了偶然碰巧,前者的等级森严变成了混乱无序,前者的精通掌握变成了消耗疲劳,前者的艺术目的变成了即时表演,前者的疏远冷淡变成了参与分享,前者的创造叠加变成了拆析消解,前者的综合变成了对立,前者的存在变成了缺席,前者的中心变成了驱散。如此等等,不一而足。当然,伊哈布·哈桑特也承认:"表中所描绘的这些二元对立依旧是模糊的、不可靠的。这些差异在转移、延缓,甚至坍塌……无论在现代主义领域还是在后现代主义领域,都有大量的倒置和例外。"① 这即是说,上述后现代主义的许多特征要么已经存在于现代主义中,要么并不与现代主义对立,因而对于后现代主义,不可能有直接的、明确的、精细的界定。

---

① Ihab Hassan. *The Dismemberment of Orpheus: Toward a Postmodern Literature*, 2nd edition. Oxford University Press, New York, 1982, p. 269.

与伊哈布·哈桑孤立地、抽象地界定"后现代"不同,许多后现代理论家倾向于把"后现代"看成一个既定的政治、社会经济系统,这个系统即是欧内斯特·曼德尔(Ernest Mandel,1923-1995)所说的资本主义扩张的"第三个阶段"——后工业资本主义或晚期资本主义。相比资本主义扩张的前两个阶段——市场资本主义和垄断资本主义——晚期资本主义目睹了资本主义的累积逻辑扩展到社会的一切可能的方面,扩展到全球的每个角落,荡涤着前资本主义的任何残留属地。这即是说,此前尚未被市场逻辑影响的社会领域,如媒体、艺术、教育,开始屈从资本主义的规律以及我们现在称之"全球化"的消费主义进步。而在这种晚期资本主义的扩张的背后,拉里·麦卡弗里(Larry McCaffrey)指出,是当代科学技术的崛起。随着国与国之间的竞争进一步加剧,用于销售、研究和生产目的的信息超过了实际的材料和产品,成为最重要的资源。而且日益增强的收集、分析信息,也意味着后现代社会变得愈来愈"高科技化",充满了以维护跨国公司利益为目的的医疗设施、武器装备和监控技术,以及移动电话、个人电脑、液晶电视、高档汽车等消费品。然而,相比这些高科技产品,更重要的是所谓"大规模生产的高科技'产品'的迅速扩散——图像、广告、信息、记忆、样式和模拟经验——这些都是复制和抽离所必需的",而且依赖其他的高科技产品,如电脑、电视、数字音乐,等等,包装、传送给消费者。①其结果是,在这样一个后工业的、信息技术驱动的、充满媒体文化的世界,一切变得不那么可靠、真实。尽管我们的工作依然是"真实"的,但并不像种田、做工那样"实在"。相反,我们花费大部分时间坐在办公桌旁,在电脑屏幕前处理一个又一个"信息",所打交道的只是抽象符号,而非真实的、可触摸的物体。而且,我们的大部分闲暇时间也是用来复制经验,或者消费更多的信息。于是,存在变得比真实"虚拟"。正如让·博希亚(Jean Baudrillard,1929-2007)所说,我们不必等待科学小说中描绘的"虚拟世界"的来临,"虚拟现实"已经成为现实,存在于我们生活的每时每刻之中。②

尽管让·博希亚的后现代理论的核心也是阐述人类历史进入了一个新阶段,但他的立足点不同于埃内斯特·曼德尔。按照让·博希亚的说法,现时社会的特点是,前工业社会占主导地位的"象征性结构"的最后痕

① Larry McCaffrey. *Storming the Reality Studio: A Casebook of Cyberpunk and Postmodern Science Fiction*. Duke University Press, Durham, 1991, p. 4.

② Jean Baudrillard. "Aesthetic Illusion and Virtual Reality", in *Jean Baudrillard: Art and Artefact*, edited by Nicholas Zurbrugg. Sage, London, 1994, pp. 19-27.

迹正在消失。在这里,让·博希亚采用了马赛尔·莫斯(Marcel Mauss,1872－1950)的经济学原理,认为原始社会的经济方式依赖于礼物交换的逻辑,而非商品交换的逻辑。后者是一个将货物交换成货币的系统,而前者涉及到一个三方责任的体系:礼物必须被付出、接受和回报。而且,回报意味着比接受付出更多,以避免接受者处于比付出者次等的地位,确保交换的三角模式得以延续。① 在早期社会,这种逻辑渗透到生活的方方面面,甚至连人类本身也是礼物。虽然马赛尔·莫斯相信,这种经济的残余仍然在现时货币经济中发挥作用,但对于让·博希亚,这种象征性交换的形式已经彻底死亡了。现时仅有无止境的、无价值的"符号交换":任何东西都可以交换成其他任何东西,任何符号都存在交换和被交换的可能性。在符号交换中,不存在多余的因素。对于这种全方位的符号交换,让·博希亚使用了一个术语,即按照"价值规律"解开现实的"代码"(code)。换句话说,"代码"建立了一个符号系统,给任何事物提供与其他事物相关的意义、价值;它确立了西方文化中赖以为基础的二元对立,在本质、特性、差异、意义方面创造出一种清晰的稳定。因而,"代码"实际上创造现实:让我们通过以隐含的形而上学原则所确定的价值符号系统体验世界。而且,"代码"的特别能力是复制事物,以便复本与原本没有区别并替代原本。而由于"代码"能产生精确的复制品,原本与复本之间的差异被消除。这种效果在当代文化中产生了一种典型的复制程序。对于这种程序,让·博希亚称之为"模仿"。当代世界有很多这样的"模仿"实例。譬如20世纪发生的许多战争,都已经变成了它们的替代物,我们"消费"这些替代物,仿佛它们是真实的一样。越南战争、海湾战争,甚至更远些时候的法西斯大屠杀,都是只有在模仿的形式中看见的。对于越南,"战争变成了电影,电影变成战争,两者的会合点是共同的、进入技术的大出血。"② 然而,"模仿"并非指虚拟的超现实状态,而是指当代社会中占统治地位的科学技术试图将我们周围的真实、自然的世界的方方面面变成明确、可触摸的实体。因此,"模仿"并非消除真实,而是创造真实。

让·博希亚的"模仿无处不在"、"与现实剥离"是通过我们的感觉实现的,也即是说,与某种程度的心理紊乱有联系。这也就解释了大多数后现代理论家在论及后现代主义或后现代性时,都使用了一些负面意义的

---

① Marcel Mauss. *The Gift: The Form and Reason for Exchange in Archaic Societies*. Routledge, New York, 2001.

② Jean Baudrillard. *Simulacra and Simulation*, translated by Sheila Faria Glases. University of Michigan Press, Ann Arbon MI, 1994, p. 59.

病理性词汇,如"压抑"、"郁闷"、"多疑"、"恐慌",等等。尤其是弗雷德里克·詹姆森(Fredric Jameson),将后现代主义与"精神分裂"、"歇斯底里"、"妄想"、"偏执"联系在一起。他对后现代主义的这种负面诊断主要依据晚期资本主义状况对个人理解、认知能力产生了极大冲击,其分析基点是后现代主义预见了某种形式的主体性的灭亡,"经典资本主义和核心家庭"时期所存在的"自治的资产阶级细胞或自我或个体"已经消解于"组织性的、官僚主义的世界"。① 在弗雷德里克·詹姆森看来,晚期资本主义已经创造了一个由无拘无束的新兴电子媒介掌控的"永久存在",从而导致了我们所理解的过去和将来的时间概念的严重削弱。后现代文化产品和消费显示,我们无法将自己置于一个真实的历史情境。历史变得只有"样式",可以用最时髦的服装、"主题酒馆"或"怀旧影片"来装饰,因而后现代主义显示了"对过去一切样式的任意装配,对任意风格喻指的玩耍"。② 从审美技巧来说,它意味着对模仿的偏爱胜过了戏拟。这种状况不独出现在通俗文化,也出现在"严肃"的文学艺术。对于弗雷德里克·詹姆森,后现代时期的小说创作不啻是"对此前社会文化诠释形式的浓缩"③,以确保它对读者的自反性导向没有足够的历史深度。这也意味着"后现代"文化产品不可能登上批判后现代主义的殿堂,因为不可避免地要与晚期资本主义的文化逻辑保持一致。唯一的"出路"是通过"认知制图",鉴定、分析它的一切效果,因为后现代主义已经让我们变得晕头转向,搞乱了我们的时空意识,只有建构这样的图表,才能重新发现空间的、历史的场所,回归到"历史展示"。

　　表面上看,让-弗朗索瓦·利奥塔(Jean-François Lyotard,1924－1998)的"后现代状况"(postmodern condition)与弗雷德里克·詹姆森的"后现代主义精神紊乱"如出一辙,但其实,两者的学说基点有着根本区别。在描绘后现代性的作用方面,弗雷德里克·詹姆森的态度是消极的,而让-弗朗索瓦·利奥塔的态度是积极的,甚至可以说是解放的。他的颇有深度的分析后现代主义的代表作《后现代状况》(*The Postmodern Condition*,1979),不但呼应了丹尼尔·贝尔(Daniel Bell)所说的后工业的、"计算机化"的社会改变了"知识的地位",还将这种社会变化归结于启蒙主义的传统,由此追溯到 18 世纪的哲学家伊曼努尔·康德、乔·威·

①　Fredric Jameson. *Postmodernism; or, The Cultural Logic of Late Capitalism*. Verso, London and New York, 1991, p. 15.

②　Ibid, p. 18.

③　Ibid, p. 23.

弗·黑格尔（G. W. F. Hegel，1770 - 1837）、让 - 雅克·卢梭（Jean-Jacques Rousseau，1712 - 1778）以及同时代的尤根·哈贝马斯（Jürgen Habermas）。让 - 弗朗索瓦·利奥塔认为，启蒙主义思想之所以能够延续，是因为所谓"元叙事"（metanarrative）或"宏大叙事"（grand narrative）构建了现代宗教、政治、哲学和科学的叙述话语。元叙事作为一种压制个人主体的思想意识形式，蛮横地将一种虚假的"整体"、"普遍"的意识强加给一套不同的事物、行动和事件。像文学叙事一样，元叙事基本上是一种手段，以某种特殊的形式整理离散元素，展示事物运作、关联的语艺实例，并使政治地位和行动过程合法化。然而，到了后现代社会，元叙事的合法的、授权的力量正在减弱。后现代主体不再信奉元叙事。相反，它们承认叙事的语艺功能，相信同样类别的事件能够形成非正统叙事。换句话说，后现代性不喜欢宏大叙事，而偏爱微小叙事。微小叙事虽然没有展示包罗一切的"真理"，但是显现了某种特殊情境下的适宜的、有限的"事实"。

让 - 弗朗索瓦·利奥塔对元叙事或宏大叙事的质疑，也隐含着这样一种事实，即后现代主体对合法的政治意识蒙骗的拒绝，具有一种十分宝贵的批判意识和政治洞察能力。这种能力往往被其他更具有审美意向的后现代理论家比拟成自反性或反讽性姿态，而这种姿态正是后现代文化的核心。其潜台词是，也许我们是政治机器的马前卒，也许我们已经同真实分离，但至少我们知道自己是什么。说得更明白一些，我们不再认为"现实"必定是自然的，必定是纯洁地"给予"的。相反，现实总是已经被制造，被后工业资本主义和媒体文化的矩阵制造成了一种持久的、幻想的意识。这种意识也被彼得·斯罗特戴克（Peter Sloterdijk）解释为"愤世成因"（cynical reason）。因为我们没有被意识诱导，做意识要我们做的事，相信意识要我们相信的信条，而是明明知道自己做的是虚假的，但还是要做。①

关于这种意识，还有一种解释，即"反讽"（ironic）。反讽表示所说的与所要做的自相矛盾，或者所说的受到所说的特定情境的颠覆。它之所以能够奏效，是因为我们下意识地认为，语言含义不是固定的，并可能包含其他意义。一切文字都具有先前的、潜在运用的痕迹，它们意义的变化取决于表达音调或表达所处的特殊情境。因此，反讽不仅仅是愤世，不仅仅是嘲笑世界，而是显示了对现实如何由意识建构的理解。这种反讽姿态往往展示在一些具有后现代特征的通俗作品中，譬如马特·格罗宁

---

① Peter Sloterdijk. *Critique of Cynical Reason*. Verso，London and New York，1987，p. 5.

(Matt Groening)创作的电视动画片《辛普森一家》(*The Simpsons*),对其他电视节目、影片、文化事件进行了一系列的暗指、戏拟和模仿,其无情的幽默势能表明,在这一连串的反讽背后,存在一种严肃的含义,即后现代性如何将我们囚禁在一种文化参照的框架之内。在这方面,昂伯托·埃科(Umberto Eco)做了详尽的表述。对于他,后现代主义并非某个特定时期的典型的文化风格,而是构建任何时期的文化产品的姿态,因为每个时期都有"现代",都有"先锋派",他们为了追求新颖,就必须摧毁"过去"。然而,艺术是不可能断裂的。于是,对于那些追求"现代"者,唯一的办法是重归"过去"。而这种重归,只有通过反讽,自相矛盾地解说某件已经说过的事情是新颖的才有可能。正是在这个时刻,产生了"后现代"。"可以说,每个时期都有它自己的后现代主义。"

查尔斯·詹克斯(Charles Jencks)也强调后现代反讽的重要作用,但否认昂伯托·埃科的"先锋派循环"的"元历史"理论。对于这位后现代理论家,后现代主义的要素是"双重解码"的策略,即"现代技能与别的东西相结合"、精英与大众相结合、新事物与旧事物相结合。这种"双重解码"并不属于现代主义或"晚期现代主义"——一种介于现代主义和后现代主义之间的审美形式。在他看来,让·博希亚、弗雷德里克·詹姆森、让-弗朗索瓦·利奥塔的理论错误在于把晚期现代主义当成了后现代主义,因为晚期现代主义也是"致力于新的传统,同过去,或多元主义,或西方文化中的转换——关注意义、连续性和象征主义——没有复杂的联系"。[①]

这种"双重解码"同时也构成了琳达·哈琴(Linda Hutcheon)的后现代理论的核心。琳达·哈琴声称,后现代主义"天生有着似是而非的结构"。[②] 不过,这绝不是说,后现代主义主张"辩证"或"对立"。恰恰相反,后现代主义的特性是"双重"的、"矛盾"的。它乐于同时做两件对立的事情,代表着同一时期同一个问题的两个方面。用语言学上的惯用术语来说,即是"既是……又是……",而不是"或是……或是……"。如此概括可以解释学术界关于后现代主义的争论为何会显得如此尖锐对立,同时也为我们提供了一种超越这些二元对立的途径。与其说后现代主义是现代主义的断裂或继续,不如说后现代主义包容了现代主义。

总之,作为战后西方兴起的一股重要的哲学思潮,"后现代"的概念内

① Charles Jencks. *What Is Post-Modernism?* Academy, London, 1986, pp. 33 – 34.
② Linda Hutcheon. *A Poetics of Postmodernism*. Routledge, London and New York, 1988, p. 222.

第三编　演进论

涵具有多元性和复杂性。它既可以是一种审美形式,又可以是一种社会状况,还可以是一种主导文化,以及一种艺术运动,体现了戏拟的自我意识展示。此外,它还可以表示一种伦理或政治的驱使①,一种时期,代表着人类已经到达"历史终点"②,一种"当代社会的文化、哲学、政治体验的新视阈"③,一种"幻觉意识"④,一种反动的政治结构⑤,甚至一种很不幸的错误⑥。它激起了反讽、分裂、差异、中断、玩耍、戏拟、超现实和模仿;还将现代艺术激进化,将先锋试验推到了新的极限;与此同时,又使文化研究民主化,让批评家在经典大师和通俗娱乐方面给予同样的关注、同样的评价。

二

英国后现代小说即是上述种种"后现代"的复杂内涵在英国小说领域的反映。鉴于"后现代"所代表的文化意蕴过于庞杂,所以对于英国后现代小说,不可能在相关的主题层面上进行归类、鉴别,而只能从特定时期的文学理论和实践进行审视、理解,即是说,主要不是依据其文学内容,而是依据其叙事形式,来考察战后社会哲学思潮的变迁如何迅速改变了它的创作方式,以及怎样使它的读者做出回应。正如布兰·尼科尔(Bran Nicol)所指出的:"后现代小说种类繁多,几乎不能构成一个类型。它也不像'维多利亚小说'那样是个历史标签,可以将20世纪晚期说成是后现代'时期',否则,许多当代作家会被错误地说成与后现代主义有联系。我宁愿把后现代小说看成一种特殊的'审美',看成一种情感、一套原则,或者

---

① Zygmunt Bauman. *Postmodern Ethics*. Blackwell, Oxford, 1993.

② Francis Fukuyama. *The End of History and the Last Man*. Penguin, Harmondsworth, 1992.

③ Ernesto Laclau. "Politics and the Limits of Modernity", in *Universal Abandon? The Politics of Postmodernism*, edited by Andrew Ross. Edinburgh University Press, Edinburgh, 1988, pp. 63 – 82.

④ Terry Eagleton. *The Illusions of Postmodernism*. Blackwell, Oxford, 1996.

⑤ Alex Callinicos. *Against Postmodernism: A Marxist Critique*. Polity Press, Cambridge, 1989.

⑥ Christopher Norris. *What's Wrong with Postmodernism: Critical Theory and the Ends of Philosophy*. Harvester Wheatsheaf, Hemel Hempstead, 1990.

说，一种价值体系，融合了 20 世纪后半期创作的特定潮流。"①

　　毋庸置疑，在叙事形式上，英国后现代小说对于现实主义是一种反动。这种反动始于 20 世纪 50 年代中期的"法国新小说"的影响。1956 年，纳塔利·萨罗(Nathalie Sarraute, 1900－1999)在他的开创性的论文"怀疑时代"("The Age of Suspicion")，探讨了"法国新小说"在小说创作中的根本性变化，譬如隐匿的第一人称叙述者或主人公变得"无处不有又无处不在"，次要人物也"被剥夺了自己的存在"。② 因而，读者未能清楚地识别这些小说人物。整个小说世界不再以客观的形式出现，而完全成了叙述者的自我暴露。与当时的大多数批评家不同，纳塔利·萨罗没有从负面评价这些变化，而是将作者和读者的这种新关系誉为对现实主义怀疑的新举措。持同样看法的还有阿兰·罗比－格里耶(Alain Robbe-Grillet, 1922－2008)。在论文"当今小说的时间和描述"("Time and Description in Fiction Today")，他也强调了 19 世纪现实主义小说"那种不厌其烦地描写的房屋、家具、服饰，以及相貌、身体"的现象已经变得"荡然无存"，而且那种"曾经让我们看清事物"的描述，此时也"似乎已被摧毁"。③ 由此，他得出结论，20 世纪小说的功能已经改变。

　　1964 年布·斯·约翰逊(B. S. Johnson, 1933－1973)的《艾伯特·安吉洛》(Albert Angelo)和 1969 年约翰·福尔斯(John Fowles, 1926－2005)的《法国中尉的女人》(The French Lieutenant's Woman)的问世，标志着 19 世纪以来的英国现实主义小说创作原则又遭受了一次较大的冲击。在《艾伯特·安吉洛》的第 3 章结尾，一开始，布·斯·约翰逊是按照传统的现实主义方式进行叙述的。但如此叙述了几行字之后，作者突然笔锋一转，插入了自己的评论："——哼，去他妈的胡说八道!"接下来的第 4 章被冠以"崩溃"("Disintegration")的标题，起点是接着叙述上一章没有叙述完的句子，但语言显得混乱、破碎，完全打破了现实主义的惯有思维："去他妈的胡说八道显示我确实想要写的不是这一切关于建筑的事情，而是想要说关于写作关于我正在写我是我的主人公的事情。"④ 此后，

---

① Bran Nicol. *The Cambridge Introduction to Postmodern Fiction.* Cambridge University Press, Cambridge, 2009, p. xvi.

② Nathalie Sarraute. "The Age of Suspicion", in *The Age of Suspicion: Essays on the Novel*, translated by Marie Jolas. G. Braziller, New York, 1963, pp. 58－59.

③ Alain Robbe-Grillet. "Time and Description in Fiction Today", in *For a New Novel: Essays on Fiction*, translated by Richard Howard. Northwestern University Press, Evanston, 1989, pp. 146－147.

④ B. S. Johnson. *Albert Angelo*. Constable, London, 1964, pp. 167－168.

第三编　演进论

1973 年,在《难道你年轻得不能写回忆录?》(*Aren't You Rather Young to Be Writing Your Memoirs?*)的"序言"中,他声称现实主义传统基本上是不诚实的,不仅所展示的现实与 20 世纪后半期不一致,而且小说中的所谓"真实"人物也并不真实,他们的行动多少不是那么连接。因而在他自己创作的小说中,他要明明白白地告诉读者,小说中的所有人物都是木偶,唯一真实的是他自己。[1] 同样,在约翰·福尔斯的《法国中尉的女人》中,前 12 章都是按照传统的现实主义方式叙述的,但到了第 13 章,他突然中断叙述,向读者大谈起书中的故事"纯属想象",人物"在我的想象之外并不存在",而且他本人生活在"阿兰·罗比－格里耶和罗兰·巴尔特时代",不可能遵循现实主义叙事模式。[2]

在纳塔利·萨罗、阿兰·罗比－格里耶、布·斯·约翰逊、约翰·福尔斯等人的影响下,许多 20 世纪 70 年代的英国小说家,如安吉拉·卡特(Angela Carter,1940－1992)、詹姆斯·巴拉德(James Ballard,1930－2009)、格雷厄姆·斯威夫特(Graham Swift)、朱利安·巴恩斯(Julian Barnes)、萨曼·拉什迪(Salman Rushdie),等等,纷纷在自己的作品中进行种种有悖于传统现实主义叙事方式的实验。他们的这些实验性作品,也理所当然地被西方评论界称为英国后现代小说。而且,在这股批评思潮的影响下,一些 20 世纪 50、60 年代的英国小说,如塞缪尔·贝克特(Samuel Beckett,1906－1989)的"三部曲"——《莫洛伊》(*Molloy*,1951)、《马隆之死》(*Malone Dies*,1951)和《无名者》(*The Unnamable*,1953)——也因某种程度的"先锋"性质,被贴上了英国后现代小说的标签。总之,"后现代小说源于 20 世纪 50 年代中期至 70 年代初,是当时一大批作家、评论家对现代派小说未能有效地改变小说创作方式,尤其是它们未能对现实主义进行一定程度的怀疑的反应。"[3]

然而,英国后现代小说并不标榜自己反对现实主义。阿兰·罗比－格里耶指出:"所有的小说家都相信自己是现实主义者,没有一个自称抽象派、魔术师、稀奇古怪、荒诞不经和子虚乌有";现实主义"不是一种被精细界定的理论,而是一种'炫耀'的思想意识,被小说家竞相用以夸耀自己

---

[1] B. S. Johnson. Introduction to *Aren't You Rather Young to Be Writing Your Memoirs?* In *The Novel Today*, edited by Malcolm Bradbury. Fontana, London, 1990, p. 153.

[2] John Fowles. *The French Lieutenant's Woman*. Vintage, London, 1996, p. 97.

[3] Bran Nicol. *The Cambridge Introduction to Postmodern Fiction*. Cambridge University Press, Cambridge, 2009, p. 22.

描绘'真实'的努力"。① 在他看来,后现代主义比现实主义更加"真实"的根据是,小说与现实的关系是"构建",而不是"复制"。这样"构建"的世界并不等同现实世界。它是所谓"双重指示忠诚"(dual referential allegiance)。一方面,它在外表上显得真实,不但按照现实世界运行,而且是一个连续统一体,有着始终如一的内部指示领域,也即世上事物——从客观物体到事件之间的因果连接——貌似相互连接。但另一方面,它也维系着现实社会的假象,意味着在它之外有一个外部指示领域,也即我们这个"客观世界,包含有历史事实或科学看法、思想意识或人生哲学、其他文本,等等"。② 此外,这个世界也需要通过读者的想象的行动才能实际存在。客观物体的描述也具有"感情色彩",从而显得比现实世界的实际物体更有"特权"。而且,尽管读者有理由认为这个世界是一个"完整"的、"功能独立"的"世界",其中包括文本没有描述过的场所以及没有提及过的其他居住者,然而,实际上,仅有那些本文语言描述过的若干成分存在,因而"它总是像一束亮光,照亮了部分区域,但这个区域的其余部分仍然隐匿在模糊的阴影中,不过,依然在模糊中存在"。③

正因为如此,英国后现代小说文本的叙述不是"自然"的,而是比现实主义的文本叙述更加复杂。它实际上是一个双向构建过程,按照这个过程,作者将事件组合成一种特殊顺序,对于读者来说,也是这样。这个逻辑最明显地体现在侦探小说的叙事结构中。作者在小说中告知"实际所发生的事",但不是以直接的方式,而是运用诡计进行伪装,或略去关键的细节、会话和事件。读者的任务是"恢复"已被打乱的故事片断,将其合成一个整体。但是,读者的"恢复"不能太容易,否则悬念会失去。作者也不能明显地保留关键性细节,否则读者会有蒙骗感。侦探小说的基本规律是,真相必须隐藏,同时又必须以伪装形式呈现,以便对读者保持"公平"。④

当然,英国后现代小说最重要的叙述技巧是"元小说"。这个术语可以界定为"关于小说的小说",即是说,所叙述的是小说本身,而不是别的什么。用约翰·巴斯(John Barth)的话来说,是由那些"模仿作者作用的作者"所创作的、"模仿小说形式"的小说之一。正因为如此,"元小说"又

① Alain Robbe-Grillet. "From Realism to Reality", in *For a New Novel: Essays on Fiction*, translated by Richard Howard. Northwestern University Press, Evanston, IL, 1989. pp. 157 - 158.

② Brian McHale. *Postmodernist Fiction*. Routledge, London and New York, 1987, p. 29.

③ Ibid, pp. 32, 31.

④ Pierre Bayard. *Who Killed Roger Ackroyd?* Fourth Estate, London, 2000.

被称为"自我意识小说"(仿佛有自己的意识,认识到自己是小说),或"自反性小说"、"自我指示小说"(认识到自己或把自己归于虚构作品,而不是假装让读者认识真实世界)。说得更明白一些,"元小说"以某种突出的方式将自己定位于虚假的结构,尤其是形式,其效果主要是把读者的吸引力转移到小说框架,而这往往是被现实主义隐匿的。

在这方面,帕特丽夏·沃(Patricia Waugh)的《元小说》(*Metafiction*,1984)堪称做了开创性的研究。在该书,一开始,她讨论了"框架"的概念,即表示一种"结构、构造、建构;已建立的次序、计划、体系……意味着支撑或任何形式的、必须的次结构。"接着,她宣称,现代主义和后现代主义"首先认为历史世界和艺术品都是有条理的,可以通过'框架'之类的结构予以察觉。两者都承认最终无法区分'框定'和'无框定'"。① 帕特丽夏·沃的这个论述指出了作为社会文化现象的后现代主义和作为审美实践的后现代主义的重要联系。我们之所以怀疑我们的生活"被框定",并非出于任何凶险的意识,而是因为我们通过一系列散乱的叙述结构,特别是文化、媒体和广告,体验到这个世界是连接着的。在现实主义绘画中,这个"框架"即画中的实际框架,其功能是展示所描绘的画面,同时也提供了画中世界的界线。这些界线告诉我们,我们在框架内所看见的并非是所要表述的世界的全部,而只是比这大得多的事物的一部分。与此同时,这些界线还告诉我们,只要透过框架凝视上下左右,就能根据欧几里德几何学的空间不间断原理,看见画面潜在的其余部分。而在小说中,这个"框架"即是文本叙述。叙述框架是小说世界得以进入现实世界的手段,同样也是一个入口、一个视屏,从这个入口或视屏,读者能够观察、"进入"小说世界,体验那里发生的事情。而元小说的效果往往是突出和颠覆小说世界和现实世界的"框定"行为。譬如穆里尔·斯帕克(Muriel Spark,1918－2006)的《安慰者》(*The Comforters*,1953),小说中,年轻的小说家卡罗琳意识到自己是另外一个小说家著写的小说中的人物,因为她能听见楼上的嘈杂声,原来穆里尔·斯帕克正在敲击打字机的键盘,在书写卡罗琳的"一生"。还有一些元小说文本迷恋于"打破框架",在那里,作者呈现给读者的小说世界实际上是被打碎的,最极端的例子是小说作者突然"闯入"小说本身,似乎已经从叙述层面跳到了超叙述层面。

英国哥特式后现代小说是"哥特化"的后现代小说,是哥特式小说与后现代小说的"场域交叉"。这种"场域交叉"并非哥特式要素与后现代要

---

① Patricia Waugh. *Metafiction: The Theory and Practice of Self-Conscious Fiction*. Methuen, London, 1984, p. 28.

素的简单叠加,而是两者融为一体,彼此相互依赖、相互作用。一方面,哥特式小说通过对后现代小说的影响和渗透,凸显了社会变化的"晴雨表"的作用,"反映了特定历史时期的特定文化的普遍焦虑"[①];另一方面,后现代小说又通过吸收哥特式要素,将后现代主义直接同历史世界挂钩,强化了后现代性的危机意识和恐怖意识。它既不同于英国的所谓"当代哥特"(contemporary Gothic),也不同于其他受"哥特式"影响的任何当代英国文学样式,如前面提及的哥特言情小说等通俗文学文本。前者强调哥特式小说对于当代英国社会和文化的总的影响和渗透,体现了当代英国社会条件下的种种文化焦虑[②];而后者也表示当代英国文学中除哥特式后现代小说之外的容纳有哥特式小说要素的文学类型。

哥特式小说之所以与后现代小说联姻,一方面与当代英国社会的恐怖现实有关,另一方面,也同哥特式小说自身的恐怖特征不无联系。第二次世界大战后,艾德礼领导的工党政府上台,着手制定"休养生息"的政策,但一系列"福利措施"并没有有效地恢复国内经济。在外交方面,则是危机频频发生,如印度宣告独立,巴勒斯坦托管权终结,等等。之后,保守党开始了长达14年的执政,但无论是邱吉尔、艾登,还是麦克米伦、霍姆,其恢复国内正常秩序的"新政"以及同美国的"特别关系"的修复,均没有使英国摆脱国内外困境。伊朗石油争端、矛矛党人起义、马来亚政治危机、苏伊士运河危机,等等,接踵而来。接下来工党和保守党的两次轮换,依然无法停止经济衰退和外交失利的步伐。他们或是遭遇了罗得西亚和南非的独立,或是陷入了越南战争和美苏冷战的泥潭,或是目睹了北爱尔兰的动乱,或是见证了与阿根廷的福克兰群岛的军事争夺。即便是撒切尔夫人的"铁腕",也未能挽救美英联军在阿富汗遭受重创。而布莱尔协助美国镇压塔利班,以及参与海湾战争、伊拉克战争,则使英国直接成为国际恐怖势力的报复目标。凡此种种,激起了许多英国人的政治、文化焦虑。他们担心恐怖分子袭击、战争持续爆发、外族人入侵;害怕科学技术爆炸、军备竞赛失控;担忧基督教根基被动摇,传统价值观被颠覆。总之,在当代英国,恐怖已经成为国民政治的中心话语,成为舆论导向的决定要素,成为社会动乱的主要源头。

然而,有焦虑就有宣泄,在宣泄、消解当代英国国民的政治、文化焦虑方面,哥特式小说是最好的文化形式。这是因为,哥特式小说自诞生之日

---

① Jerrold E. Hogle, ed. *The Cambridge Companion to Gothic Fiction.* Cambridge University Press, Cambridge, 2002, p. 260.

② Catherine Spooner. *Contemporary Gothic*. Reaktion Books, London, 2006, p. 8.

起,就以恐怖为中心,着力表现资本主义发展进程中,社会遭受侵扰的种种现实的、超自然的恐怖。这些恐怖,如前所述,实际上是 18 世纪末和 19 世纪初英国的政治、宗教、文化诸方面发生危机的反映。同样,在 19 世纪和 20 世纪之交,"帝国哥特"的兴起,以及亨利·哈格德、罗伯特·史蒂文森、赫·乔·威尔斯、布拉姆·斯托克、约瑟夫·康拉德、亚瑟·柯南·道尔等作家的作品畅销,也反映了同一时期英国社会上的一股重要文化思潮——对人类"退化"的恐惧。就这样,18 世纪末和 19 世纪初的英国社会焦点问题在后现代主义泛滥的当代英国重新浮现,20 世纪后半期英国国民的政治焦虑在大众媒体引导的哥特式文化中找到了安慰。后现代主义对事实和现实的重要内涵的排斥、对技术爆炸和媒体爆炸的迷恋,以及愈来愈强势的绝对自我意识和世俗主义泛滥,都浓缩成一个弥漫的、诡异的恐怖概念,化身为哥特式后现代小说。

在《哥特式文学》的"哥特式后现代主义"(Gothic Postmodernism),戴维·庞特和格伦妮丝·拜伦首次论述了哥特式小说和后现代小说的"相互融合"。他们指出,这两类小说都有许多共同的主题和议题,从而决定了一种新的小说类型——哥特式后现代小说——的命名。"哥特式小说和后现代小说有许多连接点,从中我们可以发现某种场所的变化,从一处到另一处的一系列转移和置换,以至于我们的版图稳定性意识——这种意识自最早的哥特式城堡传奇以来就一直存在——永远处在围攻之下,仅有那些出处和完整性都要大打折扣的手写稿才能让我们获得保证。"① 其他的连接点还有"对复制和分裂自我的关注"。人们也许可以说,"后现代小说是某种'萦绕'的场所,而且在这个意义上,从来没有摆脱过去的幽灵,哪怕是以不断(以及不断怀疑)重构过去为己任的时候。人们也许还可以说,后现代小说所涉及的德里达的'踪迹'、拉康的'不知'的概念,进一步证明了那种作为哥特式小说不变特征的视角扭曲,在后现代小说中找到了新的'安身地',而且这种历史扭曲恰恰与现代性的出现和死亡有关,与哥特式小说源于对启蒙主义的现代化进程的反动有关,与后现代主义对现代主义的后启蒙进程的复杂反抗和发展有关。"②

玛丽亚·比维尔(Maria Beville)认为,戴维·庞特和格伦妮丝·拜伦的上述论断指出了一种"新型哥特式文学的崛起",充分证明了"在文学和哲学的两个层面,哥特式小说要素存留在后现代主义的范式之中"。而且,她还把这种"存留"细分为四个方面:其一,对真实和虚拟的界线的模

---

① David Punter and Glennis Byron. *The Gothic*. Blackwell Publishing, 2004, p. 51.

② Ibid, pp. 51, 53.

糊导致叙述的自我意识化以及超自然与元小说技巧的交叉；其二，关注恐怖的"崇高"效应以及现实和主体的不可表述性；其三，运用"灵魂萦绕"、"活体幽灵"等手段，以及"善"与"恶"的二元观，体现独特的哥特式主题；其四，具有神秘、悬念的气氛和反叙述的功能。"可以说，18 世纪末和 19 世纪初的哥特式小说家在一定程度上洞察了人类状况，预见到文学将要朝后现代主义王国进化。譬如，哥特式文学的一个重要主题是关注我们与现实的分离，因而在形式上竭尽超自然、超现实之能事，并通过鬼魂、幽灵和荒诞古怪的'他者'的描述，给读者提供了一种与科学、理性相对立的现实。因而，我们可以推论，后现代主义想象——这种想象把虚拟的、幻想的价值看得高于量化的、有限的现实内涵——完全有可能被哥特式文学所激发。同样，我们完全可以解释哥特式文学在表现文学形态的后现代经验所起的基本作用——体验一个每天遭遇异化和死亡的冷漠世界中的黑暗、混乱、无意义和无权威。"①

三

　　安吉拉·卡特是 20 世纪 70 年代英国知名后现代小说家，也是英国最早尝试对后现代小说进行"哥特化"的小说家之一。她的这一时期的许多长、中、短篇小说，从《霍夫曼博士的恶魔欲望机器》(*The Infernal Desire Machines of Doctor Hoffman*，1972)到《除夕激情》(*The Passion of New Eve*，1977)，又从《烟火》(*Fireworks*，1974)到《血室》(*The Bloody Chamber*，1979)，被公认为是英国后现代小说的佳作。这些作品以"荒诞古怪"为"主要范式"，体现了结构上的"复杂性、多级性或多层性"，而且叙述具有反讽、戏拟、互文性、元小说等多种特征。② 但与此同时，这些小说又容纳有多种哥特式成分。这些成分被用以"忽视我们现有制度的价值系统"、与"世俗完全接轨"，"人物和事件被极度夸张"，"格调趋于矫揉造作、离奇古怪——抵制人们长久以来崇尚朴实的习惯"，并"保留有单一的

① Maria Beville. *Gothic-Postmodernism: Voicing the Terrors of Postmodernity*. Rodopi, Amsterdam and New York, 2009, p. 53.
② Neil Cornwell. *The Literary Fantastic: From Gothic to Postmodernism*. Harvester, Hempsted, 1990, pp. 145, 154.

道德功能——让人滋生不安情绪的功能",由此表达后现代社会的"恐怖心声"。①

在《霍夫曼博士的恶魔欲望机器》,叙述人即是男主角德西德里奥,他与读者一起被作者置于一场名副其实的"现实战争"。其中,现实作为荒诞、想象、紊乱和欲望的对立面,与秩序、理智、理性紧密相连。无名国务大臣和霍夫曼博士分别扮演超级自我和本我、现实原则和享乐原则的代表。然而,小说不仅仅是要向读者展示一个弗洛伊德式的心理分析故事。在这个故事的背后,还含有多重深刻寓意。首先,国务大臣作为现实和理性的傀儡,自始至终未在小说中露面,读者只是在小说开始时通过他与霍夫曼博士的使者的谈话记录才意识到他的存在。其次,国务大臣的对手——作为恶魔欲望化身的霍夫曼博士——也只是在小说结尾时才现身,不过自始至终以伪装的形式存在,如西洋景摊主、萨德安伯爵,等等。于是,小说中的"现实战争"已被置换到了作为叙述人或男主角的德西德里奥和作为霍夫曼博士女儿的阿尔贝蒂娜的两人活动的层面。

德西德里奥为国务大臣工作,被分派去拯救人类。这个使命意味着必须摧毁霍夫曼博士。在担任了"诚信检查官"之后,德西德里奥便去了一个城市的庙会。在那里,他遇见一个西洋景摊主,并对该摊主帐篷里摆设的"世界七大奇迹"蜡制模型——实际上是一系列被分割的人体器官(子宫、眼睛、乳房、头颅、阴茎,等等)以及它们所涉及的欲望的意象诠释——产生了浓厚的兴趣。另一个帐篷则存放着"某个少女最重要经历"的系列图画,画面上展示了传说中的睡美人正在被已经变成死神的王子亲吻。这些意象(蜡制模型、图画)与德西德里奥的"过去"和"将来"经历中的人物、事件有着惊人的相似。如"世界七大奇迹"蜡制模型中诠释的一个女人就颇似神秘而美丽的阿尔贝蒂娜,此前她曾作为黑天鹅和霍夫曼博士的男性使者在小说中现身。而蜡制子宫模型里的城堡,也作为霍夫曼博士的哥特式寓所在小说结尾重新出现。还有所谓睡美人的经历,也与德西德里奥"过去"与市长的女儿玛丽·安妮的色情遭遇(前一天晚上),以及她的"将来"的死亡(翌日清晨),显得完全一致。在发生这个命案之后,德西德里奥踏上了逃亡之路,警方指控他犯有诱奸罪、谋杀罪和冒充政府官员罪。接下来的小说段落里,他混迹于吉普赛人部落,以西洋景摊主侄儿的身份一个庙会、一个庙会地流浪,并先后落入食人族和半人

---

① Angela Carter. *Fireworks: Nine Profane Pieces.* Quartet Books,London,1974,p. 122.

半马的巨怪之手,直至最后抵达霍夫曼博士的城堡。①

这种"迫害—出逃—追踪"再现了《奥特兰托城堡》、《尤道弗的神秘》、《弗兰肯斯坦》中的经典场景,与哥特式"追寻"母题紧密相连。德西德里奥的使命是"死亡"——摧毁霍夫曼博士。但几乎从一开始,这个"死亡"使命就伴随着德西德里奥对阿尔贝蒂娜的爱情"追寻",并且不时被这个爱情"追寻"所替代,从而体现了弗洛伊德的爱欲与死亡不可分离的原则。一方面,德西德里奥追求、拯救阿尔贝蒂娜;另一方面,阿尔贝蒂娜也拯救德西德里奥。事实上,阿尔贝蒂娜一直是德西德里奥的伴侣,只不过大部分情况下装扮成声名显赫的萨德安伯爵的仆人拉弗勒。在这里,安吉拉·卡特再次运用了哥特式小说的身份变换、外表伪装、性格分离等创作技巧,而且,这些技巧的运用,已经被推到了一个反讽的极端。如果阿尔贝蒂娜,如同她所宣称的,"仅仅藉着德西德里奥的欲望的力量维系着自己的各种外表",那么代表理性的国务大臣和代表欲望的霍夫曼博士的两人身份也必须打上问号,因为正如霍夫曼博士的使者所指出的,"所有的角色都可以互换"。即是说,现实原则和享乐原则之间的清晰界限已经变得愈来愈模糊了。②

尽管整个小说中,德西德里奥遭遇了种种自我和欲望的哥特式转换,但他没有实现自身的唯一欲望——与阿尔贝蒂娜的结合。因为霍夫曼博士为德西德里奥和阿尔贝蒂娜准备的命运已经是,纳入"一个男人和一个女人在一个六英尺长、三英尺宽的金属丝床小天地里所做的一切"。为了避免自己真正成为一台"欲望机器",德西德里奥杀死了霍夫曼博士,也杀死了阿尔贝蒂娜。③ 对于德西德里奥杀死自己心爱的恋人,戴维·庞特的解读是,不但体现了德西德里奥"被国务大臣的社会,以及被显然是属于既有次序和极权守旧的社会所形成的政治抱负的失败",而且体现了"20世纪60年代,尤其是解放领袖赖克和马库斯的政治抱负的失败"。④ 而丽卡达·施米特(Ricarda Schmidt)则把这种谋杀看成是安吉拉·卡特试图展示"欲望的绝对规则如同理性的绝对规则一样有可能使生命变得压抑、不生育和无变化",以及证明"欲望的承诺总是能完全实现的,但不能保证

---

① Angela Carter. *The Infernal Desire Machines of Doctor Hoffman*. Penguin Books,Harmondsworth,1982, pp. 27,40,42,58,62,128.
② Ibid, pp. 204,39.
③ Ibid, p. 214.
④ David Punter. "Angela Carter: Supersessions of the Masculine", in *Critique* 25:4 (1984), pp. 209 - 222;211,213.

第三编 演进论

幸福和自由"。① 对于戴维·庞特和丽卡达·施米特这两种解读,比特·诺梅耶(Beate Neumeier)认为似乎都是以某种欲望王国的可及性为先决条件,没有顾及它的具体内涵和构成法则,并且多半是以伴有痛苦的被压抑者的回归的哥特式小说形式来解释的。但是,从整部小说来看,这种谋杀还显示了欲望和作家表现的欲望样品之间的不可分离性。从这个意义上说,安吉拉·卡特的这部小说也可以解读为试图从心理分析层面"将欲望圈定在笼内",以及将欲望界定为理智和理性的"他者"的一种戏拟。②

于是,在安吉拉·卡特的笔下,霍夫曼博士被赋予"弗洛伊德式诡异"和"哥特式恐怖"的双重色彩,并且以多种方式向读者提示两者的不可分割性。其一,弗洛伊德的诡异理论的建立与德国浪漫主义作家霍夫曼的某部恐怖小说有联系;其二,小说中出现了霍夫曼博士模拟分析的场景。其时,霍夫曼正坐在一张板凳上,手里握着一个躺在长榻上的女人的手。然而,如同大多数经典哥特式小说所描述的那样,这个女人原来是用防腐剂保存的霍夫曼博士的已故妻子的尸体。欲望依旧是一个零概念,是一个如同死亡一般的纯缺失。因而德西德里奥的色欲追寻必定同时意味着一种张力。与此同时,欲望作为一个空泛的术语,被界定为一种缺乏,必须被赋予一个客体,因而充满了意义。必需的死亡依旧是一个想象的空间,一个非现实的空间,仅仅通过作为差异、作为他者、作为死后王国的现实才获得意义。在这个方面,难以名状的死亡空间和非方向性的欲望运动都指向一个空缺点或一个绝对零点。但是,因为空缺无法描述,我们被嘲讽地留下防腐剂保存的尸体和无法消除的欲望(如杀死阿尔贝蒂娜)。而且,欲望作为一种记忆叙述,必然会回归——当然是以另一种表现形式回归。

如果说,安吉拉·卡特的《霍夫曼博士的恶魔欲望机器》是以"欲望和死亡"为情节媒介,表现后现代社会中"人欲横流"的"虚无"本质,那么,在詹姆斯·巴拉德的《撞车》(Crash,1973)中,作者同样抨击了这种本质,只不过情节媒介并非赤裸裸的"欲望和死亡",而是表面似乎互不相干的"色情和机器"。詹姆斯·巴拉德,20 世纪 70 年代英国又一知名后现代派小说作家,著有《撞车》、《水泥岛》(Concrete Island,1974)、《高涨》(High

---

① Ricarda Schmidt. "The Journey of the Subject in Angela Carter's Fiction", in *Textual Practice* 3:1 (1989), pp. 56–57, 61.

② Beate Neumeier. "Postmodern Gothic: Desire and Reality in Angela Carter's Writing", in *Modern Gothic: A Reader*, edited by Victor Sage and Allan Lloyd Smith. Manchester University Press, Manchester, 1996, pp. 141–151.

Rise，1875)等"城市灾难三部曲"，以及《暴行展示》(*The Atrocity Exhibition*，1970)、《鲜红色的沙滩》(*Vermilion Sands*，1971)等多部短篇小说集。其中，最有名、最富有挑战性的当属《撞车》。1975 年，在当年问世的法文版《撞车》，詹姆斯·巴拉德写了一篇"引言"，该"引言"堪称他的"后现代小说宣言"：

"值得注意的是，过去数十年间虚拟和现实之间的平衡被打破了。它们的作用愈来愈逆转了。我们生活在一个由各种虚拟统治的世界——大众销售，广告宣传，作为广告宣传分支的行为政治，任何先发制人的电视屏幕经验第一反应。我们不啻生活在一本巨型小说之中。作家虚构小说情节变得愈来愈多余。虚拟已经在那里存在。作家的任务是编造现实。过去我们一直以为，周围的外部世界无论怎样含混、不确定，都代表现实；而我们心里的内部世界，它的梦想、喝彩和抱负，代表荒诞和想象的王国。这些作用，我似乎觉得，现在已经被颠倒了。最审慎、最有效地处理周围世界的方法是假设它完全虚拟——相反地，现实留给我们的是头脑中的一个小节点。弗洛伊德关于梦的潜在性和显露性、表面性和真实性区别的典型论述，现在需要应用于所谓真实的外部世界。"①

而且，也正如詹姆斯·巴拉德所宣示的，《撞车》确实描绘了一幅"极端"的后现代社会图画。该小说的主人公名叫沃恩，是个"电视科学家"，因一次独特的"撞车经历"，产生了对女人和失事汽车的性幻想，而且此后他对这种性幻想的迷恋，已经到了不能自拔的地步。正因为如此，他去伦敦郊外"公路研究工作实验室"观看"汽车碰撞试验"，又去高速公路的汽车失事现场拍摄"遭受致命重伤"的女司机的照片，还把女人带到堆放废弃汽车的场地，在失事汽车的躯壳中进行性交。而那些在汽车失事中幸存的男男女女，也一个个成了变态的性幻想者，其中不乏政界要人和大腕明星。他们不约而同地聚集在沃恩的麾下，策划、再现一个个惊心动魄的汽车碰撞场面，从中获取极度的性快感。对于大名鼎鼎的电影明星伊丽莎白·泰勒，沃恩仰慕已久，于是他悄悄跟踪，拍摄她在宾馆起居的各种照片，又从"整形手术教科书"上挖下血淋淋的女性人头镜像，用电脑拼接成"遭受车祸后的伊丽莎白·泰勒"，进行自我欣赏。沃恩的最后一次"精彩"表演是驾驶汽车撞向伊丽莎白·泰勒乘坐的豪华轿车。不过，这次他未能成为获取极度快感的"幸存者"，而是死在凄然泪下的伊丽莎白·泰勒的脚下。就这样，交通事故中汽车之间的"碰撞"，被不可思议地当做男

---

① J. G. Ballard. Introduction to *Crash*. Vintage London，1995，p. 4.

女性交的"性意象",从而体现了威廉·伯勒斯(William Burroughs,1914-1997)所说的"汽车碰撞能比一幅春宫图更富于性刺激"的论断。①

马克·塞尔策(Mark Seltzer)认为,这种"因荒谬科技而滋生新的性兴趣"可以称之为"伤文化"(wound culture)。而"伤文化",即撕裂身体,让人们能够看见身体里面的状况,是后现代社会的一种强有力的想象方式。我们之所以被詹姆斯·巴拉德所描述的大规模的"暴行展示"所吸引,被"身体与科技之间的接触"所震惊,是因为我们迷恋当代文化的暴力描述。詹姆斯·巴拉德作为"一个引人入胜的'伤文化'的描述者",十分重视内部空间和外部空间、个人领域和公众领域的坍塌。② 小说中,当沃恩拍摄车祸中的年轻幸存者加布里埃尔时,巴拉德(与作者同名的男主人公)居然注意到"她狡黠的眼睛显然意识到沃恩对她真正感兴趣"。③ 这即是说,构成她的创伤的不仅是已经被撕裂的身体,还有窥探她的身体和心灵的欲望。

而且,沃恩在自己的"摄制工作室",把加布里埃尔的"档案资料"交给巴拉德,巴拉德首先映入眼帘的是她被警察、医生、观众团团包围的车祸现场,其次是她在车祸中所受的严重伤害,然后是她的汽车残骸,再就是她在医院里的治疗和康复。巴拉德看着她腿上的巨大创伤、裹腿夹板和支撑托架,开始觉得她就是"科技"与一切汽车碰撞中瞬时展示的"性"的结合的永久化身。汽车碰撞已经完全改变了她,把她从一个"传统型年轻姑娘"——她的匀称的五官和没有弹性的皮肤说明了这样一个经济状况,生活悠闲自得,偶尔坐在廉价汽车的后座享受调情之乐,没有意识到自己身体的真正潜力——变成了一个由人类色欲和科技情欲所合成的、具有强烈机械性欲特征的"新生"女人。她所坐的动力化金属轮椅也颇似一辆与身体焊接的微型汽车,有着让自己的性特征公开化效果,因为坐姿朝一旁正在注目的男人——沃恩和巴拉德——强调了自己的膝部和耻骨。"这辆跑车已被撞瘪的身体使她的性特征变得自由、反常,在扭曲的驾驶舱和滴答着发动机冷却剂的躯壳,释放她的所有的乖戾的性能力。"④ 显然,这里的"冷却剂"也喻指人的精液和鲜血,从而体现了内部和外部、人类和机器的融合。对于詹姆斯·巴拉德,这是后现代社会中"隐匿的异常

---

① J. G. Ballard. *The Atrocity Exhibition,* with a Preface by William Burroughs. Harper Perennial, London, 2001, p. 7.

② Mark Seltzer. *Serial Killers: Death and Life in America's Wound Culture*. Routledge, London and New York, 1998, pp. 253, 264.

③ J. G. Ballard. *Crash*. Vintage London, 1995, p. 100.

④ Ibid, pp. 96, 99.

逻辑比理性逻辑更有威力"的铁证,也是"现代科技改变了人性"的铁证。①

　　然而,在沃恩、巴拉德等人迷恋"撞车"、渴望从汽车碰撞中获得性刺激的情节描写背后,还隐匿着一种"哥特化"的浮士德式主题。人的精神生活总是需要宣泄的,一旦找不到正确的宣泄途径,就会在精神上产生焦虑,滋生出"过度"、"狂乱"、"病态"的想象。这时候,许许多多的乖戾行为,如疯狂占有、特殊癖好、偏执多疑,等等,就会起作用。而且,随着当事者对各种层面的超出社会存在约束的经验追求,上述种种"与魔鬼交换灵魂"的乖戾行为的程度也会加剧,从而形成浮士德式悲剧。18世纪末和19世纪初的许多哥特式小说,如威廉·贝克福德的《瓦塞克》、马修·刘易斯的《修道士》、威廉·戈德温的《确有其事》、查尔斯·马图林的《漂泊者梅尔摩斯》,等等,都描写过这样的浮士德式悲剧。同样,在沃恩、巴拉德等人的精神世界,后现代焦虑已经滋生出"过度"、"狂乱"、"病态"的想象。一方面,车祸中的汽车碰撞已经异化成男女之间的"性"意象;另一方面,"创伤"、"冲击"、"破碎",这些本属普通意义的词汇,也变成了人与机器的理想遭遇的象征。不止一次,沃恩构想着泰勒撞车后的"惊魂"场景。那是"一个刚出生即夭折的阿芙罗狄蒂女神","脸贴着已被击碎的彩色挡风玻璃,周围结满了霜冻"。他之所以要给梦寐以求的撞车场景染上神话色彩,不独受到这个经典神话的启示,还受到中世纪图像学的激励。正是中世纪图像学,让他想象出这个电影明星的"子宫"被"汽车制造商的纹章饰物的鸟嘴图案所戳穿"。② 而且,局部的"人体受伤"扩展到了全景式的"人类消亡",因为"整个世界终结在一次连环汽车碰撞中,无计其数的车辆首尾相连,人体器官和发动机冷却剂如同年终国会的口水战那样四处乱溅"。③ 只有在享受这些"过度"、"狂乱"、"病态"的想象的时候,沃恩才能与这个世界的外形和运动保持一致,否则他会把这个世界看成是杂乱的、静态的。正如哥特式小说中的"浮士德"被描写成一个不满足于传统知识形式的学者,沃恩也被描写为一个背叛理性思维的科学家。《撞车》描绘了"现代主义试图通过科技解决社会问题的梦想已不再生效",代表着"科技乌托邦主义的幻灭"。④

　　作为一个印度裔英国人,萨曼·拉什迪有着与安吉拉·卡特、詹姆

---

① J. G. Ballard. *Crash*. Vintage London, 1995, p. 6.

② Ibid, p. 7.

③ Ibid, p. 13.

④ Scott McCracken. *Pulp: Reading Popular Fiction*. Manchester University Press, Manchester, 1998, p. 112.

斯·巴拉德不同的人生经历。但是，他与安吉拉·卡特、詹姆斯·巴拉德一样，也是当代英国脍炙人口的后现代小说家。早在 20 世纪 80 年代初，他的第二部长篇小说《午夜孩子》(*Midnight's Children*，1981) 就赢得了人们的瞩目。该书荣获 1981 年"布克"奖，并被誉为英国历史元小说的典范。① 20 世纪 80 年代末，他的第四部长篇小说《撒旦诗篇》(*The Satanic Verses*，1988) 又赢得了人们的更大瞩目。该小说不但获得当年的"惠特布雷德"奖，还被列入战后最伟大作品的书单，萨曼·拉什迪本人也因此成为"1945 年以来 50 个最伟大的作家之一"。这种"走红"，固然与该书在伊斯兰国家被列为禁书，以及伊朗精神领袖霍梅尼下令对萨曼·拉什迪和他的出版商进行全球性追杀有关，但最根本的，还在于它成功地表现了"移居、变迁、分裂、爱情、死亡、伦敦和孟买"，是"迄今关于不列颠移民经历的鸿篇巨著"。②

　　同《午夜孩子》一样，《撒旦诗篇》也是一部英国历史元小说。它采用了"框架叙述"(frame narrative) 的情节结构，故事的主体是印度侨民在当代英格兰的生活，其中交织有一系列的由主人公逐个叙述的次要情节。该书的两个主人公，法里什塔和查姆查，均为印度伊斯兰背景的男演员。前者是"宝莱坞"的超级明星，擅长出演印度神灵，而后者是一个摆脱了印度身份的移民，在英格兰担任"旁白"演员。小说一开始，两人都被困在一架被劫持的飞机上。随后，飞机在英吉利海峡上空爆炸，但两人奇迹般生还。而且，在某种超自然力量的作用下，法里什塔的个性变得像天使长加百列，而查姆查的个性则变得像魔鬼撒旦。这种"神话化"以及其他"宗教或非宗教层面的虚拟化"的叙事特征，正是后现代理论家布赖恩·麦克黑尔(Brian McHale) 把《撒旦诗篇》称为"后现代主义荒诞小说"的原因之所在。③

　　接下来，在法里什塔和查姆查分别叙述的"故事中故事"，萨曼·拉什迪继续演绎着后现代主义的"荒诞神话"。譬如，在小说第 2 章"穆罕默德"，讽刺作家巴力献出了自己参加诗歌竞赛的"撒旦诗篇"，而"撒旦诗篇"正是整部小说的标题。这就告诉读者，《撒旦诗篇》强调创作的虚拟过程，是一部关于"小说的小说"。又如，在小说第 5 章"一座可见而未被发

① Bran Nicol. *The Cambridge Introduction to Postmodern Fiction*. Cambridge University Press，Cambridge，2009，p. 124.

② Rebecca L. Walkowitz. *Cosmopolitan Style: Modernism Beyond the Nation*. Columbia University Press，New York，2006，pp. 134–135.

③ D. M. Fletcher，ed. *Reading Rushdie: Perspectives on the Fiction of Salman Rushdie*. Amsterdam，Rodopi，1994，p.155.

现的城市"里,萨曼·拉什迪借哈吉·苏菲安之口详细讨论了查姆查"魔鬼化"之后的"自我丧失"。哈吉·苏菲安介绍说,有两种关于"自我丧失"的本质看法。一种来自哲学家卢克莱修,认为"自我丧失"意味着"冲垮堤岸"、"突破极限"和"原有自我的即刻死亡"。另一种来自诗人奥维,认为"自我丧失""如同柔软的蜡被打上了新的印记","形状改变,但本质仍然如旧","灵魂也是原来的","只不过采取了另外的永远变化的形式"。对于哈吉·苏菲安,当然是"选择奥维超过卢克莱修",而查姆查却"选择卢克莱修超过奥维",等于承认"灵魂无常,万物易变,这个'我',只是万物中一粒尘埃。一个人一生可以成为他自己的他者,成为另一个人,与历史割断,没有联系"。这种"选择"导致他"成为新的自我","成为现时变化之所在"。① 其结果是,查姆查取得了有别于之前的关于现实的"另外"的视角。他被赋予一种阈限,一种混合的、无法控制的自我概念。毋庸置疑,在这里,萨曼·拉什迪宣扬了一种"存在即合理"的存在主义哲学观念,而这种观念正是后现代主义的一个核心概念。这也印证了后现代理论家琳达·哈琴关于《撒旦诗篇》的一个论断,即这部小说"确实是后现代主义的一个文本",具有后现代主义的"批评潜势",尤其是"解构"的功能,"破坏中心的稳定,没有给边缘以特权"。②

不过,《撒旦诗篇》没有简单地按照后现代主义惯有的主题和策略来表现后现代社会或后殖民社会的状况。恰恰相反,它以自身的包容性和自我意识,挑战一切按照思想体系进行文学分类的尝试,并通过哥特式文本和后现代主义文本这两种形式的融合,实现自身具有独特风格的文学形式——哥特式后现代小说。而且,它在这样做的同时,还反抗某些基于整体和统一、既涉及感受能力又与主体性有关的西方文化意识。不过,该小说的最大功绩还在于借用哥特式小说的创作要素,描绘、质疑后现代性的暴力和恐怖。譬如,在小说的第7章"天使阿兹雷尔",萨曼·拉什迪如此描写查姆查的梦幻般视觉感受:

"他强制性地跳换遥控器的频道,一会儿就看完了许多电视节目,因为他像电视画面中那个蜷缩在街角的邋遢男孩,是当今遥控文化的一分子;他也能够领悟——至少能够通过幻想画面领悟——他的遥控器所带来的混合而成的电视巨怪……这个遥控装置是校平器——20世纪的普罗克汝斯忒斯之床;它砍去了'至关紧要',将'微不足道'尽量延伸,直至电

---

① Salman Rushdie. *The Satanic Verses*. Picador Books, USA, 1998, pp. 288, 289.

② D. M. Fletcher, ed. *Reading Rushdie: Perspectives on the Fiction of Salman Rushdie*. Amsterdam, Rodopi, 1994, p.5.

第三编 演进论

视机接收的所有节目——商业广告、谋杀、竞技，以及千变万化的真实、想象的享乐和恐惧——获得同样的分量……原来的普罗克汝斯忒斯，此时成了'传递'文化的市民，不得不练习智力和体力，而他，查姆查，可以懒洋洋地靠着'帕克-诺尔'躺椅，让自己的手指进行砍杀。他懒散地变换频道时，仿佛电视机内充满了怪物：有'马特斯'，沃博士的基因突变体，这些怪诞的人种似乎是不同类型的工业机器杂交的产物。"①

在这里，小说的历史框架叙述已经融入了种种后现代社会的"现实"场景。读者能从这些场景中清楚地感受到愈来愈强势的自反性公共领域以及那种只有在当代社会中通过媒体和技术才能领悟的虚拟维度的自我概念。但与此同时，他们又感受到在这些叙述背后所隐匿的某种哥特式讥讽和恐怖。显然，作者在告诉我们，哥特式恐怖并非仅仅存在于哥特式小说的幻想世界，它还存在于当代社会现实，存在于人们日常生活的方方面面，并时时冲撞理性的极限，消除道德改进的欲望，与此同时，又不断获得自己新的身份。而且，正因为它已经融入了当代社会的实际生活，人们对它习以为常，熟视无睹。

同样的哥特式想象和恐怖还突出地表现在小说第 7 章"天使艾瑞尔"的某些场景描写。在这里，哥特式恐怖的概念成了揭露伦敦城内失去人性的歹徒的利器。但见"巴比伦敦"中，乌云密布，阴风四起。歹徒们聚集在一起，形成了"行走的尸体，成堆、成堆的行走尸体，他们根本不承认自己干的坏事"，而且，"举止像活人、上商店购物、挤公共汽车、调情、回家做爱、抽烟"。但是，这些歹徒实际"已经死去"，因此必须对他们大喝一声，"活尸，滚回你们的坟墓"。然而，对于这种呵斥，"他们不听，或者发笑，或者面露尴尬，或者握起拳头以示威胁"。②

值得注意的是，在《撒旦诗篇》所采用的种种哥特式恐怖描写中，还包括脍炙人口的"活体幽灵"。一方面，加百列、萨拉丁分别是法里什塔、查姆查的"改变自我"；另一方面，法里什塔和查姆查也彼此构成"第二自我"。只不过在这种构成中，查姆查是有意为之，而法里什塔则是情势所逼。而且，他们两个人当中没有一个人意识到彼此是"同一个钱币的两面"，已经在"转变降临时"相互渗透。这种相互渗透已经在小说中多次提及。如小说第 1 章"天使加百列"里的"要当心查姆查，注意寻找你的阴影。那个黑色家伙就匍匐在后面"；小说第 7 章"天使艾瑞尔"里的"难道这两个人，他们不是对手，彼此视对方为自己的阴影？"；"我们能否说得更

---

① Salman Rushdie. *The Satanic Verses*. Picador Books，USA，1998，pp. 405 – 406.

② Ibid，pp. 459，458.

准确一些？甚至可以说，这两个人是两种基本不同类型的自我?"稍后，萨曼·拉什迪又对这个问题做了修正，认为不能把他们称为两种不同类型的自我，因为把自我看成同质的、非杂交的，"完全是荒诞的概念"。我们必须把他们看成是彼此的固有部分，看成是彼此对话体的另一半。①

　　通过以上种种分析，我们可以得出结论：后现代社会是一个高度信息化、科技化的社会，也是一个充满了各种恐怖现象的社会，这些恐怖不可避免地导致后现代小说家从哥特式小说中寻找精神食粮和创作养料，由此滋生了哥特式后现代小说。哥特式后现代小说是一种"哥特化"的后现代小说。一方面，它是后现代小说，具有后现代小说的种种叙事特征；但另一方面，它又容纳有哥特式小说的许多成分，采用了哥特式小说的种种表现手段。其核心策略是利用后现代小说和哥特式小说的"场域交叉"，表达后现代社会的"恐怖心声"。

① Salman Rushdie. *The Satanic Verses*. Picador Books，USA，1998，pp. 426，53，427.

结论

　　以上我们依据当代西方类型理论的批评视角以及封闭性英国哥特式小说的定义，并结合当代西方文学理论，考察了当代类型意义的英国哥特式小说的主要特征。不难看出，这种考察是"立体"的，即把视角置于平面意义的英国哥特式小说的内容和形式之外，多层次、多等级地揭示其文本结构特征。与此同时，这种考察又是"动态"的，即把英国哥特式小说看成"社会行动的类型"，强调社会的因素，关注话语如何反映诠释者的经验。这也即是说，将整个英国哥特式小说置于18世纪末和19世纪初的英国社会的大环境中，考察既定境遇中作者、读者、文本、社会之间的相互作用和交际活动，以及在这种作用和活动中所创造的具有独特效果的形式和内容的特征集合体，以此揭示英国哥特式小说的发生、发展、演变的规律以及同其他小说之间的本质联系。

　　18世纪末和19世纪初的大不列颠王国，正处在"第一帝国土崩瓦解"、"第二帝国迅速崛起"的历史阶段。各种矛盾汇集在一起，构成了"剪不断，理还乱"的社会乱象。尽管英法"七年战争"已经结束，但两国争夺北美殖民地和世界贸易霸权的斗争仍在持续。这些旷日持久、你死我活的"鲸象之战"，严重影响了大不列颠的国内政治，尤其是自"光荣革命"以来的王权斗争。一方面，代表王室和贵族利益的乔治三世借着"忠君爱国"的口号,肆意强化自"光荣革命"以来被削弱的王权;另一方面,代表中、下层阶级利益的政治精英又打出"天赋人权"的旗帜,竭力推进业已遭到蹂躏的民主统治。面对国内愈来愈强势的民主运动,乔治三世采取了高压政策,由此引燃了激烈的暴力冲突和反政府骚乱。这些政治恶斗原本就裹挟着宗教争端。随着宗教的进一步政治化,自然神论者开始占据社会潮流,他们猛烈地抨击传统基督教的既定教义和实践规则,指责英国基督教教会的专制和腐朽,其宗教理性化和世俗化的主张,不仅带来了"反教权主义",也带来了"反犹太情结"和"罗马敌视"。与此同时,工业革命浪潮汹涌,新兴资产阶级登上历史舞台。他们出于经济势力扩张的需求,呼吁"变革"政治制度。在文学艺术领域,由这种"变革"所主导的一系列"颠覆"行动也浮出水面,其核心诉求是反对启蒙主义的理性,推崇个人主义的情感。据此,不少文学艺术家推出了以"过度、夸大、粗野、狂乱"见长、反映"哥特式"复古心绪的作品。如此"反对理性主义"的艺术意境也成为房屋建筑和园林设计的时尚。

这一时期的英国哥特式小说的崛起,正是上述英国社会的政治、经济、宗教、哲学、科学、文学、艺术等领域综合情势的折射和反映。一方面,启蒙主义思潮的"反动"带来了中世纪的"非理性主义"的复兴,由此,"哥特式"的文化价值发生转移,其词汇内涵从原来指代负面意义的"野蛮"、"愚昧",演变成具有中性意义的"中世纪未知特征",并进而演变成一个在结构上与古典主义相对立的时髦话语。另一方面,作为"大众阅读主体"的中产阶级的复杂的政治心态又影响了哥特式小说的复制和接受。这些刚刚从工业革命中诞生的"大小商人、工厂主",以及"医生、律师、经纪人",经济上已经独立,但期待阶级地位的提升,并对这种前景的不明朗感到"焦虑"。然而,他们出于自身的阶级特点,希冀社会形式的稳定,不赞成任何暴力和过激行为,并对封建社会结构和等级制度的逐步瓦解心存疑虑,甚至艳羡中世纪以来的王室、爵位的文化价值观。所有这些,无不迎合了哥特式小说的政治主题和艺术表现。与此同时,宗教的政治化、理性化也建构了新教主义的"哥特式"文化焦虑。随着罗马天主教和犹太教被妖魔化,神甫和异教徒成为专制主义的化身,他们被认定为"迷信"、"伪善",是根深蒂固的敌人。此外,伴随着社会上"非理性主义"浪潮的兴起,民间文学、莎士比亚戏剧、浪漫主义诗歌等文学形式的超现实主义创作传统获得了青睐,其"神人合一"的"超自然活力"构成了哥特式小说的重要"文学根基"。

英国哥特式小说具有多项社会功能和目的,其美学基础是埃德蒙·

伯克的"崇高和美丽"的理论。在埃德蒙·伯克看来,崇高经验是一种强烈的感知、情感的激发过程,而恐怖是崇高经验之源。由于这里的恐怖意识只是来自"思想王国",因而也会带来乐趣,条件是恐怖源不能"逼迫太近"。而且,正如"崇高"能在大脑激发痛苦、危险、死亡等恐怖意识一样,"美丽"也能在大脑产生同情、模拟、欲望等社会情感。由此,"崇高"代表"男性气质"和"分裂势力",象征着"自私"和"专制";而"美丽"也代表"女性气质",象征着"通达"和"民主"。以上这些美学原则对于哥特式小说的创作和欣赏具有根本的指导意义。同样,英国哥特式小说也具有多项表现主题,其中心主题是表达"国民身份"、"爱国形象"和"异族憎恨"。在哥特式小说作家的笔下,新教教义的爱国英雄被描绘为典型的"自我"。他们不但"高尚",并且"诚挚"。而"诚挚"意味着"纯粹、洁净、真实、认真和正直"。鉴于他们是上帝的选民,上帝眷顾他们,眼前困难对于他们只不过是"磨炼"和"试探"。与这种正面人物的形象描写相对应,笃信天主教的法国人、西班牙人和意大利人则被描绘成典型的"他者"。他们不但"野蛮、凶恶、污秽",还是"政治异己分子",无时无刻不企图颠覆新教教义的大不列颠的统治。在性别策略方面,英国哥特式小说也有"女性哥特"和"男性哥特"之分。前者基于女性作者的个人经历和心理感受,描述女主人公认识、挑战父权制社会结构的艰难历程以及寻觅缺失母亲的痛苦经历,其中女性人物是受害的主要对象,而具有犯罪倾向的男性构成了她的最大威胁;后者则以男性作者的男性身份缺失的心理感受为基础,演绎被压制的"同性恋欲望",其中涉及"女子气"、"同性恋"和"阴阳人"。这些异常性行为用"酷儿"理论的批评话语来说,均是"酷儿"行径。英国哥特式小说的核心创作要素是"鬼魂"、"巨怪"和"活体幽灵"。小说中,这些要素已经不限于自身的文本含义。它们是虚拟的想象,以特定的文学形式帮助构筑了小说情节,展示了男女主人公的种种精神创伤。但与此同时,它们也是真实的存在,由产生的文化所萦绕,体现了当时的英国的复杂的社会历史情境。

上述英国哥特式小说的审美情趣、中心主题、性别策略和创作要素并没有随着该小说类型的消亡而消亡,而是深刻地影响了19、20世纪的通俗文学和严肃文学,促成了历史小说、科学小说、帝国小说、哥特式后现代小说等多种小说的成形。沃尔特·司各特的历史小说融入了"哥特式"的"传奇"结构和"怪诞、神秘、恐怖"的创作技巧,由此不但展示了历史"真实"的魅力,也显现出历史"虚构"的风采。而在玛丽·雪莱的《弗兰肯斯坦》所开启的维多利亚科学小说中,现实与幻想相互交织,"哥特式"梦魇占据了大部分艺术空间,并在将"科学"超现实主义化的同时,给外在的"非人"以合理的解释。同样,亨利·哈格德、罗伯特·史蒂文森、赫·乔·威尔斯、布拉姆·斯托克、亚瑟·柯南·道尔等人的帝国小说,以哥特式视角看待帝国扩张和种族歧视,所谓人性的全面"退化",实际上是"帝国焦虑"的折射。而且,小说中有关"他者"的恶魔般"兽性"的人物塑造,以及殖民地"神秘、凶险"的场景描写,也不啻给"海外殖民"的正当性做了详细脚注。此外安吉拉·卡特、詹姆斯·巴拉德、萨曼·拉什迪等人的哥特式后现代小说,熔哥特式"恐怖"和后现代社会的"虚无"于一炉,或是再现"迫害—出逃—追踪"的典型场景,或是重复"与魔鬼交换灵魂"的浮士德式主题,或是演绎"活体幽灵"的邪恶和荒唐,从而实现了后现代小说和哥特式小说的"场域交叉"。

英国哥特式小说对历史小说、科学小说、帝国小说、哥特式后现代小说的渗透和影响,凸显其核心文化价值——自启蒙主义时代逐步建立的"哥特式"文化价值——具有普遍性和延续性。时代在变,但民众追求社会稳定、害怕恐怖现实的心态没有变。"哥特式"文化从来就是"晴雨表",每逢历史发展到某个紧要关头,社会上便会出现某种"焦虑",这时文学家就会挺身而出,从哥特式小说中借鉴这样那样的要素,于是,新的文学形式应运而生。而民众也热衷于阅读这种新的文学形式,借以宣泄情绪,消解"焦虑"。从这个意义上说,在将来,英国哥特式小说还会发挥其影响力,当然,不仅是在小说领域,也不仅是在英国国土。

主要参考书目

Aldiss, Brian. *Billion Year Spree: The History of Science Fiction*. London: Weidenfeld and Nicolson, 1973.

Anderson, Benedict. *Imagined Communities: Reflections on the Origin and Spread of Nationalism,* Revised Edition. London: Verso, 1991.

Armitage, David. *Ideological Origins of the British Empire Ideas*. Cambridge: Cambridge University Press, 2000.

Ashcroft, Bill, et al. *Empire Writes Back: Theory and Practice in Post-Colonial Literatures*. London: Taylor and Francis Routledge, 1989.

Austin, Jane. *Northanger Abbey, Lady Susan, The Watsons, Sanditon*, edited by James Kinsley and John Davis, Oxford: Oxford University Press, 2003.

Ballantyne, Tony. *Orientalism and Race: Aryanism in the British Empire*. New York: Palgrave, 2002.

Ballard, J. G. *Crash*. London: Vintage, 1995.

Ballard, J. G. *The Atrocity Exhibition*, with a Preface by William Burroughs. London: Harper Perennial, 2001.

Barber, Richard W. *Myths and Legends of the British Isles*. United Kingdom: Boydell and Brewer, 1999.

Baudrillard, Jean. *Simulacra and Simulation*, translated by Sheila Faria Glases. Ann Arbon: University of Michigan Press, 1994.

Becker, Susanne. *Gothic Forms of Feminine Fictions.* Manchester:

Manchester University Press, 1999.

Behrendt, Stephen C., ed. *Shelley's Frankenstein*. New York: Hungry Minds, Inc., 2001.

Beville, Maria. *Gothic-Postmodernism: Voicing the Terrors of Postmodernity*. Amsterdam and New York: Rodopi, 2009.

Bleiler, E. F., ed. *Three Gothic Novels*. New York: Dover Publications, Inc., 1966.

Bleiler, Everett F. *Science-Fiction: The Gernsback Years*. Kent: The Kent State University Press, 1998.

Birkhead, Edith. *The Tale of Terror: A Study of the Gothic Romance*. New York: Russelland Russell, 1963.

Bomarito, Jessica and Jerrold E. Hogle, ed. *Gothic Literature: A Gale Critical Companion*. United States: Thomson Gale, 2006.

Botting, Fred. *Gothic*. London: Routledge, 1996.

Bould, Mark, et al., eds. *The Routledge Companion to Science Fiction*. Abingdon: Routledge, 2009.

Bruhm, Steven. *Gothic Bodies: The Politics of Pain in Romantic Fiction*. Philadelphia: University of Pennsylvania Press, 1994.

Burke, Edmund. *Reflections on the Revolution in France*. London: J. M. Dent and Sons, 1955.

Burke, Edmund. *A Philosophical Enquiry into the Origin of Our Ideas of the Sublime and Beautiful*, edited and introduced by J. T. Boulton. London: Routledge and Kegan Paul, 1958.

Carroll, Noël. *The Philosophy of Horror; or, Paradoxes of the Heart*. New York: Routledge, 1990.

Carter, Angela. *The Infernal Desire Machines of Doctor Hoffman*. Harmondsworth: Penguin Books, 1982.

Castle, Terry. *The Female Thermometer: Eighteenth-Century Culture and the Invention of the Uncanny*. Oxford: Oxford University Press, 1995.

Cavaliero, Glen. *The Supernatural and English Fiction*. Oxford: Oxford University Press, 1995.

Chapman, Guy. *Beckford: A Biography*. London: Jonathan Cape, 1937.

Clemens, Valdine. *The Return of the Repressed: Gothic Horror from The Castle of Otranto to Alien*. Albany: State University of New York Press, 1999.

Clery, E. J. *The Rise of Supernatural Fiction, 1762 – 1800*. Cambridge: Cambridge University Press, 1995.

Clery, E. J. and Robert Miles, eds. *Gothic Documents: A Sourcebook 1700 – 1820*. Manchester: Manchester University Press, 2000.

Cohen, Jeffrey Jerome, ed. *Monster Theory: Reading Culture*. Minneapolis: University of Minnesota Press, 1996.

Colley, Linda. *Britons: Forging the Nation 1707 – 1837*. New Heavon: Yale University

Press, 2005.

Conrad, Joseph. *Heart of Darkness and Other Tales*, edited with an Introduction and Notes by Cedric Watts. Oxford: Oxford University Press, 1998.

Cornwell, Neil. *The Literary Fantastic: From Gothic to Postmodernism*. Hempsted: Harvester, 1990.

Curties, T. J. Horsley. *The Monk of Udolpho*, edited by Devendra P. Varma. New York: Arno, 1977.

Dacre, Charlotte. *Confessions of the Nun of St. Omer*, edited by Devendra P. Varma. New York: Arno, 1972.

Dacre, Charlotte. *Zofloya; or, The Moor: A Romance of the Fifteenth Century*, edited by Ariana Craciun. Peterborough: Broadview Press, 1997.

Daffron, Benjamin Eric. *Romantic Doubles: Sex and Sympathy in British Gothic Literature 1790 - 1830*. New York: AMS Press, 2002.

Davies, Stephen, et al., eds. *A Companion to Aesthetics*. United Kingdom: Blackwell Publishing Ltd., 2009.

Davison, Carol Margaret, ed. *Bram Stoker's Dracula: Sucking Through the Century, 1897 - 1997*. Toronto: Dundurn Press, 1997.

Davison, Carol Margaret. *Anti-Semitism and British Gothic Literature*. Hampshire: Palgrave Macmillan, 2004.

Davy, Sir Humphry. *The Collected Works of Sir Humphry Davy, Bart*, edited by His Brother John Davy, M. D. F. R. S. Smith, Elder and Co. Cornhill, London, 1839.

Day, Aidan. *Romanticism*. New York: Routledge, 1996.

Doyle, Arthur Conan. *The Hound of the Baskervilles*. London: Penguin Classic, 2001.

Drakakis, John and Dale Townshend, eds. *Gothic Shakespeares*. New York: Routledge, 2008.

Dryden, Linda. *The Modern Gothic and Literary Doubles: Stevenson, Wilde and Wells*. New York: Palgrave Macmillan, 2003.

Eagleton, Terry. *The Illusions of Postmodernism*. Oxford: Blackwell, 1996.

Edensor, Tim. *National Identity, Popular Culture and Everyday Life*. Chippenham: Antony Rowe Ltd., 2002.

Edwards, Jason. *Eve Kosofsky Sedgwick*. United States: Routledge, 2009.

Ellis, Kate Ferguson. *The Contested Castle: Gothic Novels and the Subversion of Domestic Ideology*. Urbana: University of Illinois Press, 1989.

Ellis, Markman. *The History of Gothic Fiction*. Edinburgh: Edinburgh University of Press, 2000.

Fincher, Max. *Queering Gothic in the Romantic Age*. New York: Palgrave Macmillan, 2007.

Fletcher, D. M., ed. *Reading Rushdie: Perspectives on the Fiction of Salman Rushdie*.

Rodopi: Amsterdam, 1994.

Foucault, Michel. *The Order of Things: An Archaeology of the Human Sciences*. New York: Routledge, 1989.

Fowles, John. *The French Lieutenant's Woman*. London: Vintage, 1996.

Frank, Frederick S. *The First Gothics: A Critical Guide to the English Gothic Novel*. London: Garland Publishing, 1987.

Frank, Frederick S. *Guide to the Gothic III: An Annotated Bibliography of Criticism, 1993 – 2003*. Lanham: Scarecrow Press, 2004.

Gamer, Michael. *Romanticism and the Gothic: Genre, Reception, and Canon Formation*. Cambridge: Cambridge University Press, 2000.

Gelder, Ken. *Reading the Vampire*. London: Routledge, 1994.

Gellner, Ernest. *Nations and Nationalism*. Ithaca: Cornell University Press, 1983.

Glover, David, and Cora Kaplan. *Genders*, 2nd ed. United States: Routledge, 2009.

Godwin, William. *Things as They Are; or, The Adventures of Caleb Williams*, edited and introduced by David McCracken. Oxford: Oxford University Press, 1970.

Godwin, William. *St. Leon*. Oxford: Oxford University Press. 1994.

Greenfield, Susan. *Mothering Daughters: Novels and the Politics of Family Romance*. Detroit: Wayne State University Press, 2002.

Guy, Josephine M. *The Victorian Age: An Anthology of Sources and Documents*. London: Routledge, 1998.

Haggard, Henry Rider. *King Solomon's Mines*. New York: Tor Book, 1985.

Haggerty, George E. *Gothic Fiction/Gothic Form*. University Park: Pennsylvania State University Press, 1989.

Halberstam, Judith. *Skin Shows: Gothic Horror and the Technology of Monsters*. Durham, NC: Duke University Press, 1995.

Hall, Donald E. *Queer Theories*. New York: Palgrave Macmillan, 2003.

Hassan, Ihab. *The Postmodern Turn: Essays in Postmodern Theory and Culture*. Columbus: Ohio University Press, 1987.

Heiland, Donna. *Gothic and Gender: Introduction*. Oxford: Blackwell Publishing, 2004.

Herdman John. *The Double in Nineteenth-Century Fiction*. New York: St. Martin's Press, 1991.

Hobsbawm, Eric. *The Age of Revolution, 1789 – 1898*. New York: Vintage Books, 1996.

Hoeveler, Diane Long. *Gothic Feminism: The Professionalization of Gender from Charlotte Smith to the Brontës*. University Park: Pennsylvania State University Press, 1988.

Hogg, James. *The Private Memoirs and Confessions of a Justified Sinner*, edited by John Carey. Oxford: Oxford University Press, 1969.

主要参考书目

Hogle, Jerrold E., ed. *The Cambridge Companion to Gothic Fiction*. Cambridge: Cambridge University Press, 2002.

Howard, Jacqueline. *Reading Gothic Fiction: A Bakhtinian Approach*. Oxford: Clarendon Press, 1994.

Huet, Marie Hélène. *Monstrous Imagination*. Cambridge: Harvard University Press, 1993.

Hurd, Richard. *Letters on Chivalry and Romance*, edited by Hoyt Trowbridge. Los Angeles: Augustan Reprint Society, 1963.

Hurley, Kelly. *The Gothic Body: Sexuality, Materialism, and Degeneration at the Fin de Sièecle*. Cambridge: Cambridge University Press, 1996.

Hutcheon, Linda. *A Poetics of Postmodernism*. London and New York: Routledge, 1988.

Jameson, Fredric. *Postmodernism; or, The Cultural Logic of Late Capitalism*. London and New York: Verso, 1991.

Johnson, B. S. *Albert Angelo*. London: Constable, 1964.

Johnson, Robert. *British Imperialism*. New York: Palgrave Macmillan, 2003.

Joshi, S. T., and Stefan Dziemianowicz, eds. *Supernatural Literature of the World: An Encyclopedia*. Westport: Greenwood Press, 2005.

Joshi, S. T., ed. *Icons of Horror and the Supernatural: An Encyclopedia of Our Worst Nightmares*. Westport: Greenwood Press, 2007.

Joslin, Michael. *Joseph Conrad and Gothicism*. Michigan: Ann Arbor, 1977.

Ketterer, David. *New Worlds for Old: The Apocalyptic Imagination, Science Fiction and American Literature*. Indiana: Indiana University Press, 1974.

Kiely, Robert. *The Romantic Novel in England*. Cambridge, Massachusetts: Harvard University Press, 1972.

Kilgour, Maggie. *The Rise of the Gothic Novel*. London: Routledge, 1995.

Kliger, Samuel. *The Goths in England: A Study in Seventeenth- and Eighteenth-Century Thought*. Cambridge, MA: Harvard University Press, 1952.

James, Louis. *The Victorian Novel*. United States: Blackwell Publishing, 2006.

Lee, Sophia. *The Recess; or, A Tale of Other Times*, edited by April Alliston. Lexington: University Press of Kentucky, 2000.

Lewis, Matthew G. *The Monk*, with an Introduction by John Berryman. New York: Grove Press, 1959.

Lewis, Wilmarth S., ed. *The Yale Edition of Horace Walpole's Correspondence*. New Haven: Yale University Press, 1937 – 1983.

Lloyd, Trevor. *Empire: A History of the British Empire*. New York: Hambledon and London, 2001.

Lock, F. P. *Edmund Burke, Volume I, 1730 – 1784*. New York: Oxford University Press, 1998.

Lukács, Georg. *The Historical Novel*, translated by Hannah and Stanley Mitchell.

Boston: Beacon, 1983.

MacAndrew, Elizabeth. *The Gothic Tradition in Fiction*. New York: Columbia University Press, 1979.

MacDonald, D. L. *Monk Lewis: A Critical Biography*. Toronto: University of Toronto Press, 2000.

Malchow, H. L. *Gothic Images of Race in Nineteenth-Century Britain*. Stanford, CA: Stanford University Press, 1996.

Mann, George. *The Mammoth Encyclopedia of Science Fiction*. London: Constable and Robinson, 2001.

Massé Michèle. *In the Name of Love: Women, Masochism, and the Gothic*. New York: Cornell University Press, 1992.

Maturin, Charles. *The Fatal Revenge; or, The Family of Montorio*, edited by Devendra P. Varma. New York: Arno, 1974.

Maturin, Charles. *Melmoth the Wanderer*. Oxford: Oxford University Press, 2008.

Mauss, Marcel. *The Gift: The Form and Reason for Exchange in Archaic Societies*. New York: Routledge, 2001.

McCaffrey, Larry. *Storming the Reality Studio: A Casebook of Cyberpunk and Postmodern Science Fiction*. Durham: Duke University Press, 1991.

McCracken, Scott. *Pulp: Reading Popular Fiction*. Manchester: Manchester University Press, 1998.

McHale, Brian. *Postmodernist Fiction*. London and New York: Routledge, 1987.

Mellor, Anne K. *Mary Shelley: Her Life, Her Fiction, Her Monsters*. New York: Routledge, 1989.

Melville, Lewis. *The Life and Letters of William Beckford of Fonthill*. London: William Heinemann, 1910.

Michael, Robert. *Holy Hatred: Christianity, Antisemitism, and the Holocaust*. New York: Palgrave Macmillan, 2006.

Mighall, Robert. *A Geography of Victorian Gothic Fiction: Mapping History's Nightmare*. Oxford: Oxford University Press, 1999.

Miles, Robert. *Ann Radcliffe: The Great Enchantress*. Manchester: Manchester University Press, 1995.

Miles, Robert. *Gothic Writing, 1750 – 1820: A Genealogy*. London: Routledge, 1993.

Mishra, Vijay. *The Gothic Sublime*. Albany: State University of New York Press, 1994.

Moers, Ellen. *Literary Women: The Great Writers*. New York: Doubleday, 1976.

Moore, George. *Grasville Abbey: A Romance*, edited by Devendra P. Varma. New York: Arno, 1974.

Morrison, Lucy and Staci Stone. *A Mary Shelley Encyclopedia*. United States: Greenwood Press, 2003.

Mosse, George L. *The Image of Man: The Creation of Modern Masculinity*. New

York: Oxford University Press, 1996.

Navarette, Susan J. *The Shape of Fear: Horror and the Fin de Siècle Culture of Deca-dence.* Lexington: University Press of Kentucky, 1998.

Newman, Gerald. *The Rise of English Nationalism: A Cultural History, 1740 - 1830.* New York: St. Martin's Press, 1987.

Nicol, Bran, ed. *Postmodernism and the Contemporary Novel: A Reader.* Edinburgh: Edinburgh University Press, 2002.

Nicol, Bran. *The Cambridge Introduction to Postmodern Fiction.* Cambridge: Cambridge University Press, 2009.

Nordau, Max. *Degeneration.* London: Heinemann, 1895.

Norton, Rictor, ed. *Gothic Readings: The First Wave 1764 - 1840.* Leicester: Leicester University Press, 2000.

O'Gorman, Francis, ed. *A Concise Companion to the Victorian Novel.* United States: Blackwell Publishing, 2005.

Paine, Thomas. *The Age of Reason.* New York: Kensington Publishing Corp., 1988.

Paine, Thomas. *Rights of Man, 1791 - 1792.* Dover: Mineola, 1999.

Paulson, Ronald. *Representations of Revolution 1789 - 1820.* New Haven: Yale University Press, 1983.

Porter, Roy. *The Creation of the Modern World.* New York: W. W. Norton and Company, 2000.

Potter, Franz J. *The History of Gothic Publishing 1800 - 1835.* New York: Palgrave, 2005.

Punter, David. *The Literature of Terror: A History of Gothic Fictions from 1765 to the Present Day*, 2nd edition, 2 vols. London: Longman, 1996.

Punter, David and Glennis Byron. *The Gothic.* Oxford: Blackwell Publishing, 2004.

Radcliffe, Ann. *The Castles of Athlin and Dunbayne*, edited by Alison Milbank. Oxford: Oxford University Press, 1995.

Radcliffe, Ann. *The Italy*, edited by Frederick Garber. New York: Oxford University Press, 2008

Radcliffe, Ann. *The Mysteries of Udolpho*, edited by Bonamy Dobree. New York: Oxford University Press, 1992.

Radcliffe, Mary Ann. *Manfrone; or, The One-Handed Monk*, edited by Devendra P. Varma. New York: Arno, 1971.

Railo, Eino. *The Haunted Castle: A Study of the Elements of English Romanticism.* London: Dutton, 1927.

Reeve, Clara. *The Old English Baron*, edited by James Trainer. New York: Oxford University Press, 1967.

Reeve, Clara. *The Progress of Romance Through Times, Countries, and Manners.* New York: Garland, 1970.

Rieder, John. *Colonialism and the Emergence of Science Fiction.* Hanover: Wesleyan

University Press, 2008.

Robbins, Ruth and Julian Wolfreys, eds. *Victorian Gothic: Literary and Cultural Manifestations in the 19th Century*. New York: Palgrave Publishers Ltd., 2000.

Roberts, Adam. *The History of Science Fiction*. New York: Palgrave Macmillan, 2006.

Rushdie, Salman. *The Satanic Verses*. USA: Picador Books, 1998.

Russ, Joanna. *To Write Like a Woman: Essays in Feminism and Science Fiction*. Bloomington: Indiana University Press, 1995.

Sage, Victor. *Horror Fiction in the Protestant Tradition*. London: Macmillan, 1988.

Schmitt, Cannon. *Alien Nation: Nineteenth-Century Gothic Fictions and English Nationality*. Philadelphia: University of Pennsylvania Press, 1997.

Scholes, Robert. *Structural Fabulation: An Essay on Fiction of the Future*. Notre Dame: University of Notre Dame Press, 1975.

Schor, Esther, ed. *The Cambridge Companion to Mary Shelley*. Cambridge: Cambridge University Press, 2003.

Scott, Walter. *Waverley; or 'Tis Sixty Years Since*. Edinburgh: Adam and Charles Black, 1829.

Scott, Walter. *Ivanhoe*. Edinburgh: Adam and Charles Black, 1860.

Scott, Walter. *Guy Mannering; or, The Astrologer*. Edinburgh: Adam and Charles Black, 1862.

Scott, Walter. *A Legend of Montrose*. Printed by T. and A. Constable, for T. C. and E. C. Jack. Edinburgh: Causewayside, 1901.

Scott, Walter. *The Heart of Mid-Lothian*. Printed by T. and A. Constable, for T. C. and E. C. Jack. Edinburgh: Causewayside, 1901.

Scott, Walter. *Anne of Geierstein*. Printed by T. and A. Constable, for T. C. and E. C. Jack. Edinburgh: Causewayside, 1903.

Scott, Walter. *Sir Walter Scott on Novelists and Fiction,* edited by Ioan Williams. London: Routledge and Kegan Paul, 1968.

Scott, Walter. *Old Mortality*. A Penn State University Electronic Series Publication, 2010.

Sedgwick, Eve Kosofsky. *Between Men: English Literature and Male Homosocial Desire*. New York: Columbia University Press, 1985.

Senf, Carol A. *Science and Social Science in Bram Stoker's Fiction*. United States: Greenwood Press, USA.

Shaw, Philip. *The Sublime*. London: Routledge, 2006.

Shelley, Mary Wollstonecraft. *The Journals of Mary Shelley, 1814 – 1844*, edited by Paula R. Feldman and Diana Scott-Kilvert. Oxford: Clarendon Press, 1987.

Shelley, Mary Wollstonecraft. *Frankenstein; or, The Modern Prometheus*, edited by D. L. Macdonald & Kathleen Scherf. Ontario: Broadview Press, 1999.

Smith, Andrew and William Hughes, eds. *Empire and the Gothic: The Politics and*

Genre. United Kingdom: Palgrave Macmillan, 2003.

Spector, Robert D. *The English Gothic: A Bibliographic Guide to Writers from Horace Walpole to Mary Shelley*. Westport: Greenwood Press, 1984.

Spooner, Catherine. *Contemporary Gothic*. London: Reaktion Books, 2006.

Steffen, Lisa. *Defining a British State: Treason and National Identity, 1608 - 1820*. New York: Palgrave, 2001.

Stevenson, Robert Louis. *The Strange Case of Dr. Jekyll and Mr. Hyde and Other Stories*, edited by Jenni Calder. Harmondsworth: Penguin, 1979.

Stevens, David. *The Gothic Tradition*. Cambridge: Cambridge University Press, 2000.

Stoker, Bram. *Dracula*, edited by Glennis Byron. Ontario: Broadview Press, 1998.

Storry, Mike, and Peter Childs. *British Cultural Identities*, 2nd edition. New York: Routledge, 2002.

Strong, Rowan. *Anglicanism and the British Empire: 1700 - 1850*. Oxford: Oxford University Press, 2007.

Summers, Montague. *The Gothic Quest: A History of the Gothic Novel*. London: Fortune Press, 1938.

Suvin, Darko. *Positions and Presuppositions in Science Fiction*. Kent: Kent State University Press, 1988.

Swales, John. *Genre Analysis: English in Academic and Research Settings*. Cambridge: Cambridge University Press, 1990.

Tarr, Mary Muriel. *Catholicism in Gothic Fiction*. Washington: Catholic University of America Press, 1946.

Toelken, Barre. *The Dynamics of Folklore*. Utah: Utah State University Press, 1996.

Turney, Jon. *Frankenstein's Footsteps: Science, Genetics and Popular Culture*. New Haven: Yale University Press, 1998.

Tompkins, J. M. S. *The Popular Novel in England, 1770 - 1800*. London: Constable, 1932.

Varma, Devendra P. *The Gothic Flame: Being a History of the Gothic Novel in England*. London: Arthur Barker, 1957.

Watt, James. *Contesting the Gothic: Fiction, Genre, and Cultural Conflict, 1764 - 1832*. Cambridge: Cambridge University Press, 1999.

Waugh, Patricia. *Metafiction: The Theory and Practice of Self-Conscious Fiction*. London: Methuen, 1984.

Wein, Toni. *British Identities, Heroic Nationalisms, and the Gothic Novel, 1764 - 1824*. New York: Palgrave Macmillan, 2002.

Wells, H. G. *The War of the Worlds*. London: Planet Three Publishing, 1988.

Wells, H. G. *The Island of Dr. Moreau*. London: Everyman, 1993.

Wiesenfarth, Joseph. *Gothic Manners and the Classic English Novel*. Madison:

University of Wisconsin Press, 1988.

Williams, Anne. *Art of Darkness: A Poetics of Gothic*. Chicago: University of Chicago Press, 1995.

Wynne, Catherine. *The Colonial Conan Doyle: British Imperialism, Irish Nationalism, and the Gothic*. Westport: Greenwood Press, 2002.

Yadav, Alok. *Before the Empire of English: Literature, Provinciality, and Nationalism in Eighteenth-Century Britain*. New York: Palgrave Macmillan, 2004.

主要参考书目

附　录

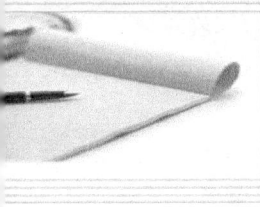

英国哥特式小说出版年谱

（据弗雷德里克·弗朗克、莫里斯·利维等哥特式文献专家的不完全统计，自 1764 年至 1834 年，英国已出版的哥特式小说多达 5000 种，其中已被图书馆收藏的约 1200 种，现依据其历史地位以及对后世的影响，选择 220 余种按出版年月排列如下，并附加扼要解说。）

1764　霍勒斯·沃波尔（Horace Walpole，1717－1797）在伦敦"托马斯·朗兹"出版社（Thomas Lowndes）匿名出版《奥特兰托城堡：一个故事》（*The Castle of Otranto: A Story*）。数月后该书再版，霍勒斯·沃波尔除恢复真实的署名外，还在副标题加上一个修饰词"哥特式"（Gothic）。

1768　伦敦"卡德尔"出版社（T. Cadell）和"佩恩"出版社（J. Payne）联合出版《巴福德修道院》（*Barford Abbey*），作者苏珊·米尼菲·冈宁（Susan Minifie Gunning），生卒日期不详。

1771　亨利·麦肯齐（Henry Mackenzie，1745－1831）在伦敦"卡德尔"出版社出版《多愁善感的人》（*The Man of Feeling*）。

1773　约翰·艾金（John Aikin，1747－1822）和安娜·艾金（Anna Aikin，1743－1825）在伦敦"约翰逊"出版社（J. Johnson）出版《散文杂集》（*Miscellaneous Pieces in Prose*），该书内含约翰·艾金撰写的哥特式小说故事片断《伯特兰爵士》（*Sir Bertrand, A Fragment*）。

1777　克拉拉·里夫（Clara Reeve，1729－1807）在科尔切斯特自行匿名出版了《美德勇士：一个哥特式故事》（*The Champion of Virtue: A Gothic Story*）。一年后，此书由爱德华－查尔斯·迪利出版社（Edward & Charles Dilley）再版，并更名为《英国老男爵》（*The Old English Baron*）。与此同时，克拉拉·里夫也恢复了自己的真实署名。

亨利·麦肯齐（Henry Mackenzie, 1745－1831）在伦敦"斯特拉恩"出版社（W. Strahan）出版《朱莉亚·德·鲁比涅》（*Julia de Roubigne*）。

1783　伦敦"卡德尔"出版社推出索菲亚·李（Sophia Lee, 1750－1824）的《幽室；另一时代的故事》（*The Recess; A Tale of Other Times*）第一卷，全书于 1785 年出齐。

都柏林"科尔伯特"出版社（S. Colbert）出版《埃德威和埃迪尔达，一个哥特式故事》（*Edwy and Edilda, A Gothic Tale*），作者托马斯·惠利（Thomas Whalley），生卒日期不详。

克拉拉·里夫在伦敦"查尔斯·迪利"出版社出版《两个门特：一个现代故事》（*The Two Mentors: A Modern Story*）。

1786　威廉·贝克福德（William Beckford, 1760－1844）的未经授权的英译小说《一个阿拉伯故事，源于一部未竟的手稿，并附有批注》（*An Arabian Tale from an Unfinished Manuscript, with Notes Critical and Explanatory*）在伦敦"约翰逊"出版社匿名出版；为了确认作品版权，威廉·贝克福德随即出版了原始的法文本小说，并将书名改为《瓦赛克》（*Vathek*）。

伦敦"鲁宾逊"出版社（Robinson）出版《艾伦·菲茨－奥斯本》（*Alan Fitz-Osborne*），作者安妮·富勒（Anne Fuller），生卒日期不详。

1788　夏洛特·史密斯（Charlotte Smith, 1740－1806）在伦敦"卡德尔"出版社出版《城堡孤女埃米琳》（*Emmeline, the Orphan of the Castle*）。

克拉拉·里夫在伦敦"卡德尔"出版社出版《流放；或，克龙斯塔德伯爵回忆录》（*The Exile; or, The Memoirs of the Count de Cronstadt*）。

伦敦"斯托克－塞切尔"出版社（C. Stalker & H. Setchell）出版《圣·莫布雷城堡，一个英格兰传奇》（*The Castle of St. Mowbray, an English Romance*），作者哈利夫人（Mrs. Harley），生卒日期不详。

伦敦"胡卡姆"出版社（Hookham）出版匿名哥特式小说《幽灵》（*The Apparition*）。

伦敦"雷恩"出版社（W. Lane）出版匿名哥特式小说《波伊斯城堡；或，一个古老家族的奇闻》（*Powis Castle; or, Anecdotes of an Ancient Family*）。

1789　安·拉德克利夫（Ann Radcliffe, 1764－1823）在伦敦"胡卡姆"出版社出版处女作《阿思林和邓贝恩的城堡；一个苏格兰高地故事》（*The Castles of Athlin and Dunbayne; A Highland Story*）。

夏洛特·史密斯在伦敦"卡德尔"出版社出版《埃塞琳德；或，湖的隐士》（*Ethelinde; or, The Recluse of the Lake*）。

约翰·穆尔（John Moore, 1792－1802）在伦敦"斯特拉恩－卡德尔"出版社（A. Strahan & T. Cadell）出版《泽鲁科；几种人性观察，取自国内外真实事件》（*Zeluco; Various Views of Human Nature, Taken from Life and Manners, Foreign and Domestic*）。

伦敦"威廉·雷恩"出版社（William Lane）推出哈利夫人的《圣·伯纳德小修道院；一个古老的英国故事》（*The Priory of St. Bernard; An Old English Tale*）。

伦敦"多兹利"出版社（J. Dodsley）出版《斯特朗鲍伯爵；或，理查德·德·克莱尔和美丽的杰拉尔达的经历》（*Earl Strongbow; or, The History of Richard de Clare and the Beautiful Geralda*），作者詹姆斯·怀特（James White），生卒日期不详。

1790　安·拉德克利夫在伦敦"胡卡姆－卡彭特"出版社（T. Hookham & J. Carpenter）出版第 2 部长篇小说《西西里传奇》（*A Sicilian Romance*）。

伦敦"密涅瓦"出版社（Minerva Press for William Lane）出版无名氏三卷本哥特式小说《维利娜·德·吉多瓦的命运》（*The Fate of Velina de Guidova*）。

伦敦"胡卡姆－布鲁"出版社（T. Hookham & J. Brew）出版匿名哥特式小说《加布丽埃勒·德·弗吉：一个历史故事》（*Gabrielle De Vergy: A Historical Tale*）。

1791　安·拉德克利夫在伦敦"胡卡姆－卡彭特"出版社出版第三部长篇小说《森林传奇》（*The Romance of the Forest*）。

伦敦"密涅瓦"出版社出版《丹麦残杀：一个真实历史故事》（*The Danish Massacre: An Historical Fact*），作者安娜·麦肯齐（Anna Mackenzie），生卒日期不详。

伦敦"密涅瓦"出版社出版匿名哥特式小说《简·格雷女士：一个历史故事》（*Lady Jane Grey: An Historical Fact*）。

伦敦"密涅瓦"出版社出版《坦克雷德：一个古代故事》（*Tancred: A Tale of Ancient Times*），作者约瑟夫·福克斯（Joseph Fox），生卒日期不详。

伦敦"威尔基"出版社（G. & T. Wilkie）出版亨利·西登斯（Henry Siddens）的《威廉·华莱士；或，高地英雄，一个基于历史事实的故事》（*William Wallace; or, The Highland Hero, a Tale founded on Historical Facts*）。

1792　伦敦"鲁宾逊"出版社出版匿名哥特式小说《圣·瓦勒里城堡，一个古代故事》（*The Castle of St. Vallery, an Ancient Story*）。

伦敦"威金斯"出版社（T. Wilkins）出版匿名哥特式小说《埃米莉；或，致命的承诺，一个北方故事》（*Emily; or, The Fatal Promise, a Northern Tale*）。

伦敦"密涅瓦"出版社出版乔治·沃克（George Walker, 1772 - 1847）的《洞窟传奇；或，菲茨－亨利和詹姆斯的经历》（*The Romance of the Cavern; or, The History of Fitz-Henry and James*）。

1793　伊丽莎·帕森斯（Eliza Parsons, 1748 - 1811）在伦敦"密涅瓦"出版社出版《沃尔芬巴克城堡；一个德国故事》（*The Castle of Wolfenbach: A German Story*）。

夏洛特·史密斯在伦敦"贝尔"出版社（J. Bell）出版《庄园主老宅》（*The Old Manor House*）。

伦敦《女士杂志》（*Lady's Magazine*）开始连载乔治·穆尔的（George Moore, 1709 - 1787）《格拉斯维尔修道院，一个传奇》（*Grasville Abbey; A Romance*）。

伦敦法律出版社（Law）出版匿名哥特式小说《阿什顿小修道院》（*Ashton Priory*）。

伦敦"密涅瓦"出版社出版匿名哥特式小说《莫蒂莫尔城堡：一个寒武纪时代的故事》（*Mortimore Castle: A Cambrian Tale*）。

1794　卡尔·卡勒特（Karl Kahlert）以劳伦斯·弗拉曼伯格（Lawrence Flammenberg）的笔名在伦敦"密涅瓦"出版社出版《巫师》（*The Necromancer*）。

威廉·戈德温（William Godwin, 1756 - 1836）在伦敦"克罗斯比"出版社（B.

Crosby)出版《确有其事；或，凯莱布·威廉姆斯历险记》(*Things as They Are; or, The Adventures of Caleb Williams*)。

安·拉德克利夫在伦敦"罗宾逊"出版社(G. & J. Robinson)出版第四部长篇小说《尤道弗的神秘》(*The Mysteries of Udolpho*)。

伦敦"贝尔"出版社出版匿名哥特式小说《死亡洞窟：一个道德故事》(*The Cavern of Death: A Moral Tale*)。

伦敦"贝尔"出版社出版匿名哥特式小说《哈特尔伯恩城堡：一个描述性英国故事》(*Hartlebourn Castle: A Descriptive English Tale*)。

乔治·沃克在伦敦"密涅瓦"出版社出版《闹鬼的城堡：一个日耳曼传奇》(*The Haunted Castle: A Norman Romance*)。

1795 伦敦"密涅瓦"出版社推出《克拉格尼修道院》(*The Abbey of Clugny*)和《圣·布兰查德伯爵；或，有偏见的法官》(*Count St. Blanchard; or, The Prejudiced Judge*)，作者玛丽·米克(Mary Meeke)，生卒日期不详。

伦敦"克罗斯比－怀特"出版社(Crosby & T. White)出版匿名哥特式小说《阿维尔城堡：一个历史传奇》(*Arville Castle: A Historical Romance*)。

约翰·伯德(John Bird, 1768-1829)在伦敦"基尔斯里"出版社(Kearsley)出版《哈代恩城堡》(*The Castle of Hardayne*)。

弗朗西斯·莱瑟姆(Francis Lathom, 1777-1832)在伦敦"密涅瓦"出版社出版《奥拉达城堡》(*The Castle of Ollada*)。

理查德·沃纳(Richard Warner, 1763-1857)在南安普顿"斯凯尔顿"出版社(T. Skelton)出版《纳特利修道院；一个哥特式故事》(*Netley Abbey; A Gothic Story*)。

伦敦"密涅瓦"出版社推出《圣·阿萨夫修道院》(*The Abbey of St. Asaph*)，作者伊莎贝拉·凯莉(Isabella Kelly)，生卒日期不详。

伦敦"密涅瓦"出版社出版匿名哥特式小说《罗德里克伯爵的城堡；或，哥特式时代，一个故事》(*Count Roderic's Castle; or, Gothic Times, a Tale*)。

伦敦"密涅瓦"出版社出版《修道院幻影；或，神秘的手稿》(*The Phantoms of the Cloister; or, The Mysterious Manuscript*)，作者署名 I. H.，生卒日期不详。

1796 伦敦"密涅瓦"以及都柏林"沃根"(P. Wogan)等出版社共同推出匿名哥特式小说《奥斯汀伯恩城堡》(*Austenburn Castle*)。

伊丽莎白·邦霍特(Elizabeth Bonhôte, 1744-1818)在伦敦"密涅瓦"出版社出版《邦盖城堡》(*Bungay Castle*)。

马修·刘易斯(Matthew Lewis, 1775-1818)在伦敦"贝尔"出版社匿名出版《安布罗西奥；或，修道士》(*Ambrosio; or, The Monk*)。

约翰·帕尔默(John Palmer, 1742-1798)在伦敦"克罗斯比"出版社出版《闹鬼的洞穴；一个古代苏格兰故事》(*The Haunted Cavern; A Caledonian Tale*)。

玛丽·罗宾逊(Mary Robinson, 1758-1800)在伦敦"胡卡姆－卡彭特"出版社出版三卷本《休伯特·德·西弗拉克》(*Hubert de Sevrac*)。

伊丽莎·帕森斯在伦敦"密涅瓦"出版社出版《神秘的警示》(*The Mysterious Warning: A German Story*)。

卡尔·格罗斯(Carl Grosse，1768－1847)在伦敦"密涅瓦"出版社出版《可怕的神秘》(*Horrid Mysteries*)。

伦敦"密涅瓦"出版社出版雷吉娜·罗奇(Regina Roche，1773－1845)的《修道院的子女》(*The Children of the Abbey*)。

伊丽莎白·赫尔姆(Elizabeth Helme，1758－1813)在伦敦"密涅瓦"出版社出版四卷本《英格尔伍德森林的农夫》(*The Farmer of Inglewood Forest*)。

1797　伦敦"卡德尔"出版社和"戴维斯"出版社共同推出安·拉德克利夫的第五部长篇小说《意大利人；或，黑色忏悔者的忏悔》(*The Italian; or, The Confessional of the Black Penitents*)。

伦敦"密涅瓦"出版社出版《德·桑泰尔伯爵》(*Count de Santerre*)和《英国修女》(*The English Nun*)，作者凯瑟琳·塞尔登(Catherine Selden)，生卒日期不详。

伦敦"密涅瓦"出版社出版《奥肯代尔修道院的恐怖》(*The Horrors of Oakendale Abbey*)，作者卡弗夫人(Mrs. Carver)，生卒日期不详。

约瑟夫·福克斯在伦敦"基尔斯利"出版社(G. Kearsley)出版《索菲亚－玛利亚；或，神秘的妊娠》(*Sophia-Maria; or, The Mysterious Pregnancy*)。

1798　伊丽莎白·汤姆林斯(Elizabeth Tomlins，1763－1828)在伦敦"查尔斯·迪利"出版社出版《罗莎琳德·德·特蕾西》(*Rosalind De Tracy*)。

伦敦"密涅瓦"出版社出版《埃德加；或，城堡幻影》(*Edgar; or, The Phantom of the Castle*)，作者理查德·西克尔莫尔(Richard Sicklemore)，生卒日期不详。

伦敦"密涅瓦"出版社出版《又是鬼魂》(*More Ghosts*)，作者帕特里克夫人(Mrs F. C. Patrick)，生卒日期不详。

伦敦"密涅瓦"出版社出版《庄严指令》(*The Solemn Injunction*)，作者阿格尼丝·马斯格雷夫(Agnes Musgrave)，生卒日期不详。

伦敦"密涅瓦"出版社出版《菲多拉；或，明斯基》(*Phedora; or, The Forest of Minski*)，作者玛丽·查尔顿(Mary Chalton)，生卒日期不详。

伦敦"沃里斯"出版社(J. Wallis)出版匿名哥特式小说《莫特城堡：一个哥特式故事》(*Mort Castle: A Gothic Story*)。

玛丽·米克在伦敦"克罗斯比－勒特曼"出版社(Crosby & Letterman)出版《西西里人》(*The Sicilian*)。

弗朗西斯·莱瑟姆在伦敦"西蒙兹"出版社(H. D. Symonds)出版《午夜钟声；一个基于生活真实事件写成的德国故事》(*The Midnight Bell; A German Story Founded on Incidents in Real Life*)。

伦敦"密涅瓦"出版社出版匿名哥特式小说《鲜活骷髅》(*The Animated Skeleton*)。

安娜·麦肯齐在伦敦"密涅瓦"出版社出版《杜塞尔多夫；或，杀害手足》(*Dusseldorf; or, The Fratricide*)。

玛丽·皮尔金顿(Mary Pilkington，1766－1821)在伦敦"密涅瓦"出版社出版《地下洞穴；或，安托瓦内特·德·蒙弗罗伦斯回忆录》(*The Subterranean Carven; or, Memoirs of Antoinette de Monflorance*)。

雷吉娜·罗奇在伦敦"密涅瓦"出版社出版《克莱蒙特：一个故事》(*Clermont: A*

Tale）。

伦敦"密涅瓦"出版社推出《莱茵孤儿》（*The Orphan of the Rhine*），作者埃莉诺·斯利思（Eleanor Sleath），生卒日期不详。

内森·德雷克（Nathan Drake，1766－1836）的中篇哥特式小说《克庐恩戴尔修道院》（*The Abbey of Clunedale*）被收入《文学时光》（*Literary Hours*），该书由伦敦"米歇尔"（J. Mitchell）出版社出版，后又于 1804 年由"戴维斯"出版社再版。

伦敦"迪恩－芒迪"出版社（Dean & Munday）出版《墓穴故事集》（*Tales of the Crypt*），内含哥特式中篇小说《恐怖修道士；或，尸骸秘聚》（*The Monk of Horror; or, The Conclave of Corpses*）。

伊丽莎·帕森斯在伦敦"密涅瓦"出版社出版哥特式戏拟小说《两个名门世家的奇闻》（*Anecdotes of Two Well-Known Families*）。

伦敦"密涅瓦"出版社出版哥特式戏拟小说《新修道士》（*The New Monk*），作者 S. R.，生卒日期不详。

伦敦《女士每月博览》杂志（*Lady's Monthly Museum*）连载无名氏中篇哥特式小说《沙巴拉科，一个传奇》（*Schabraco, A Romance*）。

1799　威廉·戈德温在伦敦"罗宾逊"出版社出版《圣·利昂：一个 16 世纪的故事》（*St. Leon: A Tale of the Sixteenth Century*）。

威廉·爱尔兰（William Ireland，1777－1835）在伦敦"厄尔－赫梅特"出版社（Earle & Hemet）出版《女修道院院长，一个传奇》（*The Abbess; A Romance*）。

玛丽·查尔顿在伦敦"密涅瓦"出版社出版哥特式戏拟小说《罗塞娜，或，现代事件》（*Rosella; or, Modern Occurrences*）。

伦敦"厄尔－赫梅特"出版社（Earle & Hemet）出版《东印第安人；或，克利福德小修道院》（*The East Indian; or, Clifford Priory*），作者玛丽·朱莉亚·杨（Mary Julia Young），生卒日期不详。

伦敦"费希尔"出版社（S. Fisher）出版匿名哥特式小说《蒙特勒伊和巴雷的城堡：一个哥特式故事》（*The Castles of Montreuil and Barre: A Gothic Story*）。

伦敦"密涅瓦"出版社出版《埃塞尔威娜；或，菲茨－奥伯尼的宅第，一个前时代的传奇》（*Ethelwina; or, The House of Fitz-Auberne, a Romance of Former Times*），作者霍斯利·柯蒂斯（T. J. Horsley Curties），生卒日期不详。

1800　威廉·爱尔兰在伦敦"朗门－里斯"出版社（T. N. Longman & O. Rees）出版《里缪尔多；或，巴达约斯城堡》（*Rimualdo; or, The Castle of Badajos*）。

弗朗西斯·莱瑟姆在伦敦"西蒙兹"出版社出版《神秘：一部小说》（*Mystery: A Novel*）。

安·克尔（Ann Ker，1766－1821）在伦敦"邦瑟"出版社（Bonsor）出版《圣·朱莉安的阿德林》（*Adeline of St. Julian*）。

理查德·西克尔莫在伦敦"密涅瓦"出版社出版《玛丽－简》（*Mary-Jane*）。

乔治·沃克在伦敦"沃克－赫斯特"出版社（Walker & Hurst）出版《三个西班牙人》（*The Three Spaniards*）。

伦敦《女士每月博览》杂志（*Lady's Monthly Museum*）自 7 月至 12 月分六期连载无名氏中篇哥特式小说《德·沃伦城堡》（*The Castle De Warrenne*）。

伦敦"迪恩－芒迪"出版社(Dean & Munday)出版无名氏哥特式蓝皮书《幽灵母亲;或,闹鬼的塔楼》(*Spectre Mother; or, The Haunted Tower*)。

伦敦"贝利"(J. Bailey)出版社出版哥特式蓝皮书《幽灵酋长;或,血污旗帜,一个古代传奇》(*The Spectre Chief; or, The Blood-Stained Banner, an Ancient Romance*),作者莱格(F. Legge),生卒日期不详。

1801　玛丽·米克在伦敦"密涅瓦"出版社出版《神秘的丈夫》(*The Mysterious Husband*)。

霍斯利·柯蒂斯在伦敦"密涅瓦"出版社出版《古代记载;或,圣·奥斯维斯修道院》(*Ancient Records; or, The Abbey of St. Oswythe*)。

伦敦"厄尔－赫姆特"出版社出版《闹鬼的宫殿;或,文托里恩的恐惧》(*The Haunted Palace; or, The Horrors of Ventoliene*),作者约克夫人(Mrs. R. P. M. Yorke),生卒日期不详。

伊丽莎白·赫尔姆在伦敦"厄尔－赫梅特"出版社出版《圣·玛格丽特洞窟;或,修女故事,一个古代传说》(*St. Margaret's Cave; or, The Nun's Story, An Ancient Legend*)。

查尔斯·卢卡斯(Charles Lucas, 1769－1854)在伦敦"密涅瓦"出版社出版《阴间唐吉诃德,昔时的一个故事》(*The Infernal Quixote, A Tale of the Day*)。

1802　弗朗西斯·莱瑟姆在伦敦"朗门－里斯"出版社出版《惊恐》(*Astonishment*)。

玛丽·米克在伦敦"密涅瓦"出版社出版《午夜婚礼》(*Midnight Weddings*)。

伦敦"密涅瓦"出版社出版匿名哥特式小说《科雷利亚;或,神秘的陵墓》(*Correlia; or, The Mystic Tomb*)。

伦敦"赫斯特"出版社(T. Hurst)推出无名氏哥特式小本故事书《恐怖洞窟;或,米兰达的苦难,一个那不勒斯城的故事》(*The Cavern of Horrors; or, The Mysteries or Miranda, A Neapolitan Tale*)。

伊莎贝拉·凯莉在伦敦"贝尔"出版社出版《男爵的女儿;一个哥特式传奇》(*The Baron's Daughter; A Gothic Romance*)。

加布里埃利在伦敦"密涅瓦"出版社出版《午夜婚礼》(*Midnight Weddings*)。

伦敦《绝妙杂志》(*The Marvelous Magazine*)5月号刊登无名氏中篇小说《午夜谋杀;或,修道士里纳尔蒂的忏悔》(*The Midnight Assassin; or, The Confession of the Monk Rinaldi*)。

伦敦"特格－卡斯尔曼"出版社(Tegg & Castleman)推出维克托·朱尔斯·萨里特(Victor Jules Sarret)的哥特式蓝皮书《强盗凯尼格斯马克;或,波希米亚恐惧》(*Koenigsmark the Robber; or, The Terror of Bohemia*)。

1803　亚历山大·汤姆森(Alexander Thomson, 1817－1875)在伦敦"克尔"出版社出版《林中三鬼魂:一个恐怖故事》(*The Three Ghosts: A Tale of Horror*)。

乔治·巴林顿(George Barrington, 1755－1804)在伦敦"特格－卡索尔曼"出版社(Tegg & Castleman)出版《伊丽莎;或,不幸福的修女》(*Eliza; or, The Unhappy Nun*)。

伦敦"尼尔"出版社(A. Neil)出版哥特式蓝皮书《道格拉斯城堡;或,神秘牢房》(*Douglas Castle; or, The Cell of Mystery*),作者巴雷特(C. F. Barrett),生卒日

期不详。

伦敦"罗宾逊"出版社出版《科森扎洞窟：一个 18 世纪的传奇》(*The Cave of Cosenza: A Romance of the Eighteenth Century*)，作者伊丽莎·布罗姆利(Eliza Bromley)，生卒日期不详。

伦敦"安·勒莫因"出版社(Ann Lemoine)推出哥特式蓝皮书《秘密通道；或，哥特式牢房》(*The Subterranean Passage; or, Gothic Cell*)，作者萨拉·威尔金森(Sarah Wilkinson)，生卒日期不详。

伦敦"克尔"出版社出版无名氏哥特式蓝皮书《克龙斯达德城堡；或，神秘来客》(*Cronstadt Castle; or, The Mysterious Visitor*)。

伦敦"密涅瓦"出版社出版匿名哥特式小说《霍恩赫尔比森林：一个故事》(*The Forest of Hohenhelbe: A Tale*)。

乔治·沃克在伦敦"沃克－赫斯特"出版社(G. Walker & T. Hurst)出版《唐·拉菲尔：一个传奇》(*Don Raphael: A Romance*)。

凯瑟琳·卡思伯森(Catherine Cuthbertson)在伦敦"罗宾逊"出版社出版《比利牛斯传奇》(*Romance of the Pyrenees*)。

1804　伦敦"休斯"出版社(J. F. Huges)出版《蒂沃利废墟：一个传奇》(*The Ruins of Tivoli: A Romance*)，作者弗朗西斯·克利福德(Francis Clifford)，生卒日期不详。

布伦特福德"诺伯利"出版社(P. Norbury)开始推出霍斯利·柯蒂斯的五卷本《瞭望塔；或，乌尔索那的儿子，一个历史传奇》(*The Watch-Tower; or, The Sons of Ulthona, a Historical Romance*)，全书于 1805 年出齐。

伦敦"特格－卡索尔曼"出版社出版无名氏哥特式蓝皮书《刘易斯·蒂雷尔；或，堕落的伯爵》(*Lewis Tyrell; or, The Depraved Count*)。

萨拉·威尔金森在伦敦"安·勒莫因"出版社出版哥特式蓝皮书《卡拉特拉瓦的骑士；或，骑士精神时代》(*The Knights of Calatrava; or, Days of Chivalry*)。

1805　夏洛特·戴克(Charlotte Dacre，1782－1842)在伦敦"舒里"出版社(D. N. Shury)出版《圣·奥默修道院修女的忏悔》(*Confessions of the Nun of St. Omer*)。

威廉·爱尔兰在伦敦"厄尔－赫克尔伯里奇"出版社(W. Earle & J. W. Hucklebridge)出版《修道士冈德兹；一个 13 世纪的传奇》(*Gondez the Monk; A Romance of the Thirteenth Century*)。

伦敦"密涅瓦"出版社出版《格伦莫尔修道院》(*Glenmore Abbey; or, The Lady of the Rock*)，作者伊萨克夫人(Mrs. Isaacs)，生卒日期不详。

伦敦"巴菲尔德"出版社(J. Barfield)出版《罗维戈城堡；或，报应》(*The Castle of Roviego; or, Retribution*)，作者玛丽·皮卡德(Mary Pickard)，生卒日期不详。

伦敦"尼尔"出版社推出哥特式蓝皮书《骷髅；或神秘的发现，一个哥特式传奇》(*The Skeleton; or, The Mysterious Discovery, a Gothic Romance*)，作者伊萨克·克鲁肯登(Isaac Crookenden)，生卒日期不详。

伦敦"密涅瓦"出版社出版《荒凉修女；或，林地女巫》(*The Nuns of the Desert; or, The Woodland Witches*)，作者尤金尼亚·德·埃克申(Eugenia de Action)，

生卒日期不详。

1806　伦敦"朗文"(Longman)、"赫斯特"(Hurst)、"里斯"(Rees)、"奥姆"(Orme)等出版社共同推出夏洛特·戴克的三卷本《佐弗罗亚;或,摩尔人,一个 15 世纪的传奇》(*Zofloya; or, The Moor, A Romance of the Fifteenth Century*)。

　　西德尼·欧文森(Sidney Owenson,1776－1859)以摩根夫人(Lady Morgan)的笔名在伦敦"理查德·菲利普斯"出版社(Richard Phillips)出版四卷本《圣·多米尼克的新修女》(*The Novice of Saint Dominick*)。

　　《文学之花》杂志(*Flowers of Literature*)刊出戴维·凯里(David Carey,1782－1824)的《城堡秘密》(*Secrets of the Castle*)。

　　伦敦"密涅瓦"出版社出版《蒙特布拉西尔修道院;或,母性考验》(*Montbrasil Abbey; or, Maternal Trials*),作者路易莎·斯坦诺普(Louisa Stanhope),生卒日期不详。

　　弗朗西斯·莱瑟姆在伦敦"密涅瓦"出版社出版《神秘的海盗;或,贝丝女王的时代》(*The Mysterious Freebooter; or, The Days of Queen Bess*)。

　　伦敦"乔治－罗宾逊"出版社(George & Robinson)出版《圣·塞巴斯蒂安诺》(*Santo Sebastiano; or, The Young Protector*),作者凯瑟琳·卡斯伯特森(Catherine Cuthbertson),生卒日期不详。

　　阿格尼丝·班尼特(Agnes Bennett,1760－1808)在伦敦"密涅瓦"出版社出版《海外变迁;或,我父亲的鬼魂》(*Vicissitudes Abroad; or, The Ghost of My Father*)。

1807　伦敦"朗文"、"赫斯特"、"里斯"、"奥姆"等出版社共同推出查尔斯·马图林(Charles Maturin,1780－1824)的三卷本《致命的复仇;或,蒙托里奥家族》(*The Fatal Revenge; or, The Family of Montorio*)。

　　伦敦"密涅瓦"出版社推出《米泽雷科迪亚的修女;或,诸圣节前夕》(*The Nun of Miserecordia; or, The Eve of All Saints*),作者署名索菲亚·弗朗西斯(Sophia Francis),生卒日期不详。

　　弗朗西斯·莱瑟姆在伦敦"克罗斯比"出版社出版《致命的誓言;或,圣·迈克尔斯隐修院》(*The Fatal Vow; or, St. Michaels Monastery*)。

　　霍斯利·柯蒂斯在伦敦"舒里"出版社出版《尤道弗的修道士》(*The Monk of Udolpho*)。

　　托马斯·霍尔克罗夫特(Thomas Holcroft,1745－1809)在伦敦"休斯"出版社出版《荒堡恐惧;或,美德胜利》(*The Horrors of the Secluded Castle; or, Virtue Triumphant*)。

　　伦敦"勒莫因－罗"出版社(A. Lemoine & J. Roe)出版无名氏《奥罗拉陵墓;或,神秘的召唤》(*The Tomb of Aurora; or, The Mysterious Summons*)。

　　伦敦《女士每月博览》(*Lady's Monthly Museum*)连载中篇哥特式小说《圣·西德维尔洞窟;一个传奇》(*The Cave of St. Sidwell; A Romance*),该文署名 F. E.,其生卒日期不详。

1808　伦敦"舒里"出版社推出《浪漫故事》(*Romantic Tales*),该书内含马修·刘易斯的中篇哥特式小说《怀疑;或,布兰奇和奥斯布赖特,一个封建时代的传奇》

（*Mistrust; or, Blanche and Osbright, A Feudal Romance*）。

伦敦"休斯"出版社出版无名氏哥特式蓝皮书《午夜呻吟；或，教堂幽灵》（*The Midnight Groan; or, The Specter of the Chapel*）。

伦敦"密涅瓦"出版社出版《马吉厄纳；或，威德林顿城堡，一个15世纪的故事》（*Margiana; or, Widdrington Tower, a Tale of the Fifteenth Century*），作者赛克斯夫人（Mrs. S. Sykes），生卒日期不详。

查尔斯·马图林在伦敦"赫斯特"、"里斯"、"奥姆"等出版社出版《野蛮的爱尔兰少年》（*The Wild Irish Boy*）。

弗朗西斯·莱瑟姆在伦敦"密涅瓦"出版社出版《未知者；或，北方画廊》（*The Unknown; or, The Northern Gallery*）。

伦敦"休斯"出版社出版无名氏哥特式蓝皮书《女修道院幽灵；或，不幸的女儿》（*The Convent Spectre; or, The Unfortunate Daughter*）。

1809　伦敦"休斯"出版社推出《曼弗朗涅；或，独臂修道士》（*Manfrone; or, The One-Handed Monk*），作者玛丽·安·拉德克利夫（Mary Ann Radcliffe），生卒日期不详。

伦敦"亨利·科尔伯恩"出版社出版《阿拉贡城堡；或，林中匪帮》（*The Castle of Aragon; or, The Banditti of the Forest*），作者凯瑟琳·史密斯（Catherine Smith），生卒日期不详。

理查德·西克莫尔在伦敦"密涅瓦"出版社出版《奥斯里克；或，现代恐惧，一个带有奇闻色彩的传奇》（*Osrick; or, Modern Horrors, a Romance Interspersed with a Few Anecdotes*）。

伦敦"西德尼"出版社（G. Sidney）出版《桑特雷尔家族；或，蒙陶尔特的继承人》（*The Family of Santraile; or, The Heir of Montault*），作者哈里特·琼斯（Harriet Jones），生卒日期不详。

伦敦"约翰·阿里斯"出版社（John Arliss）出版无名氏哥特式蓝皮书《圣·厄休拉修道院；或，奥特格罗事件》（*The Convent of St. Ursula; or, Incidents at Ottagro*）。

伦敦"梅登"出版社（T. Maiden）出版无名氏哥特式蓝皮书《林中隐士；或，慷慨武士，一个哥特式传奇》（*The Recluse of the Woods; or, The Generous Warrior, A Gothic Romance*）。

伦敦"阿利斯"出版社（Aliss）推出萨拉·威尔金森的哥特式蓝皮书《神秘的新修女；或，格雷苦修女修道院》（*The Mysterious Novice; or, The Convent of the Grey Penitents*）。

1810　珀西·雪莱（Percy Shelley, 1792－1822）在伦敦"威尔基－罗宾逊"出版社（G. Wilkie and J. Robinson）出版《扎斯特罗齐；一个传奇》（*Zastrozzi; A Romance*）。

埃莉诺·斯利思在伦敦"密涅瓦"出版社出版《夜间歌手；或，林中精灵》（*The Nocturnal Minstrel; or, The Spirit of the Wood*）。

伦敦"托马斯·特格"出版社（Thomas Tegg）出版无名氏哥特式蓝皮书《致命的誓言；或，虚假修道士，一个传奇》（*Fatal Vows; or, The False Monk, A*

Romance）。

伦敦"胡卡姆"出版社出版匿名哥特式小说《福尔康斯坦森林，一个传奇故事》（*Faulconstein Forest, a Romantic Tale*）。

伦敦"密涅瓦"出版社出版《圣·杰戈的节日，一个西班牙传奇》（*The Festival of St. Jago, a Spanish Romance*），作者莎拉·格林（Sarah Green），生卒日期不详。

伦敦"密涅瓦"出版社出版《圣·格伦罗伊的刺客；或，生活轴心》（*The Assassin of St. Glenroy; or, The Axis of Life*），作者安东尼·霍尔斯坦（Anthony Holstein），生卒日期不详。

萨拉·威尔金森在"休斯"出版社出版《格雷·佩尼滕茨的修道院；或，变节的修女》（*The Convent of the Grey Penitents; or, The Apostate Nun*）。

1811　夏洛特·戴克在伦敦"卡德尔－戴维斯"出版社出版《强烈情感》（*The Passions*）。

埃莉诺·斯利思在伦敦"密涅瓦"出版社出版《比利牛斯山匪帮，一个传奇》（*Pyrenean Banditti, a Romance*）。

珀西·雪莱在伦敦"斯托克代尔"出版社（J. J. Stockdale）出版《圣·欧文；或，玫瑰十字会会员，一个传奇》（*St. Irvyne; or, The Rosicrucian, a Romance*）。

伦敦"潘尼尔"出版社（N. L. Pannier）出版《蒙塔尔瓦；或，罪恶历史》（*Montalva; or, The Annals of Guilt*），作者安·玛丽·汉密尔顿（Ann Mary Hamilton），生卒日期不详。

莎拉·格林在伦敦"戈斯内尔"出版社（S. Gosnell）出版《王室流放；或，人性激情的受害者》（*The Royal Exile; or, Victims of Human Passions*）。

伊萨克·克鲁肯登在伦敦"哈里尔德"出版社（R. Harrild）出版《意大利匪帮；或，亨利和玛蒂尔德的秘史》（*The Italian Banditti; or, The Secret History of Henry and Matilda, a Romance*）。

1812　查尔斯·马图林在伦敦"亨利·科尔伯恩"出版社出版《爱尔兰酋长，一个传奇》（*The Milesian Chief, a Romance*）。

路易莎·斯坦诺普在伦敦"密涅瓦"出版社出版《瓦隆波的忏悔室》（*The Confessional of Valombre*）。

安·朱莉亚·哈顿（Ann Julia Hatton, 1764－1838）在伦敦"亨利·科尔伯恩"出版社出版《西西里的神秘；或，德尔维奇堡垒》（*Sicilian Mysteries; or, The Fortress Del Vechii*）。

伦敦"密涅瓦"出版社出版《托莱多洞窟；或，哥特式公主》（*Cave of Toledo; or, The Gothic Princess*），作者奥古斯塔·斯图亚特（Augusta Stuart），生卒日期不详。

1813　伊顿·巴雷特（Eaton Barrett, 1786－1820）在伦敦"亨利·科尔伯恩"出版社（Henry Colburn）出版哥特式戏拟小说《女英雄；或，一个美丽的传奇读者的历险》（*The Heroine; or, The Adventure of a Fair Romance Reader*）。

莎拉·格林在"谢尔伍德－尼利－琼斯"出版社（Sherwood, Neely & Jones）出版《蒙骗：一部流行小说》（*Deception: A Fashionable Novel*）。

雷吉娜·罗奇在伦敦"密涅瓦"出版社出版《圣·科勒姆修道院；或，赎罪》（*The*

Monastery of St. Columb; or, The Atonement）。

伦敦"密涅瓦"出版社出版《林登费尔特的陌生人；或，谁是我父亲》(*The Strangers of Lindenfeldt; or, Who Is My Father?*)，作者罗斯夫人（Mrs. Ross），生卒日期不详。

伦敦"密涅瓦"出版社出版匿名哥特式小说《塞利农蒂废墟；或，一个已故漫游者在瓦尔·德·马扎拉、西西里、卡拉布里亚、那不勒斯等地的见闻》(*The Ruins of Selinunti; or, The Val De Mazzara, Sicilian, Calabrian, and Neapolitan Sceneries by a Late Rambler in Those Countries*)。

1814　伦敦"密涅瓦"出版社出版《厄比诺；或，勒潘多城堡》(*Urbino; or, The Vaults of Lepanto*)，作者托马斯·塔克特（Thomas Tuckett），生卒日期不详。

伦敦"克罗斯比"出版社出版《皮埃尔和艾德琳；或，城堡传奇》(*Pierre and Adeline; or, The Romance of the Castle*)，作者海恩斯（D. F. Haynes），生卒日期不详。

路易莎·斯坦诺普在伦敦"密涅瓦"出版社出版《玛德莉娜：一个根据事实写成的故事》(*Madelina: A Tale Founded on Facts*)。

莎拉·格林在伦敦"谢尔伍德－尼利－琼斯"出版社以及"查普尔"出版社出版《加尔都西会修道士；或，蒙坦维尔的神秘》(*The Carthusian Friar; or, The Mysteries of Montanville*)。

1815　伦敦"密涅瓦"出版社出版《巴罗齐；或，威尼斯女巫，一个 16 世纪的传奇》(*Barozzi; or, The Venetian Sorceress, A Romance of the Sixteenth Century*)，作者凯瑟琳·史密斯（Catherine Smith），生卒日期不详。

伦敦"斯托克代尔"出版社出版哥特式戏拟小说《爱情与恐怖；现时模仿以及未来所有传奇的楷模》(*Love and Horror; An Imitation of the Present, and a Model for All future Romances*)，作者署名艾卡斯特伦西斯（Ircastrensis），其生卒日期不详。

伦敦"沃克"出版社出版《峡谷骑士：一个爱尔兰传奇》(*The Knight of the Glen: An Irish Romance*)，作者安·多尔蒂（Ann Doherty），生卒日期不详。

路易莎·斯坦诺普在伦敦"密涅瓦"出版社出版《叛逆；或，安托瓦内特的坟墓》(*Treachery; or, The Grave of Antoinette*)。

伦敦"密涅瓦"出版社出版匿名哥特式小说《特丽萨；或，男巫的命运》(*Theresa; or, The Wizard's Fate*)。

1816　查尔斯·马图林在伦敦"约翰·默里"出版社出版《伯特伦；或，圣·奥尔多布兰德城堡》(*Bertram; or, The Castle of St. Aldobrand*)。

托马斯·皮科克（Thomas Peacock，1785－1866）在伦敦"胡卡姆"出版社出版《黑德朗大厅》(*Headlong Hall*)。

伦敦"密涅瓦"出版社出版《欧文城堡；或，哪个是女英雄?》(*Owen Castle; or, Which Is the Heroine?*)，作者玛丽·安·沙利文（Mary Ann Sullivan），生卒日期不详。

伦敦"鲍尔温－克拉多克－乔伊"出版社（Baldwin, Cradock and Joy）出版哥特式戏拟小说《她要成为女主人公》(*She Would Be a Heroine*)，作者索菲娅·格里菲思(Sophia Griffith),生卒日期不详。

伦敦"亨利·科尔伯恩"出版社推出卡罗琳·兰姆(Caroline Lamb,1785 - 1828)的《格伦纳冯》(*Glenarvon*)。

伦敦"密涅瓦"出版社出版《廷滕修道院的孤儿》(*The Orphan of Tintern Abbey*),作者索菲娅·齐根赫特(Sophia Ziegenhirt),生卒日期不详。

1817 安·克尔在伦敦"休斯"出版社出版《森林人埃德里克;或,闹鬼房间的神秘》(*Edric the Forester; or, The Mysteries of the Haunted Chamber*)。

伦敦"密涅瓦"出版社出版《匈牙利的神秘:一个 15 世纪的浪漫传奇》(*The Mysteries of Hungary: A Romantic History of the Fifteenth Century*),作者爱德华·穆尔(Edward Moore),生卒日期不详。

伦敦"巴纳德－法利"出版社(Barnard & Farley)出版匿名哥特式小说《哈登布拉斯和哈弗里尔;或,城堡的秘密》(*Hardenbrass and Haverill; or, The Secret of the Castle*)。

伦敦"密涅瓦"出版社出版匿名哥特式小说《亚历克谢纳;或,圣·马科的城堡》(*Alexena; or, The Castle of Santa Marco*)。

1818 简·奥斯汀(Jane Austin,1775 - 1817)的哥特式戏拟小说《诺桑觉修道院》(*Northanger Abbey*)由伦敦"约翰·默里"出版社出版,该书完稿于 1798 年,修订于 1803 年,但直到 1818 年简·奥斯汀去世后才出版。

托马斯·洛夫·皮科克在伦敦"胡卡姆"出版社出版哥特式戏拟小说《梦魇修道院》(*Nightmare Abbey*)。

路易莎·斯坦诺普在伦敦"密涅瓦"出版社出版《廷达罗的圣·玛丽亚修道院的修女》(*The Nun of Santa Maria Di Tindaro*)。

伦敦"拉肯顿"(Lackington)、"休斯"(Hughes)、"哈丁"(Harding)、"梅弗－琼斯"(Mavor & Jones)等出版社共同推出玛丽·雪莱(Mary Shelley,1797 - 1851)的《弗兰肯斯坦;或,现代普罗米修斯》(*Frankenstein; or, The Modern Prometheus*)。

伦敦"迪恩－芒迪"出版社出版无名氏哥特式蓝皮书《洛弗尔城堡;或,重设合法继承人》(*Lovel Castle; or, The Rightful Heir Restored*)。

1819 约翰·波利多里(John Polidori,1795 - 1821)在伦敦"舍伍德－尼利－琼斯"出版社(Sherwood, Neely & Jones)出版《吸血鬼》(*The Vampyre*)。

玛丽·米克在伦敦"密涅瓦"出版社出版《隐匿的女性保护人;或,神秘的母亲》(*The Veiled Protectress; or, The Mysterious Mother*)。

安·朱莉亚·哈顿在伦敦"亨利·科尔伯恩"出版社出版《塞萨里奥·罗萨尔巴;或,复仇的誓言,一个传奇》(*Cesario Rosalba; or, The Oath of Vengeance, a Romance*)。

爱德华·鲍尔(Edward Ball,1792 - 1873)在伦敦"布思－鲍尔"出版社(Booth & Ball)出版《黑色强盗,一个传奇》(*The Black Robber: A Romance*)。

伦敦"密涅瓦"出版社出版《圣·戈沙德的姐妹》(*The Sisters of St. Gothard*),作者伊丽莎白·布朗(Elizabeth Brown),生卒日期不详。

1820 查尔斯·马图林在伦敦"赫斯特－罗宾逊"出版社(Hurst & Robinson)出版《漂

境遇·范式·演进——英国哥特式小说研究

泊者梅尔摩斯》(*Melmoth the Wanderer*)。

弗朗西斯·莱瑟姆在伦敦"密涅瓦"出版社出版《意大利的神秘;或,不止一个秘密》(*Italian Mysteries; or, More Secrets than One*)。

萨拉·威尔金森在伦敦"梅森"出版社(W. Mason)出版《兰米尔修道院的幽灵;或,灰蓝色口袋的秘密》(*The Spectre of Lanmere Abbey; or, The Mystery of the Blue and Silver Bag*)。

伦敦"威廉·费尔曼"出版社(William Fearman)出版《占星者;或,塞巴斯蒂安尼前夕,一个传奇》(*The Astrologer; or, The Eve of San Sebastiani: A Romance*),作者黑尔斯(J. M. H. Hales),生卒日期不详。

伦敦"罗德维尔-马丁"(Rodwell & Martin)出版《沃尔夫斯坦的沃贝克》(*Warbeck of Wolfstein*),作者玛格丽特·霍尔福德(Margaret Holford),生卒日期不详。

1821　伦敦"纽曼"出版社出版《埃莉诺;或,圣·迈克尔教堂的幽灵,一个传奇故事》(*Eleanor; or, The Spectre of St. Michael's, a Romantic Tale*),作者海恩斯小姐(Miss C. D. Haynes),生卒日期不详。

伦敦"纽曼"出版社出版《爱尔兰巫师;或,深暗》(*The Irish Necromancer; or, Deep Dark*),托马斯·马歇尔(Thomas Marshal),生卒日期不详。

1822　詹姆斯·霍格(James Hogg, 1770-1835)在伦敦"朗文"、"赫斯特"、"里斯"、"奥姆"、"布朗"等出版社出版《人类的三种危险;或,战争、女人和魔法》(*The Three Perils of Man; or, War, Women, and Witchcraft*)。

伦敦"惠特克"出版社(G. & W. B. Whittaker)出版《雷文斯珀宅第:一个传奇》(*The House of Ravenspur: A Romance*),作者弗朗西丝·贾米森(Frances Jamieson),生卒日期不详。

伦敦"朗文"、"赫斯特"、"里斯"、"奥姆"、"布朗"等出版社出版《罗奇-布兰奇;或,比利牛斯山的猎手,一个传奇》(*Roche-Blanche; or, The Hunters of the Pyrenees, a Romance*),作者安娜·玛利亚·波特(Anna Maria Porter),生卒日期不详。

约翰·拉塞尔(John Russell, 1792-1878)在伦敦"约翰·默里"出版社出版《阿鲁卡的修女:一个故事》(*The Nun of Arrouca, a Tale*)。

1823　玛丽·雪莱在伦敦"惠特克"出版社出版《瓦尔珀加;或,卢卡王子卡斯特拉西奥的生活和历险》(*Valperga; or, The Life and Adventures of Castruccio, Prince of Lucca*)。

卡罗琳·兰姆(Caroline Lamb, 1785-1828)在伦敦"约翰·默里"出版社出版《埃达·赖斯:一个故事》(*Ada Reis: A Tale*)。

1824　伦敦"朗文"、"赫斯特"、"里斯"、"奥姆"、"布朗-格林"(Brown & Green)等出版社共同推出詹姆斯·霍格的《一个自认有理的罪人的个人回忆和自白》(*The Private Memoirs and Confessions of a Justified Sinner*)。

查尔斯·马图林在伦敦"赫斯特"、"罗宾逊",以及爱丁堡的"康斯特布尔"(Constable)等出版社出版《阿比尔教派:一个传奇》(*The Albigenses: A Romance*)。

伦敦"纽曼"出版社出版匿名哥特式小说《城堡的传统;或,翡翠场景》(*The Tra-*

dition of the Castle; or, Scenes in the Emerald）。

1825　雷吉娜·罗奇在伦敦"纽曼"出版社出版《城堡礼拜堂》（*The Castle Chapel: A Romantic Tale*）。

1826　伦敦"纽曼"出版社推出《蒙特塞拉修道院院长；或，血潭》（*The Abbot of Montserrat; or, The Pool of Blood*），作者威廉·格林（William Child Green），生卒年月不详。

安·拉德克利夫的《加斯顿·德·布隆德维尔；或，亨利三世在阿登举办宫宴》（*Gaston de Blondeville; or, The Court of Henry III Keeping Festival in Ardennes*）由伦敦"亨利·科尔伯恩"出版社出版。

伦敦"纽曼"出版社出版《神秘修道士》（*The Mysterious Monk*），作者博伦（C. A. Bolen），生卒日期不详。

1827　海恩斯小姐在伦敦"纽曼"出版社出版《路斯维尔修道院的废墟》（*The Ruins of Ruthvale Abbey*）。

1828　伦敦"迪恩－芒迪"出版社出版无名氏哥特式蓝皮书《格伦沃：苏格兰强盗》（*Glenwar: The Scottish Bandit*）。

伦敦"费尔伯恩"出版社出版无名氏哥特式蓝皮书《可怕的复仇；或，孤寂城堡的刺杀》（*The Horrible Revenge; or, The Assassin of the Solitary Castle*）。

1830　弗朗西斯·莱瑟姆在伦敦"密涅瓦"出版社出版《神秘事件；或，花毯幻象，安妮·波琳时代的浪漫传说》（*Mystic Events; or, The Vision of the Tapestry, A Romantic Legend of the Days of Anne Boleyn*）。

1831　托马斯·皮科克在伦敦"胡卡姆"出版社出版哥特式戏拟小说《克罗切特城堡》（*Crotchet Castle*）。

1834　威廉·安思沃斯（William Ainsworth，1805－1882）在伦敦"理查德·本特利"出版社（Richard Bentley）出版《鲁克伍德》（*Rookwood*）。

作家译名对照

（按汉语拼音顺序）

A

阿普列乌斯（Apuleius）

阿斯卡姆，罗杰（Roger Ascham）

埃科，昂伯托（Umberto Eco）

埃里克森，托马斯（Thomas Erickson）

埃利斯，凯特（Kate Ellis）

埃利斯，马克曼（Markman Ellis）

埃米斯，金斯利（Kingsley Amis）

艾卡斯特伦西斯（Ircastrensis）

艾迪生，约瑟夫（Joseph Addison）

艾金，安娜（Anna Aikin）

艾金，约翰（John Aikin）

爱尔兰，威廉（William Ireland）

安德里亚诺，约瑟夫（Joseph Andriano）

安德森，本尼迪克特（Benedict Anderson）

安尼特，彼得（Peter Annet）

安思沃斯，威廉（William Ainsworth）

奥尔巴赫，尼娜（Nina Auerbach）

奥尔迪斯，布赖恩（Brian Aldiss）

奥罗西厄斯（Orosius）

奥斯汀，简（Jane Austen）

B

巴恩斯，朱利安（Julian Barnes）

巴赫金，米哈伊尔（Mikhail Bakhtin）

巴拉德，詹姆斯（James Ballard）

巴雷特，伊顿（Eaton Barrett）

巴伦－威尔逊，康威尔（Cornwell Baron-Wilson）

巴斯，约翰（John Barth）

巴特勒，玛丽琳（Marilyn Butler）

巴特勒，塞缪尔（Samuel Butler）

巴特勒，朱迪思（Judith Butler）

巴泽曼，查尔斯（Charles Bazerman）

拜伦，格伦妮丝（Glennis Byron）

拜伦，乔治（George Byron）

拜姆，朱莉亚（Julia Byme）

保尔森，罗纳德（Ronald Paulson）

保罗，让（Jean Paul）

贝克福德，威廉（William Beckford）

贝克特，塞缪尔（Samuel Beckett）

贝利，约翰（John Baillie）

贝利，詹姆斯（James Bailey）

贝姆，桑德拉（Sandra Bem）

本瑟姆，雷蒙德（Raymond Bentham）

本森，爱·弗（E. F. Benson）

比维尔，玛丽亚（Maria Beville）

波利多里，约翰（John Polidori）

波特，安娜·玛丽亚（Anna Maria Porter）

波特，弗朗兹（Franz Potter）

波特，罗伊（Roy Porter）

伯克，埃德蒙（Edmund Burke）

伯克黑德，伊迪丝（Edith Birkhead）

伯罗，乔治（George Burrow）

伯内特，托马斯（Thomas Burnet）

博廷，弗雷德（Fred Botting）

博希亚，让（Jean Baudrillard）

布拉登，玛丽（Mary Braddon）

布兰宁，蒂莫西（Timothy Blanning）

布兰特林格，帕特里克（Patrick Brantlinger）

布雷克，威廉（William Blake）

布利希，詹姆斯（James Blish）

布瓦洛，德普罗（Despréaux Boileau）

C

查布,托马斯(Thomas Chubb)

查尔顿,玛丽(Mary Charlton)

查普曼,盖伊(Guy Chapman)

D

达尔文,伊拉兹马斯(Erasmus Darwin)

达夫龙,本杰明(Benjamin Daffron)

戴维,赫弗里(Humphry Davy)

戴维森,卡罗尔(Carol Davison)

丹尼斯,约翰(John Dennis)

道尔,亚瑟·柯南(Arthur Conan Doyle)

德克,乔治(George Dekker)

德雷克,内森(Nathan Drake)

德里达,雅克(Jacques Derrida)

狄更斯,查尔斯(Charles Dickens)

笛福,丹尼尔(Daniel Defoe)

笛卡尔(Descartes)

蒂克,约翰(Johann Tieck)

多布森,迈克尔(Michael Dobson)

多德韦尔,亨利(Henry Dodwell)

F

法努,拉(Le Fanu)

法斯,戴安娜(Diana Fuss)

凡尔纳,儒勒(Jules Verne)

菲尔丁,亨利(Henry Fielding)

菲尔默,罗伯特(Robert Filmer)

菲舍尔,弗雷德里克(Frederick Fischer)

费德勒,莱斯利(Leslie Fiedler)

弗格森,弗朗西斯(Frances Ferguson)

弗朗克,弗雷德里克(Fredrick Frank)

弗里德曼,安妮(Anne Freadman)

弗利诺,朱莉安(Juliann Fleenor)

弗洛斯特,布莱恩(Brian Frost)

弗洛伊德,西格蒙德(Sigmund Freud)

伏尔泰(Voltaire)

福尔斯,约翰(John Fowles)

福克斯,约瑟夫(Joseph Fox)

福斯特,詹姆斯(James Foster)

福西特,埃德加(Edgar Fawcett)

霍尔,约翰(John Hall)

霍尔福德,玛格丽特(Margaret Holford)

霍尔克罗夫特,托马斯(Thomas Holcroft)

霍尔斯坦,安东尼(Anthony Holstein)

霍夫曼,欧·西·阿(E. T. A. Hoffmann)

霍格,詹姆斯(James Hogg)

霍格尔,杰罗尔德(Jerrold Hogle)

霍奇森,威廉(William Hodgson)

J

基尔戈,玛吉(Maggie Kilgour)

基亚梅,利昂(Leon Guilhamet)

吉卜林,约瑟夫(Joseph Kipling)

吉尔伯特,桑德拉(Sandra Gilbert)

杰克逊,罗斯玛丽(Rosemary Jackson)

金,斯蒂芬(Stephen King)

K

卡莱尔,亚历山大(Alexander Carlyle)

卡勒特,卡尔(Karl Kahlert)

卡梅伦,唐纳德(Donald Cameron)

卡思伯森,凯瑟琳(Catherine Cuthbertson)

卡斯尔,特里(Terry Castle)

卡特,安吉拉(Angela Carter)

卡西奥多勒斯(Cassiodorus)

凯里,戴维(David Carey)

凯利,罗伯特(Robert Kiely)

凯特贝尼,卡尔-玛丽亚(Karl-Maria Kertbeny)

凯特雷尔,戴维(David Ketterer)

坎贝尔,约翰(John Campbell)

康德,伊曼努尔(Immanuel Kant)

康格里夫,威廉(William Congreve)

康拉德,约瑟夫(Joseph Conrad)

柯蒂斯,霍斯利(Horsley Curties)

柯勒律治,塞缪尔(Samuel Coleridge)

柯林斯,安东尼(Anthony Collins)

科恩,杰弗里(Jeffrey Cohen)

科利,琳达(Linda Colley)

克尔,詹姆斯(James Kerr)

克莱斯特,海因里奇(Heinrich Kleist)

克劳迪安(Claudian)

克里斯蒂,托马斯(Thomas Christie)

克里斯潘,埃德蒙(Edmund Crispin)

克利杰,塞缪尔(Samuel Kliger)

克利里,爱玛(Emma Clery)

克鲁肯登,伊萨克(Isaac Crookenden)

肯尼迪,埃米特(Emmet Kennedy)

库玛尔,克里尚(Krishan Kumar)

库珀,安东尼(Anthony Cooper)

L

拉德克利夫,安(Ann Radcliffe)

拉德克利夫,玛丽·安(Mary Ann Radcliffe)

拉什迪,萨曼(Salman Rushdie)

拉瓦特尔,约翰(Johann Lavater)

莱瑟姆,弗朗西斯(Francis Lathom)

朗吉纳斯,卡休斯(Cassius Longinus)

雷罗,艾诺(Eino Railo)

李,索菲亚(Sophia Lee)

里夫,克拉拉(Clara Reeve)

里克特,戴维(David Richter)

里奇,艾德丽安(Adrienne Rich)

理查逊,塞缪尔(Samuel Richardson)

丽格,詹姆斯(James Rieger)

利奥塔,让－弗朗索瓦(Jean-Francois Lyotard)

利维,莫里斯(Maurice Levy)

刘易斯,马修(Matthew Lewis)

卢卡奇,格奥尔格(Georg Lukács)

卢克赫斯特,罗杰(Roger Luckhurst)

卢梭,让－雅克(Jean-Jacques Rousseau)

卢卡斯,查尔斯(Charles Lucas)

路德,马丁(Martin Luther)

罗比－格里耶,阿兰(Alain Robbe-Grillet)

罗宾逊,金(Kim Robinson)

罗宾逊,玛丽(Mary Robinson)

罗伯茨,亚当(Adam Roberts)

罗奇,雷吉娜(Regina Roche)

洛克,约翰(John Locke)

M

马隆,埃德蒙(Edmund Malone)

马赛,米歇尔(Michèle Massé)

马赛厄斯,托马斯(Thomas Mathias)

马图林,查尔斯(Charles Maturin)

迈尔斯,罗伯特(Robert Miles)

麦卡弗里,拉里(Larry McCaffrey)

麦考利,托马斯(Thomas Macaulay)

麦克安德鲁,伊丽莎白(Elizabeth MacAndrew)

麦克弗森,詹姆斯(James Macpherson)

麦克唐纳,戴维(David Macdonald)

曼德尔,欧内斯特(Ernest Mandel)

曼恩,乔治(George Mann)

梅奥,罗伯特(Robert Mayo)

梅德温,托马斯(Thomas Medwin)

梅勒,安妮(Anne Mellor)

梅里尔,朱迪思(Judith Merril)

梅琴,阿瑟(Arthur Machen)

孟德斯鸠(Montesquieu)

米克,玛丽(Mary Meeke)

弥尔顿,约翰(John Milton)

米勒,卡尔(Karl Miller)

米勒,卡罗琳(Carolyn Miller)

米什拉,维杰(Vijay Mishra)

莫尔斯,埃伦(Ellen Moers)

莫里斯,戴维(David Morris)

莫斯,马赛尔(Marcel Mauss)

莫斯,乔治(George Mosse)

莫斯科维茨,萨姆(Sam Moskowitz)

墨菲,阿瑟(Arthur Murphy)

穆尔,乔治(George Moore)

穆尔,约翰(John Moore)

N

奈特,达蒙(Damon Knight)

尼科尔,布兰(Bran Nicol)

尼科尔斯,彼得(Peter Nicholls)

诺顿,里克托(Rictor Norton)

诺尔道,马克斯(Max Nordau)

诺梅耶,比特(Beate Neumeier)

P

帕尔默，约翰（John Palmer）

帕克，芒戈（Mungo Park）

帕林德，帕特里克（Patrick Parrinder）

帕默，宝琳娜（Paulina Palmer）

帕森斯，伊丽莎（Eliza Parsons）

潘恩，托马斯（Thomas Paine）

庞特，戴维（David Punter）

培根，纳撒尼尔（Nathaniel Bacon）

彭佐尔茨，彼得（Peter Penzoldt）

坡，埃德加·爱伦（Edgar Allan Poe）

珀西，托马斯（Thomas Percy）

蒲柏，亚历山大（Alexander Pope）

普里斯特利，约瑟夫（Joseph Priestley）

普鲁凯尔，杰夫（Jeff Prucher）

普鲁塔克，卢修斯（Lucius Plutarch）

Q

乔丹尼斯（Jordanes）

乔斯林，迈克尔（Michael Joslin）

丘吉尔，肯尼思（Kenneth Churchill）

S

萨德侯爵（Marquis de Sade）

赛义德，爱德华（Edward Saïd）

萨林斯，彼得（Peter Sahlins）

萨罗，纳塔利（Nathalie Sarraute）

萨默斯，蒙塔古（Montague Summers）

塞尔策，马克（Mark Seltzer）

塞奇，维克多（Victor Sage）

塞奇威克，伊夫（Eve Sedgwick）

骚塞，罗伯特（Robert Southey）

莎士比亚，威廉（William Shakespeare）

施莱格尔，弗里德里克（Friedrich Schlegel）

施米特，坎农（Cannon Schmitt）

施米特，丽卡达（Ricarda Schmidt）

史蒂文森，罗伯特（Robert Stevenson）

史蒂文斯，戴维（David Stevens）

史密斯，凯瑟琳（Catherine Smith）

史密斯，安德鲁（Andrew Smith）

史密斯,安东尼(Anthony Smith)

史密斯,夏洛特(Charlotte Smith)

史密斯,亚当(Adam Smith)

史密斯,威廉(William Smith)

司各特,沃尔特(Walter Scott)

斯宾塞,埃德蒙(Edmund Spenser)

斯宾塞,赫伯特(Herbert Spencer)

斯卡伯勒,多萝西(Dorothy Scarborough)

斯利思,埃莉诺(Eleanor Sleath)

斯罗特戴克,彼得(Peter Sloterdijk)

斯帕克,穆里尔(Muriel Spark)

斯佩克特,罗伯特(Robert Spector)

斯平拉德,诺尔曼(Norman Spinrad)

斯瑞尔,赫丝特(Hester Thrale)

斯泰伦,劳伦斯(Laurence Sterne)

斯特芬,丽莎(Lisa Steffen)

斯特金,西奥多(Theodore Sturgeon)

斯托克,布拉姆(Bram Stoker)

斯威夫特,格雷厄姆(Graham Swift)

斯威夫特,乔纳森(Jonathan Swift)

斯韦尔斯,约翰(John Swales)

苏文,达尔科(Darko Suvin)

索尔比,罗宾(Robin Sowerby)

T

塔尔,玛丽(Mary Tarr)

塔西佗(Tacitus)

坦普尔,威廉(William Temple)

汤斯汉德,戴尔(Dale Townshend)

特朗佩勒,凯蒂(Katie Trumpener)

特尼,乔恩(Jon Turney)

廷德尔,马修(Matthew Tindal)

托多罗夫,茨维坦(Tzvetan Todorov)

托兰,约翰(John Toland)

W

瓦玛,德文德拉(Devendra Varma)

瓦特,詹姆斯(James Watt)

王尔德,奥斯卡(Oscar Wilde)

威尔金森,萨拉(Sarah Wilkinson)

威尔斯,赫·乔(H. G. Wells)

威尔特,朱迪思(Judith Wilt)

威尔逊,埃德蒙(Edmund Wilson)

威尔逊,威廉(William Wilson)

韦尔什,亚历山大(Alexander Welsh)

维兰德,克里斯托夫(Christoph Wieland)

温克尔曼,约翰(Johann Winckelmann)

沃尔尼,康斯坦丁－弗朗索瓦(Constantin-François Volney)

沃,帕特丽夏(Patricia Waugh)

沃波尔,霍勒斯(Horace Walpole)

沃伯顿,威廉(William Warburton)

沃尔弗雷斯,朱莉安(Julian Wolfreys)

沃克,乔治(George Walker)

沃纳,理查德(Richard Warner)

沃斯通克拉夫特,玛丽(Mary Wollstonecraft)

伍尔斯顿,托马斯(Thomas Woolston)

X

西克尔莫尔,理查德(Richard Sicklemore)

希尔,克里斯托弗(Christopher Hill)

席勒,弗里德里希·冯(Friedrich von Schiller)

肖,菲利普(Philip Shaw)

辛克莱,凯瑟琳(Catherine Sinclair)

辛克莱,乔治(George Sinclair)

辛普森,戴维(David Simpson)

休姆,戴维(David Hume)

休姆,罗伯特(Robert Hume)

雪莱,玛丽(Mary Shelley)

雪莱,珀西(Percy Shelley)

Y

亚里士多德(Aristotle)

扬,爱德华(Edward Young)

伊登泽,蒂姆(Tim Edensor)

约翰逊,布·斯(B. S. Johnson)

约翰逊,克劳迪娅(Claudia Johnson)

约翰逊,塞缪尔(Samuel Johnson)

Z

詹克斯,查尔斯(Charles Jencks)

作品译名对照

（按汉语拼音顺序）

A

《阿思林和邓贝恩的城堡》（*The Castles of Athlin and Dunbayne*）

《艾伯特·安吉洛》（*Albert Angelo*）

《艾凡赫》（*Ivanhoe*）

《爱情与恐怖》（*Love and Horror*）

《暧昧的人》（*Equivocal Beings*）

《安慰者》（*The Comforters*）

《奥德赛》（*Odyssey*）

《奥瑟罗》（*Othello*）

《奥斯瓦尔德城堡》（*Oswald's Castle*）

《奥特兰托城堡》（*The Castle of Otranto*）

B

《巴迪克国家主义》（*Bardic Nationalism*）

《巴黎的罗伯特伯爵》（*Count Robert of Paris*）

《巴罗齐》（*Barozzi*）

《巴斯克维尔的猎犬》（*The Hound of the Baskervilles*）

《暴风雨》（*The Tempest*）

《暴行展示》（*The Atrocity Exhibition*）

《北方古风》（*Northern Antiquities*）

《贝奥武夫》（*Beowulf*）

《比利牛斯传奇》(*Romance of the Pyrenees*)

《波伊斯城堡》(*Powis Castle*)

《哺育女儿》(*Mothering Daughters*)

C

《超自然小说的兴起》(*The Rise of Supernatural Fiction*)

《城堡孤女埃米琳》(*Emmeline, the Orphan of the Castle*)

《城堡秘密》(*Secrets of the Castle*)

《除夕激情》(*The Passion of New Eve*)

《传奇的发展》(*The Progress of Romance*)

《创造之初的基督教》(*Christianity as Old as the Creation*)

《篡位》(*Usurpation*)

D

《刀光灯影中的血色恐怖》(*Die Blutende Gestalt mit Dolch und Lampe*)

《德拉库拉》(*Dracula*)

《低劣的艺术家》(*The Poor Artist*)

《帝国的灭亡》(*Ruins of Empires*)

《第十二夜》(*Twelfth Night*)

《东方故事》(*Oriental Tales*)

E

《20 世纪的科学小说》(*Science Fiction in the 20th Century*)

F

《法国中尉的女人》(*The French Lieutenant's Woman*)

《反对异教的历史》(*History Against the Pagans*)

《非洲内陆游记》(*Travels in the Interior Districts of Africa*)

《分割俄耳甫斯》(*The Dismemberment of Orpheus*)

《弗兰肯斯坦》(*Frankenstein*)

G

《盖尔斯坦的安妮》(*Anne of Geierstein*)

《盖伊·曼纳林》(*Guy Mannering*)

《高涨》(*High Rise*)

《哥特式崇高》(*The Gothic Sublime*)

《哥特式小说出版史》(*The History of Gothic Publishing*)

《哥特式火焰》(*The Gothic Flame*)

《哥特式激进主义》(*Gothic Radicalism*)

《哥特式文学》(*The Gothic*)

《哥特式小说/哥特式形式》(*Gothic Fiction / Gothic Form*)

《哥特式小说的兴起》(*The Rise of the Gothic Novel*)

《哥特式小说与性》(*The Gothic and Gender*)

《哥特式著作 1750-1820》(*Gothic Writing，1750-1820*)

《阁楼上的疯女人》(*The Madwoman in the Attic*)

《格蒂卡》(*Getica*)

《格拉斯维尔修道院》(*Grasville Abbey*)

《构建英格兰国民身份》(*The Making of English National Identity*)

《古代记载》(*Ancient Records*)

《古代艺术史》(*History of Ancient Art*)

《古董商》(*The Antiquary*)

《关于法国革命的思考》(*Reflections on the Revolution in France*)

《关于哥特战争》(*On the Gothic War*)

《关于骑士精神和传奇文学的通讯》(*Letters on Chivalry and Romance*)

《关于人类理解的评述》(*An Essay Concerning Human Understanding*)

《关于希腊人绘画和雕塑的思考》(*Reflections on the Painting and Sculpture of the Greeks*)

《关于政府的本质以及男人和国王的权利》(*Of the Nature of Government, and the Rights of Men and of Kings*)

《国家和民族主义》(*Nations and Nationalism*)

《国民身份、通俗文化和日常生活》(*National Identity, Popular Culture and Everyday Life*)

H

《海盗》(*The Pirate*)

《海伦娜》(*Helena*)

《豪华卧室》(*The Tapestried Chamber*)

《赫马尼亚》(*Germania*)

《黑暗的心》(*Heart of Darkness*)

《黑侏儒》(*The Black Dwarf*)

《后现代状况》(*The Postmodern Condition*)

《湖上夫人》(*The Lady of the Lake*)

《护身符》(*The Talisman*)

《荒堡恐惧》(*The Horrors of the Secluded Castle*)

《荒诞古怪：颠覆的文学》(*Fantastic: The Literature of Subversion*)

《荒诞古怪》(*The Fantastic*)

《荒僻与崇高》(*Solitude and Sublime*)

《活体幽灵》(*The Doppelgänger*)

《霍夫曼博士的恶魔欲望机器》(*The Infernal Desire Machines of Doctor Hoffman*)

J

《基督教的理性》(*The Reasonableness of Christianity*)

《畸形的想象》(*Monstrous Imagination*)

《建构民族诗人》(*The Making of the National Poet*)

《剑桥哥特式小说指南》(*The Cambridge Companion to Gothic Fiction*)

《皆大欢喜》(*As You Like It*)

《杰基尔博士与海德先生》(*Dr. Jekyll and Mr. Hyde*)

《杰克上校》(*Colonel Jack*)

《界定不列颠国家》(*Defining a British State*)

《金驴记》(*The Golden Ass*)

《经典作品与畅销书》(*Classics and Commercials*)

《君权论》(*Patriarcha*)

K

《考量哥特式文学》(*Contesting the Gothic*)

《科学小说:批评与教学》(*Science Fiction: Its Criticism and Teaching*)

《可怕的神秘》(*Horrid Mysteries*)

《克拉丽莎》(*Clarissa*)

《克卢恩戴尔修道院》(*The Abbey of Clunedale*)

《恐怖的乐趣》(*The Delights of Terror*)

《恐怖文学》(*The Literature of Terror*)

《恐惧故事》(*The Tale of Terror*)

《骷髅》(*The Skeleton*)

《昆廷·德沃德》(*Quentin Durward*)

L

《拉美莫尔的新娘》(*The Bride of Lammermoor*)

《莱茵孤儿》(*The Orphan of the Rhine*)

《浪漫主义、国家主义和理论反叛》(*Romanticism, Nationalism, and the Revolt Against Theory*)

《浪漫主义的活体幽灵》(*Romantic Doubles*)

《浪漫主义与哥特小说》(*Romanticism and the Gothic*)

《浪漫主义与性》(*Romanticism and Gender*)

《雷德冈脱利特》(*Redgauntlet*)

《类型分析》(*Genre Analysis*)

《历史故事》(*Historical Tales*)

《恋爱中的男人》(*Men in Love*)

《鲁克伍德》(*Rookwood*)

《论崇高》(*Peri Hupsos*)

《论犹太人及其谎言》(*On the Jews and Their Lies*)

《理性的时代》（*The Age of Reason*）

《罗密欧与朱丽叶》（*Romeo and Juliet*）

《罗塞娜》（*Rosella*）

《螺丝在旋紧》（*The Turn of the Screw*）

M

《马隆之死》（*Malone Dies*）

《马修·刘易斯的生平与书信》（*The Life and Correspondence of M. G. Lewis*）

《玛利亚》（*Maria*）

《玛密恩》（*Marmion*）

《迈克尔·科尔哈斯》（*Michael Kohlhaas*）

《麦布女王》（*Queen Mab*）

《麦克白》（*Macbeth*）

《曼弗朗涅》（*Manfrone*）

《漫议不可思议的权力》（*Free Inquiry in the Miraculous Powers*）

《毛皮展示》（*Skin Shows*）

《蒙特罗斯的传说》（*A Legend of Montrose*）

《蒙特塞拉修道院长》（*The Abbot of Montserrat*）

《米德洛西安监狱》（*The Heart of Midlothian*）

《民族主义和现代主义》（*Nationalism and Modernism*）

《名人传》（*Parallel Lives*）

《莫布雷城堡》（*The Castle of Mowbray*）

《莫洛博士的岛屿》（*The Island of Dr. Moreau*）

《莫洛伊》（*Molloy*）

N

《纳特利修道院》（*Netley Abbey*）

《奈杰尔的财富》（*The Fortunes of Nigel*）

《男人形象》（*The Image of Man*）

《男人之间》（*Between Men*）

《男修道院长》（*The Abbot*）

《闹鬼的城堡》（*The Haunted Castle*）

《闹鬼的城堡：英国浪漫主义要素研究》（*The Haunted Castle: A Study of the Elements of English Romanticism*）

《闹鬼的洞穴》（*The Haunted Cavern*）

《闹鬼的宫殿》（*The Haunted Palace*）

《尼各马科伦理学》（*Nicomachean Ethics*）

《诺桑觉修道院》（*Northanger Abbey*）

《女性哥特》（*The Female Gothic*）

《女性体温计》（*Female Thermometer*）

《女修道院院长》(*The Abbess*)

《女英雄》(*The Heroine*)

P

《帕梅拉》(*Pamela*)

《佩弗里尔顶峰》(*Peveril of the Peak*)

《漂泊者梅尔摩斯》(*Melmoth the Wanderer*)

《破坏者撒拉巴》(*Thalaba the Destroyer*)

Q

《强盗凯尼格斯马克》(*Koenigsmark the Robber*)

《确有其事》(*Things as They Are*)

S

《撒旦回忆录要旨》(*Messages from the Memoirs of Satan*)

《撒旦诗篇》(*The Satanic Verses*)

《撒旦隐蔽世界揭秘》(*Satan's Invisible World Discovered*)

《三个西班牙人》(*The Three Spaniards*)

《散文杂集》(*Miscellaneous Pieces In Prose*)

《森林传奇》(*The Romance of the Forest*)

《少年维特之烦恼》(*Sorrows of Werter*)

《神秘的母亲》(*Mysterous Mother*)

《圣·奥默修道院修女的忏悔》(*Confessions of the Nun of St. Omer*)

《圣·布兰查德伯爵》(*Count St. Blancard*)

《圣·利昂》(*St. Leon*)

《圣·罗南温泉》(*St. Ronan's Well*)

《圣·欧文》(*St. Irvyne*)

《圣·朱利安修道院》(*St. Julian's Abbey*)

《失乐园》(*Paradise Lost*)

《石心》(*The Stone Heart*)

《时间机器》(*The Time Machine*)

《事物的秩序》(*The Order of Things*)

《受考量的城堡》(*The Contested Castle*)

《水泥岛》(*Concrete Island*)

《斯特朗鲍伯爵》(*Earl Strongbow*)

《所罗门王的宝藏》(*King Solomon's Mines*)

《所谓耶稣基督的真正福音》(*The True Gospel of Jesus Christ Asserted*)

《索菲亚－玛利亚》(*Sophia-Maria*)

T

《泰特斯·安德罗尼克斯》(*Titus Andronicus*)

《探寻哥特式文学》(*The Gothic Quest*)

《退化》(*Degeneration*)

W

《瓦赛克》(*Vathek*)

《危险的城堡》(*Castle Dangerous*)

《威弗利》(*Waverley*)

《维多利亚后期的哥特式小说》(*Late Victorian Gothic Tales*)

《维多利亚时代的哥特式小说》(*Victorian Gothic*)

《维多利亚时代的闹鬼》(*Victorian Hauntings*)

《未婚妻》(*The Betrothed*)

《瘟年日志》(*A Journal of the Plague Year*)

《文学的妇女》(*Literary Women*)

《我们的崇高和美丽的意识的哲学探源》(*A Philosophical Enquiry into the Origin of Our Ideas of the Sublime and Beautiful*)

《我们的吸血鬼,我们自己》(*Our Vampires，Ourselves*)

《沃尔芬巴克城堡》(*The Castle of Wolfenbach*)

《巫师》(*The Necromancer*)

《无名者》(*The Unnamable*)

《午夜孩子》(*Midnight's Children*)

《午夜呻吟》(*The Midnight Groan*)

《午夜钟声》(*The Midnight Bell*)

《伍德斯托克》(*Woodstock*)

X

《西本卡斯》(*Siebenkäs*)

《西拉斯大伯》(*Uncle Silas*)

《西西里传奇》(*A Sicilian Romance*)

《吸血鬼》(*The Vampire*)

《仙后》(*The Faerie Queene*)

《先知》(*The Ghost-Seer*)

《鲜红色的沙滩》(*Vermilion Sands*)

《现代英语小说中的超现实主义》(*The Supernatural in Modern English Fiction*)

《想象的共同体》(*Imagined Communities*)

《小说中的超自然主义》(*The Supernatural in Fiction*)

《邪教徒》(*The Giaour*)

《新修道士》(*The New Monk*)

《星际战争》(*The War of the Worlds*)

《形塑书面认识》(*Shaping Written Knowledge*)

《修道士》(*The Monk*)

《修道院》(*The Monastery*)

《修道院的子女》(*The Children of the Abbey*)

《修墓老人》(*Old Mortality*)

《血室》(*The Bloody Chamber*)

Y

《烟火》(*Fireworks*)

《耶稣的复活》(*Resurrection of Jesus*)

《一报还一报》(*Measure for Measure*)

《一个自认有理的罪人的个人回忆和自白》(*The Private Memoirs and Confessions of a Justified Sinner*)

《伊利亚特》(*Iliad*)

《以爱的名义》(*In the Name of Love*)

《异属国民》(*Alien Nation*)

《意大利人》(*The Italian*)

《阴间唐吉诃德》(*The Infernal Quixote*)

《英格兰的浪漫主义小说》(*The Romantic Novel in England*)

《英格兰古诗遗风》(*Reliques of Ancient English Poetry*)

《英格兰前浪漫主义小说史》(*The History of the Pre-Romantic Novel in England*)

《英国老男爵》(*The Old English Baron*)

《英国民族主义的兴起》(*The Rise of English Nationalism*)

《英国人》(*Britons*)

《勇敢的新世界》(*Brave New Words*)

《幽灵》(*The Apparition*)

《幽灵》(*The Spectre*)

《幽室》(*The Recess*)

《尤道弗的神秘》(*The Mysteries of Udolpho*)

《尤道弗的修道士》(*The Monk of Udolpho*)

《与不可言状的残暴同行》(*With the Unspeakables*)

《元小说》(*Metafiction*)

Z

《泽鲁科》(*Zeluco*)

《扎斯特罗齐》(*Zastrozzi*)

《真实世界中的科学小说》(*Science Fiction in the Real World*)

《政治公平》(*Political Justice*)

《植物园》(*The Botanic Garden*)

《致命的复仇》(*The Fatal Revenge*)

《致命的誓言》(*Fatal Vows*)

《仲夏夜之梦》(*A Midsummer Night's Dream*)

《撞车》(*Crash*)

《追寻文学》(*The Pursuits of Literature*)

《自然的殿堂》(*The Temple of Nature*)

《最后的人》(*The Last Man*)

《罪恶规则》(*Rule of Darkness*)

《佐弗罗亚》(*Zofloya*)